Das Buch
In New York wird im Jahre 1896 die übel zugerichtete Leiche eines Strichjungen entdeckt. Polizeipräsident Theodore Roosevelt, später Präsident der Vereinigten Staaten, möchte den Fall aufgeklärt wissen, den seine Polizisten aus Gründen falscher Moralvorstellungen am liebsten unter den Teppich kehren möchten.
Roosevelt setzt sich mit seinem Studienfreund Kreisler in Verbindung, der in seiner wissenschaftlichen Arbeit bereits einige Theorien Sigmund Freuds vorwegnimmt. Wichtige Helfer sind auch der Polizeireporter John Moore und Roosevelts Sekretärin Sara Howard, die es sich in den Kopf gesetzt hat, die erste weibliche Kriminalpolizistin New Yorks zu werden.
Es stellt sich heraus, daß der Mord an dem Strichjungen Teil einer ganzen Mordserie ist. Anhand der Indizien und Hinweise stellt Kreisler ein Profil des Täters zusammen. Aus den Daten aller Morde, die immer im Zusammenhang mit hohen kirchlichen Feiertagen stehen, läßt sich auch der Zeitpunkt des nächsten Verbrechens vorhersagen. Es kommt zu einem Showdown über den Dächern New Yorks.
Die Einkreisung ist Caleb Carrs zweiter Roman, mit dem ihm der große Durchbruch gelungen ist: Hollywood-Produzent Scott Rudin (*Sister Act*, *Addams Family*, *Die Firma*) kaufte die Filmrechte für einen Millionenbetrag. Carr plant derzeit eine Fortsetzung von *Die Einkreisung*.

Der Autor
Der gebürtige New Yorker Caleb Carr, Jahrgang 1955, studierte Geschichte an der New York University. Neben seiner schriftstellerischen Tätigkeit arbeitet er als Journalist für einige Zeitungen und Fernsehsender.
Caleb Carr lebt in New York City.

CALEB CARR

Die Einkreisung

Roman

Aus dem Amerikanischen
von Hanna Neves

WILHELM HEYNE VERLAG
MÜNCHEN

HEYNE ALLGEMEINE REIHE
Nr. 01/9843

Titel der Originalausgabe
THE ALIENIST
Erschienen im Verlag Random House, New York

Umwelthinweis:
Das Buch wurde auf
chlor- und säurefreiem Papier gedruckt.

Copyright © 1994 by Caleb Carr
Copyright © 1994 der deutschen Ausgabe
by Wilhelm Heyne Verlag GmbH & Co. KG, München
Printed in Germany 1996
Umschlagillustration: Archiv
für Kunst und Geschichte, Berlin
Umschlaggestaltung: Atelier Ingrid Schütz, München
Satz: Kort Satz GmbH, München
Druck und Bindung: Pressedruck, Augsburg

ISBN 3-453-09931-1

*Dieses Buch ist Ellen Blain, Meghaun Haldeman,
Ethan Randall, Jack Evans und Eugene Byrd gewidmet.*

»*Diejenigen, die jung sein werden,
wenn sie alt sind, müssen alt sein,
wenn sie jung sind.*«

JOHN RAY, 1670

TEIL EINS

———

Wahrnehmung

*»Ein Teil unserer Wahrnehmungen
wird durch das reale Objekt vor uns bestimmt,
das wir durch unsere Sinne erfahren,
doch der andere und vielleicht größere Teil
entspringt immer unserem Geist.«*

WILLIAM JAMES
The Principles of Psychology

»Ich sehe Blut, woher?«

FRANCESCO MARIA PIAVE
aus dem Libretto zu Verdis Macbeth
1. Akt, 3. Szene

Kapitel
1

8. Januar 1919

Theodore ist unter der Erde.

Da ich diese Worte niederschreibe, erscheinen sie mir ebenso sinnentleert wie der Anblick des Sarges, der in den sandigen Boden sank, in der Nähe von Sagamore Hill, jenem Ort, der ihm auf der ganzen Welt am liebsten war. Als ich heute nachmittag im kalten Januarwind vom Long Island Sound dort stand, dachte ich: Das alles ist natürlich nur ein Scherz. Gleich wird er den Sargdeckel aufreißen, uns alle mit seinem Grinsen anstecken und wieder einmal so laut lachen, daß uns die Ohren schmerzen. Und dann wird er losbrüllen, daß Arbeit auf uns wartet, und sofort werden wir antreten, um zum Beispiel irgendeine obskure Molchart zu beschützen, deren Lebensraum durch die Bauabsichten eines finsteren Industriegiganten bedroht ist. Ganz sicher war ich nicht der einzige, der beim Begräbnis derartige Vorstellungen hatte, das sah ich den Gesichtern der anderen an. Und nach allem, was man hört, geht es dem ganzen Land, ja der ganzen Welt nicht anders. Die Vorstellung, daß Theodore Roosevelt nicht mehr unter uns weilt, ist einfach – unannehmbar.

Es ging ihm allerdings schon länger gar nicht gut, genaugenommen seit dem Augenblick, da sein Sohn Quentin in den letzten Tagen des Großen Schlachtens den Tod fand. Nachdem Quentin im Sommer 1918 vom Himmel heruntergeholt wurde, sei »das Kind in Theodore gestorben«, meinten die Leute. Als ich heute mit Laszlo Kreisler bei Delmonico zu Abend aß, erwähnte ich diese Bemerkung und mußte mir dann zwei Gänge hindurch eine tiefschürfende psychiatrische Analyse anhören, warum nämlich Theodore über Quentins Tod nicht hinwegzukommen vermochte: Er hatte allen seinen Kindern sein Ideal eines »harten, tatenreichen

Lebens« derart eingeimpft, daß diese sich oft in voller Absicht in Gefahren stürzten, nur um ihrem geliebten Vater zu imponieren – und deshalb fühlte sich Theodore nun zutiefst schuldig. Aber Trauer konnte Theodore nicht ertragen, das hatte ich immer schon gewußt; jedesmal, wenn ein ihm nahestehender Mensch starb, dann schien es, als würde er damit einfach nicht fertig.

Kreisler ... Er wollte nicht zum Begräbnis kommen, obwohl es Edith Roosevelt so gerne gesehen hätte. Sie hatte immer zu dem Mann gehalten, den sie »das Rätsel« nannte, den brillanten Arzt, dessen Forschungen über die menschliche Psyche in den vergangenen vierzig Jahren so viele von uns zutiefst verstört hatten. Kreisler erklärte in seinem Beileidsschreiben an Edith, daß ihm die Vorstellung einer Welt ohne Theodore gar nicht zusage; und da er inzwischen schon vierundsechzig sei und sein ganzes Leben lang der Realität ins mitunter scheußliche Gesicht gestarrt habe, wollte er sich jetzt den Luxus leisten und den Tod seines Freundes einfach nicht zur Kenntnis nehmen. Mir sagte Edith heute, Kreislers Brief habe sie zu Tränen gerührt, denn erst jetzt habe sie erkannt, daß es Theodore dank seiner schrankenlosen Zuneigung und Begeisterung – so vielen Zynikern ein Greuel und, wie ich im Namen journalistischer Wahrheitspflicht gestehen muß, auch für seine Freunde manchmal schwer erträglich – gelungen war, einem Mann näherzukommen, der sich fast völlig von der menschlichen Gesellschaft zurückgezogen hatte.

Einige Kollegen von der *Times* hatten mich für heute abend zu einem Gedächtnis-Dinner eingeladen, aber mir schien ein ruhiger Abend allein mit Kreisler sehr viel passender. Dabei ging es nicht um Nostalgie anläßlich einer gemeinsamen Kindheit in New York, denn Laszlo und Theodore hatten sich ja erst in Harvard kennengelernt. Vielmehr gedachten Kreisler und ich einer alten Geschichte, die sich im Frühling 1896 abgespielt hatte – also vor beinahe einem Vierteljahrhundert! – und die sogar für eine Stadt wie diese eigentlich zu bizarr schien.

Beim Nachtisch angelangt, lachten wir und schüttelten die

Köpfe und wunderten uns wieder einmal, daß wir diese Geschichte damals lebend überstanden hatten; und in Kreislers Gesicht las ich ebenso wie in meinem eigenen Herzen die alte Trauer um jene, die damals eben nicht mit ihrem Leben davongekommen waren.

Kapitel
2

Lautes Gepolter gegen die Haustür meiner Großmutter am Washington Square North Nr. 19 trieb am 3. März 1896 gegen zwei Uhr früh zuerst das Stubenmädchen, dann meine Großmutter selbst in die Türrahmen ihrer Schlafzimmer. Ich lag im Bett, noch ganz gefangen in einem vom Schlaf gemilderten Zustand zwischen Rausch, Kater und Nüchternheit, wußte aber nur zu gut, daß ein Gepolter um diese Zeit wahrscheinlich eher mir galt als meiner guten alten Großmutter. Also vergrub ich mich tief in mein Kissen und hoffte, es würde von selbst wieder aufhören.

»Mrs. Moore!« hörte ich das Mädchen rufen. »Das ist ja ein Höllenspektakel – soll ich aufmachen gehen?«

»Kommt nicht in Frage«, erwiderte meine Großmutter kühl wie immer. »Weck meinen Enkel, Harriet. Wahrscheinlich hat er seine Spielschulden nicht bezahlt!«

Daraufhin hörte ich, wie sich meiner Türe Schritte näherten, und erkannte, daß weiteres Verstecken zwecklos war. Seit der Auflösung meiner Verlobung mit Julia Pratt etwa zwei Jahre zuvor wohnte ich bei meiner Großmutter, und die alte Dame war ganz offensichtlich immer weniger einverstanden mit der Art und Weise meiner Freizeitgestaltung. Zwar hatte ich ihr wiederholt erklärt, daß ich mich in meiner Eigenschaft als Polizeireporter bei der *New York Times* schon von Berufs wegen in einigen weniger angesehenen Vierteln und Etablissements herumtreiben und vielleicht manchmal auch mit Typen treffen mußte, die nicht gerade der Traum einer Schwiegermutter waren; sie aber erinnerte sich noch allzu gut an meine Jugend, um diese zugegebenermaßen etwas zweifelhafte Erklärung widerspruchslos zu schlucken. Außerdem bestärkte sie der Zustand, in dem ich abends normalerweise nach Hause kam, in ihrem Verdacht, daß es eigene Neigungen waren und nicht etwa berufliche Verpflichtungen, die mich jede Nacht in die Tanzsalons und an die Spieltische des Tenderloin zogen; und nachdem jetzt schon wieder eine solche Anspielung an mein Ohr gedrungen war, mußte ich mich wohl sehr bemühen, als nüchterner Mann mit einer ernsthaften Beschäftigung aufzutreten. Schnell schlüpfte ich in einen schwarzen chinesischen Schlafrock, strich mir das kurzgeschnittene Haar zurecht und öffnete, als Harriet eben klopfen wollte, erhobenen Hauptes meine Tür.

»Ach, Harriet«, sagte ich gelassen, eine Hand unter das Revers des Schlafrocks geschoben. »Es besteht kein Grund zur Unruhe. Ich beschäftigte mich gerade mit den Vorarbeiten zu einem Artikel und bemerkte, daß mir dazu noch einige Unterlagen aus dem Büro fehlten. Das ist wohl der Bote, der sie bringt.«

»John!« erschallte die Stimme meiner Großmutter, während Harriet verwirrt nickte. »Bist du's?«

»Nein, Großmutter«, erwiderte ich und stieg auf dem dicken Perserteppich die Treppe hinunter. »Es ist Dr. Holmes.« Dr. H. H. Holmes war ein unvorstellbar sadistischer Mörder, der in einem Gefängnis in Philadelphia auf seine Hinrichtung wartete. Die Vorstellung, er könne sein Rendezvous mit dem Henker nicht einhalten, sondern vorher entfliehen und nach New York reisen, um meiner Großmutter den Garaus zu machen, war seltsamerweise deren ständiger und größter Alptraum. An ihrer Schlafzimmertür angekommen, drückte ich ihr einen Kuß auf die Wange, den sie ohne ein Lächeln entgegennahm, obgleich ich wußte, daß ihr das gefiel.

»Sei nicht unverschämt, John. Das steht dir nicht. Und bilde dir ja nicht ein, du könntest mich mit deinem Charme um den Finger wickeln.« Doch schon wieder wurde an die Tür getrommelt, und diesmal hörte man eine Knabenstimme meinen Namen rufen.

»Wer in drei Teufels Namen ist das, und was will er?« fragte meine Großmutter mit Zornesfalten auf der Stirn.

»Ich glaube, das ist der Botenjunge aus dem Büro«, erklärte ich, tapfer weiterlügend, inzwischen aber selbst etwas nervös bezüglich der Identität des jungen Mannes, der die Eingangstür derart vehement bearbeitete.

»Aus dem Büro?« wiederholte meine Großmutter, und es war leicht erkennbar, daß sie mir kein Wort glaubte. »Nun gut, dann mach doch auf.«

Schnell ging ich hinunter an den Fuß der Treppe, wo mir klar wurde, daß mir die Stimme zwar bekannt vorkam, ich sie aber nicht identifizieren konnte. Daß die Stimme so jung klang, war mir dabei keineswegs eine Beruhigung – einige der gemeinsten Diebe und Mörder, die ich im New York des Jahres 1896 kennengelernt hatte, waren noch richtige Kinder.

»Mr. Moore!« brüllte der Junge schon wieder, während er dem Klopfen mit ein paar tüchtigen Fußtritten Nachdruck verlieh. »Ich muß mit Mr. John Schuyler Moore sprechen!«

Ich stand jetzt auf dem schwarzweißen Marmorfußboden der Eingangshalle. »Wer ist da?« rief ich, eine Hand auf der Klinke.

»Ich bin's, Sir! Stevie, Sir!«

Mit einem Seufzer der Erleichterung sperrte ich das schwere Holzportal auf. Draußen stand im schwachen Schein einer Gaslaterne Stevie Taggert. In den ersten elf Jahren seines Lebens hatte Stevie fünfzehn Polizeireviere das Fürchten gelehrt; dann aber war er meinem guten alten Freund Dr. Laszlo Kreisler in die Hände gefallen, dem bedeutenden Arzt und Psychologen, der ihn nicht nur wieder auf den rechten Weg gebracht, sondern ihn auch zu seinem Leibkutscher und Botenjungen gemacht hatte. Stevie lehnte an einer der weißen Säulen vor dem Eingang und rang nach Atem – irgend etwas hatte den Burschen sichtlich verstört.

»Stevie!« rief ich, als ich sah, daß seine langen, braunen, glatten Haare von Schweiß verklebt waren. »Was ist denn passiert?« Gleich hinter ihm erblickte ich Kreislers kleinen Einspänner. Das Verdeck der schwarzen Kutsche war heruntergeklappt, und gezogen wurde sie von einem Wallach namens Frederick. Auch das Tier war, ebenso wie Stevie, in Schweiß gebadet, daß es in der kalten Nachtluft nur so dampfte. »Ist Dr. Kreisler auch da?«

»Der Doktor läßt sagen, Sie sollen mitkommen!« stieß Stevie hervor. »Jetzt sofort!«

»Aber wohin denn? Es ist zwei Uhr früh...«

»Jetzt sofort!« Zu einer Erklärung war Stevie offensichtlich nicht in der Lage, also bat ich ihn zu warten, während ich mir schnell etwas anzog. Meine Großmutter rief mir durch die Tür meines Schlafzimmers zu, sie sei überzeugt, »dieser höchst eigenartige Dr. Kreisler« und ich hätten zu dieser frühen Morgenstunde nichts Schickliches im Sinn. Ohne auf sie zu achten, eilte ich wieder hinaus, knöpfte meinen Tweedrock zu und sprang in die Kutsche.

Ich hatte noch nicht richtig Platz genommen, da setzte Stevie bereits mit seiner langen Peitsche Frederick in Trab. Während ich mich in den kastanienbraunen Ledersitz fallen ließ, wollte ich den Jungen schon schelten, aber sein verstörter Gesichtsausdruck hielt mich davon ab. Mit halsbrecherischer Geschwindigkeit hüpfte der Wagen über das Kopfsteinpflaster des Washington Square, und das Gerumpel und Gepolter ließ nur unmerklich nach, als wir auf die langen, breiten Steinplatten des Broadway einbogen. Es ging aufs Stadtzentrum zu, dann in Richtung Osten, in jenes Viertel von Manhattan, wo Laszlo Kreisler seiner Arbeit nachging und das Milieu um so elender und schmuddeliger wurde, je tiefer man in die Lower East Side vordrang.

Einen Moment lang fürchtete ich fast, Kreisler sei etwas zugestoßen. Das wäre jedenfalls eine Erklärung dafür gewesen, daß Stevie wie wild auf Frederick eindrosch, den er doch sonst immer bestens behandelte. Kreisler war der erste Mensch gewesen, der Stevie anderes und mehr als einen Biß oder Faustschlag entlockt hatte. Ihm allein war es auch zuzuschreiben, daß der Bursche sich nicht mehr in jenem Haus auf Randalls Island befand, das man mit dem geschönten Namen »Knabenzufluchtsheim« bezeichnete. Stevie, der nach Aussagen der Polizei schon mit zehn ein »Dieb, Taschendieb, Trinker, Raucher und Schmierensteher« war und außerdem eine »Gefahr für die sittliche Gesellschaft« darstellte, hatte auf Randalls Island auch noch einen Wärter angefallen und schwer verletzt – wobei allerdings nach Stevies Aussage dieser ihn »angegriffen« hatte (in der Zeitungssprache von vor fünfundzwanzig Jahren bedeutete ein solcher »Angriff« eigentlich fast immer Vergewaltigung). Da der Wärter aber Frau und Kinder hatte, zweifelte man nicht nur an der Wahrheit von Stevies Angaben, sondern schließlich auch an seinem Verstand – und an diesem Punkt hatte denn auch Kreisler, damals die unumstrittene Koryphäe auf dem Gebiet der forensischen Psychiatrie, seinen Auftritt. Bei Stevies psychiatrischem Gutachten beschwor Kreisler ein faszinierendes Bild von seiner Kindheit. Mit drei hatte seine Mutter, dem Opium mehr zugetan als ihrem Sohn, ihn auf die Straße gejagt und war mit einem chinesischen Drogenhändler fortgezogen. Der Richter zeigte sich von Kreislers Plädoyer sehr beeindruckt und glaubte auch nicht so recht an die Aussage des verletzten Wärters; zur Freilassung Stevies erklärte er sich aber erst bereit, als Kreisler vorschlug, den Jungen zu sich zu nehmen, und für sein zukünftiges Wohlverhalten bürgte. Damals hielt ich Laszlo für ziemlich verrückt. Aber es war nicht zu bestreiten, daß Stevie innerhalb eines Jahres ein anderer Mensch geworden war. Und wie alle, die für Kreisler arbeiteten, war auch Stevie seinem Herrn und Meister trotz dessen merkwürdiger Distanziertheit, die so vielen von Kreislers Bekannten zu schaffen machte, vollkommen ergeben.

»Stevie«, schrie ich gegen den Lärm der Kutschenräder an, die über die abgefahrenen Ränder der Steinplatten ratterten, »wo ist Dr. Kreisler? Ist ihm etwas zugestoßen?«

»Er ist im Institut«, brüllte Stevie mit weit aufgerissenen blauen Augen zurück. Der Mittelpunkt von Laszlos Arbeit lag im »Kreislerschen Institut für Kinder«, einer Mischung aus Schule und Forschungszentrum, das er in den achtziger Jahren gegründet hatte. Ich wollte mich gerade erkundigen, was Kreisler zu nachtschlafender Zeit denn dort verloren hätte, schluckte aber meine Frage hinunter, als wir uns kopfüber in die immer noch belebte Kreuzung von Broadway und Houston Street stürzten. Hier, so hieß es, konnte man jederzeit mit einem Gewehr in alle Richtungen feuern, ohne je einen anständigen Menschen zu treffen. Stevie begnügte sich damit, Säufer, Morphium- und Kokainsüchtige, Huren samt ihrer rotznäsigen Bande und ein paar ganz normale Obdachlose auf die Gehsteige zu scheuchen, von wo aus sie uns finstere Flüche nachsandten.

»Fahren wir also auch zum Institut?« schrie ich. Aber Stevie riß das Pferd scharf nach rechts in die Spring Street, wo wir vor zwei oder drei Musiksaloons die Geschäfte störten. Es waren in Wirklichkeit Freudenhäuser, wo sich Prostituierte, als Tänzerinnen getarnt, für später in billige Hotels einladen ließen, meist von ahnungslosen Provinzlern. Von der Spring Street kutschierte Stevie in die Delancey Street – die damals gerade verbreitert wurde, um dem nach der Fertigstellung der Williamsburg Bridge erwarteten Verkehr gewachsen zu sein –, und dann rasten wir an mehreren bereits geschlossenen Theateretablissements vorbei. Aus den schmutzigen Seitenstraßen echoten verzweifelte, irre Klänge aus jenen heruntergekommenen Kellerlöchern, wo man für einen Heller ein Glas Fusel bekam, das mit allem möglichen gestreckt war, von Kampfer bis Benzin. Stevie raste immer noch im gleichen Tempo dahin – offenbar steuerten wir auf den äußersten Rand der Insel zu.

Ich unternahm einen letzten Versuch: »Fahren wir denn ins Institut?«

Als Antwort schüttelte Stevie nur den Kopf und schnalzte dann wieder mit der Peitsche. Resigniert die Schultern zuckend, hielt ich mich an den Seitengriffen fest und überlegte, was diesen Jungen, der trotz seines kurzen Lebens doch schon viele der Greuel kannte, die New York zu bieten hatte, denn derart verstörte.

Die Delancey Street führte uns, vorbei an Ständen, wo Obst und Kleidung verkauft wurden, in eines der übelsten Viertel der Lower East Side: in den Bezirk genau oberhalb von Corlears Hook. Vor uns erstreckte sich ein Meer aus schäbigen neuen Mietskasernen, dazwischen windschiefe Hütten aus Wellblech und Holz. Dieser Stadtteil war Schmelztiegel der verschiedensten Einwandererkulturen und -sprachen, wobei südlich der Delancey Street die Iren und weiter nördlich, in Richtung Houston Street, die Ungarn dominierten. Aus den verkommenen, verdreckten Häuserzeilen, an denen selbst an einem so kalten Morgen wie jenem überall Wäsche flatterte, ragte hier und dort eine Kirche hervor. Steifgefrorenes Bettzeug und Kleidungsstücke knatterten im Wind, unnatürlich verzerrt – aber was war in einer solchen Gegend, wo in spärliche Fetzen gekleidete, skelettartige Gestalten aus finsteren Hauseingängen in lichtlose Hinterhöfe huschten, mit bloßen Füßen durch Pferdemist, Urin und Asche, denn schon unnatürlich? Wir waren in einem Viertel, in dem das Gesetz nicht mehr viel galt, ein Viertel, das seinen Einwohnern wie seinen Besuchern nur dann Freude machte, wenn sie es nach gelungener Flucht aus der Ferne betrachten durften.

Gegen Ende der Delancey Street verkündete jene charakteristische Geruchsmischung aus frischer Seeluft und dem Gestank des Abfalls, den die Bewohner der hiesigen Waterkant täglich einfach über den Rand von Manhattan ins Meer kippten, daß wir uns dem East River näherten. Plötzlich ragte ein riesiger Schatten vor uns auf: die Rampe der im Bau befindlichen Williamsburg Bridge. Ohne innezuhalten, raste Stevie auf die mit Brettern beschlagene Rampe. Auf dem Holz machten die Pferdehufe und die Räder der Kutsche noch weit mehr Lärm als zuvor auf dem Stein.

Ein verworrenes Netz von Stahlträgern unter der Rampe hob uns mehrere Dutzend Fuß hoch hinauf in die eiskalte Nachtluft. Ich begriff immer weniger, wohin es denn eigentlich gehen sollte, denn die Brückentürme waren noch lange nicht fertig, von einer Eröffnung der Brücke noch längst keine Rede. Da erblickte ich direkt vor mir etwas, das wie die Wände eines großen chinesischen Tempels aussah. Doch dieses merkwürdige Gebäude aus zwei riesigen Granitblöcken, bekrönt von zwei eckigen Wachttürmen, jeder von einem filigranen Stahlgespinst umgeben, war der Brückenanker auf der Seite von Manhattan, einer jener beiden Bauteile also, die schließlich einmal dem ungeheuren Zug der Stahlträger der Brückenkonstruktion würden standhalten müssen. Der Vergleich mit einem chinesischen Tempel war dennoch nicht ganz von der Hand zu weisen: Wie die Brooklyn Bridge, deren gotische Spitzbögen sich im Süden deutlich vom Nachthimmel abhoben, so war auch diese neue Verbindung über den East River ein Ort, wo die Leben vieler Arbeiter dem Glauben an die neue Baukunst, die in den vorausgegangenen fünfzehn Jahren überall in Manhattan wahre Wunderwerke hervorgebracht hatte, geopfert wurden. Was ich aber noch nicht wußte: Das Blutopfer, an diesem Abend über dem Westanker der Williamsburg Bridge dargebracht, war von ganz anderer Art.

Rund um den Eingang zum Wachtturm oben auf dem Anker drängten sich im flackernden Licht der schwachen elektrischen Birnen einige Polizisten, deren kleine Messingschilder sie als dem Dreizehnten Bezirk zugehörig auswiesen (wenige Augenblicke zuvor erst hatten wir ihr Revier in der Delancey Street passiert). Dann sah ich einen Sergeanten aus dem Fünfzehnten, was mir sofort auffiel – in meiner zweijährigen Arbeit als Polizeireporter für die *Times*, von meiner Kindheit in New York ganz zu schweigen, hatte ich erfahren, daß jedes Polizeirevier eifersüchtig seinen Bezirk behütete (um die Jahrhundertmitte hatten die einzelnen Polizeitruppen einander sogar offen bekämpft). Wenn der Dreizehnte Bezirk einen Mann aus dem Fünfzehnten holte, dann lag wirklich etwas ganz Besonderes vor.

Bei dieser Gruppe von Polizisten in blauen Wintermänteln brachte Stevie den Wallach endlich zum Stehen, sprang vom Kutschbock, packte das in den Flanken zitternde Pferd an der Trense und führte es zur Seite, zu einem riesigen Haufen von Baumaterial und Werkzeug. Von dort blickte der Junge mißtrauisch auf die Bullen. Der Sergeant aus dem Fünfzehnten, ein großgewachsener Ire mit einem teigigen Gesicht, das man sich nur deshalb merkte, weil es eben nicht jener breite Schnurrbart zierte, der sonst bei allen seinen Berufskollegen üblich war, dieser Ire also trat vor und sah Stevie gefährlich grinsend ins Gesicht.

»Ah, da haben wir ja den kleinen Stevie Taggert, was?« sagte er dann mit breitem irischen Akzent. »Hat mich vielleicht der Kommissar den weiten Weg heraufgeschickt, nur daß ich dir eins auf deinen sturen Schädel knalle? He, Stevie, du Scheißer?«

Ich stieg aus der Kutsche und stellte mich neben Stevie, der dem Sergeanten einen bösen Blick zuwarf. »Hör nicht auf ihn, Stevie«, sagte ich. »Unter dieser Lederhaube muß einem ja der Verstand vertrocknen.« Der Junge lächelte vorsichtig. »Aber ich hätte nichts dagegen, wenn du mir endlich sagen würdest, was ich hier soll.«

Stevie deutete mit dem Kopf zum nördlichen Wachtturm, dann zog er eine etwas mitgenommene Zigarette aus der Tasche. »Da rauf. Der Doktor hat gesagt, Sie sollen da rauf.«

Also ging ich in Richtung Granitwand, bemerkte aber, daß Stevie beim Pferd stehenblieb. »Du kommst nicht mit?«

Schaudernd wandte sich der Junge ab und zündete sich die Zigarette an. »Hab's schon gesehen. Und wenn ich so etwas nicht noch mal sehen muß, dann ist's mir auch recht. Wenn Sie nachher wieder heimfahren wollen, Mr. Moore, ich warte hier auf Sie. Befehl vom Doktor.«

Mit einem flauen Gefühl im Magen wandte ich mich in Richtung Eingang, wo ich allerdings von dem Polizeisergeanten zurückgehalten wurde. »Und mit wem haben wir denn hier die Ehre? Muß ein großer Herr sein, den der kleine Stevie die ganze Nacht herumkutschiert. Dies hier ist der Schauplatz eines Verbrechens, wissen Sie.« Ich stellte mich mit Namen und Beruf vor, worauf er mich angrinste und dabei einen höchst eindrucksvollen Goldzahn sehen ließ. »Ah, ein Herr von der Presse – und noch dazu von der *Times*, na so was! Also, Mr. Moore, ich bin selbst gerade erst gekommen. Ein dringender Ruf, war offenbar sonst niemand da, dem man vertrauen kann. Nennen Sie mich F - l - y - n - n, wenn Sie wollen, und vergessen Sie den Titel nicht: Full Sergeant. Kommen Sie, gehen wir zusammen rauf. Und du benimm dich, Stevie, sonst wanderst du wieder nach Randalls Island, so schnell kannst du gar nicht spucken!«

Stevie wandte sich zu seinem Pferd. »Laß dich doch eingraben«, murmelte er, gerade laut genug, daß der Sergeant es hören konnte. Dieser fuhr herum, gefährliche Wut im Blick, aber dann fiel ihm noch rechtzeitig meine Gegenwart ein. »Der Bursche da ist unverbesserlich, Mr. Moore. Kann mir nicht vorstellen, warum ein Mann wie Sie sich mit ihm abgibt. Wahrscheinlich als Führer durch die Unterwelt, haha. Also, hinauf mit uns, und passen Sie auf, hier drin ist es pechschwarz.«

Das war es tatsächlich. Immer wieder stolpernd, tastete ich mich eine unfertige Treppe hinauf, bis ich, oben angelangt, den Umriß eines weiteren Lederschädels ausmachen konnte. Der Bulle, ein Streifenpolizist aus dem Dreizehnten, drehte sich bei unserem Erscheinen um und rief dann:

»Da ist Flynn, Sir. Er ist da.«

Wir traten aus dem Stiegenhaus in einen kleinen Raum mit Sägeböcken, Holzbrettern, Eimern voller Nieten und Schrauben, Draht und Metall. Die großen Fenster boten eine überwältigende Aussicht nach allen Seiten – auf die Stadt hinter uns, den Fluß und die zum Teil fertiggestellten Brückentürme vor uns. Durch den Ausgang kam man auf eine Metallplattform, die rund um den Turm führte. Neben der Tür stand ein schlitzäugiger, bärtiger Detective Sergeant namens Patrick Connor, den ich von meinen Besuchen in der Polizeizentrale in der Mulberry Street kannte. Und gleich neben ihm sah ich, mit auf dem Rücken verschränkten Händen auf den Fluß blickend, eine sehr viel vertrautere Gestalt: Theodore.

»Sergeant Flynn«, sagte Roosevelt, ohne sich umzudrehen, »es ist ein scheußlicher Anlaß, aus dem ich Sie rufen ließ. Wirklich scheußlich.«

Meine Bedrückung stieg, als Theodore sich plötzlich umwandte. Auf den ersten Blick sah er genauso aus wie immer: ein teurer, leicht dandyhafter Glencheck-Anzug, wie er ihn damals gerne trug; eine Brille, die ebenso wie die Augen dahinter irgendwie zu klein schien für seinen kantigen Kopf; der breite Schnurrbart unter der geraden Nase. Trotzdem wirkte sein Gesicht ganz anders. Und plötzlich erkannte ich den Grund: seine Zähne. Seine breiten, immer wie zuschnappend erscheinenden Zähne waren nicht zu sehen. Sein Kiefer war zusammengebissen, entweder in rasendem Zorn oder aus Selbstvorwurf. Irgend etwas hatte Roosevelt außerordentlich erschüttert.

Als er mich sah, wurde seine Stimmung um nichts besser. »Was – Moore! Was zum Teufel hast du denn hier verloren?«

»Das Vergnügen ist ganz meinerseits, Roosevelt«, preßte ich nervös hervor und streckte ihm meine Hand hin.

Er schüttelte sie, wobei er sie mir ausnahmsweise einmal nicht aus dem Gelenk riß. »Was – oh, tut mir leid, Moore. Ich – ja, ja, freu mich auch, dich zu sehen, natürlich. Aber wer hat dir gesagt...?«

»Wer hat mir was gesagt? Ich wurde von Kreislers Jungen aus dem Bett geholt und hierher kutschiert. Auf seine Anordnung, ohne ein Wort der Erklärung.«

»Kreisler!« murmelte Theodore und starrte mit besorgtem, ja fast ärgerlichem Blick, was ihm ganz und gar nicht ähnlich sah, aus dem Fenster. »Ja, Kreisler war hier.«

»Er war hier? Das heißt, er ist wieder fortgegangen?«

»Noch vor meinem Eintreffen. Aber er hinterläßt eine Nachricht. Und einen Bericht.« Theodore wies auf ein verknülltes Stück Papier in seiner Linken. »Zumindest einen vorläufigen Bericht. Er war der erste Arzt, den sie auftreiben konnten. Obwohl es natürlich gänzlich sinnlos war...«

Ich packte ihn an der Schulter. »Roosevelt – was ist hier los?«

»Offen gestanden, Commissioner, würde ich das auch ganz gern wissen«, meldete sich jetzt auch Sergeant Flynn mit einer honigsüßen Unterwürfigkeit, vor der mir graute. »Wir im Fünfzehnten kommen ohnehin kaum zum Schlafen, und ich würde wirklich gern...«

»Also gut«, bemerkte Theodore und holte tief Atem. »Meine Herren, ich hoffe, Sie haben alle einen guten Magen.«

Ich erwiderte nichts, nur Flynn machte einen dummen Witz über die Scheußlichkeiten, die ihm in seinem Leben als Polizist schon untergekommen waren. Theodores Gesichtsausdruck blieb hart und abweisend, als er auf die Tür zum äußeren Metallsteg deutete. Detective Sergeant Connor trat zur Seite und ließ Flynn vorangehen.

Draußen angelangt, war trotz meines unangenehmen Vorgefühls mein erster Eindruck, daß die Aussicht hier von dem Metallsteg noch überwältigender war als die aus den Turmfenstern. Jenseits des Wassers lag Williamsburg, bis vor kurzem ein friedliches, ländliches Städtchen, jetzt aber bereits von der lärmenden Metropole verschlungen, die sich innerhalb der folgenden Monate offiziell zum Großraum New

York mausern sollte. Im Süden wieder die Brooklyn Bridge, im Südwesten in der Entfernung die Türme des Printing House Square und unter uns die aufgewühlten schwarzen Wassermassen des Flusses...

Und dann sah ich es.

KAPITEL
3

Eigenartig, wie lange ich brauchte, um das Bild, das sich mir bot, zu erfassen. Das war alles so vollkommen falsch, so irrwitzig, so ... verzerrt – wie hätte man das denn schneller begreifen sollen?

Auf dem Metallsteg befand sich der Körper einer jungen Person. Ich sage »Person«, weil zwar die Geschlechtsmerkmale die eines halbwüchsigen Jungen waren, aber die Bekleidung (zu sehen war nur ein Unterkleid, dem ein Ärmel fehlte) sowie das Make-up auf ein Mädchen oder vielmehr auf eine Frau hindeuteten, und zwar eine von zweifelhaftem Ruf. Das unglückliche Geschöpf hatte die Handgelenke auf dem Rücken zusammengebunden, die Beine waren zu einer knienden Haltung gebogen, und zwar so, daß das Gesicht gegen den eisernen Laufsteg gepreßt wurde. Aber was mit dem Körper geschehen war...

Das Gesicht wies keine Spuren von Mißhandlungen auf – die Schminke schien unberührt –, aber wo einst Augen gewesen waren, sah man jetzt nur noch blutige Höhlen. Aus dem Mund ragte ein unkenntliches Stück Fleisch. Quer über die Kehle zog sich ein breiter Schnitt, der jedoch kaum blutete. Der Unterleib war kreuz und quer zerschnitten, so daß man die inneren Organe sehen konnte. Die rechte Hand war glatt und sauber abgeschlagen. Eine klaffende Wunde im Schritt bot die Erklärung für den Mund – die Genitalien waren abgetrennt und in den Mund gestopft worden. Auch die Hinterbacken waren abgeschnitten, mit großen, breiten Schnitten wie vom Metzger.

In den ein oder zwei Minuten, die ich brauchte, um die Einzelheiten aufzunehmen, wurde um mich herum plötzlich alles schwarz, und was ich zuerst für das Stampfen eines Dampfers hielt, war in Wirklichkeit das Dröhnen meines Blutes in meinen Ohren. Mir schien, als müßte ich mich übergeben, daher drehte ich mich rasch um und hing meinen Kopf über das Geländer.

»Commissioner!« schrie Connor und stürzte aus dem Wachtturm. Aber schon war Theodore mit einem Sprung bei mir.

»Beruhige dich, John«, hörte ich ihn sagen, während er mich mit seiner drahtigen, aber erstaunlich kräftigen Boxerstatur stützte. »Tief durchatmen.«

In diesem Augenblick hörte ich einen langgezogenen Pfiff von Flynn, der noch immer auf den Toten starrte. »Da sieh mal einer her«, sagte er, sich recht ungerührt an den Toten wendend. »Giorgio alias Gloria, dich hat einer ganz schön fertiggemacht, was? Du wirst keinen mehr einwickeln.«

»Ach, Sie kennen dieses Kind, Flynn?« fragte Theodore, während er mich gegen die Mauer des Wachtturms lehnte. Das Karussell in meinem Kopf blieb langsam stehen.

»Allerdings, Commissioner.« In dem trüben Licht sah es so aus, als würde Flynn grinsen. »Kind kann man das hier allerdings nicht nennen, wenn es nach seinem Benehmen geht. Familienname Santorelli, Alter, na ja, sagen wir so um die dreizehn. Giorgio hieß es ursprünglich, aber als es anfing, in der Paresis Hall zu arbeiten, nannte es sich Gloria.«

»Es?« fragte ich und wischte mir dabei mit der Manschette meines Rocks den kalten Schweiß von der Stirn. »Warum sagen Sie immer wieder ›es‹?«

Flynns Grinsen wurde noch breiter. »Ja, wie würden Sie denn zu so was sagen, Mr. Moore? Ein Mann war es ja wohl nicht, so wie es sich aufführte – aber als Frau hat Gott es auch nicht geschaffen. Von dieser ganzen Bande spreche ich immer nur als ›es‹.«

Theodore stemmte seine zu Fäusten geballten Hände in die Hüften; ihm war klargeworden, was für ein Bursche dieser Flynn war. »An Ihrer philosophischen Analyse der Situation bin ich nicht interessiert, Sergeant. Der Junge hier war jedenfalls ein Kind, und dieses Kind wurde ermordet.«

Flynn gluckste und starrte wieder auf die Leiche. »Ist wohl kaum zu bestreiten, Sir.«

»Sergeant!« Theodores Stimme, die im Gegensatz zu seinem freundlichen Aussehen immer etwas scharf war, klang jetzt noch barscher, als er den nun strammstehenden Flynn anfuhr. »Kein Wort mehr von Ihnen, außer Sie werden gefragt! Ist das klar?«

Flynn nickte; aber seine leicht gekräuselte Oberlippe verriet die zynische, spöttische Ablehnung, die alle langgedienten Polizeibeamten dem Commissioner, der in knapp einem Jahr das Polizeihauptquartier und die gesamte Hierarchie auf den Kopf gestellt hatte, entgegenbrachten. Theodore konnte es nicht entgangen sein.

»Nun denn«, bemerkte Roosevelt, wobei seine Zähne auf eine charakteristische Weise schnalzten, als ob sie ihm jedes Wort aus dem Munde schnitten. »Sie sagen, der Junge hieß Giorgio Santorelli und habe in der Paresis Hall gearbeitet – das ist Biff Ellisons Etablissement am Cooper Square, nicht wahr?«

»Ganz recht, Commissioner.«

»Und wo hält sich Mr. Ellison Ihrer Meinung nach in diesem Moment auf?«

»In diesem...? Sicher in der Paresis Hall, Sir.«

»Dann gehen Sie dorthin, und richten Sie ihm aus, ich möchte ihn morgen früh in der Mulberry Street sehen.«

Flynn verlor seinen belustigten Gesichtsausdruck. »Morgen – wenn ich mir die Bemerkung erlauben darf, Commissioner, aber Mr. Ellison ist nicht der Mann, der dazu gute Miene machen wird.«

»Dann verhaften Sie ihn«, erwiderte Theodore, wandte sich ab und starrte hinüber nach Williamsburg.

»Verhaften? Wenn wir alle Bar- oder Nachtklubbesitzer verhaften wollten, nur weil einer von ihren Strichern überfallen oder umgebracht wurde, dann könnten wir gleich...«

»Es würde mich interessieren, die wahren Gründe für Ihren Widerstand zu hören«, bemerkte Theodore, der hinter seinem Rücken nervös die Fäuste öffnete und schloß. Dann trat er ganz nahe an Flynn heran und musterte ihn durch seine Brillengläser. »Ist Mr. Ellison nicht eine Ihrer Hauptquellen für Schmiergeld?«

Flynn riß die Augen weit auf, brachte es aber fertig, sich zu straffen und verletzt zu tun. »Mr. Roosevelt, ich bin seit fünfzehn Jahren bei der Polizei, Sir, und ich glaube, ich weiß, wie diese Stadt funktioniert. Man kann einen Mann wie Mr. Ellison nicht einfach belästigen, nur weil so ein mieser kleiner Einwanderer das bekommt, was er verdient hat!«

Das reichte, und glücklicherweise wußte ich das, denn wäre ich nicht im selben Moment auf Theodore losgeschossen, um seine Arme festzuhalten, dann hätte er Flynn sicher zu einem blutigen Brei geschlagen. Aber es fiel mir nicht leicht, ihn zu bändigen. »Nein, Roosevelt, nicht!« flüsterte ich ihm ins Ohr. »Genau darauf warten diese Brüder ja, und du weißt es! Wenn du einen Mann in Uniform angreifst, fordern die deinen Kopf, und dann kann dir auch der Bürgermeister nicht mehr helfen!«

Roosevelt atmete schwer, Flynn grinste wieder, und Detective Sergeant Connor und der Streifenpolizist machten keine Anstalten, in das Geschehen einzugreifen. Sie wußten ganz genau, daß sie in diesem Augenblick in der Schwebe hingen zwischen der mächtigen städtischen Reformbewegung, die nach dem, was die Lexow-Kommission (zu deren gewichtigsten Vertretern Roosevelt gehörte) vor einem Jahr über die Korruption im Polizeiapparat bekanntgab, New York im Sturm erobert hatte, und der vielleicht noch größeren Macht eben dieser Korruption, die so alt war wie der Polizeiapparat selbst und jetzt hinter den Kulissen abwartete, bis die Öffentlichkeit sich nicht mehr für Reformen interessierte und überall wieder der alte Schlendrian um sich greifen konnte.

»Sie haben die Wahl, Flynn«, erklärte Roosevelt erstaunlich gelassen für einen Mann, der derart wütend war. »Ellison in meinem Büro oder Ihre Dienstmarke auf meinem Schreibtisch. Morgen früh.«

Mürrisch gab Flynn den Kampf auf. »Sehr wohl, Commissioner.« Er machte auf dem Absatz kehrt, bewegte sich in Richtung Stiegenhaus und murmelte dabei etwas wie »verdammter Frackmatz, der den Polizisten spielt«. In diesem Moment erschien einer der Bullen, der unterhalb des Turmes

Wache hielt, und verkündete, der Wagen des Coroners sei angekommen und bereit, die Leiche abzutransportieren. Roosevelt sagte, sie sollten noch ein paar Minuten warten, und schickte dann Connor und den Streifenpolizisten fort. Wir beide waren jetzt allein auf dem Steg, abgesehen von den gräßlichen Überresten eines jener unzähligen verlassenen, verzweifelten jungen Menschen, die der finstere, elende Ozean von Mietskasernen, der sich von hier weit nach Westen erstreckte, immer wieder ausspie. Gezwungen, sich mit allen Mitteln über Wasser zu halten, waren diese Kinder in einer Weise auf sich allein gestellt, wie es sich jemand, der die Ghettos von New York City im Jahre 1896 nicht kannte, nicht im Traum hätte vorstellen können.

»Kreisler meint, der Junge wurde heute am frühen Abend ermordet«, erklärte Theodore nach einem Blick auf das zerknitterte Papier in seiner Hand. »Irgend etwas mit der Körpertemperatur. Der Mörder könnte also noch in der Nähe sein. Ich lasse die Gegend gerade von ein paar Männern durchkämmen. Es gibt noch einige medizinische Details, und dann diese Nachricht.«

Damit reichte er mir das Papier, und ich sah, was Kreisler offenbar in nervöser Erregung in Blockschrift darauf geschrieben hatte: »ROOSEVELT: FURCHTBARE FEHLER SIND BEGANGEN WORDEN. ICH STEHE AM VORMITTAG ZUR VERFÜGUNG, AUCH MITTAGESSEN WÄRE MÖGLICH. WIR MÜSSEN SOFORT BEGINNEN – ES GIBT EINEN ZEITPLAN.« Ich gab mir Mühe, einen Sinn herauszulesen.

»Irgendwie ärgerlich, daß er gar so geheimnisvoll tut«, war schließlich das einzige, was mir einfiel.

Theodore rang sich ein Lächeln ab. »Ja, das dachte ich auch. Aber ich glaube, ich weiß jetzt, was er meint. Es hat mit der Untersuchung der Leiche zu tun. Hast du eine Vorstellung, Moore, wie viele Menschen jedes Jahr in New York ermordet werden?«

»Nein, keinen blassen Schimmer.« Ich warf wieder einen Blick auf den Toten, wandte mich aber sofort wieder ab, als ich bemerkte, in welch grausamer Weise das Gesicht gegen den Metallsteg gepreßt war – so daß der Unterkiefer in einem grotesken Winkel vom Oberkiefer wegstand. »Sicher ein paar hundert. Vielleicht auch ein- oder zweitausend.«

»Ja, das würde ich auch meinen«, antwortete Roosevelt. »Aber auch ich könnte nur schätzen. Denn mit den meisten geben wir uns ja gar nicht ab. Oh, die Polizei strengt sich natürlich an, wenn das Opfer bekannt und wohlhabend ist. Aber so ein Junge – ein Immigrant, der nur sich selbst verkauft –, ich schäme mich, das zu sagen, Moore, aber um solche Morde kümmern wir uns nicht, wie Sie ja an Flynns Reaktion sehen konnten.« Er stemmte abermals die Hände in die Hüften. »Aber ich ertrage das nicht mehr. In diesen Elendsvierteln bringen Eheleute einander um, Säufer und Drogensüchtige ermorden anständige Arbeiter, Prostituierte werden abgeschlachtet und begehen Selbstmord zu Dutzenden, und die Außenwelt sieht darin nichts anderes als eine Art finsteres Kabarett. Das ist schlimm genug. Aber wenn die Opfer Kinder sind wie dieses hier und die Öffentlichkeit darauf nicht anders reagiert als Flynn – bei Gott, dann graut mir vor meinem eigenen Volk! Dieses Jahr gab es schon drei ähnliche Fälle, aber die Polizei scherte sich keinen Deut darum!«

»Drei?« fragte ich. »Ich weiß nur von dem Mädchen bei Draper.« Shang Draper führte ein berüchtigtes Bordell an der Kreuzung der Sechsten Avenue und der Vierundzwanzigsten Straße, wo Kunden sich die Gunst von Kindern (hauptsächlich Mädchen, aber auch Knaben waren darunter) zwischen neun und vierzehn Jahren erkaufen konnten. Im Januar war in einem der kleinen holzgetäfelten Zimmer des Bordells ein zehnjähriges Mädchen erschlagen aufgefunden worden.

»Ja, und von diesem Fall haben Sie auch nur deshalb gehört, weil Draper mit seinen Schmiergeldzahlungen im Rückstand war«, sagte Roosevelt. Colonel William L. Strong, der damalige Bürgermeister, und Männer wie Roosevelt führten einen mutigen, verbissenen Kampf gegen die Korruption, aber es war ihnen noch nicht gelungen, die älteste und einträglichste aller polizeilichen Tätigkeiten zu unterbinden: das Eintreiben von Schmiergeldern bei Besitzern von

Saloons, Bars, Stundenhotels, Opiumhöhlen und anderen Orten des Lasters. »Irgend jemand im Sechzehnten Bezirk, ich weiß immer noch nicht, wer, hat der Presse gegenüber die Geschichte breitgetreten, um die Schrauben fester anzuziehen. Aber die beiden anderen Opfer waren Jungen wie dieser hier, auf der Straße gefunden, daher nicht als Druckmittel für ihre Zuhälter geeignet. Deshalb hat niemand davon erfahren...«

Seine Stimme wurde vom Schlag der Wellen unter uns und dem Rauschen der Brise über dem Fluß übertönt. »Waren die beiden auch so zugerichtet?« fragte ich und betrachtete Theodore, der auf den Toten blickte.

»Fast genauso. Kehle durchschnitten. Ratten und Vögel hatten sich schon über sie hergemacht, so wie über den hier. Kein angenehmer Anblick.«

»Wieso Ratten und Vögel?«

»Die Augen«, gab Roosevelt zur Antwort. »Detective Sergeant Connor führt das auf Ratten oder Aasvögel zurück. Aber alles übrige...«

In den Zeitungen hatte über die beiden anderen Morde nichts gestanden, was mich aber nicht im geringsten überraschte. Wie Roosevelt sagte: Morde, die kaum aufklärbar schienen und sich unter den Armen und Ausgestoßenen abspielten, wurden von der Polizei kaum registriert, geschweige denn untersucht; wenn die Opfer dann noch einer Schicht der Gesellschaft angehörten, deren Existenz man offiziell gar nicht zugab, sank das Interesse der Öffentlichkeit auf Null. Ich fragte mich einen Moment lang, was meine eigenen Redakteure bei der *Times* wohl getan hätten, wenn ich einen Artikel über einen Knaben vorgeschlagen hätte, der davon lebte, daß er sich als weibliche Hure anzog und bemalte und seinen Körper erwachsenen Männern verkaufte (viele von ihnen nach außen hin rechtschaffene Bürger), und der schließlich in einem finstern Winkel unserer Stadt auf gräßlichste Weise hingeschlachtet wurde. Die Kündigung wäre wohl das mindeste gewesen; wahrscheinlich hätte ich mit der Zwangseinweisung ins Irrenhaus von Bloomingdale rechnen müssen.

»Kreisler habe ich seit Jahren nicht mehr gesehen«, murmelte Roosevelt jetzt. »Allerdings hat er mir einen sehr netten Brief geschrieben, als...«, einen Augenblick schien es, als wollte ihm die Stimme versagen, »...das heißt, zu einem sehr schwierigen Zeitpunkt.«

Ich verstand. Theodore bezog sich auf den Tod seiner ersten Frau Alice, die im Jahr 1884 bei der Geburt ihrer gleichnamigen Tochter gestorben war. An diesem Tag traf ihn ein doppelter Verlust, denn Stunden nach dem Tod seiner Frau war auch seine Mutter gestorben. Theodore hatte die Tragödie auf für ihn charakteristische Weise bewältigt: indem er die Erinnerung an seine Frau in sich vergrub und nie wieder von ihr sprach.

Er riß sich los und wandte sich an mich. »Der gute Doktor muß aber doch einen Grund gehabt haben, auch dich hierher zu rufen.«

»Ich will Maier heißen, wenn ich ihn kenne«, erwiderte ich achselzuckend.

»Jaja«, bemerkte Theodore mit freundschaftlichem Lachen. »Undurchsichtig wie ein Chinese, unser Freund Kreisler. Und vielleicht habe auch ich mich in den letzten Monaten, ebenso wie er, zu ausschließlich unter Abseitigem und Scheußlichem bewegt. Aber ich glaube, seine Absicht zu erraten. Schau, Moore, ich mußte über die drei anderen Morde hinwegschauen, weil der Apparat keine Untersuchung wünscht. Und selbst wenn sie's möchten, gäbe es keinen geeigneten Mann, der die Ausbildung hat, aus solchen Schlächtereien klug zu werden. Aber dieser Junge, dieses furchtbar verstümmelte Kind – die Justiz kann nicht ewig die Augen verschließen. Ich habe einen Plan, und ich glaube, auch Kreisler hat einen Plan – und du sollst wahrscheinlich derjenige sein, der uns zusammenbringt.«

»Ich?«

»Warum nicht? So wie damals in Harvard, zu Beginn unserer Bekanntschaft.«

»Aber was soll ich dabei tun?«

»Kreisler morgen zu mir ins Büro bringen. Am späten Vormittag, wie er sagt. Dann besprechen wir alles und legen unsere weitere Vorgehensweise fest. Bitte um äußerste Diskretion – für alle anderen ist das nur ein Treffen von alten Freunden.«

»Aber Roosevelt, zum Teufel – *was* ist nur ein Treffen von alten Freunden?«

Aber die Begeisterung über seinen Plan hatte ihn schon ganz gefangengenommen. Meine vorwurfsvolle Frage überging er, holte tief Atem, streckte den Brustkorb heraus und wirkte auf einmal viel gelöster. »Taten, Moore, wir werden mit Taten darauf antworten!«

Und dann packte er mich bei den Schultern und drückte mich an sich, voll Enthusiasmus und soeben wiedererlangter moralischer Gewißheit. Was meine eigene Gewißheit anging – irgendeine Art von Gewißheit! –, so wartete ich vergeblich auf ihr Erscheinen. Ich wußte nur, daß ich da in etwas hineingezogen wurde, das die beiden entschlossensten Männer betraf, die ich kannte – und diese Vorstellung bot mir keinen Trost, als wir hinunterstiegen zu Kreislers Wagen und den Leichnam des bedauernswerten kleinen Santorelli allein auf dem Turm ließen, hoch oben im eiskalten Himmel, den noch nicht die leiseste Spur der Morgendämmerung erhellte.

KAPITEL
4

Der Morgen begann mit kaltem, dichtem Schneeregen. Ich stand zeitig auf und genoß das Frühstück, das Harriet fürsorglich zubereitet hatte: starken Kaffee, Toast und Obst (was sie, im Dienst meiner Familie erfahren im Umgang mit trinkfreudigen Menschen, bei jedem Freund des Alkohols für unerläßlich hielt). Ich setzte mich in den kleinen Wintergarten meiner Großmutter mit Blick über den noch nicht erwachten Rosengarten an der Rückseite des Hauses und beschloß, mich zuerst an der Morgenausgabe der *Times* zu erbauen, bevor ich in Kreislers Institut anrief. Der Regen trommelte auf das Kupferdach und an die Glaswände rund um mich herum, ich atmete den Duft der wenigen Grünpflanzen und Blumen, die meine Großmutter hier das ganze Jahr über pflegte, und vertiefte mich in die Zeitung. Aber im Vergleich zu dem, was gestern abend geschehen war, schien die Welt der Zeitung ziemlich uninteressant.

HELLE EMPÖRUNG IN SPANIEN, erfuhr ich; die amerikanische Unterstützung der nationalistischen Aufständischen in Kuba (der Kongreß hatte vor, ihnen den Status einer kriegführenden Nation zuzugestehen, was praktisch eine Anerkennung ihrer Ziele bedeutete) bereitete dem üblen, morschen Regime in Madrid schlaflose Nächte. Boss Tom Platt, Anführer der republikanischen Stadtfraktion, steinalt und grundböse, wurde von der Redaktion der *Times* der Vorwurf gemacht, er wolle die geplante Neuordnung der Stadt zu einem Großraum New York – unter Einschluß von Brooklyn und Staten Island, ebenso wie Queens, der Bronx und Manhattan – für seine eigenen egoistischen Ziele mißbrauchen. Bei den bevorstehenden Parteitagen der Republikaner wie der Demokraten würde es wohl vor allem um die Frage des Bimetallismus gehen, das heißt darum, ob Amerikas guter alter Gold-Standard durch die Einführung von Silbermünzen abgewertet werden sollte.

So bedeutend das alles ohne Zweifel war, so wenig konnte es einen Mann in meiner Stimmung fesseln. Ich wandte mich leichteren Dingen zu. In Proctor's Theatre traten radfahrende Elefanten auf; in Hubert's Museum an der Vierzehnten Straße eine Truppe von Hindu-Fakiren; in der Academy of Music gab Max Alvary einen brillanten Tristan; und im Abbey's war Lilian Russell *Die Göttin der Wahrheit.* Eleanora Duse in *Camille* war »keine Sarah Bernhardt«, und Otis Skinner in *Hamlet* teilte ihre Neigung, die Tränen allzu schnell sprudeln zu lassen. *Der Gefangene von Zenda* im Lyceum lief schon die vierte Woche – ich hatte das Stück zweimal gesehen und überlegte kurz, ob ich es mir nicht an jenem Abend zum dritten Mal anschauen sollte. Dabei konnte man sich von den Sorgen des Alltags (von den schaurigen Bildern einer außergewöhnlichen Nacht gar nicht zu reden) so wunderbar erholen: Burgen, von Wassergräben umgeben, Schwertgefechte, ein galantes Geheimnis und betörende, häufig in Ohnmacht fallende Damen...

Doch während ich noch an das Stück dachte, überflog ich schon die Lokalnachrichten: In der Neunten Straße hatte ein Mann, der früher einmal im Suff seinem Bruder die Kehle durchschnitten hatte, in betrunkenem Zustand diesmal seine Mutter erschossen; bei dem besonders abscheulichen Mord an dem Künstler Max Eglau im Institut für Taubstumme gab es noch immer keine Hinweise auf den Täter; ein Mann namens John Mackin, der erst seine Frau und seine Schwiegermutter umgebracht und dann versucht hatte, sich selbst zu richten, indem er sich die Kehle durchschnitt, hatte sich von der Verletzung erholt und war jetzt in den Hungerstreik getreten, aber es war den Behörden gelungen, ihn wieder zum Essen zu bringen, indem sie ihm die Zwangsernährungsmaschine zeigten – man mußte ihn doch für den Henker am Leben erhalten...

Ich legte die Zeitung zur Seite. Nach einem letzten Schluck süßen schwarzen Kaffees und einem Stück Pfirsich aus Georgia beschloß ich, mich zur Vorverkaufskasse des Lyceums zu begeben, und wollte mich eben zu diesem Zweck anziehen, als das schrille Klingeln des Telefons meine Großmutter in ihrem Morgenzimmer derart erschreckte, daß sie nervös und zornig laut »O Gott!« schrie. Das Klingeln des Telefons hatte immer diese Wirkung auf sie, aber sie war noch nie auf die Idee gekommen, es entfernen oder wenigstens schalldämpfend umhüllen zu lassen.

Jetzt erschien Harriet aus der Küche, das weiche, ältliche Gesicht mit Seifenschaum besprenkelt. »Das Telefon, Sir«, erklärte sie und wischte sich die Hände an der Schürze ab. »Dr. Kreisler ist am Apparat.«

Meinen chinesischen Morgenmantel enger um mich ziehend, schritt ich zu der kleinen Holzkiste neben der Küchentür, nahm den schweren schwarzen Hörer ab und hielt ihn ans Ohr, während ich die zweite Hand um das fest verankerte Mundstück legte. »Ja?« sagte ich. »Sind Sie es, Laszlo?«

»Ah, Sie sind schon wach, Moore«, hörte ich ihn sagen. »Gut.« Der Ton war schwach, aber Laszlo klang so energisch wie immer. Er sprach mit europäischem Akzent, denn er war als Kind in die Vereinigten Staaten gekommen; sein deutscher Vater, ein wohlhabender Verleger, und seine ungarische Mutter mußten nach dem Aufstand des Jahres 1848 aus Europa fliehen. In New York zählten sie bald zu den Glanzlichtern einer mondänen Gesellschaft politischer Immigranten. »Wann will Roosevelt uns sehen?« fragte er, ohne den leisesten Gedanken daran, Roosevelt hätte seinen Vorschlag vielleicht ablehnen können.

»Vor dem Lunch!« erwiderte ich etwas lauter, weil seine Stimme gar so leise klang.

»Warum, zum Teufel, brüllen Sie so?« bemerkte Kreisler darauf. »Vor dem Lunch, soso. Ausgezeichnet, dann bleibt uns genug Zeit. Haben Sie schon die Zeitungen gelesen? Den Artikel über diesen Wolff?«

»Nein.«

»Dann lesen Sie ihn beim Anziehen.«

Ich blickte an meinem Morgenrock hinunter. »Woher wußten Sie...«

»Sie haben ihn schon in Bellevue. Ich soll ihn dort untersuchen; dabei können wir herausfinden, ob er vielleicht mit unserer Sache zu tun hat. Dann weiter in die Mulberry Street, ein kurzer Halt im Institut, und dann Lunch bei Del – ein junges Huhn vielleicht, oder die Tauben-Crêpes. Ranshofers Pfeffersauce mit Trüffeln ist süperb.«

»Aber...«

»Cyrus und ich fahren von mir zu Hause direkt dorthin. Sie werden eine Mietkutsche nehmen müssen. Wir werden um halb zehn erwartet – also bitte, Moore, versuchen Sie pünktlich zu sein, ja? Wir dürfen in dieser Sache keine Minute verlieren.«

Und schon hatte er eingehängt. Ich ging zurück auf die Veranda, griff nach der *Times* und blätterte sie noch einmal durch. Der besagte Artikel fand sich auf Seite 8:

Zwei Tage zuvor hatte Henry Wolff abends mit seinem Nachbarn Conrad Rudesheimer in dessen Mietwohnung getrunken. Als Rudesheimers fünfjährige Tochter ins Zimmer kam, machte Wolff einige Bemerkungen, die Rudesheimer als nicht passend für die Ohren eines jungen Mädchens erachtete. Er machte entsprechende Einwendungen, worauf Wolff seinen Revolver zog, das Mädchen durch einen Schuß in den Kopf tötete und floh. Wenige Stunden später wurde er, ziellos herumirrend, am East River aufgegriffen. Die Zeitung sank mir aus der Hand, denn plötzlich hatte ich eine Vorahnung, als seien die Ereignisse der vorigen Nacht auf dem Brückenturm nur ein Auftakt gewesen.

Draußen in der Diele stieß ich beinahe mit meiner Großmutter zusammen. Das Silberhaar perfekt frisiert, in ihrer grau-schwarzen Toilette elegant wie immer, maß sie mich mit einem hochmütig strafenden Blick aus ihren grauen Augen und rief so überrascht: »John!«, als beherbergte sie außer mir noch zehn weitere Männer in ihrem Haus. »Wer um alles in der Welt war denn am Telefon?«

»Dr. Kreisler, Großmutter«, antwortete ich, während ich die Treppe hinaufstürzte.

»Dr. Kreisler!« rief sie mir entrüstet nach. »Nein, weißt du! Für heute habe ich genug von diesem Dr. Kreisler!« Und selbst durch die schon geschlossene Tür meines Schlafzimmers konnte ich sie noch hören: »Wenn du mich fragst – dein Dr. Kreisler ist wirklich sehr, sehr merkwürdig! Und mit seinem Doktortitel kann er mir auch nicht imponieren. Dieser Holmes war schließlich auch ein Herr Doktor!« Und weiter in dieser Tonart, während ich mich wusch, rasierte und mir die Zähne mit Sozodont schrubbte. So war sie eben; und wenn es für einen Mann wie mich, der gerade eben das, was er für seine einzige Hoffnung auf häusliches Glück hielt, verloren hatte, auch etwas anstrengend war, so doch immerhin noch besser als eine einsame Wohnung in einem Haus voller Männer, die sich mit dem Junggesellenleben abgefunden hatten.

Rasch griff ich nach einer grauen Mütze und einem schwarzen Schirm und steuerte eiligen Schrittes in Richtung Sechste Avenue. Der Regen prasselte jetzt schon ganz ordentlich, dazu war ein steifer Wind aufgekommen. Als ich die Avenue erreichte, drehte der Sturm plötzlich und blies jetzt unter dem Gleiskörper der New York Elevated Railroad Line hindurch, die sich zu beiden Seiten der Straße über den Gehsteigen erhob. Ein Windstoß stülpte nicht nur meinen Schirm um, sondern auch die mehrerer anderer Menschen in der Masse, die sich unter der Hochbahn dahinschob. Die Verbindung von Regen, Kälte und heftigem Wind ließ die auch sonst schon wilde Hauptverkehrszeit hier wie ein Pandämonium erscheinen. Mit meinem nutzlosen Schirm kämpfend, steuerte ich auf eine Droschke zu, wobei mir aber ein junges Paar zuvorkam, das mich recht unsanft zur Seite schob und dann eilends in die Mietkutsche kletterte. Gereizt verwünschte ich laut ihre gesamte Nachkommenschaft und schüttelte meinen umgestülpten Schirm gegen sie, worauf die Frau vor Schreck laut aufkreischte und der Mann mit einem ängstlichen Blick auf mich feststellte, ich müsse verrückt sein – was mir wiederum angesichts meines Zieles recht witzig schien und das feuchte Warten auf eine andere Droschke erträglicher machte. Als schließlich doch noch eine Kutsche um die Ecke des Washington Place bog, wartete ich nicht, bis sie stehenblieb, sondern sprang auf, schloß die halbhohe Tür und schrie dem Kutscher zu, er möge mich zum Irrenpavillon in Bellevue fahren – nicht gerade ein Ziel, das den Cabbie beruhigte. Der Ausdruck ängstlicher Verblüffung auf seinem Gesicht entschädigte mich für die Unbilden des Wetters, so daß ich an der Vierzehnten Straße nicht einmal mehr den an meinen Beinen klebenden nassen Tweed spürte.

Mit der für einen New Yorker Cabbie typischen Halsstarrigkeit beschloß mein Kutscher – den Kragen seines Regenmantels hochgeschlagen, den Zylinder mit einem dünnen Gummiüberzug geschützt –, sich seinen Weg die Sechste Avenue entlang durchs dichteste Einkaufsgewühl zu ertrotzen, bevor er sich hinter der Vierzehnten Straße ostwärts hielt. Als wir uns an fast allen großen Kaufhäusern – O'Neill, Adams & Company, Simpson-Crawford – entlangmanövriert hatten, klopfte ich mit der Faust gegen die Trennwand und versicherte meinem Fahrer, daß ich wirklich nach Bellevue wollte, und zwar noch am selben Tag. Darauf riß er das Gefährt brutal herum, wir bogen nach rechts in die Dreiundzwanzigste und ratterten dann über die vollkommen ungeregelte Kreuzung dieser Straße mit der Fifth Avenue und dem Broadway. Am Fifth Avenue Hotel vorbei, wo Boss Platt sein Hauptquartier aufgeschlagen hatte und wahrscheinlich in diesen Minuten dem Plan für Groß-New York die letzten Glanzlichter aufsetzte, bewegten wir uns an den östlichen Ausläufern des Madison Square Park entlang, bogen in die Sechsundzwanzigste, änderten dann vor den italienischen Arkaden und Türmen des Madison Square Garden die Richtung und wandten uns wieder nach Osten. Endlich erschien das rechteckige rote Ziegelgebäude von Bellevue am Horizont, und schon wenige Minuten später hielten wir hinter einem großen schwarzen Rettungswagen unweit des Eingangs zur Irrenanstalt. Ich bezahlte den Kutscher und ging hinein.

Der Pavillon war ein einfaches rechteckiges Gebäude. Ein kleiner, mäßig einladender Vorraum nahm Besucher und Insassen auf. Durch eiserne Gittertüren fiel der Blick auf einen breiten Gang, der das Gebäude in zwei Hälften teilte. Vierundzwanzig »Zimmer« – eigentlich waren es Zellen – zeigten auf diesen Gang; genau auf halbem Weg trennten zwei schwere eiserne Schiebetüren diese Zellen in zwei Abteilungen: eine für Männer, die andere für Frauen. Hier in diesem Pavillon wurden vor allem Gewaltverbrecher untergebracht, zum Zweck der Beobachtung und Diagnoseerstellung. Sobald über ihre Zurechnungsfähigkeit entschieden war und man die offiziellen Berichte verschickt hatte, brachte man die hier Internierten in andere, noch weniger einladende Institutionen.

Kaum hatte ich den Vorraum betreten, hörte ich auch schon das übliche Schreien und Heulen – darunter durchaus vernünftig klingende Protestrufe, aber auch das Toben und Zähneknirschen von Wahnsinn und Verzweiflung. Im selben Moment erblickte ich Kreisler; eigenartig, wie stark ich seinen Anblick schon immer mit solchen Geräuschen assoziierte. Ganz in Schwarz gekleidet, war er, wie so oft, in die Musikrezensionen der *Times* versunken. Seine schwarzen Augen, die an die eines großen Vogels erinnerten, flogen auf dem Papier hin und her, gleichzeitig trat er mit abrupten, schnellen Bewegungen von einem Fuß auf den anderen. Die Zeitung hielt er in der rechten Hand; der linke Arm, als Folge eines Kindheitsunfalles leicht verkrüppelt, war an den Körper gepreßt. Hie und da hob er die linke Hand, um sich über den sorgfältig gepflegten Schnurrbart und den kleinen Bart unter seiner Unterlippe zu streichen. Sein dunkles, glatt zurückgekämmtes Haar, das er im Verhältnis zur damals herrschenden Mode viel zu lang trug, war feucht, denn er mochte keine Hüte. Das alles, zusammen mit der nickenden Bewegung seines Kopfes hin zur Zeitung, verstärkte die Vorstellung von einem hungrigen, unruhigen Falken, der dem Jammertal Lebensfreude abzutrotzen gedachte.

Neben Kreisler stand der hünenhafte Cyrus Montrose, Laszlos persönlicher Diener, Kutscher, gefürchteter Leibwächter und Alter ego. Wie die meisten von Kreislers Hausangestellten war auch Cyrus ein ehemaliger Patient, und zwar einer, der mich trotz seines tadellosen Auftretens und Aussehens immer etwas beunruhigte. Heute morgen trug er graue Hosen und ein knapp sitzendes, kurzes braunes Jackett. Seinen breiten dunklen Gesichtszügen sah man nicht an, daß er mich bemerkt hatte, doch als ich näher trat, klopfte er Kreisler leicht am Arm und deutete auf mich.

»Ah, Moore!« sagte Kreisler, nahm mit der Linken eine Uhr aus seiner Westentasche und streckte mir lächelnd die Rechte entgegen. »Sehr schön.«

»Guten Morgen, Laszlo«, erwiderte ich und schüttelte seine Hand. »Morgen, Cyrus«, fügte ich dann noch mit knappem Nicken hinzu.

Nach einem Blick auf seine Uhr deutete Kreisler auf die Zeitung. »Ich finde das Verhalten Ihrer Redaktion unbegreiflich, Moore«, erklärte er. »Gestern abend sah ich eine brillante Vorstellung des *Bajazzo*, mit Melba und Ancona, aber die *Times* findet nur Alvarys Tristan erwähnenswert.« Er blickte hoch und schaute mich an. »Sie sehen müde aus, John.«

»Ich kann mir nicht vorstellen, warum. Was wäre denn erholsamer, als mitten in der Nacht in einer offenen Droschke quer durch die Stadt zu irren! Würden Sie mir vielleicht verraten, was ich hier soll?«

»Einen Moment.« Kreisler wandte sich an einen Wärter in dunkelblauer Uniform und Mütze, der auf einem spartanischen Holzstuhl saß. »Fuller? Wir sind soweit.«

»Sehr wohl, Herr Doktor«, antwortete der Mann, nestelte einen gewaltigen Schlüsselring von seinem Gürtel und schritt auf den Eingang des Zellentraktes zu. Kreisler und ich folgten ihm, Cyrus blieb reglos stehen, als wäre er eine schwarze Wachsfigur.

»Sie haben also den Artikel gelesen, Moore?« fragte Kreisler, während der Wärter das Gittertor zur ersten Abteilung aufschloß und öffnete. Das Brüllen und Heulen aus den Zellen wurde plötzlich fast unerträglich laut. In dem fensterlosen Gang gab es nur das spärliche Licht weniger elektrischer Glühbirnen. Die kleinen Observierluken in den wuchtigen Eisentüren der einzelnen Zellen standen hier und da offen.

»Ja«, antwortete ich schließlich gequält. »Ich habe ihn gelesen. Und ich kann mir auch eine mögliche Verbindung denken – aber wozu brauchen Sie gerade mich?«

Bevor Kreisler antworten konnte, erschien im Fenster der ersten Tür zu unserer Rechten ein weibliches Gesicht. Die

Frau hatte hochgestecktes, aber völlig unfrisiertes Haar, in ihrem breiten, verhärmten Gesicht stand der Ausdruck höchster Empörung, der jedoch im Nu verschwand, als sie erkannt hatte, wer der Besucher war. »Dr. Kreisler!« stieß sie heiser und leidenschaftlich hervor.

Kreislers Name pflanzte sich den Gang entlang fort, von Zelle zu Zelle, Insasse zu Insasse, durch die Wände und Eisentüren der weiblichen Abteilung hinüber in den Trakt der Männer. Ich hatte das schon mehrmals miterlebt, auch in anderen Anstalten, aber es war jedesmal verblüffend: Die Worte wirkten wie Wasser auf glühende Kohlen, sie nahmen die knisternde Hitze fort und verwandelten sie in dampfendes Geflüster – eine vielleicht nur kurz andauernde, aber nichtsdestoweniger wirkungsvolle Erlösung aus dem sengenden Feuer.

Dieses erstaunliche Phänomen hatte einen einfachen Grund. Kreisler war in ganz New York nicht nur in der Welt der Patienten, sondern auch in der der Verbrecher, Mediziner und Juristen bekannt als jener Mann, dessen Aussage vor Gericht darüber entschied, ob jemand ins Gefängnis geworfen, in eine – mit immerhin geringeren Schrecken verbundene – Anstalt für Geisteskranke gebracht oder aber auf freien Fuß gesetzt wurde. Kaum sichtete man ihn also an einem Ort wie jenem Pavillon, unterdrückten die meisten der Insassen die üblichen Wahnsinnslaute und versuchten sich halbwegs vernünftig und zusammenhängend zu äußern. Nur die Neuen, noch nicht Eingeweihten, oder aber die wirklich hoffnungslos Verwirrten ließen von ihrem Gebrüll nicht ab. Aber dieses plötzliche Leiserwerden war alles andere als beruhigend; es wirkte eigentlich noch unheimlicher, denn man wußte ja, daß die Anstrengung dahinter eine ungeheure war, daß der Wellenschlag der Angst bald zurückkehren würde – wie bei glühenden Kohlen eben, die nach vorübergehender Löschung durch einen Spritzer Wasser weiterglühten wie zuvor.

Aber auch Kreislers Reaktion auf das Benehmen der Insassen war nicht ganz geheuer, denn man mußte sich doch fragen, welche Lebenserfahrungen ihn in den Stand versetzten, das alles über sich ergehen zu lassen (von links und rechts hagelte es Fragen und Bitten: »Dr. Kreisler, ich muß mit Ihnen sprechen!« oder: »Dr. Kreisler, bitte, ich bin nicht wie die anderen!«). Gemessenen Schrittes bewegte er sich durch den langen Korridor, die Brauen über den glühenden Augen buschig gesenkt, von Seite zu Seite und Zelle zu Zelle mitfühlende, aber mahnende Blicke werfend, als wären alle diese Menschen arme, verirrte Kinder. Nie richtete er an einen der Insassen das Wort, aber das geschah nicht aus Grausamkeit, sondern im Gegenteil: Hätte er einen einzigen von ihnen angesprochen, dann hätte er diesem ja – vielleicht ganz unbegründete – Hoffnungen gemacht, alle anderen aber zutiefst enttäuscht. Jeder Patient, der schon einmal im Gefängnis, in einer Irrenanstalt oder einige Zeit lang hier in Bellevue zur Beobachtung gewesen war, wußte, daß dies Kreislers Art war; sie flehten ihn daher vor allem mit stummen Blicken an.

Wir passierten die eiserne Schiebetür, betraten die Männerabteilung und folgten dem Wärter Fuller bis zur letzten Zelle links. Dort trat er zur Seite, öffnete die kleine Observierluke in der schweren Tür und rief: »Wolff! Besuch für dich. Offizieller Besuch, also benimm dich.«

Kreisler stellte sich ans Fenster und blickte hinein, und ich schaute ihm über die Schulter. In der kleinen Zelle mit den kahlen Wänden saß ein Mann auf einem einfachen Bett, darunter stand ein verbeulter Nachttopf aus Metall. Das kleine Fenster war vergittert, Efeu hielt das spärliche Licht von außen ab. Ein Wassereimer aus Metall und ein Tablett mit einem Stück Brot und einer von Haferflocken verkrusteten Schale standen auf dem Boden neben dem Mann, der den Kopf in die Hände stützte. Er trug nur ein Unterhemd und wollene Hosen, weder Gürtel noch Hosenträger (damit er sich nicht damit umbringen konnte). Um die Knöchel und Handgelenke trug er schwere Hand- und Beinschellen. Als er auf Fullers Zuruf hin das Gesicht hob, kamen zwei rote Augen zum Vorschein, die mich an mein übelstes Erwachen erinnerten; auf seinem tief zerfurchten, schnauzbärtigen Gesicht lag der Ausdruck gleichgültiger Resignation.

»Mr. Wolff«, redete Kreisler den Mann an, »sind Sie nüchtern?«

»Ja, wie denn nicht?« antwortete der Mann langsam und undeutlich. »Nach einer Nacht in diesem Loch?«

Kreisler schloß die kleine Eisenplatte vor dem Fenster und wandte sich an Fuller. »Ist er sediert?«

Fuller zuckte irritiert die Schultern. »Er hat getobt, als sie ihn herbrachten, Dr. Kreisler. Mehr als nur ein gewöhnlicher Rausch, hat der Aufseher gesagt, also haben sie ihn vollgepumpt mit Chloral.«

Kreisler seufzte verärgert auf. Chloralhydrat, das war der Fluch seiner professionellen Existenz: eine bitter schmeckende, farblose Mixtur, die den Puls verlangsamte und den Betroffenen daher beruhigte – oft bis zum Koma, vor allem in vielen Bars und Saloons, wo diese Substanz zwecks Entführung oder Beraubung häufig in die Getränke gemischt wurde. Die meisten Mediziner vertraten jedoch steif und fest die Ansicht, Chloral mache nicht süchtig (Kreisler war jedoch gegenteiliger Meinung). Und bei fünfundzwanzig Cent pro Dosis war es eine billige und bequeme Alternative dafür, einen tobenden Patienten mit viel Mühe in die Zwangsjacke zu stecken. Man benutzte das Mittel daher ohne jede Hemmung, vor allem bei geistesgestörten oder gewalttätigen Patienten; doch in den fünfundzwanzig Jahren seit seiner Einführung hatte es auch beim allgemeinen Publikum Beliebtheit erlangt, das damals nicht nur Chloral, sondern auch Morphium, Opium, Haschisch und ähnliche Mittel ganz frei in jedem Drugstore kaufen konnte. Tausende Menschen hatten ihr Leben dadurch zerstört, daß sie zu Chloral griffen, um sich »von Angst und Sorgen zu befreien und endlich wieder tief zu schlafen« (wie ein Hersteller es ausdrückte). Es häuften sich Todesfälle durch Überdosis; mehr und mehr Selbstmorde standen mit diesem Mittel in Verbindung – und dennoch beharrten die Herren Mediziner darauf, daß es nichts Nützlicheres und Sichereres als Chloral gäbe.

»Wieviel hat er bekommen?« fragte Kreisler verärgert – wobei er natürlich genau wußte, daß Fuller weder dafür verantwortlich war noch damit zu tun hatte.

»Mit zwanzig Pillen fingen sie an«, antwortete der Wärter hilflos. »Ich habe ihnen gesagt, Sir, daß Sie heute zur Untersuchung kommen und sich sicher ärgern würden, aber, na ja, Sie wissen ja, wie es ist, Sir.«

»Ja«, antwortete Kreisler ruhig, »ich weiß es.« Wir alle wußten, daß der Aufseher auf die Nachricht von der bevorstehenden Untersuchung durch Kreisler die Dosis Chloral sicher absichtlich verdoppelt und dadurch Wolffs Fähigkeit zur sinnvollen Mitwirkung entscheidend herabgesetzt hatte; eine solche Untersuchung hatte nur dann Sinn, wenn der Patient nicht unter Einwirkung von Alkohol oder Drogen stand. Doch das entsprach eben der Meinung, die seine Kollegen, vor allem die älteren, Dr. Kreisler entgegenbrachten.

»Na schön«, verkündete Laszlo nach kurzer Überlegung. »Da kann man eben nichts machen. Wir sind jetzt hier, Moore, und die Zeit drängt.« Das erinnerte mich an den merkwürdigen Hinweis auf einen »Zeitplan« in Kreislers Nachricht an Roosevelt. Ich sagte aber nichts, als er den Riegel wegschob und die schwere Tür aufdrückte. »Mr. Wolff«, erklärte Kreisler, »ich möchte mich mit Ihnen unterhalten.«

In der folgenden Stunde wurde ich Zeuge von Kreislers Untersuchung dieses hilflosen, verwirrten Menschen, der so fest, wie es ihm das Chloralhydrat gestattete, darauf beharrte, daß er, falls er der kleinen Louisa Rudesheimer wirklich mit seiner Pistole den Kopf weggeschossen haben sollte – und wir versicherten ihm, daß das den Tatsachen entsprach –, doch unmöglich bei Verstand sein konnte und daher in eine Irrenanstalt gehörte, aber sicher nicht ins Gefängnis oder an den Galgen. Kreisler nahm seine Auffassung zur Kenntnis, ging jedoch auf den Fall selbst gar nicht ein, sondern stellte ihm eine lange Reihe von scheinbar unzusammenhängenden Fragen: nach seinem bisherigen Leben, seiner Familie, seinen Freunden, seiner Kindheit. Die Fragen waren zutiefst persönlich und hätten in jeder normalen Situation aufdringlich, ja beleidigend gewirkt; daß Wolff auf Kreislers Fragen nicht so rabiat reagierte, wie es die meisten anderen Menschen getan hätten, lag wahrscheinlich nur daran, daß er unter dem Einfluß von Chloral stand.

Allerdings verlor Wolff seine chemisch aufgezwungene Ruhe, als Kreisler ihm schließlich Fragen nach Louisa Rudesheimer stellte. Hatte das Mädchen irgendwelche sexuellen Gefühle in ihm geweckt? fragte Laszlo mit einer Direktheit, die bei diesem Thema sonst nicht üblich war. Gab es noch andere Kinder in seinem Haus oder in der Nachbarschaft, die solche Gefühle in ihm weckten? Hatte er eine Freundin? Besuchte er manchmal verrufene Häuser? Fühlte er sich von Knaben sexuell angezogen? Warum hatte er das Mädchen erschossen und nicht erstochen? Wolff war durch diese Fragen zunächst wie vor den Kopf gestoßen und erkundigte sich bei Fuller, ob er das wirklich beantworten müsse, was Fuller – mit einem leicht schmutzigen Grinsen – bejahte. Also fügte sich Wolff, zumindest eine Weile. Aber nach einer halben Stunde hatte er genug, erhob sich schwankend, schüttelte seine Handschellen und schwor, kein Mensch könne ihn zwingen, noch länger bei solchen Schweinereien mitzumachen. Trotzig erklärte er, da sei ihm noch der Henker lieber, worauf sich auch Kreisler erhob und Wolff gerade in die Augen blickte.

»Ich fürchte, im Staat New York hat schon fast überall der elektrische Stuhl den Galgen verdrängt, Mr. Wolff. Angesichts Ihrer Antworten auf meine Fragen ist allerdings zu befürchten, daß Sie das bald selbst herausfinden. Gott erbarme sich Ihrer, Sir.«

Kreisler schritt zur Tür, die Fuller rasch geöffnet hatte. Bevor ich Laszlo auf den Gang folgte, warf ich einen letzten Blick auf Wolff: Sein Ausdruck hatte sich von Trotz in tiefste Angst verwandelt, aber er war zu erschöpft, um mehr als schwach zu protestieren und wieder auf seinem Wahnsinn zu bestehen. Schließlich sank er ermattet auf sein Bett zurück.

Fuller verriegelte von außen die Tür zu Wolffs Zelle, und Kreisler und ich schritten durch den Mittelgang zurück. Wieder erklang das leise, aber intensive Flehen der anderen Insassen, aber wir hatten es bald hinter uns. Kaum waren wir draußen in der Vorhalle, erhob sich das Heulen und Schreien wieder zu seiner vollen Lautstärke.

»Ich glaube, den können wir vergessen, Moore«, erklärte Kreisler müde, während er die ihm von Cyrus dargereichten Handschuhe überstreifte. »Ich habe einen ausreichenden Einblick in Wolffs Fall gewonnen, obwohl er unter Drogeneinfluß stand – er ist sicher gewalttätig, er haßt Kinder, er ist überdies ein Säufer. Aber er ist weder irr, noch hat er etwas mit unserer gegenwärtigen Sache zu tun.«

»Ah«, unterbrach ich ihn, die Gelegenheit nutzend, »dazu wollte ich...«

»Natürlich hätten sie lieber, daß er verrückt ist«, fuhr Laszlo fort, ohne mich zu beachten. »Die Ärzte hier, die Zeitungen, das Gericht; sie hängen an ihrer Meinung, daß ein Mensch, der ein fünfjähriges Mädchen durch einen Kopfschuß tötet, verrückt sein *muß*. Es bringt nämlich gewisse... *Schwierigkeiten* mit sich, wenn wir uns zu der Erkenntnis durchringen, daß unsere Gesellschaft vernünftige Menschen hervorbringt, die solche Taten begehen.« Mit einem Seufzer nahm er den von Cyrus gereichten Schirm entgegen. »Tja, das werden wieder ein oder auch zwei lange Tage bei Gericht, nehme ich an...«

Wir verließen den Pavillon, ich suchte Zuflucht unter Kreislers Schirm, und stiegen in die nunmehr geschlossene Kalesche. Ich wußte, was mich erwartete: ein Kreislerscher Monolog, der für ihn eine Art Katharsis bedeutete, ein Bekenntnis seiner wichtigsten professionellen Grundsätze, um mit der ungeheuren Verantwortung für das Leben eines Menschen irgendwie zurechtzukommen. Kreisler war entschieden gegen die Todesstrafe, selbst bei so abscheulichen Verbrechen wie das von Wolff begangene; er ließ sich durch diese Einstellung jedoch nicht von seiner Definition des Wahnsinns abbringen, die – im Gegensatz zu der vieler seiner Kollegen – ziemlich eng war. Als Cyrus auf den Kutschbock sprang und das Gefährt Bellevue hinter sich ließ, behandelte Kreisler in seinem Monolog bereits Gegenstände, die mir schon längst vertraut waren: beispielsweise daß eine breitere Definition des Wahnsinns der Gesellschaft im allgemeinen zwar sicher willkommen wäre, die Erforschung der menschlichen Seele aber nicht weiterbrächte, dafür aber die

Chance der Geisteskranken auf richtige Pflege und Behandlung stark verringerte. Es war eine sehr intensive Ansprache – ich hatte das Gefühl, daß Kreisler die Vorstellung von Wolff auf dem elektrischen Stuhl von sich fortschieben wollte; und je länger er redete, um so mehr schwand meine Hoffnung auf irgendeine handfeste Information in bezug auf »unsere Sache«, was denn nun eigentlich los war und was in Teufels Namen ich damit zu tun hatte.

Einigermaßen verzweifelt fielen meine Blicke dann auf Cyrus, und dabei hoffte ich, bei ihm, der diesen Tiraden sicher noch öfter zuhören mußte als jeder andere, vielleicht auf Mitgefühl zu stoßen. Aber da täuschte ich mich natürlich gewaltig. Wie Stevie Taggert hatte auch Cyrus nichts zu lachen gehabt, bevor er in Laszlos Dienste trat, und war daher jetzt meinem Freund vollkommen ergeben. Während der Unruhen im Jahr 1863 hatte Cyrus als Kind miterlebt, wie seine Eltern buchstäblich in Stücke gerissen wurden, und zwar von einem weißen Mob – in der Hauptsache neu Eingewanderte –, der nicht für die Sache der Union und die Befreiung der Sklaven kämpfen wollte und dies dadurch zum Ausdruck brachte, daß er alle Schwarzen, deren er habhaft wurde, selbst kleine Kinder, quälte, teerte und federte, in Stücke riß oder lebendig verbrannte. Nach dem Tod seiner Eltern wurde Cyrus, ein begabter Musiker mit einem herrlichen Baßbariton, von einem fürsorglichen Onkel zu sich genommen und zum »Professor« ausgebildet – nämlich zum Klavierspieler in einem Bordell, das junge schwarze Frauen an wohlhabende weiße Männer vermittelte. Das alptraumhafte Erlebnis seiner Kindheit hing ihm allerdings noch immer nach. Als eines Nachts im Jahre 1887 ein betrunkener Polizist erschien, um sich die Bezahlung für seine »Schutzdienste« abzuholen, wozu seiner Meinung nach offenbar auch brutale Schläge mit dem Handrücken sowie verächtliche Beschimpfungen des »Niggers« gehörten, da holte Cyrus in aller Ruhe ein großes Fleischermesser aus der Küche und sandte damit den Bullen in jenes besondere Walhalla, das den gefallenen Engeln der Polizei von New York City vorbehalten war.

Hier trat nun Kreisler auf den Plan. Vermittels seiner Theorie der »explosiven Assoziation« erklärte er dem mit diesem Fall befaßten Richter folgendes: In den Minuten der Gewalttat war Cyrus in seinem Geist zurückversetzt in die Todesnacht seiner Eltern, und der Strudel des Zorns, seit damals fest verschlossen, brach plötzlich auf und verschlang den Polizisten. Cyrus, so erklärte Kreisler, war nicht verrückt; er hatte auf die Situation lediglich auf die einzige Art reagiert, wie es einem Mann mit seinen Erlebnissen möglich war. Der Richter war von Kreislers Argumentation beeindruckt, konnte aber angesichts der öffentlichen Stimmung Cyrus nicht gut freilassen. Man schlug seine Unterbringung in der Städtischen Irrenanstalt auf Blackwells Island vor; aber Kreisler versicherte, daß eine Unterbringung und Anstellung an seinem Institut sehr viel nützlicher sein würde. Der Richter, der den Fall vom Halse haben wollte, gab seine Zustimmung. Die Affäre trug keineswegs dazu bei, Kreislers öffentlichen und auch professionellen Ruf als Spinner zu heben, und sie erhöhte auch nicht die Begierde der Besucher in Laszlos Heim nach einem Tête-à-tête mit Cyrus in der Küche. Aber sie brachte ihm sicherlich dessen Loyalität ein.

Der Regen ließ nicht nach, während wir die Bowery entlangfuhren – die einzige größere New Yorker Straße, die meines Wissens nie eine Kirche zierte. Saloons und Tanzlokale zogen vorbei; am Cooper Square bemerkte ich die Neonreklame und die verhangenen Fenster von Biff Ellisons Paresis Hall, dem Mittelpunkt von Giorgio Santorellis jämmerlichem Broterwerb. Weiter ging es, durch den Dschungel der Mietskasernen, wo sich das Gewimmel auf den Gehsteigen auch im strömenden Regen kaum verringerte. Erst als wir in die Bleecker Street einbogen und uns dem Polizeihauptquartier näherten, sagte Kreisler nebenbei:

»Sie haben die Leiche gesehen.«

»Was heißt hier ›haben‹?« gab ich ärgerlich zurück und war zugleich froh, daß die Angelegenheit endlich zur Sprache kam. »Ich sehe sie noch jetzt vor mir, wenn ich die Augen länger als eine Minute schließe. Was zum Teufel sollte das denn bezwecken, daß Sie das ganze Haus aufwecken und mich dann dorthin entführen ließen? Ich kann über so etwas doch nicht schreiben, wie Sie sehr gut wissen – das Spektakel hat nur meine Großmutter aufgebracht, und das ist keine großartige Leistung.«

»Tut mir leid, John. Aber ich brauchte Sie, Sie mußten unbedingt sehen, worauf wir uns einlassen.«

»Ich lasse mich auf gar nichts ein!« widersprach ich energisch. »Vergessen Sie nicht, ich bin nur Reporter – ein Reporter mit einer scheußlichen Story, über die er nicht berichten darf.«

»Sie unterschätzen sich, Moore«, antwortete Kreisler. »Sie sind ein Quell wertvollster Spezialinformationen – was Ihnen vielleicht gar nicht bewußt ist.«

Ich hob die Stimme, um ihm energisch zu entgegnen: »Laszlo, was zum Teufel...«

Doch schon wieder kam ich nicht weiter. Als wir in die Mulberry Street bogen, hörte ich jemand rufen, und als ich aufblickte, sah ich Link Steffens und Jake Riis auf unsere Kutsche zueilen.

Kapitel 5

»Je näher bei der Kirche, desto näher bei Gott« – so hatte einmal ein Witzbold aus der New Yorker Unterwelt seinen Entschluß erklärt, das Hauptquartier seiner verbrecherischen Machenschaften nur wenige Häuserblocks vom Polizeihauptquartier entfernt aufzuschlagen. Diese Bemerkung hätte aber von mindestens einem Dutzend gleichgesinnter Figuren stammen können, denn das Nordende der Mulberry Street, dort wo sie die Bleecker Street kreuzt (das Hauptquartier befand sich in Nr. 300), war das Herz eines Dschungels von Mietskasernen, Bordellen, Tanzlokalen, Saloons und Spielhöllen. Eine Gruppe von Mädchen, die ein Bordell jenseits der Bleecker Street genau gegenüber von Mulberry Street Nr. 300 »bemannten«, amüsierte sich in ihren seltenen Mußestunden königlich damit, daß sie von den grüngerahmten Fenstern aus mit dem Opernglas die Vorgänge im Hauptquartier verfolgten und den vorübergehenden Polizisten bereitwillig Auskunft und Kommentar dazu lieferten. Das paßte genau zur Karnevalsatmosphäre, die an diesem Ort herrschte. Oder vielleicht könnte man auch von einem Zirkus sprechen, einem recht brutalen Zirkus im römischen Stil – denn mehrmals täglich wurden hier blutüberströmte Opfer von Verbrechen oder aber die Täter selbst vorbeigeschleppt, hinein in das von außen eher unscheinbare, hotelähnliche Gebäude, das geschäftige Nervenzentrum der New Yorker Gesetzeshüter – und draußen auf dem Gehsteig deutete nur mehr ein klebriger roter Fleck darauf hin, daß es drinnen todernst zuging.

Auf der anderen Seite der Mulberry Street befand sich das inoffizielle Hauptquartier der Polizeireporter, eine schäbige Spelunke, wo ich und meine Kollegen den Großteil unserer Zeit damit verbrachten, auf eine gute Story zu warten. Es war daher nicht überraschend, daß Riis und Steffens mir hier auflauerten. Riis' Gereiztheit in Verbindung mit dem amüsierten Grinsen auf Steffens' schmalem, gut geschnittenem Gesicht verriet mir allerdings, daß man sich hier auf Kosten eines anderen amüsierte.

»Tja, wen haben wir denn da!« rief Steffens, hob seinen Schirm eine Spur höher und sprang auf das Trittbrett von Kreislers Wagen. »Da kommen die geheimnisvollen Gäste ja schon paarweise! Einen schönen guten Morgen, verehrter Herr Doktor, freut mich, Sie zu sehen, Sir.«

»Morgen, Steffens«, erwiderte Kreisler mit einem Nicken, das alles andere als entgegenkommend war.

Keuchend kam Riis hinterhergerannt – mit seiner mächtigen skandinavischen Gestalt lief er nicht mehr so leichtfüßig wie der wesentlich jüngere Steffens. »Morgen, Doktor«, sagte er, worauf Kreisler nur wortlos nickte. Er konnte diesen Dänen nicht ausstehen; bahnbrechende journalistische Arbeiten über das elende Leben in den Mietskasernen – besonders seine Sammlung von Essays und Bildern mit dem Titel *Wie die anderen leben* – täuschten nicht darüber hinweg, daß er ein eifernder Moralist und, jedenfalls in Kreislers Augen, so etwas wie ein bigotter Pharisäer war. Ich muß gestehen, daß ich Laszlos Ansicht teilte. »Moore«, redete Riis weiter, »Roosevelt hat uns gerade aus seinem Büro hinausgeworfen, und zwar mit der Begründung, er erwarte euch beide zu einer wichtigen Besprechung – da geht doch etwas sehr Merkwürdiges vor, oder nicht?«

»Hört nicht auf ihn«, rief Steffens lachend dazwischen, »er fühlt sich auf den Schlips getreten. Anscheinend ist schon wieder so ein Mord passiert, der nur deshalb nicht in der *Evening Sun* stehen wird, weil unser Freund Riis einfach nicht daran glaubt. Hahaha! Er trägt eben immer wieder zu unserer Unterhaltung bei.«

»Steffens, bei Gott, wenn du nicht bald aufhörst...« Riis ballte eine wuchtige skandinavische Faust und schüttelte sie gegen Steffens, bemühte sich aber gleichzeitig keuchend und schnaubend, mit der noch immer rollenden Kutsche Schritt zu halten. Als Cyrus den Wallach vor dem Hauptquartier zum Stehen brachte, sprang Steffens vom Trittbrett.

»Aber geh, Jake, nur keine Drohungen!« rief er gutmütig. »Das war doch nur Spaß.«

»Worüber, zum Teufel, zankt ihr beiden euch denn?« fragte ich, während Kreisler, der die Szene überhaupt nicht zu bemerken geruhte, aus der Droschke stieg.

»Stell dich bitte nicht dümmer, als du bist«, gab Steffens darauf gereizt zur Antwort. »Du hast die Leiche gesehen, Dr. Kreisler ebenfalls – soviel wissen wir. Nur leider, leider kann Jake die Geschichte nicht bringen, da es ja seiner Ansicht nach keine Stricher gibt, also auch keine Häuser, wo sie arbeiten!«

Riis wurde rot und schien vor Ärger anzuschwellen. »Steffens, dir werde ich zeigen...«

»Und da deine Redakteure derart unanständiges Zeug bekanntlich auch nicht bringen werden, John«, fuhr Steffens fort, »bleibt nur mehr die *Post* übrig –, na wie wär's denn, Dr. Kreisler? Möchten Sie Ihre Informationen nicht dem einzigen Blatt in der Stadt anvertrauen, das sie auch druckt?«

Kreislers Lippen kräuselten sich zu einem schwachen Lächeln, das weder freundlich noch belustigt war, sondern irgendwie verächtlich. »Dem einzigen, Steffens? Und was ist mit der *World* oder dem *Journal*?«

»Ja, ja, ich hätte mich genauer ausdrücken sollen – ich meine, dem einzigen *anständigen* Blatt in der Stadt, das die Geschichte druckt.«

Kreisler maß Steffens' schlanke Gestalt mit seinen Blicken. »Anständig«, wiederholte er kopfschüttelnd und stieg auch schon die Treppe hinauf.

»Sagen Sie, was Sie wollen, Herr Doktor«, rief ihm Steffens noch immer lächelnd nach, »aber bei uns ist die Geschichte in besseren Händen als bei Hearst oder Pulitzer!« Kreisler ließ sich nicht anmerken, ob er das noch gehört hatte. »Unseren Informationen zufolge haben Sie heute morgen den Mörder verhört.« Steffens ließ nicht locker. »Könnten Sie wenigstens dazu etwas sagen?«

Schon oben am Eingang angekommen, hielt Kreisler jetzt inne und drehte sich um. »Der Mann, mit dem ich heute morgen sprach, ist zwar in der Tat ein Mörder. Aber mit dem kleinen Santorelli hat er nichts zu tun.«

»Wirklich nicht? Das müssen Sie aber schnell Detective Sergeant Connor sagen. Der hat uns den ganzen Vormittag davon erzählt, wie Wolff, nachdem er das kleine Mädchen erschossen hatte, blutrünstig nach einem weiteren Opfer lechzte.«

»Was??« In Kreislers Gesicht zeigte sich Entsetzen. »Nein! Er darf nicht – es ist wirklich lebenswichtig, daß er das nicht tut!«

Mit diesen Worten stürzte Laszlo in das Gebäude, und Steffens' letzter Versuch, ihn zum Reden zu bringen, blieb fruchtlos. Nachdem ihm die Beute entschlüpft war, stemmte mein Kollege von der *Evening Post* die freie Hand in die Hüfte, und sein Lächeln schien sich zu verlieren. »Weißt du, John – so, wie der Mann sich aufführt, macht er sich keine Freunde.«

»Darauf hat er's auch nicht abgesehen«, antwortete ich und hastete die Treppen hoch, aber Steffens erwischte mich am Arm.

»Kannst du uns denn nichts sagen, John? Das sieht doch Roosevelt nicht ähnlich, daß er uns derart verhungern läßt – zum Teufel, eigentlich sind doch eher wir seine Berater als die Lackaffen, die neben ihm in der Chefetage sitzen.«

Damit hatte er recht: Roosevelt hatte sowohl mit Riis als auch mit Steffens schon oft konferiert. Nichtsdestoweniger konnte ich jetzt nur die Schultern zucken. »Wenn ich etwas wüßte, würde ich's dir sagen, Link. Mich lassen sie auch im dunkeln.«

»Aber die Leiche, Moore«, fiel Riis ein. »Wir haben derart schaurige Gerüchte gehört – die können doch nicht stimmen!«

Die Leiche oben auf dem Brückenturm erschien mir wieder vor Augen. »Das schaurigste Gerücht kommt auch nicht annähernd an das heran, was ich gesehen habe.« Damit wandte ich mich ab und eilte die Treppe hoch.

Bevor ich noch drinnen war, hatten sich Riis und Steffens schon wieder in der Wolle, Steffens bewarf seinen Freund mit sarkastischen Bemerkungen, und Riis versuchte zornig, ihm das Maul zu stopfen. Aber Link hatte schon recht, wenn er sich auch etwas polemisch ausdrückte: Riis' starrköpfige Weigerung, die Existenz einer Homosexuellen-Prostitution auch nur zur Kenntnis zu nehmen, hatte zur Folge, daß eine der wichtigsten Zeitungen der Stadt die Einzelheiten dieser grauenhaften Tat nicht publizieren würde. Dabei hätte ein Bericht von Riis so viel mehr Gewicht besessen als ein Artikel von Steffens; denn während Links wichtigste Arbeiten als Vertreter der progressiven Bewegung noch in der Zukunft lagen, galt Riis seit längerem als Autorität, als jener Mann, dessen zornige Enthüllungen zur Schleifung von Mulberry Bend geführt hatten (wo sich Five Points befand, der berüchtigtste aller New Yorker Slums) sowie zur Zerstörung einiger weiterer Nester des Elends und des Verbrechens. Aber Jake brachte es einfach nicht über sich, diesem Santorelli-Mord ins Auge zu blicken; trotz aller scheußlichen Dinge, die er schon erlebt hatte. Und als ich durch das große grüne Tor die Zentrale der New Yorker Polizei betrat, fragte ich mich wieder einmal – wie schon Tausende Male zuvor während der Redaktionssitzungen der *Times* –, wie lange die meisten Mitglieder der Presse, von den Politikern und der gesamten Öffentlichkeit ganz zu schweigen, sich noch damit zufriedengeben würden, die bewußt gewählte Ignoranz mit der Nicht-Existenz des Bösen gleichzusetzen.

Drinnen fand ich Kreisler vor dem Aufzug in heftigem Wortwechsel mit Connor, jenem Polizisten, der in der vorigen Nacht am Tatort gewesen war. Ich wollte schon zu ihnen treten, als jemand mich am Arm packte und in Richtung Treppe zog: Es war Sara Howard, eine gute Freundin und langjährige Bekannte.

»Misch dich da nicht ein, John«, sagte sie mit der für sie typischen Bestimmtheit. »Dein Freund wäscht Connor gerade den Kopf, und das geschieht ihm recht. Außerdem erwartet dich der Präsident oben – ohne Dr. Kreisler.«

»Sara!« rief ich begeistert. »Wie schön, dich zu sehen. Ich habe letzte Nacht und heute morgen mit Wahnsinnigen verbracht, ich lechze nach der Stimme der Vernunft.«

Sara kleidete sich gern einfach, am liebsten in einem Grün, das ausgezeichnet zu ihren Augen paßte. In dem Kleid, das sie heute trug – wenig Rüschen und nicht allzu viele Unterröcke – kam ihre große, stattliche Figur sehr gut zur Geltung. Sie war keine Schönheit, sondern eher von sympathischer Häßlichkeit; es war vor allem das lebhafte Spiel von Augen und Mund, wechselnd zwischen Trauer und Mutwillen, das dem Beobachter so viel Vergnügen bereitete. Anfang der siebziger Jahre zog ihre Familie in eines unserer Nachbarhäuser am Gramcery Park ein, und ich wurde wohlwollender Zeuge, wie Sara diese gepflegte Gegend mit ihren Streichen in ihr privates Tollhaus verwandelte. Seither hatte sie sich kaum verändert, nur daß sie jetzt manchmal als Kontrast zu ihrer Lebhaftigkeit in tiefe Nachdenklichkeit verfiel. Nach der Auflösung meiner Verlobung mit Julia Pratt hatte ich eines Nachts, mit einem schon mehr als durchschnittlichen Schwips ausgestattet, beschlossen, alle Frauen, die in der Gesellschaft als Schönheiten galten, seien in Wirklichkeit nichts als dämonische Weiber – und Sara gebeten, meine Frau zu werden. Ihre Antwort bestand darin, daß sie mich in einer Mietdroschke zum Hudson River brachte und ins Wasser warf.

»Also – viele vernünftige Stimmen wirst du heute hier nicht zu hören bekommen«, erwiderte Sara, während wir die Treppe hochstiegen. »Teddy – also der Präsident – klingt es nicht merkwürdig, ihn so zu nennen, John?« Ja, das fand ich auch. Aber hier in der Zentrale, die von einem vierköpfigen Direktorium geleitet wurde, dessen Vorstand Roosevelt war, unterschied man ihn von den drei anderen eben durch den Titel »Präsident«. Damals wäre kaum einer von uns auf die Idee gekommen, daß in nicht allzu ferner Zukunft derselbe Titel noch eine ganz andere Bedeutung bekommen würde. »Der Präsident ist wegen des Santorelli-Mordes ganz aus dem Häuschen. Den ganzen Vormittag gehen schon alle möglichen und unmöglichen Figuren hier ein und ...«

In diesem Moment dröhnte Theodores Stimme aus dem Stiegenhaus des zweiten Stocks herunter: »Und glauben Sie ja nicht, Kelly, daß Ihre feinen Freunde Ihnen da raushelfen! Arbeiten Sie mit uns zusammen, das möchte ich Ihnen geraten haben!« Darauf ertönte als Antwort aus zwei Kehlen schallendes Gelächter, das rasch näher kam. Im nächsten Augenblick standen Sara und ich Aug in Aug mit dem stutzerhaft gekleideten, in Kölnisch Wasser getauchten, riesenhaften Biff Ellison sowie seinem kleineren, eleganter gekleideten, weniger aufdringlich duftenden Boß und Vorbild im Reich des Verbrechens, Paul Kelly.

Die Tage, da die Unterwelt von Lower Manhattan sich in Dutzende von schlecht organisierten Straßenbanden aufteilte, waren Ende 1896 vorbei; jetzt lagen die Geschäfte in den Händen einiger größerer Gruppen, die nicht weniger kriminell, aber sehr viel professioneller vorgingen. Die Eastmans, so genannt nach Monk Eastman, ihrem berühmten Boß, kontrollierten das gesamte Gebiet östlich der Bowery zwischen der Vierzehnten Straße und Chatham Square; auf der West Side zogen die Hudson Dusters, die Lieblinge der New Yorker Intellektuellen und Künstler (was sie verband, war der gemeinsame unstillbare Appetit auf Kokain) die Fäden, und zwar südlich der Dreizehnten Straße und westlich des Broadway; das Gebiet oberhalb der Vierzehnten Straße auf dieser Seite der Stadt gehörte Mallet Murphys Gophers, einer Gruppe von irischen Kellerpflanzen – wo diese Figuren geschlüpft waren, hätte wohl selbst Mr. Darwin kaum erklären können; und genau in der Mitte zwischen diesen drei Armeen des Verbrechens, im Auge des Orkans und nur ein paar Häuserblocks von der Polizeizentrale entfernt, residierten Paul Kelly und seine Five Pointers, die unangefochten über das Gebiet zwischen Broadway und Bowery und von der Vierzehnten Straße bis zum Rathaus herrschten.

Kellys Bande hatte sich nach der gefährlichsten Gegend der Stadt benannt, um Furcht und Schrecken zu verbreiten; nur waren sie glücklicherweise doch etwas weniger unberechenbar als die klassischen Five Points – Banden der vorherigen Generation (die Whyos, die Plug Uglies, die Dead Rabbits und noch ein paar andere), deren letzte Überreste in der Gegend noch immer ihr Unwesen trieben. An Kelly selbst ließ sich die Wandlung am besten ablesen: Zu seiner eleganten Erscheinung paßten eine gepflegte Sprache und feine Manieren. Auch in Kunst und Politik war er zu Hause, wobei sein Geschmack in der Kunst modern, in der Politik sozialistisch war. Aber Kelly kannte auch den Geschmack seiner Kunden – und *geschmackvoll* wäre vielleicht nicht das richtige Wort gewesen, um die New Brighton Dance Hall zu beschreiben, das Hauptquartier der Five Pointers in der Great Jones Street. Das New Brighton, bewacht und behütet von einem bemerkenswerten Riesen namens Eat 'Em-Up Jack McManus, war eine Ansammlung von Spiegeln, Kristallüstern, glänzendem Messing, rotem Plüsch und spärlich bekleideten »Tänzerinnen«, ein glitzerndes Etablissement, dem man nicht einmal im Tenderloin, vor Kellys Aufstieg dem unangefochtenen Mittelpunkt kriminellen Lebensstils, etwas an die Seite stellen konnte.

James T. »Biff« Ellison dagegen war der traditionelle Typ des New Yorker Gangsters. Begonnen hatte er seine Laufbahn als besonders unappetitlicher Hinauswerfer eines Saloons, und zum ersten Mal von sich reden gemacht hatte er, als er einen Polizisten fast zu Tode schlug und trampelte. Zwar bemühte er sich, in Stil und Eleganz seinem Boß nachzueifern, aber bei dem ungebildeten, verkommenen, drogensüchtigen Ellison wurde der Versuch zur Farce. Kelly hatte mehrere skrupellose Steigbügelhalter, aber keiner außer Ellison hätte es gewagt, ein Etablissement wie die Paresis Hall auf die Beine zu stellen, einen der höchstens drei oder vier New Yorker Saloons, die ganz offen, ja geradezu triumphierend die Bedürfnisse jenes Teils der Gesellschaft befriedigten, an deren Existenz zu glauben sich Jake Riis so standhaft weigerte.

»Ach, wie nett«, sagte Kelly zuvorkommend; seine Krawattennadel schimmerte. »Da haben wir ja Mr. Moore von der *Times* – zusammen mit einer der reizenden neuen Damen der Polizeizentrale.« Kelly nahm Saras Hand, beugte den schmalen Kopf mit dem glänzenden schwarzen Haar und den feinen irischen Gesichtszügen darüber und küßte sie. »Heutzutage kommt unsereins schon sehr viel lieber in die Höhle des Löwen.« Das Lächeln, das er Sara dabei schenkte, war weltmännisch und selbstsicher; was alles aber nicht den Umstand änderte, daß die Luft im Stiegenhaus plötzlich bedrohlich dick schien.

»Morgen, Mr. Kelly«, antwortete Sara mit einem tapferen Nicken – aber ich konnte sehen, daß sie ziemlich nervös war. »Schade, daß Ihre Begleitung mit *Ihrem* Charme nicht Schritt hält.«

Kelly lachte, aber Ellison, der Sara und mich ohnehin beträchtlich überragte, wuchs noch weiter empor; sein fleischiges Gesicht und seine Frettchenaugen verdunkelten sich. »Wär' vielleicht nicht schlecht, wenn Sie Ihre Zunge besser im Zaum halten, Miss. Von hier bis zum Gramercy Park ist es ein weiter Weg, da könnten einem Mädchen auf dem einsamen Heimweg allerhand unangenehme Dinge passieren.«

»Sie sind ein richtiger Hase, was, Ellison?« fuhr ich ihn an, obwohl mich der Mann mit Leichtigkeit hätte entzweibrechen können. »Was ist denn los mit Ihnen – haben Sie nicht mehr genug kleine Jungen zum Herumkommandieren, müssen Sie jetzt auch auf Damen losgehen?«

Ellison lief purpurrot an. »Was erlaubst du dir, du jämmerliches Stück schreibende Scheiße – klar, Gloria war lästig, die reinste Laus im Pelz, aber deshalb würde ich sie doch nicht heimdrehen! Ich bring' jeden um, der das behauptet...«

»Ist schon gut, Biff.« Kelly sagte das ganz freundlich, aber die Bedeutung war klar: Halt die Schnauze. »Dafür gibt es doch gar keine Veranlassung.« Und zu mir gewandt: »Biff hat mit dem Mord an dem Jungen nichts zu tun, Moore. Und ich möchte auch nicht, daß *mein* Name damit in Verbindung gebracht wird.«

»Das fällt Ihnen etwas spät ein, Kelly«, erwiderte ich. »Ich hab' den Jungen gesehen – das war schon Biffs Kaliber.« In Wirklichkeit hatte nicht einmal Ellison jemals etwas derart Grauenhaftes getan, aber das mußte ich den beiden ja nicht unter die Nase reiben. »Es war doch nur ein Kind.«

Kelly lachte auf und ging ein paar Stufen weiter hinunter. »Das schon, aber ein Kind mit einem gefährlichen Spiel. Kommen Sie, Moore, Sie wissen doch auch, daß Jungens wie er in dieser Stadt jeden Tag umkommen – woher das plötzliche Interesse? Hat er irgendwo einen heimlichen Verwandten? Oder war's ein Fehltritt von irgendeinem hohen Tier?«

»Meinen Sie denn, das wäre der einzige Grund für eine genaue Untersuchung des Falls?« fragte Sara empört, sie arbeitete schließlich noch nicht lange in der Zentrale.

»Mein liebes Kind«, antwortete Kelly, »Mr. Moore und ich *wissen*, daß das der einzige Grund wäre. Aber bitte, wie Sie wollen – Roosevelt als Rächer der Benachteiligten!« Kelly schritt weiter treppab, und Ellison schob mich zur Seite, um ihm zu folgen. Weiter unten blieben sie noch einmal stehen, Kelly wandte sich zu uns, und jetzt klang er zum ersten Mal wirklich wie ein Gangster. »Aber ich warne Sie, Mr. Moore – mein Name darf auf keinen Fall in die Geschichte hineingezogen werden!«

»Keine Sorge, Mr. Kelly. Meine Redakteure würden diese Story ohnehin niemals bringen.«

Wieder lächelte er. »Und das ist auch sehr vernünftig von ihnen. Große Dinge gehen in der Welt vor, Mr. Moore – warum Energie auf Unbedeutendes verschwenden?«

Damit waren sie fort, und Sara und ich konnten uns wieder fassen. Kelly war vielleicht eine neue Art von Gangster, aber ein Gangster blieb er trotzdem, und unsere Begegnung hatte mich verunsichert.

»Stell dir vor«, sagte Sara im Hinaufgehen nachdenklich, »meine Freundin Emily Cort trieb sich eine ganze Nacht lang in den einschlägigen Vierteln herum, nur um Paul Kelly kennenzulernen – und hat sich dann ganz glänzend mit ihm unterhalten! Emily war allerdings schon immer ein kleiner Hohlkopf.« Sie faßte mich am Arm. »Warum hast du übrigens Mr. Ellison einen Hasen genannt? Er sieht doch eher wie ein Affe aus.«

»In seiner Sprache ist ein Hase ein richtig harter Knochen.«

»Oh. Das muß ich mir aufschreiben. Ich möchte möglichst viel über die Verbrecherkreise wissen.«

Da konnte ich nur lachen. »Sara – wo doch heute den Frauen so viele Berufe offenstehen, warum bestehst du denn gerade auf diesem? Mit deinem Köpfchen könntest du Ärztin, Physikerin, ja sogar...«

»Du doch auch, John«, gab sie kühl zurück. »Nur interessiert es dich zufällig nicht. Mich zufällig auch nicht. Ehrlich, manchmal bist du ein richtiger Idiot. Du weißt doch ganz genau, was ich will.« Ja, das wußte ich, ebenso wie alle anderen Freunde Saras: Sie wollte die erste weibliche Polizistin New Yorks werden.

»Aber bist du denn deinem Ziel nähergekommen, Sara? Schließlich arbeitest du hier doch nur als Sekretärin.«

Sie lächelte verschmitzt, aber hinter dem Lächeln lauerte Schärfe. »Sehr richtig, John, aber ich bin immerhin hier in der Zentrale, oder nicht? Vor zehn Jahren wäre selbst das unmöglich gewesen.«

Ich nickte achselzuckend und fügte mich der Einsicht, daß jede weitere Debatte mit ihr sinnlos war; dann schaute ich mich auf der Suche nach einem bekannten Gesicht im Gang des zweiten Stocks um. Aber die Polizisten und Wachtmeister, die durch die verschiedenen Türen kamen und gingen, waren mir alle unbekannt. »Hol's der Teufel«, sagte ich dann leise, »ich erkenne heute hier überhaupt keinen mehr.«

»Ja, es wird immer schlimmer. Im letzten Monat haben wir wieder ein Dutzend verloren. Die gehen alle lieber weg, als daß sie sich einem Untersuchungsverfahren stellen.«

»Aber Theodore kann doch nicht die gesamte Polizei mit Goo-goos bemannen.« So nannte man die neuen Polizisten.

»Ja, das sagt jeder. Aber wenn Teddy zwischen Korruption und Unerfahrenheit zu wählen hat, dann ist wohl klar, wofür er sich entscheidet.« Sara stieß mich energisch in den Rücken. »Beeil dich jetzt besser, John, er wollte dich sofort sehen.« Wir bahnten uns einen Weg durch uniformierte Lederschädel und Polizisten in Zivil, bis wir am Ende des langen Ganges ankamen. »Und später«, fuhr Sara fort, »mußt du mir noch erklären, warum Fälle wie dieser normalerweise nicht untersucht werden.« Dann klopfte sie geschäftig an Theodores Tür, öffnete sie und schob mich in den Raum. »Mr. Moore, Commissioner«, verkündete sie, schloß die Tür und ließ mich allein.

Theodore hatte als eingefleischter Leser und Schreiber eine Vorliebe für massive Schreibtische, daher wurde auch sein Büro in der Polizeizentrale von einem solchen beherrscht. Rund um den Schreibtisch drängten sich ein paar Lehnstühle, was keinen sehr gemütlichen Eindruck vermittelte. Auf dem weißen Sims des offenen Kamins tickte eine hohe Standuhr, auf einem kleinen Beistelltisch glänzte ein Telefon aus Messing; sonst gab es in dem Raum nichts zu sehen außer Büchern und Papier, aber davon Berge, einige reichten vom Fußboden bis fast hinauf zur Decke. An den Fenstern zur Mulberry Street waren die Jalousien halb heruntergezogen; vor einem davon stand Theodore in einem sehr artigen grauen Anzug.

»Aha, John, ausgezeichnet«, rief er, eilte um den Schreibtisch herum und nahm meine Hand in den Schraubstock. »Ist Kreisler unten?«

»Ja. Du wolltest mich allein sprechen?«

Theodore ging auf und ab, er war ernst, zugleich aber strahlte er Vorfreude aus. »Wie ist denn seine Stimmung? Wie wird er reagieren, was meinst du? Er hat doch ein so wechselhaftes Temperament – ich möchte nur sichergehen, daß ich ihn richtig anfasse.«

Ich zuckte die Schultern. »Er kam mir ganz normal vor. Wir waren heute morgen in Bellevue und unterhielten uns mit diesem Wolff, der das kleine Mädchen erschossen hat, und danach war Kreisler in einer vertrackten Stimmung. Aber er hat sich's während unserer Fahrt hierher von der Seele geredet – mit mir als Klagemauer. Aber da ich ja überhaupt keine Ahnung habe, wofür du ihn...«

In diesem Moment klopfte es kurz an der Tür, und Sara erschien wieder, diesmal gefolgt von Kreisler. Die beiden hatten sich anscheinend unterhalten. Mir fiel auf, daß Laszlo Sara intensiv musterte – aber das war wohl nichts Besonderes, so reagierten die meisten Leute, wenn sie im Polizeihauptquartier einer Frau begegneten.

Wie der Blitz stand Theodore zwischen ihnen. »Kreisler!« rief er. »Wie schön, Herr Doktor, Sie wiederzusehen!«

»Roosevelt, ich begrüße Sie«, erwiderte Kreisler mit einem wirklich herzlichen Lächeln. »Unsere letzte Begegnung ist schon ziemlich lange her.«

»Zu lang, viel zu lang! Sollen wir Platz nehmen und uns unterhalten, oder soll ich das Büro räumen lassen für eine Revanche?«

Er machte eine Anspielung auf ihre erste Begegnung in Harvard, bei der es zu einem Boxkampf gekommen war; und während wir, da nun das Eis gebrochen war, lachend Platz nahmen, schweiften meine Gedanken zurück in die Zeit unserer Jugend.

Ich hatte Theodore zwar schon einige Jahre vor seinem Auftauchen als Freshman in Harvard im Jahr 1876 kennengelernt, aber da waren wir nie sehr eng befreundet gewesen. Roosevelt war nicht nur kränklich, er war auch ein sehr fleißiger und manierlicher Junge, während sowohl ich als auch mein jüngerer Bruder in unserer Jugend immer dafür gesorgt hatten, daß es in den Straßen und Gassen rund um Gramercy Park nicht langweilig wurde. »Rädelsführer« war der Titel, den die Eltern unserer Freunde uns beiden gern verliehen, und es wurde viel darüber getratscht, wie traurig es doch sei, daß eine Familie gleich mit zwei schwarzen Schafen geschlagen ist. In Wirklichkeit war an unseren Streichen nichts Boshaftes oder Grausames; als verwerflich wurde eher empfunden, daß wir unsere Späße in Gesellschaft einer kleinen Jungenbande durchführten, die aus den Hintergassen und finsteren Hauseingängen des Gas-House-Bezirks östlich von uns stammten. Diese »Gassenjungen« waren nicht gern gesehen in unserem abgeschirmten Bezirk »besserer Leute«, wo die gesellschaftliche Herkunft alles galt und kein Erwachsener bereit war, Kindern und Jugendlichen eine eigene Meinung zuzugestehen. Auch die Jahre im Internat vermochten nicht, mich auf das richtige Gleis zu bringen, im Gegenteil – als ich siebzehn wurde, hatte die allgemeine Empörung über mein Benehmen derart zugenommen, daß man mich um ein Haar in Harvard abgelehnt hätte, ein Schicksal, mit dem ich fertig geworden wäre. Doch dank der tiefen Taschen meines Vaters wendete sich das Blatt zu meinem – angeblichen – Nutzen, und so kam ich denn gezwungenermaßen in das kleine, erstickende Dorf Cambridge, wo zwei Jahre College mich nicht im geringsten darauf vorbereiteten, einen jungen Gelehrten wie Theodore mit offenen Armen an meine Brust zu drücken.

Im Herbst 1877 jedoch – ich war im dritten, Theodore im

zweiten Jahr – wurde das plötzlich alles anders. Theodore, der unter der doppelten Belastung einer schwierigen Liebesgeschichte und eines schwerkranken Vaters litt, entwickelte sich von einem verschlossenen Streber zu einem aufgeschlossenen jungen Mann. Ein richtiger Weltmann wurde aus ihm natürlich nie; nichtsdestoweniger entdeckten wir gemeinsame philosophische Interessen, die die Grundlage für manchen fröhlich durchzechten, unterhaltungsreichen Abend boten. Bald unternahmen wir auch gemeinsam Expeditionen in die Bostoner Gesellschaft in all ihren Höhen und Tiefen, und auf diesen Erlebnissen baute sich bald eine feste Freundschaft auf.

Laszlo Kreisler, ebenfalls einer meiner Jugendfreunde, hatte nach einem blitzschnell absolvierten Medizinstudium in Columbia zwar gleich eine Stelle als Assistent in der Irrenanstalt auf Blackwells Island angenommen, konnte aber der Verlockung nicht widerstehen, an einem psychologischen Seminar teilzunehmen, das Dr. William James in Harvard abhielt. Dr. James, der später als Philosoph berühmt werden sollte und gewisse Züge eines Terriers, aber auch eines Salonlöwen aufwies, hatte erst kurz zuvor in einigen kleinen Räumen der Lawrence Hall das erste psychologische Laboratorium in Amerika eingerichtet. Außerdem unterrichtete er Studenten der vorklinischen Semester in vergleichender Anatomie. Und da ich gehört hatte, daß James ein unterhaltsamer Professor war, der es bei Prüfungen nicht so genau nahm, schrieb ich mich im Herbst 1877 auch für eine seiner Vorlesungen ein. Gleich am ersten Tag fand ich mich neben Theodore, der dort sein Interesse für alle wilden Lebewesen, das ihn seit seiner Kindheit beherrschte, zu befriedigen suchte. Roosevelt hatte mit James zwar manchen Wortwechsel über irgendwelche Details tierischen Verhaltens; aber bald war auch er, so wie wir alle, begeistert von dem jugendlichen Professor, der sich, wenn die Aufmerksamkeit der Studenten einmal nachließ, gern auf den Boden hockte und erklärte, Unterrichten sei ein »wechselseitiger Prozeß«.

Kreislers Beziehung zu James war viel komplexer. Obwohl er die Arbeit des Professors respektierte und für den Menschen selbst nur Freundschaft empfand (etwas anderes war auch gar nicht möglich), war er nicht bereit, James' berühmte Theorie des Freien Willens, den Grundstein seiner Philosophie, für sich zu akzeptieren. James war selbst ein schwieriges, kränkliches Kind gewesen und hatte in seiner Jugend immer wieder an Selbstmord gedacht; daß er diese Neigung überwand, verdankte er, wie er selbst sagte, seiner Lektüre des französischen Philosophen Renouvier, der lehrte, daß der Mensch allein mittels seines freien Willens alle psychischen (und auch viele physischen) Krankheiten überwinden könne. »Mein erster Akt des freien Willens soll sein, daß ich an den freien Willen glaube!« war daher von Anfang an James' Schlachtruf, und auch im Jahre 1877 hielt er noch daran fest. Diese Ideen standen natürlich in krassem Gegensatz zu Kreislers Vorstellungen über den von ihm so genannten »Kontext«: Seine Theorie besagte, daß eines jeden Menschen Handlungen entscheidend von seinen frühkindlichen Erfahrungen beeinflußt werden, daß man also keinen Menschen verstehen oder analysieren kann, ohne sich zuvor Kenntnis über eben jene Erfahrungen verschafft zu haben. In den Laborräumen von Lawrence Hall, die vollgestopft waren mit Apparaten zum Testen und Zerlegen sowohl tierischer Nervensysteme als auch menschlicher Reaktionen, debattierten James und Kreisler über Art und Ursprung der entscheidenden Faktoren des menschlichen Lebens und darüber, ob es allein von unserem freien Willen abhängt, welches Leben wir als Erwachsene führen. Diese Debatten wurden immer hitziger – auf dem Campus zerriß man sich bereits den Mund darüber –, bis schließlich am Anfang des zweiten Semesters eines Abends in der University Hall die strittige Frage auf der Tagesordnung stand: Ist der freie Wille ein psychologisches Phänomen?

So gut wie alle Studenten waren anwesend; und obwohl Kreisler sehr gut argumentierte, hatte er die Menge nicht auf seiner Seite. Außerdem besaß James einen sehr viel besseren Sinn für Humor als Kreisler und riß zum Entzücken seiner jugendlichen Zuhörer einen Witz nach dem anderen. Laszlos Zitate aus den Werken solcher Pessimisten wie Schopenhauer, seine Bezüge zur Evolutionstheorie von Charles Darwin und Herbert Spencer mit ihrem Beharren auf dem Überleben als dem geistigen wie körperlichen Entwicklungsziel des Menschen machten ihn bei den Studenten auch nicht gerade populärer. Ich gestehe, daß sogar ich mich hin und her gerissen fand zwischen Loyalität gegenüber einem Freund, dessen Überzeugungen mir immer etwas unheimlich waren, und der Begeisterung für einen Mann und eine Philosophie, die nicht nur meiner eigenen, sondern der Zukunft der gesamten Menschheit grenzenlose Möglichkeiten zu bieten schien. Theodore – der Kreisler noch gar nicht kennengelernt hatte, der aber, genau wie James, als Kind mit verschiedenen schweren Krankheiten fertig werden mußte –, Theodore also, von solchen Zweifeln unberührt, freute sich über James' absehbaren, unvermeidlichen Sieg.

Nach der Debatte dinierte ich mit Kreisler in einer Studententaverne. Während wir schon aßen, erschien auch Theodore mit einigen Freunden, und als er mich mit Kreisler erblickte, ersuchte er um sofortige Vorstellung. Einige gutmütige, wenn auch spitze Bemerkungen über Laszlos »Hokuspokus zur menschlichen Psyche« ließ dieser noch über sich ergehen, doch als sich Theodore einen Scherz über Laszlos »Zigeunerblut« erlaubte – Laszlos Mutter stammte aus Ungarn –, ging er entschieden zu weit. Kreisler fühlte sich zutiefst beleidigt und forderte Roosevelt zum Duell. Dieser nahm die Forderung begeistert an und schlug einen Boxkampf vor. Laszlo hätte einen Fechtkampf vorgezogen, denn mit seinem leicht verkrüppelten linken Arm hatte er im Boxring kaum eine Chance, aber er stimmte zu, wie es sich gehörte; schließlich stand dem Geforderten die Wahl der Waffen zu.

Zu Roosevelts Ehre muß gesagt werden, daß er, nachdem die beiden Männer sich im Turnsaal bis zum Gürtel entkleidet hatten (den Zutritt zu so später Stunde hatten wir uns mittels eines Schlüssels verschafft, den ich am Anfang des Studienjahres einem der Wächter beim Poker abgenommen hatte) und er Kreislers Arm sah, sofort das Angebot machte, das Duell mit anderen Waffen auszutragen; doch Kreisler, stolz und stur wie immer, blieb dabei, und obwohl er zum zweiten Mal an diesem Abend auf eine sichere Niederlage zusteuerte, schlug er sich doch sehr viel besser, als alle erwartet hatten. Sein Kampfgeist beeindruckte sämtliche Anwesenden und verschaffte ihm Roosevelts tiefe Bewunderung. Danach kehrten wir alle in die Taverne zurück und tranken bis in die frühen Morgenstunden; und wenn auch Theodore und Laszlo nie richtig enge Freunde wurden, so bestand doch diese ganz besondere Beziehung zwischen ihnen, die Roosevelts Geist – wenn auch vielleicht nur einen Spaltbreit – für Kreislers Theorien öffnete und empfänglich machte.

Dieser kleine Spalt war der Grund, daß wir jetzt zu dritt in Theodores Büro beisammen saßen; Erinnerungen an die Studienzeit in Cambridge ließen uns den Anlaß des Treffens eine Weile vergessen. Bald beschäftigten wir uns mit der jüngeren Vergangenheit, Roosevelt stellte interessierte Fragen zu Kreislers Arbeit mit den Kindern in seinem Institut wie auch mit den geisteskranken Gesetzesbrechern, und Laszlo bekannte, daß er Theodores Karriere – zunächst als Abgeordneter in Albany und dann als Beamten-Kommissar in Washington – mit großem Interesse verfolgt habe. Es war eine angenehme Unterhaltung unter alten Freunden, die viel nachzuholen hatten, wobei ich die meiste Zeit im Sessel zurückgelehnt saß, zuhörte und einfach nur die im Vergleich zur vorigen Nacht und zum Morgen so veränderte Atmosphäre genoß.

Schließlich kamen wir zu dem unvermeidlichen Thema: dem Mord an dem kleinen Santorelli. Betroffenheit und böse Vorahnungen füllten plötzlich den Raum und zerstörten die erfreulichen Erinnerungen mit ebensoviel Grausamkeit wie der noch unbekannte Täter das Leben des Jungen auf dem Brückenturm.

KAPITEL 6

»Hier habe ich Ihren Bericht, Kreisler«, sagte Roosevelt und nahm das Blatt vom Schreibtisch. »Zusammen mit dem Bericht des Coroners. Es wird Sie nicht überraschen, daß er uns keine neuen Erkenntnisse vermittelt.«

Kreisler nickte. »Jeder Fleischer oder Bader kann sich als Coroner anstellen lassen, Roosevelt. Diese Stelle ist fast ebenso leicht zu bekommen wie die eines Irrenhausdirektors.«

»Sehr richtig. In Ihrem Bericht sagen Sie jedenfalls...«

»...nicht alles, was ich festgestellt habe«, unterbrach Kreisler. »Die wichtigsten Punkte fehlen.«

»Ah?« Theodore blickte vor Überraschung so ruckartig auf, daß ihm der Kneifer, den er bei der Arbeit trug, von der Nase fiel. »Wie soll ich das verstehen?«

»Solche Berichte kommen in der Zentrale vielen Menschen unter die Augen, Commissioner.« Kreisler bemühte sich um eine diplomatische Formulierung, was ihm sichtlich schwerfiel. »Ich wollte nicht das Risiko eingehen, daß bestimmte Details an die Öffentlichkeit gelangen – noch nicht.«

Theodore zog nachdenklich die Brauen zusammen. »Sie schreiben hier von furchtbaren Fehlern, die begangen wurden.«

Kreisler stand auf, tat ein paar Schritte zum Fenster und zog die Jalousie einen Spaltbreit hoch. »Zunächst einmal, Roosevelt, müssen Sie mir versprechen, daß Personen wie« – er sprach den Titel mit besonderer Verachtung aus – »Detective Sergeant Connor nichts davon erfahren. Dieser Mann hatte den ganzen Vormittag nichts Besseres zu tun, als die Presse mit falschen Informationen zu versorgen – und es ist gut möglich, daß dadurch weitere Leben in Gefahr geraten.«

Mit seiner gerunzelten Stirn sah Theodore aus wie ein zürnender Jupiter. »Zum Donnerwetter! Wenn das wahr ist, Doktor, dann werde ich den Mann...«

Kreisler hob beschwichtigend eine Hand. »Ich möchte Sie nur bitten, mir das zu versprechen, Roosevelt.«

»Gut, Sie haben mein Wort. Aber so sagen Sie mir doch wenigstens, was dieser Connor verzapft hat.«

»Er ließ mehreren Reportern gegenüber durchblicken«, antwortete Kreisler und begann, erregt auf und ab zu gehen, »daß Wolff verantwortlich sei für den Santorelli-Mord.«

»Und Sie sind anderer Meinung?«

»Absolut. Wolffs Denk- und Handlungsweise ist dafür viel zu ungeplant und unsystematisch – obwohl er tatsächlich keine emotionalen Hemmungen besitzt, auch keine Hemmung vor Gewaltanwendung.«

»Ist er denn Ihrer Meinung nach ein...«, Roosevelt wagte sich hier offensichtlich auf Neuland, »...ein Psychopath?« Kreisler hob eine Augenbraue. »Ich habe einige Ihrer neuesten Schriften gelesen«, fuhr Theodore fort, es klang beinahe entschuldigend, »könnte aber nicht behaupten, daß ich alles verstanden habe.«

Kreisler nickte mit einem knappen, sphinxartigen Lächeln. »Sie fragen, ob Wolff ein Psychopath ist. Eine konstitutionelle psychopathische Verkümmerung ist fraglos vorhanden. Wenn wir uns aber überlegen, was sich aus der Bezeichnung Psychopath notwendigerweise ergibt – wenn Sie auch nur ansatzweise mit der entsprechenden Literatur vertraut sind, Roosevelt, dann wissen Sie es ja: Das hängt ganz davon ab, welcher Lehrmeinung wir uns anschließen.«

Roosevelt nickte nur und rieb sich das Kinn. Damals wußte ich noch nicht, was mir in den folgenden Wochen aber klar wurde: daß nämlich einer der wichtigsten Streitpunkte zwischen Kreisler und vielen seiner Kollegen – und zwar tobte die Schlacht hauptsächlich in den Seiten des *American Journal of Insanity*, einer von der nationalen Vereinigung der Irrenhausdirektoren veröffentlichten Vierteljahresschrift – die Frage war, was denn nun einen geistig abnormen Schwerverbrecher ausmache. Männer und Frauen, deren Verbrechen zwar abartige moralische Auffassungen verrieten, die sonst aber normale geistige und intellektuelle Fähigkeiten aufwiesen, waren durch den deutschen Psychologen

Emil Kraepelin kurz zuvor auch als »psychopathische Persönlichkeiten« bezeichnet worden. Diese Klassifikation hatte bei den Kollegen im allgemeinen Anklang gefunden. Nun stellte sich die Frage, ob solche Psychopathen als echte Geisteskranke anzusehen waren. Die meisten Ärzte bejahten diese Frage; Ursprung und voller Umfang der Krankheit ließen sich zwar nicht klar definieren, aber man hielt es lediglich für eine Frage der Zeit, bis die Medizin so weit sein würde. Im Gegensatz dazu vertrat Kreisler die Ansicht, daß Psychopathen keineswegs Kranke im eigentlichen Sinn seien, sondern nur die Opfer extremer Kindheitsmilieus und -erlebnisse. Wenn man den »Kontext« kannte, dann ließen sich die Taten dieser Patienten verstehen und sogar voraussagen (was für die echten Geisteskranken nicht zutraf). Das war offenbar auch die Diagnose, die er im Fall von Henry Wolff getroffen hatte.

»Dann werden Sie ihn also für verhandlungsfähig erklären?« fragte Roosevelt.

»Sehr richtig, das werde ich.« Kreislers Gesicht verdüsterte sich deutlich. Er faltete die Hände und starrte darauf nieder. »Und was noch wichtiger ist: Ich gehe jede Wette ein, daß wir lange vor Beginn seines Prozesses den Beweis haben werden, daß er mit Santorelli nichts zu tun hat. Den furchtbarsten Beweis.«

Es fiel mir schwer, ruhig zu bleiben. »Und dieser Beweis wäre…?« fragte ich.

Kreisler ließ die Hände fallen und schritt wieder zum Fenster. »Weitere Opfer, fürchte ich. Besonders wenn versucht wird, Wolff den Mord an Santorelli in die Schuhe zu schieben. Ja, vor allem dann.« Kreisler räusperte sich. »Der Mörder würde sich darüber ärgern, daß sich ein anderer mit seinen Federn schmückt…«

»*Wer* würde sich ärgern?«

Aber Laszlo schien mich nicht zu hören. »Erinnert sich einer von Ihnen«, fuhr er in dem gleichen abwesenden Ton fort, »an einen interessanten Fall vor ungefähr drei Jahren, bei dem es auch um Morde an Kindern ging? Roosevelt, ich fürchte, Sie waren damals gerade in Washington in politische

Kämpfe verstrickt und haben daher vielleicht nichts davon gehört. Und Sie, Moore, rauften sich zu jener Zeit mit der *Washington Post*, die Roosevelts Kopf forderte.«

»Die *Post*«, seufzte ich angewidert. »Die *Post* steckte selbst bis zum Hals im Schlamm, mit jeder ungesetzlichen Ernennung...«

»Ja, ja, ich weiß«, fiel Kreisler ein und hob die schwache linke Hand, um meinen Redefluß im Keim zu ersticken. »Keine Frage, daß Ihre Position damals die einzig anständige war. Und auch die einzig loyale, was aber leider die Einstellung Ihrer Redakteure nicht beeinflußte.«

»Letzten Endes sahen sie's ein«, merkte ich an. »Was aber meinen Job nicht rettete«, mußte ich zugeben.

»Schon gut. Keine Selbstbezichtigungen, Moore. Wie ich also sagte, vor drei Jahren schlug in einen Wasserturm über einer riesigen Mietskaserne in der Suffolk Street gleich nördlich von Delancey der Blitz ein. Der Turm war weit und breit das höchste Gebäude, der Vorfall war daher zwar ungewöhnlich, aber nicht unerklärlich. Als die Rettungsmannschaften und die Feuerwehrmänner aufs Dach stiegen, neigten allerdings einige dazu, den Blitz als Wink des Schicksals zu betrachten – denn auf dem Turm fand man die Leichen von zwei Kindern. Bruder und Schwester. Ihre Kehlen waren durchschnitten. Zufällig kannte ich die Familie, es waren österreichische Juden. Die Kinder waren sehr schön – feine Gesichtszüge, riesige braune Augen –, aber auch sehr aufsässig. Sie stahlen, sie logen, sie griffen andere Kinder an, die Eltern kamen mit ihnen nicht zurecht, sie schämten sich für sie. Es herrschte daher in der ganzen Gegend über ihren Tod auch nicht allzuviel Trauer. Als man sie fand, war der Verwesungsprozeß bereits weit fortgeschritten. Die Leiche des Knaben war von einer inneren Plattform, auf der die beiden ursprünglich lagen, ins Wasser gefallen und daher stark aufgedunsen. Das Mädchen war noch im Trockenen und daher nicht ganz so stark verwest, aber irgendwelche Hinweise, die sich vielleicht noch hätten finden lassen, wurden von einem dieser unfähigen Coroner verwischt und zerstört. Ich sah damals auch nur den offiziellen Bericht, dabei fiel mir aber ein

Detail besonders auf.« Er deutete mit der linken Hand auf sein Gesicht. »Die Augen fehlten.«

Ein Schauer packte mich, als mir nicht nur Santorelli einfiel, sondern auch die beiden anderen Morde, von denen Roosevelt mir gestern nacht erzählt hatte. Ein Blick auf Roosevelt sagte mir, daß er an das gleiche dachte: Gespannt und reglos saß er da, nur die Augen weiteten sich vor Entsetzen. Doch beide wollten wir uns dieses Gefühls erwehren, und Roosevelt erklärte: »Daran ist doch nichts Auffallendes, vor allem, wenn die Leichen längere Zeit unter freiem Himmel lagen. Und wenn die Kehlen durchschnitten waren, dann hat das viele Blut wahrscheinlich Aasfresser angelockt.«

»Möglich«, nickte Kreisler und schritt weiter auf und ab. »Aber der Wasserturm war ja abgeschlossen, eben um Aasfresser und Ungeziefer fernzuhalten.«

»Ach so.« Theodore überlegte. »Standen diese Umstände in den Zeitungen?«

»Allerdings«, erwiderte Kreisler. »In der *World*, wie ich glaube.«

»Aber«, warf ich ein, »der Wasserturm, oder überhaupt irgendein Gebäude, in das bestimmte Tiere nicht eindringen können, das muß erst noch gebaut werden. Ratten zum Beispiel kommen überall hinein.«

»Schon richtig, John«, erwiderte Kreisler. »Und solange ich keine weiteren Einzelheiten kannte, mußte ich diese Erklärung auch akzeptieren. Warum hungrige New Yorker Stadtratten bei zwei Leichen nur ganz sorgfältig die Augen herausschälten und sonst nichts anrührten, das war ein bedrückendes Rätsel, das ich zunächst von mir schob und das auch nicht gelöst wurde. Bis gestern nacht.« Kreisler nahm seine Wanderungen wieder auf. »Als ich einen Blick auf den jungen Santorelli geworfen hatte, untersuchte ich sofort die Augenhöhlen, und zwar gründlich. Im Schein einer Laterne zu arbeiten war zwar nicht ideal, aber ich fand, was ich suchte. Auf dem Jochbein wie auch auf dem Supraorbitalwulst befanden sich eine Reihe von Ritzern, und auf dem großen Keilbeinflügel am Boden der Augenhöhle mehrere kleine Einkerbungen. Das paßt alles sehr gut zu Schneide und Spitze des typischen Jagdmessers. Daraus folgere ich, daß wir, wenn wir die Leichen der beiden Opfer von 1893 exhumieren – und das möchte ich gern veranlassen –, wahrscheinlich das gleiche finden werden. Mit anderen Worten, meine Herren: Die Augen wurden von Menschenhand entfernt.«

Mir wurde immer unheimlicher zumute, daher suchte ich nach einem Gegenargument: »Aber Sergeant Connor hat doch gesagt...«

»Moore«, entgegnete Kreisler entschieden, »wenn wir weiter diskutieren wollen, dann müssen wir auf Meinungen von Menschen wie Sergeant Connor ein für allemal verzichten.«

Roosevelt rutschte unruhig auf seinem Stuhl herum, ich sah ihm an, daß er jetzt nicht mehr umhin konnte, Kreisler voll und ganz einzuweihen. »Ich glaube, ich muß Ihnen sagen, Doktor«, verkündete er, während er die Armlehnen seines Stuhls umklammert hielt, »daß wir in den letzten drei Monaten zwei weitere Morde hatten, die vielleicht in das ... *Muster* passen könnten, das Sie beschreiben.«

Diese Erklärung ließ Laszlo jäh innehalten. »Was?« rief er leise, aber drängend. »Wo – wo wurden die Leichen gefunden?«

»Das kann ich nicht genau sagen«, antwortete Theodore.

»Waren es auch Strichjungen?«

»Das glaube ich, ja.«

»Sie *glauben* es? Die Berichte, Roosevelt, ich muß die Berichte haben! Hat denn niemand bei der Polizei an eine mögliche Verbindung gedacht? Auch Sie nicht, Roosevelt?«

Die Berichte wurden gebracht. Ihnen entnahmen wir, daß die Leichen der beiden anderen Jungen, tatsächlich ebenfalls Stricher, nach Meinung des Coroners innerhalb weniger Stunden nach ihrem Tod gefunden worden waren. Wie Roosevelt mir bereits in der Nacht zuvor gesagt hatte, waren die Leichen nicht ganz so übel zugerichtet, es war aber mehr ein Unterschied in der Quantität als in der Qualität, denn die Gemeinsamkeiten der Fälle überwogen die Unterschiede bei weitem. Den ersten Jungen, einen zwölfjährigen Afrikaner, den man nur unter dem Namen »Millie« kannte, fand man an das Heck einer Ellis-Island-Fähre gekettet; den zweiten, den zehnjährigen Aaron Morton, an den Pfeilern von der Brooklyn Bridge hängend. Beide waren, den Berichten zufolge, fast nackt; beiden hatte man die Kehle durchgeschnitten, dazu kamen verschiedene weitere Verstümmelungen; und beiden fehlten die Augen. Als Laszlo die Berichte gelesen hatte, murmelte er diesen letzten Umstand mehrmals vor sich hin und stand tief in Gedanken versunken.

»Ich glaube, ich weiß, was Sie sagen wollen, Kreisler«, begann Theodore schließlich. Er konnte es nie leiden, wenn er sich bei einer intellektuellen Diskussion ausgeschlossen fühlte, selbst dann nicht, wenn es sich um ein ihm völlig fremdes Gebiet handelte. »Vor drei Jahren begeht jemand diesen grauenhaften Mord. Darüber hat man in den Zeitungen berichtet. Und jetzt fühlt sich ein anderer, der die Artikel irgendwann gelesen hat, dazu aufgerufen, diesem Mörder nachzueifern.« Er schien mit seiner eigenen Interpretation zufrieden. »Kann das stimmen, Doktor? Es wäre ja nicht das erste Mal, daß Sensationsartikel in bestimmten Zeitungen diese Wirkung haben.«

Aber Kreisler saß da, klopfte sich mit dem Zeigefinger gegen die geschürzten Lippen, und sein Gesichtsausdruck zeigte, daß für ihn die ganze Sache noch viel komplizierter war als angenommen.

Ich suchte nach einem Weg zu einem anderen Schluß. »Und was ist mit dem Rest?« fragte ich. »Den ... den abgeschnittenen Körperteilen, dem abgesäbelten Fleisch vom ... na ja, dem ganzen Rest eben. Davon war in den Berichten über die früheren Fälle nichts zu lesen.«

»Nein«, antwortete Kreisler langsam. »Aber ich glaube, für diesen Unterschied gibt es eine Erklärung, die uns aber im Moment nicht kümmert. Die Augen sind das Verbindende, der Schlüssel ... darauf würde ich alles setzen...« Seine Stimme verlor sich wieder.

»Na schön«, rief ich und warf die Hände empor. »Irgend jemand hat vor drei Jahren diese beiden Kinder umgebracht, und jetzt haben wir einen Wahnsinnigen am Hals, der sich als Imitator betätigt und ebenfalls gern an Leichen herumschnipselt. Und was sollen wir dagegen tun?«

»An dem, was Sie da sagen, John«, erwiderte Kreisler ruhig, »ist so gut wie alles falsch. Ich bin mir gar nicht sicher, ob wir es mit einem Wahnsinnigen zu tun haben. Ebensowenig glaube ich, daß er das, was er tut, gern tut, in dem Sinne, in dem Sie es gemeint haben. Aber das wichtigste ist – und hier muß ich leider auch Sie enttäuschen, Roosevelt –, das wichtigste ist: Ich bin felsenfest davon überzeugt, daß wir es nicht mit einem Imitator zu tun haben, sondern mit *demselben Mann*.«

Da war sie also, die Feststellung, die Roosevelt wie auch ich gefürchtet hatten. Ich war schon eine ganze Weile Polizeireporter. Sogar aus dem Ausland hatte ich über mehrere aufsehenerregende Mordfälle berichtet. Daher war mir bewußt, daß es solche Mörder, wie Kreisler sie beschrieb, wirklich gab; aber das machte den Gedanken daran, daß einer frei herumlief, um nichts erfreulicher. Für Roosevelt – der zwar der geborene Kämpfer war, aber von kriminellen Verhaltensmustern im allgemeinen wenig Ahnung hatte – war das Ganze ein noch schwererer Brocken.

»Aber ... drei volle Jahre!« rief Theodore entsetzt. »Und selbst wenn es einen solchen Mörder wirklich geben sollte – er könnte sich doch niemals über so lange Zeit dem Arm des Gesetzes entziehen!«

»Das ist nicht weiter schwierig, wenn man nicht verfolgt wird«, gab Kreisler zur Antwort. »Und selbst wenn die Polizei sich für ihn interessiert hätte, wäre sie nicht weitergekommen, weil sie nicht einmal einen Schimmer von den Beweggründen des Mörders gehabt hätte.«

»Verstehen Sie ihn denn?« fragte Roosevelt beinahe hoffnungsvoll.

»Nicht ganz. Ich habe erste Anhaltspunkte – den Rest müssen wir noch finden. Denn erst wenn wir wirklich präzise begreifen, was ihn antreibt, haben wir eine Chance, diesen Fall zu lösen.«

»Aber was *könnte* denn einen Menschen zu solchen Taten treiben?« fragte Roosevelt irritiert. »Der kleine Santorelli hatte doch kein Geld. Wir befassen uns mit der Familie, aber die waren letzte Nacht offenbar alle zu Hause. Falls es nicht doch ein Streit war, dann...«

»Ich glaube nicht, daß ein Streit damit zu tun hat«, unterbrach ihn Laszlo. »Der Junge hat seinen Mörder vor der gestrigen Nacht wahrscheinlich nie gesehen.«

»Sie wollen sagen, daß der Mörder diese Kinder tötet, ohne sie überhaupt zu *kennen?*«

»Das wäre möglich. Es geht ihm nicht darum, sie persönlich zu kennen – wichtig für ihn ist, wofür sie stehen.«

»Und wofür zum Beispiel?« fragte ich.

»Das ist es, was wir herausfinden müssen.«

Roosevelt bohrte weiter: »Haben Sie irgendwelche Beweise für diese Theorie?«

»Keine – jedenfalls nicht von der Art, die Sie meinen. Mein Beweis ist mein lebenslanges Studium solcher und ähnlicher Charaktere – und das Gespür, das ich dabei entwickelt habe.«

»Aber ...« Nun erhob sich Roosevelt, um seinerseits nervös auf und ab zu gehen; Kreisler entspannte sich, denn der schwierigere Teil seiner Arbeit war ja nun vorbei. Als Ausdruck seines inneren Kampfes schlug Theodore heftig mit der geballten Hand in die offene Fläche der anderen. »Hören Sie, Kreisler, es ist natürlich richtig, daß ich in einer privilegierten Schicht aufwuchs, wie wir alle hier. Aber seit meiner Amtsübernahme habe ich mich intensiv mit der Unterwelt dieser Stadt befaßt, und ich habe viel erlebt und erfahren. Keiner braucht mir mehr zu sagen, daß Unmenschlichkeit und Verkommenheit in New York ein Ausmaß angenommen haben, das man in der übrigen Welt vergeblich suchen wird. Aber was für ein namenloser Alptraum könnte denn selbst einen Mann in New York zu solchen Taten treiben?«

»Eigentlich«, erwiderte Kreisler langsam, »müssen Sie die Gründe nicht unbedingt in dieser Stadt suchen. Auch nicht in gegenwärtigen Umständen und Ereignissen. Der Mensch, den Sie suchen, wurde in der Vergangenheit geformt. Vielleicht schon als Säugling – sicher in der Kindheit. Und nicht unbedingt hier.«

Theodore brachte zunächst nichts heraus. In seinem Gesicht spiegelten sich widerstreitende Gefühle. Das Gespräch verstörte ihn zutiefst, so wie fast alle Gespräche mit Kreisler seit Beginn ihrer Bekanntschaft ihn verstört hatten. Er hatte aber im voraus gewußt, wie das Gespräch sich entwickeln würde – er hatte es gewußt, ja sogar mit diesem Verlauf gerechnet, wie ich jetzt erkannte, und zwar von dem Moment an, da er mich bat, Kreisler in sein Büro zu bringen. Denn auch Befriedigung war ihm anzumerken, Befriedigung über die Erkenntnis, daß dort, wo alle ihm unterstellten Beamten nichts anderes erblickten als einen unerforschlichen, abweisenden Ozean, der erfahrene Kreisler Strömungen und Routen erkennen konnte. Mit Laszlos Theorien ließ sich ein Fall, den man ihm als völlig unlösbar präsentiert hatte, vielleicht doch lösen, und damit gab es Hoffnung auf Gerechtigkeit für einen (oder, wie es jetzt schien, für mehr als einen), für dessen Tod sich im gesamten Polizeiapparat sonst keiner interessierte. Was aber noch immer nicht erklärte, was *ich* dabei zu suchen hatte.

»John«, sagte Theodore, »Kelly und Ellison waren hier.«

»Ich weiß. Sara und ich sind ihnen im Treppenhaus begegnet.«

»Was?« Theodore setzte sich seinen Kneifer auf die Nase. »Gab's keine Probleme? Kelly kann der reinste Satan sein, wenn eine Frau im Spiel ist.«

»Es war nicht gerade gemütlich«, gab ich zu. »Aber Sara hielt sich tapfer.«

Theodore atmete erleichtert auf. »Gott sei Dank. Unter uns gesagt, manchmal frage ich mich, ob das wirklich eine kluge Entscheidung war.« Diese Worte bezogen sich auf seinen Entschluß, Sara einzustellen, die zusammen mit einer weiteren Sekretärin eine der ersten beiden Frauen war, die je für die New Yorker Polizei gearbeitet hatten. Roosevelt hatte sich dafür allerhand Sticheleien gefallen lassen müssen, und das nicht nur von der Presse; aber er hatte wenig Verständnis für die Art, wie Frauen vom offiziellen Amerika behandelt wurden, deshalb gab er den beiden eine Chance.

»Kelly«, fuhr er fort, »hat gedroht, er würde die Einwanderer aufhetzen, sollte ich ihn oder Ellison in diesen Fall hineinziehen. Er behauptet, er könne allerhand machen aus dem Vorwurf, die Polizei kümmere sich nicht darum, wenn arme Einwandererkinder von perversen Mördern hingeschlachtet würden.«

Kreisler nickte. »Das wäre nicht schwer. Letzten Endes stimmt es ja auch.«

Roosevelt warf Kreisler einen scharfen Blick zu, sagte aber nichts, denn er wußte, daß Kreisler recht hatte. »Sagen Sie, Moore«, fragte Laszlo jetzt, »was halten Sie von Ellison? Könnten Sie sich vorstellen, daß er tatsächlich damit zu tun hat?«

»Biff?« Ich lehnte mich zurück, streckte die Beine aus und überlegte. »Biff ist ganz ohne Frage einer der übelsten Burschen dieser Stadt. Die meisten Gangster, die hier heutzutage das Sagen haben, haben irgendwo, und sei's auch tief versteckt, einen menschlichen Funken. Sogar Monk Eastman hat seine Katzen und seine Vögel. Aber Biff – soviel ich weiß, hat er wirklich nirgends eine weiche Stelle. Grausamkeit ist sein Hobby, das einzige, was ihm Vergnügen macht. Und wenn ich die Leiche nicht gesehen hätte, wenn das Ganze eine theoretische Frage nach einem toten Jungen wäre, der in der Paresis Hall gearbeitet hat, dann hielte ich ihn ohne Zögern für den Hauptverdächtigen. Das Motiv? Da ließe sich schon etwas finden, das wahrscheinlichste wäre die erzieherische Wirkung auf die anderen Jungen, ihnen klarzumachen, daß sie ihm schön brav ihr Geld abzuliefern haben, zum Beispiel. Aber ich sehe ein Problem – der Stil. Biff ist ein Stiletto-Mann, wenn Sie wissen, was ich meine. Er tötet leise, sauber, und eine Menge Leute, die er weggeräumt haben soll, wurden nie gefunden. In seinem Auftreten ist er protzig, großspurig – bei seiner Arbeit nie. Also, so gern ich's auch täte, aber ich kann ihn mir in diesem Fall nicht als Täter vorstellen. Es ist einfach nicht sein – Stil.«

Ich blickte auf und bemerkte, daß Laszlo mich überrascht musterte. »John, das war das Intelligenteste, was ich je von Ihnen gehört habe«, verkündete er schließlich. »Und dann fragen Sie sich noch, warum ich Sie dabeihaben will.« Er wandte sich an Theodore. »Roosevelt, ich möchte Moore als meinen Assistenten. Seine Vertrautheit mit der New Yorker Unterwelt, mit ihren Sitten, Gebräuchen, Orten, macht ihn unersetzlich.«

»Als Assistenten?« fragte ich kopfschüttelnd. Aber die beiden fingen schon wieder an, mich zu ignorieren. Theodores schmal zusammengekniffene Augen verrieten, daß Kreislers Bemerkung ihn interessierte, ja faszinierte.

»Dann würdest also auch du an den Ermittlungen teilnehmen«, sagte er. »Das hoffte ich von Anfang an.«

»An den *Ermittlungen* teilnehmen?« fragte ich fassungslos. »Roosevelt, hast du völlig den Verstand verloren? Mit einem Seelendoktor? Einem *Psychologen*? Du hast dir doch ohnehin schon jeden höheren Polizeibeamten zum Feind gemacht, und die Hälfte der Commissioners dazu. Die meisten Buchmacher nehmen schon Wetten entgegen, daß du zum Unabhängigkeitstag nicht mehr auf deinem Stuhl sitzt! Wenn das durchsickert, daß du so einen wie Kreisler mit dabeihast – dann könntest du dir gleich einen schwarzen Medizinmann aus Afrika an deine Seite holen!«

Laszlo lachte trocken. »Jaja, genau dafür halten mich ja auch die meisten unserer anständigen Mitbürger. Roosevelt, Moore hat recht. Das Projekt hätte nur bei striktester Geheimhaltung Erfolg.«

Roosevelt nickte. »Ich bin mir der Schwierigkeiten schon bewußt, glauben Sie mir das, meine Herren. Geheimhaltung ist unerläßlich.«

»Und dann wäre da noch«, fuhr Kreisler fort, um diplomatisches Vorgehen bemüht, »die Frage der *Bedingungen* ...«

»Wenn Sie damit die Bezahlung meinen«, erklärte Roosevelt, »da Sie in beratender Funktion für mich arbeiten, würden Sie natürlich...«

»O nein, es geht mir nicht um die Bezahlung. Auch nicht um die ›beratende Funktion‹. Herr im Himmel, Roosevelt, Ihre Polizisten waren ja nicht einmal imstande, die Art und Weise, wie die Augen entfernt wurden, zu erkennen – drei Morde in drei Monaten, und der allerwichtigste Aspekt wird Ratten zugeschrieben! Wer weiß, welche Dummheiten sonst noch begangen wurden. Und hätten wir gewartet, bis Ihre

Leute eine Verbindung zu dem Fall von vor drei Jahren hergestellt hätten, dann wären wir wahrscheinlich alle vorher als alte Männer in unseren Betten gestorben, ganz gleich, ob sie einen ›Berater‹ hätten oder nicht! Nein, mit diesen Leuten kann ich nicht zusammenarbeiten. Was ich mir vorstelle, ist vielmehr eine selbständige Mannschaft in *unterstützender* Funktion.«

Roosevelt, der Pragmatiker, hörte zu. »Fahren Sie fort«, sagte er.

»Geben Sie mir zwei oder drei gute junge Polizisten, die wirklich etwas von modernen Methoden verstehen, Männer, die nichts verlieren, wenn dieser Augiasstall ausgemistet wird, Männer, die noch nicht in die Fänge der Korruption geraten sind. Wir richten uns ein Büro ein, natürlich nicht in diesem Gebäude, aber auch nicht allzu weit entfernt. Bestimmen Sie eine Person Ihres Vertrauens als Verbindungsmann – auch hier bitte einen jungen, einen noch nicht korrumpierten Menschen. Und geben Sie uns Zutritt zu allen Informationen, ohne aber unsere Existenz offenzulegen.« Laszlo lehnte sich zurück; auch ihm war klar, daß er von Roosevelt etwas völlig Unerhörtes verlangte. »Gestehen Sie uns diese Bedingungen zu, dann, glaube ich, haben wir eine Chance!«

Roosevelt stützte sich auf seinem Schreibtisch ab, schaukelte lautlos mit dem Stuhl und sah Kreisler prüfend an. »Wenn das bekannt wird«, sagte er ohne jedes Zeichen von Besorgnis, »dann bin ich meinen Posten los. Ich glaube nicht, Doktor, daß Ihnen in vollem Umfang bewußt ist, wie sehr Ihre Arbeit die Menschen, die diese Stadt regieren, aufregt, empört, wütend macht – die Geschäftswelt ebenso wie die Politiker. Moores Bemerkung über den afrikanischen Medizinmann war kein Scherz.«

»So habe ich sie auch gar nicht aufgefaßt, das versichere ich Ihnen. Wenn Sie aber wirklich wollen, daß das Morden ein Ende hat«, sagte Kreisler fast beschwörend, »dann *müssen* Sie Ihre Zustimmung geben.«

Ich war von dem Gehörten noch ziemlich perplex und rechnete jeden Moment damit, daß Roosevelt den Flirt mit dieser Idee aufgab. Statt dessen schlug er sich wieder mit der

Faust in die Handfläche. »Zum Donnerwetter, Doktor, ich kenne zwei Männer, die für Ihren Zweck ideal geeignet sind! Aber sagen Sie mir – wo würden Sie beginnen?«

»Die Antwort darauf«, erwiderte Kreisler und deutete auf mich, »verdanke ich Moore. Er hat mir vor längerer Zeit etwas geschickt, das mich auf die Idee brachte.«

»*Ich* habe Ihnen etwas geschickt?« Mein geschmeicheltes Selbstgefühl überwog für kurze Zeit mein Unbehagen, an diesem gefährlichen Projekt teilzunehmen.

Laszlo näherte sich dem Fenster und hob die Jalousie so weit, daß er hinaussehen konnte. »Sie werden sich erinnern, John, daß Sie vor ein paar Jahren in London waren, und zwar gerade zur Zeit der Ripper-Morde.«

»Na klar erinnere ich mich«, antwortete ich mit einem Grunzen. Das war nicht gerade einer meiner schönsten Urlaube gewesen: drei Monate im London des Jahres 1888, als gerade ein blutrünstiger Unhold namens Jack the Ripper sich im Londoner East End an Prostituierte heranmachte und ihnen den Bauch aufschnitt.

»Damals ersuchte ich Sie um Informationen und Zeitungsberichte. Sie erklärten sich freundlicherweise dazu bereit und sandten mir in einem Postsack unter anderem ein paar Bemerkungen von Forbes Winslow, dem Sohn.«

Ich wühlte in meinen Erinnerungen. Forbes Winslow, dessen gleichnamiger Vater, ein berühmter britischer Psychiater, den jungen Kreisler stark beeinflußt hatte, war in den achtziger Jahren, vom guten Namen seines Vaters zehrend, zum Irrenhausdirektor avanciert. Der jüngere Winslow war meiner Meinung nach nichts als ein aufgeblasener Tölpel, aber als Jack the Ripper auf den Plan trat, hatte er sich immerhin schon einen Namen gemacht, so daß er einen Platz in der Untersuchungskommission ergattern konnte – ja er besaß sogar die Frechheit, das Ende der Mordserie (die bis heute nicht geklärt ist) sich selbst zuzuschreiben.

»Sie wollen doch nicht behaupten, daß Winslow Ihnen die Augen geöffnet hat«, bemerkte ich höchst erstaunt.

»Nur unabsichtlich. In einem seiner unsinnigen Artikel über den Ripper spricht er von einem Verdächtigen als dem

›imaginären Täter‹ – genau das war sein Ausdruck, ›imaginärer Täter‹ –; wenn er sich alle einzelnen Züge, die von dem Täter bekannt waren, in einer einzigen Person versammelt vorstellte, dann, ja, dann hätte es kein anderer als dieser sein können. Natürlich stellte sich später heraus, daß gerade dieser Mann unschuldig war. Aber der Ausdruck blieb mir im Gedächtnis.« Kreisler drehte sich wieder zu uns. »Wir wissen gar nichts über die Person, die wir suchen, und wir werden wahrscheinlich nie auf Zeugen stoßen, die mehr wissen als wir. Auch mit Indizien wird man uns nicht verwöhnen – der Täter hatte schließlich einige Jahre lang Zeit, seine Technik zu vervollkommnen. Was wir also tun müssen – das einzige, was wir tun können –, ist die Erstellung eines imaginären Bildes der Person, die zu so etwas imstande *wäre*. Haben wir dieses Bild, dann würde das kleinste Indiz, der geringste Hinweis sofort dramatisch an Gewicht gewinnen. Damit können wir den Heuhaufen, in dem wir unsere Nadel suchen, auf die Größe einer – sagen wir, einer Strohgarbe verringern, wenn Sie so wollen.«

»Nein danke, ich meinerseits will nicht«, erklärte ich. Das alles machte mich nur noch nervöser. Kreisler verstand es jedoch allzu gut, Roosevelt bei seiner Begeisterungsfähigkeit zu packen. Aktionen, Pläne, eine veritable Kampagne – angesichts derart verlockender Perspektiven war es beinahe unfair, von Theodore eine vernünftige Entscheidung zu verlangen. Ich stand auf und räkelte mich. »Hört mir einmal zu, ihr beiden«, begann ich, aber Laszlo berührte meinen Arm und sah mich mit einem so herrischen Blick an, daß ich verärgert verstummte; dafür redete jetzt er:

»Moore, bitte setzen Sie sich einen Augenblick.« Mir blieb nichts anderes übrig, so sehr es mich auch wurmte. »Es gibt da einen Aspekt, den auch Sie beide kennen sollten. Ich sagte, daß wir unter den von mir genannten Bedingungen eine kleine Erfolgschance haben – mehr sicher nicht. Unser Mann hat uns viele Jahre voraus und hat sie sicher gut genützt. Vergessen Sie nicht, daß die beiden Kinder auf dem Wasserturm nur durch Zufall entdeckt wurden. Wir wissen nichts über ihn – wir wissen nicht einmal, ob wir von ›ihm‹

sprechen können. Fälle, in denen Frauen nicht nur ihre eigenen, sondern auch fremde Kinder ermorden – dramatische, extreme Varianten von nachgeburtlicher Psychose –, sind gar nicht so selten. Aber wir haben einen wichtigen Grund zu Optimismus.«

Theodore blickte hoch. »Der kleine Santorelli?«

Kreisler nickte. »Genauer gesagt, der Tatort – und das gilt auch für die beiden anderen Leichen. Der Mörder hätte seine Opfer auch weiterhin verstecken können – Gott allein weiß, wie viele er in den letzten drei Jahren umgebracht hat. Jetzt aber hat er sich sozusagen an die Öffentlichkeit gewandt – ganz ähnlich wie der Ripper mit den Briefen, die er während seiner Mordserie an verschiedene Londoner Beamte schrieb. In irgendeinem unterdrückten, verkümmerten, aber noch nicht ganz abgestorbenen Teil seines Inneren hat unser Mörder genug vom Blutvergießen. In diesen drei Leichen lesen wir, und zwar so klar, als hätte er es in Worten ausgesprochen, die verquere Bitte, wir mögen ihn doch finden. Und das schnell – denn der Zeitplan, nach dem er tötet, ist, wie ich vermute, ein sehr strenger. Diesen Zeitplan müssen wir entziffern.«

»Dann rechnen Sie mit einem baldigen Erfolg, Doktor?« fragte Theodore. »Eine Untersuchung, wie Sie sie planen, darf sich schließlich nicht endlos hinziehen. Wir brauchen Ergebnisse!«

Kreisler zuckte die Schultern. Roosevelts drängender Ton schien ihn nicht zu beeindrucken. »Ich habe Ihnen meine ehrliche Meinung dargelegt. Ich glaube, wir haben eine Chance, nicht mehr und nicht weniger.« Kreisler legte seine Hand auf Theodores Schreibtisch. »Nun, Roosevelt?«

Falls es verwunderlich erscheint, daß ich nicht weiter protestierte, kann ich nur folgendes sagen: Kreislers Hinweis auf das Dokument, das ich ihm vor Jahren aus London gesandt hatte, öffnete mir plötzlich die Augen dafür, daß es bei unserer gegenwärtigen Unterhaltung ja gar nicht nur um Giorgio Santorelli ging. Die Wurzeln dieses Gesprächs lagen viel weiter zurück, in unserer Kindheit, in unserer zum Teil gemeinsam verbrachten Jugend. Zum ersten Mal dämmerte mir, daß

Kreislers Ideen möglicherweise richtig waren: daß wir auf die entscheidenden Fragen des Lebens nie eine spontane, ungeprägte Antwort geben, sondern sie aus Mustern ableiten, die schließlich unser Verhalten vollkommen beherrschen. War Theodore, dessen fester Glaube an eine aktive Antwort auf jede Herausforderung ihn sicher durch die physischen Krankheiten seiner Jugend sowie die politischen und persönlichen Krisen des Erwachsenenlebens geführt hatte, denn wirklich frei, Kreislers Angebot abzulehnen? Und wenn er es annahm, war ich dann frei, »nein« zu sagen zu meinen beiden Freunden, die mir in so vielen Eskapaden beigestanden hatten und mir nun erklärten, daß mein Umgang und meine Kenntnisse von Gestalten am äußersten Rand der Gesellschaft, die mir bisher von allen Menschen immer nur vorgeworfen wurden, für die Jagd nach einem brutalen Mörder unverzichtbar waren? Professor James hatte natürlich erklärt, jawohl, jeder Mensch ist frei, jeden Vorschlag anzunehmen oder abzulehnen, und das zu jedem Zeitpunkt seines Lebens; und vielleicht stimmte das ja auch, objektiv gesehen. Aber wie Kreisler so gern behauptete (und was auch Professor James nicht ohne weiteres widerlegen konnte): Man kann das Subjektive nicht objektivieren, noch das Besondere verallgemeinern. Möglicherweise wäre *man* oder *jemand* in diesem Moment in seiner Entscheidung frei gewesen; aber Theodore und ich vertraten nicht das Allgemeine, sondern das Besondere.

Und so wurden Kreisler und ich an diesem scheußlichen Märzmorgen zu Detektiven, denn wir hatten alle drei keine andere Wahl. Diese Gewißheit beruhte, wie ich bereits sagte, darauf, daß wir einander in bezug auf Charakter und Vergangenheit gründlich kannten. Und doch gab es in diesem entscheidenden Augenblick in New York noch einen weiteren Menschen, der unsere Pläne und Überlegungen vorwegnahm, ohne uns je persönlich begegnet zu sein. Erst im Rückblick kann ich sagen, daß dieser Mensch uns drei an diesem Vormittag beobachtete und daß er den Moment, da Kreisler und ich das Polizeihauptquartier verließen, für die Übermittlung einer bedrohlichen Botschaft wählte.

Laszlo und ich stürzten durch einen neuerlichen heftigen Regenguß zurück in unsere Kutsche, wo mir sofort ein merkwürdiger Gestank auffiel, der sich deutlich von dem üblichen Straßengeruch nach Pferdemist und Abfall unterschied.

»Kreisler«, sagte ich, meine Nase rümpfend, »hat hier jemand...«

Ich hielt inne, als ich bemerkte, daß Laszlo in eine dunkle Ecke des Kutschenbodens starrte. Seinem Blick folgend, sah auch ich jetzt einen zerknüllten, dunkel gefleckten weißlichen Ball, den ich mit meinem Schirm anstocherte.

»Eine recht eindeutige Aromamischung«, murmelte Kreisler. »Blut und menschliche Exkremente, wenn ich nicht irre.«

Ich erkannte, daß er recht hatte, und hielt mir aufstöhnend mit der linken Hand die Nase zu. »Irgendein Straßenjunge hält das wahrscheinlich für einen guten Witz«, sagte ich und hob das unappetitliche Etwas mit der Spitze meines Schirms an. »Kutschen sind – ebenso wie Zylinderhüte – für derartige Scherze ein gutes Ziel.« Als ich den Fetzenball aus dem Fenster beförderte, löste er sich auf, und es entfielen ihm ein paar bedruckte Seiten, die auf dem Kutschenboden landeten. Ächzend versuchte ich, die Blätter mit meinem Schirm aufzuspießen, was mir aber nicht gelang. Dabei fiel das Knäuel gänzlich auseinander, und ich konnte einige Zeilen deutlich erkennen.

»Also nein«, grunzte ich perplex. »Das sieht ja aus, als käme es aus Ihrer Denkfabrik, Kreisler. ›Der Einfluß von Hygiene und Ernährung auf die Bildung der infantilen Neutral...‹«

Mit überraschender Heftigkeit riß Kreisler mir den Schirm aus der Hand, stach mit der Spitze durch das Stück Papier und schleuderte beides zusammen aus dem Fenster.

»Was zum – Kreisler!« Ich sprang aus der Kutsche, rettete meinen Schirm, befreite ihn von dem anstößigen Stück Papier und kletterte zurück in die Kutsche. »Dieser Schirm war nicht billig, das kann ich Ihnen nur sagen!«

Ein Blick auf Kreisler zeigte mir, daß die Sache ihn aufgeregt hatte. Aber dann schüttelte er die Erregung ab, und als er sprach, klang er ganz kühl. »Tut mir leid, Moore, aber zufällig kenne ich den Autor. Sein Stil ist so elend wie seine Gedanken. Und das ist nicht der Moment, uns ablenken zu lassen – wir haben viel zu tun.« Er beugte sich vor und rief Cyrus an, woraufhin der Kopf des Riesen unter dem Dach der Kutsche erschien. »Zum Institut, und dann zum Mittagessen«, sagte Laszlo. »Und fahr schnell, Cyrus – wir könnten hier drinnen etwas frische Luft gebrauchen.«

Nun bestand kein Zweifel mehr daran, daß der stinkende Fetzen nicht von einem Kind in die Kutsche befördert worden war; denn nach den wenigen Worten zu schließen, die ich lesen konnte, wie auch nach Kreislers Reaktion, stammte der Text sicherlich von Laszlo selbst. Ich nahm an, irgendeiner von Kreislers zahlreichen Feinden sei dafür verantwortlich, und so ging ich der Sache nicht weiter nach, doch in den darauffolgenden Wochen wurde uns die volle Bedeutung dieses Zwischenfalls auf erschreckende Weise klar.

KAPITEL 7

Wir waren so erpicht darauf, uns mit allen Kräften in unsere Aufgabe zu stürzen, daß uns jede Verzögerung schmerzte, auch die kleinste. Als Theodore von dem regen Interesse erfuhr, das Kreislers Besuch im Hauptquartier bei Reportern wie Polizisten hervorgerufen hatte, sah er ein, daß wir uns nicht in seinem Büro hätten treffen sollen, und erklärte, er könne ein oder zwei Tage lang, bis sich die Wellen geglättet hätten, nichts unternehmen. Kreisler und ich nutzten die Zeit für einen geordneten Rückzug aus unseren »Zivilberufen«. Ich mußte in meiner Redaktion einen längeren Urlaub erbitten, dessen Gewährung meinen Vorgesetzten nach einem Telefonanruf von Roosevelt, der erklärte, mich dringend für geheime Polizeiarbeit zu brauchen, gleich viel leichter fiel. Allerdings durfte ich erst dann das Redaktionsgebäude der *Times* Ecke Zweiunddreißigste Straße und Broadway verlassen, nachdem ich mich verpflichtet hatte, kein eventuelles Ergebnis, das sich zur Veröffentlichung eignete, einer anderen Zeitung oder Zeitschrift zu überlassen, gleichgültig, welche Summe man mir dafür bot. Also versicherte ich meinen säuerlich blickenden Chefs, daß sie die Story ohnehin nicht würden haben wollen, und lief dann befreit den Broadway hinunter. Draußen herrschte ein typischer New Yorker Märzmorgen: Um elf Uhr vormittag waren es neunundzwanzig Grad Fahrenheit, und durch die Straßen pfiff der Wind mit gut neunzig Stundenkilometern. Ich sollte Kreisler im Institut treffen, und eigentlich wäre ich am liebsten zu Fuß gegangen, so groß war meine Erleichterung darüber, daß ich meinen Redakteuren für eine unbestimmte Zeitspanne entwischt war. Aber die echte New Yorker Kälte – es war so kalt, daß der Pferdeurin sofort in kleinen Mäandern auf der Straße gefror – wird selbst der besten Laune Herr. Vor dem Fifth Avenue Hotel beschloß ich, eine Mietdroschke zu nehmen, genoß aber vorher noch den Anblick von Boss Platt, wie er einer Kutsche entstieg und im Hotel verschwand, mit steifen, unnatürlichen Bewegungen, die den Beobachter nicht davon überzeugten, daß er tatsächlich lebendig war.

Kreisler würde nicht so einfach Urlaub nehmen können wie ich, überlegte ich drinnen in der Kutsche. Die etwa zwei Dutzend Kinder in seinem Institut brauchten seine Anwesenheit und seinen Rat, denn sie stammten alle aus Familien (oder Straßen), wo sie entweder gar nicht beachtet oder aber ständig gestraft und geschlagen wurden. Ich hatte mir zunächst überhaupt nicht vorstellen können, wie er sich eine weitere Arbeit aufhalsen konnte, wo er doch in seinem Institut tatsächlich unabdingbar war; aber er erklärte mir, er plane, zwei Vormittage und einen Abend pro Woche dort zu verbringen. In dieser Zeit wollte er die Leitung des Unternehmens in meine Hand legen. Mit soviel Verantwortung hatte ich zwar nicht gerechnet, aber ich war überrascht, daß ich darauf nicht ängstlich, sondern eher voll Eifer und Interesse reagierte.

Kurz nachdem mein Wagen in den East Broadway einbog, stieg ich bei Nummer 185–187 aus: Hier residierte das Institut. Auf den Bürgersteig tretend, bemerkte ich, daß auch Laszlos Kalesche dastand, und blickte hinauf zu den Fenstern des Instituts in der Erwartung, ihn nach mir Ausschau halten zu sehen – aber dort oben zeigte sich kein Gesicht.

Kreisler hatte die beiden vierstöckigen roten Ziegelgebäude mit den schwarzen Fensterstöcken im Jahre 1885 von seinem eigenen Geld gekauft und sie dann innen nach seinen Plänen renovieren lassen. Für die Erhaltung der Anlage kamen seine wohlhabenden Patienten mit ihren Honoraren auf, außerdem hatte Kreisler durch seine Arbeit als Sachverständiger bei Gericht beträchtliche Einnahmen. Die Zimmer der Kinder befanden sich im vierten Stock des Instituts, die Klassenräume und Spielzimmer im dritten. Im zweiten Stock waren Kreislers Untersuchungs- und Behandlungsräume, ebenso sein psychologisches Laboratorium, wo er die Kinder auf Auffassung, Reaktion, Assoziation, Gedächtnis und alle möglichen anderen psychischen Funktionen testete. Das Erdgeschoß beherbergte den Operationssaal, wo er gelegentlich eine Autopsie durchführte oder ein Gehirn sezierte. Meine Droschke hielt vor den schwarzen Eisentreppen, die zum Haupteingang führten. Oben stand Cyrus Montrose, mit einem Bowler behütet, die riesige Gestalt in einen noch gewaltigeren Wintermantel gehüllt, aus den breiten Nasenlöchern kaltes Feuer blasend, wie mir schien.

»Einen schönen Nachmittag, Cyrus«, rief ich mit gequältem Lächeln, während ich die Stiegen erklomm und – wohl vergeblich – hoffte, ich möge nicht ganz so verängstigt klingen, wie mir unter seinem Haifischblick in Wahrheit immer zumute war. »Ist Dr. Kreisler da?«

»Hier steht seine Droschke, Mr. Moore«, antwortete Cyrus – nicht unfreundlich, aber doch in einem Ton, der mich als einen der größten Idioten von New York City entlarvte. Aber ich ließ mich in meinem Grinsen nicht entmutigen.

»Sie haben sicher schon gehört, daß der Doktor und ich jetzt eine Weile zusammenarbeiten werden?«

Fast hätte man meinen können, Cyrus zöge daraufhin ein Gesicht. Seine Antwort war ein gleichmütiges: »Ich habe es gehört, Sir.«

»Na schön!« brummte ich, schlug mein Jackett zurück und klopfte auf die Weste. »Dann sehe ich mich einmal nach ihm um. Schönen Tag noch, Cyrus!«

Er würdigte mich keiner Antwort mehr – nicht, daß ich eine verdient hätte.

Die kleine Eingangshalle des Instituts war zum Bersten voll mit den üblichen Vätern, Müttern und Kindern, die alle auf zwei langen, niedrigen Bänken auf Kreisler warteten. Zu dieser Jahreszeit führte Laszlo persönliche Gespräche durch, um zu entscheiden, wen er im folgenden Herbst in sein Institut aufnehmen würde. Die Bewerber stammten aus allen Schichten der Gesellschaft: aus den wohlhabendsten Familien des Nordostens ebenso wie aus den Elendsquartieren der Einwanderer und Landarbeiter. Aber eines hatten sie alle gemeinsam: ein gestörtes, auffälliges Kind, das sich auf irgendeine Art extrem und unbegreiflich verhielt. Das war natürlich alles sehr ernst, änderte aber nichts an der Tatsache, daß das Institut an solchen Vormittagen etwas von einem Zoo an sich hatte. Wenn man durch diesen Gang schritt, mußte man immer damit rechnen, bespuckt, beschimpft, gebissen zu werden oder durch ein gestelltes Bein zu Fall zu kommen. Am schlimmsten führten sich jedoch jene Kinder auf, deren einziges Problem ihre Verzogenheit war und deren Eltern hier in Kreislers Institut eigentlich nichts zu suchen hatten.

Vor Kreislers Sprechzimmer angelangt, fühlte ich den Blick eines solchen kleinen Missetäters, eines dicken kleinen Jungen mit boshaften Augen. Auf dem Gang schritt eine dunkelhaarige, etwa fünfzigjährige, in ein Schultertuch gehüllte Frau auf und ab und murmelte in einer Sprache, die ich für Ungarisch hielt, vor sich hin. Ich mußte sowohl ihr als auch den ausschlagenden Beinen des bösen kleinen Jungen ausweichen, um an die Ordinationstür anzuklopfen. Gleich darauf hörte ich Kreislers »Herein!« und trat ein, wobei mich die Blicke der Frau nervös verfolgten.

Nach der harmlos wirkenden Halle war Laszlos Ordination der erste Raum, den die zukünftigen Patienten (er bestand darauf, sie »Schüler« zu nennen, um die Kinder durch das Bewußtsein ihrer Situation nicht zu verunsichern) von seinem Institut erblickten. Er hatte sich daher große Mühe gegeben, die Einrichtung nur ja nicht einschüchternd oder erschreckend wirken zu lassen. Es gab verschiedene Tierbilder, die nicht nur von Laszlos gutem Geschmack zeugten, sondern auch die Kinder unterhielten, ebenso wie das Spielzeug – Bauklötze, Puppen, Zinnsoldaten, kleine Bälle –, das Laszlo für die ersten Tests auf Geschicklichkeit, Reaktionszeit und soziale Gefühle benutzte. Medizinische Instrumente gab es kaum, die meisten befanden sich im Untersuchungsraum nebenan, wo Kreisler, wenn ihn ein Fall besonders interessierte, die ersten physischen Untersuchungen durchführte. Diese Tests hatten den Zweck, herauszufinden, ob an den kindlichen Problemen sekundäre Ursachen (das heißt körperliche Funktionsstörungen, die auf Stimmung und Verhalten einwirkten) oder aber primär abnorme Eigenschaften, also geistige oder emotionelle Störungen, schuld waren. Ließ sich bei einem Kind kein Hinweis auf eine sekundäre Ursache feststellen und kam Kreisler zu der Ansicht, daß er dem Kind helfen könne (wenn es also kein Zeichen für einen irreparablen Hirnschaden gab), dann wurde es »aufgenommen«: Das bedeutete, daß es im Institut lebte wie in einem Internat und nur in den Ferien nach Hause durfte – und auch nur dann, wenn Kreisler den Kontakt mit der Familie für günstig hielt. Laszlo war völlig einer Meinung mit seinem Freund und Kollegen Dr. Adolf Meyer, der einmal gesagt hatte: »Die degenerativen Prozesse bei Kindern haben ihre Ursache hauptsächlich in einer defekten familiären Umgebung.« Laszlo zitierte diesen Satz häufig. Gestörten Kindern eine neue, glücklichere Umgebung zu bieten war das vordringlichste Ziel des Instituts; darüber hinaus war es das Herzstück von Laszlos leidenschaftlichen Bemühungen um die Erkenntnis, ob es möglich sei, das, was er die »ursprüngliche Anlage« der menschlichen Psyche nannte, zu verändern, in jenes Schicksal, zu welchem jeden von uns der Zufall der Geburt bestimmt, gestaltend einzugreifen.

Kreisler saß an einem eleganten Schreibtisch und schrieb im Schein einer Tiffany-Schreibtischlampe aus grün-goldenem Milchglas. Ich wollte warten; bis er von sich aus aufblickte, näherte ich mich einem kleinen Bücherbord und entnahm ihm eines meiner Lieblingsbücher: *Leben und Tod von Samuel Green, wahnsinniger Dieb und Mörder*. Diesen Fall aus dem Jahr 1822 hielt Kreisler den Eltern seiner »Schüler« oft vor Augen, denn der berüchtigte Green war, in Kreislers Worten, »ein Produkt des Rohrstocks« gewesen, sein Vater hatte ihn als Kind täglich geschlagen, und als man seiner habhaft wurde, hatte Green ganz offen bekannt, daß seine Verbrechen für ihn eine Art Rache an der Menschheit waren. Was mir daran gefiel, war das Bild auf dem Vorsatzpapier, das »Das Ende des Irren Green« an einem Bostoner Galgen zeigte, wobei Green ganz unverschämt grinste. Ohne vom Schreibtisch hochzusehen, hielt mir Kreisler ein paar Papiere entgegen und sagte:

»Sehen Sie sich das an, Moore. Unser erster Erfolg, wenn auch ein bescheidener.«

Ich legte das Buch zurück und nahm die Papiere. Es handelte sich um eine Reihe von amtlichen Scheinen, die sich offenbar auf einen Friedhof bezogen; dann folgten eine Bewilligung für die Exhumierung zweier Leichen und ein fast unleserliches Dokument, unterschrieben von einem gewissen Abraham Zweig.

Plötzlich wurde ich durch das deutliche Gefühl abgelenkt, daß mich jemand beobachtete. Ich wandte mich um und sah ein junges Mädchen von etwa zwölf Jahren mit einem runden, hübschen Gesicht, das einen verschreckten, irgendwie verfolgten Ausdruck zeigte. Sie hatte das von mir zurückgestellte Buch aufgenommen und blickte vom Vorsatzpapier langsam zu mir hinüber, während sie ein paar Knöpfe ihres einfachen, aber sauberen Kleides schloß. Dann las sie die Bildunterschrift, die den Kupferstich erklärte, und zog daraus offenbar einen für sie unangenehmen Schluß – Angst machte sich in ihrem Gesicht breit, sie blickte hilfesuchend zu Kreisler, der sich jetzt zu ihr wandte.

»Ah, Berthe. Bist du fertig?«

Als Antwort deutete das Mädchen zögernd auf das Buch, dann streckte sie einen Finger gegen mich aus und fragte mit Zittern in der Stimme: »Ja, aber ... bin ich auch verrückt, Herr Doktor? Wird mich dieser Mann jetzt dorthin bringen?«

»Was?« rief Kreisler verblüfft. Dann nahm er ihr das Buch weg und warf mir einen strafenden Blick zu. »Verrückt? Lächerlich. Für dich hab' ich nur gute Nachrichten!« Laszlo redete mit ihr wie mit einer Erwachsenen, aber dennoch in einem Ton, den er nur Kindern gegenüber hören ließ: geduldig, liebevoll, nachsichtig. »Komm bitte her zu mir.« Das Mädchen trat näher, und Kreisler half ihr, sich auf seine Knie zu setzen. »Du bist eine vollkommen gesunde und vor allem sehr intelligente junge Dame.« Das Mädchen errötete und lachte, glücklich und beruhigt. »Deine Probleme haben ihre Ursache in mehreren kleinen Gewächsen in deiner Nase und in deinen Ohren. Diesen Gewächsen gefällt es – im Gegensatz zu dir! –, daß es in eurem Haus so furchtbar kalt ist.« Im Rhythmus seiner letzten Worte klopfte er ihr leicht an die Stirn. »Du wirst zu einem Arzt gehen – übrigens ein Freund von mir –, und der wird dir diese Gewächse herausnehmen. Du wirst gar nichts davon spüren, sondern ganz gemütlich alles verschlafen. Und dieser Herr hier«, – dabei stellte er Berthe wieder auf den Boden –, »ist ein Freund von mir. Mr. Moore. Sag ›guten Tag‹.«

Das Mädchen knickste kaum merklich, sagte aber nichts. Ich sah sie an. »Freut mich, dich kennenzulernen, Berthe.«

Wieder lachte sie nur, worauf Laszlo mit der Zunge schnalzte und erklärte: »Genug gekichert, Berthe. Geh und hol deine Mutter, dann können wir alles besprechen.«

Während das Mädchen zur Tür lief, klopfte Kreisler ziemlich aufgeregt auf die Papiere in meiner Hand. »Schnelle Arbeit, was, Moore? Vor knapp einer Stunde sind sie hier angekommen.«

»Wer?« fragte ich verwirrt. »Was?«

»Die Zweig-Kinder!« antwortete Laszlo. »Die Kinder vom Wasserturm – ihre Leichen sind unten im Erdgeschoß.«

Ich fand die Vorstellung so schaurig und so wenig passend im Vergleich mit den sonstigen Vorgängen im Institut, daß es mir kalt über den Rücken lief. Bevor ich aber fragen konnte, wozu in aller Welt er das getan hatte, brachte das Mädchen Berthe schon seine Mutter herein; es war die Frau mit dem Schultertuch. Die Frau wechselte mit Kreisler ein paar Worte auf ungarisch, aber er beherrschte diese Sprache nicht sehr gut (sein deutscher Vater wollte nicht, daß die Kinder die Sprache der Mutter lernten), daher setzte er die Unterhaltung auf englisch fort.

»Sie müssen mir zuhören, Mrs. Rajk«, rief Laszlo schließlich.

»Aber Herr Doktor«, protestierte die Frau, ihre Hände ringend, »manchmal versteht sie wirklich alles, aber dann ist sie wieder wie ein Teufel und will uns nur quälen...«

»Mrs. Rajk, ich bin nicht sicher, auf wie viele verschiedene Arten ich Ihnen die Sachlage noch erklären kann«, erwiderte Kreisler schon etwas schärfer, zog seine silberne Taschenuhr und warf einen raschen Blick darauf. »Oder in wie vielen Sprachen. Die Schwellung ist manchmal schwächer, verstehen Sie?« Er deutete auf seine eigene Nase, Ohren und Kehle.

»Dann hat Berthe keine Schmerzen und kann nicht nur besser hören und sprechen, sondern auch ohne Beschwerden atmen. Aber die meiste Zeit verdecken diese Gewächse im Rachen und in der hinteren Nasenhöhle – also in Hals und Nase – die Eustachischen Röhren, die Verbindung zu den Ohren, und dann hört sie fast nichts, auch wenn sie sich noch so sehr bemüht. Der Umstand, daß es in Ihrer Wohnung kalt ist und zieht, verschlimmert ihren Zustand.« Kreisler legte dem jungen Mädchen die Hand auf die Schulter, woraufhin sie glücklich lächelte. »Kurz und gut, sie tut das alles nicht aus bösem Willen, um Sie oder ihre Lehrerin zu ärgern. Begreifen Sie das?« Er beugte sich vor und starrte der Mutter mit seinen Falkenaugen ins Gesicht. »Nein. Sie begreifen es offenbar nicht. Schön, dann müssen Sie eben akzeptieren, was ich sage – Ihre Tochter ist vollkommen gesund, sowohl geistig als auch seelisch. Bringen Sie sie ins St.-Lukas-Krankenhaus, dort arbeitet Dr. Osborne, für den ist diese Operation Routine. Wegen des Honorars wird er mit sich reden lassen. Im kommenden Herbst«, – er strich Berthe übers Haar, und sie blickte dankbar zu ihm auf – »ist dann alles in Ordnung, und Berthe wird eine Musterschülerin. Habe ich recht, junge Dame?«

Das Mädchen antwortete nicht, sondern lachte nur wieder leise. Die Mutter versuchte ein letztes »Aber...«, bevor Kreisler sie am Arm nahm und durch die Halle bis zum Ausgang brachte. »Wirklich, Mrs. Rajk, jetzt reicht es. Daß Sie das nicht begreifen wollen, bedeutet nicht, daß es nicht so ist. Bringen Sie Berthe zu Dr. Osborne! Ich werde mich bei ihm erkundigen, und wenn sich herausstellt, daß Sie meine Anweisung nicht befolgt haben, dann werde ich sehr böse!« Er schloß die Tür hinter den beiden, wandte sich wieder zur Halle und war sofort von den noch wartenden Familien umringt. Mit lauter Stimme eine kurze Konsultationspause verkündend, zog er sich wieder in die Ordination zurück und schlug die Tür zu.

»Die große Schwierigkeit«, murmelte er, wieder an seinem Schreibtisch sitzend und Papier glättend, »Menschen davon zu überzeugen, daß sie sich mehr mit dem geistigen Zustand ihrer Kinder befassen müssen, liegt nämlich darin, daß sie die kleinste Verstimmung schon für eine schwere Erkrankung halten. Ach was...« Er schloß den Schreibtisch und sperrte ihn ab, dann drehte er sich zu mir. »Also, Moore – wir beide gehen jetzt hinunter. Roosevelts Mannen sollten schon eingetroffen sein. Cyrus hat Anweisung, sie direkt durch den hinteren Eingang hereinzuführen.«

»Sie wollen sie *hier* befragen?« erkundigte ich mich auf dem Weg durch den Untersuchungsraum. Von hier führte eine Hintertreppe direkt in den Hof des Instituts.

»Ich werde sie gar nicht befragen«, antwortete Kreisler, als uns die Kälte draußen ins Gesicht schlug. »Das überlasse ich den Zweig-Kindern. Ich beurteile sie nach den Ergebnissen. Und vergessen Sie nicht, Moore: Kein Wort über unsere Absichten, solange wir nicht ganz sicher sind, daß wir sie brauchen können.«

Inzwischen hatte es leicht zu schneien begonnen. Einige von Kreislers jugendlichen Patienten in ihren einfachen graublauen Institutsuniformen – damit sollte verhindert werden, daß sich die Kinder aus mittellosen Familien wegen ihrer Kleidung zurückgesetzt fühlten – spielten im Hof und haschten nach den Flocken. Als sie Kreisler bemerkten, liefen sie auf ihn zu und begrüßten ihn fröhlich und gleichzeitig respektvoll. Laszlo erwiderte ihr Lächeln und stellte ihnen einige Fragen nach ihren Lehrern und ihren Schulaufgaben. Zwei von den Kindern, weniger schüchtern als die anderen, machten recht kritische Bemerkungen über Aussehen und Körpergerüche der Lehrer, woraufhin Laszlo sie väterlich ermahnte. Auf dem Weg zu dem Gebäude hörte ich die Kinder wieder herumtollen und lachen und rufen und machte mir klar, wie kurz es doch erst her war, daß einige von ihnen auf der Straße lebten, nur wenige Schritte von Giorgio Santorellis Schicksal entfernt. Ich fing an, fast alles um mich herum in Beziehung zu unserem Fall zu sehen.

Ein dunkler, feucht riechender Flur führte zum Operationssaal, einem großen, länglichen Raum, der von einem in einer Ecke zischenden Gasstrahler warm und trocken gehalten wurde. Die glatten Wände waren weiß gekalkt, weiße Stellagen mit Glastüren zogen sich die Wände entlang, darin befanden sich diverse bedrohlich glänzende Instrumente.

Darüber war auf weißen Regalbrettern eine Sammlung schauriger Gipsabdrücke zu erblicken: realistisch bemalte Menschen- und Affenköpfe, zum Teil mit aufgeklappten Schädeldecken, die den Blick auf das Gehirn freigaben. Dazwischen standen, eingelegt in hohe Glasbehälter voll Formaldehyd, echte Gehirne unterschiedlichster Herkunft. Wo sonst noch ein Stückchen Wand frei war, hingen Schaubilder von menschlichen und tierischen Nervensystemen. In der Mitte des Raumes standen zwei Operationstische aus Stahl, die mit Kanälen zur Aufnahme von Körperflüssigkeiten ausgestattet waren. Auf den beiden Tischen lag unter sterilen weißen Tüchern etwas mit vage menschlichen Umrissen. Ein Geruch nach Erde und Verwesung hing in dem Raum.

An den Tischen standen zwei Männer, beide trugen gutsitzende Anzüge mit Weste, der größere der beiden ein dezentes Karo-Muster, der kleinere einfaches Schwarz. Ihre Gesichter waren in dem dämmerigen Licht oberhalb der starken elektrischen Lampen über den Operationstischen kaum zu erkennen.

»Meine Herren«, verkündete Laszlo und ging auf sie zu. »Ich bin Dr. Kreisler. Ich hoffe, Sie mußten nicht allzulange warten.«

»Aber gar nicht, Herr Doktor«, erwiderte der größere und schüttelte Kreisler die Hand. Dabei beugte er sich in den hellen Lichtschein, und ich konnte erkennen, daß seine semitischen Gesichtszüge sehr ansprechend waren – eine kräftige Nase, schöne braune Augen, volles gewelltes Haar. Der kleinere der beiden dagegen hatte kleine Augen, ein fleischiges Gesicht voller Schweißperlen und schütteres Haar. Beide schätzte ich auf etwa Anfang Dreißig. »Ich bin Sergeant Marcus Isaacson«, fuhr der größere fort, »und das ist mein Bruder Lucius.«

Der kleinere streckte ebenfalls die Hand aus, wirkte dabei aber eher gereizt. »*Detective Sergeant* Lucius Isaacson, Herr Doktor«, erklärte er. Dann wandte er sich um und zischte aus einem Mundwinkel: »Tu das nicht noch einmal! Du hast versprochen, daß du es nicht mehr tust!«

Marcus Isaacson rollte die Augen, widmete uns ein

Lächeln, dann antwortete auch er aus einem Mundwinkel: »Was? Was hab' ich getan?«

»Stell mich nicht als deinen Bruder vor«, zischte Lucius Isaacson.

»Meine Herren«, warf Kreisler ein, leicht irritiert von diesem seltsamen Schlagabtausch, »gestatten Sie, daß ich Ihnen einen Freund vorstelle, John Schuyler Moore.« Ich schüttelte beiden die Hände, während Kreisler fortfuhr: »Commissioner Roosevelt, der sehr viel von Ihnen hält, ist der Meinung, Sie könnten mir bei einer Forschungsarbeit wertvolle Hilfe leisten. Sie sind Spezialisten auf zwei Gebieten, die mich besonders interessieren...«

»Ja«, erwiderte Marcus, »Kriminalwissenschaft und Gerichtsmedizin.«

Kreisler fuhr fort: »Zunächst würde ich gern wissen...«

»Falls Sie sich über unsere Namen wundern«, unterbrach ihn Marcus, »sollten Sie wissen, daß unsere Eltern damals gerade erst nach Amerika gekommen waren und Angst hatten, wir müßten in der Schule vielleicht unter antisemitischen Äußerungen leiden.«

»Dabei hatten wir noch Glück«, ergänzte Lucius. »Unsere Schwester heißt Cordelia.«

»Wissen Sie«, erklärte Marcus weiter, »sie haben ihr Englisch bei Shakespeare gelernt. Als ich zur Welt kam, fingen sie gerade an, und zwar mit *Julius Caesar*. Ein Jahr später wurde mein Bruder geboren, da waren sie noch nicht viel weiter. Aber als sich zwei Jahre später meine Schwester ankündigte, da waren sie schon bei *König Lear*...«

»Gewiß, gewiß«, fiel ihm Kreisler ins Wort; seinen hochgezogenen Augenbrauen und dem starren Falkenblick entnahm ich, daß er sich langsam Sorgen machte. »So interessant das auch ist, wollte ich Sie eigentlich fragen, wie Sie auf Ihre Spezialgebiete kamen und welcher Umstand Sie in den Dienst der Polizei führte.«

Lucius blickte seufzend zur Decke. »Niemand will wissen, wie wir zu unseren Namen kamen, Marcus«, murmelte er. »Wie oft hab' ich dir das schon gesagt.«

Marcus' Gesicht rötete sich leicht vor Ärger, er spürte offenbar, daß das Gespräch irgendwie schieflief, und wandte sich daher mit betontem Ernst an Kreisler: »Ja, sehen Sie, Herr Doktor, es waren schon wieder unsere Eltern, obwohl ich natürlich zugebe, daß diese Erklärung nicht besonders interessant ist. Meine Mutter wollte, daß ich Rechtsanwalt werde, und mein Bruder – der *Detective Sergeant* hier – sollte Arzt werden. Aber daraus wurde nichts. Wir hatten schon als kleine Jungen angefangen, Wilkie Collins zu lesen, und als wir ins College kamen, waren wir fest entschlossen, Polizisten zu werden und nichts anderes.«

»Jura und Medizin waren anfangs nützlich«, fuhr Lucius fort, »aber nach dem College arbeiteten wir zunächst für Pinkerton. Erst als Commissioner Roosevelt zur Polizei kam, rechneten auch wir uns dort eine Chance aus. Sie wissen ja wahrscheinlich, daß seine Einstellungskriterien etwas ... na ja, unorthodox sind.«

Ich verstand, was er meinte, und erklärte es später Laszlo. Roosevelt ließ nicht nur jeden einzelnen Polizisten auf Herz und Nieren durchleuchten und zwang dadurch viele zur Kündigung, er bestand auch auf die Aufnahme von Menschen aus bisher kaum berücksichtigten Gruppen, um dadurch die Macht von Cliquen und »Stammesführern« wie Thomas Byrnes, »Clubber« William oder »Big Bill« Devery zu brechen. Vor allem an Juden war Theodore interessiert; er hielt sie für besonders ehrlich und tapfer und nannte sie gern »Makkabäische Kämpfer für Gerechtigkeit«. Die Brüder Isaacson verdankten ihr Polizistendasein offenbar dieser Einstellung, wenn auch »Kämpfer« nicht gerade das erste Wort war, das einem bei ihrem Anblick einfiel.

»Ich nehme an«, sagte Lucius jetzt erwartungsvoll und offenbar bemüht, dem Gespräch eine andere Richtung zu geben, »Sie wünschen unsere Mitarbeit bei dieser Exhumierung?« Dabei deutete er auf die beiden Tische.

Kreisler sah ihn an. »Woher wissen Sie, daß es sich um eine Exhumierung handelt?«

»Der Geruch, Herr Doktor. Nicht zu verkennen. Und die Lage der Leichen weist auf eine ordnungsgemäße Bestattung hin, im Gegensatz zu einem formlosen Verscharren.«

Das gefiel Kreisler schon besser. Sein Gesicht hellte sich auf. »Ja, Detective Sergeant, Ihre Annahme ist korrekt.« Er trat zum Kopfende und zog die Tücher von den Tischen weg. Der Gestank fand jetzt seine Ergänzung in dem scheußlichen Anblick zweier kleiner Skelette, eines in einen modrigen schwarzen Anzug gekleidet, das andere in ein nicht weniger vermodertes weißes Kleid. An manchen Stellen hingen die Knochen noch zusammen, aber die meisten lagen schon frei, und über allem verteilt waren Stücke von Nägeln und Haare und viel Erde. Ich riß mich zusammen, um nicht wegzuschauen. Derartiges stand mir jetzt ja wohl noch öfter bevor, ich sollte mich also daran gewöhnen. Aber die entsetzlichen Grimassen der beiden Totenschädel sprachen deutlich von der ganz und gar unnatürlichen Ursache ihres Todes, und es war nicht leicht, sich auf die Untersuchung zu konzentrieren.

Auf den Gesichtern der beiden Isaacsons zeigte sich aber nichts als Faszination, während sie sich den Tischen näherten: »Bruder und Schwester, Benjamin und Sofia Zweig. Gefunden in ...«

»... einem Wasserturm«, ergänzte Marcus. »Vor drei Jahren. Der Täter ist bis heute nicht gefunden.«

Auch das schien Kreisler zu gefallen. »Hier drüben«, fuhr er fort und deutete auf einen kleinen weißen Tisch in einer Ecke, übersät mit Papieren und Zeitungsausschnitten, »sehen Sie sämtliche Angaben über diesen Fall, die ich beschaffen konnte. Ich hätte gern, daß Sie beide alles durchgehen und auch die Leichen untersuchen. Die Sache ist ziemlich dringend, ich kann Ihnen daher nur bis heute abend Zeit geben. Um dreiundzwanzig Uhr dreißig bin ich bei Delmonico. Ich erwarte Sie dort und lade Sie zum Dank für Ihren Untersuchungsbericht zu einem vorzüglichen Dinner ein.«

Marcus Isaacsons Eifer wurde kurzfristig von Neugier überlagert. »Dinner ist nicht nötig, Herr Doktor, wenn es sich um eine offizielle Angelegenheit handelt. Aber wir danken natürlich für die Einladung.«

Laszlo nickte mit einem leichten Lächeln, amüsiert von Marcus' Versuch, ihn auszuhorchen. »Gut, wir sehen uns also um dreiundzwanzig Uhr dreißig.«

Augenblicklich stürzten sich die Isaacsons auf das vor ihnen liegende Material, ohne überhaupt zur Kenntnis zu nehmen, daß wir uns verabschiedeten. Kreisler und ich gingen wieder hinauf, und ich holte meinen Mantel aus der Ordination. Kreisler bemerkte kopfschüttelnd: »Die beiden sind natürlich recht seltsam. Aber ich habe das Gefühl, daß sie ihre Arbeit verstehen. Wir werden sehen. Oh, Moore, bevor ich es vergesse – hätten Sie für heute abend etwas anzuziehen?«

»Zu welchem Zweck?« fragte ich irritiert und zog Mütze und Handschuhe an.

»Für die Oper«, erwiderte Laszlo. »Ganz gleich, wer es ist, die Rolle des Verbindungsmannes ist für uns von größter Bedeutung. Daher dachte ich, wir nehmen ihn mit in die Oper und sehen, wie er reagiert. Dort können wir seinen Charakter genauso gut testen wie in jeder anderen Umgebung – und Gott weiß, wann wir wieder in die Oper kommen. Wir benutzen meine Loge in der Metropolitan. Maurel singt Rigoletto. Das paßt gut zu unserem Plan.«

»Aber sicher«, rief ich. »Und wenn wir schon von Plänen sprechen: Wer singt die Tochter des Buckligen?«

Kreisler wandte sich mit komischer Verachtung von mir ab. »Mein Gott, Moore, irgendwann möchte ich die Geschichte Ihrer Kindheit genauer unter die Lupe nehmen. Diese sexuelle Manie ...«

»Aber ich habe doch nur gefragt, wer die Gilda singt!«

»Schon gut, schon gut! Ja, Frances Saville, die Dame mit den Beinen, wie Sie zu sagen pflegen!«

»In diesem Fall«, erwiderte ich, in großen Sprüngen die Stufen hinab zur Karosse eilend, »habe ich etwas anzuziehen.« Was mich anging, konnte man Nellie Melba, Lillian Nordica und alle anderen mittelmäßig attraktiven Stimmen der Metropolitan rahmen und sich an die Wand hängen. Ich brauchte nichts weiter als ein wirklich wunderschönes Mädchen mit einer passablen Stimme, dann war ich der glücklichste Mann im Publikum. »Um sieben bin ich bei Ihnen.«

»Ausgezeichnet«, antwortete Kreisler mit gerunzelter Stirn. »Ich kann es kaum erwarten. Cyrus, bringen Sie Mr. Moore zum Washington Square.«

Auf der schnellen Fahrt durch die Stadt dachte ich darüber nach, welch ungewöhnliche – aber sehr vergnügliche – Art es doch war, die Ermittlungen in einem Mordfall mit einem Opernbesuch und anschließendem Dinner bei Delmonico zu eröffnen. Leider gestaltete sich die Eröffnung aber ganz anders als erwartet; zu Hause angekommen, fand ich vor dem Eingang eine sehr aufgeregte Sara Howard.

KAPITEL
8

Sara reagierte nicht auf meinen Gruß. »Das ist doch Dr. Kreislers Wagen, oder?« fragte sie. »Und das ist sein Mann. Können wir beide haben?«

»Wozu?« fragte ich, blickte am Haus hinauf und sah meine Großmutter ängstlich aus dem Fenster ihres Salons spähen. »Sara, was ist los?«

»Sergeant Connor und ein zweiter, Casey, waren heute vormittag bei den Eltern des kleinen Santorelli. Dann kamen sie zurück und erklärten, sie hätten nichts gefunden – aber auf Connors Manschetten sah ich Blut. Da ist etwas geschehen, das spüre ich, und ich möchte herausfinden, was.« Sie blickte mir nicht ins Gesicht, vielleicht, weil sie sich meine Reaktion denken konnte.

»Nicht gerade die klassische Aufgabe einer Sekretärin, oder?« fragte ich. Sara gab keine Antwort, aber in ihrem Gesicht zeigte sich so bittere Enttäuschung und Verärgerung, daß mir nichts anderes übrigblieb, als schnell die Tür der Kalesche zu öffnen. »Na, wie wär's, Cyrus?« rief ich. »Hätten Sie etwas dagegen, mich und Miss Howard ein bißchen herumzukutschieren?«

Cyrus zuckte die Achseln. »Nein, Sir. Solange ich am Ende der Aufnahmegespräche wieder zurück im Institut bin.«

»Kein Problem. Steig ein, Sara. Ich möchte dir Mr. Cyrus Montrose vorstellen.«

Im Nu verwandelte sich Saras Gesichtsausdruck von wildem Zorn in ungezügelte Begeisterung – eine Verwandlung, die bei ihr recht oft vorkam. »Es gibt Augenblicke, John«, sagte sie und hüpfte in die Kalesche, »da glaube ich, daß ich mich während all dieser Jahre doch in dir geirrt habe.« Freudig schüttelte sie Cyrus die Hand, dann setzte sie sich und warf über meine und ihre Beine eine Decke. Sie gab Cyrus eine Adresse in der Mott Street an, und als sich der

Wagen in Bewegung setzte, klatschte sie aufgeregt in die Hände.

Nicht viele Frauen hätten sich mit Saras Begeisterung auf eine Expedition in die übelsten Bezirke der Lower East Side eingelassen. Aber ihre Abenteuerlust wurde eben nicht durch Vernunft gedämpft. Außerdem kannte sie die Gegend bereits aus eigener Erfahrung. Als sie nämlich das College beendet hatte, wollte ihr Vater ihre Erziehung dadurch ergänzen, daß sie ein bißchen Lebenserfahrung auch an anderen Orten als Rhinecliff (wo sich der Landsitz der Howards befand) und Gramercy Park sammelte. Also schlüpfte sie in eine gestärkte weiße Bluse, einen schmucklosen schwarzen Rock und einen braven runden Strohhut und begleitete den Sommer über eine Krankenschwester bei ihrer Arbeit im Zehnten Bezirk. In diesen Monaten lernte sie fast alles kennen, was die Lower East Side an Scheußlichem zu bieten hatte. Nichts war übrigens schlimmer gewesen als das, worauf wir uns heute einließen.

Die Santorellis lebten in einem Hinterhaus ein paar Blocks unterhalb der Canal Street. Die Errichtung von Hinterhäusern war seit 1894 verboten, aber die bereits existierenden durften mit nur minimalen Verbesserungen weiter bestehen bleiben. Wenn schon die vordere Mietskaserne direkt an der Straße finster, ungesund und kriminell verseucht war, so traf dies alles auf die kleineren Gebäude dahinter – an Stelle eines Hofes, der vielleicht ein bißchen mehr Licht und Luft in diese Häuser gebracht hätte – noch viel mehr zu. Das Haus, vor dem wir jetzt hielten, war ein typisches Beispiel seiner Art: Riesige Tonnen voll mit Asche und Abfall standen vor dem nach Urin stinkenden Aufgang, auf dem eine Gruppe von schmutzstarrenden, in Fetzen gekleideten Männern lagerte, einer vom anderen kaum zu unterscheiden. Sie tranken und unterhielten sich grölend miteinander, doch beim Anblick der von Cyrus kutschierten Kalesche trat eisige Stille ein. Sara und ich stiegen aus und traten auf den Gehsteig.

»Geh nicht zu weit weg, Cyrus«, sagte ich, bemüht, mir meine Angst nicht anmerken zu lassen.

»Nein, Sir«, antwortete er und packte den Knauf seiner Peitsche fester. Mit der anderen Hand fuhr er in eine Tasche seines Wintermantels. »Vielleicht sollten Sie das da mitnehmen, Mr. Moore«, sagte er und wollte mir ein Paar Schlagringe aus Messing überreichen.

»Hmmmm«, murmelte ich und schaute die glänzende Waffe an. »Das wird doch wohl nicht nötig sein.« Doch dann gestand ich ehrlich: »Außerdem weiß ich nicht, wie man damit umgeht.«

»Beeil dich, John!« rief Sara. Ich lief hinter ihr den Aufgang hoch.

»He!« rief mich in diesem Augenblick einer der herumhockenden Männer an und packte mich am Arm. »Da oben auf deinem Kutschbock hockt ein Nigger!«

»Ach ja?!« gab ich zur Antwort und packte Sara an der Schulter, um sie durch den fast greifbaren Gestank dieser Männer zu manövrieren.

»Schwarz wie's Pik-As!« bestätigte ein zweiter, es klang fast erstaunt.

»Nein, so was«, gab ich zurück und schob Sara in das Haus. Bevor ich ihr folgen konnte, erwischte mich der erste noch einmal am Ärmel.

»Du bist doch kein verdammter Bulle?« fragte er drohend.

»Nein, ganz sicher nicht«, antwortete ich. »Ich hasse Bullen.«

Darauf nickte der Mann wortlos, woraus ich schloß, daß ich passieren durfte.

Um ins Hinterhaus zu gelangen, mußte man die pechschwarze Höhle des ersten Flurs durchqueren; das war nicht sehr gemütlich. Wir tasteten uns langsam vorwärts, Sara voran, und bemühten uns vergeblich, uns in der Finsternis zurechtzufinden. Plötzlich stolperte Sara über irgend etwas, und ich fuhr noch mehr zusammen, als dieses Etwas plötzlich zu greinen anfing.

»Herr im Himmel, John«, flüsterte Sara nach dem ersten Schreckensmoment, »da liegt ein Baby.«

Ich konnte noch immer überhaupt nichts sehen, aber beim Näherkommen erwies sich der Geruch als eindeutig – es war wirklich ein Baby, und das arme Geschöpf lag offenbar in seinen eigenen Exkrementen.

»Wir können es nicht hier liegenlassen«, sagte Sara, und ich dachte an die Männer, die vor dem Haus herumlungerten. Als ich mich umdrehte, erblickte ich ihre Silhouetten gegen den fallenden Schnee. Sie sahen uns nach, ließen dabei ihre Stöcke kreisen und lachten auf eine sehr unangenehme Art. Von denen war wohl keine Hilfe zu erwarten, also drückte ich auf verschiedene Türklinken im Flur. Als sich endlich eine der Türen öffnete, schob ich Sara und mich in den dahinterliegenden Raum.

Drinnen waren zwei alte Leute, Mann und Frau, Lumpensammler ihres Zeichens, die das Baby nur gegen einen halben Dollar aufnahmen. Das Kind, erklärten sie, gehöre einem Paar am anderen Ende des Flurs, das sich heute so wie jede Nacht irgendwo herumtrieb, auf der Jagd nach Morphium oder einigen Schlucken Fusel in der Spelunke um die nächste Ecke. Der alte Mann versprach, das Baby zu füttern und zu säubern, woraufhin Sara ihm noch einen Dollar gab. Wir machten uns beide keine Illusionen darüber, wieviel Nahrung und Sauberkeit wir dem Kind auf diese Weise tatsächlich verschafften (man könnte vielleicht behaupten, daß wir nur unser Gewissen beruhigen wollten), aber es war eben einer dieser in New York allzu häufigen Momente, in denen man nur die Wahl zwischen mehreren hoffnungslosen Möglichkeiten hatte.

Endlich fanden wir den rückwärtigen Ausgang. Der Weg zwischen dem Vorder- und dem Hintergebäude war vollgestellt mit überquellenden Kot- und Abfalleimern, und der Gestank war unbeschreiblich. Sara hielt sich ein Taschentuch vor Mund und Nase und bat mich, das auch zu tun. Dann eilten wir durch den Gang im Erdgeschoß des Hintergebäudes. Hier gab es vier Wohnungen mit, wie uns schien, zumindest tausend Bewohnern. Ich versuchte, die verschiedenen Sprachen zu zählen, die ich hörte, aber bei acht gab ich auf. Auf den Stufen des Treppenhauses hockten einige Deutsche mit Bierkrügen. Widerwillig ließen sie uns durch. Selbst in dem Dämmerlicht war zu erkennen, daß die Stufen mindestens fingerdick mit einer schleimigen, klebrigen Substanz bedeckt waren, die ich gar nicht näher untersuchen wollte. Die Deutschen schien das nicht zu stören.

Die Wohnung der Santorellis befand sich ganz hinten im ersten Stock, es war das finsterste Loch im ganzen Haus. Auf unser Klopfen öffnete eine kleine, spindeldürre Frau mit eingesunkenen Augen und redete uns in sizilianischem Dialekt an. Meine Italienischkenntnisse stammten aus der Oper, aber Sara konnte sich dank ihrer bei der Sozialarbeit erworbenen Kenntnisse ganz gut verständigen. Mrs. Santorelli war von Saras Erscheinen nicht im geringsten beunruhigt (es schien sogar, als habe sie sie erwartet); vor mir dagegen hatte sie sichtlich Angst und erkundigte sich ängstlich, ob ich vielleicht Polizist oder Journalist wäre. Sara überlegte schnell und erklärte dann, ich sei ihr Gehilfe. Mrs. Santorelli blickte etwas unsicher, ließ uns aber schließlich doch eintreten.

»Sara«, fragte ich, als wir die Wohnung betraten, »kennst du diese Frau?«

»Nein, aber sie scheint mich zu kennen. Sehr merkwürdig.«

Die Wohnung bestand aus zwei Zimmern ohne richtige Fenster, es gab nur schmale Schlitze, die erst kurz zuvor aufgrund neuer Vorschriften eingebaut worden waren. Das zweite Zimmer hatten die Santorellis an eine weitere sizilianische Familie vermietet, was bedeutete, daß die Santorellis zu sechst – die Eltern und Giorgios vier Geschwister – in einem Raum lebten, der eine Fläche von etwa drei mal fünf Metern aufwies. Nichts zierte die nackten, verrußten Wände. Den Abort bildeten zwei große Eimer in einer Ecke. Die Familie besaß auch einen Kerosin-Ofen, eines jener billigen Produkte, das in derartigen Elendsquartieren so oft für schreckliche Unglücke sorgte.

Auf einer alten, dreckverkrusteten Matratze in der Ecke, bedeckt von allen im Hause verfügbaren Decken, lag die Ursache für Mrs. Santorellis Aufregung: ihr Ehemann. Sein Gesicht war zerschnitten, zerschlagen und angeschwollen, auf der Stirn stand kalter Schweiß. Neben ihm lag ein blutiger Fetzen und eigenartigerweise auch ein Bündel Banknoten, sicherlich mehrere hundert Dollar. Mrs. Santorelli hob das Bündel auf, hielt es Sara unter die Nase und drängte sie dann tränenüberströmt zu ihrem Mann.

Bald wurde uns klar, daß Mrs. Santorelli Sara für eine

Krankenschwester hielt. Eine Stunde zuvor hatte sie ihre vier Kinder nach einer Schwester ausgeschickt. Sara entschloß sich geistesgegenwärtig, die ihr zugedachte Rolle zu übernehmen: Sie kauerte auf den Boden, untersuchte Santorelli und erkannte, daß sein Arm gebrochen war. Außerdem wies sein Oberkörper zahlreiche Mißhandlungsspuren auf.

»John«, erklärte sie mit fester Stimme, »laß dir von Cyrus Verbandszeug, Desinfektionsmittel und etwas Morphium bringen. Und sag ihm, wir brauchen auch ein sauberes Stück Holz, das man als Schiene verwenden kann.«

Mit einem Satz war ich bei der Tür, eilte an den Deutschen vorbei, durch den Hinterhof und das Vorderhaus, die Treppen hinunter und brüllte Cyrus die Befehle zu; er sprang in die Kalesche und raste davon. Als ich mich wieder an den Männern auf dem Aufgang vorbeistehlen wollte, stieß mir einer mit der Hand vor die Brust.

»Nun mal langsam«, grunzte er. »Was soll das Theater?«

»Das ist für Mr. Santorelli«, erklärte ich. »Er ist schwer verletzt.«

Der Mann spuckte auf die Straße. »Diese verdammten Bullen. Ich hasse alle Kurpfuscher, aber ich schwöre Ihnen, Bullen hasse ich noch mehr.«

Dieser Refrain war das Signal, mich durchzulassen. Oben hatte sich Sara inzwischen heißes Wasser verschafft und war eifrig dabei, Santorellis Wunden auszuwaschen. Die Frau schnatterte noch immer vor sich hin, rang die Hände und brach immer wieder in Tränen aus.

»Sechs Männer waren es, John«, sagte Sara, nachdem sie eine Weile zugehört hatte.

»Sechs?« wiederholte ich. »Ich dachte, du hättest von zweien gesprochen.«

Sara deutete mit einer Hand auf das Matratzenlager. »Komm her und hilf mir, sonst schöpft sie Verdacht.« Ich hockte mich hin und fragte mich dann, wer wohl ärger stank, Mr. Santorelli oder die Matratze. Aber Sara schien das nichts auszumachen. »Connor und Casey waren jedenfalls hier«, sagte sie, »außerdem noch zwei andere Männer – und zwei Priester.«

»Zwei Priester?« rief ich überrascht und nahm ihr einen heißen Umschlag ab. »Was zum Teufel...?«

»Der eine katholisch, der andere nicht, genau konnte sie den zweiten nicht erkennen. Die Priester hatten das Geld. Sie sagten Santorelli, er sollte mit einem Teil davon für ein ordentliches Begräbnis sorgen. Mit dem Rest wollten sie ihm offenbar den Mund stopfen. Sie verboten ihnen, Giorgios Leiche exhumieren zu lassen und mit irgend jemandem über die Angelegenheit zu reden – vor allem nicht mit Journalisten.«

»Zwei Priester?« wiederholte ich ungläubig und säuberte mit mäßiger Begeisterung eine von Santorellis Schnittwunden. »Wie sahen die denn aus?«

Sara stellte Mrs. Santorelli diese Frage und übersetzte dann ihre Antwort: »Der eine war klein und weißhaarig – das war der katholische –, der andere war dünn und trug Augengläser.«

»Warum um alles in der Welt sollten sich zwei Priester für diese Geschichte interessieren?« fragte ich. »Und warum soll die Polizei herausgehalten werden? Connor und Casey, sagst du, waren auch dabei?«

»Ja, offenbar.«

»Das heißt also, sie haben auf jeden Fall mit der Sache zu tun. Da wird Theodore sich aber freuen. Das gibt zwei freie Stellen in der Abteilung, wetten? Aber wer waren die beiden anderen Männer?«

Sara gab meine Frage weiter, woraufhin Mrs. Santorelli eine Antwort lieferte, die Sara nicht zu verstehen schien. Sie fragte noch einmal nach und erhielt wieder dieselbe Antwort.

»Ich verstehe ihren Dialekt vielleicht nicht so gut, wie ich dachte«, gestand Sara. »Sie sagt, die beiden waren *keine* Polizisten, aber dann sagt sie, sie waren *doch* Polizisten. Ich kann nicht...«

Sara brach ab, und wir drehten uns alle zur Tür, von der ein lautes Klopfen kam. Mrs. Santorelli wich zurück, aber auch ich hatte es nicht eilig, mich in die Bresche zu werfen. Aber Sara rief ärgerlich: »Ach komm, John, sei nicht kindisch, das ist sicher Cyrus.«

Ich ging zur Tür und öffnete sie. Draußen auf dem Gang stand einer der Männer vom Aufgang mit einem Paket in der Hand. »Ihre Medizinen«, sagte er grinsend. »Wir lassen nämlich keine Nigger in unser Haus.«

»Aha«, bemerkte ich und nahm das Paket in Empfang.

Nachdem ich es Sara übergeben hatte, setzte ich mich auf die Matratzen neben Mr. Santorelli, der inzwischen langsam wieder zu Bewußtsein kam. Sara verabreichte ihm etwas Morphium, denn sie wollte seinen Arm einrenken, wie sie es in der Zeit ihrer Hauskrankenpflege gelernt hatte. Der Bruch war nicht schlimm, sagte sie, aber der Knacks beim Zurückschnellen des Gelenks in die Kapsel verursachte mir dennoch Übelkeit. Santorelli jedoch war von den Mißhandlungen und dem Morphium derart mitgenommen, daß er nichts zu spüren schien. Nur seine Frau stieß einen spitzen Schrei aus und begann dann offenbar zu beten. Ich träufelte das Desinfektionsmittel in die übrigen Wunden, während Sara ihre Unterhaltung mit Mrs. Santorelli fortsetzte.

»Soviel ich verstanden habe«, erklärte Sara mir dann, »wurde Mr. Santorelli sehr böse. Er warf den Priestern das Geld ins Gesicht und verlangte, die Polizei möge den Mörder seines Sohnes finden. Dann gingen die Priester, und...«

»Ja«, sagte ich, »*und.*« Ich wußte nur allzu gut, wie irische Polizisten im allgemeinen mit nicht englischsprechenden Einwanderern umgingen, die nicht kooperieren wollten. Ein eindrucksvolles Beispiel für ihre Methoden lag neben mir auf der Matratze.

Sara schüttelte den Kopf. »Das ist alles so merkwürdig«, seufzte sie und begann, die ärgsten Wunden und Schwellungen mit Gaze zu verbinden. »Santorelli ließ sich fast umbringen – und dabei hatte er Giorgio seit vier Jahren nicht gesehen. Der Junge lebte nur auf der Straße.«

Sara hatte durch die geschickte Behandlung ihres Gatten Mrs. Santorellis Vertrauen gewonnen, und die Worte sprudelten nur so aus ihr hervor. Sara und ich beschäftigten uns weiter mit Santorellis Wunden, als interessierten wir uns für nichts anderes, aber unsere Aufmerksamkeit galt ausschließlich der Geschichte, die sie uns erzählte.

Giorgio war als kleiner Junge sehr schüchtern gewesen, aber klug und fleißig genug, um in der öffentlichen Schule in der Hester Street immer gute Noten zu bekommen. Als er etwa sieben war, gab es erste Schwierigkeiten mit einigen anderen Jungen der Schule. Offenbar gelang es den älteren, Giorgio zu irgendwelchen sexuellen Diensten zu überreden – Mrs. Santorelli wollte sich nicht genauer darüber auslassen. Sara hielt das aber für wichtig, daher wiederholte sie hartnäckig ihre Fragen, und es stellte sich heraus, daß es um Sodomie ging, oral und anal. Die Knaben wurden dabei entdeckt, und einer der Lehrer informierte die Eltern. Mit seiner strengen südländischen Vorstellung von Männlichkeit konnte Mr. Santorelli offenbar nicht anders, als den Jungen heftig zu verprügeln. Mrs. Santorelli zeigte uns, wie ihr Mann den Jungen an den Handgelenken an die Eingangstür zu fesseln pflegte und ihn dann mit einem schweren Ledergürtel schlug – sie zeigte uns auch den Gürtel, in der Tat ein geeignetes Züchtigungsinstrument. In Santorellis Händen hatte er offenbar eine solche Wirkung, daß Giorgio oft tagelang die Schule mied, weil er einfach nicht sitzen konnte.

Auffallend daran war, daß Giorgio durch diese Behandlung nicht etwa gefügig wurde, sondern im Gegenteil erst recht aufsässig. Nach monatelangen regelmäßigen Verprügelungen spitzte sich die Lage zu. Giorgio kam oft nächtelang überhaupt nicht mehr nach Hause und ging schließlich auch nicht mehr in die Schule. Dann erblickten ihn seine Eltern eines Tages auf einer Straße westlich vom Washington Square, er war geschminkt wie eine Dame und bot sich an wie ein gewöhnlicher Stricher. Santorelli stellte den Jungen zur Rede und schwor, ihn umzubringen, sollte er je wieder nach Hause kommen. Als Antwort brüllte ihm Giorgio Schimpfwörter entgegen, und der Vater hätte ihn an Ort und Stelle verprügelt, wäre nicht ein anderer Mann – wahrscheinlich Giorgios Zuhälter – dazwischengetreten und hätte den Santorellis zugezischt, sie mögen verschwinden. Das war das letzte, was sie von ihrem Sohn gesehen hatten, bis sie an jenem Morgen seinen verstümmelten Körper im Leichenschauhaus identifizieren mußten.

Die Geschichte regte mich zu vielen Fragen an, und ich sah, daß es Sara nicht anders ging. Aber wir sollten nie dazu kommen, sie zu stellen. Als wir Santorelli gerade wieder in die zerrissenen, fleckigen Laken wickelten, in denen wir ihn gefunden hatten, klopfte es abermals an die Tür. In der Annahme, es seien noch einmal die Männer von unten, öffnete ich. Im nächsten Augenblick standen zwei riesige Schlägertypen in Anzug und Bowlerhut im Zimmer. Schon ihr bloßer Anblick brachte Mrs. Santorelli zu hysterischem Flennen.

»Wer zum Teufel seid denn ihr?« fragte der eine.

Sara behauptete tapfer, eine Krankenschwester zu sein; aber die Erklärung, ich sei ihr Gehilfe, die eine verzweifelte, nicht englischsprechende Frau so leicht geschluckt hatte, zog bei diesen beiden nicht im geringsten. »Gehilfe, soso!« sagte der eine, und beide näherten sich mir drohend. Sara und ich tasteten uns vorsichtig an der Wand entlang zur Tür. »Das ist aber eine tolle Kalesche da unten, für einen Gehilfen!«

»Ihre Meinung interessiert mich ungemein«, bemerkte ich höflich lächelnd, packte Sara am Arm, und wir sausten durch das Treppenhaus. Nie zuvor war ich dem Mädchen für ihre robuste Konstitution so dankbar, denn selbst in ihrem Rock war sie schneller als unsere Verfolger. Das half uns aber nicht, denn als wir den vorderen Hausflur erreichten, sahen wir, daß die dort herumlungernden Männer uns den Ausgang verstellten. Nun kamen sie auch schon auf uns zu und schlugen sich mit ihren Stöcken unheilverkündend in die flachen Hände.

»John«, flüsterte Sara, »sitzen wir jetzt wirklich in der Falle?« Dabei klang ihre Stimme aber in keiner Weise unsicher – was mich, wie ich mich erinnere, angesichts unserer Lage fast empörte.

»Ja, was glaubst du denn sonst, Mädchen?« erwiderte ich keuchend. »Du und deine Detektivspiele! Jetzt werden wir zu Brei verarbeitet. Cyrus!« Ich legte die Hände wie einen Trichter an den Mund und brüllte laut seinen Namen, während die Männer uns immer näher kamen. »Cyrus!« Enttäuscht ließ ich die Hände sinken. »Wo zum Teufel steckt der Mann?«

Sara drückte wortlos ihr Täschchen an sich; und als der erste der beiden Totschläger in Anzug und Bowlerhut am hinteren Ende des Flurs auftauchte und unser Schicksal damit besiegelt schien, griff sie hinein. »Keine Angst, John«, sagte sie zuversichtlich. »Ich passe schon auf, daß dir nichts geschieht.« Mit diesen Worten zog sie einen 45-Kaliber-Armee-Revolver, Modell Colt, mit Viereinhalb-Zoll-Lauf und Perlmuttergriff heraus. Sara war ein Waffennarr; aber das beruhigte mich nicht.

»Ach, du lieber Gott«, zischte ich, »Sara, du kannst doch nicht in einem stockfinsteren Gang einfach losschießen, du weißt nicht, was du triffst...«

»Hast du einen besseren Vorschlag?« fragte sie, blickte um sich, erkannte, daß ich recht hatte, und wurde zum ersten Mal auch ein bißchen nervös.

»Nein, aber ich...«

Nun war es zu spät: Die Männer vom Stiegenaufgang stürzten sich mit lautem Brüllen über uns her. Ich packte Sara, deckte sie mit meinem Körper und konnte nur hoffen, daß sie mich im folgenden Handgemenge nicht ins Gedärm schießen würde.

Man stelle sich meine Überraschung vor, als es zu gar keinem Handgemenge kam. Wir spürten zwar die Stöcke, aber nur einen Moment lang, als die Männer an uns vorbeisausten. Noch immer laut brüllend, stürzten sie sich rasend vor Wut auf die beiden schweren Burschen, die uns verfolgten. Der Kampf war allerdings ein ungleicher: Nur ein paar Sekunden lang hörten wir Gebrüll, Grunzen und Schlagen, dann füllte sich der pechschwarze Gang mit Geächze und Gestöhn. Sara und ich rannten den Aufgang hinunter zur Kalesche, neben der Cyrus gelassen wartete.

»Cyrus!« schrie ich. »Ist Ihnen klar, daß die uns da drinnen fast umgebracht hätten?«

»Das war nicht mein Eindruck«, antwortete er ganz ruhig. »So klang das nicht, was sie sagten, als sie reingingen.«

»Und was war das, wenn ich fragen dürfte?« erkundigte ich mich, immer noch ziemlich empört über seine Haltung.

Bevor er antworten konnte, flogen die beiden schweren Burschen durch das Haustor der Mietskaserne und schlugen dumpf auf dem verschneiten Gehsteig auf, gefolgt von ihren

Bowlerhüten. Die Männer waren bewußtlos und ganz allgemein in einer Verfassung, daß Mr. Santorelli dagegen wie das blühende Leben aussah. Unsere Freunde mit den Stöcken folgten triumphierend, obwohl einige von ihnen auch etwas abbekommen hatten. Der eine, der mich zuvor angeredet hatte, blickte zu uns herüber.

»Nigger kann ich zwar nicht ausstehen, aber verdammt noch mal, Bullen hasse ich wie die Pest.«

»*Das* haben sie gesagt«, erklärte Cyrus.

Ich betrachtete die beiden auf dem Boden Liegenden. »Bullen?« fragte ich den Mann auf den Stufen.

»Ex-Bullen«, antwortete er und kam auf mich zu. »Früher Streifenpolizisten hier im Bezirk. Die trauen sich was, daß sie in unser Haus zurückkommen.« Ich nickte, schaute noch einmal auf die beiden bewußtlosen Burschen und bedeutete dem Mann mit Gesten meine Dankbarkeit. »Euer Ehren«, sagte er darauf, »solche Arbeit macht durstig«, und zeigte auf seinen Mund. Ich kramte ein paar Münzen aus meiner Rocktasche und warf sie ihm zu. Es gelang ihm aber nicht, das Geld zu fangen, woraufhin sich seine Kumpanen sofort auf den Boden stürzten, und bald hatten sie einander alle an der Gurgel. Sara und ich stiegen in die Kutsche, und wenige Minuten später fuhren wir bereits den Broadway stadtauswärts.

Sara war jetzt, da wir uns in Sicherheit befanden, allerbester Laune, sie hopste aufgeregt in der Kutsche herum und wiederholte genüßlich jeden gefährlichen Moment unserer Expedition. Ich lächelte, nickte und gönnte es ihr, daß sie endlich einmal etwas Aufregendes erlebt hatte – aber im Geist war ich mit anderem beschäftigt. Ich vergegenwärtigte mir alles, was Mrs. Santorelli erzählt hatte, und versuchte, es in Kreislers Art zu analysieren. Da gab es etwas in der Geschichte des jungen Giorgio, was mich an die Kinder im Wasserturm erinnerte, etwas sehr Wichtiges, aber es wollte mir nicht einfallen – doch dann hatte ich es. Das Benehmen. Kreisler hatte zwei schlimme, aufsässige Kinder beschrieben, eine Schande für ihre Eltern – und eben hatten wir das gleiche über Giorgio Santorelli gehört. Und Kreislers Hypothese zufolge waren alle drei von demselben Mann ermordet worden. War diese Ähnlichkeit in ihrem Verhalten reiner Zufall, oder war es ein entscheidender Faktor für ihren Tod? Vielleicht war's ja Zufall. Aber ich hatte das Gefühl, daß Kreisler nicht dieser Ansicht sein würde...

In solche Gedanken verloren, hörte ich zuerst gar nicht, daß Sara mir eine ziemlich verblüffende Frage stellte; als sie sie aber wiederholte, fiel selbst mir das Außergewöhnliche daran auf. Aber wir hatten heute gemeinsam soviel durchgestanden, daß ich es nicht übers Herz brachte, sie zu enttäuschen.

Kapitel
9

Ich traf in Kreislers Haus in der Siebzehnten Straße Ost Nr. 283 ein paar Minuten zu früh ein, fein herausstaffiert in Frack und Umhang, aber in keiner Weise überzeugt von der Verschwörung, in die Sara mich hineingezogen hatte – aber für einen Rückzieher war es jetzt zu spät. Der Schnee bedeckte wie eine weiche weiße Decke die kahlen Sträucher und eisernen Zäune des Stuyvesant Parks gegenüber Laszlos Haus. Ich öffnete die niedrige Tür zu seinem kleinen Vorgarten und schlug mit dem Messingklopfer gegen die Haustür. Durch die leicht geöffneten Fenster des ersten Stocks drang Cyrus' herrlicher Bariton mit »Pari siamo« aus *Rigoletto*, und dazu begleitete er sich selbst am Klavier – Kreisler bereitete seine Ohren auf den Abend vor.

Die Haustür ging auf, und vor mir erschien in ihrer Hausmädchenuniform Mary Palmer, Laszlos Haushälterin. Sie war die letzte in der Reihe früherer Patienten in Laszlos Diensten, und auch sie hatte eine Geschichte, deren Kenntnis den Besucher nicht unbedingt beruhigte. Die wunderschöne Mary mit ihrer hinreißenden Figur und ihren himmelblauen Augen galt von Geburt an in ihrer Familie als Idiotin. Sie konnte weder deutlich noch zusammenhängend sprechen, die Wörter und Silben kollerten ihr in unverständlichem Durcheinander aus dem Mund; daher hatte man ihr auch nie Lesen und Schreiben beigebracht. Ihre Eltern – der Vater war ein angesehener Lehrer in Brooklyn – hatten sich mit ihr abgemüht, bis sie wenigstens einfache Hausarbeiten erledigen konnte, und schienen im übrigen gut für sie zu sorgen; doch eines Tages im Jahre 1884, Mary war gerade siebzehn, fesselte sie, als die übrige Familie ausgegangen war, ihren Vater an sein Messingbett und zündete dann das Haus an. Der Vater starb einen gräßlichen Tod; und da es für diese Attacke offenbar keinen Grund gab, sperrte man Mary in das Irrenhaus auf Blackwells Island.

Dort wurde sie von Kreisler entdeckt, der immer noch hin und wieder zu Konsultationen auf die Insel kam, wo er seine erste Anstellung gefunden hatte. Laszlo stellte überrascht die gänzliche Abwesenheit von Symptomen einer Dementia praecox fest, der einzigen Diagnose, die seiner Meinung nach echten Wahnsinn bedeutete (dieser Ausdruck wird im Augenblick von einem anderen abgelöst, nach Dr. Eugen Bleuler spricht man nun von »Schizophrenie«; so wie ich es verstehe, bedeutet das Wort die pathologische Unfähigkeit zur Erkenntnis und Interaktion mit der realen Umgebung). Kreisler brachte es fertig, sich mit dem Mädchen zu verständigen, und entdeckte bald, daß sie nicht nur unter der klassischen motorischen Aphasie, sondern auch noch unter Agraphie litt: Sie konnte alles verstehen und in klaren Sätzen denken, aber jene Gehirnteile, die Sprechen und Schreiben kontrollieren, waren schwer geschädigt. Wie die meisten dieser Unglücklichen war sich Mary ihrer Krankheit schmerzlich bewußt, aber es lag einfach nicht in ihrer Macht, das (oder überhaupt irgend etwas) anderen Menschen klarzumachen. Kreisler gelang es, sich mit ihr zu verständigen, indem er ihr Fragen stellte, die nur einfachste Antworten verlangten – oft nur »Ja« oder »Nein« –, und er brachte ihr das Schreiben bei. Nach wochenlanger Arbeit mit ihr machte er eine schockierende Entdeckung: Ihr eigener Vater hatte sie vor dem Mord jahrelang sexuell mißbraucht, sie aber war natürlich nicht imstande gewesen, dies irgend jemandem mitzuteilen.

Kreisler bestand auf einer Wiederaufnahme ihres Falles, und so kam Mary schließlich frei. Es gelang ihr, Laszlo klarzumachen, daß sie ein ideales Hausmädchen für ihn sei. Da ihre Chancen auf ein selbständiges Leben nicht groß waren, nahm er sie auf, und so stand sie seinem Haushalt vor, führte ihn mustergültig – und hütete ihn eifersüchtig. Ihre Anwesenheit, zusammen mit der von Cyrus Montrose und Stevie Taggert, wirkte auf mich immer ziemlich dämpfend, wenn ich in das elegante Haus in der Siebzehnten Straße kam. Trotz der hervorragenden Sammlung zeitgenössischer und klassischer Kunst, trotz des Konzertflügels, dem Cyrus wunderbare Klänge entlockte, konnte ich nie vergessen, daß ich von Dieben und Mördern umgeben war, die natürlich alle eine sehr gute Erklärung für ihre Taten hatten, aber doch immer den Eindruck vermittelten, daß sie sich von keinem Menschen auf der Welt auch nur das geringste bieten lassen würden.

»Hallo Mary«, sagte ich und reichte ihr meinen Umhang. Sie beehrte mich mit der Andeutung eines Knickses und blickte dabei zu Boden. »Ich bin etwas zu früh. Ist Dr. Kreisler schon fertig?«

»Nein, Sir«, preßte sie hervor. Ihr Gesicht zeigte den typischen gleichzeitigen Ausdruck von Erleichterung und Ärger, wie immer, wenn die Worte richtig herauskamen: Erleichterung über den Erfolg und Ärger, daß sie nicht mehr sagen konnte. Sie deutete auf die Treppe, dann nahm sie meinen Umhang und hängte ihn auf einen Kleiderständer.

»Na schön, dann genehmige ich mir einen Drink und erfreue mich an Cyrus' Gesang«, erklärte ich.

Zwei Stufen auf einmal nehmend, ging ich die Treppe hoch – ein wenig beengt fühlte ich mich allerdings schon in meinem Frack – und trat in den Salon. Cyrus nickte mir zu, ohne sich stören zu lassen. Ich fischte aus einer silbernen Zigarettendose auf dem warmen Marmorsims über dem im offenen Kamin flackernden Feuer eine der Köstlichkeiten aus Virginia, nahm ein Streichholz aus der kleinen Silberdose daneben und zündete mir die Zigarette genüßlich an.

Da kam Kreisler die Treppe herunter, gekleidet in einen Frack vom ersten Schneider der Stadt. »Noch keine Spur von Roosevelts Mann?« fragte er, als Mary mit einem silbernen Tablett eintrat. Darauf befanden sich vier Unzen Sevruga-Kaviar, einige dünne Toastscheiben, eine Flasche eisgekühlter Wodka und mehrere kleine frostbeschlagene Gläser, ein bewundernswerter Brauch, den sich Kreisler bei einem Besuch in St. Petersburg zugelegt hatte.

»Mitnichten«, antwortete ich, drückte die Zigarette aus und widmete mich hingebungsvoll den Delikatessen auf dem Tablett.

»Auf die Pünktlichkeit aller Beteiligten lege ich größten Wert«, verkündete Kreisler und zog seine Uhr aus der Westentasche. »Und wenn er nicht...«

In diesem Moment hörte man von unten den Türklopfer, und zu uns herauf drangen die Geräusche eines weiteren Gastes. Kreisler nickte. »Das ist immerhin ein gutes Zeichen. Cyrus – bitte etwas weniger Schauriges, wie wäre es mit ›Di provenza il mar‹.«

Cyrus kam dem Vorschlag nach und leitete zu der herrlichen Verdimelodie über. Ich hätte mich vor Nervosität fast an meinem Kaviar verschluckt, als Mary den Salon betrat. Sie wirkte etwas unsicher, ja aufgeregt, als sie den neuen Gast ankündigen wollte, was ihr auch mißlang. Als sie nach einem angedeuteten Knicks wieder hinunter eilte, trat aus dem dämmrigen Treppenaufgang eine andere Gestalt in den Salon: Sara.

»Guten Abend, Dr. Kreisler«, sagte sie. Die Falten ihres grün und pfauenblau gemusterten Abendkleides wisperten leise bei jeder ihrer Bewegungen.

Kreisler wirkte etwas befremdet. »Miss Howard«, sagte er, Vergnügen in den Augen und Verblüffung in der Stimme. »Das ist aber eine angenehme Überraschung. Haben Sie den Verbindungsmann mitgebracht?« Es folgte eine längere Pause. Kreisler blickte von Sara zu mir und zurück zu Sara. Sein Gesichtsausdruck blieb unverändert, als er schließlich langsam nickte: »Ah, Sie sind unser Verbindungsmann, wenn ich nicht irre?«

Einen Moment lang schien Sara geradezu schüchtern. »Aber glauben Sie bitte nicht, daß ich den Commissioner überredet hätte. Wir haben alles gründlich durchgesprochen.«

»Ich war auch dabei«, erklärte ich, meinen ganzen Mut zusammennehmend. »Und wenn Sie die Geschichte von heute nachmittag hören, Kreisler, dann werden Sie nicht mehr daran zweifeln, daß Sara die Richtige für diesen Job ist.«

»Es ist außerdem sehr praktisch, Dr. Kreisler«, fuhr Sara fort. »In der Mulberry Street fällt niemandem auf, was ich mache, und wenn ich abwesend bin, interessiert das erst recht keinen. Es gibt nicht viele Leute in der Zentrale, von denen man das sagen könnte. Ich habe eine gute Ausbildung in Kriminologie und außerdem Zugang zu Orten und Menschen, der Ihnen und John verwehrt ist – wie wir heute gesehen haben.«

»Da habe ich offenbar einiges versäumt«, bemerkte Kreisler trocken.

»Und schließlich«, fuhr Sara fort, recht zögernd angesichts Laszlos kühler Reaktion, »wenn es hart auf hart geht...« Mit diesen Worten zog sie schnell einen Derringer-Colt Nr. 1 aus dem großen Muff an ihrer linken Hand und zielte damit auf den Kamin. »Ich kann jedenfalls viel besser schießen als John.«

Ich tat einen raschen Schritt vom Kamin weg, was Kreisler zu einem kurzen Auflachen veranlaßte; Sara dachte jedoch, er lache über sie, und fuhr ihre Krallen aus.

»Doktor, ich versichere Ihnen, daß ich nicht lüge. Mein Vater war ein passionierter Jäger. Meine Mutter dagegen war leidend, und ich hatte keine Geschwister, daher begleitete ich ihn bei der Jagd.« Und das war tatsächlich nicht gelogen. Stephen Hamilton Howard hatte auf seinem Gut bei Rhinebeck das Leben eines echten Landadeligen geführt und seinem einzigen Kind Reiten, Schießen und Trinken beigebracht, so daß Sara es darin mit jedem anderen Gentleman im Hudson Valley aufnehmen konnte. Sie deutete auf die kleine, wunderschön gravierte Pistole in ihrer Hand. »Die meisten halten die Derringer für schwach; aber diese ist mit 41-Kaliber-Kugeln geladen und könnte Ihren Mann am Klavier durchs Fenster befördern.«

Kreisler betrachtete Cyrus, vielleicht erwartete er von ihm irgendeine schützende Bewegung, aber dieser ließ sich in seiner prachtvollen Arie nicht stören.

»Das ist nicht unbedingt meine Lieblingswaffe«, erklärte Sara abschließend und steckte sie zurück in den Muff. »Aber schließlich gehen wir ja in die Oper.« Bei diesen Worten berührte sie mit der Hand die herrliche Smaragdkette, die sie um ihren Hals trug, und lächelte zum ersten Mal. Gut gemacht, Kumpel, dachte ich, und leerte das Wodkaglas in einem Zug.

Wieder gab es eine lange Pause, in der Kreisler und Sara einander in die Augen blickten. Dann wendete Laszlo seinen

Blick ab. »Sie sagen es«, erklärte er, legte etwas Kaviar auf ein Stück Toast und reichte es Sara zusammen mit einem Glas Wodka. »Und wenn wir uns nicht beeilen, dann versäumen wir das ›Questa o quella‹. Cyrus, sehen Sie bitte nach, ob Stevie den Landauer schon vorgefahren hat?« Cyrus sprang sofort auf und eilte in Richtung Treppe, aber Kreisler fing ihn noch ab: »Und übrigens, Cyrus, das ist Miss Howard.«

»Ich weiß, Sir«, antwortete Cyrus. »Wir kennen uns bereits.«

»Ah«, erwiderte Kreisler. »Dann überrascht es Sie auch nicht, daß sie mit uns arbeiten wird?«

»Nein, Sir«, antwortete Cyrus mit einer leichten Verneigung in Saras Richtung. Sie nickte lächelnd zurück, worauf Cyrus endgültig im Treppenhaus verschwand.

»Das heißt also, Cyrus war heute auch dabei«, murmelte Kreisler, während Sara schnell, aber elegant ihren Wodka hinunterstürzte. »Ich gebe zu, daß ich neugierig bin. Auf der Fahrt müßt ihr beide mir von diesem mysteriösen Ausflug berichten – wohin denn eigentlich?«

»Zu den Santorellis«, antwortete ich und nahm einen letzten Bissen Kaviar. »Und wir haben jede Menge nützliche Informationen bekommen.«

»Den Santo...«, Kreisler war beeindruckt und nahm uns offenbar plötzlich ernst. »Aber ... Wo? Wie? Ihr müßt mir alles erzählen – wirklich alles –, der Schlüssel liegt immer im Detail!«

Sara und Laszlo gingen vor mir die Treppe hinunter und unterhielten sich so ungezwungen miteinander, als hätte es gar nicht anders kommen können. Ich stieß einen Seufzer der Erleichterung aus, denn ich war gar nicht sicher gewesen, wie Kreisler auf Saras Vorschlag reagieren würde, und steckte mir noch eine Zigarette in den Mund. Bevor ich sie anzünden konnte, wurde ich noch einmal erschreckt, diesmal durch den unerwarteten Anblick von Mary Palmer, die durch einen Türspalt lugte. Mit ihren schönen Augen blickte sie Sara finster nach, und mir schien, als ob sie zitterte.

»In der nächsten Zeit wird es hier etwas unruhig werden«, flüsterte ich dem Mädchen tröstend zu; sie schien mich aber nicht zu hören, sondern stieß ein kleines Geräusch aus und verschwand.

Draußen schneite es noch immer. Die größere von Kreislers zwei Kutschen, ein burgunderroter, schwarz ausgeschlagener viersitziger Landauer, stand bereits unten und wartete. Stevie Taggert hatte Frederick eingespannt und dazu noch einen zweiten Wallach. Sara zog die Kapuze ihres Umhangs hoch, eilte durch den Vorgarten und ließ sich von Cyrus in den Wagen helfen. Kreisler hielt mich an der Haustür zurück.

»Eine außergewöhnliche Frau, Moore«, flüsterte er ganz sachlich.

Ich nickte. »Nur bringen Sie sie bitte nicht auf«, murmelte ich. »Ihre Nerven sind gespannt wie Klaviersaiten.«

»Das sieht man«, erwiderte er. »Ihr Vater, von dem sie gesprochen hat – ist er tot?«

»Ein Jagdunfall. Vor drei Jahren. Sie standen einander sehr nahe – Sara verbrachte danach einige Zeit in einem Sanatorium.« Ich war mir nicht sicher, ob ich alles sagen sollte, was ich wußte, aber angesichts unserer gegenwärtigen engen Verbindung schien es das vernünftigste. »Einige Leute redeten von Selbstmord, aber Sara bestreitet das energisch. Es ist also ein Thema, das man besser nicht berührt.«

Kreisler nickte und streifte seine Handschuhe über, behielt aber Sara dabei im Auge. »Frauen mit einem solchen Temperament«, fuhr er auf dem Weg zur Kutsche fort, »haben in unserer Gesellschaft nicht viel Hoffnung auf Glück. Aber sie ist sicher tüchtig und sehr begabt.«

Kaum hatten wir im Landauer Platz genommen, fing Sara auch schon eifrig mit einem Bericht über unser Gespräch mit Mrs. Santorelli an. Wir fuhren durch die zugeschneite Straße südlich des Gramercy Park in Richtung Broadway. Kreisler hörte wortlos zu, nur die trommelnden Finger verrieten seine innere Erregung; schließlich konnte er sich nicht mehr zurückhalten und begann, uns derart mit Detailfragen zu bombardieren, daß wir unser Gedächtnis sehr anstrengen mußten. Die beiden Ex-Bullen und die beiden Priester, die Roosevelts Polizisten begleitet hatten, weckten natürlich seine Neugier, aber am meisten interessierte ihn sicher das

Sexualverhalten des Jungen sowie überhaupt sein Charakter. »Den ersten Einblick in den Charakter unseres Mörders gewinnen wir durch seine Opfer«, erklärte Kreisler, und als wir unter dem Vordach zum Eingang der Metropolitan hielten, fragte Kreisler Sara und mich, welches Bild von dem Jungen wir uns denn nach den bisherigen Kenntnissen eigentlich machten. Darüber hatten wir noch nicht nachgedacht – wir verfielen daher in Schweigen. Stevie kutschierte den Landauer fort, und Cyrus betrat mit uns das Operngebäude.

In der feinen alten New Yorker Gesellschaft nannte man die Metropolitan nur »die gelbe Brauerei«. Dieser abschätzige Spitzname rührte einmal von der gedrungenen Bauweise im Stil der Frührenaissance und der Farbe ihrer Fassade her, zum anderen bezog er sich auf die Entstehung. Die Metropolitan, im Jahre 1883 eröffnet und den Block zwischen Broadway, Siebenter Avenue, Neununddreißigster und Vierzigster Straße ausfüllend, war mit dem Geld von fünfundsiebzig der wohlhabendsten (und berüchtigtsten) neureichen New Yorker Familien erbaut, von Männern wie Morgan, Gould, Whitney und Vanderbilt; keinen von ihnen hatten die alteingesessenen Clans gesellschaftlich so weit akzeptiert, daß sie ihnen Logen in der ehrwürdigen Academy of Music in der Vierzehnten Straße zugebilligt hätten. Als Antwort darauf statteten die Gründer der Metropolitan ihr Haus nicht mit zwei, sondern gleich mit drei Logenrängen aus; und der Kampf der Snobs und Salonschlangen, der in diesen Logen vor, während und nach den Aufführungen tobte, konnte sich an Giftigkeit durchaus mit allem messen, was in dem Konzertgebäude im Herzen der Stadt vorging. Da war es eigentlich erstaunlich, daß Henry Abbey und Maurice Grau, die beiden Impresarios, einige der besten Sänger der Welt unter ihrem Dach versammelten. Und bereits 1896 war ein Abend in der »gelben Brauerei« ein musikalisches Erlebnis, das so leicht von keinem anderen Opernhaus der Welt übertroffen wurde.

Als wir das relativ kleine, schmucklose Vestibül betraten, trafen uns die bekannten abschätzigen Blicke von einigen besonders aufgeschlossenen Zeitgenossen, die über Kreislers schwarzen Begleiter gar nicht erfreut waren. Aber die meisten hatten ihn schon öfter gesehen und regten sich deshalb nicht mehr auf. Rasch eilten wir das schmale Stiegenhaus hinauf. Kreislers Loge befand sich auf der linken Seite im zweiten Rang des »diamantenen Hufeisens«, wie man die Logen nannte. Wir durchquerten den mit rotem Plüsch ausgeschlagenen Vorraum und nahmen unsere Plätze ein. Im gleichen Augenblick wurde auch schon die Beleuchtung heruntergeschaltet. Ich zog mein Opernglas heraus und hatte eben noch Zeit, die Logen neben uns und gegenüber nach bekannten Gesichtern abzusuchen. In der Loge der Roosevelts konnte ich einen kurzen Blick auf Theodore werfen, der mit Bürgermeister Strong in ein bedeutendes Gespräch vertieft schien; und dann fiel mein Blick auf den Mittelpunkt des Hufeisens, die Loge 35, wo der finstere Finanzmagnat mit der bösartigen Nase, J. Pierpont Morgan, zu sitzen beliebte, umkreist von schattenhaften Gestalten, wahrscheinlich Damen, aber bevor es mir gelang, eine von ihnen zu erkennen, war das Haus schon in Finsternis getaucht.

Victor Maurel, der große Bariton aus der Gascogne, für den Verdi einige seiner denkwürdigsten Arien geschrieben hatte, war in Hochform; nur leider war die Besatzung von Kreislers Loge – Cyrus möglicherweise ausgenommen – an jenem Abend zu sehr mit anderen Problemen beschäftigt, um seine Leistung wirklich zu würdigen. In der ersten Pause wandten wir uns dann auch sehr schnell dem Thema Santorelli zu. Sara wunderte sich darüber, daß die Schläge, die Giorgio von seinem Vater einstecken mußte, ihn in seinen sexuell abartigen Betätigungen offenbar nur noch bestärkten. Auch Kreisler stimmte ihr zu, erklärte aber, daß Giorgio sein Benehmen vielleicht geändert hätte, wenn der alte Santorelli nur imstande gewesen wäre, vernünftig mit seinem Sohn zu reden. Indem er aber Gewalt anwandte, wurde daraus ein Kampf zwischen Vater und Sohn, und in Giorgios Vorstellung verband sich sein psychisches Überleben mit jenen Handlungen, die sein Vater verdammte. Während des ganzen zweiten Aktes beschäftigte Sara und mich diese Idee, bis zur zweiten Pause war sie uns einigermaßen klar; und wir verstanden, wie ein Junge, der sein Geld auf die scheußlichste Art verdiente, die man sich überhaupt vorstellen kann, damit vielleicht vor sich selbst besser dastand.

Das gleiche traf vielleicht auch auf die Zweig-Kinder zu, bemerkte Kreisler und bestätigte damit meine Vermutung, daß er die charakterliche Ähnlichkeit zwischen diesen beiden Kindern und Giorgio Santorelli nicht als bedeutungslos abtun würde. Im Gegenteil meinte er, die Wichtigkeit dieser neuen Information sei gar nicht zu überschätzen, denn damit hatten wir bereits den Anfang eines Musters, einen Hinweis darauf, welche Eigenschaften unseren Mörder zu seinen Taten inspirierten. Dieses Wissen verdankten wir Saras Entschlossenheit, die Santorellis zu besuchen, sowie ihrer Fähigkeit, das Vertrauen von Mrs. Santorelli zu gewinnen. Laszlo drückte seine Dankbarkeit ein bißchen ungeschickt, aber um so rührender aus; und die Freude über dieses Lob, die sich auf Saras Gesicht abzeichnete, war mir alle Schikanen dieses Tages wert.

Es herrschte also eine sehr freundschaftliche Atmosphäre, als Theodore mit Bürgermeister Strong in unserer Loge auftauchte. Im Nu war diese Stimmung verflogen. Denn William L. Strong hatte sich zwar als »Reformer« einen Namen gemacht, unterschied sich aber in einem Punkt gar nicht von allen anderen, vor Geld stinkenden New Yorker Geschäftsleuten; für Kreisler hatte er nichts übrig. Der hohe Herr ließ sich nicht herab, unsere Begrüßungen zu erwidern, sondern nahm unaufgefordert auf einem der Sitze in der ersten Reihe Platz und wartete, daß die Lichter ausgingen. Hinter vorgehaltener Hand erklärte uns Theodore, Strong hätte uns etwas Wichtiges mitzuteilen. Es galt keineswegs als barbarisch, sich während einer Vorstellung in der Met zu unterhalten – persönliche und geschäftliche Entscheidungen von größter Wichtigkeit wurden hier getroffen –, aber weder Kreisler noch ich hielten das für gutes Benehmen. Wir waren also kein sehr aufnahmefreudiges Publikum, als Strong während der schicksalsträchtigen Anfangstakte des dritten Akts mit seiner Rede begann.

»Doktor Kreisler«, knurrte der Bürgermeister, ohne den Angesprochenen eines Blickes zu würdigen, »Commissioner Roosevelt hat mir versichert, daß Ihr jüngster Besuch im Polizeihauptquartier ein rein privater war. Ich hoffe, das stimmt.« Kreisler antwortete nicht, was Strong nicht zu gefallen schien. »Es überrascht mich allerdings, daß Sie zusammen mit einem Mitglied der Polizei die Oper besuchen.« Er deutete mit dem Kopf recht unhöflich auf Sara.

»Wenn Sie sich für mein *gesamtes* gesellschaftliches Leben interessieren, Herr Bürgermeister«, sagte Sara mutig, »dürfen Sie gern Einblick in meinen Terminkalender nehmen.«

Theodore griff sich lautlos, aber heftig an die Stirn, und Strong schien noch gereizter, ging auf Saras Bemerkung aber nicht ein. »Herr Doktor, Sie sind vielleicht nicht darüber im Bilde, daß wir uns in dieser Stadt auf einem großen Kreuzzug gegen Korruption und Dekadenz befinden.« Auch diesmal reagierte Kreisler nicht, sondern schenkte seine ganze Aufmerksamkeit dem Duett von Victor Maurel und Frances Saville. »In diesem Kampf haben wir viele Feinde«, fuhr Strong fort. »Wenn sie einen Weg finden, um uns lächerlich zu machen und zu diskreditieren, dann werden sie's tun. Habe ich mich klar ausgedrückt?«

»Klar?« antwortete Kreisler schließlich, würdigte Strong aber noch immer keines Blickes. »Klar ist nur, daß Sie schlechte Manieren haben, Sir, aber sonst...«

Strong stand auf. »Dann muß ich deutlicher werden. Wenn Sie, Herr Doktor Kreisler, in irgendeiner Rolle oder Funktion mit dem Polizeiapparat in Verbindung treten, dann wäre das für unsere Gegner die ersehnte Gelegenheit. Anständige Menschen halten nichts von dem, was Sie tun, mein Herr – von Ihren unappetitlichen Ansichten über die amerikanische Familie, von Ihrem obszönen Herumgestochere in den reinen Seelen amerikanischer Kinder. Diese Dinge gehen niemanden etwas an als die Eltern und deren geistliche Berater. Ich an Ihrer Stelle würde meine Arbeit auf die Irrenanstalten beschränken, wo sie hingehört. Jedenfalls will niemand, aber auch schon gar niemand von dieser Stadtverwaltung auch nur das geringste mit diesem Dreck zu tun haben. Würden Sie das freundlicherweise zur Kenntnis nehmen.« Der Bürgermeister stand auf und bewegte sich in Richtung Ausgang, blieb vor Sara aber noch kurz stehen. »Und Sie, meine junge Dame, sollten nicht vergessen, daß die Einstellung von Frauen im Hauptquartier ein *Experiment* war – und daß Experimente manchmal auch schiefgehen!«

Damit verschwand er. Theodore raunte uns gerade noch zu, in Zukunft wäre es vielleicht nicht ratsam, zu dritt in der Öffentlichkeit zu erscheinen, und folgte dann dem Bürgermeister. Es war ein empörender, aber kein untypischer Vorfall; und es gab zweifelsohne auch heute abend viele Menschen im Publikum, die Kreisler sehr gern Ähnliches gesagt hätten. Laszlo, Cyrus und ich kannten das schon und regten uns daher nicht besonders auf, aber für Sara war es die erste Begegnung mit dieser Art von Intoleranz. Den Rest der Vorstellung machte sie ein Gesicht, als würde sie am liebsten mit ihrer Derringer Strongs Gehirn wegpusten, aber das letzte Duett zwischen Maurel und Saville war so herzzerreißend schön, daß selbst Sara ihren Zorn vergaß. Als die Lichter wieder angingen, standen wir alle auf und riefen »Bravo!« und »Brava!«, bis wir schließlich mit einem kurzen Winken von Maurel belohnt wurden. Kaum war Saras Blick aber auf Theodore und Strong in ihrer Loge gefallen, flackerte ihr Zorn wieder auf.

»Also wirklich, Doktor, warum lassen Sie sich das bieten?« fragte sie beim Hinausgehen. »Der Mann ist doch ein Idiot!«

»Wie Sie bald selbst erkennen werden, Sara«, erwiderte Kreisler ruhig, »kann man es sich einfach nicht leisten, derartige Äußerungen zur Kenntnis zu nehmen. Es gab da allerdings einen Punkt in der Tirade, der mir auffiel.«

Ich mußte gar nicht lange nachdenken – auch mir war bei Strongs Worten sofort etwas aufgefallen. »Die beiden Priester«, sagte ich.

Laszlo nickte mir zu. »Ganz recht, Moore. Die beiden Priester – man fragt sich, wessen Idee es war, daß sie die beiden Polizisten heute begleiteten. Dieses Rätsel können wir aber im Moment nicht lösen.« Er zog seine Silberuhr hervor. »Gut. Wir müßten eigentlich pünktlich ankommen. Ich hoffe, unsere Gäste auch.«

»Gäste?« fragte Sara. »Wohin gehen wir denn noch?«

»Zum Abendessen«, erwiderte Kreisler einfach. »Und zu einer, wie ich hoffe, aufschlußreichen Besprechung.«

Kapitel
10

Man kann sich heute gar nicht vorstellen, daß es einmal einer einzigen Familie mit ihrer Handvoll Restaurants gelungen ist, die Eßgewohnheiten einer ganzen Nation zu ändern. Doch genau das war die Leistung der Familie Delmonico im vergangenen Jahrhundert in den Vereinigten Staaten. Bevor sie im Jahre 1823 ihr erstes kleines Caféhaus in der William Street eröffneten und dort die Finanz- und Geschäftswelt von Lower Manhattan bekochten, war das amerikanische Essen etwas, das man auf die Schnelle zubereitete, um damit den Hunger zu stillen und dem Alkohol – Fusel wäre vielleicht richtiger – eine Unterlage zu bieten. Die Delmonicos kamen zwar aus der Schweiz, brachten aber französische Kochkunst in die Staaten, und jede weitere Generation der Familie trug zu ihrer Verbreitung bei. Auf ihrem Speisezettel standen von Anfang an nicht nur köstliche, sondern auch gesunde Gerichte, und das zu relativ mäßigen Preisen, wenn man den Arbeitsaufwand bedachte. Ihr Weinkeller fand in Paris nicht seinesgleichen. Innerhalb weniger Jahrzehnte besaßen sie in New York drei Restaurants. Bei Ausbruch des Bürgerkriegs hatten Reisende, die einmal zu Gast bei den Delmonicos waren, ihren Ruhm über den ganzen Kontinent verbreitet, und bald fanden sich überall eifrige Nachahmer. Gegen Ende des neunzehnten Jahrhunderts war das Vergnügen an hochqualitativen und stilvollen Mahlzeiten zur nationalen Leidenschaft geworden – und Delmonico war schuld daran.

Aber die Qualität von Speis und Trank war nicht der einzige Grund für Delmonicos Popularität; auch ihre gänzlich unversnobte, republikanische Gesinnung zog die Kunden an. Man konnte an jedem beliebigen Abend der Woche in ihrem Etablissement an der Kreuzung von Fifth Avenue und Sechsundzwanzigster Straße »Diamanten-Jim« Brady und

Lillian Russell ebenso begegnen wie Mrs. Vanderbilt oder anderen feinen Damen der oberen Zehntausend von New York. Selbst Figuren wie Paul Kelly wurden nicht abgewiesen. Vielleicht noch erstaunlicher als der Umstand, daß jeder Zutritt hatte, war die Tatsache, daß jeder gleich lang auf einen Tisch warten mußte – Reservierungen wurden nicht angenommen (außer bei privaten Gesellschaften für die Nebenräume), keiner wurde bevorzugt behandelt. Das lange Warten war manchmal enervierend; aber dafür wurde man entschädigt, wenn man zum Beispiel hinter Mrs. Vanderbilt anstand und vernahm, wie sie sich über diese »Unerhörte Behandlung!« empörte.

An diesem besonderen Abend unserer »Konferenz« mit den Brüdern Isaacson hatte Laszlo klugerweise einen Nebenraum reservieren lassen, denn es war anzunehmen, daß das Thema unserer Unterhaltung etwaigen Nachbarn im großen Speisesalon den Appetit verderben würde. Nach einer ausführlichen Begrüßung folgten wir Charlie Delmonico durch den Speisesalon mit seinen großen Spiegeln, der Einrichtung aus Mahagoni und der mit Fresken bemalten Decke hinauf in das blaue Nebenzimmer im ersten Stock. Dort saßen bereits die Brüder Isaacson an einem kleinen, aber sehr elegant gedeckten Tisch und wirkten etwas irritiert. Ihre Verwirrung steigerte sich noch, als sie Sara erblickten, die sie von der Zentrale kannten. Aber Sara entzog sich geschickt ihren Fragen und erklärte, sie sei hier, um sich Notizen zu machen für Commissioner Roosevelt, der ein persönliches Interesse an dem Fall hätte.

»Ach so?« bemerkte Marcus Isaacson mit geweiteten Augen. »Das ist doch kein – also ich meine, das ist doch nicht irgendein Test oder so was? Ich weiß, daß alle im Hauptquartier auf Herz und Nieren geprüft werden sollen, aber – ich meine, die Sache ist drei Jahre her, ich fände es nicht fair, uns...«

»Natürlich ist uns klar, daß der Fall noch nicht gelöst ist«, fügte Lucius schnell hinzu und wischte sich mit einem Taschentuch den Schweiß von der Stirn, während die Kellner jetzt mit Austern und Sherry auf der Bildfläche erschienen.

»Bitte beruhigen Sie sich, meine Herren«, sagte Kreisler. »Das hier ist keine Prüfung. Sie beide sind eben deshalb hier, weil bekannt ist, daß Sie mit den Elementen innerhalb der Polizei, die die gegenwärtige Krise verursacht haben, in keinerlei Verbindung stehen.« Bei diesen Worten stießen beide Isaacsons eine ziemliche Menge Luft aus und griffen erleichtert nach den Sherrygläsern. »Sie waren doch nicht gerade Günstlinge von Inspektor Byrnes, soviel ich weiß?« fuhr Kreisler fort.

Die beiden blickten einander an, und Lucius nickte Marcus zu, der darauf antwortete: »Nein, Sir. Byrnes hielt an Methoden fest, die, na ja, sagen wir, altmodisch waren. Mein Bruder, das heißt Detective Sergeant Isaacson, und ich haben beide im Ausland gearbeitet, was der Inspektor für höchst verdächtig hielt. Das, und dann – unsere Herkunft.«

Kreisler nickte; es war kein Geheimnis, wie die alte Garde über Juden dachte. »Also dann, meine Herren«, sagte Laszlo, »erzählen Sie uns doch, was Sie alles herausgefunden haben.«

Nach einigem Hin und Her darüber, wer zuerst das Wort ergreifen sollte, fiel die Wahl auf Lucius: »Wie Sie wissen, Herr Doktor, lassen sich aus Leichen in einem derart fortgeschrittenen Zustand der Verwesung nicht mehr allzu viele Aufschlüsse gewinnen. Trotzdem glaube ich, daß wir doch einiges entdeckt haben, was dem Coroner und den ermittelnden Polizisten damals entgangen ist. Da wäre zunächst einmal die Todesursache – entschuldigen Sie, Miss Howard, aber wollten Sie nicht Notizen machen?«

Sie strahlte ihn an. »Im Geist. Ich übertrage sie später aufs Papier.«

Damit konnte Lucius wenig anfangen. Mit einem weiteren nervösen Blick auf Sara fuhr er etwas unsicher fort: »Ja, also – die Todesursache.« Die Kellner erschienen, um die Austernschalen abzuräumen und sie durch grüne Schildkrötensuppe *au clair* zu ersetzen. Lucius wischte sich noch einmal die hohe Stirn und kostete, während die Kellner eine Flasche Amontillado öffneten. »Mmm – köstlich!« erklärte er. »Wo war ich stehengeblieben – ja, in den Berichten von Polizei und Coroner stand der Kehlschnitt als Todesursache aufgeführt: Durchtrennung der Arteria carotis communis und so weiter. Das ist natürlich die naheliegendste Erklärung, wenn man eine Leiche mit durchschnittener Kehle vor sich hat. Aber mir fiel sofort auf, daß der Kehlkopfbereich stark beschädigt war, vor allem das Zungenbein war in beiden Fällen gesplittert. Das deutet natürlich auf Tod durch Erwürgen hin.«

»Das verstehe ich nicht«, bemerkte ich. »Warum sollte der Mörder ihnen die Kehle durchschneiden, wenn er sie ohnehin schon erwürgt hat?«

»Blutgier«, gab Marcus sachlich zurück und löffelte weiter seine Suppe.

»Ja, Blutgier«, stimmte Lucius zu. »Wahrscheinlich wollte er keine Blutflecken auf seiner Kleidung, damit man nicht nachher auf der Flucht auf ihn aufmerksam würde. Aber Blut sehen mußte er unbedingt – oder vielleicht riechen. Manche Mörder haben erklärt, daß es nicht so sehr der Anblick als vielmehr der Geruch von Blut ist, der ihnen Befriedigung verschafft.«

Zum Glück hatte ich meine Suppe schon gegessen, denn diese letzte Bemerkung nahm mein Magen gar nicht gut auf. Ein Blick auf Sara zeigte mir, daß sie das alles locker wegsteckte. Kreisler studierte Lucius mit fasziniertem Gesichtsausdruck.

»So«, sagte er, »Sie gehen also davon aus, daß der Tod durch Erwürgen eintrat. Ausgezeichnet. Was noch?«

»Nun ja, dann wäre da die Sache mit den Augen«, antwortete Lucius und lehnte sich zurück, damit die Kellner die Suppenteller abtragen konnten. »Da war mir einiges in dem Bericht nicht ganz klar.« Der nächste Gang bestand aus Streifen vom Flußbarsch in Sauce Mornay – nicht übel. Der Amontillado wurde von einem Hochheimer abgelöst.

»Entschuldigen Sie, Herr Doktor«, warf Marcus ein, »ich möchte nur bemerken – ein köstliches Essen. Ich habe noch nie so gut gegessen.«

»Das freut mich, Sergeant«, antwortete Kreisler. »Wir sind noch lange nicht am Ende. Nun also – was ist mit den Augen?«

»Schön«, fuhr Lucius fort. »Im Polizeibericht stand irgend etwas von Vögeln oder Ratten, die die Augen gefressen haben sollen. Und der Coroner ließ sich das einreden, was ich ziemlich unglaublich finde. Selbst wenn die Leichen unter freiem Himmel gelegen hätten anstatt in dem abgeschlossenen Wasserturm – warum hätten die Tiere ausgerechnet die Augen gefressen und sonst nichts? Was mir bei dieser eigenartigen Theorie am meisten aufstieß, war aber der Umstand, daß die Messerspuren ganz deutlich sichtbar sind.«

Kreisler, Sara und ich hielten im Kauen inne und starrten einander an. »Messerspuren?« fragte Kreisler ruhig. »Davon war in den Berichten wirklich keine Rede.«

»Das weiß ich schon!« rief Lucius jovial. Das unappetitliche Gesprächsthema wirkte auf ihn anscheinend höchst anregend, und der Wein tat ein übriges. »Es ist wirklich merkwürdig. Aber sie sind deutlich zu sehen – schmale Messerfurchen an Jochbein und Supraorbitalwulst, dazu ein paar Einschnitte am Keilbein.«

Mit haargenau den gleichen Worten hatte Kreisler gegenüber Theodore und mir die Augenverletzungen beschrieben.

»Auf den ersten Blick sah es so aus«, fuhr Lucius fort, »als hätten die einzelnen Schnitte keine Beziehung zueinander. Mir kam das aber irgendwie verdächtig vor, also unternahm ich ein Experiment. Unweit Ihres Institutes gibt es eine recht gute Eisenhandlung, Herr Doktor, wo man auch Jagdmesser bekommt. Dort kaufte ich Jagdmesser mit der Art von Klinge, wie der Mörder sie möglicherweise verwendet, und zwar in drei verschiedenen Längen: neun Zoll, zehn Zoll, elf Zoll.« Er wühlte in seiner inneren Jackentasche. »Das größte Exemplar erwies sich als das richtige.«

Mit diesen Worten warf er ein riesiges Messer mit glänzender Schneide mitten auf den Tisch. Der Griff war aus Hirschgeweih, der Knauf aus Messing, und auf dem Blatt befand sich eine Gravur, die einen Hirsch hinter einem Busch darstellte.

»Der Arkansas-Zahnstocher«, erklärte Marcus. »Es ist nicht ganz sicher, ob Jim Bowie oder sein Bruder dieses Ding in den dreißiger Jahren entworfen haben. Heute wird es jedenfalls in Sheffield in England hergestellt und dann in unseren Wilden Westen exportiert. Man kann es zur Jagd verwenden, aber eigentlich ist es ein Kampfmesser, für den Kampf von Mann gegen Mann.«

»Könnte man es auch zum Tranchieren verwenden?« fragte ich, an Giorgio Santorelli denkend. »Ich meine, ist es dafür schwer genug und die Klinge entsprechend scharf?«

»Auf jeden Fall«, versicherte Marcus. »Die Schärfe hängt von der Qualität des Stahls ab, und bei einem Messer dieser Größe, besonders wenn es aus Sheffield kommt, ist der Stahl im allgemeinen von bester Qualität.« Er hielt inne und sah mich mit demselben Mißtrauen an wie schon einmal heute nachmittag. »Warum fragen Sie?«

»Das Messer sieht teuer aus«, warf Sara ein, um ihn abzulenken. »Ist es das?«

»Sicher«, erwiderte Marcus. »Das ist es aber auch wert. Mit so einem Messer kann man jahrelang arbeiten.«

Kreisler betrachtete das Messer wie gebannt: Das ist es also, schien sein Blick zu sagen, was *er* benutzt.

»Die Einschnitte am Keilbein«, fuhr Lucius fort, »entstanden beim Einbohren der Klinge in das Jochbein und den Supraorbitalwulst. Das geht auch gar nicht anders, denn er arbeitete auf kleinem Raum mit einem sehr großen Instrument. An sich ist es gute Arbeit, der dabei entstandene Schaden könnte viel größer sein.« Er nahm einen Schluck Wein. »Wenn Sie aber fragen, *was* er tat, oder *warum*, so können wir nur Vermutungen anstellen. Möglicherweise verkaufte er Leichenteile an Anatomen und medizinische Fakultäten. Allerdings hätte er in diesem Fall wahrscheinlich mehr als nur die Augen entnommen. Ich blicke da nicht ganz durch.«

Dazu konnten wir drei auch nichts sagen; wir starrten nur das Messer an; ich hätte Angst gehabt, es anzufassen. Dann erschienen die Kellner wieder, diesmal mit Lammrücken *à la Colbert*, dazu zwei Flaschen Château Lagrange.

»Ausgezeichnet«, sagte Kreisler und blickte zu Lucius hinüber, dessen rundliches Gesicht sich vom Wein gerötet hatte. »Eine wirklich hervorragende Leistung, Detective Sergeant.«

»Oh, das ist noch nicht alles«, erklärte Lucius und machte sich über das Lamm her.

»Iß langsam«, flüsterte Marcus. »Denk an deinen Magen.«

Aber Lucius beachtete ihn nicht. »Das ist noch nicht alles«, wiederholte er. »An der Schädeldecke, und zwar am Frontal- und am Parietalknochen, fanden wir einige interessante Frakturen. Aber das soll mein Bruder – ich meine, das kann Detective Sergeant Isaacson erklären.« Lucius grinste uns an. »Mir schmeckt das Essen so gut, daß ich lieber nichts mehr sage.«

Kopfschüttelnd sah ihm Marcus zu. »Morgen wird dir übel sein«, murmelte er. »Und dann wirst du *mir* Vorwürfe machen – aber ich habe dich gewarnt!«

»Detective Sergeant?« sagte Kreisler fragend, in der Hand ein Glas Lagrange. »Sie werden mit außerordentlichen Informationen aufwarten müssen, wenn Sie Ihren *Kollegen* übertrumpfen wollen!«

»Also, da gibt es etwas sehr Interessantes«, erwiderte Marcus, »das ist für unsere Untersuchung vielleicht wirklich von Bedeutung. Die Frakturlinien, die mein Bruder entdeckte, wurden von oben beigebracht – *genau* von oben. Nun ist bei einem Überfall – worum es sich hier offensichtlich handelt – mit einem Angriffswinkel zu rechnen, zum einen wegen der ähnlichen Größe, zum anderen wegen des schwierigen Zugangs, wie bei einem Kampf üblich. Der Charakter der Verletzung deutet aber darauf hin, daß der Angreifer sein Opfer physisch nicht nur vollkommen in der Hand hatte, sondern daß er auch groß genug war, um mit einem stumpfen Instrument genau senkrecht nach unten zu schlagen – vielleicht mit der Faust, was wir aber bezweifeln.«

Wir ließen Marcus einige Minuten essen. Als aber das Lamm, von dem wir Lucius fast mit Gewalt trennen mußten, von einer saftigen Maryland-Schildkröte abgelöst wurde, drängten wir ihn, fortzufahren:

»Wo war ich stehengeblieben? Ach ja. Ich werde mich bemühen, es möglichst einfach zu erklären: Ausgehend von der Körpergröße der beiden Kinder und der Form der eben beschriebenen Schädelfrakturen können wir in etwa die Körpergröße des Angreifers errechnen.« Er wandte sich an Lucius. »Was war unsere Schätzung? Etwa ein Meter neunzig?« Lucius nickte, und Marcus fuhr fort: »Ich weiß nicht, ob Sie etwas von Anthropometrie verstehen – das Bertillonsche System von Identifikation und Klassifikation...«

»Ach, haben Sie damit gearbeitet?« rief Sara. »Ich wollte schon lange jemanden kennenlernen, der sich damit beschäftigt hat.«

Marcus blickte überrascht auf. »Sie kennen das Werk von Bertillon, Miss Howard?«

Während Sara eifrig nickte, fiel Kreisler ein: »Ich gestehe meine Unwissenheit, Detective Sergeant. Ich habe den Namen gehört, mehr nicht.«

Und so ließen wir uns zur Schildkröte über Alphonse Bertillon informieren, einen griesgrämigen, pedantischen Franzosen, der in den achtziger Jahren die Technik der Erkennung von Verbrechern revolutioniert hatte. Als kleiner Angestellter im Archiv der Pariser Polizei hatte Bertillon herausgefunden, daß nur vierzehn bestimmte Maße des menschlichen Körpers – nicht nur Größe, sondern auch Fuß, Hand, Nase, Ohr usw. – ausreichten, um einen bestimmten Menschen eindeutig zu identifizieren; die Möglichkeit, daß ein anderer Mensch genau die gleichen Maße aufwies, stand eins zu 286 Millionen. Trotz heftigsten Widerstands von seiten seiner Vorgesetzten hatte Bertillon begonnen, die Körpermaße von bekannten Verbrechern zu registrieren und die Ergebnisse in einem Verzeichnis festzuhalten. Als er mit dessen Hilfe einige berüchtigte Fälle, denen die Pariser Polizei offenbar nicht gewachsen war, lösen konnte, erlangte er internationale Berühmtheit.

Bertillons System setzte sich in Europa schnell durch, etwas später in London und schließlich auch in New York. Thomas Byrnes hatte das System mit der Begründung abgelehnt, es sei mit seinen exakten Messungen und Fotografien für seine Polizisten intellektuell zu anspruchsvoll – womit er sie ohne Zweifel richtig einschätzte. Außerdem hatte Byrnes selbst die »Verbrecher-Galerie« geschaffen, einen Raum voll Fotografien der berühmtesten Verbrecher der Vereinigten

Staaten; auf diese Schöpfung war er sehr stolz und hielt sie für völlig ausreichend. Byrnes würde sich seine Methoden doch nicht ausgerechnet von einem Franzosen madig machen lassen! Doch nach Byrnes' Abschied hatte die Anthropometrie immer mehr Anhänger gewonnen – einer davon saß jetzt offenbar vor uns.

»Abgesehen davon, daß man wirklich genau messen muß«, fuhr Marcus fort, »hat Bertillons System aber den Nachteil, daß man damit natürlich nur bereits registrierte Verbrecher identifizieren kann.« Nach Vertilgung einer kleinen Schale Sorbet *Elsinore* zog Marcus jetzt eine Zigarette aus der Tasche, in der Annahme, das Mahl sei beendet. Er war daher sehr angenehm überrascht, als eine Kanevasente mit Polenta und Johannisbeergelee vor ihn plaziert wurde, dazu ein köstlicher Chambertin.

»Entschuldigen Sie meine Frage, Doktor«, sagte Lucius ganz verwirrt, »aber ... hat dieses Essen eigentlich irgendwann einmal ein Ende, oder geht es nahtlos ins Frühstück über?«

»Solange Sie uns mit nützlichen Informationen versorgen, Detective Sergeants, solange wird Ihnen weiter Essen serviert.«

»Na schön, dann ... « Marcus nahm einen tüchtigen Bissen von der Ente und schloß zwecks besseren Genusses die Augen. »Scheherazade, steh uns bei. Also, was ich sagen wollte: Das Bertillonsche System bietet keinen Beweis, daß jemand tatsächlich ein Verbrechen begangen hat. Aber man kann den Kreis der Verdächtigen damit beträchtlich einengen. Wir sind zum Beispiel überzeugt, daß der Mann, der die Zweig-Kinder umbrachte, etwa einen Meter neunzig groß ist. Das schränkt den Kreis der Kandidaten ein. Es ist immerhin ein guter Ansatzpunkt. Und da bereits so viele Städte mit diesem System arbeiten, haben wir auch einen internationalen Vergleich – sogar bis nach Europa.«

»Und wenn der Mann keine Vorstrafen hat?« fragte Kreisler.

»Dann haben wir Pech«, antwortete Marcus achselzuckend. Kreisler sah enttäuscht drein, woraufhin sich Marcus räusperte und einen fragenden Blick auf seinen leeren Teller warf, als befürchtete er, es gebe wirklich nichts mehr zu essen, sobald der Sprudel seiner Informationen versiegte. »Das heißt, Herr Doktor, soweit es die offiziellen Polizeimethoden betrifft. Ich bin allerdings mit einigen anderen Techniken vertraut, die uns in diesem Fall weiterhelfen könnten.«

Lucius machte eine besorgte Miene. »Marcus«, murmelte er, »ich bin da nicht so sicher, es ist schließlich noch nicht anerkannt, aber...«

Marcus antwortete schnell und leise: »Nicht vor Gericht. Aber bei einer Ermittlung hat es trotzdem Sinn. Das haben wir doch schon besprochen.«

»Meine Herren, wollen Sie nicht Ihr Geheimnis lüften?« fragte Kreisler.

Lucius schüttete nervös seinen Chambertin hinunter. »Das ist alles noch Theorie, Herr Doktor, wird noch nirgends auf der Welt als Beweis anerkannt, aber...« Er blickte zu Marcus. »Meinetwegen, schieß los.«

Marcus verkündete: »Man nennt es Daktyloskopie.«

»Oh«, rief ich, »Sie sprechen von Fingerabdrücken.«

»Sehr richtig«, erwiderte Marcus, »so nennt es der Volksmund.«

»Aber...«, fiel Sara ein. »Ich möchte Sie nicht kränken, Detective Sergeant, aber die Daktyloskopie wurde von jedem Polizeiapparat auf der ganzen Welt abgelehnt. Die wissenschaftliche Grundlage ist nicht bewiesen, und bis jetzt wurde noch kein einziger Fall damit gelöst.«

»Das kränkt mich in keiner Weise, Miss Howard«, antwortete Marcus. »Und ich möchte auch Sie nicht kränken, wenn ich behaupte, daß Sie sich irren. Die wissenschaftliche Grundlage ist bewiesen, und es sind tatsächlich Fälle damit gelöst worden – allerdings nicht in einer Weltgegend, die Ihnen bekannt ist.«

»Moore«, rief Kreisler, »ich begreife langsam, wie Sie sich oft fühlen – noch einmal, meine Dame, meine Herren –, ich bin einfach nicht im Bilde.«

Sara wollte schon anfangen, Laszlo die Sache zu erklären, aber nach diesem letzten Seitenhieb mußte ich es in die Hand nehmen. Die Daktyloskopie, erklärte ich so herablassend, wie ich nur konnte, galt seit Jahrzehnten als eine Möglichkeit der Identifikation eines jeden Menschen, Verbrecher eingeschlossen. Man ging davon aus, daß der Fingerabdruck eines Menschen sich im Laufe seines Lebens nicht verändert. Doch trotz überwältigender Beweise und erfolgreicher praktischer Anwendung gab es noch immer zahlreiche Anthropologen und Ärzte, die nichts damit zu tun haben wollten. In Argentinien zum Beispiel – einem Land, von dem man in Amerika oder in Europa, wie Marcus Isaacson ganz richtig meinte, nicht viel wußte und ebensowenig hielt –, in Argentinien hatte sich die Daktyloskopie zum ersten Mal praktisch bewährt, als ein Gendarm aus der Provinz damit einen Mordfall in Buenos Aires aufklärte, bei dem es um zwei brutal erschlagene Kinder ging.

Unsere Kellner erschienen wieder und brachten *petits aspics de foie gras*, und Kreisler erklärte: »Unter diesen Umständen wirft man also Bertillon zum alten Eisen.«

»Noch nicht«, erwiderte Marcus. »Der Kampf ist noch im Gang. Zwar hat sich die Daktyloskopie als vollkommen verläßlich erwiesen, aber es gibt noch immer viel Widerstand.«

»Das Entscheidende daran ist«, fügte Sara hinzu – und ich genoß es sehr, daß jetzt sie einmal Kreisler belehrte –, »daß sich dadurch beweisen läßt, daß sich jemand an einem bestimmten Ort aufgehalten hat. Also ideal für unsere...« Sie hielt gerade noch rechtzeitig inne.

»Und wie werden die Abdrücke hergestellt?« fragte Kreisler.

»Es gibt drei Möglichkeiten«, antwortete Marcus. »Zunächst gibt es sichtbare Abdrücke – von einer Hand, die in Farbe, Blut, Tinte oder ähnliches getaucht wurde und dann irgend etwas berührt. Dann gibt es erhabene Abdrücke, wenn jemand zum Beispiel in Kitt greift, in Ton, feuchten Gips und so weiter. Die problematischste Kategorie stellen natürlich verborgene Abdrücke dar. Wenn Sie Ihr Glas nehmen, Herr Doktor, dann hinterlassen die Absonderungen von Schweiß und Fett an Ihren Fingern ein ganz bestimmtes Muster. Wenn ich mich nun für Ihre Fingerabdrücke interessiere«, Marcus zog zwei kleine Glasphiolen aus der Tasche, eine mit einem hellgrauen Puder, die andere mit einem schwarzen gefüllt, »dann gebe ich darauf entweder Aluminiumpulver«, er hielt die hellgraue Phiole hoch, »oder fein gemahlene Kohle«, er hielt die schwarze hoch. »Das hängt von der Farbe des Untergrunds ab. Weiß ist besser auf dunklem Grund sichtbar, Schwarz gegen das Licht; für Ihr Glas wäre beides verwendbar. Das Pulver wird von Schweiß und Fett aufgesaugt, und dadurch entsteht für uns ein vollkommenes Bild Ihrer Fingerlinien.«

»Erstaunlich«, bemerkte Kreisler. »Aber wenn es bereits wissenschaftlich erwiesen ist, daß der menschliche Fingerabdruck ein Leben lang gleich bleibt, wieso gilt das dann vor Gericht nicht als Beweis?«

»Weil die meisten Menschen wenig von Veränderung halten, selbst wenn es Fortschritt bedeuten sollte«, sagte Marcus fast entschuldigend. »Aber das wissen Sie doch sicher auch, Doktor Kreisler.«

Kreisler nickte kurz, dann schob er seinen Teller fort und lehnte sich zurück. »So dankbar ich bin für diese höchst informativen Bemerkungen«, sagte er, »so habe ich doch das Gefühl, Detective Sergeant, daß Sie uns noch etwas verheimlichen.«

Marcus wandte sich zu Lucius, aber sein Bruder zuckte nur resigniert die Schultern. Daraufhin zog Marcus etwas Flaches aus der Innentasche seiner Jacke.

»Es ist anzunehmen«, sagte er, »daß auch heute noch kein Coroner etwas damit anfangen könnte – und vor drei Jahren schon gar nicht.« Er legte das Blatt – es war eine Fotografie – vor uns auf den Tisch. Interessiert beugten wir unsere Köpfe darüber. Es handelte sich um eine Detailaufnahme von einem weißen Gegenstand – Knochen, dachte ich, aber Genaueres konnte ich nicht erkennen.

»Finger?« fragte Sara.

»Ganz richtig«, bestätigte Kreisler.

»Genauer gesagt«, erklärte Marcus, »die Finger der linken Hand von Sofia Zweig. Beachten Sie die Spitze des Daumennagels, den Sie ganz sehen können.« Er zog eine Lupe aus der Tasche und reichte sie uns, widmete sich aber selbst der Gänseleber.

»Er scheint gequetscht«, murmelte Kreisler, während Sara nach der Lupe griff. »Jedenfalls ist da eine Verfärbung.«

Marcus schaute Sara an. »Miss Howard?«

Sie hielt die Lupe vors Auge und führte die Fotografie näher heran. Ihre Augen stellten sich auf den neuen Abstand ein, dann weiteten sie sich. »Ich sehe...«

»Was siehst du?« fragte ich und verdrehte meinen Hals.

Laszlo blickte über Saras Schulter – und plötzlich zeigte sein Gesichtsausdruck noch größere Verblüffung als der ihre. »Guter Gott, Sie wollen doch nicht sagen...«

»Was, was, was?« rief ich, und endlich reichte mir Sara Lupe und Fotografie. Ohne Lupe sah die Spitze des Daumennagels gequetscht aus, wie Kreisler sagte; aber mit Lupe war ganz klar ein Fingerabdruck zu erkennen, der sich dunkel abhob. Ich war vor Überraschung sprachlos.

»Da hatten wir wirklich Glück«, erklärte Marcus. »Er ist zwar unvollständig, aber ausreichend für eine Identifikation. Irgendwie hat der Abdruck sowohl den Coroner als auch den Bestatter überlebt. Die Substanz ist übrigens Blut, Sofias eigenes oder das ihres Bruders. Der Fingerabdruck aber ist zu groß für sie beide. Im Sarg hat er sich bestens erhalten – und jetzt haben wir ihn für alle Ewigkeit festgehalten.«

Kreisler blickte hoch – mit einem für seine Verhältnisse geradezu strahlenden Gesichtsausdruck. »Mein lieber Detective Sergeant, das ist ebenso eindrucksvoll wie unerwartet!«

Marcus lächelte leicht verlegen, während Lucius noch einmal besorgt wiederholte: »Bitte vergessen Sie nicht, Herr Doktor, daß der Abdruck weder juristische noch forensische Bedeutung hat. Es ist eine Spur, die wir für die Ermittlung brauchen können, weiter nichts.«

»Weiter brauchen wir auch nichts, Detective Sergeant. Außer vielleicht einer Nachspeise«, Laszlo klatschte zweimal in die Hände, woraufhin die Kellner wieder erschienen, »die Sie, meine Herren, sich redlich verdient haben.« Die Kellner trugen ab und kehrten mit Birnen *Alliance* zurück: in Wein eingelegt, fritiert, mit Puderzucker bestreut, von Aprikosensauce umgeben. Als Lucius sie sah, dachte ich schon, er bekäme einen Anfall. Kreislers Blicke ruhten auf dem Brüderpaar. »Sie haben wirklich hervorragend gearbeitet. Ich muß allerdings gestehen, daß wir Ihnen nicht ganz reinen Wein eingeschenkt haben, wofür ich mich entschuldige.«

Während wir nicht nur die Birnen, sondern auch einige köstliche Petits fours vertilgten, deckten wir den Isaacsons gegenüber unsere Karten auf, ohne irgend etwas auszulassen: weder den Zustand von Giorgio Santorellis Leiche noch die Probleme mit Flynn und Connor, weder unser Treffen mit Roosevelt noch Saras Gespräch mit Mrs. Santorelli. Kreisler betonte, daß der Mensch, den wir suchten, zwar unbewußt vielleicht sogar gefunden werden *wollte*, daß aber seine bewußten Vorstellungen auf Gewalt gerichtet waren und daß diese Gewalt auch vor uns nicht haltmachen würde, falls wir ihm zu nahe kämen. Diese Warnung machte Marcus und Lucius ebenso nachdenklich wie der Umstand, daß unsere Ermittlungen im geheimen geführt würden und wir bei Entdeckung auf keinerlei offiziellen Beistand hoffen konnten. Dennoch waren die beiden bereits vom Jagdfieber gepackt. Ihnen bot sich eine einzigartige Gelegenheit: Sie konnten neue Techniken ausprobieren, unbehelligt von der lähmenden Bürokratie des Polizeiapparates arbeiten; und wenn wir Erfolg hatten, waren sie nachher berühmt.

Und ich muß gestehen, daß nach dem Mahl, das wir soeben vertilgt, und dem Wein, den wir dazu getrunken hatten, am Erfolg nicht mehr zu zweifeln war. Und so sehr uns anfangs auch das merkwürdige persönliche Benehmen der beiden Isaacsons irritiert hatte, so durften doch derartige Vorbehalte angesichts ihrer vorzüglichen Leistung nicht mehr zählen: Innerhalb nur eines Tages hatten wir erfahren, wie groß unser Mörder war, welche Waffe er benutzte und wie sein Fingerabdruck aussah. Dazu kam das Ergebnis von Saras Vorstoß, nämlich die Erkenntnis, was die Opfer miteinander verband – und schon erschien einem Mann wie mir, der keineswegs mehr ganz nüchtern war, der Erfolg zum Greifen nahe.

Allerdings hatte ich das Gefühl, daß mein Beitrag zu all dem recht unbedeutend war. Eigentlich hatte ich bisher nichts weiter getan, als Sara auf ihrem Ausflug begleitet. Und als wir Lucius Isaacson mehr zur Kutsche trugen als führten – auf Delmonicos Uhr hatte es schon vor längerer Zeit zwei geschlagen –, da zermarterte ich mir mein etwas benebeltes Gehirn nach einem Ausweg. Mit Erfolg: Nachdem ich Sara und Kreisler eine Droschke besorgt und mich verabschiedet hatte (Kreisler wollte Sara nach Hause geleiten), wandte ich mich gen Süden, in Richtung Paresis Hall.

Kapitel
11

In der Paresis Hall mußte ich meine fünf Sinne beisammenhalten. Aus dieser Erkenntnis heraus beschloß ich, die Meile bis zum Cooper Square zu Fuß zu gehen, um in der kalten Nachtluft wieder nüchtern zu werden. Der Broadway war fast menschenleer, nur hie und da stieß ich auf Gruppen von jungen Männern in weißen Uniformen, die den Schnee auf große Fuhrwerke luden. Das war die Privatarmee von Colonel Waring, jenem Straßenreinigungs-Genie, der Providence, Rhode Island, zur sauberen Stadt gemacht hatte und in New York jetzt das gleiche Wunder vollbringen sollte. Warings Jungen waren zweifellos tüchtig – seit sie am Werke waren, sah man auf den Straßen der Stadt sehr viel weniger Schnee, Pferdemist und Dreck –, aber wegen ihrer Uniform hielten sie sich offenbar bereits für Gesetzeshüter. Es geschah nicht selten, daß ein vierzehnjähriges Bürschchen in Warings Helm und weißem Überhemd, der einen gewöhnlichen Sterblichen dabei ertappte, wie er achtlos Abfall auf die Straße warf, diesen gleich festnehmen wollte. Man konnte diesen Übereifrigen nicht klarmachen, daß sie dazu keinen Auftrag hatten, und so kam es immer wieder zu solchen Zwischenfällen. Manchmal endeten diese in einer Rauferei, worauf die Burschen dann ganz stolz waren. Ich ging ihnen lieber aus dem Weg. Aber offenbar verriet ihnen mein schwankender Gang meinen Zustand, denn die verschiedenen Säuberungstrupps, an denen ich vorbeikam, beäugten mich äußerst mißtrauisch und gaben mir deutlich zu verstehen: Wenn ich schon die Straße vollkotzen wollte, dann besser in einer anderen Stadt.

Beim Cooper Square fühlte ich mich bereits ziemlich nüchtern, und mir war schrecklich kalt. Aus meinen Zwangsvorstellungen von einem großen Glas Brandy in der Paresis Hall riß mich ein schweres Arbeiterfuhrwerk mit der Aufschrift

GENOVESE 6 SÖHNE – EISENARBEITEN – BKLYN., N.Y., das vom Nordende des Cooper Square Park heranratterte, gezogen von einem schweren grauen Roß, dem man ansah, daß es eine solche Nacht lieber anderswo verbracht hätte. Plötzlich kam das Fuhrwerk knirschend zum Stehen, vier Schlägertypen mit Schirmmützen sprangen hinten ab und stürzten in den Park, kamen aber bald wieder zurück, zwei elegante Herren im Schlepptau.

»Dreckige Schwule!« brüllte einer und verpaßte seinem Gefangenen mit einer Art Eisenrohr einen Schlag ins Gesicht. Sofort schoß dem Mann Blut aus Nase und Mund und tropfte auf seine Kleidung und in den Schnee. »Schleicht euch runter von der Straße, wenn ihr euch gegenseitig ficken müßt!«

Zwei andere Vertreter Brooklyns hielten den anderen Mann fest, während ein dritter ihm ins Gesicht starrte. »Fickst gern kleine Jungen, was?«

»Tut mir leid, aber du bist wirklich nicht mein Geschmack«, antwortete der Mann mit soviel Ruhe, daß ich überzeugt war, er befand sich nicht zum ersten Mal in dieser Lage. »Ich bevorzuge junge Männer, die sich waschen.« Das brachte ihm drei heftige Schläge in den Magen ein, woraufhin er sich zusammenkrümmte und sich auf den gefrorenen Boden übergab.

Der Moment erforderte eine schnelle Entscheidung: Sollte ich mich einmischen und mir auch eine Beule am Schädel holen, oder...

»He!« rief ich den schweren Jungs zu, worauf sich ihre brutalen Glotzaugen zu mir drehten. »Ihr Burschen paßt besser auf – da ist ein halbes Dutzend Bullen unterwegs, die sind ganz scharf auf Brooklyn-Babys hier im Fünfzehnten!«

»Ah, was du nicht sagst«, grunzte der kräftige Junge, offenbar ihr Anführer, und wandte sich in Richtung Fuhrwerk. »Und woher kommen die?«

»Den Broadway runter!« rief ich und deutete mit dem Daumen in die entsprechende Richtung.

»Los, kommt, gehen wir, Burschen!« sagte der Held. »Denen werden wir's zeigen!« Unter Beifallsgeheul sprangen die drei anderen auf den Wagen, fragten, ob ich mitkommen wollte, ratterten dann aber, ohne meine Antwort abzuwarten, fort in Richtung Broadway.

Ich ging hinüber zu den beiden Verletzten, konnte aber nur sagen: »Brauchen Sie vielleicht...«, da waren sie schon auf der Flucht vor mir, der ältere hielt sich die Rippen und konnte nur unter Schwierigkeiten laufen. Wenn die schweren Burschen nun keine Bullen fanden, dann würden sie wohl zurückkommen, um mir zu danken; also überquerte ich schnell die Bowery und eilte unter der Hochbahn auf der Dritten Avenue zu Biff Ellisons Etablissement.

Es war jetzt fast drei Uhr früh, aber die elektrische Leuchtschrift vor der Paresis Hall brannte noch immer. Das Lokal verdankte seinen Namen einem Wundermittel gegen Geschlechtskrankheiten. Die Fenster waren mit Jalousien verhangen, wofür die ehrlichen Bürger dieser Gegend dankbar waren. Am Eingang ging's hoch her: Eine wogende Menge von Männern und Jungen in Frauenkleidern versuchte, die eintretenden oder abziehenden Kunden zu ködern. Drinnen gab es eine lange, messingverzierte Bar, außerdem viele kleine runde Holztische und leichte Stühle von der Art, die bei einer Rauferei schnell zerbrachen und sich leicht wieder ersetzen ließen. Am anderen Ende des langen, hohen Raums befand sich eine Art Tribüne; dort tanzten Männer und Jungen in Frauenkleidung – bei manchen war nicht sehr viel davon vorhanden – zu einer lebhaften, aber höchst dissonanten Begleitung von Klavier, Klarinette und Geige.

Sinn und Zweck der Paresis Hall war es, Geschäfte zwischen Kunden und den verschiedenen Arten von Prostituierten, die hier arbeiteten, anzubahnen. Zu dieser zweiten Gruppe gehörten Jungen wie Giorgio Santorelli, aber auch Homosexuelle, die keine Transvestiten waren, sowie gelegentlich sogar eine waschechte Frau, die sich hier in der Hoffnung herumtrieb, irgendeiner der vielen Männer, die hier strandeten, könnte plötzlich seine Heterosexualität entdecken. Die meisten Geschäfte wurden in den billigen Hotels ringsherum getätigt; allerdings gab es im ersten Stock des Hauses ein rundes Dutzend Zimmer, wo Jungen arbeiten durften, die Ellisons besondere Gunst genossen.

Was aber diese Hall, ebenso wie einige andere derartige Lokale, besonders auszeichnete, war das völlige Fehlen von Heimlichtuerei, wie sie sonst die Welt der Homosexuellen in der Stadt kennzeichnete. Hier brauchten sie nicht aufzupassen, nicht vorsichtig zu sein; daher ließen Ellisons Kunden alle Hemmungen fallen und warfen das Geld mit vollen Händen zum Fenster hinaus, und das Lokal machte ungeheure Umsätze. Letzten Endes konnte das alles aber nicht verhindern, daß Biff Ellisons Etablissement nicht anders war als die anderen Kaschemmen auch: schmutzig, verraucht und furchtbar deprimierend.

Ich hatte das Lokal noch keine dreißig Sekunden betreten, als mich von hinten ein starker Arm um die Brust packte und ich kaltes Metall an meiner Gurgel spürte. Eine Wolke von starkem Fliederduft deutete auf Ellisons Anwesenheit irgendwo hinter mir; und das Metall war wohl das Markenzeichen von Razor Riley, einem von Biffs Rausschmeißern. Riley war ein dürrer, gefährlicher Tunichtgut, der, obgleich einer anderen Bande zugehörig, gelegentlich für Ellison arbeitete, dessen sexuelle Vorlieben er teilte.

»Also ich dachte, Kelly und ich haben uns klar ausgedrückt neulich, Moore«, dröhnte Ellison. Ich sah ihn noch immer nicht. »Du wirst mir diese Santorelli-Sache nicht anhängen, das schwöre ich dir. Bist du eigentlich übergeschnappt oder lebensmüde, daß du dich hierher wagst?«

»Weder noch, Biff«, sagte ich so deutlich, wie meine Todesangst es mir gestattete: Riley war dafür bekannt, daß er Leuten mit Vergnügen die Gurgel durchschnitt. »Eigentlich wollte ich Ihnen nur mitteilen, daß Sie mir zu Dank verpflichtet sind.«

Ellison lachte schallend auf. »Ich dir, du Schmierfink? Was könntest du denn für mich tun?« Jetzt stand er mir gegenüber, sein grell karierter Anzug und sein grauer Bowler rochen penetrant nach Kölnisch Wasser. In seiner fleischigen Tatze hielt er ein Zigarillo.

»Ich habe dem Commissioner klargemacht, daß Sie nichts mit der Sache zu tun haben«, brachte ich keuchend hervor.

Er trat näher an mich heran, so daß mich zwischen seinen

dicken Lippen hervor der Gestank von billigem Whiskey anwehte. »Ach ja?« sagte er, und seine Schweinsaugen funkelten. »Und hast du ihn überzeugt?«
»Aber sicher«, sagte ich.
»Und wie, wenn ich fragen darf?«
»Kein Problem. Ich sagte ihm, das wäre nicht Ihr Stil.«
Ellison legte eine kurze Pause ein, um dem Zellhaufen, der in seinem Fall als Gehirn diente, Zeit zur Verdauung zu geben. Dann grinste er. »Sag mal – ja, da hast du recht, Moore! Es *ist* nicht mein Stil. Also weißt du was – laß ihn gehen, Razor.«
Mehrere Angestellte und Kunden, die sich in der Hoffnung auf ein ordentliches Blutbad um uns versammelt hatten, zerstreuten sich nun enttäuscht. Ich betrachtete die zähe, dürre Gestalt von Razor Riley, wie er sein Lieblingswerkzeug zusammenklappte, in die Tasche steckte und sich den gewichsten Schnurrbart strich. Dann stemmte er die Hände in die Hüften, bereit zum Kampf, aber ich zog mir nur die Frackbrust zurecht und klopfte mir die Manschetten ab.
»Probier's mit Milch, Riley«, sagte ich. »Davon wachsen die Muskeln.«
Rileys Hand fuhr in die Tasche, aber Ellison lachte und hielt ihn mit einer bärenhaften Umklammerung zurück. »Laß ihn, Razor! Soll der Grünling seine Witze machen, das tut dir doch nicht weh.« Zu mir gewandt, fuhr er fort: »Komm, Moore, ich spendiere dir einen Drink. Und du erzählst mir, wie es kommt, daß du mich plötzlich so heiß liebst.«
Wir stellten uns an die Bar, und in dem Spiegel hinter den endlosen Flaschen voll minderwertigem Gesöff konnte ich die elenden, todtraurigen Geschäfte beobachten. Eingedenk dessen, mit wem ich es zu tun hatte, begrub ich voll Bedauern die Vorstellung von einem großen Brandy (denn dieser war hier nicht nur von übelster Qualität, sondern außerdem noch mit Kampfer, Benzin, Kokain, Chloral oder einer Mischung von alledem gestreckt) und bestellte statt dessen ein Bier. Das gelbe Zeug, das ich bekam, war vielleicht an irgendeinem Punkt seiner Existenz tatsächlich einmal Bier gewesen. Als ich den ersten Schluck nahm, fing eine Chan-

teuse auf der Bühne am anderen Ende der Halle zu winseln an:

> Ein Name ist's, nie ausgesprochen,
> Und einer Mutter Herz gebrochen,
> Und einer fehlt noch in der alten Stube…

Ellison nahm ein Glas Whiskey und drehte sich um, als ihn einer der Stricher auf die Hinterseite tätschelte. Biff kniff den Jungen in die Wange.

»Na, Moore?« sagte er, starrte aber weiter dem Jungen in die bemalten Augen. »Woher die plötzliche Nächstenliebe? Mach mir nicht weis, du interessierst dich für meine Waren.«

»Danke, heute nicht, Biff«, erklärte ich. »Was mir vorschwebte, war etwas anderes: Ich hab' Ihnen bei den Bullen geholfen, also könnten Sie mir mit Informationen helfen – Sie wissen schon, etwas für meine Story, so auf die Art.«

Biff maß mich von oben bis unten, während der Stricher im Gewühl verschwand. »Seit wann druckt die gottesallmächtige *New York Times* denn solche Stories? Und wo zum Teufel warst du heute abend – bei einem Begräbnis?«

»In der Oper«, antwortete ich. »Und die *Times* ist ja schließlich nicht das einzige Blatt in der Stadt.«

»Yeah?« Er klang nicht überzeugt. »Also ich hab' von nichts eine Ahnung, Moore. Gloria, die war früher schon okay. Echt. Ich hab' sie sogar in einem von meinen Zimmern oben arbeiten lassen. Aber dann wurde sie – lästig. Wollte einen größeren Schnitt, hat den anderen Mädchen eingeredet, sie wollen das auch. Vor zwei Nächten sag' ich also zu Gloria, sag' ich, mach nur so weiter, dann sitzt du draußen auf deinem hübschen kleinen Arsch. Darauf stellte sie sich zuckersüß, aber ich traute ihr nicht. Loswerden wollte ich sie – allerdings nicht in dem Sinn, du verstehst schon –, nur rauswerfen, ein paar Wochen lang auf der Straße arbeiten lassen, damit sie sieht, wo's langgeht. Und dann so etwas.« Er stürzte seinen Whiskey hinunter und stieß Zigarrenrauch aus. »Aber die kleine Kanaille hat nur bekommen, was ihr gebührt.«

Ich wartete, daß er weiterredete. Aber seine Aufmerksamkeit wurde von zwei jungen Männern in Strümpfen und Strumpfbändern abgelenkt, die auf der Tanzfläche standen und einander Drohungen und Beleidigungen an den Kopf warfen. Bald tauchten Messer auf. Ellison fing an zu lachen, dann gab er seinen Senf dazu:

»Wenn ihr blöden Weiber euch gegenseitig aufschlitzt, seid ihr zu gar nichts mehr zu gebrauchen!«

»Biff?« sagte ich schließlich. »Ist das alles, was Sie mir zu sagen haben?«

»Das ist alles«, sagte er und nickte. »Wie wär's, wenn du von hier verschwindest, bevor es Ärger gibt.«

»Warum? Verstecken Sie was? Vielleicht im ersten Stock?«

»Ich verstecke gar nichts«, antwortete er gereizt. »Ich mag nur keine Reporter hier bei mir. Und meine Kunden mögen sie auch nicht. Ein paar von denen sind hohe Tiere, die müssen an ihre Position und ihre Familie denken.«

»Dann lassen Sie mich vielleicht noch einen Blick auf Gior... ich meine Glorias Zimmer werfen, damit ich mich selbst überzeugen kann!«

Ellison lehnte sich seufzend gegen die Bar. »Treib's nicht zu weit, Moore.«

»Fünf Minuten«, antwortete ich.

Er überlegte kurz, dann nickte er. »Fünf Minuten. Aber sprich mit niemandem. Nach dem Stiegenhaus dritte Tür links.« Ich entfernte mich einige Schritte von ihm. »He!« Ich drehte mich um, und er reichte mir mein Bierglas. »Nutz meine Gastfreundschaft bloß nicht aus, Kumpel.«

Nickend nahm ich das Bier, dann schob ich mich durch die Menge zur Treppe an der Schmalseite der Halle. Mehrere Jungen und Männer drängten sich an mich heran, denn sie bemerkten meinen Frack und witterten Geld. Einige strichen mir mit den Händen über Brust und Schenkel und umgurrten mich mit allen möglichen und unmöglichen Vorschlägen. Aber ich nahm mein Portemonnaie fest in die Hand, hielt meinen Kurs in Richtung Stiegenhaus und bemühte mich, die abstoßenden Dienste, die mir pausenlos angetragen wurden, möglichst gar nicht zu registrieren. Als ich an der Bühne vorbeikam, wiederholte der Sänger, ein dicker Mann mittleren Alters mit stark gepudertem Gesicht, Lippenstift und einem Zylinder, den Refrain:

> Ja, die Erinnerung lebt noch immer,
> doch Papa vergibt dir nimmer,
> und dein Bild hängt umgedreht zur Wand!

Das Stiegenhaus war nicht erleuchtet, aber der Schein von der Halle reichte aus, daß ich die Stufen sehen konnte. Die undefinierbare Wandfarbe bröckelte überall ab. Als ich auf die erste Stufe trat, hörte ich hinter mir ein grunzendes Geräusch. Ich drehte mich um und sah in einer finsteren Nische undeutlich die Umrisse eines Jungen, das Gesicht zur Wand gedrückt, und einen zweiten, älteren Mann, der sich gegen die nackte Hinterseite des Jungen preßte. Mit einem Schaudern, das mich zum Stolpern brachte, wandte ich mich ab und hastete die Treppe hinauf. Oben angekommen, blieb ich stehen und nahm einen großen Schluck von meinem Bier.

Ruhiger geworden, fragte ich mich, ob das wirklich klug war, was ich hier tat – und stand schon vor der dritten Tür links: eine dünne Holzplatte, genau wie alle anderen auf diesem Flur. Ich umfaßte die Klinke, dann fiel mir aber ein, daß ich klopfen sollte. Überrascht hörte ich daraufhin eine Knabenstimme fragen:

»Wer ist da?«

Langsam öffnete ich die Tür. In dem Zimmer stand nichts außer einem schäbigen Bett und daneben ein Nachttisch. Die ehemals rote Wand war braun verfärbt, in den Ecken bröckelte der Putz. Ein kleines Fenster zeigte hinaus auf die etwa drei Meter entfernte, blanke Ziegelwand des gegenüberliegenden Gebäudes.

Auf dem Bett saß ein flachsblonder Junge, vielleicht fünfzehn Jahre alt. Sein Gesicht war mindestens ebenso stark bemalt wie das von Giorgio Santorelli. Er trug ein Leinenhemd mit Spitzenmanschetten und Spitzenkragen, dazu Strümpfe. Das Make-up rund um seine Augen war verschmiert – er hatte geweint.

»Ich arbeite jetzt nicht«, sagte er, um ein hohes Falsett bemüht. »Vielleicht kommen Sie in einer Stunde wieder.«

»Das macht nichts«, sagte ich, »ich bin nicht...«

»Ich sagte doch, ich arbeite nicht!« kreischte der Junge plötzlich und vergaß ganz seine Falsettstimme. »O Gott, gehen Sie doch, sehen Sie denn nicht, daß ich nicht kann?«

Er brach in Tränen aus und hielt sich die Hände vors Gesicht; ich blieb an der Tür stehen und bemerkte plötzlich, wie stickig es in diesem Zimmer war. Eine Weile sah ich dem Jungen zu, dann hatte ich eine Idee:

»Du hast Gloria gekannt«, sagte ich.

Der Junge zog die Nase hoch und wischte sich die Augen. »Ja, ich hab' sie gekannt. Oh, mein Gesicht – bitte gehen Sie.«

»Nein, du verstehst mich nicht. Ich will herausfinden, wer ihn – sie umgebracht hat.«

Weinerlich sah der Junge zu mir hoch. »Sind Sie von der Polizei?«

»Nein. Von der Zeitung.«

»Ein Reporter?« Er schaute auf den Boden, tupfte sich die Augen trocken und lachte dann hämisch auf. »Na, dann habe ich eine tolle Geschichte für Sie.« Er starrte aus dem Fenster. »Keine Ahnung, wen sie da auf der Brücke gefunden haben – Gloria war es nicht.«

»Es war nicht Gloria?« Die stehende Hitze in dem Raum machte mich durstig, ich tat einen weiteren tiefen Zug. »Wie kommst du denn darauf?«

»Weil Gloria dieses Zimmer nicht verlassen hat.«

»Nicht ver...« Mir wurde klar, daß ich schon zu lange auf den Beinen war und zuviel getrunken hatte; ich konnte dem Jungen nicht mehr folgen. »Was meinst du damit?«

»Ich erklär's Ihnen. An dem Abend war ich draußen auf dem Gang, vor meinem Zimmer, mit einem Kunden. Gloria war hier drinnen, und zwar allein. Ich blieb eine gute Stunde draußen, und ihre Tür war die ganze Zeit über zu. Schläft schon, dachte ich. Mein Kunde spendierte mir zwei Drinks, dann ging er – er wollte den Preis für Sally nicht zahlen. Das bin ich. Sally ist teuer, die konnte er sich nicht leisten. Ich blieb noch eine halbe Stunde draußen stehen und wartete, ob nicht ein anderer Kunde raufkam. Am Tanzboden wollte ich nicht arbeiten. Und dann kam eines von den Mädchen schreiend rein und sagte, ein Bulle hat gesagt, sie haben Gloria eben tot gefunden. Da lief ich sofort herauf, und richtig, sie war nicht da. Aber sie war doch gar nicht fortgegangen.«

»Also...«. Ich versuchte angestrengt, das Problem zu lösen. »Was ist mit dem Fenster?« Ich wollte hingehen, stolperte aber, ich brauchte wirklich dringend Schlaf. Das Fenster öffnete sich knarrend, und als ich meinen Kopf hinaussteckte, war die Luft nicht so kalt wie erwartet.

»Das Fenster?« sagte Sally. »Wie denn? Sollte sie fliegen? Es geht tief hinunter, und Gloria hatte keine Leiter oder Seil oder so etwas. Außerdem fragte ich eins der Mädchen, das vorne in der Gasse arbeitet, ob Gloria dort rauskam. Ist sie nicht.«

Vom Fenster bis hinunter in die schmale Gasse war es wirklich sehr tief, das fiel als Fluchtweg aus. Das Dach lag noch zwei Stockwerke höher, an der Ziegelwand fand sich kein Halt, auch keine Feuerleiter. Ich trat zurück und schloß das Fenster. »Dann...«, sagte ich, »dann...«

Plötzlich plumpste ich schwer aufs Bett. Sally stieß einen spitzen Schrei aus, dann noch einen, als sie zur Tür blickte. Ihren Blicken folgend, was mir schwerfiel, erblickte ich dort Ellison, Razor Riley und ihren gesamten Anhang. Riley hatte sein Werkzeug in der Hand und wischte es an seiner Handfläche sauber. Selbst in meinem stark angeschlagenen Zustand war mir sofort klar, daß sie mir Chloral ins Bier gemischt hatten. Und zwar ziemlich viel Chloral.

»Ich hab' dir doch gesagt, du sollst mit niemandem sprechen, Moore«, sagte Ellison sehr freundlich. Und dann zu seinen Jungen gewandt: »Na, ihr Süßen – sieht doch zum Anbeißen aus, was? Wer will sich denn ein bißchen mit dem Reporter vergnügen?«

Zwei geschminkte junge Männer sprangen aufs Bett und begannen, an meinen Kleidern zu zerren. Ich rappelte mich hoch und war schon auf den Ellbogen, als Riley heranstürzte und mir einen Schlag aufs Kinn verpaßte. Im Zurückfallen hörte ich noch den Sänger unten singen: »Dir dank ich, was ich heute bin – und bist du's jetzt zufrieden?« Dann fingen die beiden an, um mein Portemonnaie zu raufen, und zogen an meinen Hosen, während Riley mir die Hände fesselte.

Ich versank in Bewußtlosigkeit – doch mit einem letzten Blick glaubte ich Stevie Taggert erkannt zu haben, der wie ein wilder Wolf in den Raum stürzte und ein Stück Holz schwang, in dem rostige Nägel steckten...

Kapitel
12

In dem Drogenrausch, der darauf folgte, sah ich merkwürdige Kreaturen, halb Mensch, halb Tier, eine hohe Steinmauer auf und ab fliegen, klettern und gleiten, während ich verzweifelt zuschaute und nicht auf den Boden gelangen konnte. An einem bestimmten Punkt wurde die urtümliche Landschaft um mich herum von einem Erdbeben erschüttert, das mit Kreislers Stimme sprach, woraufhin die Traumkreaturen noch zahlreicher wurden und ich immer verzweifelter zu Boden gelangen wollte. Als ich endlich wieder zu mir kam, brachte das keine Erleichterung, denn ich hatte keine Ahnung, wo ich war. Im Kopf fühlte ich mich erstaunlich klar, woraus ich schloß, daß ich viele Stunden geschlafen haben mußte. Aber der riesige, luftige Raum, in dem ich mich befand, war mir gänzlich unbekannt. Die Einrichtung, bestehend aus nüchternen Büroschreibtischen und eleganten italienischen Möbeln, schien ebenfalls wie aus einem Traum. Neugotische Spitzbogenfenster verliehen dem Raum etwas Klösterliches, aber die gewaltigen Dimensionen ließen eher an eine Fabrikhalle denken. Ich wollte meine Umgebung unbedingt näher untersuchen und richtete mich zu diesem Zweck auf, fiel aber sofort in leichtem Schwindel zurück. Und da weit und breit kein Mensch zu sehen war, mußte ich mich zunächst damit begnügen, meine surreale Umgebung aus der Rückenlage zu studieren.

Ich lag auf einer Art Diwan, den ich als frühes neunzehntes Jahrhundert einstufte. Die Wände des Raums waren in Grün und Silber gehalten und paßten damit zu einigen Stühlen, einem Sofa und einem kleinen Zweisitzer. Auf einem langen Mahagonitisch stand ein silberner Kerzenleuchter, daneben eine Remington-Schreibmaschine. Denselben Stilbruch sah man an den Wänden: Meinem Diwan gegenüber hing ein prachtvoll gerahmtes Ölbild von Florenz, daneben eine riesengroße Karte von Manhattan, in der mehrere Nadelköpfe mit kleinen roten Fahnen steckten. An der gegenüberliegenden Wand stand eine große Tafel, und unter diesem schwarzen Fleck der größte der fünf Büroschreibtische, die an einem Ende des Raums einen Kreis bildeten. An der Decke hingen große Ventilatoren; den Boden bedeckten zum größten Teil zwei gewaltige Perserteppiche mit grünem Fond.

Das war jedenfalls nicht die Wohnung eines normalen Menschen – aber ein Büro konnte es wohl auch nicht sein. Eine Halluzination vielleicht? Aber dann erblickte ich durch das Fenster direkt vor mir Vertrautes: zuerst das elegante Mansardendach mit den gußeisernen Bogenfenstern von McCreerys Kaufhaus, links davon das ganz ähnliche Dach des St.-Denis-Hotels. Diese beiden Häuser befanden sich meines Wissens an der Ecke Elfte Straße und Broadway.

»Dann muß ich – ja, dann bin ich einfach auf der Straßenseite gegenüber«, murmelte ich, und jetzt drangen auch Geräusche an mein Ohr: das rhythmische Klappern von Pferdehufen, das Scheppern von metallenen Trolleyrädern. Dann plötzlich lautes Glockengeläut. Ich drehte mich nach links, so schnell es mein Zustand erlaubte, und erblickte durch ein weiteres Spitzbogenfenster den Glockenturm von Grace Church in der Zehnten Straße. Er schien mir zum Greifen nah.

Endlich hörte ich menschliche Stimmen; ich nahm meine gesamte Kraft zusammen, um mich aufzusetzen. Fragen drängten mich, aber es verschlug mir die Sprache angesichts von sechs Arbeitern, mir gänzlich unbekannt, die zuerst einen phantastisch verzierten Billardtisch und dann auf einem Schlitten mit Rädern einen Stutzflügel in den Raum beförderten. Keuchend riefen sie einander Anweisungen und Flüche zu. Dann bemerkte einer, daß ich mich aufgesetzt hatte.

»Hey!« rief er grinsend. »Seht euch das an – Mr. Moore ist aufgewacht! Na, wie geht's, wie steht's, Mr. Moore?« Die anderen drehten sich ebenfalls grinsend zu mir und tippten mit einem Finger an die Mützen. Niemand schien eine Antwort zu erwarten.

Das Sprechen fiel mir schwerer, als ich gedacht hatte. Ich brachte nicht mehr heraus als: »Wo bin ich? Wer sind Sie?«

»Narren sind wir, sonst gar nichts«, antwortete derselbe Mann. »Den verdammten Billardtisch haben wir mit dem Lift heraufgebracht – anders ging's einfach nicht. So eine Schnapsidee! Aber der Doktor zahlt, und er sagt, das muß rauf.«

»Kreisler?« fragte ich.

»Jawohl«, antwortete der Mann.

Da wurde ich von einem unangenehmen Gefühl im Magen abgelenkt. »Ich bin hungrig«, erklärte ich.

»Das ist auch nicht überraschend«, ertönte darauf eine weibliche Stimme irgendwo aus den Tiefen des Raumes. »Zwei Nächte und ein Tag ohne Nahrung wirken sich so aus, John.« Aus dem Schatten löste sich Sara. Sie trug auf einem Tablett eine dampfende Schale zu mir. »Iß klare Suppe und ein bißchen Brot, damit du zu Kräften kommst.«

»Sara!« brachte ich mit Mühe heraus, als sie sich auf meinen Diwan setzte und mir das Tablett auf den Schoß stellte. »Wo bin ich?«

Aber ihre Aufmerksamkeit wurde abgelenkt, als die Arbeiter miteinander zu flüstern und verschwörerisch zu lachen anfingen. Sara sagte leise zu mir, ohne zu ihnen hinzusehen:

»Mr. Jonas und seine Männer haben keine Ahnung, was wir hier tun, aber sie wissen, daß ich keine Hausangestellte bin und halten mich daher für so etwas wie eine Gruppen-Freundin.« Sie begann, mir die gut gewürzte, köstliche Brühe einzuflößen. »Das Seltsame daran ist, daß sie doch alle Frauen haben...«

Ich unterbrach mein glückliches Geschlürfe nur kurz, um zu wiederholen: »Aber Sara – wo sind wir wirklich?«

»Zu Hause, John. Das heißt, für die Zeit der Ermittlungen wird das hier unser Zuhause sein.«

»Neben Grace Church und gegenüber McCreery – das ist Zuhause?«

»Es ist unser Hauptquartier«, antwortete sie, und es war offensichtlich, daß ihr das Wort gefiel. Dann runzelte sie die Stirn. »Ich muß übrigens schnell in die Mulberry Street, um Theodore zu berichten. Das Telefon ist schon beantragt, darauf legte er größten Wert.« Sie rief nach hinten in den Raum: »Cyrus! Können Sie kommen und mich ablösen?«

Sofort stand Cyrus vor uns, die Ärmel seines blauweiß gestreiften Hemdes aufgerollt, über der breiten Brust Hosenträger. In seinem Blick erkannte ich eher Zweifel als Mitgefühl – er hatte sichtlich wenig Lust, mich mit dem Löffel zu füttern.

»Das geht schon«, erklärte ich und nahm Sara das Eßgerät aus der Hand. »Mir geht es schon viel besser, ich kann das alleine. Aber Sara, du hast mir nicht gesagt...«

»Cyrus weiß alles«, erwiderte sie und nahm einen einfachen Mantel von der überreich mit Schnitzereien verzierten Eichengarderobe neben der Tür. »Und ich bin spät dran. Iß die Suppe auf, John. Mr. Jonas!« rief sie und verschwand durch die Tür. »Ich brauche den Lift!«

Als Cyrus sah, daß ich tatsächlich alleine essen konnte, fiel ihm sichtlich ein Stein vom Herzen. Er zog eines der zarten, grün und silbern bezogenen Stühlchen heran und erklärte: »Sie sehen schon viel besser aus, Sir.«

»Ich lebe noch«, antwortete ich. »Und ich bin in New York, was mich noch mehr überrascht. Eigentlich hatte ich damit gerechnet, in Südamerika aufzuwachen, oder auf einem Piratenschiff. Sagen Sie, Cyrus – das letzte, was ich sah, war Stevie. Ist er...?«

»Ja, Sir«, erwiderte Cyrus. »Er kann nämlich nicht gut schlafen, seitdem er die Leiche auf der Brücke gesehen hat. Er war draußen auf der Straße in dieser Nacht, da sah er Sie den Broadway runtergehen. Er sagt, Sie waren, na ja, etwas schwankend auf den Beinen, deshalb ist er Ihnen gefolgt. Damit Ihnen nicht vielleicht etwas zustößt. Als er Sie in die Paresis Hall wandern sah, wartete er lieber draußen. Begreiflich. Aber dann fiel er einem Bullen auf, und der hielt ihn für einen Stricher. Stevie erklärte, er warte nur auf Sie. Der Bulle glaubte ihm nicht, daher rannte Stevie in die Hall. Er wollte nicht etwa Sie retten, sondern nur davonlaufen – aber wie sich herausstellte, kam das aufs gleiche raus. Der Bulle nahm natürlich keinen fest, aber er sorgte dafür, daß Sie mit heiler Haut rauskamen.«

»Ich verstehe. Und wie kam ich – ja, wo zum Teufel sind wir denn überhaupt, Cyrus?«

»Broadway Nr. 808, Mr. Moore. Dachgeschoß, das ist hier der sechste Stock. Der Doktor hat die Wohnung als Hauptquartier für die Ermittlungen gemietet. Nicht so nahe bei der Mulberry Street, daß es auffällt, aber mit der Kutsche ist man in ein paar Minuten dort, oder bei dichtem Verkehr geht's auch mit dem Trolley.«

»Und woher kommen diese merkwürdigen Möbel?«

»Der Doktor und Miss Howard gingen gestern in Brooklyn auf Möbelsuche. Zuerst bei einer Firma für Büromöbel. Aber der Doktor sagte, er würde in so einer Umgebung keinen Tag überleben. Sie kauften dort nur die Schreibtische, dann gingen sie zu einer Versteigerung in der Fifth Avenue. Dort kam gerade die Einrichtung des Marchese Luigi Carcano aus Italien unter den Hammer, und da schlugen sie zu.«

»Das kann man wohl sagen«, bemerkte ich. Gerade trugen zwei Arbeiter eine große Wanduhr, zwei chinesische Vasen und mehrere grüne Wandbehänge herein.

»Als wir das meiste hier drinnen hatten, fand der Doktor, man könnte Sie ruhig von seinem Haus hierher bringen.«

»Aha, das war das Erdbeben«, flocht ich ein.

»Wie bitte, Sir?«

»Nein, nichts, das war nur ein Traum. Warum hierher?«

»Wir konnten nicht mehr Zeit mit Ihrer Pflege verlieren, meinte der Doktor. Er gab Ihnen noch etwas Chloral, damit Sie beim Aufwachen einen klaren Kopf hätten und gleich wieder arbeitsfähig wären.«

Von der Tür drang Lärm herein, und ich hörte Kreisler sagen: »Ach, schon aufgewacht? Sehr gut!« Und dann traten Stevie Taggert und Lucius Isaacson ein. »Moore«, rief er, »sind Sie endlich wach?« Er eilte zu mir, packte mein Handgelenk und fühlte mir den Puls. »Und wie fühlen Sie sich?«

»Besser als erwartet.« Stevie hockte sich inzwischen auf das Fensterbrett und spielte mit einem ziemlich ansehnlichen Taschenmesser. »Das hab' ich offenbar dir zu verdanken, Stevie«, rief ich. Er lächelte und schaute zum Fenster hinaus, dabei fiel ihm das Haar ins Gesicht. »Ich stehe in deiner Schuld, das werde ich dir nie vergessen.« Der Junge lachte auf; er war es nicht gewohnt, gelobt zu werden, deshalb konnte er nicht damit umgehen.

»Es war das reinste Wunder, daß er Ihnen zufällig gefolgt ist, Moore«, sagte Kreisler, zog meine Lider hoch und untersuchte meine Augen. »Von Rechts wegen sollten Sie eigentlich tot sein.«

»Danke, Kreisler«, antwortete ich. »Darf ich daraus schließen, daß Sie nicht hören wollen, was ich dort erfuhr?«

»Und was könnte das denn sein?« fragte er und stocherte mit irgendeinem Gerät in meinem Mund herum. »Daß keiner gesehen hat, wie Santorelli die Paresis Hall verließ? Daß er angeblich die ganze Nacht in seinem Zimmer war, das keinen zweiten Ausgang hat?«

Die Vorstellung, daß ich das ganze Abenteuer umsonst auf mich genommen hatte, deprimierte mich. »Woher wissen Sie das?«

»Wir hielten es zuerst für Fieberdelirium«, erklärte Lucius Isaacson, ging zu einem der Schreibtische und leerte den Inhalt einer Papiertüte darauf aus. »Aber Sie redeten immer wieder das gleiche, also gingen Marcus und ich hin und unterhielten uns mit Ihrer Freundin Sally. Sehr interessant – Marcus arbeitet gerade an möglichen Erklärungen.«

Cyrus ging quer durch den Raum zu Lucius. »Commissioner Roosevelt hat das gerade durch Boten geschickt, Detective Sergeant.«

Lucius riß den Umschlag auf und verschlang den Inhalt. »Gut, jetzt ist es offiziell«, sagte er dann etwas unsicher. »Mein Bruder und ich sind aus persönlichen Gründen vorübergehend von der Ermittlungsabteilung freigestellt. Ich hoffe nur, meine Mutter erfährt nichts davon.«

»Ausgezeichnet«, rief Kreisler. »Damit haben Sie Zugang zu allen Informationen und Möglichkeiten der Zentrale, ohne dort regelmäßig erscheinen zu müssen – eine bessere Lösung gibt es nicht. Vielleicht können Sie etwas Zeit erübrigen, um John eine feinere Schnüffelmethode beizubringen.« Laszlo lachte kurz auf, dann senkte er die Stimme, während er mein Herz abhörte. »Damit will ich Ihre Leistung nicht schmälern,

Moore. Das Ergebnis war sehr wichtig für uns. Aber bitte denken Sie nächstes Mal daran, daß unsere Arbeit alles andere als ein Scherz ist, vor allem in den Augen der meisten, die wir ausfragen müssen. Die Vorsicht gebietet, derartige Dinge in Zukunft immer nur zu zweit in Angriff zu nehmen.«

»Sie predigen den Bekehrten«, erwiderte ich.

Kreisler klopfte und horchte mich noch ein bißchen ab, dann trat er zurück. »Und wie geht es Ihrem Kinn?«

Ich hatte gar nicht mehr daran gedacht, aber als ich mit meiner Hand danach tastete, tat es noch weh. »Dieser Zwerg!« rief ich. »Ohne sein Rasiermesser ist er nichts wert.«

»Tapfer, tapfer!« lachte Kreisler und klopfte mir auf den Rücken. »Jetzt essen Sie Ihre Suppe auf und ziehen sich an. Wir werden in Bellevue zu einem diagnostischen Gespräch erwartet. Unsere erste Konferenz findet um Punkt fünf Uhr statt.«

»Ein diagnostisches Gespräch?« fragte ich und rappelte mich auf die Beine, in der Erwartung, gleich wieder umzusinken. Aber es ging – die Suppe hatte mich gekräftigt. »Wer?« fragte ich – und erst jetzt fiel mir auf, daß ich in einem Nachthemd steckte.

»Harris Markowitz aus der Forsyth Street Nr. 75«, antwortete Lucius und schritt (ich möchte den Ausdruck »watscheln« vermeiden, aber es sah wirklich genauso aus) mit ein paar Bogen maschinebeschriebenem Papier zu mir herüber. »Ein Kurzwarenhändler. Vor zwei Tagen kam seine Frau ins Zehnte Revier und gab an, ihr Mann habe ihre beiden Enkelkinder, Samuel und Sophie Reiter, zwölf und sechzehn Jahre alt, vergiftet, und zwar mit einem ›Pulver‹ in der Milch, wie sie es nannte.«

»Gift?« fragte ich. »Aber unser Mann ist doch kein Giftmischer.«

»Es ist uns zumindest nicht bekannt«, antwortete Kreisler. »Aber seine Aktivitäten sind vielleicht vielfältiger, als wir ahnen – obwohl dieser Markowitz mit unserem Fall wahrscheinlich ebensowenig zu tun hat wie Henry Wolff.«

»Die Kinder würden allerdings in das typische Verhaltensmuster unserer Opfer passen«, flocht Lucius ein. Und dann zu mir gewandt: »Die Geschwister Reiter waren erst vor kurzem eingewandert – ihre Eltern schickten sie aus Böhmen nach Amerika zu Mrs. Reiters Eltern, damit sie hier vielleicht als Haushaltshilfen unterkämen.«

»Gut, sie sind Einwanderer«, erwiderte Kreisler. »Und wäre das vor drei Jahren geschehen, dann hätte mich das mehr beeindruckt. Aber wir dürfen nicht übersehen, daß unser Mann in letzter Zeit einen Geschmack für Stricher entwickelt hat, ebenso für Verstümmelungen. Dagegen erscheint mir der Einwanderer-Aspekt nicht mehr so bedeutend. Aber auch wenn dieser Markowitz nichts mit unserem Fall zu tun hat, gibt es doch andere Gründe, sich mit ähnlichen Fällen zu beschäftigen. Indem wir sie von der Liste der Verdächtigen streichen, gewinnen wir ein klares Bild dessen, was unser Mörder *nicht* ist – ein Negativ, wenn Sie so wollen, aus dem wir vielleicht eines Tages das Positiv ablesen können.«

Cyrus hatte mir Kleidungsstücke gebracht, in die ich jetzt schlüpfte. »Aber fällt das denn niemandem auf, wenn wir uns mit so vielen Kindesmördern beschäftigen?«

»In diesem Fall müssen wir ganz einfach auf den Mangel an Vorstellungsgabe unserer Polizei vertrauen«, antwortete Laszlo. »Für mich ist diese Arbeit aber nichts Ungewöhnliches. Und Ihre Anwesenheit, Moore, läßt sich durch Ihre Reportertätigkeit erklären. Bis im Hauptquartier irgend jemand auf die Idee kommt, das alles mit den Serienmorden in Verbindung zu bringen, ist unsere Arbeit hoffentlich bereits getan.« Er wandte sich an Lucius. »Detective Sergeant, wenn Sie unserem abenteuerlustigen Freund jetzt bitte den Fall erklären würden.«

»Nun, Markowitz ging ziemlich schlau vor«, sagte Lucius, es klang fast so, als bewunderte er den Mann. »Er verwendete eine Überdosis Opium, eine Substanz, die, wie Sie vielleicht wissen, schon wenige Stunden nach dem Tod im Körper nicht mehr festzustellen ist. Er gab das Pulver in zwei Gläser Milch, die seine Enkelkinder vor dem Schlafengehen bekamen. Als sie bewußtlos waren, drehte er in ihrem Zimmer den Gashahn auf. Am nächsten Morgen erschien die Polizei, die Wohnung stank nach Gas, und der ermittelnde Polizist zog den naheliegenden Schluß. Seine Theorie schien bestätigt, als der Coroner – in diesem Fall übrigens ein tüchtiger Mann – den Mageninhalt untersuchen ließ und dabei nichts Auffälliges fand. Als aber die Frau hartnäckig darauf beharrte, die Kinder seien vergiftet worden, da hatte ich eine Idee. Ich eilte in die Wohnung und schnappte mir die Bettücher, in denen die Kinder geschlafen hatten. Es schien mir recht wahrscheinlich, daß wenigstens eines der beiden Kinder in der Bewußtlosigkeit oder im Todeskampf erbrochen hatte. Wenn die Bettücher und Decken noch nicht gewaschen waren, dann mußte es noch Flecken geben. Und die fand ich tatsächlich. Wir führten die üblichen Tests durch und fanden Spuren von Opium. Im Erbrochenen. Damit konfrontiert, legte Markowitz ein Geständnis ab.«

»Und er trinkt nicht?« fragte Kreisler. »Ist auch nicht drogensüchtig?«

»Scheint nicht so«, antwortete Lucius achselzuckend.

»Und zieht aus dem Tod der Kinder auch keinen materiellen Gewinn?«

»In keiner Weise.«

»Gut! Dann haben wir mehrere gemeinsame Elemente: sorgfältige Planung, Abwesenheit von Rauschzustand und kein ersichtliches Motiv. Das alles würde auch für unseren Mörder gelten. Wenn sich aber herausstellt, daß Markowitz nicht unser Mann ist – und damit rechne ich –, dann liegt unsere Aufgabe darin, festzustellen, *warum* er es nicht ist.« Laszlo griff nach einem Stück Kreide und klopfte damit gegen die schwarze Tafel, als wollte er ihr so Informationen entlocken. »Worin unterscheidet er sich von Santorellis Mörder? Warum hat er die Leichen nicht verstümmelt? Sobald wir das wissen, sehen wir sein Bild schon etwas schärfer. Je deutlicher wir unseren Mörder charakterisieren, um so mehr Kandidaten können wir dann bereits von vornherein ausschließen. Im Moment haben wir natürlich noch ein weites Feld.« Er zog sich seine Handschuhe an. »Stevie, du kutschierst uns. Cyrus soll sich um den Stutzflügel kümmern. Achte darauf, Cyrus, daß die Arbeiter vorsichtig damit umgehen. Detective Sergeant, werden Sie im Institut sein?«

Lucius nickte. »Die Leichen sollen gegen Mittag eintreffen.«

»Leichen?« fragte ich. »Welche Leichen?«

»Die beiden Jungen, die Anfang des Jahres ermordet wurden«, erklärte Laszlo und ging zur Tür. »Kommen Sie, Moore, wir müssen uns beeilen!«

Kapitel
13

Kreislers Prophezeiung war richtig: Harris Markowitz kam für uns als Verdächtiger nicht in Frage. Abgesehen davon, daß er klein, gedrungen und weit über sechzig war und daher dem Bild, das die Isaacsons bei Delmonico von unserem Mörder entworfen hatten, ganz und gar nicht entsprach, war er eindeutig nicht bei Sinnen. Er hatte seine beiden Enkel deshalb getötet, so behauptete er, weil er sie vor dem Sündenpfuhl dieser Welt erretten wollte. Über die Sündhaftigkeit dieses Sündenpfuhls ließ er sich in weitschweifigen, höchst verworrenen Predigten aus. Ein solches Chaos von Glaubens- und Angstvorstellungen, außerdem das fast völlige Fehlen von Sorge um das eigene Schicksal sei typisch für Dementia praecox, erklärte mir Kreisler, als wir Bellevue verließen. Markowitz hatte zwar wirklich nichts mit unserer Sache zu tun, dennoch erwies sich der Besuch als nützlich, wie Laszlo gehofft hatte, denn er half uns, bestimmte Persönlichkeitsaspekte unseres Mörders durch Vergleich zu bestimmen. Ganz sicher brachte unser Mann die Kinder nicht aus einer perversen Sorge um ihre geistige Wohlfahrt um. Die brutale Verstümmelung der Toten machte das ganz klar. Es war ihm auch nicht gleichgültig, was als Folge seiner Tat mit ihm geschehen würde. Das wichtigste war aber, daß unser Mörder durch das offene Zurschaustellen seiner Handschrift – was eigentlich nach Laszlos Meinung nichts anderes war als ein Schrei nach Entdeckung – bewies, daß die Morde ihm in einem Teil seiner Persönlichkeit höchst zuwider waren. Mit anderen Worten: Der Zustand der Leichen war ein Beweis nicht etwa für den Wahnsinn des Mörders, sondern vielmehr für seine Vernunft.

Auf der Fahrt zu unserem neuen Hauptquartier raufte ich mich innerlich mit diesem Konzept herum, denn so leicht wollte es mir nicht in den Kopf. Um Punkt fünf Uhr saßen wir alle hinter unseren Schreibtischen und konnten, da die Tische im Kreis angeordnet waren, einander gut sehen und mit jedem alles besprechen. Unter leicht nervösem, aber freundschaftlichem Geplauder breiteten wir unsere Unterlagen aus und besprachen schließlich in kameradschaftlicher Atmosphäre die Ereignisse des Tages. Wir waren erstaunlich schnell zu einem Team zusammengewachsen.

Wie nicht anders zu erwarten, hatten wir bereits Feinde: Lucius Isaacson berichtete, gegen Ende seiner Untersuchung der beiden anderen ermordeten Jungen seien zwei Männer aufgetaucht, angeblich Vertreter der Friedhofsverwaltung, von wo die Leichen stammten, und forderten ein sofortiges Ende der Untersuchungen. Lucius hatte schon alles erfahren, was er wissen wollte, und ließ sich daher auf keinen Streit ein – aber die körperliche Beschreibung der beiden Männer paßte genau auf die beiden Gangster, die Sara und mich aus der Wohnung der Santorellis vertrieben hatten. Zum Glück hatten die beiden Ex-Bullen Lucius nicht als Polizist erkannt (wahrscheinlich hatte man sie schon vor dem Eintritt der Isaacsons gefeuert); aber da wir nicht wußten, wer hinter diesen Männern steckte, war es klar, daß wir im Institut nicht mehr ungestört arbeiten konnten.

Lucius' Untersuchung hatte die erwarteten Ergebnisse erbracht: beide Toten wiesen dieselben Messerspuren auf wie Giorgio Santorelli und die Zweig-Kinder. Sofort nahm Marcus Isaacson zwei weitere Stecknadeln mit roten Fahnen zur Hand und piekste sie in die große Karte von Manhattan, eine bei der Brooklyn Bridge, die andere bei der Anlegestation der Ellis-Island-Fähre. Kreisler notierte die Daten der beiden Morde (der erste hatte im Januar, der zweite im Februar stattgefunden) auf die rechte Seite der großen Tafel, dazu auch noch das Datum, an dem Giorgio gestorben war: der 3. März. Irgendwo hinter diesen Monaten und Tagen lag das Muster versteckt, das es zu verstehen galt, das wußten wir (Kreisler war von Anfang an überzeugt, daß dieses Muster sehr viel komplexer war als eine einfache Beziehung zwischen der Ordnungszahl von Monat und Tag).

Marcus Isaacson berichtete von seinen bisher vergeblichen

Bemühungen, eine Theorie zu entwickeln, wie »Gloria« sein Zimmer in der Paresis Hall verlassen haben könnte, ohne daß ihn jemand sah. Sara berichtete, daß sie und Roosevelt einen Weg gefunden hatten, wie unsere Gruppe bei zukünftigen Morden als erste den Tatort untersuchen könnte, bevor andere Polizisten oder tolpatschige Coroner die Spuren durcheinanderbrachten. Der Plan barg zwar gewisse Gefahren für Theodore, aber er stand jetzt voll hinter Kreisler. Ich meinerseits beschrieb unser Gespräch mit Harris Markowitz. Sobald wir alle fertig waren, erklärte Kreisler vor der großen Tafel, wie wir unseren »imaginären Täter« erschaffen würden: Alle physischen und psychischen Hinweise sollten hier festgehalten, geprüft, neu aufgelistet und miteinander verglichen werden. Und dann ging er daran, alle Fakten und Theorien, die wir bisher entdeckt und entwickelt hatten, an die Tafel zu schreiben.

Als er damit fertig war, gab es auf der großen schwarzen Schieferwand nur einige wenige weiße Punkte – und Kreisler prophezeite uns, daß auch diese sich noch reduzieren würden. Daß er überhaupt mit Kreide schrieb, sagte er, sei ein Hinweis darauf, daß er selbst und wir alle sicher noch viele Fehler machen würden, bevor wir unser Ziel erreichten. Wir bewegten uns auf unerforschtem Gebiet und sollten uns von Rückschlägen und Schwierigkeiten nicht entmutigen lassen, auch nicht durch die Masse an Material, die wir unterwegs zu bewältigen hätten. Was Kreisler da sagte, war für uns zunächst nicht ganz verständlich. Aber dann legte er uns bereits vier identische Stapel von Büchern und Papieren auf die Schreibtische.

Artikel von Laszlos Freund Adolf Meyer und anderen Psychiatern; Werke von Philosophen und Naturforschern von Hume und Locke bis Spencer und Schopenhauer; Monographien des älteren Forbes Winslow, dessen Thesen Kreisler zu seiner Theorie vom Kontext angeregt hatten; und schließlich die wuchtigen, prächtigen, zweibändigen *Grundlagen der Psychologie* unseres alten Professors William James – das alles und noch mehr lud Kreisler vor uns ab. Die Isaacsons, Sara und ich tauschten besorgte Blicke, wir kamen uns vor wie erschreckte Studenten in der allerersten Vorlesung. Kreisler erklärte uns, was er damit bezweckte:

Von jetzt an, sagte er, müßten wir sämtliche vorgefaßten Meinungen über menschliches Verhalten über Bord werfen. Wir dürften die Welt nicht mehr durch unsere eigenen Augen sehen, sie nicht mehr nach unseren eigenen Werten beurteilen, sondern müßten in die Haut des Mörders schlüpfen. Nur auf *seine* Erfahrungen, auf den Kontext *seines* Lebens kam es an. Jeden Aspekt seines Verhaltens, vom trivialsten bis zum grauenhaftesten, sollten wir auf mögliche Kindheitserfahrungen zurückführen. Dieser Prozeß von Ursache und Wirkung – bald würden wir den Ausdruck »psychologischer Determinismus« dafür benutzen – erschiene uns vielleicht nicht immer logisch, aber er war es.

Es hätte keinen Sinn, so Kreisler, diesen Menschen als Ungeheuer hinzustellen, denn er war ganz sicher ein Mensch; und dieser Mensch war einmal ein Kind gewesen. Dieses Kind galt es zu finden, seine Eltern kennenzulernen, seine Geschwister, seine eigene Welt. Ebenso sinnlos sei es, von bösem, barbarischem, wahnsinnigem Verhalten zu sprechen – dadurch kämen wir ihm nicht näher. Aber wenn es uns gelang, das Kind in unserer Vorstellung einzufangen, dann durften wir uns auch Hoffnung auf den Mann machen.

Und so gingen wir denn an die Arbeit. Die ersten Tage trieben mich beinahe in den Wahnsinn. Wir unterhielten uns endlos über die Verstümmelungen der verschiedenen Opfer, wir bissen uns die Zähne aus an Spekulationen über die Orte, wo man die Opfer gefunden hatte, versuchten, aus beiden Tatsachenketten Muster herauszufiltern, und rangen gleichzeitig mit Textstellen wie der folgenden (von Herbert Spencer):

Kann das Oszillieren eines Moleküls im Bewußtsein zugleich mit einem nervösen Schock dargestellt werden, und können die beiden als eins erkannt werden? Keinerlei Anstrengung befähigt uns, dies zu erfassen. Daß die Einheit des Gefühls nichts mit der Einheit der Bewegung gemein hat, wird allzu deutlich, sobald wir die beiden einander gegenüberstellen.

»Leih mir die Derringer, Sara«, rief ich an dieser Stelle. »Ich gebe mir die Kugel.« Warum um alles in der Welt mußte ich mich damit herumschlagen? Mir ging es doch nur um die eine Frage: *Wo* ist unser Mörder? Nach einiger Zeit sah ich den Sinn unserer Anstrengungen aber ein. Nehmen wir zum Beispiel das Zitat von Spencer; ich durchschaute schließlich doch, daß der Versuch von Denkern wie Spencer, die Regungen des menschlichen Gehirns auf die komplexen Wirkungen von Bewegungen der Materie im menschlichen Organismus zurückzuführen, fehlgeschlagen war. Dieser Fehlschlag hatte jüngere Psychologen wie Kreisler und Adolf Meyer dazu gebracht, den Ursprung des Bewußtseins vor allem in prägenden Kindheitserfahrungen zu suchen und erst an zweiter Stelle in der rein physischen Funktion. Das bedeutete aber auch, daß der Weg unseres Mörders von der Geburt bis zum Verbrechen nicht das zufällige Ergebnis rein physischer Prozesse war, die wir ohnehin nicht ergründen konnten, sondern vielmehr das Produkt bestimmter Erlebnisse und Einflüsse.

Ja, es wurde uns bald allen klar, daß wir dieses theoretische Grundwissen wirklich brauchten und noch viel, viel mehr, wenn wir unserem »imaginären Mann« Leben einhauchen wollten. Als uns diese Erkenntnis dämmerte, vertieften wir uns mit wahrer Hingabe in unsere Studien und tauschten zu allen Stunden des Tages und der Nacht unsere Zweifel, Fragen und Ideen aus. Sara und ich philosophierten oft bis zwei Uhr früh am Telefon, was meine Großmutter zur Verzweiflung trieb. Gleichzeitig wurde uns klar, daß wir über unseren Mann nicht genug wußten. Wir brauchten mehr Informationen, mehr Tatsachen; dieses Wissen steigerte unsere morbide Erwartung. Zwar waren wir alle in unsere Studien vertieft, dennoch warteten wir mit fieberhafter Spannung darauf, daß etwas geschah.

Der März ging in den April über. An einem Samstag war ich in meinem Zimmer im Haus meiner Großmutter eingeschlafen, aufgeschlagen auf meinem Gesicht lagen Professor James' *Grundsätze* und fühlten sich dort gar nicht wohl. Da läutete um ein Uhr fünfundvierzig das Telefon. Ich fuhr sofort kerzengerade hoch, wodurch der Wälzer von Professor James unsanft zu Boden fiel. Das Telefon schrillte noch einmal, als ich in meinen Schlafrock fuhr, und noch einmal, bevor ich durch den Gang raste und den Hörer abnahm.

»Tabula rasa«, murmelte ich verschlafen, in der Annahme, der Anrufer sei Sara.

Sie war es. »Wie bitte?« antwortete sie.

»Worüber wir heute nachmittag gesprochen haben«, sagte ich und rieb mir die Augen. »Ob der Mensch bei der Geburt eine Tabula rasa ist, ein leeres Feld, oder ob uns das Wissen um bestimmte Dinge angeboren ist. Ich setze auf Tabula rasa.«

»John, bitte halt den Mund.« Ihre Stimme klang verstört. »Es ist passiert.«

Das machte mich wach. »Wo?«

»Castle Garden. Die Battery. Die Isaacsons haben schon ihren Fotoapparat und sonstige Ausrüstung bereit. Sie müssen vor uns allen dort sein, damit man die Polizisten, die als erste am Tatort waren, fortschicken kann. Theodore ist bereits dort und sorgt dafür, daß alles glattgeht. Ich habe Dr. Kreisler schon verständigt.«

»In Ordnung.«

»John...«

»Ja?«

»Ich habe noch nie – ich bin die einzige, die noch nie – wie schlimm ist es denn?«

Was sollte ich sagen? Man mußte vor allem an die praktische Seite denken. »Nimm Ammoniaksalz mit. Aber reg dich nicht zu sehr auf. Wir sind ja alle dort. Hol mich mit einer Mietdroschke ab, wir fahren zusammen hin.«

Ich hörte sie einmal tief durchatmen. »In Ordnung, John.«

TEIL ZWEI

Assoziation

»Dasselbe reale Objekt kann eine von beliebig vielen,
zuvor mit ihm verknüpften Realitäten wachrufen –
und bei all den wechselvollen Erfahrungen, die wir durchlaufen,
tendieren wir immer wieder dazu,
dasselbe Ding inmitten unterschiedlicher Begleiter
wiederzutreffen.«

WILLIAM JAMES
The Principles of Psychology

»Was Rechtes ich je riet,
andern dünkte es arg,
was schlimm immer mir schien,
andere gaben ihm Gunst.
In Fehde fiel ich, wo ich mich fand,
Zorn traf mich, wohin ich zog;
gehrt' ich nach Wonne,
weckt' ich nur Weh:
drum mußt' ich mich Wehwalt nennen;
des Wehes waltet' ich nur.«

RICHARD WAGNER,
Die Walküre
1. Aufzug, 2. Szene

KAPITEL
14

Bis Sara in ihrer Mietdroschke am Washington Square ankam, hatte sie ihre Angst unter Kontrolle gebracht und durch Entschlossenheit ersetzt. Sie schien die belanglosen Fragen, die ich ihr während unserer gemeinsamen Weiterfahrt stellte, gar nicht zu hören, sondern blickte starr und konzentriert geradeaus. Auf dem Broadway sahen wir an einer Ecke einen Matrosen, der so betrunken war, daß ihm der Speichel auf die Brust seiner Uniform rann; zwei Nachtklubtänzerinnen stützten ihn links und rechts, während eine dritte ganz ohne Eile seine Taschen leerte. Das war kein ungewöhnlicher Anblick – aber in dieser Nacht brachte er mich auf einen Gedanken.

»Sara«, fragte ich, »warst du schon einmal bei Shang Draper?«

»Nein«, lautete die knappe Antwort, die in der eisigen Luft sofort zu weißem Dampf kondensierte. Aber ich ließ mich nicht entmutigen. »Mir fällt da gerade ein, daß die Huren, die in den Bordellen hier arbeiten, ihre Kunden mit den verschiedensten Tricks ausnehmen, und die Kinder, die sich bei Draper oder auch in der Paresis Hall herumtreiben, sind womöglich noch gewiefter. Vielleicht war auch unser Mann ein leichtes Opfer? Vielleicht haben ihn die Huren so oft ausgenommen, bis ihm die Geduld riß und er sich rächen wollte? Diese Theorie hat man auch bei Jack the Ripper aufgestellt.«

Sara zog die Decke über unseren Knien zurecht und erwiderte in desinteressiertem Ton: »Möglich wäre es. Wieso kommst du gerade jetzt darauf?«

Ich wandte mich zu ihr. »Diese drei Jahre zwischen den Zweig-Kindern und unserem ersten Mord Anfang Januar – was wäre, wenn wir uns mit der Annahme, es hätte dazwischen noch weitere, bisher nicht entdeckte Morde gegeben, irren? Vielleicht hat er dazwischen keinen Mord begangen, weil er nämlich gar nicht hier war?«

»Nicht hier war?« Saras Ton belebte sich. »Du meinst, er könnte verreist gewesen sein?«

»Ja. Vielleicht beruflich – vielleicht, weil er Matrose ist? Bei Draper oder Ellison ist gut die Hälfte der Kundschaft Matrosen. Das wäre doch eine Erklärung. Und wenn er Stammkunde ist, erregt er keinen Verdacht; dann kannte er die Jungen sogar.«

Sara dachte nach, dann nickte sie. »Nicht schlecht, John. Als Matrose könnte er kommen und gehen, ohne aufzufallen. Wir müssen sehen, was die anderen dazu sagen, wenn wir...« Das Ende des Satzes blieb ihr im Hals stecken. »Wenn wir dorthin kommen.«

Und wieder wurde es in der Kutsche still. Unser Mann ist wirklich ein Draufgänger, dachte ich. Jetzt beschränkt er seine Aktivitäten nicht mehr, wie bisher, auf die Elendsquartiere der Stadt, sondern wagt sich in die Viertel der wohlhabenden Elite. In unmittelbarer Nähe des Battery Park lagen einige der bedeutendsten Finanzhäuser New Yorks. Wenn unser Mann, wie Kreisler behauptete, tatsächlich bei vollem Verstand handelte, dann war dieser letzte Mord nicht nur barbarisch, sondern auch tollkühn – eine Mischung, die bei den Einwohnern dieser Stadt außer Abscheu immer auch eine Art widerwilliger Bewunderung hervorrief.

Unsere Droschke lud uns am Bowling Green ab, wir stiegen aus und gingen hinüber zum Battery Park. Dort stand schon Kreislers Kalesche, auf dem Kutschbock hockte, in eine warme Decke gewickelt, Stevie Taggert.

»Na, Stevie!« rief ich. »Hältst du Ausschau nach der Polizei?«

Er nickte, vor Kälte mit den Zähnen klappernd. »Dort hinein will ich nicht mehr«, sagte er und deutete mit dem Kopf in Richtung Park. »Eine scheußliche Sache, Mr. Moore.«

Drinnen im Park führte ein Weg unter einigen wenigen Bogenlampen zu den mächtigen Steinmauern von Castle Garden. Die Anlage hatte noch unter dem Namen Castle Clinton im Krieg von 1812 als Fort gedient. Anschließend wurde sie der Stadt übergeben, von dieser in einen überdachten Pavillon umgewandelt und für Opernaufführungen hergerichtet. 1855 machte man sie zum ersten Kontrollpunkt für Einwanderer; und bevor im Jahre 1892 Ellis Island diese Rolle übernahm, passierten sieben Millionen verpflanzte Seelen das alte Fort im Battery Park. Nachdem das Gebäude einige Jahre leergestanden hatte, beschloß die Stadtverwaltung, das New Yorker Aquarium in den runden Mauern unterzubringen. Der Umbau war in vollem Gange, vom dunklen Nachthimmel hoben sich überall die Konstruktionsmaschinen ab.

Direkt an der Mauer stießen wir auf Marcus Isaacson und Cyrus Montrose. Sie beugten sich über einen Mann, der einen langen Wintermantel trug und sich an einem breitkrempigen Hut festklammerte. Am Mantel trug er ein Dienstschild, aber in diesem Augenblick strahlte er nicht sehr viel Autorität aus: Er kauerte auf einem Stoß Bauholz, das grünweiße Gesicht über einen Eimer gebeugt, und atmete stoßweise. Marcus versuchte, ihm Fragen zu stellen, aber der Mann befand sich offensichtlich in einer Art Schockzustand. Marcus und Cyrus nickten uns zu.

»Der Wächter?« fragte ich.

»Ja«, antwortete Marcus. »Er hat die Leiche gegen ein Uhr gefunden, oben auf dem Dach. Er macht seine Runde etwa jede Stunde.« Marcus beugte sich wieder zu dem Mann hinunter. »Mr. Miller? Ich geh' jetzt wieder hinauf. Lassen Sie sich Zeit, kommen Sie mir nach, wenn Sie sich erholt haben. Sie dürfen aber unter keinen Umständen von hier fortgehen, ist das klar?« Der Mann blickte auf und nickte geistesabwesend; in seinem dunklen, faltigen Gesicht stand das blanke Entsetzen. Dann beugte er sich schnell wieder über den Eimer. Marcus wandte sich an Cyrus. »Achten Sie darauf, daß er hier bleibt, ja, Cyrus? Ich brauche noch mehr Informationen, als ich bis jetzt aus ihm herausgebracht habe.«

»Sehr wohl, Detective Sergeant«, antwortete Cyrus. Dann traten Marcus, Sara und ich durch das riesige schwarze Tor in das Gebäude.

»Der Mann ist vollkommen am Ende«, sagte Marcus und deutete mit dem Kopf zurück auf den Wächter. »Ich bekam bis jetzt aus ihm nur heraus, daß die Leiche um zwölf Uhr fünfzehn noch nicht da und dieses Tor hier fest verschlossen und verriegelt war. Der hintere Eingang hat ein Vorhängeschloß, das ich gerade geprüft habe; es ist unversehrt. Ich fürchte, es ist alles ziemlich genau so wie in der Paresis Hall, John. Niemand ging hinaus, niemand kam herein, aber passiert ist es trotzdem.«

Im Inneren des Gebäudes war der Umbau noch nicht einmal zur Hälfte fertig. Umgeben von Bauholz, Mörtelkübeln und Farbeimern waren riesige Wassertanks zu sehen, einige noch unfertig, andere bereits fertig, aber leer, und in einigen tummelten sich bereits die rechtmäßigen Bewohner: unterschiedliche Arten von exotischen Fischen, deren weit aufgerissene Augen und abrupte Bewegungen nur allzu gut zu dem paßten, was heute nacht in ihrem neuen Heim geschehen war. Im matten Licht einiger Arbeitslampen blitzte es immer wieder silbern und vielfarbig auf, wenn ihre Schuppen einen Lichtstrahl widerspiegelten; die Fische wirkten wie eine Masse von verstörten Zuschauern, die sich von diesem Ort des Todes retten wollten, zurück in die tiefen dunklen Regionen, wo man den Menschen und seine Brutalität nicht kannte.

Wir stiegen über eine alte Treppe an der Innenwand des Gebäudes hinauf und betraten schließlich das flache Dach, das man über dem früher offenen mittleren Hof errichtet hatte. Genau in der Mitte dieses Dachs erhob sich ein zehneckiger Turm mit zwei Fenstern auf jeder Seite, von dem aus sich eine herrliche Aussicht nicht nur auf den Hafen, sondern auch auf die von Bartholdi geschaffene neue Freiheitsstatue auf Bedloe Island bot.

An der dem Hafen zugewandten Seite des Daches standen Roosevelt, Kreisler und Lucius Isaacson; neben ihnen auf einem hölzernen Stativ eine große Kamera, und genau vor der Kamera, im Strahl einer Arbeitslampe, der Grund unseres Zusammentreffens. Selbst aus der Entfernung konnte man schon das Blut sehen.

Lucius' Aufmerksamkeit konzentrierte sich auf die Leiche, aber Kreisler und Roosevelt hatten sich abgewandt und waren in ein heftiges Gespräch vertieft. Als Kreisler uns aus dem Stiegenhaus auftauchen sah, kam er sofort herüber, gefolgt von Roosevelt, der fassungslos seinen Kopf schüttelte. Während Laszlo das Wort an Sara und mich richtete, eilte Marcus bereits zur Kamera.

»Nach dem Zustand des Opfers zu urteilen«, erklärte Kreisler, »gibt es wohl kaum einen Zweifel, daß hier wieder unser Mann am Werke war.«

»Ein Streifenpolizist aus dem Siebenundzwanzigsten Revier war als erster hier«, fügte Theodore hinzu. »Er behauptet, den Jungen im Golden Rule gesehen zu haben, kann sich aber an keinen Namen erinnern.« Der Golden-Rule-Club war ein verrufenes Haus in der Vierten Straße West, das sich ebenfalls auf Stricher spezialisiert hatte.

Kreisler legte Sara die Hände auf die Schultern. »Es ist kein schöner Anblick, Sara.«

Sara nickte. »Das habe ich auch nicht erwartet.«

»Ich möchte Sie bitten, dem Detective Sergeant bei der Untersuchung der Leiche zu assistieren. Die Polizei wird bald hier sein, wir müssen uns daher alle sehr beeilen.«

Sara nickte wieder, atmete einmal tief durch und ging dann auf Lucius und die Leiche zu. Kreisler wollte gerade das Wort an mich richten, aber ich schob ihn fort und folgte Sara zu dem Lichtkegel am Rande des Daches.

Die Leiche war die eines Jungen mit feinen semitischen Zügen, olivfarbener Haut und dichtem schwarzem Haar an der rechten Seite des Kopfes. Auf der linken Kopfseite war ein Teil der Kopfhaut abgezogen, so daß die glatte Schädeloberfläche sichtbar war. Davon abgesehen, schienen die Verstümmelungen identisch mit jenen von Giorgio Santorelli, nur daß hier die Schnitte an den Hinterbacken fehlten. Aber die Augen waren herausgeschnitten, die Genitalien in den Mund gestopft, der Leib von tiefen Wunden entstellt, die Handgelenke gefesselt, die rechte Hand abgeschnitten und offenbar vom Tatort entfernt. Wie Kreisler gesagt hatte: An der Täterschaft des von uns Gesuchten konnte es keinen Zweifel geben. Es war alles so deutlich wie eine Unterschrift. Das gleiche, fast unerträgliche Mitleid, das mich schon auf der Williamsburg Bridge erfaßt hatte, schüttelte mich auch jetzt so, daß ich kaum mehr Luft bekam und am ganzen Leib zu zittern anfing.

Ohne näher zu kommen, behielt ich dabei Sara im Auge, bereit, ihr beizustehen, sollte dies notwendig werden. Ihre Augen weiteten sich vor Entsetzen, als sie näher trat, ihr Kopf bewegte sich krampfhaft hin und her, dann preßte sie die Hände zusammen, holte noch einmal tief Luft und stellte sich neben Lucius.

»Detective Sergeant?« sagte sie dann fest. »Dr. Kreisler meint, ich soll Ihnen assistieren.«

Lucius blickte auf, offensichtlich beeindruckt von Saras Standfestigkeit, und wischte sich die Stirn mit einem Taschentuch. »Ja, gut – danke, Miss Howard. Wir beginnen mit der Schädelverletzung…«

Beruhigt begab ich mich zurück zu Kreisler und Roosevelt. »Das ist doch wirklich ein unglaubliches Mädchen«, sagte ich kopfschüttelnd, aber die beiden schienen mich nicht zu hören.

Kreisler schlug mir mit einer gefalteten Zeitung gegen die Brust und sagte verbittert: »Ihr Freund Steffens hat in der Morgenausgabe der *Post* einen Artikel losgelassen, John. Wie kann ein Mensch nur so unendlich dumm sein?«

»Es gibt keine Entschuldigung dafür«, erklärte Roosevelt finster. »Ich kann mir nur denken, daß Steffens der Meinung war, es würde nichts schaden, solange er nur Ihren Namen nicht erwähnt, Doktor. Aber ich schwöre Ihnen: Morgen früh lasse ich ihn in mein Büro holen und mache ihm die Lage klar!«

Auf der Titelseite der *Post* stand in Balkenlettern zu lesen, daß »nach Meinung hoher Polizeibeamter« die Morde an den Zweig-Kindern und der an Giorgio Santorelli das Werk desselben Mörders seien. Der Artikel ging weniger auf die wahrscheinliche Abartigkeit des Killers ein als vielmehr darauf, daß es dieser offenbar nicht nur auf Stricher abgesehen habe. Es sei ganz klar, schrieb Steffens in seinem besten Boulevard-Stil, daß »dieses Ungeheuer in Menschengestalt nunmehr eine Bedrohung für alle Kinder« darstelle. Er sparte auch sonst nicht mit schaurigen Details: Santorelli, so behauptete er, sei vor seinem Tod vergewaltigt worden (Kreisler hatte allerdings keine Spuren sexueller Gewalt feststellen können); in manchen Gebieten der Stadt würden die Morde mit »einem übernatürlichen Wesen« in Verbindung gebracht, wobei aber nach Meinung des Autors »der berüchtigte Ellison und seine Kohorten« doch wohl viel eher als Verdächtige in Frage kämen.

Ich faltete die Zeitung zusammen und klopfte mir damit nachdenklich gegen das Bein. »Das ist böse – sehr böse.«

»Sie sagen es«, knurrte Kreisler mit unterdrücktem Zorn, »aber geschehen ist geschehen. Und wir müssen nun unsererseits dagegen antreten. Moore, könnten Sie Ihre Redaktion bei der *Times* dazu überreden, einen Artikel zu bringen, der das alles als unverantwortliche Spekulation abtut?«

»Das könnte ich«, erwiderte ich. »Aber dann würde man auf meine Teilnahme an diesen Ermittlungen aufmerksam – und als Folge wahrscheinlich einen anderen Spürhund auf die Fährte setzen. Die Verbindung zu den Zweigs könnte ohnehin schon viel mehr Menschen auf den Plan rufen, als uns lieb ist.«

»Ja, ich glaube auch, daß wir mit Gegenmaßnahmen nur alles noch viel schlimmer machen würden«, erklärte Theodore. »Steffens bekommt von mir Order, den Mund zu halten, und ansonsten können wir nur hoffen, daß der Artikel unbemerkt untergeht.«

»Aber wie könnte er das?« fragte Laszlo heftig. »Und selbst wenn ihn sonst niemand in der ganzen Stadt bemerkt, so wird ihn doch *einer* lesen – und vor seiner Reaktion hab' ich Angst, wirklich und wahrhaftig Angst.«

»Glauben Sie denn, ich nicht, Doktor?« entgegnete Theodore. »Ich wußte ja, daß die Presse sich einmischen würde, deshalb habe ich Sie immer zur Eile gedrängt. Sie können nicht erwarten, wochenlang an dieser Sache zu arbeiten, ohne daß irgendein Reporter davon erfährt und es an die große Glocke hängt!«

Theodore stemmte die Hände in die Hüften, und Kreisler, unfähig, etwas zu erwidern, wandte sich ab. Wenige Momente später rang er sich zu einer ruhigeren Antwort durch.

»Sie haben recht, Commissioner. Statt hier zu streiten, sollten wir lieber weitermachen. Aber um Himmels willen, Roosevelt, wenn Sie schon offizielle Angelegenheiten mit Riis und Steffens besprechen müssen, dann machen Sie doch wenigstens in diesem Fall eine Ausnahme, und sagen Sie ihnen von nun an kein Wort mehr!«

»Machen Sie sich keine Sorgen, Doktor«, antwortete Roosevelt in versöhnlichem Ton. »Das ist nicht das erste Mal, daß Steffens mich mit seinen Spekulationen auf die Palme bringt, aber bei Gott, es wird das letzte Mal sein.«

Kreisler schüttelte noch einmal verbittert den Kopf, dann zuckte er die Schultern. »Nun gut – dann an die Arbeit.«

Wir gesellten uns zu Sara und den Isaacsons. Marcus fotografierte die Leiche von allen Seiten, während sich Lucius noch intensiv mit der Untersuchung beschäftigte. Es war auffallend, wie sachlich und völlig nüchtern sich die beiden Detektive bei ihrer Arbeit benahmen, ganz ohne jene Marotten, die sonst den Beobachter erheiterten oder verärgerten: Sie agierten mit solcher Sicherheit und Konzentration, als wären hier sie die Chefs, und nicht Roosevelt oder Kreisler. Schließlich gingen wir alle ihnen zur Hand, selbst Theodore; wir hielten Geräte und Lichter nach ihren Anweisungen, machten Notizen und sorgten dafür, daß sie ohne Störung ihre Arbeit tun konnten.

Sobald er mit dem Fotografieren der Leiche fertig war, überließ Marcus die restliche Arbeit an dem Opfer Sara und seinem Bruder und machte sich daran, mit Hilfe der kleinen Phiolen mit Aluminium- und Kohlestaub, die er uns bei Delmonico gezeigt hatte, das gesamte Dach zu »bepudern«, um Fingerabdrücke zu finden. Roosevelt, Kreisler und ich gingen inzwischen auf die Suche nach Flächen, die hart und glatt genug für solche Abdrücke waren: Türklinken, Fenster, sogar einen offenbar ziemlich neuen Kamin aus glasierten Ziegeln an einer Seite des zehneckigen Turms machten wir ausfindig, nur wenige Fuß vom Fundort der Leiche entfernt. Gerade an diesem letzten Ort sollten wir fündig werden, vor allem deshalb, weil, wie Marcus uns sagte, der Nachtwächter in seiner Faulheit das Feuer schon vor Stunden hatte ausgehen lassen. An einer besonders sauberen Stelle dieses Kamins, in etwa der Höhe, wo ein Mann von jener Größe, wie Marcus und Lucius sie für unseren Mörder errechnet hatten, seine Hände abstützen würde, wurde Marcus fündig – aufgeregt näherte er sein Gesicht den Kacheln. Dann bat er Theodore und mich, ihn mit einer Persenning-Plane vor dem kräftigen Wind vom Hafen zu schützen, und verteilte mit einem Kamelhaarpinsel vorsichtig das Kohlepulver. Wie durch Zauberhand waren plötzlich Fingerabdrücke zu erkennen – und ihre Lage paßte genau zur angenommenen Größe unseres Mörders.

Jetzt zog Marcus das Foto von Sofia Zweigs blutverschmiertem Daumen aus der Jackentasche und hielt es gegen den Kamin. Laszlo trat näher und beobachtete den Vorgang genau. Marcus' Augen weiteten sich, als er die Fotografie studierte – und sie brannten geradezu, als er sich zu Kreisler wandte und erklärte: »Die Abdrücke gleichen einander wie ein Ei dem anderen.« Sofort ging Kreisler die große Kamera holen, während Theodore und ich noch immer die Plane hielten. Marcus machte mehrere Großaufnahmen von den Fingerabdrücken. Das Blitzlicht erhellte für kurze Augenblicke das ganze Dach.

Als nächstes suchten wir auf Marcus' Geheiß die Dachränder nach den kleinsten Hinweisen auf ungewöhnliche Aktivitäten, nach den unscheinbarsten Splittern, Rissen oder Löchern in der Mauer ab. Zwar sind an einem Gebäude, das auf den Hafen von New York zeigt, jede Menge Risse, Spalten und Löcher zu erwarten, aber wir taten, wie uns geheißen, und meldeten jede Entdeckung, die irgendwie zu unseren vagen Instruktionen zu passen schien. Marcus selbst untersuchte das starke Geländer an der Vorderseite des Daches, kam aber sofort zu uns gelaufen, wenn wir glaubten, etwas gefunden zu haben. Das meiste erwies sich als blinder Alarm. Aber an der hinteren Seite des Daches, in der finstersten, verstecktesten Ecke der ganzen Anlage, fand Roosevelt Spuren, die nach Marcus' Meinung höchst bedeutsam waren.

Seine nächste Idee erschien uns noch seltsamer: Er knüpfte sich ein Seil um die Taille, legte den Rest um das vordere Dachgeländer und reichte es dann Roosevelt und mir. Wir sollten ihn langsam an der hinteren Wand des Forts hinablassen. Als wir ihn nach dem Zweck dieser Übung fragten, murmelte Marcus etwas von einer Theorie, wie der Mörder zu unerreichbar scheinenden Orten Zutritt gewonnen haben könnte. Er schien so konzentriert auf seine Arbeit, daß wir ihn nicht stören wollten und ihm keine weiteren Fragen stellten.

Als wir ihn an der Wand hinunterließen, hörten wir hin und wieder Laute der Entdeckung und Bestätigung. Roosevelt und ich kämpften mit dem Seil. Gleichzeitig bemühte ich mich, Kreisler, der uns wegen seines kranken Armes nicht helfen konnte, von meinen neuen Ideen in bezug auf die Identität des Mörders in Kenntnis zu setzen. Seine Reaktion darauf war gemischt.

»Möglicherweise haben Sie recht mit der Vermutung, daß er Stammkunde in jenen Häusern ist, wo diese Kinder arbeiten, Moore. Aber daß der Mann sich in New York auf der Durchreise befinden sollte ...« Laszlo tat ein paar Schritte, um Lucius Isaacson bei seiner Arbeit zuzusehen. »Überlegen Sie doch einmal, was er getan hat. Er hat sechs Leichen – zumindest jene sechs, die uns bekannt sind – an immer öffentlicheren Orten deponiert.«

»Das ließe«, rief Theodore, während wir noch mehr Seil auslaufen ließen, »darauf schließen, daß er mit der Stadt vertraut ist.«

»Vertraut wie mit seiner eigenen Westentasche«, bestätigte Lucius. »Bei diesen Verstümmelungen ist keine Hast festzustellen. Die Schnitte sind alle ganz glatt, nichts ist eingerissen oder zerfetzt. Nach Eile sieht es jedenfalls nicht aus. Ich würde annehmen, daß er sowohl hier wie auch in allen anderen Fällen genau wußte, wie lange er brauchen würde und wieviel Zeit ihm zur Verfügung stand. Wahrscheinlich wählte er den Ort auch nach diesem Gesichtspunkt aus. Das würde zu unserer früheren Annahme passen, daß er ein hervorragender Planer ist. Das Herauslösen der Augen verrät eine sichere, ruhige Hand – übrigens auch ein gewisses Maß an anatomischen Kenntnissen.«

Kreisler überlegte einen Moment. »Wie viele Menschen wären wohl dazu imstande, Detective Sergeant?«

Lucius hob die Schultern. »Soviel ich sehe, gibt es da verschiedene Möglichkeiten. Ein Arzt käme natürlich in Frage, oder zumindest jemand mit einer gewissen medizinischen Ausbildung; möglicherweise ein geschickter Fleischer – oder auch ein geübter Jäger. Jemand, der es gewohnt ist, einen Tierkadaver auszuweiden – der nicht nur die wichtigsten Fleischstücke kennt, sondern auch die sekundären Teile wie Augen, Innereien, Füße und alles übrige.«

»Aber wenn er so vorsichtig ist«, fiel Theodore ein, »warum tut er's dann in aller Öffentlichkeit? Warum nicht in einem sicheren Versteck?«

Kreisler kam wieder zu uns zurück. »Gerade diese öffentliche Zurschaustellung scheint ihm etwas zu bedeuten.«

»Der Wunsch, gefaßt zu werden?« fragte ich.

Kreisler nickte. »So scheint es. Im Widerstreit mit dem Wunsch nach Flucht.« Er wandte sich um und blickte hinaus auf den Hafen. »Aber es gibt noch andere Punkte, die alle diese Orte gemeinsam haben ...«

In diesem Moment erreichte uns Marcus' laut gerufene Bitte, wir mögen ihn wieder hochziehen. Mit einigen kräftigen Zügen hievten wir ihn schnell auf das Dach. Auf Kreislers Fragen nach seinen Entdeckungen antwortete er nur, er möchte keine Spekulationen äußern, bevor er sich nicht ganz sicher sei. Dann trat er beiseite und machte sich einige Notizen, während Lucius laut rief: »Dr. Kreisler, könnten Sie bitte herkommen?«

Kreisler wandte sich unverzüglich zu ihm, aber Theodore und ich folgten mit einigem Zögern, denn wir mußten unsere Augen erst langsam wieder an das entsetzliche Bild gewöhnen. Selbst die doch anfangs so tapfere Sara wandte jetzt die Augen ab, so oft es ging, denn auch sie konnte den Anblick nicht mehr verkraften.

»Als Sie Giorgio Santorelli untersuchten, Doktor«, erkundigte sich Lucius, während er das Seil entfernte, mit dem die Handgelenke des toten Jungen zusammengebunden waren, »haben Sie da irgendwelche Kratzer oder Verletzungen in diesem Bereich gefunden?« Er hielt die linke Hand des Opfers hoch und deutete auf die Handfläche.

»Nein«, antwortete Kreisler. »Außer der Abtrennung der rechten Hand war nichts zu sehen.«

»Und auch keine Kratzer oder Verletzungen am Unterarm?« fragte Lucius weiter.

»Keine.«

»Das wäre ein Beweis für unsere Hypothese«, erklärte Lucius, ließ die Hand fallen und wischte sich die Stirn, »daß kein Kampf stattgefunden hat. Dieses Seil hier ist ziemlich rauh, selbst ein kurzer Kampf hätte Spuren hinterlassen.«

Sara blickte von der Schnur zu Lucius. »Das heißt, er hat sich nicht gewehrt?« Und in ihrer Stimme lag tiefe Trauer – eine Trauer, die auch in meiner Brust widerhallte, denn was das bedeutete, war klar. Lucius sprach es offen aus:

»Ich habe den Verdacht, daß der Junge sich freiwillig fesseln ließ und er dem Mörder selbst während des Erwürgens keinen nennenswerten Widerstand entgegensetzte. Vielleicht wurde ihm gar nicht klar, was ihm geschah. Bei einem echten Angriff, der auf Widerstand gestoßen wäre, hätten wir auch Kratzer oder wenigstens blaue Flecken an den Unterarmen finden müssen. Aber auch dort ist nichts, gar nichts. Also ...« Lucius hob den Blick. »Ich würde sagen, der Junge kannte den Mörder. Vielleicht haben sie derartige Fesselungen auch früher schon einmal praktiziert. Zu ... sexuellen Zwecken, wahrscheinlich.«

Theodore holte tief Luft. »Guter Gott ...«

Ein besorgter Blick auf Sara zeigte mir, daß sie eine Träne aus den Augenwinkeln zwinkern mußte.

»Der letzte Teil ist natürlich nur eine Theorie«, fügte Lucius hinzu. »Aber ich bin mir ziemlich sicher, wenn ich behaupte, daß der Junge seinen Mörder kannte.«

Kreisler nickte langsam, kniff die Augen zusammen, und seine Stimme klang sehr leise, als er sagte: »Er kannte ihn – und vertraute ihm.«

Endlich stand Lucius auf und wandte sich von der Leiche ab. »So ist es«, bestätigte er und löschte seine Arbeitslampe.

In diesem Moment sprang Sara, die neben dem Opfer gekauert hatte, auf die Füße und rannte ans entgegengesetzte Ende des Daches. Wir anderen blickten einander fragend an, dann ging ich ihr nach. Im Näherkommen sah ich, daß sie zur Freiheitsstatue hinüberblickte, und ich muß gestehen, daß es mich überraschte, sie nicht in Tränen aufgelöst zu finden. Sie stand vielmehr stocksteif, ja wie erstarrt da und sagte, ohne sich zu mir umzudrehen:

»Komm bitte nicht näher, John.« Ihre Worte klangen nicht im geringsten hysterisch, sondern viel eher eisig. »Ich möchte jetzt keinen Mann in meiner Nähe. Nur einen Augenblick lang, bitte.«

Verlegen blieb ich stehen. »Es tut mir so leid, Sara – ich wollte nur helfen. Du hast heute nacht viel verkraften müssen.«

Mit bitterer Stimme antwortete sie. »Das stimmt. Aber du kannst mir nicht helfen.« Sie hielt inne, aber ich ging nicht weg. »Und dabei«, fuhr sie fort, »hatten wir doch tatsächlich angenommen, es könnte auch eine Frau sein ...«

»Soviel ich weiß, haben wir diese Möglichkeit noch nicht ausgeschlossen«, erwiderte ich.

»Ihr vielleicht nicht. Das kann man von euch Männern ja auch nicht erwarten. Ihr habt es auf diesem Gebiet wohl etwas schwerer.«

Ich spürte jemanden neben mir und wandte mich um – da stand Kreisler und bedeutete mir, zu schweigen, während Sara fortfuhr:

»Aber ich kann dir versichern, John – das hat ein Mann getan. Eine Frau hätte den Jungen vielleicht getötet, aber nicht« – sie suchte nach Worten – »diese entsetzlichen Verstümmelungen ... das werde ich nie begreifen. Aber es ist nicht zu verkennen, wenn man einmal ... diese Erfahrung gemacht hat.« Sie lachte bitter auf. »Und es beginnt immer mit Vertrauen ...« Es folgte eine Pause, in der Kreisler mich am Arm zupfte und mir mit einer Kopfbewegung bedeutete, ich möge doch wieder auf die andere Seite des Daches zurückkehren. »Laß mich nur ein paar Minuten allein, John«, sagte Sara endlich. »Mir fehlt sonst nichts.«

Kreisler und ich schlichen auf Zehenspitzen fort, und als wir außer Hörweite waren, murmelte Laszlo: »Sie hat natürlich ganz recht. Mir ist noch nie eine Form der weiblichen

Manie untergekommen, die auch im geringsten damit zu vergleichen wäre. Aber ohne Sara hätte ich zu dieser Einsicht sicher sehr lange gebraucht. Wir müssen noch mehr Wege finden, Saras weiblichen Blickwinkel zu nutzen, John.« Er warf schnell einen Blick um sich. »Aber zuerst müssen wir von hier fort.«

Während Sara noch am Dachrand stand, gingen wir anderen daran, sämtliche Geräte und Ausrüstungsgegenstände der Isaacsons einzusammeln und alle Spuren unserer Anwesenheit zu tilgen, besonders die zahlreichen Spuren von Aluminium- und Kohlepulver. Dabei spekulierte Marcus über den Umstand, daß von den sechs Morden, die wir unserem Mörder inzwischen mit einiger Sicherheit zuschreiben durften, drei auf Dächern stattgefunden hatten. Das war eine bemerkenswerte Tatsache, denn im New York des Jahres 1896 waren Dächer zwar zweitrangige, aber nichtsdestoweniger wichtige Verkehrswege, luftige Gegenstücke zu den Trottoirs und Bürgersteigen zu ebener Erde. Vor allem in den Mietskasernen-Slums gab es eine große Gruppe von Menschen, die ihrer Arbeit nachgingen, ohne überhaupt je die Straße zu betreten: nicht nur Gläubiger auf der Suche nach ihren Schuldnern, sondern auch Kirchen- und Wohlfahrtsangestellte, Vertreter, Hauskrankenschwestern und viele andere. Die Mieten in den Zinskasernen richteten sich oft nach der Mühe, die man aufwenden mußte, um die betreffende Wohnung zu erreichen, daher wohnten die Ärmsten der Armen oft in den Wohnungen im obersten Stock. Wer mit diesen Menschen zu tun hatte, wagte sich manchmal gar nicht durch die engen, steilen und oft auch gefährlichen Stiegenhäuser, sondern suchte sich seinen Weg von einem Obergeschoß zum anderen lieber über die Dächer. Zugegeben, wir wußten nicht, wie unser Mann überhaupt auf das Dach gelangt war; aber einmal oben, bewegte er sich dort offenbar wie ein Fisch im Wasser. Und so widmeten wir uns der Frage, ob er in einem Beruf beschäftigt war, der ihn regelmäßig über diese Dachstraßen führte.

»Aber ganz abgesehen von seinem Beruf«, erklärte Theodore schließlich, während er das Seil einrollte, mit dem wir

Marcus zuvor an der Mauer hinuntergelassen hatten, »braucht er gute Nerven, um seine Gewalttaten so präzise zu planen und auszuführen, immer in der Gefahr, jederzeit entdeckt werden zu können.«

»Richtig«, pflichtete ihm Kreisler bei. »Er geht beinahe militärisch vor, nicht wahr, Roosevelt?«

»Wie kommen Sie darauf?« Theodore fuhr herum und betrachtete Kreisler mit verletztem Blick. »Militärisch? Das habe ich nicht gemeint, Doktor – nicht im geringsten. Nichts läge mir ferner, als dieses Verbrechen mit der Pflicht des Soldaten zu vergleichen.«

Laszlo lächelte fein – es entging ihm nicht, daß Theodore die Kriegskunst mit beinahe kindlicher Verehrung betrachtete. »Kann sein«, stichelte er noch ein bißchen weiter. »Aber ein kühler Kopf für sorgfältig geplante Gewaltanwendung – ist es nicht das, was wir unseren Soldaten einimpfen möchten?« Theodore räusperte sich laut und rückte ein paar Schritte von Kreisler ab, dessen Lächeln breiter wurde. »Halten Sie das fest, Detektive Sergeant Isaacson«, rief Laszlo. »Ein militärischer Hintergrund wäre durchaus denkbar!«

Theodore fuhr mit großen, flammenden Augen herum und schrie: »Zum Donnerwetter, Sir!« Doch in diesem Moment stürzte Cyrus aus dem Stiegenhaus, so aufgeregt, wie ich ihn noch nie zuvor gesehen hatte.

»Doktor!« rief er. »Wir müssen schnellstens verschwinden.« Und dabei deutete Cyrus mit seiner mächtigen Pranke nach Norden, und wir alle folgten ihr mit den Blicken.

An den verschiedenen Eingängen des Battery Park sammelten sich Menschenmengen, nicht jene gut gekleideten, höflichen Menschen, die diese Gegend tagsüber bevölkerten, sondern abgerissene, unordentliche Gestalten, denen man die Armut selbst von hier oben noch deutlich ansah. Einige trugen Fackeln, andere hatten ihre Kinder bei sich, die den frühmorgendlichen Ausflug offenbar sehr lustig fanden. Noch ging keine offene Bedrohung von ihnen aus, aber was wir da vor uns hatten, war eindeutig der Mob.

Kapitel
15

Sara gesellte sich zu mir. »John, wer sind diese Leute?«

»Also wenn du mich fragst, würde ich sagen, daß die Morgenausgabe der *Post* jetzt unters Volk gekommen ist.«

»Und was haben die Ihrer Meinung nach vor?« fragte Lucius, der trotz der Kälte noch stärker schwitzte als sonst.

»Sie möchten wahrscheinlich eine Erklärung«, antwortete Kreisler. »Aber woher wußten sie, daß sie gerade hierher kommen sollten?«

»Vorhin war ein Bulle aus dem Siebenundzwanzigsten Bezirk hier«, warf jetzt Cyrus ein, dem man die Nervosität ansah, denn ein Mob wie dieser hatte seine Eltern gefoltert und getötet. »Er stand mit zwei anderen Männern beisammen und erklärte ihnen irgend etwas, und dann zerstreuten sich die beiden in der Menge und fingen an, sie aufzuhetzen und ihnen einzureden, daß nur die Kinder von armen ausländischen Einwanderern so bestialisch umgebracht werden. Die Leute da unten kommen wohl zum größten Teil von der East Side rüber.«

»Der Polizist, von dem Sie sprechen, war ohne Zweifel Revierinspektor Barclay«, knurrte Theodore. In seinem Gesicht stand der Zorn über einen Untergebenen, von dem er sich hintergangen fühlte.

»Ah, da läuft Miller!« rief Marcus plötzlich, woraufhin ich hinunterschaute und sah, wie der Nachtwächter ohne Hut in Richtung Fährstation nach Bedloe Island floh.

»Zum Glück habe ich ihm die Schlüssel abgenommen«, fügte Marcus hinzu. »Er sah mir nicht aus wie jemand, der in unserer Gesellschaft alt würde.«

Nun wurde das Gemurre der Menschenansammlung direkt vor uns immer lauter und deutlicher und erreichte seinen Höhepunkt in spitzen, haßerfüllten Schreien. Dann drang Hufgeklapper und Rädergeratter an unser Ohr, und endlich sahen wir Kreislers Kalesche durch die Hauptallee des Parks auf uns zuhalten. Auf dem Kutschbock stand Stevie mit hocherhobener Peitsche und lenkte Frederick rund um die Außenmauern des Forts zu dem riesigen Tor an der Hinterseite.

»Gut gemacht, Stevie, braver Junge«, murmelte ich, zu den anderen gewandt. »Das ist der beste Fluchtweg für uns – durchs hintere Tor und den Fluß entlang aus dem Park!«

»Dann nichts wie weg«, schlug Marcus vor. »Die kommen immer näher.«

Unter lautem Rufen und Gebrüll quoll die Menge durch den Haupteingang in den Park herein; auf dieses Zeichen hin wurden auch die Gruppen zur Rechten und zur Linken lebendig. Jetzt war deutlich zu erkennen, daß aus den umliegenden Straßen und Häusern immer mehr Menschen herbeiströmten – bald würden es viele Hunderte sein. Da hatte ein erfahrener Volksverhetzer ganze Arbeit geleistet.

»Zum Teufel!« knurrte Theodore bitterböse. »Wo ist dieser Nachtwächter aus dem Siebenundzwanzigsten? Da muß ich morgen jemandem gründlich die Leviten lesen!«

»Ein idealer Plan für morgen früh«, erklärte Kreisler und bewegte sich in Richtung Stiegenhaus. »Aber im Moment halte ich Flucht für dringender.«

»Aber dies hier ist der Tatort eines Verbrechens!« rief Theodore empört. »Den lasse ich mir von keinem Mob durcheinanderbringen!« Er blickte sich suchend auf dem Dach um und ergriff ein großes Holzscheit. »Doktor, Sie alle dürfen hier nicht gefunden werden – nehmen Sie Miss Howard und gehen Sie! Die beiden Detective Sergeants und ich werden uns am Haupteingang der Meute stellen!«

»Was Sie nicht sagen!« war Lucius herausgerutscht, bevor er überhaupt wußte, was er da sagte.

»Meine Herren, reißen Sie sich zusammen«, erklärte Roosevelt mit einem Grinsen, faßte Lucius herzlich um die Schultern und tat mit seinem Holzscheit ein paar Hiebe in die Nachtluft. »Dieses Fort hat schon gegen das Britische Empire standgehalten – dann wird es uns auch noch vor dem Mob von der Lower East Side schützen!« Dies war einer jener

Augenblicke, in denen ich Roosevelt am liebsten übers Knie gelegt hätte – auch wenn seine prahlerischen Worte letzten Endes stimmten.

Damit uns niemand auf die Schliche kam, mußten wir aber unbedingt die gesamte Ausrüstung der Isaacsons mitnehmen. Wir hasteten hinunter, vorbei an den riesigen Aquarien mit ihren verblüfften Bewohnern, und verstauten unsere Kisten und Schachteln in der Kutsche; dann wandte ich mich um und wünschte den Isaacsons viel Glück. Marcus suchte den Boden nach irgend etwas ab, während Lucius zweifelnd einen Polizeirevolver in der Hand wog.

»Vielleicht ist ein Kampf unvermeidlich«, sagte ich zu den beiden, wobei ich mir ein Lächeln abrang, das ermutigend wirken sollte, »aber laßt euch von Roosevelt nicht zu sehr anstacheln!«

Lucius stöhnte leise auf, aber Marcus schüttelte mir mit tapferem Lächeln die Hand. »Wir sehen uns in Nummer 808«, sagte er.

Dann schlossen sie das hintere Tor des Forts und legten die Ketten und Schlösser vor. Rasch sprang ich in die anrollende Kutsche – Kreisler und Sara saßen bereits im Fond, Cyrus thronte oben neben Stevie auf dem Bock. Mit einem heftigen Ruck fuhr das Gefährt los, zuerst hinunter zum Hafen, dann den Fluß entlang in nördliche Richtung. Der Lärm der Meute außerhalb des Castle Garden wurde immer lauter und fordernder, doch als wir in Sichtweite an dem vorderen Tor vorbeirasten, verstummte das zornige Gebrüll plötzlich. Ich reckte den Kopf und erblickte zu meinem Schrecken Theodore außerhalb der schwarzen Eisentore. In der einen Hand hielt er den Holzscheit, mit der anderen deutete er feldherrenmäßig auf den äußeren Rand des Parks. Der tatenhungrige Narr hatte es drinnen einfach nicht ausgehalten. Die Isaacsons standen hinter ihm im Tor, das sie wohl bei Bedarf im Nu verbarrikadieren würden – aber das schien gar nicht nötig: Der Mob hörte Theodore tatsächlich zu.

Als wir uns dem Nordrand des Parks näherten, legte Stevie noch einen Zahn zu und wäre fast mit einer Phalanx von zwanzig Bullen zusammengestoßen, die auf Castle Garden zumarschierten. Wir wollten auf dem verlassenen Kai bleiben und bogen daher am Battery Place scharf nach links. Genau in diesem Moment fiel mein Blick auf einen eleganten Brougham, der in einer Kurve mit bestem Ausblick auf die Geschehnisse beim Fort stand. An der Tür des viersitzigen Gefährts erschien eine manikürte Hand mit einem geschmackvollen Silberring am kleinen Finger, gefolgt vom Oberkörper eines Mannes. Selbst in dem schwachen Schein der Bogenlampen erkannte ich die elegante Krawattennadel und dann die ebenmäßigen irischen Gesichtszüge unter dem glatten, glänzend schwarzen Haar. Paul Kelly. Ich schrie Kreisler zu, er möge doch schauen, aber wir rasten so schnell dahin, daß es schon zu spät war. Als ich ihm meine Entdeckung berichtete, konnte ich an seinem Gesicht ablesen, daß auch er den einzig richtigen Schluß gezogen hatte.

Das Auftauchen des Mobs war also Kellys Werk, wahrscheinlich als Rache für Steffens Bemerkung über Biff Ellison in der Post. Es paßte alles zusammen – Kelly war kein Mann der leeren Drohungen. Und es fiel ihm sicherlich nicht schwer, die verelendeten Massen in dieser Gegend aufzuwiegeln, wenn er sich etwas davon versprach. Für unsere Mannschaft war dieser Schachzug allerdings höchst bedrohlich, vielleicht lebensgefährlich. Während ich mich krampfhaft an den Haltegriffen der dahinrasenden Kalesche festhielt, tat ich einen Schwur: Sollte Theodore oder den Isaacsons dabei etwas zustoßen, dann würde ich den Boß der Five Pointers dafür persönlich zur Verantwortung ziehen.

Stevie ließ während der ganzen Heimfahrt Frederick nicht zum Verschnaufen kommen – und keiner von uns beschwerte sich. Uns allen lag an einem möglichst großen Abstand zu Castle Garden. Es war eine ziemlich erschöpfte kleine Gruppe, die an diesem Samstag um fünf Uhr fünfzehn im Hauptquartier eintrudelte.

Um so größer war die freudige Überraschung, als das erste, was meine Sinne grüßte, der Duft von Steak mit Spiegelei und starkem schwarzen Kaffee war. In der kleinen Küche am anderen Ende unserer Zimmerflucht brannte Licht, und ich konnte Mary Palmer sehen, wie sie dort behend und fachmännisch ihres Amtes waltete, heute einmal nicht in ihrer blauen Leinentracht, sondern in einer hübschen weißen Bluse mit Faltenrock und Schürze. Vor Erschöpfung purzelten mir die Kisten, mit denen ich beladen war, aus den Händen.

»Sie sind ein Geschenk des Himmels«, erklärte ich und stolperte in Richtung Küche. Mary fuhr kurz zusammen, als sie meine keineswegs saubere Gestalt aus dem Schatten auftauchen sah, aber ihre blauen Augen beruhigten sich bald wieder; sie schenkte mir sogar ein vorsichtiges Lächeln und streckte mir gleichzeitig an einer Gabel ein Stück knuspriges heißes Steak entgegen. Dem folgte eine Tasse dampfender Kaffee. Ich öffnete den Mund und sagte: »Mary, wie sind Sie ...«, gab den Versuch aber gleich wieder auf und widmete mich statt dessen den dargebotenen Genüssen. In dem kleinen Raum sah es aus wie in einer Mannschaftsküche: Unmengen von Spiegeleiern, riesige Rindersteaks in tiefen gußeisernen Pfannen, die sie von Kreislers Haus hierhergeschleppt haben mußte. Ich badete in der duftenden Wärme – keine zehn Pferde hätten mich aus der Küche gebracht. Doch als ich mich umdrehte, erblickte ich Kreisler hinter mir, die Arme vor der Brust verschränkt, auf dem Gesicht einen säuerlichen Ausdruck.

»So, so«, knurrte er. »Jetzt verstehe ich, wo mein Schlüssel ist.«

Ich dachte, er meinte das im Scherz. »Laszlo«, mampfte ich mit vollem Mund, »ich glaube, ich werde wider Erwarten am Leben bleiben...«

»Moore, würden Sie Mary und mich für einen Moment allein lassen?« fuhr Kreisler in dem gleichen humorlosen Ton fort. Ein Blick auf Marys Gesicht machte mir klar, daß sie bereits wußte, was mir bisher verborgen geblieben war: Kreisler meinte es ernst. Also schaufelte ich ohne ein weiteres Wort noch ein paar Eier und ein Steak auf meinen Teller, nahm meine Kaffeetasse und begab mich zu meinem Schreibtisch.

Kaum hatte ich die Küche geräumt, hielt Kreisler Mary eine richtige Strafpredigt. Das arme Mädchen konnte darauf natürlich nichts erwidern als ab und zu ein gehauchtes

»Nein« und dazwischen ein kurzes Schluchzen. Für mich ergab das alles keinen Sinn – soviel ich sehen konnte, hatte sie für uns ihren Schlaf geopfert, und Kreisler war einfach gemein zu ihr. Meine Gedanken wurden jedoch abgelenkt durch das Auftauchen von Cyrus und Stevie, die plötzlich mit dem Ausdruck von Wolfshunger und weit aufgerissenen Mäulern über meinem Teller lauerten.

»Na, na, langsam, meine Süßen«, mahnte ich und bedeckte meine Portion mit den Unterarmen. »Nur nicht zudringlich werden! In der Küche gibt's jede Menge Nachschub!«

Darauf stürzten beide in Richtung Küche und wurden nur kurz gebremst, als sie auf Kreisler stießen. »Holt euch etwas zu essen«, erklärte Kreisler brüsk, »und bringt dann Mary in die Siebzehnte Straße zurück. Und zwar schnell.«

Stevie und Cyrus murmelten ihre Zustimmung und stürzten sich dann wie Geier auf die Steaks und Spiegeleier. Kreisler zog einen der grünen Stühle des Marchese Carcano zwischen Saras und meinen Schreibtisch und tat endlich auch etwas für seinen Magen. »Möchten Sie denn gar nichts essen, Sara?« fragte er dann leise.

Sara hatte den Kopf auf die Unterarme gelegt, blickte aber kurz von ihrem Schreibtisch hoch und antwortete mit einem matten Lächeln: »Nein, danke, Herr Doktor, ich kann jetzt nicht. Und ich glaube, Mary würde sich über mein Erscheinen in der Küche auch nicht freuen.« Kreisler nickte.

»Waren Sie nicht etwas zu hart zu dem Mädchen, Kreisler?« fragte ich, so streng es mir mit meinem vollen Mund gelingen wollte.

Kreisler seufzte und schloß die Augen. »John, ich muß Sie wirklich bitten, sich da nicht einzumischen. Vielleicht kommt es Ihnen so vor – aber ich möchte Mary unter keinen Umständen in diesen Fall hineinziehen.« Er öffnete die Augen und schaute zur Küche. »Aus einer ganzen Reihe von Gründen.«

Es gibt Momente im Leben, in denen man sich vorkommt, als wäre man mitten in einer Vorstellung ins falsche Theater hineingeplatzt. Ich spürte ganz plötzlich eine merkwürdige unterschwellige Spannung zwischen Laszlo, Mary und Sara. Was da gespielt wurde, durchschaute ich nicht im geringsten. Aber ich hatte plötzlich das Gefühl, als wäre die Luft rund um mich herum elektrisch geladen. Dieses Gefühl verstärkte sich noch, als jetzt Mary, Stevie und Cyrus aus der Küche kamen und Kreisler erklärte, er wolle seinen Schlüssel wieder haben. Mary gab ihn mit deutlichem Unmut zurück, und dann sah ich, wie sie Sara unter gesenkten Lidern einen fast mörderischen Blick zuwarf, bevor sie mit den beiden anderen zur Türe ging. Kein Zweifel – da war etwas im Gang.

Aber es gab noch Wichtigeres zu besprechen, und als Mary, Stevie und Cyrus verschwunden waren, wandten wir uns unserem Hauptthema zu. Kreisler ging zur Tafel, die er bereits in drei Abschnitte eingeteilt hatte: KINDHEIT auf der linken Seite, INTERVALL in der Mitte, ASPEKTE DER VERBRECHEN auf der rechten Seite. Nun hielt Laszlo die verschiedenen Theorien, die wir auf dem Dach von Castle Garden entworfen hatten, in Stichworten fest und ließ auch Platz für etwaige Ergänzungen und Kommentare durch die beiden Isaacsons. Dann trat er ein paar Schritte zurück und betrachtete prüfend sein Werk. Meiner Ansicht nach hatten wir in dieser Nacht gute Arbeit geleistet, aber Kreisler war offenbar nicht zufrieden. Er warf sein Stück Kreide einige Male in die Luft, stieg von einem Fuß auf den anderen und verkündete schließlich, es gäbe noch einen weiteren bedeutenden Faktor, den wir nicht übersehen dürften. Dann schrieb er in die rechte obere Ecke unter die Überschrift ASPEKTE DER VERBRECHEN das Wort WASSER.

Mich verblüffte das; aber Sara überlegte nur kurz und wies mich dann darauf hin, daß seit Januar jeder Mord in Sichtweite einer großen Wasserfläche stattgefunden hatte – und auch die Zweig-Kinder waren ja in einem Wasserturm gefunden worden. Als ich fragte, ob das nicht auch Zufall sein könnte, erklärte Laszlo, daß man seiner Meinung nach bei einem so sorgfältigen Planer wie unserem Mörder überhaupt nie von Zufall sprechen könne. Dann trat er an seinen Schreibtisch, zog aus dem Bücherstapel einen in Leder gebundenen Band heraus und drehte seine kleine Schreibtischlampe an. Ich machte mich auf ein längeres, wahrscheinlich kaum verständliches fachchinesisches Zitat gefaßt, doch Laszlo trug mit leiser, müder Stimme etwas ganz anderes vor:

»Wem unter uns ist es gegeben, seine Irrwege zu erkennen? Reinige mich, o Herr, von meinen geheimen Fehlern.«

Kreisler löschte seine Schreibtischlampe wieder und lehnte sich zurück. Ich behauptete aufs Geratewohl, das Zitat müsse aus der Bibel stammen, worauf Laszlo nickte und erklärte, er könne sich nie genug wundern über die zahllosen Anspielungen auf Reinigung, die in religiösen Werken zu finden seien. Er sei allerdings nicht der Meinung, fuhr Laszlo fort, daß unser Mörder unter einer religiösen Manie oder Demenz litte (obwohl gerade darunter mehr Massenmörder gelitten hätten als unter irgendwelchen anderen geistigen Störungen); er wollte mit diesem Zitat nur auf die ungeheure Last von Schuld und Sünde hinweisen, die den Gesuchten wahrscheinlich plagte und die er offenbar nur mit sehr viel Wasser abwaschen zu können glaubte.

Diese Bemerkung weckte Saras Widerspruch. Es klang leicht gereizt, als sie darauf hinwies, daß Kreisler immer wieder betonte, unser Mörder sei sich der Natur seiner Handlungen bewußt, strebe unbewußt danach, erwischt zu werden – aber gleichzeitig ging er doch hin und schlachte immer wieder kleine Jungen. Wenn wir nicht von seiner Zurechnungsfähigkeit abgingen, dann stünden wir doch vor der unlösbaren Frage, welche Befriedigung oder Genugtuung er aus seinen Schlächtereien ziehe. Bevor Laszlo darauf antwortete, dachte er nach und wählte seine Worte dann sehr sorgfältig. Er wußte ebenso wie ich, daß die Nacht für Sara lang und qualvoll gewesen war. Und mir war klar, daß man nach dem Anblick eines seiner Opfer nichts weniger brauchte als eine detaillierte Charakteranalyse des Mannes, der das auf dem Gewissen hatte. Nichtsdestoweniger war eine solche Analyse notwendig, und zwar gerade in diesem Augenblick. Sara mußte mit Geduld und Umsicht wieder zu unserer Aufgabe zurückgeführt werden. Laszlo näherte sich diesem Ziel mit einigen vorsichtig gestellten, vordergründig unzusammenhängenden Fragen:

»Stellen Sie sich vor«, sagte er, »Sie betreten eine große, alte Halle, gefüllt mit Menschen, die leise murmelnd immer das gleiche wiederholen. Plötzlich werfen sie sich zu Boden, einige beginnen zu weinen. Wo sind wir?« Sara antwortete wie aus der Pistole geschossen: »In einem Irrenhaus.« »Kann sein«, erwiderte Kreisler, »aber es könnte doch auch eine Kirche sein. An dem einen Ort würde ein solches Verhalten als verrückt gelten; am anderen nicht nur als vollkommen vernünftig und normal, sondern sogar als das einzig richtige.« Dann gab er ein anderes Beispiel: Wenn eine Frau mit ihren Kindern durch eine Gruppe von Angreifern bedroht würde und die einzige Waffe, die der Frau zur Verfügung steht, eine Art Fleischermesser wäre, würde Sara dann den Versuch der Frau, sich ihrer Angreifer auf eine zwangsläufig blutige, grauenhafte Weise zu erwehren, als das Werk einer verbrecherischen Verrückten betrachten? Oder wenn eine Mutter, die erfahren hatte, daß ihr Gatte die Kinder schlug und sexuell mißbrauchte, diesem mitten in der Nacht die Kehle durchschnitt – würde Sara das als unverzeihliche Gewalttat verurteilen? Sara erklärte, ihre Antwort sei zwar auf beide Fragen ein Nein, sie könne aber keine Ähnlichkeit mit unserem Fall erkennen. Darauf erwiderte Laszlo rasch: der einzige Unterschied liege in Saras Sichtweise der angeführten Beispiele. Wenn ein Erwachsener ein Kind schütze oder ein Kind sich selbst verteidige, dann könne Sara offenbar selbst grauenhafte Bluttaten akzeptieren; wenn aber unser Mörder seine Gewalttaten im gleichen Lichte sähe? Wäre es nicht möglich, daß jedes Opfer, jede Situation, die zu einem Mord führte, in dem Gesuchten die Erinnerung an frühere Bedrohung und Gewalt wachrief und ihn aus Motiven, die wir noch nicht ganz ergründet hatten, dazu zwang, blutige Maßnahmen zu seiner eigenen Verteidigung zu treffen?

Sara war nicht so sehr unfähig als vielmehr unwillig, uns zu folgen. Ich dagegen wunderte mich selbst darüber, daß mir Kreislers Ideen so völlig logisch erschienen. Vielleicht erweiterte der Schluck Brandy, den ich vorher in meinen Kaffee geschüttet hatte, meinen Horizont; jedenfalls gab ich meinen Senf zu Laszlos Ausführungen und bemerkte, jeder tote

Junge schien im Licht von Laszlos Erklärungen wie eine Art Spiegel. Genau das, bestätigte Kreisler; die Leichen waren eine Art Spiegelbild irgendwelcher gewalttätiger Erlebnisse, die den Geist unseres Mannes geprägt hatten. Ob wir jetzt vom biologischen Standpunkt ausgingen und uns auf die Bildung der von Professor James so genannten »Nervenbahnen« konzentrierten oder den philosophischen Weg wählten und uns über die Entwicklungsstadien der Seele unterhielten, das Ergebnis wäre das gleiche: nämlich das Bild eines Mannes, für den Gewalt nicht nur ein tief eingefahrenes, vertrautes Verhaltensmuster bedeutete, sondern auch den Beginn jeder sinnvollen Erfahrung. Wenn er die toten Kinder betrachtete, dann sah er nur das, was ihm selbst irgendwann in ferner Vergangenheit angetan worden war – und sei es auch nur psychisch. Wenn *wir* diese Opfer ansahen, dann galten unsere ersten Gedanken natürlich einerseits der Rache, andererseits dem Schutz künftiger Opfer. Es lag eine tiefe Ironie darin, daß der Mörder wahrscheinlich glaubte, sich mit den Morden eben dieser Dinge zu versichern: Rache für das gequälte Kind, das er früher gewesen war, und Schutz für die gequälte Seele, die er verkörperte.

Obwohl sich Kreisler bei seinen Erklärungen große Mühe gab, bewirkte das keine Änderung in Saras Einstellung. Es war wohl einfach noch zu früh für sie, das, was sie in Castle Garden erlebt hatte, beiseite zu schieben und dort weiterzumachen, wo wir unterbrochen worden waren. Sie rutschte ungeduldig auf ihrem Stuhl hin und her, schüttelte den Kopf und behauptete, alles, was Kreisler da sage, sei doch nichts als eine absurde Rationalisierung. Laszlo vergliche die emotionalen und physischen Probleme der Kindheit mit der übelsten Form erwachsener Blutgier und Gewalt, während es hier doch gar keine Beziehung gäbe – die beiden Phänomene hätten einfach überhaupt nichts miteinander zu tun. Kreisler entgegnete, das schiene ihr nur so, weil sie, Sara, selbst die Beziehungen bestimmte, und zwar beruhend auf den Erfahrungen ihrer eigenen Kindheit. Zorn und Zerstörungswut seien sicherlich nicht die wichtigsten Instinkte ihres Lebens – was aber, wenn sie's gewesen wären, und zwar lange bevor sie einen bewußten Gedanken fassen konnte? Welche rein physische Handlung könne einen derart tiefsitzenden Zorn lindern? Im Falle unseres Mörders reichten dazu nicht einmal die brutalen Morde; täten sie's, dann würde er ja weiterhin im geheimen seinen Verbrechen nachgehen, die Leichen verstecken und nicht auf eine Entdeckung hinarbeiten.

Da sich aber unsere Gesprächspartnerin durch kein noch so schlüssiges Argument überzeugen ließ, schlug ich vor, zu Bett zu gehen. Sara nickte dazu erschöpft, und ich begriff, daß ich sie jetzt einfach von Kreisler fortbringen mußte, der ja schon für einen gänzlich ausgeschlafenen Menschen anstrengend genug war.

Entschlossen öffnete ich die Eingangstür und begleitete sie hinaus zum Aufzug.

Im Erdgeschoß begegneten wir den beiden Isaacsons, deren Rückkehr nicht etwa von dem Mob in Castle Garden verzögert worden war – die bedrohlich aussehende Menge hatte sich bald nach unserer Abfahrt zerstreut –, sondern von Theodore, der darauf bestanden hatte, daß sie ihn noch in eines seiner Lieblingslokale in der Bowery zu einem Siegesfrühstück mit Steak und Bier begleiteten. Die beiden Detective Sergeants sahen ebenso erschöpft aus wie Sara und ich, und da sie noch hinauf mußten, um Kreisler einen Bericht abzuliefern, bevor an Schlaf zu denken war, verabschiedeten wir uns schnell voneinander. Marcus und ich vereinbarten für den Nachmittag ein Treffen im Golden Rule, dann stiegen sie in den Aufzug, und Sara und ich versuchten, auf dem menschenleeren Broadway eine Mietdroschke zu finden.

Es gab nicht viele, die der morgendlichen Kälte trotzten, aber die wenigen, die auf Fahrgäste warteten, hatten sich glücklicherweise vor dem St.-Denis-Hotel auf der gegenüberliegenden Straßenseite versammelt. Ich half Sara in eine Kutsche, aber bevor sie dem Kutscher ihre Adresse zurief, blickte sie noch einmal zu den erleuchteten Fenstern des sechsten Stocks der Nummer 808 hoch.

»Er kann nicht aufhören«, bemerkte sie ruhig. »Es scheint fast, als – als hätte er ein ganz persönliches Interesse daran.«

»Na klar, hat er sicher«, erwiderte ich und gähnte herzhaft, »durch einen Erfolg ließen sich ja viele seiner professionellen Thesen beweisen.«

»Nein, das meine ich nicht«, antwortete Sara. »Etwas anderes – etwas ganz anderes ...«

Ich folgte ihrem Blick hinauf zu unserem Hauptquartier und wollte dann noch schnell etwas zur Sprache bringen, was mich selbst beschäftigte: »Ich würde gern wissen, was mit Mary los war.«

Sara lächelte. »Tja, in solchen Angelegenheiten hattest du wohl nie einen guten Riecher, John.«

»Was soll das heißen?« fragte ich verblüfft.

»Das soll heißen«, erwiderte Sara in nachsichtigem Ton, »daß sie ihn liebt.« Ich stand noch mit offenem Mund da, als sie bereits gegen das Dach der Kutsche klopfte. »Gramercy Park, Kutscher. Gute Nacht, John.«

Sara lächelte noch immer, als die Kutsche wendete und den Broadway hinauffuhr. Zwei andere Kutscher fragten mich, ob ich nicht auch ein Fahrzeug brauchte, aber nach dem, was ich da gerade erfahren hatte, konnte ich nur meinen Kopf schütteln. Wenn ich zu Fuß nach Hause ging – oder vielmehr stolperte –, dann brachte die frische Luft vielleicht etwas Ordnung in meinen Kopf, dachte ich; aber da irrte ich mich gewaltig. Saras Mitteilung und der Gesichtsausdruck, mit dem sie mir das gesagt hatte, waren für mein Hirn einfach zuviel. Der Heimweg hatte nur die Wirkung, daß er mich vollkommen erschöpfte. Als ich mich endlich in mein Bett verkriechen konnte, da war ich nicht mehr in der Lage, mir auch noch meine verschmutzte Kleidung auszuziehen.

Kapitel
16

Im Schlaf erfaßte mich eine schwere Verstimmung, und gegen Mittag erwachte ich mit der allerübelsten Laune – die sich noch verstärkte, als ein Botenjunge mir eine Nachricht von Laszlo brachte, die dieser am Morgen geschrieben hatte. Darin teilte er mir mit, daß in der vergangenen Nacht eine gewisse Mrs. Edward Hulse auf Long Island festgenommen worden war, nachdem sie versucht hatte, ihre eigenen Kinder mit einem Fleischermesser umzubringen. Die Frau war zwar inzwischen bereits in die Obhut ihres Gatten entlassen worden, aber Kreisler sollte ihre Zurechnungsfähigkeit prüfen; und auf seine Einladung hin fuhr Sara mit ihm. Es war natürlich keine Rede davon, Mrs. Hulse in Verbindung mit unserem Fall zu bringen. Vielmehr hoffe er, Sara (die nach einigen Stunden Schlaf wieder ganz die alte war) könne dabei Material für den Charakter jener »imaginären Frau« sammeln, der uns helfen sollte, den Charakter unseres »imaginären Mannes« besser zu verstehen. Nichts davon war irgendwie gegen mich gerichtet; es lag vielmehr an der Art, wie Kreisler sich ausdrückte, es klang nämlich so, als plante er mit Sara eine vergnügliche Landpartie. Ich knüllte das Papier zusammen und wünschte ihnen im Geiste zähneknirschend gute Unterhaltung; und ich glaube, anschließend spuckte ich sogar ins Waschbecken.

Ein Telefonanruf von Marcus Isaacson setzte unser vereinbartes Treffen auf fünf Uhr fest, und zwar bei der El-Station an der Kreuzung Dritte Avenue und Vierte Straße. Darauf kleidete ich mich an und überlegte, wie ich meinen Nachmittag gestalten sollte – viele erfreuliche Möglichkeiten boten sich meinem vergrämten Auge nicht. Als ich mich aus meinem Zimmer wagte, entdeckte ich, daß meine Großmutter zum Mittagessen geladen hatte. Die Gäste waren eine ihrer geistig minderbemittelten Nichten und deren nicht viel hellerer Gatte (übrigens ein Partner in der Vermögensverwaltungsfirma meines Vaters) und außerdem noch einer meiner Vettern. Alle drei ergingen sich in Fragen nach meinem Vater. Da ich seit Monaten keinen Kontakt mehr mit ihm hatte, tat ich mich bei der Beantwortung etwas schwer. Es folgten mehrere höfliche Erkundigungen nach meiner Mutter (die sich, das wußte ich immerhin, im Moment gerade mit einer Gesellschafterin auf einer Europareise befand); in aufdringlich taktvoller Weise ausgespart wurden jegliche Fragen nach Julia Pratt, meiner ehemaligen Verlobten, die alle drei auf gesellschaftlicher Ebene kannten. Ihre gesamte Unterhaltung war durchsetzt von unaufrichtigem Lächeln und geheuchelten Gefühlen, was dazu führte, daß ich zuletzt überhaupt am liebsten aus der Haut gefahren wäre.

In Wahrheit war es so, daß ich seit mehreren Jahren mit meiner eigenen Familie auf Kriegsfuß lebte. Unmittelbar nach meinem Abgang von Harvard war nämlich mein jüngerer Bruder – dessen Einstieg ins Erwachsenenleben sich noch viel schwieriger gestaltet hatte als mein eigener – in Boston von einem Schiff ins Meer gefallen und ertrunken. Bei der Autopsie stellte sich heraus, was ich ohnehin jedem hätte sagen können, daß er dem Alkohol verfallen und morphiumsüchtig gewesen war. In seinen letzten Lebensjahren hatte er übrigens gern mit Roosevelts jüngerem Bruder Elliot ins Glas geschaut, der ebenfalls wenige Jahre später dem Alkohol zum Opfer fiel. Beim Begräbnis ergingen sich alle in pietätvollen, völlig unsinnigen Ergüssen, vermieden es aber sorgfältig, die Anfälle von schwerer Melancholie, unter denen mein Bruder gelitten hatte, auch nur zu erwähnen. Dafür gab es sicher verschiedene Ursachen, aber ich glaubte damals – und glaube es auch heute noch –, daß der Hauptgrund darin lag, daß wir in einer Familie aufgewachsen waren, wo jeder, der seine Gefühle zeigte, im besten Fall verlacht, im schlimmsten ausgestoßen wurde. Unglücklicherweise verlieh ich dieser Meinung beim Begräbnis auch lautstark Ausdruck und wäre daraufhin fast in ein Irrenhaus gesperrt worden. Die Beziehungen zwischen mir und meiner Familie hatten sich von diesem Schock nie ganz erholt. Nur meine Großmutter, die meinen Bruder über alles geliebt hatte, brachte mir Verständnis entgegen, das schließlich so weit ging, daß sie mich in ihrem Hause aufnahm. Alle anderen Mitglieder meiner Familie hielten mich zumindest für geistig nicht ganz normal, vielleicht sogar für gefährlich.

Aus allen diesen Gründen versetzte das Mittagessen am Washington Square meiner Stimmung eine Art Todesstoß. Mit mir und der Welt uneins, trat ich durchs Haustor hinaus in den eisigen Apriltag. Plötzlich fiel mir auf, daß ich ja keine Ahnung hatte, wohin ich eigentlich wollte, also setzte ich mich auf die Stufen, zitternd und frierend, und erkannte schlagartig, daß ich eifersüchtig war. Diese Erkenntnis überraschte mich selbst dermaßen, daß sie mich aus meinem mißmutigen Dämmerzustand hochriß. Offenbar hatte mein Unterbewußtsein aus den versprengten Informationen der letzten Nacht einige unangenehme Schlüsse gezogen. Wenn Mary Palmer Kreisler tatsächlich liebte und Sara als Bedrohung sah, und wenn sowohl Kreisler als auch Sara dies wußten und Kreisler infolgedessen Mary nicht in seiner Nähe haben wollte, aber nichts dagegen hatte, einen bezaubernden Frühlingsnachmittag allein mit Sara zu verbringen – dann, ja dann war eigentlich alles klar wie Kloßbrühe. Sara fühlte sich offenbar hingezogen zu dem geheimnisvollen Seelenarzt, und Kreisler, der einsame Kämpfer, der in seinem ganzen Leben meines Wissens nur ein einziges Mal verliebt gewesen war, erkannte in Sara mit ihrem leidenschaftlichen Unabhängigkeitsstreben eine verwandte Seele. Es war nicht etwa die Eifersucht des verschmähten Liebhabers, die mich da plötzlich erfaßte – eine amouröse Verbindung mit Sara hatte ich nur vor Jahren einmal ins Auge gefaßt, und auch das nur während einiger feuchtfröhlicher Stunden. Vielmehr kränkte mich die Vorstellung, daß sie mich ausgeschlossen hatten. An einem solchen Morgen (oder eher Nachmittag) wäre ein Ausflug mit Freunden nach Long Island der reinste Balsam auf meine wunde Seele gewesen.

Eine Weile überlegte ich, ob ich vielleicht einer Schauspielerin, mit der ich nach dem Ende der Julia-Pratt-Story viele Tage (und noch mehr Nächte) verbracht hatte, einen Besuch abstatten sollte. Aber dann wanderten meine Gedanken aus naheliegenden Gründen zu Mary Palmer. So schlecht ich mich fühlte, so mußte es ihr – wenn das, was Sara mir gesagt hatte, stimmte – doch noch viel schlechter gehen. Was wäre mit einer raschen Fahrt zum Stuyvesant Park, überlegte ich, um das Mädchen heute nachmittag auszuführen? Kreisler wäre vielleicht nicht einverstanden gewesen, aber Kreisler gönnte sich immerhin gerade einen vergnügten Tag mit einem tollen Mädchen, daher hatte er kein Recht auf einen Einwand. Ich machte mich zu Fuß auf den Weg und fand die Idee immer besser – nur: Wohin sollte ich das Mädchen denn ausführen?

Auf dem Broadway hielt ich ein paar Zeitungsjungen an und erleichterte sie um einen Teil ihrer Ware. Das Verbrechen von Castle Garden füllte die Schlagzeilen. Man fing an, sich um die Stimmung in den Einwandererviertln Sorgen zu machen. Ein Bürgerkomitee hatte sich gebildet; man wollte im Rathaus vorstellig werden, um der Besorgnis wegen der Mordfälle, vor allem aber wegen der möglichen Beeinträchtigung von Zucht und Ordnung Ausdruck zu verleihen. Mich interessierte das im Augenblick nicht, und ich blätterte schnell weiter zu den Veranstaltungsseiten. Groß war die Auswahl hier nicht, doch dann fiel mein Blick auf eine Anzeige des Koster & Bial-Theaters in der Dreiundzwanzigsten Straße. Koster & Bial hatten nicht nur Sänger, Komiker, Akrobaten und einen russischen Clown im Programm, sie zeigten auch kurze Filmprojektionen, und zwar zum allerersten Mal in New York, wie die Anzeige hervorhob. Das erschien mir genau das Richtige zu sein, und das Theater war auch nicht weit entfernt von Kreislers Haus. Ich schnappte mir die erste Droschke, die mir begegnete, und fuhr in die Siebzehnte Straße.

Dort fand ich Mary ganz allein vor, und in genau der deprimierten Stimmung, wie ich es erwartet hatte. Zuerst wollte sie von einem derartigen Ausgang nichts hören, wandte ihre Augen von mir ab, schüttelte heftig den Kopf und deutete auf die Räume rund herum, nur um zu sagen, sie hätte noch viel im Haus zu tun. Aber ich war nun einmal fest entschlossen, sie aufzuheitern, und ließ daher nicht locker. Ich beschrieb ihr das Programm von Koster & Bial in den leuchtendsten Farben und erwähnte auch, daß ich mit dieser Einladung nur meinem Dank für das köstliche Frühstück vom Morgen Ausdruck verleihen wollte. Dabei vergaß sie ihre Bedenken, ließ sich begeistern, holte ihren Mantel und setzte einen kleinen schwarzen Hut auf. Sie sagte kein Wort, als wir das Haus verließen, lächelte aber vergnügt und dankbar zu mir auf.

Die Idee, die aus so zweifelhaften Gefühlen geboren worden war, stellte sich als eine erstaunlich gute heraus. Wir nahmen unsere Sitze bei Koster & Bial ein, als ein Komödiantenteam aus einer Londoner Music Hall eben mit seiner Nummer zu Ende war. Dann kam der russische Clown, dessen wortlos stumme Darbietung Mary offenbar genoß. Auch die lustigen Akrobaten, die einander aufzogen und hänselten, während sie einige verblüffende Leistungen zeigten, waren recht gut; auf die französischen Sänger sowie einige recht merkwürdige Tänzer, die darauf folgten, hätte ich indes gut und gern verzichten können. Die zahlreichen Zuschauer verfolgten die Darbietungen mit Wohlwollen, und Mary interessierte sich für sie mindestens ebenso wie für die Akteure auf der Bühne.

Die Spannung stieg, als eine leuchtend weiße Leinwand vor der Bühne herunterging und es im Saal plötzlich ganz finster wurde. Hinter uns flammte Licht auf, und dann brach in den ersten Reihen beinahe Panik aus, als es schien, als würde eine blaue Wasserwand direkt von der Bühne über die Zuschauer hereinbrechen. Keiner von uns war mit dem Phänomen der projizierten Bilder vertraut, deren Eindruck um so stärker war, als man den Schwarzweißfilm auch noch von Hand koloriert hatte. Nachdem sich alle von dem Schrecken erholt hatten und der erste Film mit dem Titel »Meereswellen« zu Ende war, setzte man uns elf weitere Kurzfilme vor, darunter zwei »Burleske Boxer«, und einen nur mäßig heiteren Filmbericht über den deutschen Kaiser, wie er seine Truppen inspizierte. In diesem unscheinbaren Theater sitzend, hatte man dabei gar nicht das Gefühl, der Geburt einer neuen

Form von Unterhaltung und Kommunikation beizuwohnen, die in den Händen von Meisterregisseuren wie D. W. Griffith bald nicht nur New York, sondern die ganze Welt drastisch verändern sollte. Mir war viel wichtiger, daß diese flimmernden, kolorierten Bilder Mary Palmer und mich für eine kurze Weile zusammenbrachten und die Einsamkeit vertrieben, die für mich ein vorübergehendes, für sie aber ein dauerndes Element des Daseins war.

Erst draußen auf der Straße machte sich die Schulung, der ich in den letzten Wochen ausgesetzt war, in einer inneren Unruhe bemerkbar. Ich beobachtete meine vergnügte und sehr attraktive Begleiterin, sah, wie sie den sonnigen Nachmittag genoß, und fragte mich, wie es dazu kommen konnte, daß dieses Mädchen seinen Vater ermordete? Es war mir völlig klar, daß man sich kaum Schlimmeres vorstellen konnte als einen Vater, der seine Tochter mißbrauchte, aber auch andere Mädchen hatten das gleiche Schicksal erlitten, ohne den Vater an ein Bett zu fesseln und bei lebendigem Leib zu braten. Was hatte Mary zu der Tat getrieben? Bald erkannte ich, daß auch Jahre nach der Tat die Erklärung dafür gar nicht so fern lag. Mary beobachtete die Hunde und die Tauben im Madison Square Park, dann schaute sie bewundernd zur riesengroßen vergoldeten Statue der Diana auf dem viereckigen Turm auf, und ihre Lippen bewegten sich, als hätte sie ihrem Vergnügen Ausdruck geben wollen – aber dann schlossen sich die Kiefer, in ihrem Gesicht erschien die Angst vor den unzusammenhängenden Lauten, die bei jedem Versuch zu sprechen ihrem Mund entflohen. Mary war als Kind für eine Idiotin gehalten worden, und Kinder sind im allgemeinen alles andere als nett zu geistig Behinderten. Ihre Mutter hatte ihr gerade noch einfache Hausarbeiten zugetraut, mehr nicht. Daher war Mary zu dem Zeitpunkt, als die sexuellen Belästigungen ihres Vaters anfingen, wahrscheinlich schon so verstört und gequält, daß sie fast explodierte. Hätte man wenigstens eine dieser Belastungen und seelischen Qualen von ihr genommen, dann wäre ihr Leben sicherlich ganz anders verlaufen; alles zusammen aber ergab ein tödliches Muster.

Vielleicht war das Leben unseres Mörders ähnlich verlaufen, sinnierte ich, während Mary und ich den Madison Square Garden betraten, um im Arkadenrestaurant oben auf dem Dach eine Tasse Tee zu trinken. Mir war inzwischen aufgefallen, daß Mary neben einem sehr redefreudigen Gefährten noch stärker unter ihrer erzwungenen Schweigsamkeit litt, daher teilte ich mich jetzt mehr mit Gestik und Mimik mit und hing dabei meinen psychologischen Überlegungen nach. Mary trank ihren Tee und renkte sich beinahe den Hals aus, um nichts von der Aussicht, die sich vom Dachgarten aus bot, zu versäumen; ich erinnerte mich an das, was Kreisler letzte Nacht gesagt hatte: daß nämlich für unseren Mörder die Gewalt ihren Ausgangspunkt in der Kindheit hatte. Das bedeutete aller Wahrscheinlichkeit nach, daß er von Erwachsenen geschlagen wurde – was zu Laszlos Theorie passen würde, daß der Mann sowohl von rachsüchtigen wie auch von selbstbeschützenden Instinkten angetrieben wurde. Was hatte ihn, so wie Mary, über die schmale, aber sehr reale Grenze zur Gewalt getrieben? Hatte vielleicht auch er in seiner Jugend unter einer Mißbildung oder Behinderung gelitten, die ihn zum Gegenstand des Spottes und der Verachtung machte, nicht nur von seiten der Erwachsenen, sondern noch mehr von seiten der Kinder? Und hatte er außerdem noch, genau wie Mary, erniedrigende sexuelle Gewalt erdulden müssen?

Es scheint vielleicht seltsam, daß ein so schönes Mädchen wie Mary derart finstere Gedanken in mir wachrief. Aber seltsam oder nicht, ich hatte das Gefühl, daß ich eine Spur verfolgte. Ich mußte Mary jetzt schnell nach Hause bringen, damit ich rechtzeitig zu meinem Treffen mit Marcus Isaacson kam und ihm von meinen Überlegungen berichten konnte. Es tat mir beinahe leid, daß der Nachmittag, der Mary soviel Vergnügen bereitet hatte, schon zu Ende ging – aber auch sie hatte ja zu tun und mußte sich um den Haushalt kümmern; ich bemerkte, daß der Anblick von Kreislers Kalesche vor dem Haus in der Siebzehnten Straße sie sehr heftig daran erinnerte.

Stevie bürstete gerade den Wallach Frederick, während Kreisler auf dem kleinen gußeisernen Balkon vor dem Salon im zweiten Stock stand und eine Zigarette rauchte. Sowohl Mary als auch ich rechneten mit einem kleinen Donnerwetter, als wir den Vorgarten betraten – und sahen voll Überraschung in Kreislers Gesicht ein geradezu liebevolles Lächeln. Er zog seine silberne Taschenuhr hervor, sah nach, wie spät es war, und sagte mit väterlicher Milde:

»Na, ihr beiden habt euch sicher einen schönen Nachmittag gemacht – Mr. Moore war hoffentlich ein tadelloser Kavalier, Mary?«

Mary lächelte und nickte und stürzte dann zur Haustür. Dort wandte sie sich um, nahm den kleinen schwarzen Hut ab und sagte strahlend und fast ohne jede Spur von Behinderung »Danke vielmals!«. Dann verschwand sie ins Haus, und ich blickte hinauf zu Kreisler.

»Vielleicht kommt der Frühling doch noch«, sagte er und deutete mit seiner Zigarette in Richtung Stuyvesant Park. »Die Bäume schlagen schon aus, trotz der Kälte.«

»Ich dachte, Sie wären noch auf Long Island«, sagte ich.

Er zuckte die Schultern. »Ich konnte dort nicht viel in Erfahrung bringen. Sara war dagegen fasziniert von Mrs. Hulses Einstellung gegenüber ihren Kindern, also ließ ich sie allein dort. Sie kann ja am Abend den Zug zurück in die Stadt nehmen.« Angesichts der Theorien, die ich heute mittag ausgeheckt hatte, schien das nun wieder etwas seltsam; aber Kreisler selbst kam mir ganz wie immer vor. »Kommen Sie herauf auf einen Drink, John?«

»Ich treffe mich um fünf mit Marcus – wir wollen uns im Golden Rule umsehen. Interessieren Sie sich auch dafür?«

»Sicher, sehr sogar«, antwortete er. »Aber es ist vielleicht besser, wenn man mich nicht an zu vielen Orten sieht, die mit unserem Fall in Verbindung stehen. Sie beide sind sicher imstande, alles Nötige im Geist festzuhalten. Vergessen Sie nicht: Der Schlüssel liegt immer im Detail.«

»Ich hatte übrigens ein paar Ideen, die ich für möglicherweise verwertbar halte.«

»Ausgezeichnet. Darüber sprechen wir beim Dinner. Rufen Sie mich im Institut an, wenn Sie fertig sind, ich habe dort noch zu tun.«

Ich nickte und wandte mich zum Fortgehen; aber meine Verblüffung war so groß, daß ich meinen Mund nicht halten konnte.

»Laszlo?« sagte ich etwas unsicher. »Sie sind doch nicht böse, daß ich Mary heute nachmittag ausgeführt habe?«

Er zuckte wieder die Schultern. »Sie haben doch nicht unseren Fall mit ihr besprochen?«

»Nein.«

»Dann bin ich im Gegenteil sogar sehr dankbar. Mary braucht neue Gesichter und neue Erfahrungen. Ich bin überzeugt, daß ihr das sehr gut getan hat.«

Damit war ich entlassen. Ich ging durch den Vorgarten hinaus und ließ die minimale Einsicht in das Verhalten meiner Freunde, die ich seit heute morgen zu besitzen glaubte, hinter mir zurück. Durch die Dritte Straße eilend, nahm ich mir vor, meine Nase nicht mehr in anderer Leute Privatleben zu stecken. Am Cooper Square schien mir das gar nicht mehr so schwer. Und als ich schließlich in der Vierten Straße Marcus begegnete, war ich bereit, seinen allerjüngsten Theorien über die Methoden unseres Mörders ein williges Ohr zu leihen.

Kapitel
17

Die Idee, unser Mann könnte ein geübter Bergsteiger sein, war Marcus gekommen, als ich mit dem Bericht des Jungen Sally von der Paresis Hall erschien. Doch erfolglos hatte er versucht, zunächst am Brückenanker der Williamsburg Bridge und dann in der Paresis Hall selbst Beweise für seine Theorie zu finden, und wollte die Idee daher wieder fallen lassen. Aber welche andere Erklärung gab es für die Schnelligkeit, mit der der Mann sich bewegte? Von Leitern weit und breit keine Spur. Es gab also keine andere Möglichkeit. Er konnte einfach nur mit Hilfe hochspezialisierter Klettermethoden durch die Fenster seiner Opfer ein- und ausgestiegen sein. Daß er ein wirklich guter Kletterer war, ging auch daraus hervor, daß er beim Verlassen der Räume die Jungen sicher getragen hatte, denn daß diese etwas vom Klettern verstanden, war nicht anzunehmen. Das paßte auch zu der Annahme, die die Isaacsons schon bei Delmonico vorgetragen hatten, daß er nämlich ein großer, kräftiger Mann war.

Bei einem weiteren Besuch der Paresis Hall hatte Marcus an der Außenmauer des Gebäudes Kratzer gefunden, die möglicherweise von genagelten Bergschuhen herrührten oder auch von Kletterhaken, wie sie die Bergsteiger in den Fels schlagen, als Stütze für Hand und Fuß, oder um ein Seil daran zu befestigen. Die Spuren waren aber nicht eindeutig, deshalb hatte er sie uns gegenüber nicht erwähnt. Aber in Castle Garden hatte Marcus am Dachrand ganz eindeutig Seilfasern entdeckt, und zwar an einer Stelle, wo sich mühelos ein Seil befestigen ließ. An diesem Punkt ließen wir Marcus am Seil herunter. Dabei fand er an der hinteren Wand des Gebäudes ähnliche Spuren wie an der Paresis Hall. Darauf beruhend entwickelte Marcus nun seine Hypothese:

Der Mörder war, sein jüngstes Opfer auf dem Rücken, unter Benutzung von Kletterhaken aufs Dach geklettert. Daß der Wächter das Hämmern nicht hörte, war nicht überraschend, denn der schlief fast die ganze Zeit, was sicher auch unser Mann wußte. Auf dem Dach angelangt, hatte er den Mord ausgeführt, dann ein Seil am Dachgeländer befestigt und sich abgeseilt. Beim Abseilen entfernte er die in der Wand steckenden Haken. Unten angekommen, zog er das Seil vom Dach herunter.

An diesem Punkt in der Geschichte zog Marcus aus seiner Jackentasche einen unauffälligen Stahlhaken, den er im Gras in Castle Garden gefunden hatte. Die Öse an einem Ende diente zum Durchfädeln von Seilen, erklärte er. Zu Hause hatte er den Haken auf Fingerabdrücke untersucht und tatsächlich einen gefunden, der mit denen auf dem gefliesten Kamin identisch war. Ich konnte nicht umhin, dem Mann daraufhin herzlich auf den Rücken zu klopfen: Marcus konnte es an Hartnäckigkeit mit jedem beliebigen Polizisten aufnehmen, den ich im Laufe meiner Jahre als Polizeireporter kennengelernt hatte – aber abgesehen davon war er auch noch intelligent. Daß ihn das bei seinen ehemaligen Kollegen nicht beliebt gemacht hatte, lag auf der Hand.

Auf dem Weg zum Golden Rule legte mir Marcus den Hintergrund seiner Entdeckung dar. Bis zu jenem Tag im Jahre 1896 konnte sich Bergsteigen als Freizeitsport in Nordamerika nicht durchsetzen, doch in Europa lagen die Dinge anders. Das ganze 19. Jahrhundert hindurch hatten europäische Bergsteiger einen Alpengipfel nach dem anderen bezwungen, auch der Kaukasus war nicht vor ihnen sicher, und ein unentwegter Deutscher hatte sich sogar bis Ostafrika und auf den Gipfel des Kilimandscharo gewagt. Bei diesen Bergsteigern handelte es sich hauptsächlich um Engländer, Schweizer oder Deutsche; und in diesen Ländern war Bergsteigen auf etwas weniger ehrgeizigem Niveau bereits zum Volkssport geworden. Unser Mann war offenbar ein derart geschickter und erfahrener Kletterer, daß man wohl nicht fehlging in der Annahme, er habe sich mit diesem Sport seit seiner Jugend befaßt. Es schien daher wahrscheinlich, daß seine Familie in nicht allzu ferner Vergangenheit aus einem dieser drei Länder nach Amerika emigrierte. Im Moment ließ sich damit vielleicht nicht viel anfangen, aber in Verbindung mit anderen Entdeckungen, die vielleicht noch auf uns warteten, bot das möglicherweise doch einen kleinen Hoffnungsschimmer.

Den konnten wir auch gut gebrauchen bei unserem Besuch im Golden Rule, einem verkommenen Kellerloch, das sich keinen unpassenderen Namen hätte zulegen können. Die Paresis Hall war wenigstens über der Erde und doch etwas geräumiger, aber das Golden Rule befand sich in einem feuchten, engen Kellerlokal, wo dünne Wände die einzelnen Lustkabinen so voneinander trennten, daß man die Klienten bei ihrer Tätigkeit zwar nicht sah, aber dafür um so deutlicher hörte. Die Puffmutter, eine widerwärtige Person von den Ausmaßen eines Dragoners mit dem Namen Scotch Ann, bot eine ganz besondere Ware an: sehr junge, mädchenhafte Knaben, die sich stark schminkten, mit Falsettstimme sprachen und einander mit Mädchennamen anredeten. Im Jahre 1892 war das Golden Rule kurze Zeit in aller Munde, weil nämlich der Reverend Charles Parkhurst, ein presbyterianischer Geistlicher und Vorstand der Gesellschaft zur Verhütung von Verbrechen, im Lauf seines Feldzugs gegen die Verbindung zwischen der New Yorker Unterwelt und verschiedenen Abteilungen der Stadtverwaltung, vor allem natürlich der Polizei, diese miese Höhle besucht hatte. Parkhurst, ein großer, gutaussehender Mann, viel sympathischer als die landläufigen Moralapostel, hatte sich als Führer für seine Odyssee einen Privatdetektiv genommen. Dieser Charlie Gardner, ein alter Freund von mir, hatte seinerseits mich eingeladen, an diesem wahrscheinlich höchst amüsanten Ausflug teilzunehmen.

1892 hatte sich bei mir die Begeisterung der Jugend aber schon etwas gelegt, ich war damals eben im Begriff, mich zu einem nützlichen Mitglied der Gesellschaft zu entwickeln. Die Vorstellung einer friedlichen bürgerlichen Existenz erweckte in mir Gefallen, ich hatte meine Augen nach Washington und auf Julia Pratt gerichtet und war nicht bereit, meinen beruflichen wie privaten guten Ruf durch eine nächtliche Expedition mit Charlie Gardner aufs Spiel zu setzen. Daher bestand mein einziger Beitrag zu Reverend Parkhursts berühmtem Abenteuer in einer kurzen Liste von Spelunken und Bordellen, deren Besuch ich der Gruppe empfahl. An diese Liste hielten sie sich auch, ergänzten sie aber mit einigen weiteren üblichen Löchern und Lasterhöhlen. Die Berichte über Parkhursts Begegnung mit Verkommenheit und Sünde, und zwar ganz besonders im Golden Rule, trieb der guten Gesellschaft später die Haare zu Berge. Hätte man nicht durch Parkhurst erfahren, wie verkommen und sittlich verroht das Leben in New York bereits war und wie stark die Stadtverwaltung damit verfilzt war und von der Unmoral profitierte, so wäre wahrscheinlich nie ein Stadtsenats-Ausschuß zur Untersuchung der Korruption eingesetzt worden. So aber verlangte das von Clarence Lexow angeführte Komitee schließlich lautstark nach einer formellen »Anklage der New Yorker Polizei in ihrer Gesamtheit«, worauf viele alteingesessene Polizisten den Stachel der Reform zu fühlen begannen. Aber wie ich früher schon sagte: In New York sind Korruption und Sittenverfall kein vorübergehendes Unglück, sondern ein Dauerzustand. Wenn man die Stimme der moralischen Entrüstung lautstark vernimmt, wie etwa bei Männern wie Parkhurst, Lexow, Bürgermeister Strong, aber auch Theodore, dann gewinnt man den Eindruck, dies entspräche einer Mehrheit der städtischen Bürgerschaft, betritt man aber eine Lasterhöhle wie das Golden Rule, dann dämmert einem die Erkenntnis, daß diese Lebensform wohl mindestens ebenso viele Anhänger hat – wenn nicht vielleicht sogar mehr.

Allerdings gibt es zwischen den Verfechtern der öffentlichen Moral und den Anhängern des Lasters bisweilen eine Personalunion, wie Marcus erkennen mußte, als wir an diesem Samstag abend durch die unauffällige Eingangstür das Golden Rule betraten. Da stürmte uns ein teuer gekleideter, rundbäuchiger Glatzkopf mittleren Alters hastig entgegen, der schnell sein Gesicht verdeckte und dann zu einer luxuriösen Kalesche eilte, die an der Straßenecke auf ihn wartete. Ihm folgte ein fünfzehn- oder sechzehnjähriger Junge in charakteristischer Aufmachung und zählte befriedigt einen

Packen Geld. Der Junge rief dem Glatzkopf irgend etwas nach, in jener Falsettstimme, die in den Ohren des Unbedarften so eigenartig, ja eigentlich grauenhaft klingt. Dann schlenderte er hüftenschwingend ganz nah an uns vorbei und versprach uns, daß es sich lohnen würde, einen Abend mit ihm zu verbringen. Marcus wandte sich ab und blickte zur Decke, aber ich antwortete dem Jungen und erklärte ihm, daß wir keine Kunden seien, sondern mit Scotch Ann sprechen wollten.

»Oh«, versetzte der Junge mit lasziver Ironie in seiner natürlichen Stimme. »Noch mehr Bullen, wie's scheint. Ann!« Er tänzelte weiter in die Tiefen des Kellers zu einem größeren Raum, aus dem lautes, vulgäres Lachen dröhnte. »Wir haben schon wieder feinen Besuch – Mordsbesuch!«

Wir folgten dem Jungen und blieben am Eingang zu dem größeren Raum stehen. Drinnen standen ein paar ehemals hochherrschaftliche, jetzt aber äußerst schäbige Möbelstücke, auf dem feuchten, modrig riechenden Boden lag ein abgewetzter alter Perserteppich, und auf diesem kroch ein etwa dreißigjähriger Mann halbnackt und wiehernd herum und ließ mehrere spärlich bekleidete Jungen über sich springen.

»Bockspringen«, murmelte Marcus leicht nervös. »Haben Sie Parkhurst nicht hier in etwas Ähnliches hineingezogen?«

»Das war bei Hattie Adam oben im Tenderloin«, versetzte ich. »Im Golden Rule wurde Parkhurst nicht alt – als ihm dämmerte, was hier los ist, ergriff er die Flucht.«

Aus den Hinterzimmern wogte jetzt Scotch Ann heran, zentimeterdicke Schminke im Gesicht, alles andere als nüchtern – und weit jenseits ihrer ersten Jugend, falls sie überhaupt jemals jung gewesen war. Ein rosa Fähnchen hing von ihren fleischigen Schultern. In ihrem Gesicht stand der gereizte, beleidigte Ausdruck, den alle Puffmütter bei einer unerwarteten Begegnung mit Gesetzeshütern aufzusetzen pflegen.

»Ich weiß nicht, was ihr schon wieder wollt, Jungs«, krächzte sie mit einer Stimme, die von Alkohol und Zigaretten wie zerfressen klang. »Ich zahl' doch zwei Reviervorständen ohnehin schon fünfhundert Grüne pro Monat, daß der Laden nicht geschlossen wird. Da bleibt für zivile Kieberer aber wirklich nichts mehr übrig. Außerdem hab' ich doch schon alles, was ich über den Mord weiß, einem Bullen vorgesungen.«

»Um so besser«, erklärte Marcus, hielt ihr seine Erkennungsmarke unter die Nase und schob sie in Richtung Hinterzimmer, »dann haben Sie noch alles ganz frisch im Gedächtnis. Aber regen Sie sich nicht auf, wir wollen nur ein paar Informationen, sonst nichts.«

Erleichtert darüber, daß unser Besuch sie nichts kosten würde, erzählte uns Scotch Ann die Geschichte von Fatima: eigentlich Ali ibn-Ghazi, ein vierzehnjähriger Junge aus Syrien, dessen Mutter kurz nach der Ankunft der Familie in New York an irgendeiner im syrischen Ghetto am Washington Market grassierenden Infektionskrankheit gestorben war. Der Vater, ein ungelernter Hilfsarbeiter, konnte keinen Job finden und ging daher betteln, er nahm auch seine Kinder mit, damit sie in ihrer Unschuld die Passanten rührten; und dabei entdeckte ihn Scotch Ann. Die feinen, orientalischen Züge des Jungen gefielen ihr. Mit dem Vater wurde sie schnell handelseinig – das Geschäft unterschied sich kaum von Sklavenhandel. Und so ward »Fatima« geboren – der Name machte mich plötzlich krank, ich spürte, daß ich diese Sitte, die Jungen bei Mädchennamen zu nennen, um den Kunden entweder bei möglichen Gewissensbissen oder ganz speziellen Perversionen entgegenzukommen, einfach nicht mehr ertragen konnte. »Sie machte Geld wie Heu«, sagte Scotch Ann gerade. Am liebsten hätte ich ihr dafür eins mit dem Gürtel übergezogen, aber Marcus setzte das Verhör ruhig und professionell fort. Ann konnte uns nicht mehr viel mitteilen, wurde aber unruhig, als wir erklärten, das Zimmer sehen zu wollen, in dem der Junge »gearbeitet« hatte, und auch mit befreundeten Jungen sprechen wollten.

»Wahrscheinlich hatte er ja nicht viele Freunde«, sagte Marcus nebenbei. »Er war doch sicher ein schwieriger junger Mann.«

»Fatima?« fragte Ann mit hochgezogenen Brauen. »Das wäre mir aber ganz was Neues! Mit Kunden spielte sie manchmal schon das kleine Teufelchen – Sie würden sich wundern, wie viele so etwas wirklich mögen –, aber sie beklagte sich nie, und die anderen Mädchen haben sie alle heiß geliebt.«

Marcus und ich tauschten einen überraschten Blick. Das paßte gar nicht zu dem Muster, wie wir es von den anderen Opfern kannten. Als wir dann Ann einen engen kleinen Korridor vorbei an kleinen Abteilen folgten, nickte Marcus und flüsterte mir zu: »Wären Sie nicht auch vorsichtig mit Ihren Äußerungen bei einer solchen Sklaventreiberin? Warten wir ab, was die anderen Mädchen sagen. *Jungen*, meine ich – zum Teufel, jetzt fange ich auch schon damit an.«

Aber die anderen Jungen, die im Golden Rule arbeiteten, erzählten uns nichts, was von den Angaben ihrer Chefin abgewichen wäre. Marcus und ich standen in dem engen Gang, warteten, bis ein Junge aus einem Abteil herauskam – dabei mußten wir uns das obszöne Grunzen und Stöhnen, ja sogar die Liebesbeteuerungen anhören, die da herausdrangen –, und fragten ihn dann aus. Auf diese Weise verhörten wir etwa ein Dutzend stark geschminkte Jungen und erfuhren nichts anderes, als daß Ali ibn-Ghazi bei allen beliebt gewesen war und kein Zeichen von Auflehnung hatte erkennen lassen. Das war verblüffend, aber wir hatten keine Zeit, uns damit zu befassen, denn die Sonne ging schon unter, wir brauchten aber noch etwas Licht, wenn wir das Gebäude auch von außen untersuchen wollten. Als das Gelaß, das Ali benutzt hatte, von einem erschöpften Jungen und zwei wie ertappt wirkenden älteren Herren geräumt worden war, betraten wir es, erstickten fast an der warmen, feuchten Luft und dem Geruch nach Schweiß und versuchten, einen Beweis für Marcus' Klettertheorie zu finden.

Das Gelaß ging auf eine winzige Hintergasse. Das schmutzstarrende Fenster ließ sich öffnen und gab den Blick frei auf eine glatte Ziegelwand, die über vier Stockwerke ohne jeden Halt hinauf zum Dach führte. Bevor die Sonne ganz untergegangen war, mußten wir uns unbedingt noch dieses Dach ansehen. Auf dem Weg hinaus konnte ich aber noch einen der im Moment arbeitslos herumstehenden Jungen fragen, ob Ali in der Nacht seines Todes das Golden Rule verlassen hätte. Der junge Mann runzelte die Stirn und überlegte, während er sich gleichzeitig in einer billigen Spiegelscherbe kokett betrachtete.

»Verdammt, ist ja eigentlich merkwürdig, nicht?« sagte er in einem Ton, der viel zu blasiert klang für einen jungen Menschen seines Alters. »Jetzt, wo Sie's sagen, kann ich mich eigentlich nicht daran erinnern.« Er hob die Schultern hoch und fing an, sein Make-up auszubessern. »Aber ich war wahrscheinlich beschäftigt. Schließlich war Wochenende. Vielleicht hat eins der anderen Mädchen sie fortgehen sehen.«

Doch als wir dieselbe Frage auf unserem Weg hinaus an mehrere weitere bemalte Gesichter richteten, erhielten wir immer die gleiche Antwort. Also hatte auch Ali sein Zimmer durch das Fenster verlassen und war dann die hintere Wand entlang hinauf auf das Dach gebracht worden. Marcus und ich verließen das Lokal und liefen durch ein vollkommen verdrecktes Stiegenhaus, in dem es von Ungeziefer nur so wimmelte, hinauf bis zu einem teerverschmierten Ausgang, der auf das Dach führte. Unsere Hast galt nicht nur der untergehenden Sonne. Wir wußten beide, daß wir unserem Mörder jetzt näher waren als je zuvor, und diese Vorstellung war grauenhaft und erregend zugleich.

Das Dach war wie jedes andere New Yorker Dach: voller Kamine, bedeckt mit Vogelmist, hier und da erhob sich eine Hütte, deutete eine Flasche oder eine Zigarettenkippe auf die häufige Anwesenheit von Menschen hin. Erst im Sommer, wenn es wärmer war, würden hier die Spuren regelmäßiger Bewohner auftauchen, wie Stühle, Tische, Hängematten. Wie ein Jagdhund, der eine Fährte witterte, ging Marcus direkt auf die andere Seite des leicht geneigten Daches zu, beugte sich vor und schaute hinunter in die Gasse, offenbar ohne jedes Schwindelgefühl. Dann zog er seinen Rock aus, breitete ihn vor sich hin und legte sich bäuchlings darauf, so daß sein Kopf über den Rand des Daches ragte. Plötzlich zeigte sich auf seinem Gesicht ein breites Lächeln.

»Die gleichen Spuren«, erklärte er, ohne sich umzudrehen. »Das paßt ganz genau. Und hier...« Sein Blick blieb an einem Punkt hängen, und er holte aus einem kleinen Teerhaufen etwas, das für mich unsichtbar blieb. »Hanffasern«, erklärte er. »Er muß das Seil dort am Kamin befestigt haben.« Ich folgte seinem ausgestreckten Zeigefinger und sah auf dem vorderen Teil des Daches einen mächtigen, aus Ziegeln gemauerten Kamin. »Dazu brauchte er aber ziemlich viel Seil. Und außerdem die restliche Ausrüstung. Das kann er nicht in der Hand tragen, dazu braucht er eine größere Tasche. Danach sollten wir fragen, wenn wir die Leute verhören.«

Über das weite Meer der Dächer blickend, sagte ich: »Er ist doch wohl gar nicht durchs Stiegenhaus heraufgekommen – für so dumm halte ich ihn nicht.«

»Er kennt sich hier oben auf den Dächern sicher aus«, antwortete Marcus, stand auf, steckte die Hanffasern ein und nahm seinen Rock auf. »Ich glaube, wir können mit ziemlicher Sicherheit annehmen, daß er viel Zeit hier oben verbringt – wahrscheinlich sogar beruflich.«

Ich nickte. »Dann wäre es ihm ein leichtes, jedes Gebäude in einem Block zu prüfen, jenes auszuwählen, wo der geringste Verkehr herrscht, und dann dieses Stiegenhaus für den Aufstieg zu benutzen.«

»Oder die Stiegenhäuser überhaupt links liegenzulassen«, warf Marcus ein. »Vergessen Sie nicht, daß es spät in der Nacht ist – er könnte auch die Wand hochklettern, ohne daß ihn jemand sieht.«

Ich blickte nach Westen. Die Farben des Sonnenuntergangs, die sich im ruhigen Wasser des Hudson River spiegelten, gingen von leuchtendem Rot in tiefes Schwarz über. In der rasch einsetzenden Dämmerung drehte ich mich zweimal im Kreis herum und sah jetzt die ganze Gegend in einem neuen Licht.

»Kontrolle«, murmelte ich.

Marcus verstand mich sofort. »Richtig«, erklärte er. »Hier oben ist seine Welt. Soviel Seelenqual Dr. Kreisler auch aus den Leichen seiner Opfer liest, hier oben ist alles anders. Auf den Dächern bewegt er sich wie ein Fisch im Wasser.«

Ich seufzte und fing vor Kälte an zu zittern, als uns die kühle Brise vom Fluß plötzlich traf. »Das Selbstvertrauen des Teufels«, murmelte ich – und wie überrascht war ich, als ich darauf eine Antwort bekam:

»Das war kein Teufel, Sir«, sagte eine dünne, verschreckte Stimme vom Stiegenhaus her. »Das war ein Heiliger.«

Kapitel
18

»Wer ist da?« rief Marcus scharf und bewegte sich dabei vorsichtig in die Richtung, aus der die Stimme kam. »Raus mit dir, sonst nehme ich dich wegen Behinderung der polizeilichen Ermittlungen fest!«

»Nein, bitte nicht!« antwortete die Stimme, und dann trat einer der bemalten Jungen aus dem Golden Rule aus dem Stiegenhaus heraus – es war einer, den ich unten nicht gesehen hatte. Das Make-up auf seinem Gesicht war ganz verschmiert, um die Schultern hatte er eine Decke gewickelt. »Ich will Ihnen nur helfen«, sagte er leise und unbeholfen und zuckte nervös mit seinen braunen Augen. Mit einem Stich im Herzen erkannte ich, daß der Kleine höchstens zehn Jahre alt sein konnte.

Schnell packte ich Marcus am Arm und zog ihn zurück. Dem Jungen mußte man Mut machen. »Das ist schon in Ordnung, wir verstehen das«, erklärte ich. »Komm doch nur heraus zu uns.« Selbst in der schon ziemlich fortgeschrittenen Dämmerung hier oben konnte ich erkennen, daß das Gesicht des Jungen wie auch die Decke, in die er sich gewickelt hatte, mit Ruß und Teer verschmiert waren. »Warst du denn die ganze Nacht hier oben?« fragte ich aufs Geratewohl.

Der Kleine nickte. »Seit sie's uns gesagt haben.« Er begann zu weinen. »Das hätte nicht passieren sollen!«

»Was?« fragte ich drängend. »Was hätte nicht passieren sollen? Der Mord?«

Bei diesem Wort preßte der Junge die kleinen Hände auf beide Ohren und schüttelte verzweifelt den Kopf. »Er sollte doch gut sein, Fatima hatte es gesagt, es würde alles gut ausgehen!«

Ich ging zu dem Jungen hin, legte ihm einen Arm um die Schultern und führte ihn zu einer kleinen Mauer, die unser

Dach vom Dach des nächsten Hauses trennte. »Keine Angst«, sagte ich. »Hab keine Angst, jetzt ist alles vorbei.«

»Aber wenn er zurückkommt?« fragte der Junge.

»Wer?«

»Na er – Fatimas Heiliger, der Mann, der sie hätte mitnehmen sollen!«

Marcus und ich tauschten einen schnellen Blick: Er. »Hör zu«, sagte ich rasch zu dem Jungen, »sag uns doch zuerst, wie du heißt.«

Der Junge schniefte durch die Nase. »Unten nennen sie mich...«

»Vergiß einmal für ein paar Minuten, wie sie dich unten nennen.« Ich wiegte ihn ein bißchen in meinem Arm hin und her. »Sag mir einfach den Namen, den du früher hattest.«

Der Junge betrachtete uns mißtrauisch mit seinen großen Augen. Und ich muß zugeben, daß auch ich die Situation verwirrend fand. Mir fiel nichts anderes ein, als ihm mit einem Taschentuch die Schminke vom Gesicht zu wischen. Und das wirkte.

»Joseph«, murmelte er.

»Also, Joseph«, sagte ich aufmunternd, »ich heiße Moore, und dieser Mann da ist Detective Sergeant Isaacson. Und jetzt erzähl mir doch alles über deinen Heiligen.«

»Oh, das war nicht meiner«, antwortete Joseph rasch, »das war Fatimas Heiliger.«

»Du meinst Ali ibn-Ghazi?«

Er nickte schnell. »Sie – er – Fatima erzählte seit ungefähr zwei Wochen, daß sie einen Heiligen gefunden hätte. Nicht so einen Heiligen wie in der Kirche – nur eben einen Menschen, der freundlich zu ihr war und sie von Scotch Ann fortnehmen wollte. Sie sollte dann bei ihm leben.«

»Ich verstehe. Du hast Ali recht gut gekannt, nicht?«

Wieder ein Nicken. »Er war mein bester Freund hier im Klub. Die anderen Mädchen hatten sie natürlich auch sehr gern, aber wir waren besonders befreundet.«

Nachdem ich Josephs Gesicht von der Schminke befreit hatte, stand vor uns ein hübscher, einnehmender Junge. »Ali kam offenbar mit allen gut aus«, bemerkte ich. »Auch mit den Kunden.«

»Wer hat Ihnen denn diesen Unsinn erzählt?« antwortete Joseph, und nun überschlug sich seine Stimme förmlich. »Fatima haßte die Arbeit hier. Vor Scotch Ann tat er natürlich so, als ob es ihm gefiele, weil er nicht zurück zu seinem Vater wollte. Aber ihm graute, und wenn er mit einem Kunden allein war, dann – na ja, dann wurde er oft sehr wild. Aber manche Kunden...« Der Junge wußte nicht weiter und blickte uns hilfesuchend an.

»Sprich weiter, Joseph«, sagte Marcus, »wir tun dir nichts.«

»Also ...« Der Junge blickte von einem zum anderen. »Manche Kunden *mögen* es, wenn man zeigt, daß man es nicht mag.« Er senkte den Kopf und blickte auf seine Füße. »Manche zahlen sogar mehr dafür. Scotch Ann glaubte immer, Fatima würde sich verstellen, damit sie mehr Geld bekäme. Aber sie haßte ihre Arbeit wirklich.«

Ich empfand plötzlich so heftigen körperlichen Ekel und gleichzeitig tiefes Mitleid, daß es mir wie ein Stich durch den Magen fuhr. Marcus zeigte einen ähnlichen Gesichtsausdruck. Unsere frühere Frage war damit aber wohl beantwortet.

»Da ist es wieder«, flüsterte Marcus mir zu. »Versteckt, aber trotzdem vorhanden – Abscheu und Widerstand.« Laut sagte er zu Joseph: »Haben sich die Kunden denn nicht über Fatima beschwert?«

»Doch, ein- oder zweimal«, antwortete der Kleine. »Aber den meisten hat es gefallen.«

In unserem Gespräch entstand eine kleine Pause. Aber das Rattern der Hochbahn auf der Dritten Straße brachte mich wieder in die Gegenwart zurück. »Und Fatimas Heiliger«, fragte ich. »Joseph, das ist jetzt sehr wichtig: Hast du diesen Heiligen einmal gesehen?«

»Nein, Sir.«

»Hat Fatima diesen Mann auf dem Dach getroffen?« fragte Marcus. »Oder hast du jemanden bemerkt, der eine große Tasche bei sich trug?«

»Nein, Sir« wiederholte Joseph, jetzt schon recht verwirrt. Dann hellte er sich auf, vielleicht konnte er uns doch weiterhelfen. »Aber der Mann kam mehr als einmal, nachdem Fatima ihn kennengelernt hatte. Das weiß ich genau. Aber er wollte nicht, daß sie irgend jemandem verriet, wer er war.«

Marcus lächelte kaum merklich. »Ein Kunde also.«

»Und du hast nie erfahren, wer es war?« fragte ich.

»Nein, Sir«, antwortete Joseph wieder. »Fatima sagte, wenn ich es niemandem verriet und immer brav wäre, dann würde er mich vielleicht auch eines Tages holen kommen.«

Ich nahm ihn noch enger um die Schultern und blickte hinaus über die Dächer. »Hoffen wir, daß das nie geschieht, Joseph«, sagte ich, und dann rollten aus seinen braunen Augen wieder Tränen.

Dem Golden Rule konnten wir an diesem Abend keine weiteren Informationen abgewinnen, auch nicht den anderen Bewohnern des Hauses und des Häuserblocks. Bevor wir uns aber auf den Heimweg machten, mußte ich den kleinen Joseph unbedingt noch fragen, ob er nicht vielleicht von Scotch Ann fortgehen wollte – er war doch viel zu jung für diese Arbeit, selbst nach den Regeln dieses schmutzigen Geschäfts. Kreisler würde ihn in seinem Institut aufnehmen, daran zweifelte ich keinen Augenblick. Aber Joseph, schon mit drei Jahren Vollwaise geworden, hatte genug von Waisenhäusern, Instituten aller Art, Zieheltern, von Hinterhöfen und leeren Eisenbahnwaggons gar nicht zu reden, und nichts, was ich ihm über Kreislers Institut als »ganz anders« erzählen konnte, machte auf ihn auch nur den geringsten Eindruck. Das Golden Rule war bisher das einzige Heim für ihn, wo er nicht geschlagen und mißhandelt worden war – so abstoßend Scotch Ann auch war, so hatte sie doch ein Interesse daran, daß ihre »Mädchen« relativ gesund und frei von Wunden und Narben blieben. Und das zählte für Joseph mehr als alle Übel und Gefahren. Außerdem war sein Mißtrauen gegen Männer, die anderswo ein besseres Leben versprachen, durch Ali ibn-Ghazi und seinen »Heiligen« natürlich noch verstärkt worden.

So traurig das für mich auch war, so hatte ich doch gegen Josephs Entscheidung keine Einspruchsmöglichkeit; im Jahre 1896 konnte man nicht über den Kopf des Jungen hinweg irgendeine Regierungsbehörde, wie sie in den letzten Jahren geschaffen wurden, dazu bewegen, ihn gewaltsam aus dem Golden Rule zu entfernen. Damals hatte die amerikanische Gesellschaft noch nicht erkannt – und auch heute ist das noch keineswegs allen klar –, daß Kinder für ihre Handlungen nicht voll verantwortlich sind; man hielt Kinder damals einfach für kleine Erwachsene. Wenn sie ihr Leben dem Laster widmen wollten, dann war das nach den Gesetzen des Jahres 1896 ihre Sache, und niemand konnte sie davon abhalten. Mir blieb also nichts anderes übrig, als mich von dem verschreckten Zehnjährigen zu verabschieden und mich zu fragen, ob nicht er vielleicht der nächste sein würde, der dem Mörder in die Hände fiel. Doch als wir schon gehen wollten, hatte ich eine Idee, die, so meinte ich, sowohl Josephs Sicherheit garantieren wie auch unsere Ermittlung fördern würde.

»Joseph«, sagte ich und hockte mich nieder, um ganz nahe an seinem Ohr zu sein, »hast du viele Freunde in anderen Klubs wie diesem hier?«

»Viele?« fragte er und legte nachdenklich einen Finger an den Mund. »Warten Sie – ja, ein paar kenne ich schon. Warum?«

»Ich möchte, daß du ihnen allen sagst, was ich dir jetzt sage. Der Mann, der Fatima getötet hat, hat auch schon andere Kinder getötet, die diesem Beruf nachgingen – meistens waren es Jungen, aber nicht nur. Das wichtigste daran ist, daß aus Gründen, die uns nicht bekannt sind, der Mörder seine Opfer immer in solchen Häusern wie diesem hier sucht. Deshalb möchte ich, daß du deinen Freunden sagst, sie sollen ab jetzt mit ihren Kunden sehr, sehr vorsichtig sein.«

Joseph trat einen Schritt zurück und schaute ängstlich hinunter auf die Straße, aber er lief nicht weg. »Und warum gerade in solchen Häusern?« fragte er.

»Wie ich schon sagte, wir wissen es nicht. Aber wahrscheinlich kommt er wieder, daher sage bitte allen, sie sollen ihre Augen offenhalten. Achtet auf Kunden, die ungehalten werden, wenn einer von euch« – ich suchte nach dem richtigen Wort – »Schwierigkeiten macht. Ali hat er vielleicht deshalb ausgewählt, weil er seine Arbeit haßte. Frag mich nicht, warum, denn das wissen wir selbst nicht. Aber halte die Augen offen. Und was das wichtigste ist: Geh mit niemandem fort, verlasse den Club nicht, ganz egal, wie nett der Mann scheint oder wieviel Geld er dir bietet. Das gleiche gilt für alle deine Freunde. Hast du das verstanden?«

»Na gut – ja, Mr. Moore«, antwortete Joseph langsam. »Aber vielleicht – vielleicht könnten Sie und Detective Sergeant Isaacson manchmal vorbeikommen und nach uns sehen. Die anderen Polizisten, die heute morgen hier waren, die haben sich nicht um uns gekümmert. Die sagten uns nur, wir sollten niemandem von Fatima erzählen.«

»Wir werden unser Möglichstes tun«, versprach ich und holte Papier und Feder aus meiner Rocktasche. »Und wenn es etwas gibt, das du für wichtig hältst, das du jemandem sagen möchtest, dann komm sofort zu dieser Adresse während des Tages, und zu dieser Adresse in der Nacht.« Damit gab ich ihm nicht nur die Adresse unseres Hauptquartiers, sondern auch die meiner Großmutter und versuchte dabei, mir ihre Reaktion auszumalen, sollte der Junge tatsächlich bei uns auftauchen. »Sprich nicht mit anderen Polizisten – komm zuerst zu uns. Und sag auch den anderen Polizisten nicht, daß wir hier waren.«

»Machen Sie sich keine Sorgen«, antwortete der Junge schnell. »Sie beide sind die ersten Polizisten, mit denen ich je geredet hätte.«

»Das kommt vielleicht daher, daß ich gar kein Polizist bin«, sagte ich lächelnd.

Er erwiderte mein Lächeln – und da erkannte ich entsetzt, daß mich hinter Josephs Zügen ein anderes Gesicht anblickte. »Sie sehen auch nicht so aus«, sagte er. Dann runzelte er die Stirn und stellte eine weitere Frage: »Und warum wollen Sie dann herausfinden, wer Fatima getötet hat?«

Ich legte ihm eine Hand auf den Kopf. »Damit das nicht mehr passiert.« In diesem Augenblick ertönte kreischend und krächzend Scotch Anns Stimme vom Vestibül des Klubs herauf, und ich nickte in diese Richtung. »Du gehst jetzt wohl besser. Vergiß nicht, was ich dir gesagt habe.«

Mit kindlich schnellem Hüpfen verschwand Joseph im Stiegenhaus. Als ich wieder hochblickte, lächelte mich Marcus an.

»Das haben Sie wirklich gut gemacht«, sagte er. »Haben Sie viel Erfahrung im Umgang mit Kindern?«

»Geht so«, erwiderte ich etwas einsilbig. Ich wollte nicht darüber sprechen, daß Josephs Augen und sein Lächeln mich an meinen eigenen toten Bruder im selben Alter erinnert hatten.

Auf dem Heimweg quer durch die Stadt besprachen Marcus und ich die neue Lage der Dinge. Überzeugt, daß der Mann, den wir suchten, mit Lasterhöhlen wie dem Golden Rule und der Paresis Hall bestens vertraut war, versuchten wir herauszufinden, wer außer den Kunden sonst noch derartige Orte aufsuchte. Kurz dachten wir sogar an einen Reporter oder Sozialessayisten wie Jake Riis – aber von denen hatte sich bisher noch keiner mit Kinderprostitution befaßt, geschweige denn mit homosexueller Kinderprostitution. Blieben Missionare und andere Kirchenmenschen, eine Gruppe, die mehr zu versprechen schien: Kreislers Bemerkung über die Verbindung zwischen religiöser Manie und Massenmorden fiel mir ein, und ich fragte mich, ob wir es vielleicht mit jemandem zu tun hatten, der sich für das rächende Werkzeug Gottes hier auf Erden hielt. Zwar hatte Kreisler auch gesagt, daß er ein religiöses Motiv für unwahrscheinlich hielt; aber auch Kreisler konnte sich ja einmal irren. Gerade Missionare und Kirchenbedienstete bewegten sich oft auf den Dächern, wenn sie ihre Schäfchen in den Mietskasernen besuchten. Wenn wir aber an das dachten, was Joseph uns gesagt hatte, dann mußten wir von dieser Hypothese wieder abrücken: Joseph hatte erklärt, der Mann, der Ali ibn-Ghazi getötet hatte, sei regelmäßig ins Golden Rule gekommen, und seine Besuche seien niemandem aufgefallen. Dagegen hätte aber jeder Kreuzritter gegen die Unmoral nichts unversucht gelassen, um so schnell wie möglich die allgemeine Aufmerksamkeit auf sich zu lenken.

»Wer oder was er auch ist«, erklärte Marcus, als wir schon fast im Hauptquartier angekommen waren, »eines ist jedenfalls gewiß: Er kann kommen und gehen, ohne aufzufallen. Er sieht offenbar aus wie der typische Kunde eines solchen Hauses.«

»Sehr richtig«, pflichtete ich ihm bei. »Das bedeutet, daß es praktisch jeder sein kann.«

»Ihre Theorie bezüglich eines verbitterten Kunden wäre noch zu überlegen. Auch wenn er kein Seemann auf der Durchreise ist, hat man ihn vielleicht doch so oft ausgenommen, bis ihm der Kragen platzte.«

»Ich bin mir nicht mehr sicher. Ich habe Männer gesehen, die von Huren ausgenommen worden sind. Die haben die Frauen unter Umständen grün und blau geschlagen. Aber Verstümmelungen der Art, wie wir sie gesehen haben? Dann wäre er wirklich wahnsinnig.«

»Dann bliebe uns noch eine der vielen Ripper-Theorien«, sagte Marcus. »Vielleicht beschert ihm irgendeine Krankheit eine Gehirnerweichung – eventuell als Folge seiner häufigen Besuche bei Ellison oder im Golden Rule.«

»Nein«, widersprach ich. »Daß er nicht verrückt ist, war bisher eines unserer festen Axiome. Davon können wir nicht abrücken.«

Marcus überlegte kurz, dann fuhr er langsam fort. »John, ich nehme an, Sie haben sich schon selbst gefragt, was passiert, falls Kreislers Axiome falsch sind?«

Ich holte tief Luft und erwiderte: »Ja, das habe ich.«

»Und Ihre Antwort?«

»Wenn sie falsch sind, haben wir keine Chance.«

»Und damit geben Sie sich zufrieden?«

»Vor uns liegt ein finsterer, einsamer Weg«, erwiderte ich. »Aber wir haben keine andere Wahl.«

Kapitel
19

In dieser Nacht gab es ein leichtes Schneegestöber, und am Ostersonntag war die ganze Stadt mit feinem weißen Pulver bestäubt. Um neun Uhr morgens war die Quecksilbersäule noch kaum über null Grad geklettert. Am liebsten wäre ich zu Hause im Bett geblieben, aber Lucius Isaacson hatte wichtige Neuigkeiten für uns alle, wie er uns telefonisch mitteilte, und so mußte ich im Geläute der Kirchenglocken von Grace Church und durch das Gedränge der Gläubigen vor der Kirche zurück ins Hauptquartier, das ich erst knappe sechs Stunden zuvor verlassen hatte.

Lucius hatte am Vorabend Ali ibn-Ghazis Vater verhört, von diesem aber so gut wie gar nichts erfahren. Der alte ibn-Ghazi war ausgesprochen zurückhaltend, und dies noch mehr, nachdem Lucius ihm seine Kennmarke gezeigt hatte. Zunächst hatte Lucius dies für die übliche Verstocktheit der Slumbewohner gegenüber der Polizei gehalten, doch beim Verlassen des Gebäudes erzählte ihm der Hauswirt, ibn-Ghazi habe am Nachmittag den Besuch einer kleinen Gruppe von Männern erhalten – darunter zwei Priester. Seine Beschreibung paßte mit dem zusammen, was wir von Mrs. Santorelli wußten. Aber dem Hauswirt war auch aufgefallen, daß einer der Priester den unverwechselbaren Siegelring der Episkopalkirche trug. Das bedeutete also, so unwahrscheinlich es auch schien, daß Katholiken und Protestanten ausnahmsweise an einem Strang zogen. Welcher Strang das war, konnte der Hauswirt nicht sagen, denn auch er wußte nicht, worüber die beiden Priester mit ibn-Ghazi gesprochen hatten. Doch sofort nachdem sie verschwunden waren, bezahlte ibn-Ghazi eine größere Summe für noch ausstehende Miete, und zwar in großen Scheinen. Lucius hätte uns dies alles gern schon gestern abend erzählt, doch nach seinem Besuch des Syrerviertels wollte er noch kurz im

Leichenschauhaus vorbeischauen, um zu erfahren, zu welchen Ergebnissen der Coroner bei der Untersuchung der Leiche Ali ibn-Ghazis gekommen war. Man hatte ihn dort drei Stunden warten lassen, nur um ihm dann mitzuteilen, die Leiche sei schon zum Begräbnis abgeholt und die einzige Ausfertigung des Berichts des Coroners – und zwar, so der Nachtwächter, ein ungewöhnlich kurzer Bericht – bereits auf dem Weg ins Rathaus.

Unmöglich zu sagen, was die beiden Priester, der Coroner, der Bürgermeister und alle anderen, die sich in diese Sache einmischten, im Schilde führten; aber Verdunklung und Unterdrückung von Tatsachen schien noch das harmloseste. Das Gefühl, daß wir es mit mehr und Größerem zu tun hatten als nur mit einem einzelnen Mörder – eine Ahnung, die bereits nach dem Mord an Giorgio Santorelli aufgetaucht war –, wuchs und bedrückte uns alle. Doch wir empfanden es als Ansporn und stürzten uns in der darauffolgenden Woche nur um so heftiger in die Arbeit. Tatorte und Lasterhöhlen wurden von den Isaacsons gründlichst untersucht, Hauswände vermessen, Menschen verhört – aber im letzteren Fall stießen sie immer wieder auf diese Mauer des Schweigens wie schon bei Ali ibn-Ghazis Vater. So wollte zum Beispiel Marcus unbedingt noch den Nachtwächter von Castle Garden befragen, doch als er zu dem alten Fort kam, erfuhr er, dieser habe seine Stelle aufgegeben und die Stadt verlassen, ohne eine Adresse zu hinterlegen. Man durfte wohl mit einiger Sicherheit annehmen, daß der Mann sein unbekanntes Ziel erreicht hatte, gut gepolstert mit jenem Geld, das die beiden Priester in der Stadt verteilten.

Inzwischen arbeiteten Kreisler, Sara und ich daran, unseren »imaginären Mann« mit Eigenschaften auszustatten, und bedienten uns dazu der Urheber ähnlicher Verbrechen, an denen leider auch weiterhin kein Mangel herrschte. Außerdem gab es die Zeitungen, die wir zweimal täglich in der Hoffnung auf nützliche Informationen durchkämmten. Viel kam dabei zunächst nicht heraus, denn die New Yorker Zeitungen interessierten sich nicht sehr für die Morde an den Lustknaben. Das Bürgerkomitee, dessen Gründung lauthals verkündet worden war, hatte offenbar schon kurz darauf wieder seine Tätigkeit eingestellt, jedenfalls erschien es nicht zu dem geplanten Informationsbesuch im Rathaus. Kurz und gut, das kurze Aufflackern des Interesses unmittelbar nach dem Mord an ibn-Ghazi auch außerhalb der Einwanderer-Ghettos war sofort wieder erloschen – oder aber ausgelöscht worden. Die Tageszeitungen boten daher nur mehr Nachrichten über Verbrechen aus anderen Teilen des Landes. Aber auch diese studierten wir aufmerksam in der Hoffnung auf weitere Hinweise.

Schön war diese Arbeit nicht. New York war vielleicht die Hauptstadt des Verbrechens, vor allem bei Gewalttaten gegen Kinder, aber auch der Rest der Vereinigten Staaten bemühte sich um eine ausgeglichene Statistik. Da war zum Beispiel der Fall des Landstreichers in Indiana, der, aus einem Irrenhaus als gesund entlassen, von einer Frau als Hausarbeiter angestellt wurde und zum Dank dafür ihre Kinder umbrachte; oder das dreizehnjährige Mädchen in Washington, die im Rock Creek Park mit durchschnittener Kehle gefunden wurde; oder der Reverend in Salt Lake City, der sieben Mädchen ermordet und ihre Leichen in einem Schmelzofen verbrannt hatte.

Wir studierten diese Fälle und viele andere mehr und baten auch Kreislers Hausangestellte um ihre Mitarbeit. Wie bereits erwähnt, hatte ich ja nach Parallelen zwischen Mary Palmers Fall und dem unseren gesucht. Diese Überlegungen wurden von unserem Team gemeinsam besprochen und die Ergebnisse auf der großen Tafel festgehalten, Mary selbst aber nicht befragt, denn Laszlo bestand darauf, sie so wenig als möglich mit einzubeziehen. Cyrus hatte sich dagegen des Lesefutters bemächtigt, das Laszlo uns allen vorsetzte, und verschlang es geradezu mit Inbrunst. Bei unseren Treffen öffnete er nur den Mund, wenn er gefragt wurde, aber was er dann sagte, erwies sich immer als höchst aufschlußreich. Bei einer unserer Mitternachtskonferenzen, bei der es um die seelischen Aspekte unseres Mannes ging, fiel uns zum Beispiel plötzlich auf, daß keiner von uns je einem anderen Menschen das Leben genommen hatte – keiner bis auf Cyrus.

Wir anderen hatten Hemmungen, ihn dazu auszufragen, aber Kreisler stellte ihm ohne Scheu eine direkte Frage, und Cyrus antwortete auf die gleiche Art. Nach der Tat, sagte er, sei er weder zu überlegter Planung noch zu großer körperlicher Anstrengung fähig gewesen. Wir spitzten aber die Ohren, als Cyrus dann auf Cesare Lombroso zu sprechen kam, jenen Italiener, den manche für den Vater der modernen Kriminologie halten.

Lombroso zufolge gab es so etwas wie einen »verbrecherischen Typus« – eine Art atavistischen Rückgriff auf den primitiven Menschen. Cyrus fand diese Theorie allerdings nicht überzeugend; seiner Meinung nach seien Verhaltensweisen und Motive von Mördern so vielfältig und unterschiedlich, daß man sie nicht in ein bestimmtes Muster pressen könne. Interessanterweise hatte Dr. H. H. Holmes, jener Massenmörder, der in Philadelphia auf seine Hinrichtung wartete, während des Prozesses behauptet, er fühle sich als klassischer Vertreter von Lombrosos Verbrechertypus. Geistige, moralische und körperliche Degeneration sei für seine Taten verantwortlich, erklärte er, daher wäre auch seine Zurechnungsfähigkeit als vermindert einzustufen. Das hatte ihm vor Gericht allerdings nichts genützt, und auch wir gelangten nach eingehendem Vergleich beider Fälle zu der Auffassung, daß weder Holmes noch unser Mörder durch Lombrosos Theorie zu erklären seien.

Eines Tages gab auch Stevie Taggert seinen Kommentar zu unserem Thema ab, und zwar ganz unaufgefordert und wie aus heiterem Himmel. »Mr. Moore, Sir…«, sagte er, »wegen dem Mann, nach dem Sie suchen. Neulich hab' ich Dr. Kreisler sagen hören, daß er keinen der toten Jungen, na, sagen wir, gebraucht hat. Stimmt das?«

»Ja, das ist schon richtig, Stevie. Warum fragst du?«

»Es ist mir einfach aufgefallen, Sir. Heißt das, er ist kein Warmer?«

Diese offene Frage schockierte mich – es fiel einem manchmal schon sehr schwer, nicht zu vergessen, daß Stevie gerade erst zwölf war. »Nein, das bedeutet nicht, daß er kein – Warmer ist. Andererseits bedeutet der Umstand, daß er sich auf

Stricher spezialisiert hat, auch nicht unbedingt, *daß* er einer ist.«

»Glauben Sie, daß er Schwule vielleicht haßt?«

»Das wäre durchaus möglich.«

»Was ich mir denke, Mr. Moore, ist, daß er vielleicht schon ein Warmer ist, daß er Warme aber gleichzeitig haßt. So ungefähr wie der Wärter, der damals auf Randalls Island so scharf auf mich war.«

»Das verstehe ich nicht ganz«, warf ich ein.

»Wissen Sie, als ich vor Gericht mußte dafür, daß ich dem Kerl fast die Birne eingeschlagen hätte, da haben sie mich für verrückt gehalten und gesagt, der hat doch Weib und Kind, wie kann er da ein Warmer sein. Und wenn er in der Knabenaufbewahrungsanstalt zwei Jungen sah, wie sie sich miteinander – na ja, also – beschäftigten, dann verdrosch er sie, daß ihnen Hören und Sehen verging. Aber trotzdem war ich nicht der erste, bei dem er es versuchte. Und da denke ich mir, daß er eben deshalb so ein gemeiner Kerl war – weil er tief drinnen selbst nicht wußte, was er war. Verstehen Sie, was ich meine, Mr. Moore?«

Erstaunlicherweise verstand ich ihn wirklich. Wir hatten uns in nächtelangen Diskussionen mit den sexuellen Neigungen unseres Mörders beschäftigt und waren noch immer zu keinem Schluß gekommen; aber Stevie brachte unsere Ansichten und Meinungen mit diesem Satz auf den Punkt.

Wir arbeiteten alle Tag und Nacht an diesem Fall, aber keiner arbeitete so hart wie Kreisler. Bei ihm wurde es so arg, daß ich anfing, mir Sorgen um seine Gesundheit zu machen. Als er einmal vierundzwanzig Stunden ohne Unterbrechung an seinem Schreibtisch verbrachte, vor sich einen Berg von Kalendern und Almanachen und ein großes Blatt Papier mit den Daten der vier letzten Morde (1. Januar, 2. Februar, 3. März, 3. April), und versuchte, dem geheimen Plan auf die Spur zu kommen, da sah er so bleich und eingefallen aus, daß ich Cyrus befahl, ihn nach Hause zu bringen. Saras Bemerkung fiel mir ein, als sie gesagt hatte, Kreisler habe offenbar einen ganz privaten Grund für sein Interesse an diesem Fall.

Eines Morgens kam Kreisler nach einer schlaflosen Nacht – in seinem Institut hatte es Probleme mit den Eltern einer neuen Schülerin gegeben – in unser Hauptquartier, nur um sofort wieder aufzubrechen; er mußte einen Mann, der seine Frau auf einem selbstgebauten Altar geopfert hatte, auf seine Zurechnungsfähigkeit untersuchen. In den letzten Tagen hatte Kreisler Beweismaterial für seine Theorie gesammelt, unser Mörder würde durch sein streng formalisiertes Tötungsritual seine seelischen Spannungen abzubauen versuchen. Diese Theorie beruhte auf mehreren unbestrittenen Tatsachen: Die Jungen wurden alle erwürgt, dann erst verstümmelt, was dem Mann die völlige Kontrolle über das Ritual verlieh; die Verstümmelungen folgten, ausgehend von der Entfernung der Augen, einem gleichförmigen, starren Muster, und schließlich war jeder Mord in der Nähe von Wasser und auf einem Gebäude geschehen, dessen Funktion in Verbindung mit dieser Wasserfläche stand. Es gab auch andere Mörder, die ihre Taten als persönliche Rituale sahen. Kreisler hoffte, im Gespräch mit ihnen Hinweise auf die Bedeutung der Verstümmelungen zu gewinnen. Diese Arbeit schlug sich aber stark auf die Nerven nieder, selbst bei einem erfahrenen Seelenarzt wie Kreisler; in Verbindung mit seiner körperlichen Erschöpfung verhieß diese Konstellation nichts Gutes.

An jenem Morgen wurden Sara und ich ganz zufällig Zeuge, wie Laszlo beim Versuch, in seine Kalesche zu steigen, beinah bewußtlos umfiel. Mit Ammoniaksalz und einigen Witzeleien zog er sich diesmal aus der Affäre; aber Cyrus sagte uns, Kreisler sei fast achtundvierzig Stunden lang auf den Beinen gewesen.

»Er bringt sich um, wenn er sich nicht ein wenig schont«, bemerkte Sara im Aufzug, nachdem die Kalesche abgefahren war. »Er will den Mangel an handfesten Hinweisen durch schiere Willenskraft ausgleichen. Als ob er die Lösung erzwingen könnte.«

»So war er immer«, antwortete ich und schüttelte den Kopf. »Schon als Kind wollte er ständig mit dem Kopf durch die Wand. Damals war es noch lustig.«

»Aber jetzt ist er kein Kind mehr, er sollte daher endlich lernen, mit seinen Kräften hauszuhalten.« Dann fragte sie mit einer viel weicheren Stimme, und ohne mich anzusehen: »Gab es in seinem Leben eigentlich jemals eine Frau?«

»Ja schon – seine Schwester«, antwortete ich, wohl wissend, daß sie nach etwas anderem fragte. »Sie standen einander sehr nahe, aber die Schwester ist jetzt verheiratet – mit einem Engländer, einem Baron oder so ähnlich.«

Scheinbar gleichmütig, wobei ich ihre angestrengte Beherrschung zu spüren glaubte, fragte Sara weiter: »Aber keine, ich meine, keine Liebesbeziehungen?«

»O doch. Eine gewisse Francis Blake. Er lernte sie in Harvard kennen, und etwa zwei Jahre lang dachten alle, er würde sie heiraten. *Ich* nicht – dazu war sie viel zu bissig. Aber ihm schien das zu gefallen.«

Sara lächelte spitzbübisch. »Vielleicht hat sie ihn an jemanden erinnert.«

»Also mich hat sie nur an Xanthippe erinnert. Hör mal, Sara, was meinst du eigentlich damit, daß Kreisler ein ganz privates Interesse an diesem Fall hat? Wieso privat?«

»Ich bin mir selbst nicht sicher, John«, erwiderte sie, als wir das Hauptquartier betraten, wo sich die beiden Isaacsons eben um irgendwelche Beweisstücke zankten. »Aber ich kann sagen, daß...« Sara senkte ihre Stimme, um damit anzudeuten, daß sie das nicht vor den anderen besprechen wollte. »Es geht nicht nur um seinen Ruf, und es geht um mehr als nur wissenschaftliche Neugier. Es ist irgend etwas Altes, Tiefgehendes. Er ist sehr tief, dein Freund Dr. Kreisler.«

Und damit entschwand Sara in die Küche, um Tee zu machen, während mich die beiden Isaacsons in ihre Auseinandersetzung hineinzogen.

So verbrachten wir den Monat April. Es wurde langsam wärmer. Kleine Informationspartikel fanden ihren Platz in unserem Puzzle. Fragen, die sich auf unsere gegenseitigen Beziehungen bezogen, wurden größer, aber nicht offen ausgesprochen. Dafür hätten wir später noch Zeit, sagte ich mir, denn jetzt ging es um die Sache, um unsere Aufgabe, von deren Erfüllung wer weiß wie viele Leben abhingen. Dafür brauchten wir unsere gesamte Konzentration.

Doch gegen Ende des Monats geschah etwas, das mich und meine Kollegen mit einer neuen Art von Schrecken konfrontierte, einem Horror nicht aus Blut, sondern aus Worten – in seiner Art nicht minder grauenhaft als alles bisher Erlebte.

Kapitel
20

Kreisler nahm zu seinen Untersuchungen jetzt öfter Detective Sergeant Lucius mit, wobei die beiden ihre Kenntnisse austauschten: Kreislers unschätzbares medizinisches Wissen gegen Lucius' profunde Ausbildung auf dem Gebiet der Kriminologie. Als Kreisler eines schönen Donnerstagabends anrief, um zu melden, daß sie beide mit ihren Arbeiten fertig wären, hörte ich mit Befriedigung mehr Energie in seiner Stimme als in den Tagen zuvor und reagierte erfreut auf seinen Vorschlag, daß wir uns alle in Brübachers Weingarten am Union Square treffen und die Ergebnisse des Tages austauschen sollten.

Ich verbrachte noch eine halbe Stunde über den Abendzeitungen, dann schrieb ich eine Nachricht für Sara und Marcus, in der ich die beiden bat, später bei Brübacher zu uns zu stoßen. Nachdem ich den Zettel an der Haustür befestigt hatte, fischte ich mir aus dem eleganten Porzellan-Schirmständer des Marchese Carcano einen Spazierstock und eilte damit hinaus in den warmen Frühlingsabend, so glücklich wie nur je ein Mensch, der sich den lieben langen Tag mit nichts als Blut, Mord und Verstümmelung befaßt hatte.

Auf dem Broadway herrschte reges Treiben, wie jeden Donnerstag, wenn die Geschäfte länger offenhalten durften. Es war noch hell, aber McCreery richtete seine Beleuchtung offenbar noch nach der Winterzeit. Die erleuchteten Schaufenster lockten die Kunden mit der Hoffnung auf Glück durch Kauf. Die Abendmesse in der Grace Church war schon zu Ende, aber vor dem Portal standen noch Gruppen von Gläubigen in hellen Kleidern, ein Gruß an den langersehnten, endlich eingetroffenen Frühling. Energisch stieß ich bei meinen Schritten den Stock auf das Pflaster, wandte ich mich nordwärts, fest entschlossen, wenigstens für ein paar Minuten wieder die Welt der Lebenden zu genießen – und dies an einem bestens dafür geeigneten Ort.

»Papa« Brübacher, ein wirklich gemütlicher Hausvater und Restaurateur, der sich immer freute, wenn er einen alten Stammgast begrüßen konnte, führte einen der besten Wein- und Bierkeller von ganz New York. Die Terrasse seines Restaurants an der Ostseite des Union Square bot einen wunderbaren Ausblick auf den in der Abendsonne versinkenden Park. Das war allerdings nicht der Grund, warum Sportsfreunde wie etwa meine Wenigkeit das Haus mit ihrer Anwesenheit beehrten. Als die ersten Straßenbahnen auf dem Broadway aufgetaucht waren, hatte irgendein geistreicher Kondukteur sich eingebildet, man müßte die Haarnadelkurven am Union Square unbedingt mit höchster Geschwindigkeit nehmen, sonst würden die Bügel aus der Oberleitung rutschen. Die anderen Kondukteure dieser Linie schlossen sich dieser – übrigens nie bewiesenen – Theorie an, und so bekam die Strecke wegen der Häufigkeit, mit der ahnungslose Fußgänger oder Kutscher durch die heranrasenden Straßenbahnen Leib und Leben verloren, bald den Spitznamen »Todeskurve«. Von Brübachers Terrasse aus konnte man wie von einem Feldherrenhügel das Geschehen verfolgen, es war daher an warmen Nachmittagen und Abenden üblich, daß die Gäste des Weingartens beim Herannahen eines dieser bedrohlichen Gefährte Wetten plazierten. Dabei ging es manchmal um beträchtliche Summen. Die Gewissensbisse, die die Gewinner empfanden, wenn tatsächlich ein Zusammenstoß stattfand, waren aber nie so groß, daß man das Spiel deswegen aufgegeben hätte.

Als ich die Vierzehnte Straße überquerte, hörte ich von Brübachers Terrasse bereits die vertrauten Rufe: »Zwanzig Grüne, daß die Alte es nicht schafft!«, oder: »Der Kerl hat doch nur ein Bein, nie im Leben kommt der rüber!« Der Lockruf des Spiels verlieh mir Flügel, elegant nahm ich im Sprung den gußeisernen Zaun vor der Terrasse und gesellte mich auch sogleich zu zwei alten Bekannten. Nachdem man mir einen Liter süffiges dunkles Würzburger mit einem Schaum so dick wie Schlagsahne gebracht hatte, erhob ich mich nur kurz, um Papa Brübacher zu begrüßen, dann stürzte ich mich kopfüber ins Wettgetümmel.

Als kurz nach sieben Kreisler und Lucius eintrafen, hatten meine Freunde und ich bereits drei Runden hinter uns gebracht. Zweimal waren Kindermädchen mit Kinderwagen nur ganz knapp davongekommen, einmal hatte es einen sehr teuren Landauer erwischt, aber nur mit einem Kratzer. Darauf entspannte sich eine hitzige Debatte darüber, ob dies den Tatbestand einer Kollision erfülle oder nicht; ich war froh, als ich mich davonstehlen und in eine ruhige Ecke zu Lucius und Kreisler setzen konnte, die inzwischen eine Flasche Deidesheimer bestellt hatten. Die Debatte zwischen diesen beiden – es ging um Teile und Funktionen des Gehirns – erschien mir aber kaum amüsanter. Das ferne Kreischen einer Straßenbahn signalisierte eine neue Wettrunde, und ich hatte eben den gesamten Inhalt meines Portemonnaies auf einen fliegenden Obsthändler gewettet, als ich aufblickte und Sara und Marcus vor uns stehen sah.

Ich wollte ihnen gerade vorschlagen, sich auch an der Wette zu beteiligen, da der Wagen des Obsthändlers voll beladen war und die Sache mir eher nach einem Patt aussah; als ich die beiden aber genauer betrachtete – Marcus mit wildem Blick und offensichtlich erregt, Sara totenbleich –, begriff ich, daß etwas Ungewöhnliches vorgefallen sein mußte, und steckte meine Börse weg.

»Was um Himmels willen ist denn mit euch los?« fragte ich und stellte meinen Bierkrug ab. »Sara, geht's dir nicht gut?«

Sie nickte matt. Marcus ließ inzwischen wilde Blicke über die Terrasse schießen, und ich sah, daß seine Hände zitterten. »Ein Telefon!« rief er. »John, wo ist ein Telefon?«

»Gleich hinter dem Eingang. Sagen Sie Brübacher, daß Sie ein Freund von mir sind, dann läßt er Sie...«

Doch Marcus war schon ins Restaurant gestürzt, während Kreisler und Lucius, die ihr Gespräch unterbrochen hatten, ihm verblüfft nachsahen.

»Detective Sergeant«, sagte Kreisler, als Marcus noch einmal zu uns geeilt kam, »hat es irgendwelche...«

»Entschuldigen Sie mich, Doktor«, versetzte Marcus. »Ich muß sofort – Sara hat etwas, das Sie sehen müssen.« Damit stürzte sich Marcus wieder zum Telefon. Brübacher blickte überrascht auf, aber auf ein Nicken von mir ließ er Marcus telefonieren. »Vermittlung? Hallo, Vermittlung?« Marcus stampfte ungeduldig mit dem rechten Fuß auf. »Fräulein, hören Sie! Ich brauche sofort eine Leitung nach Toronto. Ja, das ist richtig – in Kanada!«

»Kanada?« wiederholte Lucius mit aufgerissenen Augen. »O Gott – Alexander Macleod! Das muß bedeuten...« Lucius warf einen Blick auf Sara, dann lief er zu seinem Bruder zum Telefon. Ich nahm Sara am Arm und führte sie zu Kreislers Tisch, wo sie langsam einen Umschlag aus der Tasche zog.

»Dieser Brief traf gestern bei den Santorellis ein«, sagte sie. »Mrs. Santorelli brachte ihn ins Polizeihauptquartier, denn sie konnte ihn nicht lesen und brauchte Hilfe. Niemand wollte ihr helfen, aber sie weigerte sich einfach fortzugehen. Ich fand sie auf den Stufen vor dem Eingang sitzend und übersetzte den Brief für sie – das heißt, fast alles.« Sara übergab Laszlo den Brief und senkte den Kopf. »Mrs. Santorelli wollte ihn nicht behalten, im Hauptquartier konnte auch niemand etwas damit anfangen, deshalb bat mich Theodore, ihn Ihnen zu zeigen, Doktor.«

Inzwischen kam auch Lucius zu uns zurück. Aufgeregt sahen wir zu, wie Laszlo den Umschlag öffnete und den Inhalt überflog. Dann holte er tief Luft und nickte. »So«, sagte er in einem Ton, als wäre endlich das geschehen, was er seit langem erwartet hatte. Gespannt beugten wir uns vor, woraufhin Kreisler ohne Einleitung mit leiser Stimme den Brief vorlas (ich habe bei dieser Transkription die Schreibweise des Autors beibehalten):

Meine liebe Mrs. Santorelli,
kann sein, daß Sie es sind, die hinter den gemeinen LÜGEN in den Zeitungen steckt, oder es ist die Polizei, und die Reporter machen mit. Ich thipe eher auf Sie, daher möchte ich die Gelekenheit ergreifen und Ihnen reinen Wein einschencken.

Es gibt Länder, wo man sich normal von Menschenfleisch ernärt, so wie das Land, wo dreckige Imigranten wie Sie herkommen. Dort gibt es sonst nichts zu essen, die Menschen müsten sonst verhungern. Das habe ich selbst gelesen und weiß, daß es wahr ist. Natürlich ißt man hauptsächlich Kinder, weil sie am zartesten und saftigsten sind, ganz besonders der Hintern.

Dann kommen diese Leute, die das essen, zu uns nach Amerika und scheisen alles voll mit ihrer Kinerscheise, das ist dreckig, dreckiger wie eine dreckige Rothaut.

Am 18. Februar habe ich ihren Sohn gesehen, mit Asche und viel Schminke im Gesicht ist er vor mir paradiert. Ich beschloß zu warten. Ich sah ihn noch ein paar Mal, dann holte ich ihn und brachte ihn an DEN ORT. Ein dreister Kerl. Da wußte ich schon, daß ich ihn essen mußte. Wir gingen also geradewegs zur Brücke, dort habe ich ihn dressiert und dann schnell erledigt. Ich nahm seine Augen und den Hintern, davon konnte ich, gebraten mit Karotten und Zwiebeln, eine ganze Woche leben.

Aber ich habe ihn nicht gefickt, obwohl er es gern gehabt hätte, und ich es hätte tun können. Er starb, ohne von mir beschmutzt zu werden, und die Zeitungen sollten das auch schreiben.

»Keine Schlußformel und keine Unterschrift«, bemerkte Kreisler abschließend mit einer Stimme, die kaum lauter war als ein Flüstern. »Verständlicherweise.« Er lehnte sich zurück und starrte auf den Brief, der vor ihm auf dem Tisch lag.

»Herr im Himmel«, stöhnte ich und ließ mich in meinem Stuhl zurückfallen.

»Das ist echt, das stammt von ihm«, sagte Lucius, griff nach dem Blatt und überflog es. »Diese Sache mit den – Hinterbacken, das stand in keiner Zeitung.« Er legte das Blatt wieder hin.

»Ich konnte der armen Frau wirklich nicht alles übersetzen«, erklärte Sara mit kaum hörbarer Stimme, »aber ich erzählte ihr jedenfalls, worum es im großen und ganzen ging.«

»Das war völlig richtig, Sara«, sagte Kreisler beruhigend, und als er fortfuhr, senkte er seine Stimme noch weiter, damit ihn ja keiner von den anderen Gästen hörte. »Die Einzelheiten braucht sie wirklich nicht zu wissen.« Laszlo klopfte mit einem Finger auf das Papier. »Da hat uns der Zufall also einen Schatz in die Hand gespielt. Diesen Schatz müssen wir auswerten.«

»Auswerten?« wiederholte ich empört – ich hatte mich von dem Schock noch nicht gefangen. »Laszlo, wie können Sie...«

Laszlo übersah mich und wandte sich statt dessen an Lucius. »Darf ich fragen, wen Ihr Bruder da so hektisch kontaktieren will?«

»Alexander Macleod«, antwortete Lucius. »Er ist der beste Graphologe in ganz Nordamerika. Marcus hat bei ihm gelernt.«

»Ausgezeichnet«, sagte Kreisler. »Das ist der ideale Ausgangspunkt. Auf dieser Grundlage können wir uns dann einer allgemeinen Betrachtung zuwenden.«

»Warten Sie einen Moment.« Ich stand auf und bemühte mich, nicht laut zu werden und die in mir aufsteigende Abscheu zu beherrschen; dennoch war mir Kreislers Haltung unbegreiflich. »Wir haben gerade erfahren, daß dieser – diese Kreatur den Jungen nicht nur bestialisch ermordet, sondern auch noch gegessen hat. Was wollt ihr da noch von einem verdammten Graphologen hören?«

Sara blickte zu mir hoch und erwiderte leise, aber entschieden: »Nein. Nein, John, sie haben recht. Ich weiß, es ist grauenhaft, aber so überlege doch einmal...«

»Beruhigen Sie sich, Moore«, fiel Kreisler ein. »Der Alptraum ist vielleicht für uns noch schwärzer geworden, aber das gilt noch viel mehr für den Mann, den wir suchen. Dieser Brief beweist, daß seine Verzweiflung einen Höhepunkt erreicht hat. Es könnte sein, daß er in das letzte Stadium seiner selbstzerstörerischen Gefühle eintritt...«

»Was? Entschuldigen Sie, Kreisler – seiner *was?*« Mein Herz schlug heftig, meine Stimme zitterte, während ich mich zum Flüstern zwang. »Wollen Sie noch immer behaupten, daß er nicht verrückt ist, daß er möchte, daß wir ihn fangen? Er *ißt* seine Opfer, Herr des Himmels!«

»Das wissen wir nicht«, warf jetzt Marcus leise, aber entschieden ein. Er hatte noch immer den Telefonhörer in der Hand, verdeckte ihn aber mit einer Hand.

»Genau«, pflichtete ihm Kreisler bei, stand auf und trat zu mir, während Marcus weiter telefonierte. »Ob er Teile seiner Opfer tatsächlich ißt oder nicht, können wir nicht sagen. Wir wissen nur, daß er es behauptet – wobei er natürlich genau weiß, daß uns diese Behauptung zutiefst schockiert und uns dazu anregen wird, mit noch mehr Intensität als bisher nach ihm zu suchen. Das ist nicht die Tat eines Verrückten. Denken Sie doch an das, was wir gelesen und besprochen haben; wäre er wirklich geistesgestört, dann würde er seine Opfer töten, das Fleisch kochen, essen und weiß Gott was noch alles, ohne einer Menschenseele davon Mitteilung zu machen – jedenfalls nicht jemandem, von dem er genau weiß, daß er damit sofort zur Polizei läuft.« Kreisler packte mich fest am Arm. »Überlegen Sie doch, was er uns alles gegeben hat – nicht nur seine Handschrift, sondern Informationen, einen ganzen Berg von Informationen, die wir jetzt interpretieren müssen!«

In diesem Moment brüllte Marcus wieder »Alexander!«, aber diesmal klang es anders. Erfreut hörten wir ihn fortfahren. »Ja, hier Marcus Isaacson, New York. Ich habe eine dringende Bitte, ich brauche in einer wichtigen Frage Ihre Meinung ...« Dann senkte er wieder die Stimme und beugte sich in einer Ecke des Eingangs über das Telefon; sein Bruder blieb mit gespitzten Ohren bei ihm stehen.

Das Telefongespräch dauerte fünfzehn Minuten. Als Marcus eingehängt hatte, setzte er sich zu uns, griff nach dem Brief und studierte ihn fünf Minuten lang intensiv, ohne ein Wort zu sagen. Dann konnten wir hören, wie er einige Male leise und zufrieden summte, woraufhin wir uns alle erwartungsvoll um ihn drängten. Kreisler zückte Notizblock und Feder, um das Wichtigste festzuhalten. Die Rufe der Wettenden steigerten sich alle paar Minuten zu einem Furioso, also rief ich ihnen zu, sie möchten doch etwas leiser sein. Mit einem solchen Ansinnen hätte ich unter normalen Umständen nur Spott und Hohn geerntet, aber am Ton meiner Stimme erkannten sie offenbar, daß ich es ernst meinte, und taten daher, worum ich sie bat. Und dann erklärte Marcus in der hereinbrechenden Dämmerung dieses wunderbar lauen Frühlingsabends schnell, aber deutlich, was er erfahren hatte.

»In der Graphologie unterscheidet man zwei Gebiete«, begann er. »Da gibt es einmal die Prüfung von Dokumenten in einem traditionellen, juristischen Sinn – also eine streng wissenschaftliche Analyse zum Zweck des Schriftvergleichs und der Feststellung des Verfassers; und zweitens eine Gruppe von Techniken, die man eher als spekulativ bezeichnen könnte. Dieses zweite Gebiet gilt nicht als streng wissenschaftlich und wird bei Gericht nicht als Beweis anerkannt. Aber wir haben uns bei verschiedenen Ermittlungen mit Erfolg dieses Verfahrens bedient. Also – beginnen wir mit den einfachsten Aussagen.«

Marcus bestellte rasch ein Pilsner gegen seinen trockenen Hals, dann fuhr er fort:

»Der Mann – und der Initialschwung der Feder ist in diesem Fall ohne Zweifel ein maskuliner –, der diesen Brief schrieb, ging auf jeden Fall einige Jahre lang zur Schule und lernte dort auch Schönschreiben. Der Schulbesuch fand in den Vereinigten Staaten statt und ist mindestens fünfzehn Jahre her.« Auf meinen etwas verständnislosen Blick hin erklärte Marcus: »Es gibt klare Hinweise darauf, daß er nach der Palmer-Methode Schönschreiben übte und wahrscheinlich einen strengen Lehrer hatte. Das Palmer-System wurde im Jahre 1880 eingeführt und schnell von allen Schulen im ganzen Land übernommen. Es blieb das beherrschende System bis zum letzten Jahr, als es im Osten und auch in einigen größeren Städten des Westens von der Zaner-Blosser-Methode abgelöst wurde. Wenn wir annehmen, daß unser Killer die Grundschule spätestens mit fünfzehn abgeschlossen hat, dann kann er jetzt nicht älter sein als einunddreißig.«

Das schien ein logischer Schluß; mit leise kratzender Feder hielt Kreisler ihn auf seinem Notizblock fest, um das Ergebnis später auf die große Tafel zu übertragen.

»Nun gut«, fuhr Marcus fort. »Wenn wir also davon ausgehen, daß unser Mann jetzt an die Dreißig ist und die Schule spätestens mit fünfzehn, vielleicht aber schon früher verlassen hat, dann hatte er ungefähr fünfzehn Jahre Zeit, um seine Handschrift und seine Persönlichkeit zu entwickeln. Es sieht nicht aus, als wäre das eine sehr schöne Zeit für ihn gewesen.

Zunächst einmal ist er ein eingefleischter Lügner und Intrigant – er beherrscht zwar Grammatik und Orthographie, hat sich aber sehr darum bemüht, den gegenteiligen Eindruck zu erwecken. Sehen Sie, hier oben, in der ersten Hälfte seines Briefes, schreibt er: ›ich thipe‹, dann ›einschencken‹ und ›Gelekenheit‹. Er möchte uns glauben machen, er sei ein ungebildeter Mensch, beinahe ein Analphabet; aber dabei unterläuft ihm ein Fehler, denn ab dem Absatz, in dem er schreibt, daß er Giorgio, nachdem er in seiner Gewalt war, ›geradewegs zur Brücke‹ brachte, macht er keinen Rechtschreibfehler mehr.«

»Eine mögliche Erklärung dafür wäre«, dachte Kreisler laut, »daß es ihm gegen Ende seines Briefes nicht mehr um irgendwelche Spielchen ging, sondern nur mehr darum, mit seiner Aussage zu überzeugen.«

»Sie sagen es, Herr Doktor«, bestätigte Marcus. »Daher schreibt er dann auch fehlerfrei. Daß seine Rechtschreibfehler Absicht sind, geht auch aus der Schrift hervor – die falschen Stellen sind unsicher, zögernd niedergeschrieben. Die Grammatik läßt denselben Schluß zu: Stellenweise versucht er, die Diktion eines ungebildeten Bauernjungen zu imitieren, aber dann bringt er einen Satz zustande wie: Er starb, ohne von mir beschmutzt zu werden, und die Zeitungen sollten das auch schreiben. Das paßt überhaupt nicht zusammen – aber falls er den Brief am Ende noch einmal durchgelesen haben sollte, dann fiel ihm das jedenfalls nicht auf. Das würde darauf hindeuten, daß er zwar ohne Zweifel sehr gut planen kann, aber vielleicht eine übertriebene Meinung von seinen eigenen Fähigkeiten hat.«

Marcus nahm einen großen Schluck von seinem Pilsner, zündete sich eine Zigarette an und fuhr dann etwas entspannter fort: »Bis hierher haben wir festen Boden unter den Füßen. Das ist alles streng wissenschaftlich und würde vor jedem Gericht bestehen. Alter etwa dreißig Jahre, mehrere Jahre Schulbesuch, ein absichtlicher Versuch der Täuschung – das könnte kein Richter zurückweisen. Jetzt allerdings wird's etwas nebelhafter. Verrät uns die Schrift irgendwelche Charakterzüge? Viele Graphologen sind ja überzeugt, daß die Schrift grundlegende Charakterzüge zum Ausdruck bringt, nicht nur bei Kriminellen, sondern bei allen Menschen, unabhängig von den Worten. Macleod hat viel auf diesem Gebiet geforscht, und ich hielte es für sinnvoll, seine Methoden hier anzuwenden.«

Von der anderen Seite der Terrasse hörte man plötzlich einen Schrei. »Himmel, nie im Leben hab' ich einen fetten Mann so schnell laufen sehen!«, und ich wollte schon ein zweites Mal um Ruhe bitten, als ich merkte, daß meine Freunde die Sache bereits selbst in die Hand nahmen. Marcus redete weiter:

»Da sind zunächst einmal die scharfen Abstriche sowie eine gewisse Eckigkeit vieler Buchstaben, was auf innere Qualen hindeutet – er steht offenbar unter starkem inneren Druck und findet kein anderes Ventil als Wut. Die heftig stoßende Bewegung, die in den Aufstrichen sichtbar wird, läßt mit einiger Sicherheit auf Bereitschaft zu Gewalt, vielleicht sogar Sadismus schließen. Es wird aber noch komplizierter, denn es gibt auch noch andere, kontrastierende Elemente. Bei den sogenannten Oberlängen sehen Sie hin und wieder kleine Schnörkel – das deutet auf eine lebhafte Phantasie hin. Bei den Unterlängen gibt es dagegen immer wieder Unklarheiten, es scheint, als würde er sich verhaspeln – besonders auffällig ist es dort, wo er die Unterlänge des ›g‹ an die falsche Seite legt. Das geschieht nicht überall, aber entscheidend ist, daß es überhaupt vorkommt, besonders angesichts der Tatsache, daß er Schönschreiben gelernt hat und sich ansonsten als sehr bewußt planend zeigt.«

»Phantastisch«, bemerkte Kreisler, mir fiel aber auf, daß er nichts davon mit seiner Feder festhielt. »Aber ich frage mich, ob diese letzten Aussagen nicht auch dem Inhalt des Briefes zu entnehmen sind?«

Marcus nickte lächelnd. »Da haben Sie wahrscheinlich recht. Und das erklärt auch, warum die Charakteranalyse über die Handschrift auch nicht als Wissenschaft anerkannt ist. Aber ich wollte das auch festhalten, weil zwischen dem Inhalt des Briefes und dem Charakter der Schrift immerhin kein Widerspruch besteht. Wäre der Brief eine Fälschung, dann müßte man mit einem derartigen Widerspruch rechnen.« Kreisler akzeptierte diese Erklärung mit einem Nicken, aber seine Feder bewegte sich nicht. »Gut, damit sind wir mit der Handschrift fertig«, erklärte Marcus und zog seine Phiole mit Kohlenstaub aus der Brusttasche. »Ich möchte nur noch den Rand des Briefs nach Fingerabdrücken absuchen und sehen, ob wir einen alten Bekannten finden.«

Inzwischen hatte Lucius den Umschlag studiert und ließ sich jetzt dazu hören: »Dem Poststempel ist nichts Besonderes zu entnehmen. Der Brief wurde am Alten Postamt beim Rathaus aufgegeben, aber unser Mann ist wahrscheinlich eigens dorthin gefahren. Er weiß natürlich, daß man den Poststempel untersuchen wird. Immerhin können wir auch nicht ganz ausschließen, daß er in der Umgebung des Rathauses lebt.«

Marcus zog Fotografien der alten Fingerabdrücke aus seiner Brusttasche und verglich sie mit dem bestäubten Brief. »Wie eineiige Zwillinge«, murmelte er. Und damit sackte bei mir die unrealistische, aber doch kurzfristige Hoffnung, der entsetzliche Brief könne eine Fälschung sein, endgültig in sich zusammen.

»Und nun wenden wir uns der nicht zu unterschätzenden Aufgabe zu, den Inhalt des Briefes zu interpretieren«, erklärte Kreisler, zog seine Taschenuhr heraus und sah nach der Zeit – es war fast neun Uhr. »Es wäre natürlich besser, wenn alle frisch und ausgeruht daran gingen, aber...«

»Ja«, warf Sara ein, »*aber*.«

Wir alle wußten, was das »aber« bedeutete – unser Mörder hatte in seinem Plan keine Verschnaufpause für seine Verfolger vorgesehen. Wir erhoben uns, um uns in unser Hauptquartier zu begeben, wo wir einen starken Kaffee brauen würden. Falls einer von uns unvorsichtig genug gewesen war, sich für den Abend irgend etwas vorzunehmen, war nun klar, was Vorrang hatte.

Im Fortgehen berührte Laszlo meinen Arm und bedeutete mir, daß er allein mit mir sprechen wollte. »Ich hatte gehofft, mich zu irren, John«, sagte er, während wir die anderen vorangehen ließen. »Und vielleicht habe ich ja auch nicht recht, aber – ich hatte von Anfang an den Verdacht, daß unser Mann uns beobachtet. Falls ich recht haben sollte, dann ist er wahrscheinlich Mrs. Santorelli in die Mulberry Street gefolgt und hat beobachtet, mit wem sie dort sprach. Sara berichtete, sie habe der armen Frau den Brief auf den Stufen zum Eingang des Gebäudes übersetzt – wenn der Mörder dort war, dann konnte er ihr Gespräch gar nicht übersehen. Vielleicht ist er Sara hierher gefolgt; vielleicht beobachtet er jetzt unser Gespräch.« Ich fuhr herum und starrte auf den Union Square und die Häuserblocks rundum, aber Kreisler zog mich mit einer heftigen Bewegung zurück. »Tun Sie das nicht. Er zeigt sich sicher nicht, und ich möchte die anderen nicht beunruhigen. Vor allem nicht Sara. Das würde ihre Konzentration stören. Aber Sie und ich sollten alle Vorsichtsmaßnahmen treffen.«

»Aber warum sollte er uns beobachten?«

»Vielleicht aus Eitelkeit«, antwortete Laszlo. »Oder aus Verzweiflung.«

Ich war wie vor den Kopf gestoßen. »Und das vermuteten Sie schon die ganze Zeit über?«

Kreisler nickte, während wir den anderen nacheilten. »Schon seit dem ersten Tag, als wir den blut- und kotverschmierten Fetzen in der Kalesche fanden. Das zerrissene Papier, das darin eingewickelt war.«

»War aus einem Artikel von Ihnen«, sagte ich rasch. »Das habe ich zumindest vermutet.«

»Richtig«, antwortete Laszlo. »Der Mann hat offenbar zu der Zeit, als ich dorthin gerufen wurde, den Brückenanker beobachtet. Ich nehme an, das Papier sollte eine Art Begrüßung für mich darstellen. Und wohl auch eine Verhöhnung.«

»Aber woher wollen Sie mit Sicherheit wissen, daß der Mörder dahintersteckt?« fragte ich. Ich suchte nach Ausreden, um den beunruhigenden Gedanken, daß der Mörder uns die ganze Zeit beobachtete, irgendwie zu verdrängen.

»Der Stoffetzen«, erklärte Kreisler. »Er war blutig und schmutzig, aber der Stoff war der gleiche wie beim Hemd des kleinen Santorelli – dem ja ein Ärmel fehlte, wie Sie sich vielleicht erinnern.«

Wir sahen, wie Sara den Kopf nach uns umwandte, und beeilten uns, die anderen einzuholen. »Und denken Sie daran, Moore«, schärfte mir Kreisler noch einmal ein, »kein Wort davon zu den anderen.«

Dann schritt er rasch vor zu Sara, während ich einen nervösen Blick über die Schulter auf den in nachtschwarzer Finsternis liegenden Union Square Park warf.

Der Einsatz hatte sich erhöht, das fühlte ich.

KAPITEL
21

»Zunächst«, verkündete Kreisler, als wir an diesem Abend das Hauptquartier betraten und uns an unseren Schreibtischen häuslich niederließen, »können wir diese Unsicherheit hier beseitigen.« In der rechten oberen Ecke unserer Tafel stand unter der Überschrift ASPEKTE DES VERBRECHENS das Wort »Allein?« mit einem Fragezeichen versehen; dieses Fragezeichen wurde von Laszlo jetzt gelöscht. Wir waren zu der Überzeugung gelangt, daß unser Mann ohne Komplizen arbeitete: Weder ein einzelner noch eine Gruppe von Spießgesellen hätte seine schrecklichen Geheimnisse so lange bewahrt. Zu Beginn unserer Ermittlungen hatte gegen diese Theorie vor allem der Umstand gesprochen, daß wir uns nicht vorstellen konnten, wie ein Mann allein seine Opfer auf die verschiedenen Dächer bringen konnte; doch dieses Problem hatte Marcus gelöst. Das im Brief benutzte persönliche Fürwort »ich« hätte als Beweis nicht ausgereicht, aber in Verbindung mit den anderen uns bereits bekannten Faktoren hielten wir es für überzeugend.

Wir nickten daher alle zustimmend, und Kreisler fuhr fort: »Als nächstes zur Anrede. Warum ›meine liebe‹ Mrs. Santorelli?«

»Vielleicht aus Gewohnheit«, bemerkte Marcus. »Das könnte zu seiner Schulbildung passen.«

»Aber warum ›*meine* liebe‹?« bohrte Sara weiter. »In der Schule würde man doch eher nur ›liebe‹ lernen?«

»Sara hat recht«, meinte jetzt auch Lucius. »Dieses ›meine‹ ist übertrieben freundlich und persönlich. Er weiß, daß sein Brief die Frau erschüttern wird, und das genießt er. Er spielt mit ihr auf sadistische Weise.«

»Einverstanden«, pflichtete ihm Kreisler bei und unterstrich das Wort SADISMUS, das bereits ohnehin auf der rechten Seite der Tafel prangte.

»Und ich möchte auch darauf hinweisen, Doktor«, fuhr Lucius fort, »daß dies ein weiteres Indiz für seine Jägerei ist.« (Lucius war inzwischen fest davon überzeugt, daß die anatomischen Kenntnisse unseres Mörders nur von der Jagd stammen konnten, wie denn auch bei allen seinen Verbrechen das Element des Anschleichens und Belauerns feststellbar war.) »Von seiner Blutgier haben wir schon gesprochen, aber dieses Spielen mit der Beute deutet noch auf etwas anderes hin, denn über die Blutgier des Jägers hinaus hat es beinahe etwas Sportliches.«

Laszlo dachte nach. »Was Sie sagen, hat viel für sich, Detective Sergeant«, verkündete er dann und schrieb SPORT an die Tafel, und zwar zwischen die Spalten KINDHEIT und INTERVALL. »Aber ich möchte noch ein paar Argumente hören«, er setzte hinter das Wort ein Fragezeichen, »was die Voraussetzungen und Folgerungen betrifft.«

Die Voraussetzung dafür, daß unser Mann sich dem Sport widmen konnte, war kurz gesagt die, daß er in seiner Jugend über ein gewisses Maß an freier Zeit verfügt haben mußte. Dies wiederum traf nur auf Angehörige der Oberschicht zu, denn nur diese hatten in der Zeit vor dem gesetzlichen Verbot der Kinderarbeit, als selbst Angehörige der Mittelschicht ihre Kinder oft hart arbeiten ließen, jemals Muße für derartige Beschäftigungen, die Oberschicht – oder die Leute auf dem Land. Sowohl die eine als auch die andere Annahme hätte das Feld unserer Suche deutlich eingeschränkt, daher wollte Laszlo ganz sichergehen, bevor er sich festlegte.

»Nun zum ersten Absatz«, sagte Kreisler. »Einmal abgesehen von seiner besonderen Betonung des Wortes ›Lügen‹...«

»Das Wort wurde offensichtlich einige Male nachgezogen«, fiel Marcus ein. »Es steckt sehr viel Betonung dahinter.«

»Lügen sind für ihn sicherlich nichts Neues«, interpretierte Sara. »Man hat den Eindruck, Verschlagenheit, Hinterhältigkeit, Heuchelei seien ihm vertraut.«

»Aber gleichzeitig macht es ihn rasend«, sagte Kreisler. »Was sagen Sie dazu?«

»Das paßt gut zu den Jungen«, schlug ich vor. »Zunächst einmal verkleiden sie sich als Mädchen – eine Art Betrug.

Außerdem sind sie Lustknaben, von denen man erwartet, daß sie sich den Wünschen des Kunden fügen – aber wir wissen, daß die, die er als Opfer auswählte, oft widerborstig und aufmüpfig waren.«

»Gut«, stimmte Kreisler nickend zu. »Er mag also keine falschen Vorspiegelungen. Dabei ist er aber selbst ein Lügner – dafür brauchen wir eine Erklärung.«

»Das hat er gelernt«, sagte Sara. »Er hatte mit Verlogenheit zu tun, lebte vielleicht in einer durch und durch verlogenen Umgebung und haßte sie, mußte sich aber anpassen, um zu überleben.«

»Und so etwas lernt man sehr schnell«, fügte ich hinzu. »Es ist das gleiche wie mit Gewalt. Er sah's, es gefiel ihm nicht, aber trotzdem hat er es gelernt. Das Gesetz von Gewohnheit und Vorteil, wie Professor James sagt: Unser Bewußtsein arbeitet auf der Basis des eigenen Vorteils, des Überlebenswillens, und wie wir diesen eigenen Vorteil am besten verfolgen, lernen wir als Kinder und Jugendliche.«

Lucius griff nach dem ersten Band von James' *Grundlagen* und suchte eine bestimmte Seite: »Der Charakter hat sich verfestigt wie ein Gipsabguß«, zitierte er mit erhobenem Zeigefinger, »und wird sich nie wieder verändern.«

»Selbst wenn...?« ergänzte Kreisler, um ihn zum Weiterlesen zu animieren.

»›Selbst wenn«, fuhr Lucius schnell fort, »diese Gewohnheiten sich beim Erwachsenen ins Negative verkehren sollten.‹ Und hier steht: ›Die Gewohnheit verdammt uns alle dazu, den Lebenskampf nach dem Muster unserer frühkindlichen Erfahrungen auszufechten, das Beste zu machen aus einem Vorgehen, das gar nicht mehr zu uns paßt, weil wir keine andere Methode kennen und es für einen neuen Anfang zu spät ist.‹«

»Ein glänzender Vortrag, Detective Sergeant«, bemerkte Kreisler, »aber wir brauchen auch Beispiele. Wir gehen also von frühkindlicher Erfahrung mit Gewalt aus, möglicherweise sexueller Natur«, Laszlo deutete auf eine Notiz unter der Überschrift KINDHEIT mit dem Untertitel PRÄGENDE GEWALT UND/ODER MISSBRAUCH, »worin vielleicht der

Ursprung seiner Anschauungs- und Verhaltensweisen zu suchen wäre. Aber was ist mit der starken Betonung von Lügen und Unehrlichkeit? Worauf ließe sich das zurückführen?«

Ich zuckte die Schultern. »Wahrscheinlich hat man ihn selbst dessen beschuldigt. Eine ungerechte Beschuldigung, möglicherweise. Vielleicht häufig, immer wieder.«

»Einleuchtend«, sagte Kreisler, schrieb UNEHRLICHKEIT an die Tafel und darunter, an die linke Seite, ZUM LÜGNER GESTEMPELT.

»Dann wäre die familiäre Situation zu bedenken«, warf Sara ein. »In einer Familie wird oft viel gelogen. An Ehebruch denkt man vielleicht als erstes, aber...«

»Aber das paßt nicht zur Gewalt«, vollendete Kreisler ihren Satz. »Und ich fürchte, das brauchen wir. Könnte die Unehrlichkeit sich vielleicht auf die Gewalt beziehen, auf gewalttätige Vorfälle, die verschwiegen wurden, sowohl innerhalb als auch außerhalb der Familie?«

»Klar«, sagte Lucius. »Und es wäre um so verständlicher, wenn es dabei um das Ansehen der Familie ginge.«

Kreisler lächelte jetzt mit echter Zufriedenheit. »Sehr richtig. Wenn wir also einen nach außen hin angesehenen Vater hätten, der zumindest Frau und Kinder prügelt...«

Lucius zog die Stirn in Falten. »Ich meinte nicht unbedingt den Vater. Es hätte auch ein anderes Familienmitglied sein können.«

Laszlo schob seinen Einwand beiseite. »Ein solches Verhalten von seiten des Vaters hätte den größten Verrat bedeutet.«

»Nicht von seiten der Mutter?« fragte Sara, und in ihrer Frage ging es um mehr als nur um unseren Mörder; ich hatte den Eindruck, daß sie vielmehr Laszlo selbst auf den Zahn fühlen wollte.

»Davon wird in der Literatur nie gesprochen«, wehrte Kreisler ab. »Die jüngsten Arbeiten von Breuer und Freud verweisen in fast jedem einzelnen Fall auf einen präpubertären sexuellen Mißbrauch durch den Vater.«

»Mit allem gebotenen Respekt, Dr. Kreisler«, protestierte Sara. »Breuer und Freud scheinen sich über die Interpretation ihrer Untersuchungen selber nicht im klaren. Freud setzte zunächst sexuellen Mißbrauch als Basis für alle Fälle von Hysterie voraus, scheint aber in letzter Zeit seine Meinung geändert zu haben; jetzt hält er offenbar bereits *Phantasien* von sexuellem Mißbrauch für eine mögliche Ursache.«

»Durchaus«, gab Kreisler zu. »In ihrem Werk ist keineswegs alles ganz eindeutig. Ich kann selbst die einseitige Betonung von Sexualität, sogar auf Kosten der Gewalt, nicht akzeptieren. Aber betrachten Sie die Sache doch einmal vom rein empirischen Standpunkt, Sara – wie viele Familien kennen Sie, die von dominierenden, gewalttätigen Müttern beherrscht werden?«

Sara zuckte mit den Schultern. »Es gibt verschiedene Formen von Gewalt, Doktor, aber dazu habe ich mehr zu sagen, sobald wir das Ende des Briefes erreichen.«

Kreisler hatte auf die linke Seite der Tafel bereits GEWALTTÄTIGER, ABER NACH AUSSEN HIN ANGESEHENER VATER geschrieben und wollte anscheinend sofort weitergehen. »Dieser ganze erste Absatz«, erklärte er und klopfte dabei mit der Hand auf den Zettel, »hat einen einheitlichen Ton, trotz der absichtlichen orthographischen Fehler.«

»Diesen Eindruck gewinnt man sofort«, antwortete Marcus. »Er ist sich offenbar schon ganz sicher, daß eine Menge Menschen hinter ihm her ist.«

»Ich glaube, ich weiß, worauf Sie hinauswollen, Doktor«, fiel Lucius ein und fing wieder an, in dem Stapel von Büchern und Papieren auf seinem Schreibtisch zu suchen. »Einer der Artikel, die Sie uns zu lesen gaben, ich glaube, Sie haben ihn selbst übersetzt – ah, da ist er!« Er zog ein Stück Papier aus dem Wust heraus. »Hier – Dr. Krafft-Ebing. Er erwähnt eine ›intellektuelle Monomanie‹, stellt dazu die von den Deutschen genannte ›primäre Verrücktheit‹ und plädiert dafür, beides durch den Terminus ›Paranoia‹ zu ersetzen.«

Kreisler nickte und schrieb unter die Überschrift INTERVALL das Wort PARANOID. »Gefühle, vielleicht sogar Wahnvorstellungen von Verfolgung, die nach einer traumatischen emotionellen Erfahrung oder vielleicht einer Reihe von Erfahrungen entstehen, aber nicht zur Demenz führen – so lautet Krafft-Ebings wunderbar präzise Definition, die hier gut zu passen scheint. Ich bezweifle, daß unser Mann bereits unter Wahnvorstellungen leidet, aber sein Verhalten ist wahrscheinlich dennoch ziemlich asozial. Was aber nicht heißt, daß wir hinter einem Misanthropen und Sonderling her sind – das wäre zu einfach.«

»Könnten nicht die Morde seine asozialen Triebe befriedigen?« fragte Sara. »So daß er die restliche Zeit über normal ist, vielleicht sogar ganz unauffällig?«

»Vielleicht sogar übertrieben gesellig«, bemerkte Kreisler zustimmend. »Das ist kein Mann, den seine Nachbarn eines solchen Verbrechens für fähig halten würden.« Kreisler notierte diese Ideen und wandte sich dann wieder zu uns um. »Und nun kommen wir zum zweiten und noch verblüffenderen Absatz.«

»Also eines geht ganz klar daraus hervor«, verkündete Marcus. »Er ist nicht viel herumgekommen in der Welt. Ich weiß nicht, woraus seine Lektüre besteht, aber in den letzten Jahren war Kannibalismus in Europa nicht mehr sehr verbreitet. Die essen dort so ziemlich alles, was ihnen in die Finger kommt, aber nicht einander. Obwohl man bei den Deutschen natürlich nie ganz sicher sein kann ...« Marcus hielt plötzlich inne und schaute auf Kreisler. »Oh, ich bitte um Entschuldigung, Herr Doktor. War nicht böse gemeint.«

Lucius schlug sich mit der Hand gegen die Stirn, aber Kreisler lächelte nur matt. An die Eigenheiten der beiden Isaacsons hatten wir uns mittlerweile alle gewöhnt. »Macht nichts, Detective Sergeant. Man kann bei den Deutschen wirklich nie wissen, wie Sie schon richtig sagen. Wenn wir bei der Annahme bleiben, daß er die Vereinigten Staaten nie verlassen hat, was fangen wir dann mit Ihrer Theorie an, daß seine Kletterkünste auf europäische Abstammung deuten?«

Marcus zog die Achseln hoch. »Amerikaner der ersten Generation. Eltern Immigranten.«

Sara zog rasch die Luft ein. »›Dreckige‹ Immigranten?«

Kreisler blickte wieder sehr zufrieden drein. »So ist es«, sagte er und schrieb ELTERN EINGEWANDERT an die linke Seite der Tafel. »Man spürt hinter diesem Wort einen tiefen

Haß, nicht wahr? Und zwar jenen Haß, der meistens einen ganz bestimmten Ursprung hat, und wenn er noch so tief in der Vergangenheit liegt. In diesem Fall wahrscheinlich ein gestörtes Verhältnis zu einem oder beiden Elternteilen in früher Kindheit, so daß er schließlich alles, was mit ihnen zusammenhing, zutiefst verabscheute und verachtete – und dazu gehörte auch ihre Herkunft.«

»Dabei ist es aber auch seine eigene«, warf ich ein. »Das könnte teilweise auch seine Grausamkeit gegen die Kinder erklären. Es ist Selbsthaß, als versuchte er, den Schmutz, den er in sich selbst sieht, loszuwerden.«

»Eine interessante Formulierung, John«, erklärte Kreisler. »Eine, auf die wir noch zurückkommen werden. Aber wir müssen uns eine praktische Frage stellen: Wir nehmen jetzt einmal Jagd und Bergsteigen an und glauben, daß er nicht im Ausland war; sind wir dann bereits in der Lage, den geographischen Hintergrund abzugrenzen?«

»Nicht mehr als zuvor«, erwiderte Lucius. »Entweder aus einer reichen Stadtfamilie oder vom Land.«

»Und Sie?« wandte Kreisler sich an Marcus. »Würden Sie irgendeiner Gegend den Vorzug geben?«

Marcus schüttelte den Kopf. »Das kann man überall lernen, wo es höhere Berge gibt – und daran mangelt es nicht in den Vereinigten Staaten.«

»Hmmm«, murmelte Kreisler enttäuscht. »Gut, dann lassen wir das vorläufig und kehren zum zweiten Absatz zurück. Er allein würde Ihre Theorie bezüglich der verschnörkelten Oberlängen bestätigen, Marcus. Es ist in der Tat eine sehr phantasievolle Geschichte.«

»Dazu braucht man eine teuflische Phantasie«, warf ich ein.

»Zweifelsohne, John«, gab mir Kreisler recht. »Eine ungezügelte, morbide Einbildungskraft.«

Plötzlich schnippte Lucius mit den Fingern. »Wartet«, rief er und stürzte sich wieder auf seinen Bücherstapel, »da fällt mir etwas ein...«

»Tut mir leid, Lucius«, meldete sich Sara und verzog die Lippen zu einem Lächeln. »Diesmal bin ich Ihnen zuvorgekommen.« Sie hielt uns eine aufgeschlagene medizinische Zeitschrift entgegen. »Das paßt zu Verlogenheit oder Unehrlichkeit, Doktor«, fuhr sie fort. »In einem seiner Artikel führt Dr. Meyer verschiedene warnende Zeichen an, die auf späteres gefährliches Verhalten hindeuten – ungezügelte Einbildungskraft ist eines davon.« Dann las sie laut einen Abschnitt aus jenem Artikel, der im *Handbook of the Illinois Society for Child-Study* im Februar 1895 erschienen war: »›Es ist normal, wenn Kinder im Dunkeln Phantasiebilder sehen. Abnormität ist erst zu konstatieren, wenn diese Bilder zur Besessenheit geraten, wenn sie nicht unterdrückt werden können. Vor allem Bilder, die Angst und Unbehagen hervorrufen, sind oft ausgesprochen stark.‹« Und mit besonderem Nachdruck las Sara den letzten Satz ihres Zitats: »›Eine besonders lebhafte Einbildungskraft kann zu lügenhaftem Verhalten führen sowie zu dem zwingenden Impuls, diese Lügen an anderen Menschen durchzuspielen.‹«

»Danke, Sara«, sagte Kreisler und notierte das Stichwort MORBIDE EINBILDUNGSKRAFT sowohl in der Spalte KINDHEIT wie auch unter dem Punkt ASPEKTE. Auf meine Bitte um Erklärung erwiderte Kreisler: »Er schreibt diesen Brief zwar als Erwachsener, John, aber eine derart ausgeprägte Phantasie erscheint ja nicht plötzlich aus dem Nichts, die besaß er wohl schon immer. Und Meyers Theorie erfährt dadurch übrigens eine Bestätigung, denn dieses Kind wurde als Erwachsener in der Tat gefährlich.«

Marcus klopfte sich nachdenklich mit einem Bleistift in die flache Hand. »Wäre es denn nicht möglich, daß diese Menschenfresser-Vorstellung ein kindlicher Alptraum war? Er sagt, er habe es gelesen. Vielleicht als Kind? Die Wirkung wäre um so größer.«

»Stellen Sie sich doch eine grundsätzlichere Frage«, sagte Laszlo ermutigend. »Was ist die stärkste Kraft hinter der Einbildung? Der normalen, aber auch und ganz besonders der morbiden?«

Sara war schnell mit der Antwort bei der Hand: »Angst.«

»Angst vor dem, was man sieht – oder vor dem, was man hört?« bohrte Kreisler weiter.

»Vor beiden«, antwortete Sara. »Aber vor dem Gehörten vielleicht noch mehr.«

»Ist Lesen denn nicht auch eine Form des Hörens?« fragte Marcus.

»Sicherlich, aber selbst Kinder aus den besten Familien lernen erst relativ spät lesen«, erwiderte Kreisler. »Das ist nur eine Theorie, aber nehmen wir einmal an, die Sache mit der Menschenfresserei hätte damals genau die gleiche Funktion gehabt wie heute: nämlich die, unartigen Kindern Angst zu machen. Nur ist unser Mann heute nicht mehr das Opfer, sondern er verbreitet selbst Angst. So wie wir ihn bis jetzt gezeichnet haben, würde ihn das wahrscheinlich sehr befriedigen, ja geradezu erheitern, meinen Sie nicht?«

»Und wer schreckte ihn als Kind damit?« fragte Lucius.

Kreisler zuckte mit den Schultern. »Wer schreckt denn Kinder im allgemeinen mit schaurigen Geschichten?«

»Erwachsene, die möchten, daß sie sich besser benehmen«, antwortete ich schnell. »Mein Vater hatte eine Lieblingsgeschichte über die Folterkammer des japanischen Kaisers, die mich nächtelang nicht schlafen ließ, ich malte mir jedes Detail aus ...«

»Ausgezeichnet, Moore, Sie sagen es.«

»Aber was ist mit ...« Lucius begann zu stottern. »Was sagen wir zu – tut mir leid, aber gewisse Dinge bringe ich in Gegenwart einer Dame einfach nicht heraus.«

»Dann tun Sie doch so, als wäre keine Dame hier«, bemerkte Sara kühl und mit einem Anflug von Ungeduld.

»Ja, also« – fuhr Lucius fort, um nichts weniger verlegen, – »also was ist denn nun mit dieser Betonung des – der Hinterbacken?«

»Ach ja«, antwortete Kreisler. »Gehört das zur ursprünglichen Geschichte? Oder ist es eine Ausgeburt seiner heutigen Phantasie?«

»Ähhh ...« druckste ich herum, denn auch ich wollte etwas sagen, von dem ich nicht genau wußte, wie ich es in weiblicher Gegenwart am besten formulieren sollte. »Der, die – äh – diese Erwähnung nicht nur von Dreck, sondern – also, auch Fäkalien.«

»Er selbst spricht von *Scheiße*«, bemerkte Sara ungehalten. Darauf schien jedermann im Zimmer, Kreisler nicht ausgenommen, ein Stein vom Herzen zu fallen. »Also wirklich, meine Herren«, fuhr Sara ziemlich verächtlich fort, »wenn ich geahnt hätte, daß Sie alle so zickig sind, wäre ich Sekretärin geblieben.«

»Wer ist denn zickig?« fragte ich – nicht unbedingt eine meiner schlauesten Fragen.

Sara funkelte mich böse an. »*Du*, John Schuyler Moore. Es ist mir zufällig bekannt, daß du hin und wieder Vertreterinnen des weiblichen Geschlechts dafür bezahlst, daß sie gewisse intime Momente mit dir verbringen. Soll ich annehmen, daß auch sie derartige Ausdrücke nicht kennen?«

»Nein, das nicht«, protestierte ich, mit einem Gesicht so rot wie ein gekochter Hummer. »Aber das waren doch schließlich keine – keine...«

»Keine was?« fragte Sara streng.

»Keine Damen.«

Darauf erhob sich Sara, stemmte eine Hand in die Hüfte und zog mit der anderen blitzschnell ihre Derringer. »Ich möchte euch alle warnen«, sagte sie und preßte kurz die Lippen zusammen. »Wer als nächster in meiner Gegenwart den Ausdruck Dame benutzt, wird sich binnen kurzem aus einem neuen, künstlich hergestellten Loch in seinem Darm *anscheißen*.« Damit steckte sie die Waffe weg und nahm wieder Platz.

Mindestens eine halbe Minute lang herrschte in dem Raum Grabesstille; dann fragte Kreisler vorsichtig: »Ich glaube, Sie wollten gerade Näheres zur Bedeutung von Scheiße ausführen, Moore?«

Mit einem leicht gekränkten Blick auf Sara – den die gefühllose Person aber völlig ignorierte – nahm ich meinen Faden wieder auf: »Ich sehe da eine Verbindung – die skatologischen Anspielungen und die Obsession mit einem Teil der Anato...« Ich spürte, wie Saras Blick sich in meine Schläfen bohrte. »Die Besessenheit mit dem *Hintern*«, schloß ich mit aller Verachtung, die mir zu Gebote stand.

»Ganz ohne Zweifel«, stimmte mir Kreisler zu. »Eine sowohl metaphorische als auch anatomische Verbindung. Es ist verblüffend – und dabei gibt es nur wenig Literatur über diesen Gegenstand. Meyer hat über die möglichen Ursachen und Erklärungen des nächtlichen Bettnässens nachgedacht, und jeder, der mit Kindern zu tun hat, begegnet dem einen oder anderen, das in abnormer Weise auf Fäzes, also menschliche Ausscheidungen, fixiert ist. Die meisten Psychiater und Psychologen halten dies für eine Form der Mysophobie, der krankhaften Angst vor Schmutz und Ansteckung, wie wir sie auch bei unserem Mann beobachten können.« Kreisler notierte mit Kreide in der Mitte der Tafel das Stichwort MYSOPHOBIE, trat dann etwas zurück und schüttelte unzufrieden den Kopf. »Da scheint mir aber mehr dran zu sein als nur dieses ...«

»Doktor«, warf Sara ein, »ich möchte Sie doch bitten, wenigstens in diesem Fall Ihre Konzeption von Mutter und Vater etwas weiter zu fassen. Ich weiß schon, daß Sie mehr Erfahrung mit Kindern haben als irgendeiner von uns, aber hatten Sie wirklich je mit einem Säugling zu tun?«

»Nur als Arzt«, antwortete Kreisler. »Und auch dann nicht oft. Warum, Sara?«

»Es handelt sich um ein Alter, in dem Männer im allgemeinen keine große Rolle spielen. Hat denn einer von euch größere Erfahrung im Umgang mit Kindern unter dem Alter von drei oder vier Jahren?« Wir alle schüttelten unsere Köpfe. Und ich fürchte, selbst wenn einer von uns die Frage hätte ehrlich bejahen können, so hätte er es nicht getan, und zwar aus Angst vor Saras Derringer. Sara wandte sich wieder an Laszlo. »Und wenn ein Kind in abnormer Weise auf Fäzes fixiert ist, wie zeigt sich das üblicherweise?«

»Entweder in einem übertriebenen Drang oder aber in krankhafter Zurückhaltung, könnte man sagen.«

»Drang oder Zurückhaltung in bezug worauf?«

»Die Toilette zu benutzen.«

»Und wie lernt ein Kind, die Toilette zu benutzen?«

»Man bringt es ihm bei.«

»Wer? Etwa Männer?«

Jetzt verschlug es endlich einmal auch Kreisler die Sprache. Mir war zunächst nicht klar gewesen, worauf Sara eigentlich hinauswollte, aber jetzt hatte ich es begriffen: Wenn die Besessenheit unseres Mörders in bezug auf Fäzes, Hintern, »Schmutz« und »Dreck« im allgemeinen – und es gab nichts, wovon er in seinem Brief häufiger gesprochen hätte – ihren Ursprung in seiner Kindheit hatte, dann war es sehr wahrscheinlich, daß eine Frau – die Mutter, das Kindermädchen, eine Gouvernante oder eine andere weibliche Person – in diesem Prozeß eine Rolle gespielt hatte.

»Aha, ich begreife«, sagte Kreisler endlich. »Daraus darf ich schließen, daß Ihnen dieser Vorgang bekannt ist, Sara?«

»Das dürfen Sie«, gab sie zurück. »Und ich habe viel darüber gehört. Das schickt sich eben für Mädchen. Es wird immer angenommen, daß man dieses Wissen einmal brauchen wird. Die Erziehung eines Kindes zur Sauberkeit kann ausgesprochen schwierig und langwierig sein – peinlich, frustrierend, manchmal auch gewalttätig. Ich hätte nicht davon gesprochen, wenn im Brief nicht so viel davon die Rede wäre. Sehen Sie darin denn keinen Hinweis auf eine Abweichung von der Norm?«

Laszlo hob den Kopf. »Mag sein. In irgendeiner Weise zwingend erscheinen mir Ihre Beobachtungen jedoch nicht.«

»Würden Sie nicht wenigstens die Möglichkeit in Betracht ziehen, daß eine Frau – vielleicht die Mutter, vielleicht aber auch eine andere Person – eine düsterere Rolle gespielt hat, als wir bisher glaubten?«

»Ich hoffe, allen Möglichkeiten gegenüber offen zu sein«, erwiderte Kreisler und wandte sich zur Tafel, ohne aber etwas zu schreiben, »möchte allerdings vermeiden, daß wir allzu weit in das Gebiet des rein Phantastischen abschweifen.«

Sara lehnte sich zurück. Man sah ihr die Enttäuschung darüber an, daß es ihr wieder nicht gelungen war, Kreisler eine weitere mögliche Dimension der imaginären Geschichte unseres Mörders nahezubringen. Und ich muß gestehen, daß auch ich innerlich den Kopf schüttelte; schließlich war Kreisler es gewesen, der Sara um ihre Mithilfe auf diesem Gebiet gebeten hatte, da uns Männern bestimmte Einsichten verschlossen waren. Ihre Vorschläge in dieser Weise abzutun, erschien mir sehr willkürlich, um so mehr, als ich ihre Ideen als ebenso fundiert empfand wie die seinen.

»Der Haß auf Einwanderer kommt auch im dritten Absatz zum Ausdruck«, fuhr Kreisler ungerührt fort. »Dann erwähnt er auch noch die ›dreckige Rothaut‹. Er sucht nach einem Superlativ, und das ist das Ergebnis.«

Marcus überlegte. »Wenn wir annehmen, daß der Haß auf Einwanderer familiäre Gründe hat, dann kann er selbst kein Indianer sein. Er müßte aber irgendwann einmal in Kontakt mit Indianern gekommen sein.«

»Warum?« fragte Kreisler. »Rassenhaß beruht nicht unbedingt auf persönlichen Erfahrungen.«

»Nein, geht aber doch oft Hand in Hand damit«, beharrte Marcus. »Und sehen Sie sich den Satz selbst an – er klingt irgendwie geläufig, sprichwörtlich fast, als würde er Dreck ganz selbstverständlich mit Indianern verbinden und wäre der Meinung, alle anderen täten das auch.«

Ich nickte, mir leuchtete das ein. »An der Westküste wäre diese Aussage normal. Von den Bewohnern der Ostküste bekämen Sie das nicht zu hören – nicht etwa, weil sie toleranter sind, sondern weil man eben keine Indianer kennt. Ich meine, wenn er geschrieben hätte ›dreckiger als ein Nigger‹, dann hätte man auf eine Herkunft aus den Südstaaten getippt, oder nicht?«

»Oder Mulberry Street«, warf Lucius ein.

»Zugegeben«, sagte ich. »Ich will damit nicht sagen, daß man diese Vorurteile nicht überall finden kann. Es könnte auch jemand sein, der zu viele Wildwest-Geschichten gelesen hat...«

»Oder ein Mensch mit einer übertrieben lebhaften Einbildungskraft«, fügte Sara hinzu.

»Die Westküste ist natürlich am naheliegendsten«, seufzte Kreisler. »Und irgend jemand hat einmal gesagt, daß man gerade das Naheliegende nie übersehen darf. Also was ist damit, Marcus – sagt Ihnen die Vorstellung von einer Kindheit an der Westküste zu?«

Marcus überlegte. »Doch, das würde einiges erklären – zum Beispiel das Messer, das ursprünglich eine Waffe des Wilden Westens ist. Damit hätten wir auch die Jagd abgedeckt und könnten auf reiche Eltern verzichten. Es gibt im Westen zwar viele Berge zum Klettern, die sich aber doch auf bestimmte Landschaften konzentrieren. Außerdem leben dort auch verschiedene Gruppen deutscher und schweizerischer Einwanderer.«

»Dann halten wir diese Möglichkeit fest«, erklärte Kreisler und notierte es an der Tafel. Wir können uns aber im Moment nicht weiter damit befassen. Nun kommen wir zum dritten Absatz, und jetzt wird unser Mann endlich konkret. Am 18. Februar bemerkte er den kleinen Santorelli zum ersten Mal. Da ich in der letzten Zeit einige Kalender gewälzt habe, kann ich versichern, daß es sich um den Aschermittwoch handelt.«

»Er erwähnt Asche im Gesicht«, ergänzte Lucius. »Das würde bedeuten, daß der Kleine in der Kirche war.«

»Die Santorellis sind Katholiken«, fügte Marcus hinzu. »Es gibt in der Umgebung der Paresis Hall nicht viele Kirchen, weder katholische noch andere, aber wir könnten ja einen größeren Umkreis überprüfen. Es wäre schon möglich, daß Giorgio jemandem auffiel, er hätte sich in der Masse der Kirchgänger doch sicher abgehoben.«

»Und es ist durchaus möglich, daß er auch dem Mörder in dieser Umgebung auffiel«, sagte ich. »Wenn wir mehr Glück als Verstand haben, dann finden wir vielleicht einen Zeugen für ihre Begegnung.«

»Dann wissen Sie beide ja schon, was Sie am Wochenende vorhaben«, bemerkte Kreisler, worauf Marcus und ich einander leicht entgeistert ansahen. »Obwohl der Ausdruck ›paradieren‹ mich daran zweifeln läßt, daß diese erste Begegnung in der Nähe einer Kirche stattfand – schon gar nicht, wenn Giorgio dort eine Messe besuchte.«

»Es klingt, als wäre der Junge in Geschäften unterwegs gewesen«, vermutete ich.

»Es klingt nach den unterschiedlichsten Dingen«, erwiderte Laszlo. »›Paradieren‹ ... das könnte auch zu Ihrer Idee passen, Moore, daß der Mann an irgendeiner Art von Behinderung oder Deformierung leidet. Man glaubt Neid herauszuhören, als fühlte er sich selbst von solchem Verhalten ausgeschlossen.«

»Das sehe ich nicht ganz so«, entgegnete Sara. »Für mich klingt es eher verächtlich. Das könnte sich natürlich auf Giorgios Arbeit beziehen, aber das glaube ich nicht. Man spürt in seinem Ton weder Mitgefühl noch Verständnis, sondern nur Grobheit. Und auch eine gewisse Vertrautheit, so wie mit dem Lügen.«

»Richtig«, sagte ich. »Es klingt wie das Predigen eines Lehrers, der genau weiß, was man im Schilde führt, weil er ja auch einmal ein Junge war.«

»Damit wollen Sie sagen, daß er dieses sexuell aufreizende Benehmen nicht etwa deshalb verachtet, weil er sich selbst nie so aufführen durfte, sondern im Gegenteil deshalb, weil er sich vielleicht ebenso verhielt?« Laszlo legte den Kopf leicht zur Seite und ließ sich die Vorstellung durch den Kopf gehen. »Nicht auszuschließen. Aber hätten die Erwachsenen in seinem Leben derartigen Auftritten nicht einen Riegel vorgeschoben? Und führt uns das nicht wieder zurück zur Vorstellung von Neid, auch ohne jede körperliche Deformation?«

»Aber dann müßte sein Verhalten doch zu einer Szene geführt haben, zumindest ein einziges Mal«, rief Sara, »damit es zu einem Verbot kommen konnte.«

Laszlo dachte kurz nach, dann nickte er. »Ja, da haben Sie recht, Sara.« Ein kleines zufriedenes Lächeln erschien auf seinem Gesicht. »Und dann«, fuhr er fort, »wäre der Samen künftiger Schwierigkeiten schon gesät, ganz gleichgültig, ob er sich dem Verbot fügte oder nicht. Gut.« In wenigen gekritzelten Worten hielt Kreisler das Ergebnis unserer Überlegungen an der Tafel fest. »Weiter – Asche und Schminke.«

»Er sieht beides offenbar als Einheit«, überlegte Lucius, »während für den normalen Beobachter hier sicherlich ein Widerspruch vorliegt – für den Priester in der Kirche ganz gewiß, wollen wir wetten?«

»Er sagt das so, als wäre das eine nicht besser als das andere«, ergänzte Marcus. »Beides klingt abschätzig.«

»Und darin sehe ich ein Problem.« Kreisler holte von seinem Schreibtisch einen gebundenen Kalender mit einem Kreuz auf dem Einband. »Am 18. Februar sah er Giorgio Santorelli zum ersten Mal, und ich bezweifle, daß das Treffen ein zufälliges war. Es ist viel eher anzunehmen, daß er an diesem besonderen Tag nach genau dieser Art von Jungen Ausschau hielt. Der Umstand, daß es der Aschermittwoch war, ist sicher von Bedeutung. Und offenbar haben sowohl Asche wie Schminke seine Reaktion verstärkt – diese Reaktion bestand in Zorn, Wut, Ärger. Das könnte bedeuten, daß er die Teilnahme des Strichers an einem christlichen Ritual für unpassend hielt, doch wie Sie schon gesagt haben, findet sich in seiner Sprache kein Hinweis auf besondere Achtung vor diesen Dingen. Ich glaube noch immer nicht, daß wir es mit religiöser Manie zu tun haben. Der missionarische, messianische Ton, der diese Kranken sonst kennzeichnet, ist nicht vorhanden, auch nicht in diesem Brief. Natürlich weist der Zeitplan seiner Morde eigentlich in diese Richtung, aber weitere Hinweise fehlen.« Kreisler studierte mit zusammengekniffenen Augen den Kalender. »Wenn der Tag, an dem Giorgio getötet wurde, doch nur irgendeine Bedeutung hätte...«

Wir verstanden, was er damit meinte. Laszlo hatte inzwischen herausgefunden, daß mit einer Ausnahme alle Morde in einem besonderen Bezug zum christlichen Kalender standen. Am 1. Januar feierte man die Beschneidung Christi und Neujahr, am 2. Februar das Fest Maria Lichtmeß, und Ali ibn-Ghazi war am Karfreitag ermordet worden. Es gab natürlich auch Feiertage, an denen kein Mord stattgefunden hatte – das Fest der Heiligen Drei Könige am 6. Januar war zum Beispiel ohne Zwischenfall vorübergegangen, ebenso der Tag der Fünf Wunden Christi am 20. Februar. Hätte auch der 3. März, der Tag des Mordes an Giorgio Santorelli, irgendeine christliche Bedeutung gehabt, dann hätten wir mit einiger Sicherheit ein religiöses Element hinter seinem Zeitplan annehmen können. Diese Bedeutung gab es aber nicht.

»Dann kommen wir wieder auf den Mondzyklus zurück«, sagte Marcus und brachte damit noch einmal einen alten Aberglauben ins Spiel, über den wir schon stundenlang debattiert hatten; des Inhalts nämlich, daß derartige Verbrechen fast immer unter dem Einfluß des ab- und zunehmenden Mondes stünden.

»Ich bin noch immer nicht glücklich damit«, erklärte Kreisler mit einer abwehrenden Handbewegung, die Augen in den Kalender gebohrt.

»Man hat den Mond schon oft für Verhaltensstörungen verantwortlich gemacht«, warf Sara ein. »Viele Frauen glauben zum Beispiel, daß ihr Zyklus damit zusammenhängt.«

»Und das Verhalten unseres Mörders muß mit irgendeinem Zyklus in Zusammenhang stehen«, pflichtete ihr Lucius bei.

»Gewiß«, erwiderte Kreisler. »Aber die Annahme eines derartigen unbeweisbaren astrologischen Einflusses auf die Psychobiologie lenkt uns von der rituellen Natur dieser Morde ab. Der vorgegebene Kannibalismus ist ein neues und offenbar wichtiges Element dieser Rituale, wie ich gerne zugebe. Aber der Grausamkeitspegel ist von Fall zu Fall gestiegen, ein derartiges Crescendo war vorhersehbar – obgleich das Fehlen dieses Elements im Fall ibn-Ghazi die Vermutung nahelegt, daß er sich hier auf ein Gebiet begab, wo er sich, allen prahlerischen Behauptungen seines Briefes zum Trotz, nicht wirklich zu Hause fühlte.«

In der darauf folgenden Gesprächspause tauchte in meinem Gehirn eine Idee auf. »Kreisler«, sagte ich, meine Worte sorgfältig abwägend, »nehmen wir einmal einen Moment lang an, daß wir auf der richtigen Spur sind. Sie haben selbst gesagt, daß die Annahme eines religiösen Aspekts bei diesen Morden sich geradezu aufdrängt.«

Kreisler wandte sich mir zu. »Man könnte es so sehen«, bestätigte er.

»Nun, was ist dann aber mit den beiden Priestern? Wir haben bereits die Vorstellung akzeptiert, ihr Verhalten könnte bedeuten, daß sie jemanden schützen wollen. Vielleicht einen aus ihren eigenen Reihen?«

»Ahhh«, warf Lucius ein. »Sie denken an jemanden wie den Reverend in Salt Lake City, John?«

»Genau«, antwortete ich. »Ein Mann Gottes, der auf die schiefe Bahn geraten ist. Ein Priester mit einem geheimen

Doppelleben. Stellen Sie sich vor, seine Vorgesetzten haben Wind von seiner Freizeitbeschäftigung bekommen, können aber aus irgendwelchen Gründen seiner nicht habhaft werden – vielleicht ist er in den Untergrund gegangen. Das könnte sich doch zu einem ungeheuren Skandal auswachsen. Und angesichts der Rolle, die sowohl die katholische wie auch die Episkopalkirche hier in der Stadt spielen, wäre es ein leichtes, die reichsten und einflußreichsten Bürger dazu zu bringen, die ganze Geschichte zu vertuschen. Solange bis sie die Sache selbst erledigt haben, meine ich.« Stolz auf meinen Geistesblitz, lehnte ich mich zurück und wartete auf Kreislers Reaktion. Daß er in seinem Schweigen fortfuhr, erschien mir als kein gutes Zeichen, deshalb fügte ich halbherzig hinzu: »Das ist nur so ein Gedanke von mir.«

»Und ein verdammt guter Gedanke«, erklärte Marcus und klopfte mit seinem Bleistift enthusiastisch auf seinen Schreibtisch.

»Das würde vieles erklären«, stimmte auch Sara zu.

Endlich reagierte auch Kreisler: mit einem langsamen Nicken. »Ja, das würde es«, sagte er und schrieb PRIESTER INKOGNITO? in die Mitte der Tafel. »Was wir in bezug auf Herkunft und Charakter bisher vermutet haben, könnte auf einen Kleriker ebenso zutreffen wie für einen Laien – daß er Priester ist, wäre eine durchaus einleuchtende Erklärung für die religiöse Manie. Möglicherweise geht es um persönliche Konflikte, die er nach einem Zeitplan auslebt, der für ihn ganz natürlich, vielleicht sogar praktisch ist. Eine gründlichere Untersuchung dieser beiden anderen Priester wird zweifellos mehr Licht auf diese Frage werfen.« Kreisler wandte sich um. »Und das...«

»Ich weiß, ich weiß«, sagte ich und erhob beschwichtigend meine Hand. »Der Detective Sergeant und ich.«

»Ich weiß Ihren vorauseilenden Gehorsam sehr zu schätzen«, antwortete Kreisler mit einem Lächeln.

Während Marcus und ich kurz unsere Aufgaben für die nächsten Tage besprachen, ging Lucius noch einmal den Brief durch. »Die nächste Zeile«, verkündete er, »scheint mir wieder sehr sadistisch angehaucht. Er beschließt, zu warten und den Jungen vor dem Mord noch mehrere Male zu beobachten – er spielt mit ihm, obwohl er doch schon ganz genau weiß, was er mit ihm vorhat. Das ist der sadistische Jäger in ihm.«

»Ich fürchte auch, daß uns diese Zeile nichts Neues sagt – erst am Ende vielleicht.« Kreisler klopfte mit der Kreide gegen die Tafel. »›DER ORT‹ – das ist neben den ›LÜGEN‹ der einzige Ausdruck, der in Blockschrift erscheint.«

»Wieder Haß«, bemerkte Sara. »Besonders auf das Golden Rule – oder auf die besondere Verhaltensform, die dort praktiziert wird?«

»Vielleicht auf beides«, schlug Marcus vor. »Schließlich bedient das Golden Rule einen ganz speziellen Kundenstamm – Männer, die auf Jungen fliegen, die sich als Frauen verkleiden.«

Kreisler klopfte noch immer gegen das Kästchen mit der Inschrift PRÄGENDE GEWALT UND/ODER MISSBRAUCH. »Jetzt sind wir wieder bei der zentralen Frage. Das ist kein Mann, der alle Kinder haßt, auch keiner, der alle Homosexuellen haßt – nicht einmal einer, der alle Stricher haßt, die sich als Frauen verkleiden. Was wir vor uns haben, ist ein Mann mit wirklich ganz speziellen Neigungen.«

»Aber Sie halten ihn noch immer für homosexuell, Doktor?« fragte Sara.

»Nur in dem Sinn, in dem man Jack the Ripper als Heterosexuellen bezeichnete«, antwortete Kreisler, »weil seine Opfer zufällig Frauen waren. Die Frage ist aber unwichtig, wie dieser Brief hier beweist. Vielleicht ist er homosexuell, vielleicht pädophil, aber vor allem ist er ein Sadist, und für seine intimen Kontakte ist vor allem Gewalttätigkeit typisch, kaum dagegen sexuelle oder erotische Gefühle. Vielleicht ist er gar nicht imstande, zwischen Sex und Gewalt zu unterscheiden. Jede Form von Erregung scheint bei ihm sofort in Gewalt zu münden. Und dies ist ein Verhaltensmuster, das ihm durch seine prägenden Kindheitserlebnisse vorgegeben wurde – davon bin ich vollkommen überzeugt. Seine Antagonisten bei diesen Episoden waren sicherlich männlichen Geschlechts – das kommt bei der Wahl seiner Opfer viel deutlicher zum Ausdruck als eine mögliche homosexuelle Tendenz.«

»War denn ein erwachsener Mann für diese frühkindlichen Erlebnisse verantwortlich?« fragte Lucius. »Oder vielleicht ein gleichaltriger Junge?«

Kreisler zuckte die Schultern. »Eine schwierige Frage. Aber wir wissen, daß bestimmte Jungen in dem Mann eine so tiefe Wut wecken, daß er seine gesamte Existenz rund um das Ausleben dieser Wut aufgebaut hat. Und welche Jungen? Moore hat schon darauf hingewiesen. Es sind Jungen, die – entweder tatsächlich oder nur in den Augen des Mörders – verlogen sind, aber auch unverschämt.«

Sara deutete mit einer Kopfbewegung auf den Brief. »›Dreist‹.«

»Ja«, antwortete Kreisler. »Wir haben uns in dieser Annahme nicht getäuscht. Unserer Hypothese zufolge drückt er seine Wut in Gewalttaten aus, weil er es in häuslicher Umgebung eben so gelernt hat, aller Wahrscheinlichkeit nach von einem gewalttätigen Vater, dessen Taten verborgen und straflos blieben. Was war – zumindest nach dem Verständnis unseres Mannes – der Grund für diese ursprüngliche, auslösende Gewalt? Auch darüber haben wir uns bereits Gedanken gemacht.«

»Aha, ich verstehe«, sagte Sara mit einem Ausdruck, als wäre jetzt der Groschen gefallen. »Und hier beißt sich die Katze in den Schwanz, nicht wahr, Doktor?«

»Das ist richtig«, erwiderte Kreisler und zog eine Linie von einer Seite der Tafel zur anderen: Von den Charakterzügen des Mörders zu denen seiner Opfer. »Ob unser Mann nun in seiner Kindheit und Jugend ein Lügner war, sexuell frühreif oder überhaupt derart aufsässig, daß Prügel nicht reichten und man ihn deshalb noch zusätzlich mit Terror und Schrecken quälte – er war jedenfalls in entscheidender Hinsicht *seinen Opfern sehr ähnlich.*«

Das war natürlich ein interessanter Gedanke. Wenn unser Mann durch diese Morde nicht nur für ihn unannehmbare Elemente seiner Umgebung zerstören wollte, sondern auch und noch viel drängender Elemente seines eigenen Wesens, die er als unerträglich empfand, dann hatte Kreisler möglicherweise recht mit seiner Vermutung, er trete jetzt in eine neue autoaggressive Phase ein – in eine Phase, an deren Ende mit ziemlicher Sicherheit die Selbstzerstörung stand. Aber warum, fragte ich Kreisler, fand unser Mann diese Aspekte des eigenen Charakters so unerträglich? Und warum konnte er sie dann nicht einfach ändern oder ablegen?

»Die Antwort darauf haben Sie bereits selbst gefunden, Moore«, erwiderte Kreisler. »Wir alle lernen diese Dinge nur einmal. Oder um unseren früheren Lehrer zu zitieren: Der Mörder macht das Beste aus einem Verhaltensmuster, das er ablehnt und das nicht zu ihm paßt, weil er kein anderes Verhalten kennt und es zu spät für ihn ist, um ein neues zu erlernen. Wenn wir den vierten Absatz zu Ende lesen, finden wir eine Beschreibung seiner Entführung des Jungen. Er bedient sich dabei eines sehr herrischen Tones. Spricht er etwa von Begierde? Nicht im geringsten – er sagt nur, daß er ihn essen ›muß‹. Er muß es tun, denn dies sind die Gesetze, nach denen seine Welt bisher immer funktionierte. Er ist – in der Formulierung von Professor James – zu einem ›wandelnden Bündel von Gewohnheiten‹ geworden; würde er diese Gewohnheiten aufgeben, dann, so fürchtet er, hieße das sich selbst aufgeben. Denken Sie an das, was wir einmal über Giorgio Santorelli gesagt haben: daß sich in seiner Vorstellung sein psychisches Überleben gerade mit jenen Aktivitäten verband, derentwegen ihn sein Vater halbtot prügelte. Unser Mann genießt seine Morde wahrscheinlich ebensosehr oder ebensowenig, wie Giorgio Vergnügen an seiner ›Arbeit‹ fand. Aber für beide waren und sind die Aktivitäten lebensnotwendig, und dies trotz des tiefen Selbsthasses, den sie hervorrufen – und den Sie, Moore, ja bereits in diesem Brief erkannt haben.«

An dieser Stelle muß ich zugeben, daß mir selbst gar nicht bewußt gewesen war, wie viele hochintelligente Bemerkungen ich an jenem Abend von mir gegeben hatte; aber Laszlos Interpretationen konnte ich jedenfalls ohne Mühe folgen. »Am Ende des Briefes kommt er ja wieder darauf zurück«, warf ich ein. »Die Bemerkung, Giorgio wäre von ihm nicht

›beschmutzt‹ worden – der Schmutz, den er so verachtet, ist ja in ihm, ein Teil seiner selbst.«

»Und würde durch den Sexualakt übertragen werden«, fügte Marcus hinzu. »Sie haben ganz recht, Doktor – Sexualität erscheint ihm weder wertvoll noch vergnüglich. Sein Ziel ist die Gewalt.«

»Wäre es nicht möglich, daß er zu Sex gar nicht imstande ist?« fragte Sara. »In einem der Artikel, die Sie uns zum Lesen gaben, Doktor, fand sich eine Diskussion von sexueller Erregung und Angstreaktion...«

»Dr. Peyer von der Universität Zürich«, sagte Kreisler und nickte. »Das bezog sich auf seine Schlußfolgerungen bezüglich einer Studie zum Coitus interruptus.«

»Ja, ich erinnere mich«, erwiderte Sara. »Das galt vor allem für Männer aus schwierigen familiären Verhältnissen. Ständige Angstgefühle können zu Unterdrückung der Libido führen, und dies wiederum zu Impotenz.«

»Unser Knabe drückt sich da ja sehr vorsichtig aus«, flocht Marcus ein, nahm den Brief und las laut vor. »Ich habe ihn nicht gefickt, obwohl ich es hätte tun können.«

»Richtig«, sagte Kreisler und schrieb, ohne zu zögern, IMPOTENZ in die Mitte der Tafel. »Die Folge wären natürlich noch stärkere Frustration und noch größere Wut – und somit noch mehr Gewalttaten. Aber die Form der Gewalttaten gibt uns das bisher größte Rätsel auf. Wenn die Verstümmelungen tatsächlich persönliche Rituale darstellen, die außer den Daten keine Verbindung zu eindeutig religiösen Themen besitzen, dann ist es, ganz gleich ob er nun Priester ist oder Installateur, um so wichtiger für uns, jedes einzelne Detail zu verstehen, denn in diesen Details liegt sein ureigener Charakter.« Kreisler beugte sich über den Brief. »Und ich fürchte, daß uns dieses Papier da nicht weiterhilft.« Dann warf er einen Blick auf seine silberne Taschenuhr und rieb sich die Augen. »Es ist schon ziemlich spät. Ich schlage vor, wir machen für heute Schluß.«

»Aber vorher«, sagte Sara leise, aber entschieden, »möchte ich noch einmal auf die Erwachsenen in der Kindheit unseres Mörders zu sprechen kommen.«

Kreisler nickte, aber man merkte ihm seinen Mangel an Begeisterung deutlich an. »Cherchez la femme«, seufzte er.

»Jawohl.« Sara stand auf, trat an die Tafel und deutete auf die Unterteilungen in Gruppen. »Unserer Theorie zufolge haben wir einen Mann vor uns, der als Kind gequält, verspottet, beschimpft und schließlich geschlagen wurde. Ich bezweifle nicht unbedingt, daß die Schläge von einer männlichen Hand verabreicht wurden. Aber die intime Natur so vieler anderer Aspekte scheint mir auf das äußerst verderbliche Wirken einer Frau hinzudeuten. Achten Sie doch auf den ganzen Ton dieses Briefes, der übrigens an Mrs. Santorelli gerichtet ist – er klingt abwehrend, gehetzt, stellenweise sogar wehleidig, und besessen von skatologischen und anatomischen Details. Das ist die Stimme eines Jungen, der regelmäßig ausgeschimpft und gedemütigt wurde, dem man beibrachte, daß er selbst nichts als Dreck ist, der nirgends und bei niemandem Schutz und Zuflucht fand. Wenn sein Charakter tatsächlich in seiner Kindheit geformt wurde, dann wiederhole ich meine Meinung, daß die größere Schuld daran seine Mutter trug.«

Kreislers Gesicht zeigte Verärgerung. »Wenn dem so wäre, Sara, hätte er dann nicht einen größeren Haß auf Frauen entwickelt? Wären seine Opfer dann nicht ebenfalls Frauen, wie bei Jack the Ripper?«

»Ich bestreite Ihre Überlegungen in bezug auf die Opfer nicht«, erwiderte Sara, »ich bitte Sie nur um einen tieferen Blick in eine andere Richtung.«

»Sie glauben anscheinend«, antwortete Kreisler – pikiert, wie mir schien –, »daß ich unter Betriebsblindheit leide. Darf ich Sie daran erinnern, daß ich in diesen Dingen doch immerhin einige Erfahrungen aufweisen kann.«

Sara betrachtete ihn einen Moment lang nachdenklich, dann fragte sie ruhig: »Warum wehren Sie sich derart heftig gegen die Vorstellung, eine Frau könne bei der Charakterbildung eine aktive Rolle gespielt haben?«

Laszlo fuhr urplötzlich hoch, schlug mit der Hand auf seinen Schreibtisch und schrie: »Weil ihre Rolle nicht aktiv gewesen sein *kann*, Teufel noch mal!«

Marcus, Lucius und ich erstarrten und tauschten verlegene Blicke. Dieser peinliche Ausbruch war nicht nur unnötig, er paßte auch in keiner Weise zu Laszlos sonstigem persönlichen und beruflichem Verhalten. Aber da redete er schon weiter: »Hätte eine Frau je eine aktive Rolle in seinem Leben gespielt, dann wäre er nicht an diesem Punkt angelangt – die Verbrechen wären überhaupt nicht geschehen!« Kreisler bemühte sich, seine Fassung wiederzugewinnen, was ihm aber nur teilweise gelang. »Die ganze Idee ist absurd, es gibt absolut nichts in der gesamten Literatur, was sie unterstützen würde! Tut mir leid, Sara, ich werde darauf bestehen – wir *müssen* von weiblicher Passivität bei der Charakterbildung ausgehen und auf diesem Weg zu den Verstümmelungen kommen. Morgen!«

Ich denke, ich habe inzwischen ausreichend klargestellt, daß Sara Howard nicht die Frau war, die ein solches Benehmen von irgendeinem Mann hinnahm, auch nicht von einem, den sie bewunderte, ja für den sie (jedenfalls meiner Meinung nach) sogar noch tiefere Gefühle hegte. Bei Laszlos letzten Worten verengten sich ihre Augen, und ihre Stimme klang wie Eis, als sie sagte:

»Da Sie die Antwort auf diese Fragen offenbar schon lang allein beschlossen haben, Doktor, sehe ich keinen Sinn darin, mich mit ihrem Studium zu befassen.« Ich hatte ein bißchen Angst, sie würde wieder die Derringer ziehen, aber gottlob griff sie statt dessen zu ihrem Mantel. »Vielleicht dachten Sie, das wäre eine nette Art, mich zu beschäftigen«, stürmte sie weiter. »Aber ich möchte ein für allemal klarstellen, daß mich niemand nett, rücksichtsvoll oder als Dame zu behandeln braucht – keiner von euch!«

Und damit war sie draußen bei der Tür. Die Isaacsons und ich tauschten weitere besorgte Blicke aus, hielten aber Kommentare nicht für nötig. Es war uns allen klar, daß Sara im Recht war – und Kreisler auf verbohrteste, starrsinnigste Weise im Unrecht. Als Laszlo jetzt seufzend in einen Stuhl sank, sah es einen Moment lang so aus, als würde er das selbst einsehen und zugeben – doch statt dessen bat er uns, ihn allein zu lassen, da er völlig erschöpft sei. Dann heftete er seine Blicke wieder auf den Brief vor sich. Wir packten unsere Sachen zusammen und entfernten uns, ohne daß Kreisler überhaupt auf unser Gehen reagierte.

Hätte dieser Zwischenfall keine Folgen gehabt, so hätte ich ihn gar nicht erwähnt. Zwar war dies die erste ernste Unstimmigkeit im Lauf unserer Ermittlungen, aber Derartiges war ja zu erwarten gewesen, und wir würden sicher darüber hinwegkommen. Aber dieser scharfe Wortwechsel zwischen Sara und Kreisler zeitigte seine Wirkung. Nicht nur, daß er mir die Augen über mir bis dahin unbekannte Einzelheiten aus Kreislers Vergangenheit öffnete – er führte auch zu einer Begegnung mit einem der wohl ungewöhnlichsten Verbrecher in der jüngeren Geschichte der Vereinigten Staaten.

KAPITEL
22

Etwa eine Woche lang sahen wir so gut wie gar nichts von Kreisler. Später erfuhr ich, daß er fast die ganze Zeit in städtischen Gefängnissen und in den armen Wohngegenden verbracht und dort Männer, die wegen häuslicher Gewalt einsaßen, sowie deren Frauen und Kinder befragt hatte. Nur ein- oder zweimal erschien er in unserem Hauptquartier, war schweigsam und unansprechbar, machte Notizen und sammelte Informationen – dies alles mit fast verzweifelt wirkender Entschlossenheit. Er brachte es offenbar nicht über sich, sich bei Sara zu entschuldigen, die Atmosphäre zwischen den beiden blieb daher frostig und gespannt. Sara allerdings nahm den Vorfall nicht so ernst; sie erklärte sich Kreislers Sturheit mit seiner steigenden emotionellen Anteilnahme sowie mit der wachsenden Nervosität, die sich mit dem herannahenden Monatsende unser bemächtigte. Wonach sich der Zeitplan unseres Mörders auch immer richtete – wenn er seinem bisherigen Muster treu blieb, dann war der nächste Mord bald fällig. Die Erwartung des nächsten Verbrechens erschien uns damals als ausreichende Erklärung für Kreislers untypisches Verhalten; doch wie sich später herausstellte, steckte noch etwas ganz anderes dahinter.

Inzwischen beschlossen Marcus und ich, uns die Aufgaben, die man uns nach dem Eintreffen des Briefs übertragen hatte, zu teilen. Marcus durchkämmte sämtliche katholische Pfarreien der Lower East Side nach einem Menschen, der Giorgio Santorelli am Aschermittwoch gesehen hatte, während ich mich der Jagd nach den beiden Priestern widmete. Nachdem ich ein ganzes Wochenende lang versucht hatte, mehr aus dem Hausbesitzer der ibn-Ghazi-Familie wie auch aus Mrs. Santorelli und ihren Untermietern herauszubekommen und dabei so gar keinen Erfolg verbuchte, konnte ich nicht mehr daran zweifeln, daß hier mit dem Einsatz von noch mehr Geld das Schweigen aller Beteiligten erkauft worden war. Daher blieb mir kein anderer Weg, als mich auf die beiden in Betracht kommenden kirchlichen Organisationen zu stürzen. Von der Annahme ausgehend, daß ich dort wohl in meiner Eigenschaft als Reporter der *Times* am schnellsten zum Ziel käme, beschloß ich, mit meinen Nachforschungen an der Spitze zu beginnen: bei Michael Corrigan, dem katholischen Erzbischof von New York, sowie Henry Codman Potter, dem Bischof der New Yorker Episkopalkirche. Beide lebten in weitläufigen Stadtpalais in der Nähe der Madison Avenue, daher würde ich wohl beide Interviews an einem Tag erledigen können.

Potter kam zuerst an die Reihe. Obgleich die Episkopalkirche in New York damals erst einige zehntausend Mitglieder zählte, gehörten einige von ihnen zu den reichsten Familien der Stadt; und dieser Umstand spiegelte sich in luxuriös ausgestatteten Kirchen, in ausgedehntem Grundbesitz und starkem Einfluß auf die Kommunalpolitik wider. Bischof Potter, den viele als »ersten Bürger« von New York bezeichneten, hielt sich lieber in den romantischen Dörfern und Kirchen des New Yorker Hinterlands auf als in der lauten, schmutzigen, geschäftigen Stadt selbst – aber er wußte, woher die Kirche ihr Geld bezog, und wenn es galt, sich für die Erweiterung seiner Herde einzusetzen, so durfte man auf ihn zählen. Damit will ich sagen, daß Potter ein Mann war, der große Dinge zu bedenken hatte; und obwohl er mich in seinem eleganten Salon länger warten ließ, als er für eine Messe gebraucht hätte, schenkte er mir dann kaum zehn Minuten seiner kostbaren Zeit.

Ich fragte ihn sofort, ob er davon Kenntnis habe, daß ein wie ein Priester gekleideter Mann mit einem Siegelring der Episkopalkirche – dem großen roten und kleineren weißen Kreuz – Menschen besucht habe, die in einem Zusammenhang mit den jüngsten Morden an Lustknaben stünden, und sie mit größeren Geldbeträgen zum Schweigen gebracht habe. Falls die Frage Potter schockierte, so wußte er es gut zu verbergen: Aalglatt erklärte er, der Mann sei ohne Zweifel ein Hochstapler oder ein Wahnsinniger oder beides zusammen –

die Episkopalkirche habe jedenfalls keinerlei Interesse, sich in polizeiliche Ermittlungen einzumischen, schon gar nicht im Falle eines Mordes. Dann wollte ich wissen, ob ein derartiger Siegelring denn leicht zu beschaffen sei. Potter zuckte die Schultern, lehnte sich entspannt zurück und erklärte, dazu könne er gar nichts sagen – wahrscheinlich könne jeder bessere Juwelier eine Kopie herstellen. Es schien klar, daß ich bei diesem Mann der Kirche auf Granit biß. Aus reiner Boshaftigkeit fragte ich noch, ob er davon gehört habe, daß Paul Kelly in Zusammenhang mit diesen Mordfällen drohe, die verschiedenen Einwanderergruppen aufzuhetzen. Potter erwiderte, er habe kaum von Mr. Kelly selbst gehört und viel weniger noch von irgendwelchen Drohungen, die dieser möglicherweise ausgestoßen habe. Da die Episkopalkirche nur wenige Mitglieder unter den, wie er es nannte, »neuen Mitbürgern dieser Stadt« habe, würden weder er selbst noch seine Mitarbeiter diesen Dingen viel Bedeutung beimessen. Potter schloß mit dem Vorschlag, ich möge doch Erzbischof Corrigan besuchen, der mit solchen Gruppen und Gegenden viel stärkeren Kontakt pflege. Darauf antwortete ich, daß Corrigans Residenz mein nächstes Ziel sei, und empfahl mich.

Ich gebe zu, daß mir Potter schon vor unserer Begegnung nicht ganz geheuer schien; aber sein für einen Mann der Kirche so außerordentlicher Mangel an Interesse verstärkte meinen Verdacht. Wo war auch nur eine Spur von Anteilnahme für die Opfer dieser Verbrechen? Wo das Angebot, jederzeit zur Verfügung zu stehen, wenn seine Hilfe notwendig wäre? Wo der Wunsch, der abscheuliche Mörder möge der irdischen Gerechtigkeit zugeführt werden?

Nun, das alles erwartete mich in Erzbischof Corrigans Residenz hinter dem beinahe fertiggestellten Prachtbau der St.-Patricks-Kathedrale an der Fifth Avenue. Die gewaltigen Türme und Bögen, das Portal und die bunten Glasfenster des Doms waren von außerordentlicher Größe und Erhabenheit und dabei mit einer Geschwindigkeit fertiggestellt worden, wie es selbst für New York ungewöhnlich war. Und die ganze Herrlichkeit war in gut katholischer Tradition nicht aus den dicken Brieftaschen der oberen Fünfhundert, sondern aus Spenden der namenlosen Gläubigen bezahlt worden, Spenden jener aufeinanderfolgenden riesigen Wellen von irischen, italienischen und anderen katholischen Einwanderern, deren stetig wachsende Zahl rasch Einfluß und Macht einer Konfession stärkte, die in den ersten Tagen der Republik von beinahe der gesamten Bevölkerung verachtet worden war.

Erzbischof Corrigan war bei weitem kein so kalter Fisch wie Potter – ein Mann, der von den Spenden seiner Gläubigen lebt, dachte ich, kann sich das auch gar nicht leisten. Er führte mich auf eine kurze Besichtigungstour durch seine Kathedrale und wies vor allem darauf hin, was alles noch getan werden mußte: Der Kreuzweg war nicht fertig, die Kapelle noch nicht begonnen, die Glocken mußten noch bezahlt und die Turmspitzen bekrönt werden. Ich erwartete fast, er würde auch mich um eine Spende angehen. Aber bald wurde klar, daß dies alles eigentlich nur die Vorbereitung für einen Besuch des Katholischen Waisenhauses darstellte, wo mir die Augen darüber geöffnet werden sollten, daß die Kirche ja auch noch eine andere Seite hatte. Das Waisenhaus befand sich in der Einundfünfzigsten Straße in einem vierstöckigen Gebäude mit gepflegtem Vorgarten, in dem wohlerzogene Kinder umhertrippelten. Corrigan hatte mich dorthin geführt, erklärte er, weil er mir zeigen wollte, wie sehr der katholischen Kirche die verlassenen New Yorker Kinder am Herzen lagen – ihm, so erläuterte er, bedeuteten sie genausoviel wie die große Kathedrale, in deren Schatten sie hier aufwuchsen.

Das war alles schön und gut – nur fiel mir plötzlich auf, daß ich ihn ja noch gar nichts gefragt hatte. Dieser angenehme, herzliche Mann wußte genau, warum ich hier war, was mir vollends klar wurde, als ich ihm die gleichen Fragen stellte wie zuvor Potter. Corrigan antwortete, als hätte er seine Antworten sorgfältig einstudiert: Oh, wirklich furchtbar, die Morde an diesen armen Jungen; entsetzlich; er könne sich nicht vorstellen, warum jemand, der als katholischer Priester auftrete, sich hier einmischen wolle (sehr schockiert schien er darüber aber nicht); natürlich würde er Nachforschungen anstellen, er könne mir schon jetzt versichern ... und so weiter. Um ihm weitere Mühen zu sparen, erfand ich eine dringende Verabredung, schnappte mir auf der Fifth Avenue eine Droschke und entfernte mich.

Jetzt wußte ich ganz sicher, daß ich nicht etwa ein Opfer der von Dr. Krafft-Ebing erforschten »Paranoia« war: Wir hatten es tatsächlich mit einer Art Verschwörung zu tun, mit dem bewußten Versuch, alle in Zusammenhang mit diesen Morden stehenden Fakten zu vertuschen. Und welches Interesse konnten diese vornehmen Herren daran haben, überlegte ich mit steigender Erregung, wenn nicht das, sich selbst vor einem Skandal zu schützen – denn ein Skandal wäre so sicher wie das Amen in der Kirche, wenn sich herausstellen sollte, daß der Mörder aus ihren eigenen Reihen kam!

Marcus fand meine Überlegungen überzeugend. Und so arbeiteten wir in den nächsten Tagen daran, Gegenargumente zu finden und sie möglichst sofort zu widerlegen. Aber uns fiel nichts ein, was gegen die Theorie vom abgefallenen Priester gesprochen hätte. So war es zugegebenermaßen ungewöhnlich, daß ein Geistlicher zugleich ein erfahrener Bergsteiger sein sollte – aber unmöglich war es nicht. Und was die Bemerkung über die »Rothaut« anging, so konnte er ja als Missionar im Wilden Westen Erfahrungen gesammelt haben. Die Geschicklichkeit im Umgang mit dem Messer war vielleicht insofern ein Problem, als Lucius eigentlich vermutete, unser Mann habe sein ganzes Leben bei der Jagd verbracht – aber unser imaginärer Priester hätte das ja in der Kindheit lernen können. Priester kommen schließlich nicht als solche zur Welt; sie haben Eltern, Familie, eine Vergangenheit wie jeder andere auch. Und das bedeutete natürlich, daß Kreislers psychologische Überlegungen mit Marcus' und meiner Theorie ebenso vereinbar waren wie mit jeder anderen Hypothese auch.

Die restliche Woche verbrachten Marcus und ich damit, nach weiteren Einzelheiten zu suchen, die unsere Theorie stützen sollten. Ein Priester, der auf Dächern so zu Hause war wie unser Mann, hatte unserer Meinung nach auf jeden Fall mit Missionsarbeit zu tun; wir interessierten uns daher für alle katholischen und episkopalen Ämter der Armenfürsorge. Dabei stießen wir auf viel Widerstand und erfuhren so gut wie nichts. Aber das dämpfte unseren Enthusiasmus nicht, im Gegenteil: Bis Freitag waren wir uns unserer Theorie bereits so sicher, daß wir beschlossen, auch Sara und Lucius ins Vertrauen zu ziehen. Sie zeigten sich nicht abgeneigt, strichen aber einige Widersprüche heraus, die Marcus und ich nicht hatten wahrhaben wollen. Was mit der Idee eines militärischen Hintergrundes sei, fragte Lucius, der unseren Mann in die Lage versetzte, seine Gewalttaten sorgfältig zu planen und kühl auszuführen, und dies selbst bei drohender Gefahr der Entdeckung? Vielleicht, so antworteten wir, hatte er als Militärkaplan irgendwo im Westen gedient. Dann hätten wir nicht nur die militärische Erfahrung, sondern auch den Kontakt mit Indianern, und zwar alles auf einen Schlag. Darauf entgegnete Lucius, seines Wissens würden Kapläne nicht im Dienst an der Waffe ausgebildet, und außerdem, fügte Sara hinzu, wenn unser Mann viele Jahre im Westen gedient hatte, und wir schon wußten, daß er nicht älter sein konnte als einunddreißig, wann hatte er dann seine intime Vertrautheit mit der Stadt New York gewonnen? In der Kindheit, antworteten wir. Wenn das stimmte, bohrte Sara weiter, dann müßten wir akzeptieren, daß er tatsächlich aus einer reichen Familie stammte, denn nur so ließen sich seine bergsteigerischen Fähigkeiten erklären. Na gut, gaben wir nach, dann gehörte er eben zu den Reichen. Dann war da aber auch noch der Umstand, daß Katholiken und Protestanten in der Sache offenbar zusammenarbeiteten: Würde sich denn nicht jede der beiden Konfessionen freuen, fragte Sara, wenn die jeweils andere durch einen priesterlichen Mörder in ihren Reihen diskreditiert würde? Darauf fiel uns keine bessere Antwort ein als der Vorwurf, Sara und Lucius seien einfach nur neidisch auf unsere gute Arbeit. Das verbitterte wiederum die beiden, die sich damit rechtfertigten, doch die Schwachstellen der verschiedenen Theorien aufzeigen zu müssen, und dann in ihrer Kritik genüßlich fortfuhren.

Gegen fünf Uhr erschien Kreisler, nahm aber nicht an der Debatte teil; statt dessen nahm er mich beiseite und bat mich, ihn doch unverzüglich zum Grand Central Depot zu begleiten. Der Umstand, daß ich Laszlo schon seit Tagen nicht mehr gesehen hatte, hinderte mich nicht, mir Sorgen um ihn zu machen, und diese unvermittelte Ankündigung einer Zugreise zerstreute sie mitnichten. Hätte ich übrigens vorher gewußt, wer oder was das Ziel unserer Reise war, so wäre ich sicherlich nicht mitgefahren.

Man fuhr mit dem Zug nicht länger als eine Stunde von Manhattan bis zu der kleinen Stadt am Hudson River, die von einem holländischen Trapper nach der chinesischen Stadt Tsing-sing benannt worden war; aber für Besucher wie auch für die Insassen des Gefängnisses war die Fahrt nach Sing Sing eine Reise aus der Zeit, sie schien zugleich die längste und die kürzeste aller Reisen. Das Gefängnis von Sing Sing, direkt am Fluß mit einer herrlichen Aussicht auf die gegenüberliegenden Tappan-Zee-Klippen erbaut, wurde 1827 eröffnet – zunächst unter dem Namen »Mount Pleasant«, Berg des Vergnügens – und verkörperte damals alles, was im Bereich des Strafvollzugs als fortschrittlich galt. Und wirklich hatten in jenen Tagen, als Gefängnisse nichts anderes als Fabriken waren, wo von Kämmen über Möbel bis zu geschliffenen Edelsteinen alles hergestellt wurde, die Gefangenen ein besseres Leben als siebzig Jahre später, denn damals gab es wenigstens etwas zu tun. Aber die Gefängnis-Manufaktur wurde den erstarkenden Gewerkschaften geopfert, die nicht zulassen wollten, daß die Löhne durch billige Sträflingsarbeit ruiniert würden. Das war der eigentliche Grund, warum Sing Sing bis zum Jahr 1896 zu einem sinnlosen Ort des Grauens verkommen war, wo die Gefangenen immer noch ihre gestreiften Gewänder trugen, immer noch dem Gesetz des Schweigens gehorchten, immer noch im geschlossenen Glied marschierten, obgleich die Arbeit, zu der sie einst marschierten, für immer verschwunden war.

»Laszlo«, sagte ich schließlich streng, als das Ziel unserer Reise in Sicht kam, »da Sie mich nun schon entführt haben, würden Sie endlich das Geheimnis lüften und mir sagen, was ich hier verloren habe?«

»Es verwundert mich aber doch, daß Sie nicht von selbst draufkommen, Moore«, erwiderte er. »Schließlich zählten Sie doch immer zu seinen Bewunderern.«

»Zu *wessen* Bewunderern?«

Seine schwarzen Augen blickten tief in die meinen. »Ich spreche von Jesse Pomeroy.«

Bei der Erwähnung dieses Namens verfielen wir beide in Schweigen, so als könnte er allein schon Schrecken und Gewalt in unseren fast leeren Eisenbahnwaggon bringen; und als wir wieder zu sprechen begannen, geschah es fast im Flüstern. Es gab damals zwar Mörder, die noch mehr Menschen auf dem Gewissen hatten, aber keiner war so grauenhaft wie Jesse Pomeroy. Im Jahre 1872 hatte Pomeroy mehrere kleine Kinder in der Nähe seines heimatlichen Dorfes an abgelegene Orte gelockt, sie entkleidet, gefesselt und mit Messern und Peitschen gequält und gefoltert. Man hatte ihn schließlich dingfest gemacht und eingesperrt.

In der Haft indes war sein Verhalten so vorbildlich, daß ein Gnadengesuch seiner Mutter – der Vater hatte sich längst aus dem Staub gemacht – bereits sechzehn Monate nach Strafantritt bewilligt wurde. Doch unmittelbar nach seiner Entlassung geschah unweit des Pomeroyschen Hauses ein neues, noch schrecklicheres Verbrechen: Ein vierjähriger Junge wurde mit durchschnittener Kehle und gräßlich verstümmeltem Körper am Strand gefunden. Man verdächtigte Jesse, hatte aber keine Beweise. Doch einige Wochen später fand man im Keller der Pomeroys die Leiche eines zehnjährigen vermißten Mädchens. Auch dieses Kind war gefoltert und verstümmelt worden. Man nahm Jesse fest und rollte in den darauffolgenden Wochen jeden Fall eines im Umkreis verschwundenen Kindes neu auf. Man konnte Jesse in keinem dieser Fälle der Täterschaft überführen, aber am Mord an dem zehnjährigen Mädchen gab es keinen Zweifel. Jesses Anwälte wählten den einzig erfolgversprechenden Weg und plädierten auf mangelnde Zurechnungsfähigkeit ihres Mandanten. Damit kamen sie jedoch nicht durch. Man verurteilte Pomeroy zunächst zum Tod durch den Strang, das Urteil wurde aber umgewandelt in lebenslängliche Einzelhaft, und zwar in Anbetracht des zarten Alters dieses Verbrechers: Jesse Pomeroy war zu Beginn seiner verbrecherischen Laufbahn erst zwölf Jahre alt, und als er lebenslänglich in die Zelle gesperrt wurde, in der er heute, da ich diese Zeilen schreibe, noch immer sitzt, war er vierzehn und keinen Tag älter.

Kreislers Pfade hatten sich mit denen des »Ungeheuers in Knabengestalt«, wie die Presse ihn damals zu nennen beliebte, im Sommer 1874 anläßlich des Plädoyers auf Unzurechnungsfähigkeit gekreuzt. Damals wie heute wurden derartige Einwendungen nach dem sogenannten M'Naghten-Akt judiziert, benannt nach jenem unglücklichen Engländer, der sich im Jahre 1843 plötzlich einbildete, der damalige Premierminister Robert Peel wolle ihn töten. Dem wollte er zuvorkommen und eigenhändig Peel um die Ecke bringen. Das gelang ihm zwar nicht, dafür fiel ihm aber der Sekretär des Premierministers zum Opfer. M'Naghten wurde freigesprochen, nachdem sich seine Anwälte mit der Auffassung durchgesetzt hatten, er sei nicht in der Lage gewesen, das Unrechte seiner Handlungsweise zu erkennen. Auf diese Weise wurden die Schleusen der Unzurechnungsfähigkeit in den Gerichtssälen dieser Welt geöffnet; und dreißig Jahre später zogen Jesse Pomeroys Anwälte ganze Heerscharen von Psychologen und Psychiatern hinzu, die ihren Mandanten für ebenso verrückt erklären sollten wie M'Naghten.

Einer dieser Experten war der damals noch sehr junge Dr. Laszlo Kreisler, der Pomeroy in Übereinstimmung mit einigen anderen Fachleuten für geistig völlig gesund erklärte. Der Richter schloß sich letzten Endes dieser Meinung an, machte sich aber die Mühe, Dr. Kreislers Erklärung für Pomeroys verbrecherisches Verhalten als kaum verständlich und seiner Meinung nach obszön zu verurteilen.

Diese scharfe Zurückweisung konnte angesichts der Tatsache, daß sich Kreislers Erklärung auf Pomeroys Familienverhältnisse bezog, kaum überraschen. Aber es war ein anderer Aspekt dieses Falls, der, wie ich jetzt plötzlich erkannte, für unsere gegenwärtigen Ermittlungen von besonderem Interesse war: Pomeroy war mit einer Hasenscharte geboren, außerdem hatte ein infektiöses Fieber in seiner Kindheit sein Gesicht mit Pockennarben übersät, und ein Auge war durch Geschwüre ebenfalls verunstaltet und überdies erblindet. Selbst damals schon, zur Zeit seiner Verbrechen, war aufgefallen, daß Pomeroy es besonders auf die Augen seiner Opfer abgesehen hatte, da er aber selbst nie darüber sprechen wollte, konnten auch die Experten keinen gültigen Schluß daraus ziehen.

»Kreisler, ich habe Sie nicht verstanden«, sagte ich, als unser Zug im Bahnhof von Sing Sing zum Stehen kam. »Sie sagten, die Verbindung zwischen unserem Fall und Pomeroy sei Ihnen zunächst nicht aufgefallen – warum sind wir dann also hier?«

»Dafür können Sie sich bei Adolf Meyer bedanken«, antwortete Kreisler, während wir vom Bahnsteig in den Bahnhof traten und dort von einem alten Mann mit mottenzerfressener Mütze angesprochen wurden, der uns seine Droschke anbot. »Ich habe heute mehrere Stunden lang mit ihm telefoniert.«

»Mit Dr. Meyer?« fragte ich. »Was haben Sie ihm denn erzählt?«

»Alles«, erwiderte Kreisler. »Ich habe absolutes Vertrauen zu ihm – obgleich er der Ansicht ist, daß ich mich in einigen Punkten irre. Aber er ist mit Sara völlig einer Meinung, daß in den prägenden Kindheitsjahren unseres Mörders eine Frau die entscheidende Rolle spielte. Dieser Punkt hat mich übrigens, zusammen mit den herausgeschnittenen Augen, auf Pomeroy gebracht.«

»Eine Frau soll die entscheidende Rolle gespielt haben?« Wir hatten inzwischen die Droschke des Alten erklommen und rollten vom Bahnhof weg in Richtung Gefängnis. »Kreisler, wovon um Himmels willen sprechen Sie?«

»Lassen wir das, John«, antwortete Kreisler und hielt Ausschau nach dem Gefängnisbau, während rund um uns rasch die Dämmerung einfiel. »Darauf kommen Sie selbst bald. Es gibt andere Dinge, die Sie vor unserem Besuch erfahren müssen. Der Aufseher hat unseren Besuch erst gestattet, als ich ihm eine recht ansehnliche Summe in Aussicht stellte; er wird uns bei der Ankunft auch nicht persönlich empfangen. Nur ein zweiter Mann, ein Wärter namens Lasky, weiß, wer wir sind und warum wir kommen. Er wird das Geld entgegennehmen und uns dann hinein- und wieder herausführen, hoffentlich ohne weiteres Aufsehen. Sagen Sie bitte so wenig als möglich, und in Pomeroys Gegenwart am besten gar nichts.«

»Warum nicht in Pomeroys Gegenwart? Er ist doch kein Gefängnisangestellter.«

»Das stimmt schon«, erwiderte Kreisler, als jetzt das monotone graue Gebäude von Sing Sing, das Tausende von Zellen beherbergte, vor uns auftauchte. »Aber obgleich ich glaube, daß Jesse uns bei der Frage der Verstümmelungen helfen kann, wird er es doch aus Bosheit nicht tun, wenn er weiß, worum es uns geht. Ich bitte Sie daher, weder Ihren Namen noch unsere Ermittlungen zu erwähnen, und zwar aus mehreren Gründen. Ich brauche Sie wohl kaum daran zu erinnern« – Kreisler senkte die Stimme, als wir uns den Gefängnistoren näherten – »wie viele Gefahren an diesem Orte lauern.«

Kapitel
23

Das Hauptgebäude von Sing Sing verlief parallel zum Hudson, rund herum befanden sich mehrere Nebengebäude, darunter auch Geschäfte; das Frauengefängnis mit seinen zweihundert Zellen stand im rechten Winkel zum Hauptgebäude und dem Fluß. Aus einigen ebenerdigen Gebäuden ragten hohe Rauchfänge und verstärkten noch den Eindruck einer grauen, trübsinnigen Fabrik, deren einziges Produkt zu diesem Zeitpunkt menschliches Elend war. Mehrere Sträflinge hausten in Zellen zusammen, die ursprünglich für einen einzigen Insassen gedacht waren, und das wenige an Erhaltungsarbeiten, das hier geleistet wurde, reichte nicht aus im Kampf gegen die mächtigen Kräfte des Verfalls: Überall sah man seine Spuren. Noch bevor wir durch das große Eingangstor traten, hörten Kreisler und ich aus dem Gefängnishof das monotone Dröhnen marschierender Füße, das zwar nicht mehr von den Schlägen der »Katze« rhythmisch untermalt wurde – Peitschenhiebe waren seit 1847 gesetzlich verboten –, aber die gefürchteten Holzknüppel der Wachen ließen doch keinen Zweifel daran, auf welche Weise an diesem Ort für Disziplin gesorgt wurde.

Der Wärter Lasky, ein riesiger, unrasierter Mann mit entsprechend übler Laune, tauchte schließlich auf, und wir folgten ihm über die gepflasterten Wege und den mickrigen Rasen des Gefängnishofes in den großen Zellenblock. In einer Ecke unweit der Eingangstür sahen wir mehrere Gefangene, in eine Art Joch aus Holz und Metall gespannt, das ihre Arme hoch und weg vom Körper hielt; ihnen gegenüber standen einige Wachen in dunklen Uniformen, die auch nicht sauberer waren als die unseres Mannes Lasky, und brüllten auf die Gefangenen ein. Drinnen im eigentlichen Zellenblock erschütterte uns ein plötzlicher gellender Schmerzensschrei: Wir konnten sehen, wie in einer der winzigen Zellen mehrere Wärter auf einen Gefangenen mit einer »Hummel« losgingen, einem elektrischen Gerät, das schmerzhafte Schocks versetzen konnte. Sowohl Kreisler wie auch ich kannten das alles bereits, aber dadurch wurde es nicht erträglicher. Im Weitergehen blickte ich zu Kreisler und konnte seinem Gesicht dasselbe ablesen, was auch ich darüber dachte: Angesichts eines derartigen Justizsystems war die hohe Rückfallquote in unserer Gesellschaft wahrlich kein Wunder.

Jesse Pomeroy saß am hintersten Ende des Blocks ein, so daß wir an Dutzenden von Zellen vorbeigehen mußten, voll mit Gesichtern, in denen wir vom tiefsten Schmerz und Jammer bis zur rasendsten Wut alles lesen konnten. Da absolutes Redeverbot herrschte, hörten wir keine menschlichen Stimmen, nur hin und wieder ein Flüstern, sonst nichts außer dem Echo unserer Schritte im langen Gang des Zellenblocks, das uns zusammen mit den durchdringenden Blicken der Gefangenen fast wahnsinnig machte. Am anderen Ende des Ganges betraten wir einen kleinen, modrig riechenden Vorraum und dann einen winzigen Raum ohne richtige Fenster; nur oben, kurz vor der Decke, gab es in der Steinwand schmale Schlitze. Jesse Pomeroy saß in diesem Raum in einer Art hölzernem Verschlag, aus dessen oberem Rand Wasserrohre ragten, der aber innen, so weit ich sehen konnte, staubtrocken war. Nach einem Moment der Verblüffung erkannte ich, was das war: es handelte sich um das berüchtigte »Eiswasser«, in dem früher besonders renitente Gefangene mit unter Druck stehendem Eiswasser geduscht worden waren. Diese Behandlung hatte jedoch zu so vielen durch Schock verursachten Todesfällen geführt, daß sie seit Jahrzehnten gesetzlich verboten war. Offenbar hatte sich aber niemand je die Mühe gemacht, die »Duschkammer« zu zerlegen, und die Wächter fanden die disziplinierende Wirkung des Geräts auch im Trockenzustand nützlich.

Pomeroy trug schwere Handschellen, und auf seinen Schultern, den Kopf umschließend, ruhte eine eiserne »Kragenkappe«, ein etwa sechzig Zentimeter hoher schwerer Käfig, der den Kopf mit Eisengitter umgab und schon allein durch sein Gewicht die aufmüpfigen Gefängnisinsassen, die ihn zur Strafe aufgesetzt bekamen, fast in den Wahnsinn trieb. Trotz seiner Handschellen und der Kragenkappe hielt aber Jesse ein Buch in der Hand und las ganz friedlich. Als er aufblickte, bemerkte ich die von Pockennarben zerfurchte Haut, die Verunstaltung seiner Oberlippe, die auch durch einen schütteren Bart nicht verdeckt wurde, und schließlich das milchige, abstoßende linke Auge.

»Na so was!« sagte er ruhig und stand auf. Obwohl Jesse über dreißig war und die hohe Kragenkappe auf dem Kopf trug, war er immer noch so klein, daß er in dem alten Eiswasserbad aufrecht stehen konnte. Ein Lächeln verzerrte seinen häßlichen Mund, jene besondere Mischung aus Mißtrauen, Überraschung und Selbstzufriedenheit, die alle Sträflinge einem unerwarteten Besuch entgegenbringen. »Dr. Kreisler, wenn ich mich nicht sehr irre.«

Kreisler reagierte mit einem Lächeln, das mir ganz echt vorkam. »Jesse, ich grüße Sie, lang, lang ist's her – es wundert mich, daß Sie sich an mich erinnern.«

»Ich erinnere mich sehr gut an Sie«, antwortete Pomeroy mit einer jungenhaften Stimme, in der trotz der hohen Stimmlage eine unterschwellige Drohung mitschwang. »Ich erinnere mich an euch alle.« Er betrachtete Kreisler eine Sekunde lang, dann wandte er sich jäh zu mir. »Aber *Sie* habe ich noch nie gesehen.«

»Nein«, erwiderte Kreisler, bevor ich den Mund aufmachen konnte. »Das ist richtig.« Dann wandte sich Laszlo unserem Führer zu. »Es ist gut, Lasky. Sie können draußen waren.« Mit diesen Worten überreichte er ihm einen dicken Packen Geldscheine.

Laskys Gesicht nahm einen fast erfreuten Ausdruck an, er sagte aber nichts als: »Jawohl, Sir«, und wandte sich dann an Pomeroy: »Und du benimm dich, Jesse. Heute hast du zwar schon eins draufgekriegt, aber es kann auch leicht noch schlimmer kommen.«

Pomeroy ging gar nicht darauf ein, sondern richtete seine Aufmerksamkeit nur auf Kreisler. »Nicht so leicht, sich an einem solchen Ort Bildung zu verschaffen«, sagte er dann, als die Tür hinter Lasky zufiel. »Aber ich bemühe mich. Ich glaube, das war's, warum ich auf die schiefe Bahn geriet – keine Bildung, wissen Sie. Ich hab' mir jetzt selbst Spanisch beigebracht.« Er klang noch immer so wie der Junge, der er vor zwanzig Jahren gewesen war.

Laszlo nickte. »Bewundernswert. Ich sehe, Sie tragen eine Kragenkappe.«

Jesse lachte kurz auf. »Ach das – sie *behaupten*, ich hätte einem von diesen Knilchen hier im Schlaf das Gesicht mit einer Zigarette angesengt. Angeblich war ich die ganze Nacht wach und hab' mir aus Draht einen Arm gemacht, damit ich ihn durch das Gitter hindurch mit der Kippe erreichen konnte. Aber ich frage Sie...« Er wandte sich in meine Richtung, wobei sein milchiges Auge ziellos ins Leere zu blicken schien. »Sehe ich so aus?« Er lachte kurz auf, belustigt und mutwillig, wieder wie ein kleiner Junge.

»Dann haben Sie es also aufgegeben, Ratten bei lebendigem Leib das Fell abzuziehen«, sagte Kreisler. »Als ich vor ein paar Jahren hier war, hörte ich, Sie hätten die anderen Gefangenen gebeten, sie für Sie zu fangen.«

Wieder ein kurzes Auflachen, das jetzt fast verlegen klang. »Ratten! Wie die schreien und quieken! Sie beißen auch, wenn man nicht sehr aufpaßt.« Er zeigte ein paar kleine, aber tiefe Wunden an seinen Händen.

Kreisler nickte. »Noch immer so zornig wie vor zwanzig Jahren, Jesse?«

»Ich war vor zwanzig Jahren nicht zornig«, antwortete Pomeroy, ohne sein Grinsen aufzugeben. »Ich war *verrückt*. Ihr Penner wart nur zu blöd, das zu erkennen. Was zum Teufel haben Sie denn hier überhaupt verloren, Doktor?«

»Nennen wir's eine Überprüfung«, erwiderte Kreisler leichthin. »Ich interessiere mich für meine alten Fälle und möchte wissen, welche Fortschritte sie machen. Und da ich ohnehin hier zu tun hatte...«

Pomeroy wurde plötzlich todernst. »Spielen Sie nicht Katz und Maus mit mir, Doc. Sogar mit diesen Handschellen hier kratze ich Ihnen die Augen aus, bevor Lasky durch die Tür kommt.«

Kreisler antwortete mit bewundernswertem Gleichmut: »Das würden Sie dann wahrscheinlich für eine neuerliche Demonstration Ihrer Verrücktheit halten?«

Jesse lachte wieder. »Sie nicht?«

»Ich tat's auch nicht vor zwanzig Jahren«, antwortete Kreisler achselzuckend. »Sie verstümmelten die Augen der beiden von Ihnen getöteten Kinder sowie auch der anderen, die Sie gefoltert haben. Das war für mich keine Verrücktheit – es war eigentlich ganz verständlich.«

»Oh?« Jesse war wieder der kleine Junge. »Und wieso das?«

Kreisler überlegte einen Moment, dann beugte er sich vor. »Mir ist noch kein Mensch untergekommen, der durch bloßen Neid verrückt wird, Jesse.«

Pomeroy schoß mit einer Hand so heftig gegen sein eigenes Gesicht, daß sie mit lautem Krachen gegen das Eisen fuhr. Er ballte beide Hände zu Fäusten und schien aufspringen zu wollen; ich machte mich schon auf einen Kampf gefaßt, aber dann erschien ein breites Grinsen auf Pomeroys Gesicht. »Ich werde Ihnen mal was sagen, Doc. Wenn Sie für die Ausbildung, die Sie da haben, auch noch Geld zahlen mußten, dann war's aber ein Reinfall. Sie glauben, wegen meinem kaputten Auge stürze ich mich auf alle Menschen mit zwei guten Augen? Da kann ich nur lachen. Schauen Sie mich doch an – ich bin ein Katalog von Mißgriffen der Natur. Warum zerschneide ich ihnen dann nicht den Mund oder ziehe ihnen die Haut von den Visagen?« Jetzt beugte sich Jesse vertraulich vor. »Und wenn's nur Neid ist, warum gehen Sie dann nicht herum und schneiden anderen Menschen die Arme ab?«

Ein schneller Blick auf Kreisler zeigte mir, daß ihn dieser Hieb unvorbereitet traf. Aber er hatte schon längst gelernt, seine Reaktionen zu beherrschen, daher blinzelte er auch jetzt nur ein- oder zweimal, ohne Pomeroy aus den Augen zu lassen. Aber auch Jesse blieb diese fast unmerkliche Reaktion nicht verborgen, und er lehnte sich mit einem befriedigten Grinsen zurück.

»Ja, ja, Sie sind schon ein ganz Schlauer«, lachte er glucksend.

»Dann bedeutete das Herausschneiden der Augen also gar nichts«, erklärte Kreisler, und rückblickend kann ich erkennen, daß seine Worte sehr gut durchdacht waren. »Einfach Gewalttaten ohne jeden Sinn.«

»Legen Sie mir nichts in den Mund, Doc.« Pomeroys Stimme hatte wieder diesen bedrohlichen Klang. »Darüber haben wir uns schon vor zwanzig Jahren lang und breit unterhalten. Ich sage nur, daß ich keinen vernünftigen Grund dafür hatte.«

Kreisler legte den Kopf zur Seite. »Schon möglich. Aber da Sie ja Ihre Gründe ohnehin nicht zugeben wollen, ist jede weitere Unterhaltung zwecklos.« Er stand auf. »Tja, ich muß meinen Zug zurück nach New York erreichen...«

»*Hinsetzen!*« Die Gewalt hinter diesem Befehl schien mir fast greifbar; aber Kreisler blieb davon gänzlich unbeeindruckt, was nun Pomeroy wieder zu reizen schien. »Ich rede nur jetzt und dann nie wieder«, fuhr er fort; es klang drängend. »Damals war ich verrückt, jetzt nicht mehr. Wenn ich zurückblicke, sehe ich alles ziemlich klar. Es gab keinen vernünftigen Grund für das, was ich den Gören antat. Ich hab' nur – es war einfach zu viel, ich hielt es nicht mehr aus, es mußte einmal aufhören.«

Laszlo wußte, daß er seinem Ziel nahe war. Leise setzte er sich wieder hin und fragte ganz beiläufig: »Was mußte aufhören, Jesse?«

Pomeroy blinzelte zu dem schmalen Schlitz oben in der Steinwand hinauf, durch den jetzt ein paar Sterne blinkten. »Das Starren«, murmelte er mit einer ganz neuen, unbeteiligt klingenden Stimme. »Dieses Beobachten. Immer Starren und Beobachten. Das mußte einfach aufhören.« Als er sich uns zuwandte, glaubte ich, in seinem guten Auge Tränen zu erkennen; aber sein Mund war wieder zu einem Lächeln gekräuselt. »Wissen Sie, ich ging immer gern in den Zoo, als ich noch ganz klein war. Und da fiel mir auf, daß die Leute den Tieren immer bei allem zusahen, was die taten, sie immer nur anstarrten, mit diesen leeren, dämlichen Gesichtern, mit hervorquellenden Augen und hängendem Unterkiefer – besonders die Kleinen, weil sie noch zu blöd waren, um es besser zu verstehen. Und diese gottverdammten Viecher glotzten zurück, und man konnte sehen, daß sie verrückt waren, Gott verdamm' mich, *wild* ist das richtige Wort dafür. Die wollten doch nichts als an diese glotzenden Leute rankommen, nur damit sie endlich damit aufhörten. Immer nur auf und ab, auf und ab im Käfig, und immer nur der Gedanke, daß sie ihnen schon zeigen würden, was passiert, wenn man andere nicht in Ruhe läßt. Na, ich war vielleicht nicht im Käfig, Doc, aber diese verdammten blöden Glotzaugen waren genauso überall rund um mich, seit ich denken kann. Angestarrt, beobachtet werden, die ganze Zeit, überall. Sagen Sie mir, Doc, sagen Sie's mir doch, ob das nicht genug ist, um einen wahnsinnig zu machen. Und als ich groß genug war und dann einer dieser kleinen Idioten dastand und an einem Lutscher leckte und ihm dabei die Augen aus dem Kopf quollen – also, Doc, Tatsache ist, daß ich in keinem Käfig war, es konnte mich also keiner davon abhalten, das zu tun, was getan werden mußte.«

Pomeroy machte keine Bewegung, als er geendet hatte, sondern saß still wie ein Stein und wartete auf Kreislers Reaktion.

»Sie sagen, es war schon immer so, Jesse«, sagte Laszlo. »So lange Sie denken können? Und mit allen Menschen, die Sie kannten?«

»Mit allen außer meinem Papa«, antwortete Pomeroy mit einem trockenen, fast erbarmungswürdigen Lachen. »Der hatte offenbar von meinem Anblick so genug, daß er sich aus dem Staub machte. Aber ich weiß es nicht, an ihn kann ich mich überhaupt nicht erinnern. Aber so stellte ich mir's eben vor, nach dem Benehmen meiner Mutter zu schließen.«

Wieder sah ich in Kreislers Gesicht sekundenlang die Erwartung aufleuchten. »Und wie war das?«

»Das war – *so*!« Wie der Blitz fuhr Jesse hoch und hielt Kreisler seine Kragenkappe unter die Nase. Ich sprang auf, aber Jesse bewegte sich nicht weiter nach vorn. »Sagen Sie der Schießbudenfigur, sie kann sich wieder hinsetzen, Doc«, bemerkte er und blickte Kreisler mit seinem guten Auge ins Gesicht. »Das war nur eine Demonstration. Sie war immer so, so kam's mir jedenfalls vor. Immer nur Starren und Beobachten, wozu, das weiß ich nicht. Zu meinem eigenen Besten, hat sie immer gesagt, aber danach gehandelt hat sie nicht.« Die Kragenkappe drückte jetzt doch wohl so schwer auf Jesses ausgestreckten Hals, daß er sich wieder zurückzog. »Ja, die hat sich für meine Fratze interessiert, das kann man wohl sagen.« Wieder dieses tote Lachen. »Aber küssen wollte sie sie nie.« Etwas schien ihm einzufallen, er hielt inne und blickte wieder empor zu dem Schlitz in der Mauer. »Der erste Junge, den ich mir holte, der mußte meine Visage küssen. Er wollte zuerst nicht, aber nachdem ich – also, er tat's dann jedenfalls.«

Laszlo wartete ein paar Sekunden und fragte dann: »Und der Mann, dessen Gesicht Sie heute versengten?«

Jesse spuckte durch die Gitterstangen seiner Kragenkappe auf den Boden. »Dieser Idiot – wieder das gleiche verdammte Glotzen! Der konnte seine Blicke nicht für sich behalten, dem hab' ich doch mindestens zwanzigmal gesagt, er soll...« Plötzlich fing sich Pomeroy, fuhr zu Kreisler herum, und auf seinem Gesicht zeigte sich für einen Sekundenbruchteil echte Angst. Dann verschwand die Angst, und zurück kam das tödliche Lächeln. »Na sowas. Da hab' ich mich glatt wieder mal verplaudert, was? Gute Arbeit, Doc, wirklich gute Arbeit.«

Laszlo stand auf. »Ich habe nichts dazu beigetragen, Jesse.«

»Klar«, lachte Pomeroy. »Vielleicht haben Sie ja recht. Solange ich lebe, werde ich nicht begreifen, wie Sie mir immer wieder die Würmer aus der Nase holen können. Wenn ich einen Hut hätte, würde ich ihn jetzt ziehen. Aber da ich keinen habe...«

Mit einer blitzschnellen Bewegung beugte sich Pomeroy hinunter, zog aus einem seiner hohen Schuhe einen funkelnden Gegenstand, richtete ihn drohend gegen uns und lauerte mit gespannten Muskeln auf den Zehenspitzen, bereit, auf uns loszuspringen. Ich trat instinktiv bis zur Wand zurück und Kreisler tat das gleiche, nur langsamer. Während Pomeroy wieder sein höhnisch gurgelndes Glucksen ausstieß, sah ich mir den funkelnden Gegenstand genauer an und erkannte, daß es eine lange, an einem Ende in einen blutigen Fetzen gewickelte Glasscherbe war.

Kapitel
24

Schneller, als dies die meisten Menschen auch ohne Handschellen fertiggebracht hätten, schleuderte Pomeroy den Schemel, auf dem er gesessen hatte, mit einem Fußtritt quer durch die Zelle und klemmte ihn unter die Türklinke, so daß niemand mehr den Raum betreten konnte.

»Nur keine Angst«, sagte er, noch immer grinsend. »Mir liegt nichts dran, euch beide zu zerschnipseln – ich möchte mich nur mit dem großen Idioten da draußen ein bißchen amüsieren!« Er wandte sich von uns ab, lachte wieder und rief laut: »He, Lasky! Ich hoffe, dir liegt nicht viel an deinem Job! Wenn der Aufseher sieht, wie ich die beiden Burschen hier zugerichtet habe, dann läßt er dich nicht einmal mehr das Scheißhaus bewachen!«

Als Antwort fluchte Lasky und begann, gegen die Tür zu hämmern. Pomeroy hielt die Glasscherbe auf unsere Kehlen gerichtet, machte aber weiter keine drohende Bewegung, sondern lachte immer lauter und lauter, je wütender der Wächter draußen tobte. Es dauerte nicht lang, bis die Tür in den Angeln nachgab, und bald fiel auch der Schemel um. Unter Getöse polterte Lasky herein und riß dabei die Tür mit zu Boden. Nachdem er wieder auf die Füße gekommen war, stellte er zuerst fest, daß Kreisler und ich unverletzt waren, und als nächstes, daß Pomeroy bewaffnet war. Er griff nach dem hölzernen Schemel und stürzte sich auf Jesse, der sich nur halbherzig wehrte.

Während dieses ganzen Vorfalls zeigte Kreisler kaum Angst um unsere Sicherheit, sondern schüttelte immer nur langsam den Kopf, so als wisse er ganz genau, was da vor sich ging. Lasky hatte Pomeroy die Glasscherbe bald aus der Hand gewunden und fing dann an, mit den Fäusten erbarmungslos auf den Gefangenen einzudreschen, wobei ihn der Umstand, daß er nicht an sein Gesicht herankonnte, offenbar noch mehr in Wut versetzte und seine Schläge gegen den Körper des Gefangenen immer rabiater wurden. Pomeroy schrie vor Schmerzen auf, lachte aber gleichzeitig immer wieder – eine Art wildes Gelächter, das auf perverse Art fast glücklich klang. Ich war vollkommen sprachlos und wie gelähmt; aber Kreisler trat nach einigen Momenten vor und packte Lasky an den Schultern.

»Aufhören!« brüllte er den Wärter an. »Lasky, um Himmels willen, so hören Sie doch auf, Sie Narr!« Er zog und zerrte an ihm, aber der riesige Lasky schien ihn gar nicht zu bemerken. »Lasky! Aufhören, Mann, sehen Sie denn nicht, daß Sie genau das tun, was er will! Er genießt es!«

Aber der Wärter drosch immer weiter auf Jesse ein, bis endlich Kreisler, gepackt von einer Art Verzweiflung, Lasky unter Einsatz seines ganzen Körpergewichts von Pomeroy wegdrängte. Überrascht und noch wütender richtete sich Lasky auf und holte zu einem Schlag gegen Kreislers Kopf aus, dem dieser aber geschickt auswich. Als er begriff, daß der Wärter es jetzt auf ihn abgesehen hatte, ballte Kreisler seine rechte Hand zur Faust und gab Lasky ein paar schnelle Haken zu kosten, die mich lebhaft an seinen Auftritt gegen Roosevelt zwanzig Jahre zuvor erinnerten. Als Lasky stöhnend umfiel, beugte sich Kreisler über ihn und brüllte: »Das muß aufhören, Lasky!« Die Worte waren so leidenschaftlich, daß ich schnell zu den beiden stürzte und mich zwischen Kreisler und den flach am Boden liegenden Wärter stellte, damit mein Freund nur ja nicht weitermachen konnte. Pomeroy lag ebenfalls am Boden, wand sich vor Schmerzen, versuchte, sich mit den gefesselten Händen die Rippen zu halten, lachte aber immer noch auf seine groteske Art. Kreisler wandte sich jetzt zu ihm und wiederholte schwer atmend:

»Das muß aufhören.«

Inzwischen kam Lasky wieder zu sich und starrte Kreisler mit blutunterlaufenen Augen an. »Du Hundesohn!« Er versuchte, sich aufzurappeln, aber das ging nicht so leicht. »Hilfe!« keuchte er und spuckte ein wenig Blut auf den Boden. »Hilfe! Wache in Not!« Seine Stimme hallte durch den langen Gang. »In der alten Dusche! Helft mir doch, zum Teufel!«

Ich glaubte, vom anderen Ende des Ganges das Getrappel von laufenden Füßen zu hören. »Laszlo, wir müssen fort«, zischte ich, denn mir schwante Böses: Lasky sah nicht aus wie jemand, der auf Rache verzichtete, und bald würden ihm seine Kollegen zu Hilfe kommen. Kreisler betrachtete noch immer Pomeroy, ich mußte ihn geradezu aus der Zelle zerren. »Laszlo, verdammt noch mal!« rief ich. »Wollen Sie uns beide umbringen? Schnell, los, los, wir müssen laufen!«

Noch als wir aus der Türe schossen, holte Lasky zu einem unsicheren Schlag gegen uns aus, was aber nur zur Folge hatte, daß er selbst wieder auf dem Boden landete. Den vier Wärtern, die uns als erste entgegengerannt kamen, erklärte ich, es habe eine Rauferei zwischen Lasky und Pomeroy gegeben, bei der Lasky verletzt worden sei. Als sie sahen, daß Kreisler und ich unverletzt waren, eilten sie weiter, während ich Laszlo zwang, ohne anzuhalten an einer Gruppe von Uniformierten vorbeizustürzen, die in einer losen Gruppe am Eingang standen. Es dauerte nicht lange, bis die Wachen drinnen im Zellenblock die Wahrheit erfuhren, und schon hörten wir, wie sie, Beschimpfungen brüllend, die Verfolgung aufnahmen. Gottlob stand der alte Mann, der uns schon hergebracht hatte, mit seiner Droschke noch immer vor dem Gefängnistor, und als die Wachen am Tor erschienen, waren wir schon mehrere hundert Meter entfernt in Richtung Bahnhof und beteten – zumindest ich betete –, daß wir dort nicht zu lang auf einen Zug warten müßten.

Der erste Zug, der im Bahnhof eintraf, war ein Bummelzug, der erst nach einem Dutzend Halts in kleinen Orten in Grand Central eintreffen würde. Aber in unserer Lage konnten wir nicht wählerisch sein, wir nahmen daher die längere Fahrt in Kauf und schwangen uns an Bord. Die Waggons waren voll mit ländlichen Reisenden, die unser Aussehen offenbar schockierte – und ich muß gestehen, wenn ich auch nur halb so wie ein Gejagter und Vogelfreier aussah, wie ich mich fühlte, dann hatten die guten Leute auch allen Grund dazu. Um sie nicht weiter zu verstören, drängten Kreisler und ich uns bis zum letzten Waggon durch und stellten uns hinaus auf die Plattform. Als die Mauern und Rauchfänge von Sing Sing in den schwarzen Wäldern des Hudson-Tales verschwanden, zog ich einen mit Whiskey gefüllten Flachmann heraus, aus dem wir beide uns einen großen Schluck genehmigten. Wir atmeten auf, als das Gefängnis endlich ganz verschwunden war.

»Sie sind mir einige Erklärungen schuldig«, sagte ich zu Laszlo. Ich war so erleichtert, daß ich ein Lächeln nicht unterdrücken konnte, obwohl es mir mit meinem Wunsch nach einer Erklärung wirklich ernst war. »Fangen Sie am besten gleich damit an, warum wir hierher kamen.«

Kreisler nahm noch einen Schluck aus dem Flachmann und bemerkte dann: »Das ist eine besonders barbarische Mischung, Moore. Ich bin leicht schockiert.«

Das war mir dann doch zuviel. »*Kreisler* ...«

»Ja, ja, John, ich weiß«, erwiderte er mit einer beruhigenden Handbewegung. »Sie haben natürlich ein Recht darauf. Ich weiß nur nicht, wo ich anfangen soll.« Mit einem Seufzer wandte er sich noch einmal der Flasche zu. »Wie ich Ihnen schon sagte, sprach ich heute mit Meyer und gab ihm einen kompletten Überblick über unsere bisherige Arbeit. Ich gestand auch meinen – Wortwechsel mit Sara.« Mit verlegenem Räuspern stieß Laszlo mit dem Fuß gegen das Geländer. »Ich muß mich wirklich bei ihr entschuldigen.«

»Jawohl, Laszlo, das müssen Sie. Was hat Meyer gesagt?«

»Daß er Saras Punkte in bezug auf die Rolle einer Frau bei der Charakterbildung sehr vernünftig fände«, fuhr Laszlo noch immer etwas zerknirscht fort. »Diese verdammte Übertragung ...«

»Diese was?« fragte ich verständnislos.

»Nichts«, gab Kreisler zurück und schüttelte den Kopf. »Durch eine Verirrung meines Denkens haben wir wertvolle Tage verloren. Aber das ist jetzt nicht mehr wichtig. Wichtig dagegen ist, daß ich, als ich mir heute nachmittag das Ganze noch einmal durch den Kopf gehen ließ, erkennen mußte, daß sowohl Sara als auch Meyer recht haben – es gibt tatsächlich eindeutige Hinweise darauf, daß eine Frau in den formativen Jahren unseres Mörders eine prägende Rolle gespielt hat. Seine obsessive Heimlichtuerei, die besondere Art seines Sadismus, alle diese Faktoren stützen den Schluß, den Sara zog. Wie ich schon sagte, ich widersprach Meyer ebenso, wie ich Sara widersprochen hatte, aber dann brachte er Jesse Pomeroy aufs Tapet und widerlegte mich mit meinen eigenen Worten von vor zwanzig Jahren. Pomeroy hat schließlich seinen leiblichen Vater gar nicht gekannt, und soweit man weiß, hatte er als Kind auch nicht unter körperlicher Züchtigung zu leiden. Dennoch war – und ist – sein Charakter in vielem dem unseres Mannes ähnlich. Als Pomeroy damals festgenommen wurde, weigerte er sich entschieden, über die Verstümmelungen seiner Opfer zu reden. Ich konnte also nur hoffen, daß die Zeit und die Einzelhaft seine Verschlossenheit gelockert hätten. In diesem Punkt hatten wir ja tatsächlich Glück.«

Ich nickte und dachte an das, was Pomeroy uns gesagt hatte. »Was er über seine Mutter und die anderen Kinder erzählte und über das Starren und Beobachten, dem er sich immer ausgesetzt fühlte – halten Sie das wirklich für entscheidend?«

Laszlo nickte energisch. »Das tue ich allerdings. Für ebenso bedeutsam halte ich, wie sehr er darunter litt, daß kein Mensch aus seiner Umgebung ihn je berühren wollte. Sie erinnern sich doch, wie er erzählte, daß nicht einmal seine eigene Mutter je sein Gesicht küssen wollte? Der einzige körperliche Kontakt, den er als Kind mit anderen hatte, war wahrscheinlich strafender oder quälender Natur. Und von da führt eine direkte Linie zu seiner Gewalttätigkeit.«

»Wieso das?«

»Nun, Moore, dazu kann ich Ihnen ein Zitat von Professor James bieten. Es ist ein Konzept, das er früher oft in seinen Vorträgen erwähnte und das mich beim ersten Hören wie ein Blitzschlag berührte.« Laszlo blickte zum Himmel empor und bemühte sich um den genauen Wortlaut: »›Wenn alle kalten Dinge feucht wären und alle feuchten Dinge kalt, wenn alle harten Dinge unsere Haut ritzten, und nichts anderes unsere Haut ritzte – wären wir dann imstande, zwischen

Kälte und Feuchtigkeit oder zwischen Härte und Stechen zu unterscheiden?‹ Nur hat James, wie immer, seine Idee nicht bis zu ihrem logischen Ende verfolgt, nämlich bis zum dynamischen Bereich menschlichen Verhaltens. Er bezog sich nur auf statische Funktionen wie Gefühl und Geschmack – aber alles, was ich weiß und erlebt habe, deutet darauf hin, daß dies auch von dynamischer Bedeutung ist. Stellen Sie sich das einmal vor, Moore. Stellen Sie sich vor, Sie würden – wegen einer Entstellung, aus Grausamkeit oder aus welchen Gründen auch immer – keine menschliche Berührung kennen, die nicht grob oder sogar gewalttätig wäre. Wie würden Sie sich fühlen?«

»Todunglücklich, nehme ich an.«

»Möglich. Aller Wahrscheinlichkeit nach würden Sie es aber nicht für etwas Besonderes halten. Anders ausgedrückt: Wenn ich zu Ihnen das Wort ›Mutter‹ sage, dann wird Ihr Geist sofort eine Reihe von unbewußten, aber vertrauten Assoziationen abspulen, die auf Erfahrung beruhen. Meiner genauso. Unsere Assoziationen sind eine Mischung von Gut und Böse, und das trifft auf beinahe jeden Menschen zu. Aber wie viele Menschen haben eine Assoziationsreihe, die so einseitig negativ besetzt ist wie die von Jesse Pomeroy? In Jesses Fall können wir von dem beschränkten Konzept ›Mutter‹ zu dem allgemeineren Konzept der Menschheit überhaupt gehen. Geben Sie ihm das Wort ›Mensch‹ vor, und in seiner Vorstellung entstehen nur Demütigung und Schmerz, so selbstverständlich, als gäbe ich Ihnen das Wort ›Zug‹ vor, und Sie antworteten mir mit ›Bewegung‹.«

»Meinten Sie das, als Sie Lasky zuriefen, daß Pomeroy die Prügel, die er von ihm bezog, genoß?«

»Ja, das war es, das habe ich gemeint. Es ist Ihnen vielleicht aufgefallen, daß Jesse den ganzen Vorfall mit Absicht inszeniert hat. Es ist auch leicht zu sehen, warum. Seine ganze Kindheit hindurch war er von Menschen umgeben, die ihn quälten, und in den letzten zwanzig Jahren kam er ausschließlich mit Menschen wie Lasky in Kontakt. Alles, was er innerhalb wie außerhalb des Gefängnisses erfahren hat, lehrt ihn, daß jeder Kontakt mit seinen Mitmenschen für ihn schmerzlich und gewalttätig ist – er vergleicht sich selbst sogar mit einem Tier in einem Zoo. Das ist seine Wirklichkeit. Daß er in seiner Lage immer nur beschimpft und geschlagen wird, das weiß er; er kann nichts anderes tun, als die Bedingungen dafür zu diktieren, die Personen in ihren Handlungen zu manipulieren, so wie er einst die von ihm gefolterten und getöteten Kinder manipulierte. Das ist die einzige Form von Macht oder Befriedigung, die einzige Methode des psychischen Überlebens, die er je kennengelernt hat – daher wendet er sie auch an.«

Ich hatte mir inzwischen eine Zigarette angezündet und ging nun rauchend auf der Plattform hin und her. »Aber gibt es da nicht etwas – ich meine, irgend etwas tief in ihm drinnen, in jedem Menschen, das sich gegen diese Situation wehrt? Ich meine, gibt es da nicht Trauer oder Verzweiflung, selbst wegen seiner eigenen Mutter? Zumindest die Sehnsucht, geliebt zu werden? Kommt denn nicht jedes Kind zur Welt mit...«

»Seien Sie vorsichtig, Moore«, warnte Kreisler und zündete sich jetzt auch eine Zigarette an. »Sie wollten doch gerade sagen, wir kämen von vornherein mit Konzepten von Bedürfnissen und Sehnsüchten zur Welt – der Gedanke ist verständlich, entbehrt aber jeglichen Beweises. Der Organismus kennt von Anfang an nur einen einzigen Antrieb – das Überleben. Allerdings ist dieser Trieb für die meisten Menschen mit der Vorstellung von einer Mutter verbunden. Wären unsere Erfahrungen aber gänzlich andere, würde die Vorstellung von einer Mutter eher Frustration und Gefahr beinhalten als Schutz und Fürsorge, dann hätte unser Überlebensinstinkt natürlich eine ganz andere Einstellung zur Folge. Jesse Pomeroy hat so etwas erlebt. Und ich bin zu der Einsicht gekommen, daß dies auch für *unseren* Mörder gilt. Diese Einsicht verdanke ich Jesse Pomeroy, auch Meyer – aber vor allem Sara. Und ich habe auch vor, mich bei ihr dafür zu bedanken.«

Kreisler setzte sein Versprechen in die Tat um. In einem der kleinen Orte, wo wir auf unserer Rückreise zu Grand Central hielten, fragte er den Stationsvorstand, ob es möglich sei, ein, wie er versicherte, äußerst dringendes Telegramm nach New York zu schicken. Der Angestellte ließ sich überreden und morste eine Nachricht durch, in der Sara für elf Uhr zu Delmonico bestellt wurde. In New York angekommen, hatten Laszlo und ich nicht einmal Zeit, uns zum Dinner umzukleiden – aber Charlie Delmonico war von uns schon Schlimmeres gewohnt, und als wir am Madison Square ankamen, hieß er uns so herzlich willkommen wie immer.

Im Laufe unserer Mahlzeit forderte Kreisler Sara immer wieder auf, doch genau zu beschreiben, wie sie sich die Frau vorstellte, die ihrer Meinung nach im Leben unseres Mörders eine so finstere Rolle gespielt hatte. Nur eine Mutter könne das gewesen sein, erklärte Sara. Eine bösartige Gouvernante oder weibliche Verwandte könne ein Kind zwar quälen, aber so lange es bei seiner leiblichen Mutter Schutz und Trost fand, war die Wirkung nicht so groß. In Saras Augen war es völlig selbstverständlich, daß der Mann, den wir suchten, diesen Schutz und Trost niemals hatte finden können, ein Umstand, der sich auf verschiedene Art erklären ließe; Sara neigte zu der Hypothese, daß die Frau von vornherein keine Kinder haben wollte. Ihrer Meinung nach war sie entweder unfreiwillig schwanger geworden, oder aber die gesellschaftliche Umwelt, in der sie lebte, bot ihr keine andere Möglichkeit für jene Rolle, die sie zu spielen wünschte. Das Endergebnis war, daß die Frau die Kinder, die sie schließlich doch bekam, aus tiefster Seele ablehnte. Sara nahm daher auch an, daß unser Mann entweder überhaupt ein Einzelkind war oder nur wenige Geschwister hatte: Das Austragen und Gebären von Kindern war ein Erlebnis, das diese Mutter sicher nicht oft zu wiederholen wünschte. Irgendeine körperliche Deformation oder Behinderung bei einem dieser Kinder würde die ablehnende Einstellung der Mutter sicher nur noch verstärken, aber Sara glaubte nicht, daß die körperliche Komponente allein diese Beziehung erklärte. Kreisler stimmte ihr in diesem Punkt sofort zu und sagte, daß zwar Jesse Pomeroy die Schwierigkeiten mit seiner Mutter allein seinem Äußeren zuschrieb, daß es aber auch dort sicher noch tiefere Faktoren zu berücksichtigen gäbe.

Aus allem bisher Gesagten ergab sich für uns ein zwingender Schluß: daß wir es aller Wahrscheinlichkeit nach nicht mit wohlhabenden Menschen zu tun hatten. Zunächst einmal können wohlhabende Eltern ihre Kinder an Bedienstete weiterreichen, wenn sie ihrer überdrüssig sind. So hätte eine junge Frau aus guter Familie in den Jahren um und nach 1860, der Zeit also, da wir die Geburt unseres Mörders ansetzten, ihr Leben auch anders gestalten können als durch Mutterschaft und Ehe, obgleich dies vielleicht damals noch mehr Aufmerksamkeit und Kritik hervorgerufen hätte als dreißig Jahre später. Gegen eine ungewollte Schwangerschaft war man natürlich nicht gefeit, ganz gleich, ob arm oder reich; aber die extrem sexuelle und skatologische Fixierung unseres Killers deutete nach Sara auf nahe Beobachtung und häufige Demütigung hin, und dies wiederum ließ ein Zusammenleben auf engem Raum, wie dies nur bei Armen der Fall war, naheliegend erscheinen. Sara war begeistert, als sie hörte, daß Dr. Meyer in seinem Gespräch mit Kreisler die gleichen Gedanken geäußert hatte, und sie freute sich noch mehr, als Kreisler mit den abschließenden Gläsern Portwein einen Toast auf ihre hervorragende Leistung ausbrachte.

Aber dieser Moment einer glücklichen Entspannung dauerte nicht lange. Kreisler zückte seinen kleinen Kalender und erinnerte uns daran, daß wir nur mehr fünf Tage bis zum Fest Christi Himmelfahrt hatten, dem nächsten Festtag des christlichen Jahres. Es sei jetzt an der Zeit, erklärte er, von der reinen Untersuchung und Analyse überzugehen zum aktiven Engagement. Wir hatten jetzt eine ungefähre Vorstellung vom Aussehen unseres Killers und ebenso davon, wie, wo und wann er sich seinem nächsten Opfer nähern würde. Daher wären wir in der Lage, das nächste Verbrechen möglicherweise zu verhindern. Bei dieser Ankündigung bekam ich ein flaues Gefühl im Magen, und ich sah Sara an, daß es ihr nicht anders ging. Doch wir wußten beide, daß diese Entwicklung unvermeidlich war; daß wir ja vielmehr von Anfang an darauf hingearbeitet hatten. Wir rissen uns daher zusammen und ließen keinerlei Einwand hören.

Draußen auf der Straße spürte ich plötzlich, wie Sara mich heimlich, aber heftig am Ärmel zupfte. Als ich mich nach ihr umblickte, sah sie in die andere Richtung, aber so, daß ich begriff, daß sie mit mir sprechen wollte. Kreislers Angebot, sie mit einer Mietdroschke zum Gramercy Park zu bringen, lehnte sie ab, und kaum war er fort, schob sie mich in den Madison Square Park und unter eine Gaslaterne.

»Nun, was ist?« fragte ich, denn sie wirkte ziemlich aufgeregt. »Sara, das war ein anstrengender Tag für mich, wenn es nicht wirklich um etwas sehr Wichtiges geht, dann ...«

»Es ist sehr wichtig«, antwortete Sara schnell und zog ein großes gefaltetes Stück Papier aus der Tasche. »Ich halte es jedenfalls für sehr wichtig.« Sie runzelte ihre Stirn und schien sorgfältig zu überlegen, ob sie mir das Papier zeigen sollte. »John, was weißt du eigentlich wirklich über Dr. Kreislers Vergangenheit? Über seine Familie, meine ich?«

Ihre Frage überraschte mich. »Über seine Familie? So viel wie alle anderen auch, glaube ich. Ich war als Kind oft bei ihm zu Haus.«

»War das – waren sie ein glückliches Paar?«

Ich zuckte die Schultern. »So sah's jedenfalls aus. Und mit gutem Grund. Seine Eltern waren die beliebtesten Gastgeber in der ganzen Stadt. Jetzt würdest du's ihnen natürlich nicht mehr ansehen, sie gehen kaum mehr aus, seit Laszlos Vater vor ein paar Jahren einen Schlaganfall erlitt. Sie haben ein Haus auf der Fifth Avenue.«

»Ja, ich weiß«, antwortete Sara überraschend.

»Weißt du«, fuhr ich fort, »sie gaben damals immer große Gesellschaften und führten Berühmtheiten aus ganz Europa in die New Yorker Gesellschaft ein. Bei ihnen war immer was los – wir gingen alle mit Begeisterung hin. Aber warum fragst du, Sara? Worum geht's?«

Sie blickte zum Himmel, seufzte und reichte mir dann das Papier. »Ich habe die ganze Woche intensiv darüber nachgedacht, warum er so hartnäckig auf der Vorstellung eines gewalttätigen Vaters und einer passiven Mutter für unseren Killer beharrte. Dann entwickelte ich eine Theorie und durchstöberte die Archive des Fünfzehnten Reviers auf der Suche nach einem Beweis. Hier ist er.«

Das Dokument entpuppte sich als der Bericht eines Revierinspektors namens O. Bannion, der in einer Septembernacht des Jahres 1862 – damals war Laszlo gerade sechs Jahre alt – wegen eines häuslichen Zwischenfalls bei den Kreislers erschien. Der bereits recht vergilbte Bericht enthielt nur wenige Angaben: Laszlos Vater hatte in ziemlich betrunkenem Zustand die Nacht auf dem Revier verbringen müssen; die Anklage auf Gewalttätigkeit wurde später fallengelassen. Außerdem war ein Arzt zu den Kreislers gerufen worden, weil der linke Arm eines Knaben ziemlich übel zugerichtet war.

Es war nicht schwer, daraus eine Schlußfolgerung zu ziehen – angesichts meiner lebenslangen Freundschaft mit Laszlo und auch mit seiner Familie wehrte ich mich aber dagegen. »Aber«, wandte ich ein und faltete das Papier geistesabwesend zusammen, »es hieß doch immer, er sei gestürzt ...«

»Offenbar nicht«, erwiderte Sara und holte tief Atem.

Einigermaßen erschüttert blickte ich mich im nächtlichen Park um. Vertraute Vorstellungen läßt man ungern fallen, der Verzicht darauf ist oft recht schmerzlich; ein paar Momente lang sahen die Bäume und Häuser des Madison Square ganz anders aus als sonst. Dann ging mir plötzlich ein Bild von Laszlo als kleinem Jungen durch den Kopf, gefolgt von dem seines großen, äußerlich immer herzlichen Vaters und dem einer lebhaften, eleganten Mutter. Dabei fiel mir Jesse Pomeroys Bemerkung über Kreislers Arm ein, und auch an Laszlos unverständlichen Kommentar auf der Bahnfahrt zurück nach New York mußte ich denken:

»›Diese verdammte Übertragung ...‹«, flüsterte ich.

»Was hast du gesagt, John?« fragte Sara schnell.

Ich schüttelte den Kopf, wie um ihn freizubekommen. »Etwas, das Kreisler heute abend gesagt hat. Wieviel Zeit wir in den letzten Tagen vertan hätten. Er erwähnte das Wort ›Übertragung‹, aber ich verstand nicht, was er damit sagen wollte. Aber jetzt ...«

Sara riß den Mund auf, als auch sie den Zusammenhang erkannte. »Die Übertragung des Psychologen«, sagte sie. »In James' *Grundlagen*.«

Ich nickte. »Ja, das ist die Sache mit dem Psychologen, der seinen eigenen Standpunkt mit dem seines Patienten vermischt und verwechselt. Das war's, was ihn in den Krallen hatte.« Wieder blieben wir still, doch dann blickte ich auf den Bericht hinunter und verspürte plötzlich den Drang, in dieser Angelegenheit etwas Praktisches zu unternehmen. »Sara«, fragte ich, »hast du außer mir noch jemand anderen eingeweiht?« Als Antwort schüttelte sie langsam den Kopf. »Und weiß man im Hauptquartier, daß du im Besitz dieses Berichts bist?« Wieder ein Kopfschütteln. »Aber du weißt, was er bedeutet?« Diesmal nickte sie, und auch ich nickte. Dann riß ich das Papier langsam und bestimmt in kleine Stücke, legte sie aufs Gras, zog eine Schachtel Streichhölzer aus der Tasche und zündete die Papierfetzen an. »Außer uns darf niemand davon erfahren«, erklärte ich fest. »Deine eigene Neugier hast du befriedigt, und wenn Laszlo sich wieder einmal merkwürdig benimmt, dann wissen wir, warum. Darüber hinaus braucht niemand davon zu wissen. Einverstanden?«

Sara hockte sich zu mir und nickte noch einmal. »Ich hatte dasselbe vor.«

Wir sahen zu, wie die brennenden Papierfetzen sich in schwarze Ascheflocken verwandelten. Beide hofften wir im stillen, daß dies das letzte Mal wäre, daß uns dieser Vorfall beschäftigte, daß Laszlos Verhalten uns nie wieder zu einem Ausflug in seine Vergangenheit zwingen würde. Es stellte sich jedoch heraus, daß der unglückliche Zwischenfall, auf den der verbrannte Bericht in so flüchtiger Weise Bezug nahm, an einem späteren Punkt unserer Ermittlungen noch einmal auftauchen und eine ernste, ja beinahe fatale Krise verursachen würde.

KAPITEL
25

Die Idee, die bekanntesten Stricher-Bordelle von New York an jenen Tagen, an denen der Mörder unserer Berechnung nach am ehesten zuschlagen könnte, unter Beobachtung zu stellen, stammte von Lucius Isaacson. Es war uns klar, daß das nicht einfach sein würde. Jedes einzelne dieser Etablissements lief Gefahr, den Großteil seiner Kundschaft zu verlieren, wenn etwas von diesem Plan durchsickerte, eine Zusammenarbeit mit den Besitzern war daher von vornherein ausgeschlossen; wir mußten uns vielmehr so postieren, daß weder Besitzer noch Kundschaft noch der Mörder von unserem Vorhaben Wind bekamen. Lucius gab freimütig zu, daß er für ein derart delikates Unternehmen nicht genügend einschlägige Erfahrungen hatte, daher zogen wir jenes Mitglied unserer Gruppe hinzu, dem es als einzigem an entsprechender Erfahrung nicht mangelte: Stevie Taggert. Stevie hatte einen Großteil seiner kriminellen Laufbahn mit dem Ausrauben von Häusern und Wohnungen verbracht, er war daher auf dem Gebiet der unauffälligen Beobachtung beschlagen. Ich glaube, der junge Mann rechnete mit einer Gardinenpredigt, als er eines Samstagnachmittags in das Hauptquartier berufen wurde und uns dort in einem Halbkreis sitzend und ihn feierlich anstarrend vorfand. Und da Kreisler Stevie immer wieder nahegelegt hatte, alles, was ihn mit seiner kriminellen Vergangenheit verband, ein für allemal zu vergessen, konnte man den mißtrauischen Jungen zunächst kaum dazu überreden, sich über solche Dinge überhaupt zu äußern. Doch als er endlich begriff, daß wir wirklich seine Hilfe brauchten, legte er los, und zwar mit einem Gusto, der bewies, daß es ihm wirklich Vergnügen machte.

Wir hatten zunächst beschlossen, jeweils ein Mitglied unserer Gruppe in unmittelbarer Nähe jener Häuser aufzustellen, denen unser Mann am ehesten einen Besuch abstatten würde: die Paresis Hall, das Golden Rule, Shang Drapers Etablissement im Tenderloin, das Slide in der Bleecker Street und Frank Stevensons Black and Tan ebenfalls in der Bleecker Street – letzteres ein Bordell, das weiße Frauen und Kinder an schwarze und orientalische Männer vermittelte. Aber Stevie machte uns klar, daß unser Plan weder Hand noch Fuß hatte, während er schmatzend an einem Stück Lakritze lutschte. Zuerst einmal wußten wir doch, daß der Killer sich vor allem auf den Dachstraßen bewegte; wenn wir also versuchten, ihn in dieser luftigen Arena zu stellen, hätten wir bessere Aussichten auf Erfolg und liefen weniger Gefahr, entdeckt zu werden. Außerdem war zu bedenken, daß wir nicht nur die Besitzer der Etablissements gegen uns hatten, sondern auch, daß der Mann, den wir fangen wollten, groß und stark und muskulös war – er konnte leicht den Spieß umdrehen und sich auf uns stürzen; daher empfahl Stevie dringend, an jedem Ort nicht ein, sondern zwei Personen aufzustellen. Das bedeutete zwar, daß wir noch drei weitere Leute brauchten, wir konnten diese Lücke aber mit Cyrus, Roosevelt und Stevie selbst füllen; selbst dann hatten wir zwar noch immer einen Ort zuviel auf der Liste, doch das war laut Stevie kein Problem, denn er hielt es für höchst unwahrscheinlich, daß unser Killer sich ins Tenderloin wagte, eine laute, überlaufene, auch nachts grell erleuchtete Gegend, wo man allzu leicht entdeckt und geschnappt werden konnte. Während er sich lässig aus meiner Zigarettendose bediente, dozierte Stevie weiter und erklärte, ein Posten bei Shang Draper würde uns nichts bringen; kleine Rauchringe ausstoßend, gab er uns den gönnerhaften Rat, wir sollten uns doch durch falsche Vorspiegelungen über die Stiegenhäuser der benachbarten Blocks Zutritt zu dem gewünschten Dach verschaffen, damit alles ganz natürlich und normal aussähe, wenn der Mörder wirklich auftauchte. Kreisler nickte zustimmend, pflückte die Zigarette aus Stevies Mund und zertrat sie auf dem Fußboden. Enttäuscht schmatzte der Junge weiter an seiner Lakritzenstange.

Als nächstes galt es zu entscheiden, wann unsere Überwachung beginnen und enden sollte. Würde der Mörder die

Häuser am Vorabend aufsuchen und seine Opfer am Morgen des Feiertags töten, oder würde er bis zum Abend warten? Das bisherige Muster wies auf die zweite Möglichkeit hin, wahrscheinlich deshalb, weil, wie Kreisler erklärte, die Wut, die der Mörder – aus welchem Grund auch immer – empfand, im Verlauf des Feiertages immer weiter stieg, vielleicht auch geschürt durch die vielen Kirchgänger, die an diesem Tag in der ganzen Stadt zu sehen waren. Ganz gleich, was der Auslöser war, der Einbruch der Nacht brachte dann die unaufhaltsame Explosion. Dagegen hatte keiner von uns einen Einwand. Wir entschieden also, uns Donnerstag abend auf unsere Wachtposten zu begeben.

Sobald unser Plan beschlossen war, packte ich mein Jackett und ging in Richtung Tür. Marcus fragte mich, wohin ich wollte, worauf ich antwortete, daß ich zum Golden Rule ginge, um den jungen Joseph über Aussehen und Methoden des Mörders ins Bild zu setzen.

»Halten Sie das für klug?« fragte Lucius mit besorgter Stimme. »Wir haben nur mehr fünf Tage Zeit. Es darf nichts passieren, was den normalen Ablauf in diesen Häusern irgendwie gefährden könnte.«

Sara schaute verständnislos drein. »Es ist doch aber nichts Schlechtes dabei, wenn wir diesen Jungen Tips geben, wie sie der Gefahr entgehen können.«

»Natürlich nicht«, beeilte sich Lucius zu antworten. »Ich meine damit nicht, daß wir irgend jemanden absichtlich einer größeren Gefahr aussetzen sollten als unbedingt nötig. Es ist nur, daß – also, wir müssen unsere Falle mit größter Sorgfalt aufstellen.«

»Der Detective Sergeant hat wie immer recht«, fiel jetzt Kreisler ein, packte mich am Arm und führte mich zur Tür. »Seien Sie vorsichtig mit dem, was Sie Ihrem jungen Freund sagen, Moore.«

»Mir geht es um nichts anderes«, fuhr Lucius fort, »als daß wir das wahrscheinliche Datum des nächsten Mordversuches nicht bekanntgeben. Wir wissen ja nicht einmal, ob unsere Annahme stimmt – tut sie das aber, und die Jungen wurden alle gewarnt, dann spürt das unser Mann ganz bestimmt. Über alles andere können Sie jedoch mit dem Jungen sprechen.«

»Ein vernünftiger Kompromiß«, entschied Kreisler und verabschiedete sich ebenfalls. Als wir draußen in den Lift stiegen, fügte er hinzu: »Und vergessen Sie nicht, John: Möglicherweise helfen Sie dem Jungen, indem Sie ihn warnen; Sie setzen ihn aber gleichzeitig einer großen Gefahr aus, wenn man ihn in Ihrer Gesellschaft sieht. Vermeiden Sie dies also tunlichst.«

Ich ging zu Fuß zum Golden Rule und vereinbarte dort ein Treffen mit Joseph in einem Billardsalon um die Ecke. Als er kam, fiel mir sein kindliches Gesicht auf, das vom Abschrubben der Schminke noch ganz rosig war. Sein Anblick rührte mich fast. Joseph benahm sich in meiner Gegenwart nicht im geringsten wie ein Stricher, sondern eher wie ein Junge, der nichts mehr vermißte als einen väterlichen Freund – oder litt jetzt vielleicht ich bereits an dem berühmten Phänomen der Übertragung und ließ mich dadurch, daß Joseph mich so sehr an meinen jüngeren Bruder erinnerte, bei der Interpretation seines Verhaltens beeinflussen?

Joseph bestellte sich ein Bier, als sei dies die selbstverständlichste Sache der Welt; sein selbstbewußtes Auftreten verbat es mir, mich in bevormundender Weise einzumischen und ihn auf die Gefahren des Alkohols hinzuweisen. Während wir anfingen, die Elfenbeinkugeln über den Filz zu jagen, erklärte ich Joseph, ich hätte ihm etwas mitzuteilen über den Mann, der Ali ibn-Ghazi getötet hatte, und bat ihn, gut aufzupassen, damit er diese Informationen an seine jungen Freunde weitergeben könne. Dann begann ich mit der Beschreibung seiner Person.

Der Mann war groß, sagte ich, etwa einen Meter neunzig, und sehr kräftig. Einen Jungen wie Joseph und auch einen größeren Jungen konnte er ohne Schwierigkeit heben und tragen. Trotz seiner Größe und Stärke war aber irgend etwas mit ihm nicht in Ordnung, und es war etwas, dessen er sich schämte. Wahrscheinlich hatte es mit seinem Gesicht zu tun; vielleicht mit den Augen – sie waren vielleicht verletzt, beschädigt, in irgendeiner Art und Weise verunstaltet. Was es auch war, es war ihm sehr unangenehm, wenn Leute davon sprachen oder ihn anstarrten. Joseph erklärte, er habe einen solchen Mann nie bemerkt, aber viele Kunden des Golden Rule würden ja ihre Gesichter verbergen. Ich bat ihn, in Zukunft die Augen offenzuhalten, und ging dann zu einer Beschreibung seiner Kleidung über, die sicher ganz unauffällig war, denn er wollte ja eben keine Aufmerksamkeit erwecken. Er hatte wahrscheinlich nicht viel Geld, deshalb war er sicher nicht aufwendig gekleidet. Wahrscheinlich trug er, wie Marcus Joseph schon bei unserem letzten Gespräch gesagt hatte, eine größere Tasche, in der sich seine diversen Kletterwerkzeuge befanden.

Dann folgte der schwierigere Teil: Ich erklärte Joseph, der Mann wolle vor allem deshalb nicht gesehen und erkannt werden, weil er in allen Häusern wie dem Golden Rule schon bekannt sei und ihn die meisten, wenn nicht alle Jungen ganz leicht identifizieren könnten. Er war vielleicht ein Mensch, den sie kannten und dem sie vertrauten, der ihnen half, der ihnen zeigen wollte, wie sie ein neues Leben beginnen könnten. Er war vielleicht ein Fürsorge- oder Sozialarbeiter, vielleicht sogar ein Priester. Der entscheidende Punkt lag darin, daß er nicht so aussah und wirkte wie jemand, dem man diese grauenhaften Verbrechen zutrauen würde.

Joseph merkte sich alle Details, indem er sie an den Fingern abzählte, und als ich geendet hatte, nickte er und sagte dann: »Okay, okay, ich hab's. Aber darf ich Sie etwas fragen, Mr. Moore?«

»Schieß los«, sagte ich.

»Woher wissen Sie denn alle diese Einzelheiten über den Burschen?«

»Manchmal«, erwiderte ich mit einem kurzen Lachen, »bin ich mir da selbst nicht so ganz im klaren.«

Joseph lächelte, begann aber, nervös mit seinen Füßen zu scharren. »Das ist nur, weil – also, von meinen Freunden haben es viele nicht geglaubt, als ich ihnen erzählte, was Sie mir letztes Mal gesagt haben. Sie konnten sich einfach nicht vorstellen, woher das einer wissen kann. Die dachten, ich hätte mir das aus den Fingern gesogen. Und überhaupt sagen jetzt ja viele Leute, daß das gar kein Mensch ist, der das tut. Eher eine Art von – na ja, Geist.«

»Ja, ja, das ist mir auch schon zu Ohren gekommen. Aber tu' mir den Gefallen und hör' nicht drauf. Es ist ein Mann aus Fleisch und Blut, das kannst du mir glauben, Joseph.« Ich rieb mir die Hände. »Na, wie wär's jetzt mit einem Spielchen?«

Ich bemühte mich, Joseph in der darauffolgenden Stunde einige der Tricks und Kniffe zu zeigen, die ich auf diesem Gebiet kannte. Wir unterhielten uns bestens, nur quälte mich der Gedanke an den Ort, zu dem Joseph zurückkehrte, wenn wir uns trennten. Aber es gab nichts, was ich dagegen tun konnte: Jungen wie Joseph waren ihre eigenen Herren.

Es war schon fast finster, als ich ins Hauptquartier zurückkam, aber dort ging es trotz der späten Stunde noch sehr lebhaft zu. Sara telefonierte mit Roosevelt und versuchte, ihm klarzumachen, daß es außer ihm niemanden gab, dem wir am Donnerstag abend den achten Überwachungsposten zuteilen konnten, daß er also unbedingt kommen müsse. Normalerweise hätte man Theodore zu derartigen Unternehmungen nicht drängen müssen, doch in den letzten Tagen hatten sich in Mulberry Street vielfältige Schwierigkeiten ergeben. Zwei der vier Mitglieder des Aufsichtsrates hatten sich, zusammen mit dem Polizeichef, für die Partei von Boss Platt und gegen die Reformen entschlossen, und Roosevelt wurde von seinen Feinden nun schärfer unter die Lupe genommen als je zuvor, in der Hoffnung, sie könnten einen winzigen Anlaß finden, der zur Entlassung ausreichen würde. Schließlich stimmte er doch zu, an der Überwachung teilzunehmen, aber es war klar, daß ihm die Entscheidung nicht leichtfiel.

Kreisler und die Isaacsons hatten sich inzwischen in eine lebhafte Diskussion über den Zeitplan unseres Mörders verstrickt. Lucius hatte eine Idee, wie sich die einzige Ungereimtheit erklären ließe, und zwar der Mord an Giorgio Santorelli am 3. März: nämlich vielleicht durch den täuschend beiläufigen Satz: »Ich beschloß zu warten.« Es bestünde doch die Möglichkeit, so behauptete der jüngere Isaacson, daß

Aufspüren und Auswählen des Opfers für die psychische Befriedigung des Mörders fast ebenso wichtig waren wie die tatsächliche Handlung selbst. Kreisler war mit dieser Theorie einverstanden und fügte nur hinzu, daß der Mann, solange sich seinem Ziel, nämlich dem Mord an dem Jungen, kein Hindernis in den Weg stellte, aus dem Hinausschieben der Tat vielleicht sogar eine Art von sadistischer Befriedigung zöge. Das bedeutete, daß auch der Mord an Santorelli zu dem auf christliche Feste ausgerichteten Zeitplan paßte, denn die kritische Begegnung hatte ja am Aschermittwoch stattgefunden.

Da es aber nicht sicher war, ob unser für Christi Himmelfahrt festgesetzter Überwachungsplan auch Erfolg haben würde, fuhren wir bis dahin alle mit unseren verschiedenen Ermittlungstätigkeiten fort. Marcus und ich verfolgten hartnäckig unsere Priester-Theorie weiter, während Kreisler, Lucius und Sara sich auf eine neue, vielversprechende Spur stürzten: Sie erkundigten sich bei Irrenanstalten in allen Teilen der Vereinigten Staaten nach Patienten in der Art unseres Mörders, die innerhalb der letzten fünfzehn Jahre aufgetaucht und behandelt worden waren. Kreisler war nicht etwa von seiner Überzeugung, unser Mann sei ganz normal und zurechnungsfähig, abgewichen, hielt es aber dennoch nicht für ausgeschlossen, daß die Eigenheiten dieses Mannes ihn schon irgendwann einmal hinter Schloß und Riegel gebracht haben könnten. Vielleicht hatte er, als sein heimliches Verlangen nach Blut zum ersten Mal zum Ausbruch kam, eine Tat begangen, die dem Durchschnittsmenschen – und schon gar dem durchschnittlichen Anstaltsdirektor – als Symptom des Wahnsinns erschien. Und Irrenanstalten führten im allgemeinen recht gewissenhaft Buch über ihre Insassen, so daß eine Überprüfung dieser Möglichkeit uns durchaus als nützliche Beschäftigung erscheinen mußte.

Den Tag vor Himmelfahrt verteilten wir die Aufgaben für die kommende Nacht: Marcus und Sara, letztere mit ihren beiden Feuerwaffen, sollten auf dem Dach des Golden Rule Posten beziehen und Kreisler und Roosevelt das Dach der Paresis Hall bemannen, wo Theodores Autorität gegebenenfalls Biff Ellison in Schach halten könnte; Lucius und Cyrus hatten über dem Black and Tan zu wachen, wobei Cyrus' Hautfarbe als Erklärung für ihre Anwesenheit herhalten müßte, sollte sich dies als notwendig erweisen; Stevie und ich wurden zum Slide abkommandiert, das sich gegenüber des Black and Tan befand. Zu ebener Erde, direkt am Eingang dieses Etablissements, sollten sich Gassenjungen aus Stevies Bekanntschaft herumtreiben, die man im Notfall als Botenjungen einsetzen könnte. Roosevelt schlug zwar vor, diese Aufgabe sollte man besser Polizisten übertragen, aber Kreisler wandte sich vehement dagegen. Unter vier Augen erklärte mir Laszlo, er befürchte, ein direkter Kontakt zwischen dem Mörder und der Polizei würde zum sofortigen Tod des ersteren führen, da würde auch Theodores nachdrücklichster Befehl nichts nützen. Und das wollte Kreisler um jeden Preis verhindern, erstens, weil eine solche Tat selbst kriminell wäre, und zweitens, weil somit niemand je seine Motive erfahren würde.

Es stellte sich jedoch heraus, daß unser ganzer Aufwand vergebens war, denn die Nacht verging ohne Zwischenfall. Wir hatten zwar alle unsere Stellungen bezogen, verbrachten aber die langen, sehr schleppend vergehenden Stunden bis sechs Uhr früh im Kampf mit keinem gefährlicheren Gegner als der Langeweile.

Marcus und ich waren mit unserer Priester-Theorie inzwischen nicht viel weitergekommen; die anderen dagegen konnten in der Woche vor Pfingsten einen Erfolg verzeichnen: Nach und nach strömten aus den Irrenanstalten in allen Teilen des Landes Antworten auf die Telegramme und Briefe ein, die Sara, Lucius und Kreisler fleißig abgeschickt hatten. Die meisten waren zwar eindeutig negativ, aber einige wenige erwähnten einen Mann von der körperlichen Statur, die Kreisler beschrieben hatte, und statteten ihn mit zumindest einigen der möglichen psychischen Symptome aus. Einige Anstalten sandten uns sogar Kopien ihrer Aufzeichnungen; zwar erwiesen sich letzten Endes alle diese Hinweise als nutzlos, aber ein Brief mit dem Stempel von Washington D.C. rief eines Nachmittags große Aufregung hervor.

Ich sah Lucius gerade zu, wie er, beladen mit einem Berg von Antwortbriefen und Fallberichten, auf seinen Schreibtisch zusteuerte. Dabei schien ihm plötzlich etwas in den Sinn zu kommen, denn er drehte sich auf dem Absatz um, ließ den Haufen von Papieren auf den Boden fallen und starrte auf Kreislers Arbeitsplatz. Seine Augen weiteten sich, auf der Stirn erschienen dicke Schweißperlen, die er sofort mit einem Taschentuch wegwischte, bevor er mit fester Stimme das Wort ergriff. »Doktor...«, sagte er zu Laszlo gewandt, der mit Sara an der Tür stand. »Dieser Brief des Direktors von St. Elisabeth – haben Sie ihn sich angesehen?«

»Nur einmal überflogen«, antwortete Kreisler und ging zu seinem Schreibtisch. »Schien mir eher uninteressant.«

»Ja, das dachte ich zuerst auch.« Lucius nahm den Brief von Kreislers Schreibtisch. »Die Beschreibung ist wirklich sehr vage; der erwähnte ›Gesichtstick‹ zum Beispiel kann sich natürlich auf vielerlei Arten äußern.«

Kreisler betrachtete Lucius. »*Aber*, Detective Sergeant ...?«

»Aber...« Lucius bemühte sich, seine Idee in Worte zu fassen. »Also, mir geht es vor allem um den Poststempel, Doktor: St. Elisabeth in Washington ist die Irrenanstalt für Bundesangestellte, nicht wahr?«

Kreisler hielt einen Moment inne; und dann hüpften seine schwarzen Augen auf diese schnelle, wie elektrisierte Art. »Das ist richtig«, sagte er ruhig und drängend zugleich. »Aber da nichts von der Herkunft dieses Mannes erwähnt wird, dachte ich...« Er schlug sich mit der Hand gegen die Stirn. »Ich bin ein Narr!«

Laszlo stürzte zum Telefon, dicht gefolgt von Lucius. »Wie die öffentliche Sicherheit in der Hauptstadt nun einmal ist«, bemerkte er, »wäre das natürlich kaum ein ungewöhnlicher Fall.«

»Sie sind ein Meister der Untertreibung, Detective Sergeant«, erwiderte Kreisler. »In unserer Hauptstadt gibt es mehrere solcher Fälle – *pro Jahr!*«

Sara, angelockt von der Aufregung, trat zu ihnen. »Was ist los, Lucius, was ist Ihnen aufgefallen?«

»Der Poststempel«, wiederholte Lucius noch einmal und schlug mit der Hand auf den Brief. »Es gibt einen recht unangenehmen kleinen Zusatz zu dem Gesetz in Washington, das die unfreiwillige Einweisung von Patienten in eine Irrenanstalt regelt. Ist der Patient nämlich nicht im Distrikt von Columbia für unzurechnungsfähig erklärt, aber trotzdem in eine Anstalt in Washington eingewiesen worden, dann hat er das Recht, den Habeas-Corpus-Akt für sich zu beanspruchen – und wird mit fast hundertprozentiger Sicherheit entlassen.«

»Und was ist daran so unangenehm?« fragte ich.

»Daß in diese Stadt«, erwiderte Lucius, während Kreisler am Telefon hing und versuchte, nach Washington durchzukommen, »und ganz besonders nach St. Elisabeth so viele Geisteskranke aus anderen Teilen des Landes geschickt wurden.«

»Oh?« Jetzt stieß auch Marcus zu uns. »Und wieso das?«

Lucius holte tief Atem, um seiner Aufregung Herr zu werden. »Weil St. Elisabeth zuständig ist für Soldaten und Matrosen, die man für die Ausübung ihrer Tätigkeit für ungeeignet hält. Für ungeeignet auf Grund einer psychischen Erkrankung.«

Nun stürmten Sara, Marcus und ich auf Lucius zu und drängten uns dicht um ihn. »Daran dachten wir zuerst nicht«, erklärte Lucius und wich vor unserem Ansturm leicht zurück, »weil in dem Brief so gar nichts über die Geschichte des Mannes steht. Nur Beschreibungen seines Äußeren und seiner Symptome – Verfolgungswahn, Neigung zu Grausamkeit. Wenn er aber tatsächlich beim Militär war und dann nach St. Elisabeth eingewiesen wurde – dann – ja, dann wäre das eine echte Chance, eine geringe vielleicht, aber doch, daß es« – Lucius hielt inne, als hätte er Angst, es laut auszusprechen –, »daß *er* es ist.«

Die Idee schien einleuchtend. Aber Kreislers Telefongespräch dämpfte unsere hoffnungsvolle Stimmung. Nach längerem Warten gelang es ihm endlich, den Anstaltsdirektor an die Strippe zu bekommen, aber der Mann reagierte auf Laszlos Bitte nach weiteren Informationen mit äußerster Unhöflichkeit. Offenbar wußte er alles über den berüchtigten Dr. Kreisler und hatte von unserem Freund die gleiche Meinung wie die meisten anderen Anstaltsdirektoren auch. Kreisler fragte, ob nicht vielleicht ein anderer Anstaltsbeamter sich mit dem Fall beschäftigen könnte, woraufhin der Direktor zur Antwort gab, sein Personal sei überlastet und habe ihm ohnedies bereits ›außerordentliche Hilfe‹ gewährt. Falls Kreisler wirklich derartiges Interesse an den Archiven der Anstalt habe, dann möge er sich doch nach Washington bemühen und gefälligst selbst darin wühlen.

Aber Kreisler konnte nicht einfach alles stehen und liegen lassen – keiner von uns konnte das, denn zwei Tage später war Pfingsten. Wir konnten nichts anderes tun als die Fahrt nach Washington verschieben – auf die Zeit nach unserer nächsten Nachtwache zwei Tage darauf. Angesichts der Ergebnisse von Christi Himmelfahrt waren wir zwar nicht sehr begierig darauf, doch als der Pfingstsonntag da war, bezogen wir ohne zu murren doch wieder unsere Posten und warteten auf das Erscheinen unseres Killers. Ich kann nicht sagen, wie die Stimmung auf den anderen Dächern war, aber Stevie und ich wurden über dem Slide sehr bald von Langeweile befallen. Da es Sonntag nacht war, drang von der Bleecker Street nicht sehr viel Lärm herauf, und ich hatte bald arg mit dem Schlaf zu kämpfen.

Um etwa halb eins schaute ich zu Stevie hinüber und sah, daß er vor sich auf der Dachpappe Karten in dreizehn kleinen Häufchen aufgeschichtet hatte. »Solitär?« flüsterte ich.

»Nein, Pharao«, flüsterte er zurück; so nannte man in Verbrecherkreisen ein besonders undurchsichtiges und kompliziertes Kartenspiel, mit dem man naive Gimpel ausnehmen konnte und das ich nie durchschaut hatte. Begierig, diese Bildungslücke aufzufüllen, kroch ich geräuschlos hinüber zu Stevie, der sich von da an fast eine Stunde lang abmühte, mir die Grundlagen dieses Spiels beizubringen. Aber es leuchtete mir nicht ein. Schließlich stand ich frustriert und gelangweilt auf und blickte auf die Stadt, die sich vor uns erstreckte.

»Das ist sinnlos«, erklärte ich schließlich, »der kommt doch nie.« Ich drehte mich um und warf einen Blick über die

Cornelia Street. »Wissen möchte ich nur, wie die anderen das aushalten.«

Das Gebäude, in dem sich das Black and Tan befand und auf dessen Dach Cyrus und Lucius postiert waren, lag genau gegenüber, und hinter einer Mauerbrüstung konnte ich Lucius' kahle Schädeldecke sich im Mondlicht spiegeln sehen. Ich lachte leise und machte Stevie darauf aufmerksam.

»Der sollte einen Hut aufsetzen«, bemerkte Stevie grinsend. »Wenn wir ihn sehen können, dann können ihn auch andere Leute sehen.«

»Stimmt«, sagte ich noch immer lachend, als der beinahe kahle Schädel sich an einen anderen Punkt des Daches bewegte und endlich verschwand. Plötzlich wurde ich nachdenklich. »Ist Lucius seit Beginn unserer Ermittlungen denn *gewachsen*?« fragte ich verblüfft.

»Vielleicht ist er auf einer Erhöhung gestanden«, schlug Stevie vor und ging wieder zu seinen Karten zurück.

Auf so unauffällige Weise kündigen sich Katastrophen an. Es dauerte weitere fünfzehn Minuten, bis drängende Hilferufe über die Cornelia Street zu uns herüberdrangen, hinter denen ich Lucius' Stimme erkannte. Und als ich auf das andere Dach hinüberblickte, sah ich soviel Angst und Verzweiflung im Gesicht des Detective Sergeant, daß ich Stevie am Kragen packte und wir beide zusammen ins Stiegenhaus stürzten. Und selbst in meinem erschöpften, verschlafenen Gehirn machte sich die unleugbare Erkenntnis breit, daß wir soeben den ersten Kontakt mit unserem Mörder hatten.

Kapitel
26

Unten am Gehsteig angelangt, schickten Stevie und ich die wartenden Gassenjungen aus, um Kreisler, Roosevelt, Sara und Marcus zu holen, und stürzten selbst über die Cornelia Street ins Black and Tan. Am Haupteingang trafen wir mit Frank Stephenson persönlich zusammen, den Lucius' Hilferufe aus seiner Lasterhöhle getrieben hatten. Wie den meisten anderen »Herren« seiner Branche stand auch Stephenson eine ziemliche Menge an bezahlter Muskelkraft zur Verfügung, und einige dieser schweren Jungs standen jetzt neben ihm auf den Eingangsstufen und wollten uns den Eintritt verwehren. Ich war allerdings nicht in der Stimmung, um mich auf das übliche Spiel von Drohung und Gegendrohung einzulassen, sondern erklärte einfach, wir seien im Auftrag der Polizei hier, müßten dringend zu einem Polizeibeamten auf dem Dach, und der Vorsitzende der Polizeikommission werde in den nächsten Minuten hier eintreffen. Diese Litanei reichte jedenfalls, um Stephenson und seine Mannen aus dem Weg zu räumen, und in wenigen Sekunden erreichten Stevie und ich das Dach des Gebäudes.

Dort fanden wir Lucius über Cyrus kniend, der einen häßlichen Hieb auf den Schädel abbekommen hatte. Eine kleine Blutlache glänzte auf der geteerten Dachpappe unter seinem Kopf, während seine halb geöffneten Augen entsetzlich nach oben gerollt waren und aus seinem Mund ein angestrengtes Keuchen drang. Lucius, stets für alles gewappnet, hatte Verbandmull bei sich und umwickelte jetzt vorsichtig Cyrus' Schädel, um zu stabilisieren, was zumindest wie eine arge Gehirnerschütterung aussah.

»Es ist meine Schuld«, rief Lucius, bevor Stevie und ich überhaupt eine Frage stellen konnten. Trotz seiner Konzentration auf das, was er gerade tat, waren aus Lucius' Stimme tiefe Selbstvorwürfe herauszuhören. »Ich konnte die Augen nicht mehr offenhalten und ging einen Kaffee trinken. Dabei vergaß ich, daß ja Sonntag war, und deshalb dauerte es länger als geplant. Ich war sicher länger als fünfzehn Minuten weg.«

»Fünfzehn Minuten?« wiederholte ich und rannte schnell zur Rückseite des Daches. »War das denn Zeit genug?« Ich schaute hinunter in die Hintergasse, aber dort rührte sich absolut nichts.

»Das weiß ich nicht«, antwortete Lucius. »Wir müssen abwarten, was Marcus dazu sagt.«

Marcus und Sara trafen wenige Minuten später ein, bald gefolgt von Kreisler und Theodore. Marcus beugte sich rasch zu Cyrus nieder, um zu sehen, wie es ihm ging, dann holte er sein Vergrößerungsglas und eine kleine Laterne heraus und begann mit einer Untersuchung des gesamten Dachbereichs. Er erklärte, daß für einen erfahrenen Kletterer fünfzehn Minuten in der Tat ausreichten, um an dem Gebäude hinauf und wieder hinunter zu klettern, und stöberte dann solange herum, bis er Fasern eines Hanfseiles fand, die ein Beweis für die zuvorige Anwesenheit unseres Mörders sein konnten – oder auch nicht; alles hing jetzt davon ab, ob einer von Frank Stephensons »Angestellten« fehlte. Unterstützt von Theodore sauste Marcus die Stiegen hinunter, während wir anderen um Lucius und Kreisler herumstanden, die sich beide an Cyrus' Kopf zu schaffen machten. Kreisler schickte Stevie mit dem Auftrag hinunter, den nächstbesten Gassenjungen um einen Rettungswagen des nahegelegenen St.-Vincent-Krankenhauses zu schicken, obwohl es vielleicht nicht ungefährlich schien, einen Mann in diesem Zustand überhaupt zu transportieren. Nachdem Cyrus mit Hilfe von Ammoniaksalz aber wieder zu sich gekommen war, stellte Kreisler fest, daß der Verletzte alle Glieder bewegen konnte, so daß die holprige Fahrt die Siebente Avenue hinunter zum Krankenhaus zwar nicht sehr angenehm werden, aber doch keinen weiteren Schaden anrichten würde.

Kreisler machte sich die größten Sorgen um Cyrus. Bevor er ihn aber wieder in einen Dämmerzustand zurückgleiten ließ, hielt er ihm noch einmal das Ammoniaksalz unter die Nase und stellte ihm die dringende Frage, ob er seinen Angreifer denn gesehen hätte. Aber Cyrus schüttelte nur den Kopf und stöhnte gotterbärmlich, woraufhin Lucius einfiel und erklärte, es habe wohl keinen Sinn, den Mann weiterzuquälen, denn die Wunde deute darauf hin, daß er von hinten überfallen worden sei und daher wahrscheinlich gar nicht wisse, wie er dazu komme.

Es dauerte eine halbe Stunde, bis der Rettungswagen von St. Vincent eintraf. Mittlerweile erfuhren wir, daß ein vierzehnjähriger Junge aus dem Black and Tan tatsächlich nicht in dem ihm zugewiesenen Raum zu finden sei. Die weiteren Einzelheiten waren uns alle bereits bestens vertraut; der abgängige Junge war ein erst kürzlich in New York eingetroffener deutscher Einwanderer namens Ernst Lohmann, niemand hatte ihn das Haus verlassen sehen, und er arbeitete in einem Zimmer, dessen Fenster auf eine Hintergasse ging. Laut Stephenson hatte der Junge das Zimmer für diese Nacht eigens bestellt, man durfte also annehmen, daß unser Mann alles im voraus geplant hatte, und zwar im Einverständnis mit dem Jungen – ob Stunden oder Tage im voraus, konnten wir jedoch unmöglich sagen. Ich hatte Marcus, bevor er hinunterging, noch mitgeteilt, daß das Black and Tan eigentlich nicht auf männliche Prostituierte, die sich als Frauen verkleideten, spezialisiert sei, und er hatte daraufhin Stephenson danach gefragt. Und wirklich: Der einzige im Haus, der sich mit dieser Art von Kundschaft abgab, war Ernst Lohmann.

Endlich erschienen zwei uniformierte Sanitäter von St. Vincent mit einer Tragbahre. Während sie Cyrus unter größter Vorsicht die Stiegen hinunter transportierten und dann in den schwarzen Rettungswagen luden, der von einem nicht minder makaber aussehenden schwarzen Pferd mit blutunterlaufenen Augen gezogen wurde, erkannte ich, daß jetzt eine fürchterliche Totenwache beginnen würde: nicht für Cyrus, der trotz seiner schlimmen Verletzung sicherlich wieder voll genesen würde, sondern für den jungen Ernst Lohmann. Nachdem der Rettungswagen mit Kreisler und Sara als Begleitung abgefahren war, wandte sich Roosevelt an mich, und ich konnte sehen, daß ihn dasselbe bewegte.

»Es ist mir egal, was Kreisler sagt, John«, verkündete Theodore mit entschlossen vorgeschobenem Unterkiefer und geballten Fäusten. »Dies ist jetzt ein Wettrennen gegen Zeit und Mord, und dafür setze ich alles ein, was mir zur Verfügung steht.« Damit stürzte er in die Sechste Avenue auf der Suche nach einer Droschke. »Wir kennen das Grundmuster – es zieht ihn zum Wasser. Ich lasse von meinen Polizisten jeden Zollbreit Boden absuchen nach...«

»Roosevelt – warte.« Es gelang mir, ihn am Arm zu packen und festzuhalten, als er eben in eine Kutsche einsteigen wollte. »Ich verstehe deine Gefühle. Aber um Himmels willen, laß deine Männer keine Einzelheiten wissen!«

»Guter Gott, John!« Seine Zähne fingen hörbar an zu klappern, seine Augen hinter den Brillengläsern tanzten vor Wut. »Verstehst du nicht, was los ist? In diesem Moment könnte...«

»Doch, ich versteh's, Roosevelt. Aber es nützt niemandem, wenn die gesamte Polizei jetzt alles erfährt. Sag' einfach, es hätte eine Entführung stattgefunden und du müßtest von der Annahme ausgehen, der Verbrecher würde versuchen, die Stadt mit einem Boot oder über eine Brücke zu verlassen. Das ist die beste Art, die Sache anzugehen, glaub' mir.«

Theodore füllte seine breite Brust mit einem tiefen, langen Atemzug, dann nickte er. »Vielleicht hast du recht.« Er schlug mit der Faust in die Handfläche. »Verdammt noch mal, immer diese Einmischungen! Aber ich werde tun, was du sagst, John, falls du jetzt beiseite trittst und mich fortläßt!«

Mit einem scharfen Peitschenknall schoß Roosevelts Cabbie die Sechste Avenue hinunter, und ich kehrte zurück ins Black and Tan. Dort hatte sich bereits eine kleine, aber recht gereizte Menschenmenge versammelt, die soeben von Frank Stephenson über die Ereignisse ins Bild gesetzt wurde. Technisch gesehen, lag das Black and Tan im Gebiet der Hudsons Dusters, Stephenson war also Paul Kelly keine Gefolgschaft schuldig; aber die beiden Männer kannten einander, und die gekonnte Art und Weise, in der Stephenson jetzt die Volksseele zum Kochen brachte, legte den Verdacht nahe, daß hier eine Hand die andere wusch. Stephenson empörte sich in bühnenreifer Weise darüber, daß die Polizei weder Umsicht noch Interesse gezeigt hätte. Das Opfer sei eben zu arm, rief er, und für arme Einwanderer interessiere sich die Polizei ja ohnehin nie. Wenn die Menschen in Bezirken wie diesem derartige Verbrechen verhindern wollten, dann müßten sie die Sache schon selbst in die Hand nehmen. Marcus hatte sich gegenüber Stephenson ja bereits als Polizist zu erkennen gegeben; und als die Stimmung der Menge immer aggressiver wurde und immer mehr bedrohliche Blicke uns trafen, beschlossen die Isaacsons, Stevie und ich, uns in unser Hauptquartier zurückzuziehen, wo wir den Rest der Nacht die Geschehnisse per Telefon mitverfolgen wollten.

Das war aber leichter gesagt als getan. Anrufen konnten wir niemanden. Theodore würde in Gesellschaft regulärer Polizisten niemals einen Anruf von uns annehmen –, und daß jemand uns im Hauptquartier anrief, schien ebenfalls nicht sehr wahrscheinlich. Gegen vier Uhr morgens erhielten wir von Kreisler die Nachricht, daß er und Sara Cyrus in einem Privatzimmer in St. Vincent bestens untergebracht hätten und sich jetzt ins Hauptquartier begeben würden. Abgesehen davon aber herrschte Funkstille. Lucius war zwar sehr erleichtert über Kreislers Nachricht, fühlte sich aber immer noch von heftigen Gewissensbissen gequält und stampfte die ganze Zeit über unruhig hin und her. Ohne Marcus wären wir überhaupt alle langsam übergeschnappt, glaube ich, aber der größere Isaacson beschloß, daß wir, wenn wir schon nicht körperlich an der Suche teilnehmen konnten, uns doch wenigstens im Geiste damit beschäftigen sollten. Er zeigte auf die große Wandkarte von Manhattan und schlug vor, wir sollten gemeinsam überlegen, wo der Killer wohl diesmal sein bestialisches Ritual vollziehen würde.

Das lenkte uns von unserer eigenen unangenehmen Lage ab, aber wir kamen mit dem Ratespiel auf keinen grünen Zweig, bis uns schließlich die Realität die Antwort lieferte – und die war so naheliegend, daß wir uns alle unserer Dummheit schämten. Gegen halb fünf Uhr früh betrat Kreisler eben unser Hauptquartier, als Sara von der Mulberry Street aus anrief.

»Es gibt hier eine Nachricht von Bedloe's Island«, sagte

sie, sobald ich den Hörer aufgenommen hatte. »Einer der Nachtwächter bei der Freiheitsstatue hat eine Leiche gefunden.« Mir verschlug es die Sprache, und ich antwortete nichts. »Hallo?« rief Sara. »John, bist du noch da?«

»Ja, Sara – ich höre.«

»Dann hör gut zu, ich kann hier nicht lang sprechen. Ein Rudel Polizeioffiziere fährt jetzt gerade von hier los, der Commissioner mit ihnen, aber er sagt, wir dürfen uns dort nicht zeigen. Er kann nichts anderes tun, als keinen Coroner an die Leiche zu lassen, bevor der Tote ins Leichenschauhaus geschickt wird. Er wird sich bemühen, daß wir dort hineinkönnen.«

»Aber der Ort des Verbrechens, Sara...«

»John, sei bitte nicht dickköpfig. Da kann man eben nichts machen – niemand kann da etwas machen. Wir hatten heute nacht unsere Chance, und wir haben sie vertan. Jetzt müssen wir froh sein, wenn wir in das Leichenschauhaus können. Bis dahin...« Plötzlich hörte ich am anderen Ende im Hintergrund laute Stimmen, eine identifizierte ich als Theodores, eine andere gehörte ohne Zweifel Link Steffens, und dann gab es noch ein paar andere, die ich nicht erkannte. »Ich kann nicht weitersprechen, John. Ich komme, sobald ich mehr weiß.« Damit hängte sie ein.

Ich gab die Informationen an die anderen weiter, und dann dauerte es ein paar Minuten, bis wir alle die Tatsache verdaut hatten, daß wir trotz wochenlanger Nachforschungen und tagelanger Vorbereitungen nicht imstande gewesen waren, den Mord zu verhindern. Lucius nahm es besonders schwer, denn er fühlte sich jetzt nicht nur verantwortlich für den eingeschlagenen Schädel eines Freundes, sondern auch für den Tod eines Jungen. Marcus und ich versuchten, ihn zu trösten, aber er hörte nicht auf uns. Kreisler dagegen erklärte eher kühl, daß der Mörder uns offensichtlich seit längerer Zeit beobachtete und daher über kurz oder lang ohnehin einen Angriff auf uns verübt hätte, wenn nicht in dieser Nacht, dann in irgendeiner anderen. Dabei hatten wir noch Glück, fuhr er fort, daß nichts Schlimmeres passiert war – auch Lucius hätte es erwischen können, und zwar ausgiebiger als mit einem Schlag auf den Kopf. Kurz und gut, schloß Kreisler, für Selbstvorwürfe gäbe es weder Anlaß noch überhaupt ausreichend Zeit: Wir alle waren dringend auf Lucius' scharfen Verstand und seine reiche Erfahrung angewiesen, und die durften nicht durch Schuldgefühle in Mitleidenschaft gezogen werden. Diese kleine Rede baute Lucius ganz ungemein auf, so daß er bald wieder seelisch soweit hergestellt war, um uns bei der Verarbeitung der Ereignisse jener Nacht zu unterstützen.

Warum hatte der Mann Ernst Lohmann entführt, wo er doch wußte, daß wir auf der Lauer lagen? Warum hatte er Cyrus nur ohnmächtig geschlagen, anstatt ihn zu töten? Der Mann wußte doch, daß ihm, sollte er geschnappt werden, der Galgen sicher war, und hängen konnte er schließlich nur einmal. Warum nahm er das Risiko auf sich, daß Cyrus sich vielleicht wehrte, daß er dabei einen Blick auf seinen Angreifer werfen und ihn so vielleicht später beschreiben konnte? Kreisler bezweifelte, daß wir auf alle diese Fragen eine endgültige Antwort finden würden. Aber es war jedenfalls klar, daß der Mann das größere Risiko seiner Aktion jener Nacht genossen hatte. Und da er wußte, daß wir ihm immer näher auf die Fersen rückten, war der Umstand, daß er Cyrus am Leben ließ, vielleicht als weitere Herausforderung zu verstehen, als eine Geste der Verachtung, aber zugleich auch als ein verzweifeltes Flehen.

Aus meinen Überlegungen wurde ich durch eine Bemerkung von Kreisler hochgescheucht, der verzweifelt zischte: »Aber es muß irgend etwas *Neues* geben, das wir heute abend erfahren haben!«

Darauf konnten weder Marcus noch Lucius, noch ich selbst antworten. Nur Stevie blickte unsicher von einem zum anderen und piepste dann: »Also, etwas wüßte ich schon, Doktor.«

Kreisler wandte sich erwartungsvoll ihm zu.

»Er hat eine Glatze.«

Und dann fiel auch mir wieder der Kopf ein, den wir für Lucius' gehalten hatten, der jedoch auf einem viel zu großen Körper gesessen hatte. »Ja, das stimmt«, fiel ich ein. »Wir haben ihn gesehen – Gott im Himmel, Stevie, in diesem einen Moment haben wir ihn tatsächlich gesehen!«

»Na und? Und was?« drang Kreisler in uns. »Dann habt ihr doch sicher noch mehr bemerkt?«

Ich blickte Stevie an, der nur die Schultern hob. Wie besessen fing ich daraufhin an, in meiner Erinnerung an diesen einen Augenblick zu wühlen, aber ... nichts. Die Hinterseite eines kahlen Schädels. Das war alles, was wir gesehen hatten.

Kreisler seufzte enttäuscht. »Eine Glatze, soso!« bemerkte er und schrieb das Wort mit Kreide an die Tafel. »Immerhin mehr, als wir gestern wußten.«

»Viel ist es nicht«, sagte Lucius, »verglichen mit dem Leben eines Kindes.«

Wenige Minuten später kam wieder ein Anruf von Sara. Die Leiche von Ernst Lohmann war unterwegs ins Leichenschauhaus von Bellevue. Der Wächter, der auf den Toten gestoßen war, hatte von dem Mord natürlich nichts mitbekommen, hatte aber kurz vor seinem Fund ein Dampfboot von der Insel wegfahren gehört. Roosevelt erklärte Sara, er brauche einige Zeit, um die ihn begleitenden Polizisten abzuschütteln – wenn wir ihn um sechs Uhr dreißig in Bellevue treffen könnten, dann würde er dafür sorgen, daß wir den Toten untersuchen konnten, ohne dabei gestört zu werden. So hatten wir noch etwas über eine Stunde Zeit. Ich beschloß, nach Haus zu gehen, zu baden und mich umzuziehen, bevor ich dann wieder in Bellevue zu den anderen stieß.

Als ich am Washington Square ankam, schlief meine Großmutter noch, was ihr sonst gar nicht ähnlich sah, aber Harriet war schon auf und erbot sich, mir ein Bad einzulassen. Als sie die Stiegen hinaufeilte, äußerte ich meine Verwunderung über den tiefen Schlaf meiner Großmutter.

»Ja, Sir«, antwortete Harriet. »Seitdem die Nachricht bekanntgeworden ist, ist sie nicht mehr so nervös.«

»Die Nachricht?« fragte ich. »Welche Nachricht?«

»Das haben Sie doch sicher auch gehört, Sir! Wegen dem grausligen Dr. Holmes – es war doch gestern in allen Zeitungen. Ich glaube, wir haben die *Times* noch im Wintergarten, soll ich sie...«

»Nein, nein«, rief ich. »Ich hol' sie schon selber. Wenn Sie mir das Bad einlassen, Harriet, dann bin ich bis an mein seliges Ende Ihr ergebener Diener.«

»Nicht nötig, Mr. John«, erwiderte sie kichernd und enteilte in den ersten Stock.

Ich fand die *Times* im Wintergarten im Lieblingsstuhl meiner Großmutter liegen. Auf dem Titelblatt prangte in Balkenlettern: HOLMES KÜHL BIS ZUM ENDE. Der berüchtigte »Folterdoktor« war in Philadelphia gehängt worden, nachdem er ohne ein Zeichen von Reue noch den Mord an weiteren siebenundzwanzig Personen gestanden hatte, meistens Frauen, denen er Liebe vorgespielt hatte und mit deren Geld er dann getürmt war. Um zehn Uhr und zwölf Minuten hatte er den Kopf durch die Schlinge gesteckt, und zwanzig Minuten später war er für tot erklärt worden. Als zusätzliche Vorsichtsmaßnahme – wogegen, vergaß die Zeitung zu erwähnen – hatte man den Sarg von Holmes mit Beton gefüllt, und nachdem der Sarg in die Erde gesenkt worden war, hatte man eine weitere Tonne Beton darübergegossen.

Als ich das Haus verließ, um nach Bellevue zu fahren, rührte sich meine Großmutter noch immer nicht. Später erfuhr ich von Harriet, daß sie bis zehn Uhr in den Vormittag hinein geschlafen hatte.

Kapitel
27

Zu unserer Überraschung stellte sich heraus, daß die Schwierigkeiten, die uns beim Betreten des Leichenschauhauses erwarteten, gar nicht von den Wärtern ausgingen. Die Angestellten waren alle erst seit kurzem dort und noch zu unbedarft, um überhaupt auf die Idee zu kommen, gegen Roosevelt aufzumucken. Unser Problem war vielmehr, überhaupt das Gebäude zu erreichen, denn als wir ankamen, erwartete uns dort bereits der Lower-East-Side-Mob und verlangte wütend nach einer Erklärung dafür, warum ihre Kinder noch immer abgeschlachtet wurden, ohne daß man auch nur einen einzigen Verdächtigen festgenommen hatte. Die Menge war viel zorniger und auch viel gefährlicher als die in Castle Garden. Von Ernst Lohmanns Arbeit oder Lebensweise war nicht die Rede (wir haben übrigens niemals irgendwelche Familienangehörigen ausfindig machen können, er wurde vielmehr dargestellt als ein unschuldiger Waisenknabe, im Stich gelassen von Polizei, Stadtverwaltung und einer Oberschicht, die sich weder darum kümmerten, wovon er lebte, noch, wie er gestorben war). Daß Lohmanns Schicksal – und das der Einwanderer im allgemeinen – an jenem Morgen systematischer, um nicht zu sagen politischer dargestellt wurde, mochte vielleicht damit zu tun haben, daß sich in dieser Menschenmenge auch viele Deutsche befanden; aber ich hegte den Verdacht, daß hier wieder einmal Paul Kelly seine Hand im Spiel hatte, obwohl ich weder ihn noch seine Kutsche irgendwo erblicken konnte.

Wir betraten den schäbigen roten Ziegelbau durch eine schwarze Eisentür an der Rückseite; Sara, die Isaacsons und ich drängten uns um Laszlo, damit niemand sein Gesicht erkannte. Roosevelt kam uns drinnen entgegen, schob ein paar Angestellte, die sich mit Fragen auf ihn stürzen wollten, aus dem Weg und führte uns direkt ins Untersuchungszimmer.

Der Gestank nach Formaldehyd und Verwesung war hier so stark, daß er die gelbe Farbe von den Wänden bröckeln ließ, wie es schien. Überall standen Tische mit zugedeckten Leichen, an den Wänden reihten sich auf durchhängenden Brettern Glasbehälter voll menschlicher Körperteile. Von der Mitte der Decke hing eine große elektrische Birne herab, genau darunter stand ein verrosteter Operationstisch, der irgendwann in ferner Vergangenheit auch so ausgesehen haben mußte wie jener in Laszlos Operationssaal.

Auf dem Tisch lag ein Toter, bedeckt mit einem verschmutzten nassen Laken.

Lucius und Kreisler eilten geradewegs auf den Tisch zu und zogen das Tuch weg, während Sara und ich an der Tür stehenblieben, denn wir hatten kein Bedürfnis nach dem Anblick, der uns dort erwartete. Kreisler zog sein Notizbuch heraus, und Lucius begann, im Jargon der Mediziner die Verletzungen aufzuzählen:

»Der komplette Genitalapparat an der Wurzel abgelöst ... Entfernung der rechten Hand direkt über dem Handgelenk ... Elle und Speiche glatt durchschnitten ... laterale Schnitte in der Unterbauchhöhle, daraus resultierende Verletzung des Dünndarms ... massive Beschädigung des gesamten arteriellen Systems in der Brusthöhle, Entfernung des Herzens ... Entfernung des linken Auges, dadurch Verletzung von Jochbein und Supraorbitalwulst auf dieser Seite ... Entfernung der Kopfhaut über dem Hinterhaupt und Scheitelbein ...«

Es war eine verzweifelte Liste, und ich versuchte wegzuhören. Aber ein Punkt fiel mir plötzlich auf. »Verzeihen Sie, Lucius«, unterbrach ich ihn, »aber haben Sie eben gesagt: ›Entfernung des linken Auges‹?«

»Stimmt«, kam seine rasche Antwort.

»*Nur* des linken Auges?«

»Ja«, antwortete Kreisler. »Das rechte Auge ist intakt.«

Marcus blickte gespannt hoch. »Er muß gestört worden sein.«

»Das scheint die naheliegendste Erklärung«, stimmte Kreisler zu. »Vielleicht durch das Kommen des Wachmannes.« Dann zeigte Laszlo auf die Körpermitte. »Die Sache mit dem Herzen ist neu, Detective Sergeant.«

Marcus eilte nun plötzlich zur Tür. »Commissioner Roosevelt«, rief er, »können Sie uns noch fünfundvierzig Minuten Zeit geben?«

Roosevelt sah auf seine Uhr. »Das wäre aber sehr knapp. Der neue Leiter und seine Männer kommen gegen acht Uhr. Warum, Isaacson?«

»Ich brauche meine Fotoausrüstung – für ein Experiment.«

»Experiment? Was für ein Experiment?« Für Theodore, den stets an der Natur Interessierten, übte das Wort ›Experiment‹ fast soviel Faszination aus wie das Wort ›Tat‹.

»Einige Experten«, erklärte Marcus, »vertreten die Ansicht, daß das menschliche Auge im Moment des Todes auf immer jenes Bild festhält, das es zuletzt gesehen hat. Ich überlege mir, ob man dieses Bild nicht aufnehmen kann, indem man das Auge sozusagen als Linse benutzt – ich würde es jedenfalls gern versuchen.«

Theodore überlegte einen Moment. »Sie meinen, der Junge könnte im Tod seinen Mörder gesehen haben?«

»Es wäre zumindest möglich.«

»Und wird der, der den Toten als nächster untersucht, Spuren dieses Experiments feststellen können?«

»Nein, Sir.«

»Hmmm. Eine interessante Idee. Versuchen wir's.« Theodore gab ein zustimmendes Nicken. »Aber ich warne Sie, Isaacson – um sieben Uhr fünfundvierzig müssen wir draußen sein.«

Als ich zwischendurch einen besorgten Blick auf Sara warf, bemerkte ich, daß sie das Ende des Operationstisches anstarrte. »Doktor«, sagte sie dann ganz ruhig, »was ist denn mit seinem Fuß los?«

Laszlo wandte sich um, blickte Sara an und folgte dann ihrem Blick zum rechten Fuß des Toten. Er schien geschwollen und stand in einem merkwürdigen Winkel von seinem Bein ab. Da dieser aber, im Vergleich zu den anderen Verstümmelungen, völlig nebensächlich schien, war es verständlich, daß Lucius dieses Detail übersehen hatte.

Kreisler nahm den Fuß in die Hand und betrachtete ihn sorgfältig. »Talipes varus«, sagte er dann. »Der Junge hatte einen Klumpfuß.«

Das weckte mein Interesse. »Einen Klumpfuß?«

»Ja«, gab Kreisler zurück und ließ den Fuß wieder fallen.

So erschöpft wir alle auch waren, so begannen wir doch sofort eine Diskussion darüber, welche Bedeutung dieser Klumpfuß wohl für das Verhältnis des Mörders zu seinem Opfer gehabt haben könnte. Inzwischen kehrte Marcus mit seinen fotografischen Geräten zurück. Die Idee, die er Roosevelt vorgetragen hatte, erschien mir zwar äußerst bizarr; allerdings erfuhr ich später, daß der französische Autor Jules Verne in einer seiner besonders phantasievollen Geschichten ebenfalls diese Methode erwähnte. Aber Marcus schien sich ernsthaft etwas davon zu versprechen – und als er nach getaner Arbeit wieder das Oberlicht andrehte, erklärte er, sich sofort in die Dunkelkammer zu begeben, um die Bilder zu entwickeln.

Wir hatten Marcus' Ausrüstung bereits verpackt und waren zum Abmarsch bereit, als mir auffiel, daß Kreisler noch dastand und in das Gesicht des kleinen Lohmann starrte, und zwar mit einer Miene, die keineswegs so unbewegt schien wie zuvor während der Untersuchung. Ohne selbst auf den verstümmelten Leichnam zu blicken, trat ich neben Laszlo und legte ihm meinen Arm um die Schultern.

»Ein Spiegelbild«, murmelte Laszlo. Zuerst dachte ich, er rede von Marcus' Fotokünsten; aber dann fiel mir ein Gespräch ein, das wir vor mehreren Wochen geführt hatten und in dem er gesagt hatte, der Zustand der Toten sei eine Spiegelung der seelischen Verzweiflung, die unseren Mann quälte.

Jetzt trat auch Roosevelt zu uns und richtete seine Blicke auf den Toten. »An diesem Ort hier ist das alles noch viel gräßlicher«, sagte er ruhig. »Klinisch. Völlig entmenschlicht ...«

»Aber warum so?« fragte Kreisler. »Warum gerade *das*?« Er streckte eine Hand nach dem Toten aus, und ich wußte, daß er die Verstümmelungen meinte.

»Das weiß nur der Teufel selbst«, antwortete Theodore. »So etwas habe ich noch nie gesehen, es sei denn als Werk einer Rothaut.«

Laszlo und mich durchzuckte es wie ein Blitz; gleichzeitig fuhren wir zu Roosevelt herum. Wir mußten ihn wohl ziemlich entgeistert angestarrt haben, denn Theodore blickte plötzlich ganz verstört drein. »Und was ist jetzt in euch beide gefahren?« fragte er mit leichtem Vorwurf. »Dürfte ich das vielleicht auch wissen?«

»Roosevelt«, sagte Laszlo und trat einen Schritt vor, »würden Sie bitte wiederholen, was Sie eben gesagt haben?«

»Man hat mir in meinem Leben schon vieles vorgeworfen«, antwortete Roosevelt pikiert, »aber sicher keine undeutliche Aussprache. Ich glaube, ich habe mich klar ausgedrückt.«

»Doch, das haben Sie.« Die Isaacsons und Sara traten jetzt auch näher, denn der Aufruhr in Laszlos Gesichtszügen verhieß zumindest etwas Interessantes. »Aber was haben Sie damit gemeint?«

»Ich dachte nur einfach«, erklärte Roosevelt, der noch immer leicht gekränkt wirkte, »an das einzige Gewaltverbrechen, das sich in meiner Erinnerung mit diesem hier vergleichen kann. Das war in meiner Zeit als Rancher, in den Badlands von Dakota. Dort sah ich die Leichen einiger Weißer, die die Indianer als Warnung für andere Siedler getötet hatten. Die Leichen waren grauenhaft verstümmelt, wenn ich's recht bedenke fast genauso wie diese hier – wahrscheinlich als Abschreckung für uns andere.«

»Ja, ja«, sagte Kreisler mehr zu sich selbst als zu Theodore, »das mußten Sie natürlich annehmen. Aber war das wirklich der eigentliche Zweck?« Kreisler begann um den Operationstisch zu wandern, rieb sich dabei langsam den linken Arm und nickte. »Ein Vorbild, er braucht schließlich ein Vorbild ... es ist alles zu systematisch, zu gut geplant, zu – strukturiert. Er orientiert sich da an irgendeinem Vorbild ...« Laszlo zog seine silberne Taschenuhr heraus, warf einen Blick darauf und wandte sich dann an Theodore. »Wissen Sie vielleicht zufällig, Roosevelt, wann das Naturhistorische Museum öffnet?«

»Na, das kann man wohl sagen, daß ich das weiß«, gab Theodore stolz zurück, »da mein Vater einer der Gründer war und ich selbst...«

»Also *wann*, Roosevelt?«

»Um Punkt neun Uhr.«

Kreisler nickte. »Moore, Sie kommen mit mir. Und ihr übrigen – Marcus, gehen Sie in Ihre Dunkelkammer und lassen Sie sehen, was Ihr Experiment ergeben hat. Sara, Sie gehen mit Lucius ins Hauptquartier und stellen eine Verbindung zum Kriegsministerium in Washington her. Finden Sie heraus, ob dort eine Liste von Soldaten geführt wird, die auf Grund psychischer Störungen aus dem aktiven Dienst entlassen wurden. Sagen Sie denen, wir sind nur an Soldaten interessiert, die in der West-Armee gedient haben. Wenn Sie am Telefon nicht durchkommen, schicken Sie ein Telegramm.«

»Ich kenne dort ein paar Leute«, flocht Roosevelt ein. »Wäre das vielleicht eine Hilfe?«

»Natürlich«, antwortete Kreisler. »Sara, schreiben Sie die Namen auf. Geht, geht, verschwindet, alle!« Als Sara und die Isaacsons gegangen waren, wandte sich Kreisler wieder an Roosevelt und an mich. »Sie wissen, wonach wir suchen, Moore?«

»Ja«, antwortete ich. »Aber warum gerade im Museum?«

»Weil dort Franz Boas sitzt, ein alter Freund von mir. Wenn Verstümmelungen wie diese hier bei den indianischen Stämmen eine kulturelle Bedeutung haben, dann kann er uns Auskunft geben. Und wenn dies der Fall ist, dann, Roosevelt, dann können wir uns alle gratulieren.« Kreisler breitete das schmutzige Laken wieder über den Leichnam von Ernst Lohmann. »Bedauerlicherweise habe ich Stevie mit der Kalesche heimgeschickt, ich werde also eine Droschke rufen müssen. Können wir Sie irgendwo absetzen, Roosevelt?«

»Nein, danke«, erwiderte Theodore, »ich bleibe besser noch hier, um unsere Spuren zu verwischen. Sehen Sie sich den Mob da draußen an, da wird's eine Menge Fragen geben. Aber ich wünsche Ihnen Waidmannsheil, meine Herren!«

Der Mob draußen vor der Tür war während unserer Untersuchung noch beträchtlich angeschwollen. Sara und die

Isaacsons hatten offenbar ohne Schwierigkeiten durchkommen können, denn es war keine Spur mehr von ihnen zu sehen. Aber Kreisler und ich hatten nicht soviel Glück. Auf halbem Weg zwischen der Tür und dem großen Eingangstor stellte sich uns plötzlich ein vierschrötiger, untersetzter Mann mit einem alten Hackenstiel in der Hand in den Weg. Der kalte Blick, den er auf Kreisler warf, drückte ein feindseliges Erkennen aus, und auch Laszlo war er offenbar nicht unbekannt.

»Ah!« röhrte der Mann aus den Tiefen seines beachtlichen Bauches. »Da hamse also ooch den berüüühmten Herrn Doktor Kreisler holen müssen!« Sein Akzent deutete auf einen Deutschen der untersten Schicht.

»Herr Höpner«, erwiderte Kreisler in festem, aber vorsichtigem Ton, als wäre er nicht sicher, ob der Mann vor ihm nicht doch den Hackenstiel benutzen würde. »Mein Kollege und ich werden leider dringend erwartet. Würden Sie uns vorbeilassen.«

»Und wat ist mit dem kleenen Lohmann, Herr Doktor?« Höpner trat keinen Schritt zur Seite. »Hamse da ooch ihre Hand im Spiel?« Ein paar Leute, die in unmittelbarer Nähe standen, murmelten zustimmend.

»Ich habe keine Ahnung, wovon Sie reden, Höpner«, antwortete Kreisler kühl. »Bitte lassen Sie uns durch.«

»Keene Ahnung, so so?« Höpner fing an, seinen Prügel gegen die andere Handfläche zu schlagen. »G'estatten' se, daß ich dat bezweifle. Kennt ihr den juten Doktor, meine Freunde?« sagte er zu dem Mob gewandt. »Dat ist der berühmte Seelenarzt, der Familien zerstört – der Kinder ihren Eltern wegnimmt und entführt!« Von allen Seiten drangen Ausrufe des Entsetzens an uns heran. »Ich verlange Auskunft, welche Rolle Sie hier spielen, Herr Doktor! Hamse den kleenen Lohmann seinen Eltern weggenommen, so wie Sie mir meine Tochter weggenommen haben?«

»Ich sagte es Ihnen bereits«, fuhr ihn Kreisler an, und ich konnte seine Zähne knirschen hören. »Ich weiß nichts über diesen kleinen Lohmann. Und Ihre Tochter, Herr Höpner, flehte mich an, sie aufzunehmen, weil Sie selbst, Herr Höpner, sie immer wieder mit einem Prügel schlugen – ganz ähnlich diesem hier, den Sie in der Hand halten.«

Die Menge schien wie ein Mann tief aufzuseufzen, und Höpner verengte seine Augen zu schmalen Schlitzen. »Wat ein Mann in seinem eigenen Haus mit seiner eigenen Familie tut, jeht niemand wat an!« brüllte er.

»Ihre Tochter war nicht dieser Meinung«, gab Kreisler zurück. »Und jetzt zum letzten Mal – *aus dem Weg!*«

Höpner sah drein, als hätte Kreisler ihn angespuckt. Mit erhobenem Hackenstiel bewegte er sich auf uns zu, hielt aber jäh inne, als hinter uns plötzlich ein wüster Tumult losbrach. Ich drehte mich um und sah hinter der Menge einen Pferdekopf und ein Kutschendach auf uns zuhalten, und dabei bewegte sich ein Kopf, den ich gut kannte: Jack McManus. Er hing an einer Seite des Vehikels und schwang seinen gewaltigen rechten Arm, der ihn im Boxring fast ein Jahrzehnt lang als unbesiegbar hatte gelten lassen, bevor er sich als Rauswerfer bei Paul Kelly verdingte.

Kellys eleganter schwarzer Brougham hielt mit seinen links und rechts schimmernden Messinglaternen direkt auf uns zu. Der kleine, sehnige Mann auf dem Kutschbock schnalzte warnend mit der Peitsche, und der Mob, wohl wissend, wer da nahte, trat schweigend beiseite. Jack McManus sprang herunter, sobald die Räder zum Stehen kamen, starrte die Menge drohend an und zog seine Schirmmütze gerade. Dann riß er die Tür der Kutsche auf.

»Ich würde vorschlagen, Sie steigen ein!« ließ sich von drinnen eine amüsierte Stimme vernehmen, und dann erschien Kellys einnehmendes Gesicht in der Tür. »Sie wissen ja, wie so ein Mob sein kann.«

Kapitel
28

»Ha! Schauen Sie sich die Leute doch an!« rief Kelly während unserer holprigen Flucht aus der Anlage von Bellevue mit spöttischem Entzücken. »Die armen Schweine haben sich tatsächlich einmal von den Knien erhoben! Das sollte den feinen Pinkeln doch ein paar schlaflose Nächte bereiten, was, Moore?« Ich saß neben Kreisler und gegenüber von Kelly im vorderen Teil des Brougham. Der Unterweltler wandte uns sein Gesicht zu, klopfte mit seinem eleganten Spazierstock auf den Boden und lachte wieder. »Natürlich, das hält sich nicht – die schicken ihre Kleinen wieder um einen Dollar die Woche in die Knochenmühlen, bevor der Junge noch unter der Erde ist. Es braucht mehr als nur einen toten Knaben, um die Volksseele am Kochen zu halten. Aber für den Moment ist es ein herzerfrischendes Bild!« Kelly streckte seine schwer beringte rechte Hand Kreisler entgegen. »Freut mich ganz außerordentlich, Herr Doktor! Ich fühle mich wirklich sehr geehrt!«

Laszlo ergriff die ausgestreckte Hand nur zögernd. »Meinerseits, Mr. Kelly. Schön, daß zumindest *ein* Mensch die Situation amüsant findet.«

»Doch, doch, das tu' ich – deshalb hab' ich sie ja auch arrangiert!« Weder Kreisler noch ich reagierten auf dieses Eingeständnis. »Aber ich bitte Sie, meine Herren, Sie glauben doch nicht, daß sich der Pöbel so ganz von selbst erhebt, ganz ohne Ermutigung? Ein bißchen Geld am richtigen Ort hat noch niemandem geschadet. Aber ich muß sagen, ich hätte nie gedacht, den berühmten Dr. Kreisler in solch einer Situation anzutreffen!« Seine Überraschung war ganz offensichtlich gespielt. »Kann ich die Herren irgendwohin bringen?«

Ich wandte mich an Kreisler. »Das erspart uns immerhin das Fahrgeld«, bemerkte ich, und Laszlo nickte. Darauf wandte ich mich zu Kelly: »Naturhistorisches Museum. Siebenundsiebzigste und ...«

»Ich weiß, wo es ist, Moore.« Kelly schlug mit seinem Stock gegen das Dach des Brougham und befahl scharf: »Jack! Sag Harry, Siebenundsiebzigste und Central Park West. Ein bißchen flott!« Dann knipste er wieder seinen Rasiermesser-Charme an: »Ich bin wirklich verwundert, auch Sie hier zu sehen, Moore. Ich dachte eigentlich, daß Sie nach Ihrem kleinen Geplänkel mit Biff das Interesse an diesen Morden verloren hätten.«

»Es braucht mehr als Ellison, um mein Interesse daran zu zerstreuen«, erklärte ich und hoffte inständig, meine Worte würden gelassener klingen, als ich mich fühlte.

»Bitte, ich kann Ihnen gern mehr geben«, parierte Kelly und deutete mit dem Kopf auf Jack McManus. Der Schrecken, der mir darauf in die Eingeweide fuhr, muß mir anzusehen gewesen sein, denn Kelly lachte laut heraus. »Keine Bange. Ich habe versprochen, daß Ihnen nichts passiert, solange Sie meinen Namen nicht reinziehen, und daran haben Sie sich bisher ja gehalten. Wenn nur Ihr Kollege Steffens auch so vernünftig wäre! Dabei fällt mir auf, daß Sie in letzter Zeit kaum etwas geschrieben haben, oder, Moore?«

»Ich recherchiere, bevor ich etwas veröffentliche«, versetzte ich.

»Ach ja, natürlich! Und Ihr Freund, der Herr Doktor, will sich nur einmal ein bißchen die Beine vertreten, was?«

Laszlo rutschte etwas nervös auf seinem Sitz hin und her, klang jedoch ganz ruhig, als er sagte: »Mr. Kelly, da Sie uns nun schon im passendsten Moment zu dieser Kutschenfahrt einluden, darf ich Ihnen eine Frage stellen?«

»Aber klar doch, Doktor. Sie werden es mir vielleicht nicht glauben, aber ich habe eine Menge Respekt vor Ihnen – einmal hab' ich sogar einen Artikel von Ihnen gelesen.« Er lachte kurz auf. »Bin auch fast bis zum Ende gekommen.«

»Das freut mich«, gab Kreisler zurück. »Aber sagen Sie mir – ich weiß zwar so gut wie gar nichts über diese Morde, von denen Sie gesprochen haben, aber es würde mich doch interessieren, welchen Vorteil Sie sich davon versprechen,

Menschen, die nicht das geringste damit zu tun haben, aufzuhetzen und dadurch vielleicht sogar in Gefahr zu bringen?«

»In Gefahr, Doktor? Wieso in Gefahr?«

»Es muß doch auch Ihnen klar sein, Kelly, daß ein Verhalten wie das Ihre nur zu weiteren Unruhen und neuer Gewalt führen kann. Dabei werden viele Unschuldige verletzt werden und einige ins Gefängnis kommen.«

»Stimmt genau, Kelly«, fügte ich hinzu. »In einer Stadt wie dieser kann so etwas verdammt schnell außer Kontrolle geraten.«

Kelly schien einige Momente zu überlegen, ohne jedoch sein Lächeln aufzugeben. »Jetzt möchte ich Sie einmal etwas fragen, Moore – Pferderennen gibt es jeden Tag, aber der Durchschnittsbürger interessiert sich nur für die, bei denen er gewettet hat. Warum?«

»Warum?« wiederholte ich leicht verwirrt. »Na, wenn er keinen Einsatz gemacht hat...«

»Logisch, nicht?« fiel mir Kelly glucksend ins Wort. »Ihr beiden feinen Herren sitzt hier und haltet Reden über diese Stadt, über Unruhen und so weiter – aber was ist dabei *mein* Einsatz? Was schert es mich, wenn New York vor die Hunde geht? Jeder, der nachher noch auf zwei Beinen steht, braucht dann sicher was zu trinken und Gesellschaft für einsame Stunden – und ich werde da sein, um ihn damit zu versorgen.«

»Aber warum mischen Sie sich dann überhaupt ein?« fragte Kreisler.

»Weil es mich *wurmt*.« Zum ersten Mal wurde Kelly jetzt ernst. »Ja, wirklich, Doktor – es wurmt mich. Die armen Schweine hinter uns bekommen, kaum haben sie das Schiff verlassen, von den flotten Jungs aus der Fifth Avenue den ganzen Schmus über unsere ach so wunderbare Gesellschaft vorgesetzt. Und was tun sie? Sie nehmen ihnen alles ab und rackern sich dabei zu Tode, in der Hoffnung, sie könnten es zu etwas bringen. Aber die Karten sind gezinkt, sie können nicht gewinnen – und ein Teil von mir würde gern einmal sehen, wie sich die Waagschalen auf die andere Seite senken.«

Sein freundschaftliches Grinsen war jetzt wieder da. »Oder vielleicht gibt es auch noch tiefere Gründe für meine Einstellung, Doktor. Vielleicht könnten Sie die Erklärung in dem – im *Kontext* meines Lebens finden, wenn Sie Zugang zu dieser Art von Information hätten.« Diese Bemerkung traf mich unvorbereitet, und ich sah, daß auch Kreisler überrascht war. Kellys ungeschulter, aber scharfer Intellekt hatte etwas Unheimliches: Man spürte von ihm eine echte Bedrohung nicht nur auf einer, sondern auf den unterschiedlichsten Ebenen ausgehen. »Aber von den Gründen einmal ganz abgesehen«, fuhr unser Gastgeber heiter fort und warf einen Blick aus dem Fenster, »unterhält mich die ganze Affäre königlich!«

»So sehr, daß Sie damit eine Lösung gefährden würden?«

»Doktor!« Kelly tat empört. »Ich muß mir noch überlegen, ob ich jetzt nicht doch beleidigt bin.« Der Gangster klappte einen kleinen Deckel am goldenen Knauf seines Spazierstocks auf und hielt uns einen Behälter mit feinem weißen Pulver entgegen. »Meine Herren?« forderte er uns auf. Doch Laszlo und ich lehnten beide ab. »Macht zu dieser gottlosen Stunde den alten Adam wieder munter.« Kelly schob ein kleines Häufchen Kokain aufs Handgelenk und schnupfte es. »Ich möchte nicht, daß Sie mich für einen billigen kleinen Giftler halten, aber das Morgengrauen ist nicht gerade meine beste Zeit. Übrigens, Doktor« – er wischte sich die Nase mit einem feinen Seidentaschentuch und schloß den Deckel des Spazierstocks – »mir war gar nicht bewußt, daß es überhaupt Bemühungen um eine Lösung gibt.« Er blickte Kreisler direkt ins Gesicht: »Wissen Sie vielleicht etwas, was ich nicht weiß?«

Weder Kreisler noch ich würdigten ihn einer Antwort, worauf Kelly sich in sarkastischer Ausführlichkeit über das Desinteresse der Polizei an diesen Fällen ereiferte. Endlich kam der Brougham an der Westseite des Central Park zum Stehen. Laszlo und ich traten auf die Kreuzung mit der Siebenundsiebzigsten Straße und hofften, Kelly würde es nun gut sein lassen. Doch als wir auf den Gehsteig traten, steckte er noch einmal seinen Kopf aus der Tür.

»Es war mir eine Ehre, Doktor Kreisler«, rief er. »Alles Gute, Tintenfuchser. Eine letzte Frage hätte ich noch – Sie glauben doch nicht im Ernst, daß die Spitzen der Gesellschaft Sie Ihre kleinen Ermittlungen zu Ende führen lassen, oder?«

Die Frage überraschte mich derart, daß mir nichts darauf einfiel, aber Kreisler fing sich schneller und sagte: »Darauf kann ich nur mit einer Gegenfrage antworten, Kelly – werden *Sie* uns weitermachen lassen?«

Kelly legte den Kopf schief und blickte zum Morgenhimmel auf. »Wenn ich ehrlich sein soll – darüber habe ich noch gar nicht nachgedacht. Ich dachte, das könnte ich mir ersparen. Diese Morde kamen mir wirklich sehr gelegen, wie ich schon sagte. Und wenn Sie mir da in die Quere kommen – aber was sage ich da! Angesichts der Mächte, die Sie alle gegen sich haben, brauchen Sie verdammtes Glück, damit Sie nicht selber im Gefängnis landen!« Er hielt seinen Stock hoch. »Guten Morgen, meine Herren! Harry! Zurück ins New Brighton!«

Wir blickten dem abfahrenden Brougham nach – Jack McManus hing auf einer Seite herunter wie ein überlebensgroßer, bösartiger Affe. Dann wandten wir uns dem im Stil der frühen Renaissance erbauten Gebäude zu, das das Naturhistorische Museum beherbergte.

Das Museum war noch keine drei Jahrzehnte alt, besaß aber bereits nicht nur einen Stamm erstklassiger Experten, sondern auch die merkwürdigsten, größten, seltensten Gesteine, Knochen, ausgestopften Tiere und aufgespießten Insekten. Aber von allen berühmten Abteilungen, die das schloßartige Gemäuer ihr Zuhause nannten, war keine berühmter, keine fortschrittlicher als die anthropologische Abteilung – und später erfuhr ich, daß dies vor allem Franz Boas zuzuschreiben war, jenem Mann, dem wir jetzt einen Besuch abstatten wollten.

Er war etwa gleichaltrig mit Kreisler und stammte aus Deutschland, wo er zunächst Experimentalpsychologie studiert hatte, bevor er sich der Ethnologie zuwandte. Es gab also sachliche Gründe, warum Kreisler und Boas miteinander bekannt waren. Wir fanden ihn in seinem Arbeitsraum in einem der Türme des Museums. Boas war klein, hatte eine große Knollennase, einen üppigen Schnauzbart und schütteres

Haar. In seinen Augen brannte das gleiche idealistische Feuer wie in Kreislers Augen, und die beiden Männer begrüßten einander mit soviel Wärme und Herzlichkeit, wie das nur bei verwandten Geistern möglich ist. Boas stand unter massivem Zeitdruck: Er bereitete gerade eine große Expedition in den Nordwest-Pazifik vor, die von dem Finanzmagnaten Morris K. Jesup unterstützt wurde. Kreisler und ich mußten uns daher kurz fassen. Ich war leicht schockiert über die Offenheit, mit der Kreisler unsere Arbeit skizzierte. Boas seinerseits zeigte sich ebenfalls entsetzt – aber aus einem anderen Grund.

»Kreisler«, sagte er vorwurfsvoll mit seinem leichten deutschen Akzent, »ist Ihnen klar, worauf Sie sich da einlassen? Falls die Sache bekannt wird und Sie Schiffbruch erleiden – also, das Risiko ist ungeheuer!« Boas warf die Arme in die Luft und schnappte sich eine kleine Zigarre.

»Ja, ja, das weiß ich schon, Franz«, erwiderte Kreisler, »aber was hätte ich denn tun sollen? Es geht schließlich um das Leben von Kindern, und die Morde hören nicht von selbst auf. Und außerdem – falls wir Erfolg haben sollten, ergeben sich ebenfalls ungeheure Möglichkeiten.«

»Ich kann ja verstehen, daß ein *Journalist* sich einmischen will«, fuhr Boas mit einem leichten Nicken zu mir fort, »aber Ihre Arbeit, Kreisler, ist wichtig! Sie stehen in den Augen der Öffentlichkeit wie die meisten Ihrer Kollegen ohnehin nicht allzu gut da – sollte dieses Unternehmen scheitern, dann werden Sie in Spott und Hohn ersticken, das garantiere ich Ihnen!«

»Sie hören mir nicht zu, wie immer«, gab Kreisler geduldig zur Antwort. »Eigentlich könnten Sie doch annehmen, daß solche Gedanken mir auch selbst durch den Kopf gegangen sind. Und da wir alle unter größtem Zeitdruck stehen, frage ich Sie jetzt noch einmal ganz direkt: Können Sie uns helfen?«

Boas paffte an seiner Zigarre, betrachtete uns beide nachdenklich und kopfschüttelnd und sagte dann: »Sie brauchen Informationen über die Plains-Stämme?« Laszlo nickte. »Meinetwegen. Aber eine Sache ist *strengstens* geheim...« sagte Boas auf deutsch und hob mahnend seinen Zeigefinger.

»Es darf unter keinen Umständen behauptet werden, daß die Stammessitten und Bräuche dieser Menschen für das Verhalten eines Mörders in dieser Stadt verantwortlich sind!«

Laszlo seufzte. »Franz, bitte...«

»Ihretwegen habe ich ja keine Bedenken. Aber ich kenne die Menschen nicht, mit denen Sie zusammenarbeiten.« Boas betrachtete mich wieder von oben bis unten, und sehr viel Wohlwollen konnte ich seinem Blick nicht entnehmen. »Wir haben ohnehin genug Mühe damit, der Öffentlichkeit ein besseres Verständnis für die Indianer beizubringen. Also das müssen Sie mir schon versprechen, Laszlo!«

»Ich verspreche es für meine Kollegen ebenso wie für mich selbst.«

Boas stieß ein verächtliches Grunzen aus. »Für die Kollegen. Sehr schön.« Er fing an, in den Papieren auf seinem Schreibtisch zu wühlen. »Was ich über die fraglichen Stämme weiß, reicht da nicht aus. Aber ich habe gerade einen jungen Mann eingestellt, der sicher Auskunft erteilen kann.« Boas erhob sich, schritt quer durchs Zimmer zur Tür, riß sie auf und rief einer Sekretärin zu: »Miss Jenkins! Wo ist Wissler, bitte?«

»Unten, Dr. Boas!« kam die Antwort. »Sie stellen gerade das Blackfoot-Exponat auf.«

»Aha.« Boas kehrte an seinen Schreibtisch zurück. »Gut. Das sollte ohnehin schon längst dort stehen. Dann müssen Sie zu ihm hinuntergehen. Lassen Sie sich nicht von seiner Jugend täuschen, Kreisler. Er hat in kurzer Zeit sehr viel gelernt und weiß wirklich eine Menge.« Boas' Ton wurde weicher, als er wieder zu Laszlo trat und ihm die Hand entgegenstreckte. »Ganz wie ein anderer angesehener Experte, den ich kenne.«

Die beiden Männer lächelten einander kurz an, aber gleich darauf verzog sich Boas' Gesicht wieder mißtrauisch, als er auch mir die Hand schüttelte und uns dann zur Tür brachte.

Wir liefen das Stiegenhaus hinunter und schritten durch eine Halle, in der sich ein einziges, sehr großes Kanu befand. Dort fragten wir einen Aufseher nach dem Weg. Er deutete auf einen anderen Ausstellungsraum, dessen Tür jedoch versperrt war. Kreisler klopfte mehrere Male, aber vergebens. Drinnen hörten wir Stimmen und Möbelrücken und Klappern und dann eine Serie von wilden, furchterregenden Schreien und lautem Gejohle, wie man es im wirklichen Wilden Westen erwartete.

»Großer Gott«, rief ich, »sie werden doch keine lebenden Indianer ausstellen?«

»Moore, machen Sie sich nicht lächerlich.« Kreisler schlug noch einmal gegen die Tür, und diesmal wurde sie geöffnet.

Vor uns stand ein junger Mann mit rotbackigem Engelsgesicht, wuscheligem Kraushaar, lachenden blauen Augen und einem kleinen Schnurrbart. Er konnte nicht älter als fünfundzwanzig sein. Er trug Krawatte und Gilet, und aus seinem Mund hing eine höchst professoral wirkende Pfeife; auf dem Kopf aber trug er einen gewaltigen indianischen Kriegsschmuck – mindestens aus Adlerfedern, wie mir schien.

»Ja?« fragte der junge Mann mit einem ausgesprochen sympathischen Grinsen. »Kann ich etwas für Sie tun?«

»Dr. Wissler?« fragte Kreisler.

»Clark Wissler, Sie gestatten.« Plötzlich fiel dem jungen Mann der Kriegsschmuck auf seinem Kopf ein. »Oh, entschuldigen Sie bitte«, sagte er und faßte sich an den Kopf. »Wir stellen gerade ein Exponat auf, und auf dieses Stück muß man besonders aufpassen. Sie sind...«

»Mein Name ist Laszlo Kreisler, und das ist...«

»*Doktor* Kreisler?« fragte Wissler erwartungsvoll und öffnete die Tür weiter.

»Richtig. Und hier ist...«

»Es ist mir ein ganz außerordentliches Vergnügen!« Wissler schüttelte Laszlos Hand wie einen Pumpenschwengel. »Eine große Ehre! Ich glaube, ich habe alles von Ihnen gelesen, Doktor – aber Sie sollten wirklich mehr schreiben. Die Psychologie braucht mehr Arbeiten wie die Ihren!«

Nach einigen weiteren Komplimenten legten wir unseren Fall dar, und der Bursche reagierte auf unsere präzisen Beschreibungen der Verstümmelungen mit einer so scharfsichtigen und raschen Auffassung, wie ich dies von einem so jungen Menschen nie erwartet hätte.

»Ja, ich verstehe, warum Sie zu uns gekommen sind«, sagte er dann. Er trug noch immer den indianischen Kopfschmuck und suchte nach einem Ort, wo er ihn ablegen konnte, aber überall war Bauschutt. »Es tut mir leid, meine Herren, aber ich muß das wirklich aufbehalten, bis es an die richtige Stelle kommen kann. Also, die Verstümmelungen, die Sie beschreiben, ähneln zumindest ansatzweise jenen, die von verschiedenen Stämmen der Great Plains an den Leibern ihrer toten Feinde durchgeführt werden – vor allem die Dakota oder die Sioux tun das. Es gibt allerdings wichtige Unterschiede.«

»Wir kommen gleich zu den Unterschieden«, warf Kreisler ein. »Was ist zunächst mit den Ähnlichkeiten – warum wird so etwas getan? Und nur an bereits Toten, oder auch an Lebenden?«

»Im allgemeinen nur an Toten«, antwortete Wissler. »Allem zum Trotz, was Sie vielleicht darüber gelesen haben, zeigen die Sioux keine Neigung zu Grausamkeit gegenüber ihren Feinden. Es gibt zwar bestimmte Rituale, die Verstümmelungen auch an Lebenden umfassen – ein Mann, der beweisen kann, daß seine Frau ihm untreu war, darf ihr die Nase abschneiden und sie damit als Ehebrecherin brandmarken –, aber diese Dinge sind strengsten Gesetzen unterworfen. Nein, die meisten gräßlichen Verstümmelungen werden an Feinden des Stammes vorgenommen, wenn sie bereits tot sind.«

»Und aus welchen Gründen?«

Wissler zündete seine Pfeife wieder an, achtete aber darauf, mit dem Streichholz ja nicht in die Nähe seiner Adlerfedern zu geraten. »Die Sioux haben ein sehr komplexes mythologisches System in bezug auf den Tod und die Welt der Geister. Wir sind noch immer dabei, Daten und Beispiele zu sammeln, um ihre Mythologie vollständig begreifen zu können. Eine grundlegende Vorstellung ist jedenfalls die des *nagi*, der Geistseele eines jeden Menschen. Für diesen *nagi* ist nicht nur sehr wichtig, wie ein Mensch stirbt, sondern auch, was unmittelbar nach dem Tod mit ihm geschieht. Bevor er sich auf die weite Reise ins Land der Geister macht, hält sich der *nagi* nämlich noch eine Weile bei dem toten Körper auf, als Vorbereitung sozusagen. Der *nagi* darf auch alles mitnehmen, was er von den Besitztümern des Lebenden für nützlich hält, weil er es auf der Reise, vielleicht aber auch später im Reich der Geister brauchen kann. Dort nimmt der *nagi* dann jene Gestalt an, die er hatte, als er starb. Wenn nun ein Krieger einen Feind tötet, den er bewunderte, dann wird er dessen Leichnam nicht verstümmeln, denn dem indianischen Glauben zufolge muß der tote Feind dem Krieger dann im Reich der Geister dienen – und wer möchte schon einen verstümmelten Diener? Wenn der Krieger seinen Feind aber wirklich haßte und ihm daher die Vergnügen, die im Reich der Geister auf die Toten warten, nicht gönnt, dann könnte er einige der Dinge tun, die Sie erwähnt haben. Kastration zum Beispiel – in der Vorstellung der Sioux vom Leben der Geister können nämlich männliche mit weiblichen Geistern kopulieren, ohne daß die weiblichen Geister schwanger werden. Schneidet man dem Toten also die Genitalien ab, dann könnte er von dieser höchst erfreulichen Seite des Geisterlebens keinen Gebrauch machen. Dort gibt es auch Wettkämpfe und sportliche Spiele – ein *nagi*, dem eine Hand oder ein anderer Körperteil fehlt, wird sich dabei nicht auszeichnen. Wir haben auf Schlachtfeldern oft Beispiele für derartige Verstümmelungen gesehen.«

»Und was ist mit den Augen?« fragte ich. »Haben sie eine besondere Bedeutung?«

»Mit den Augen verhält es sich etwas anders. Sehen Sie, auf der Reise ins Reich der Geister hat der *nagi* eine schwere Aufgabe zu meistern: Er muß einen breiten Geisterfluß auf einem schmalen Baumstamm überqueren. Wenn sich der *nagi* davor fürchtet oder die Aufgabe nicht besteht, dann muß er in unsere Welt zurückkehren und auf ewig als Geist herumirren. Ein Geist, der nicht sehen kann, hat keine Chance, ins Reich der Geister zu gelangen; sein Schicksal ist besiegelt. Die Sioux nehmen das sehr ernst. Es gibt wenig, was sie mehr fürchten, als nach dem Tod in dieser Welt herumirren zu müssen.«

Kreisler hielt das alles in seinem kleinen Notizbuch fest, und er begann zu nicken, als er die letzte Information notiert hatte. »Und nun zu den Unterschieden zwischen den Verstümmelungen der Sioux und denen, die wir Ihnen beschrieben haben.«

»Nun ja ...«, Wissler paffte und überlegte. »Da gibt es einige größere und etliche kleinere Unterschiede. Zunächst fällt mir die Sache mit dem Kannibalismus und die Verletzungen der Hinterbacken auf. Die Sioux empfinden ebenso wie die meisten indianischen Stämme die Vorstellung von Kannibalismus als zutiefst abstoßend – das ist einer der Punkte, den sie an den Weißen am meisten verachten.«

»An den Weißen?« fragte ich verblüfft. »Aber wir sind doch – also bitte, bleiben wir auf dem Boden der Tatsachen, wir sind doch keine Kannibalen.«

»Im allgemeinen nicht«, erwiderte Wissler. »Aber es gab ein paar berüchtigte Ausnahmen, die auch den Indianern zu Ohren kamen. Haben Sie von dem Donner-Treck gehört, Siedler, die 1847 nach Westen zogen? Sie blieben im Winter monatelang in einem verschneiten Gebirgspaß stecken – und einige konnten überleben, weil sie die anderen aßen. Das hat für einiges Aufsehen bei den Stämmen des Westens gesorgt.«

»Aber« – ich fühlte mich zu weiterem Protest aufgerufen – »man kann doch, zum Teufel noch mal, nicht eine ganze Kultur danach beurteilen, wie sich eine Handvoll Leute aufführt!«

»Und ob man das kann, Moore!« sagte Kreisler. »Denken Sie doch an das Prinzip, das wir für unseren Mörder postulieren: Aufgrund seiner bisherigen Erlebnisse und Erfahrungen, die in der Kindheit wahrscheinlich Begegnungen mit einer relativ kleinen Gruppe von Menschen umfaßten, hat er sich eine ganz bestimmte Weltsicht zugelegt. Wir mögen diese Sicht der Welt für falsch halten, er hat nun aber einmal keine andere. Hier erkennen wir das gleiche Prinzip.«

»Die Stämme des Westens hatten es nicht gerade mit einer Elite der weißen Menschheit zu tun«, sagte Wissler zustimmend. »Und dann kommt es immer wieder zu Fehlkommunikationen, die die ursprünglich falschen Eindrücke noch verstärken. Als vor vielen Jahren der legendäre Sioux-Häuptling Sitting Bull mit einigen Weißen speiste, servierte man

Schweinefleisch – das er nicht kannte; aber da er natürlich die Geschichte vom Donner-Treck gehört hatte, hielt er es sofort für Menschenfleisch. Auf die gleiche unselige Weise finden leider die meisten Begegnungen zwischen den Kulturen statt.«

»Und was ist mit den anderen Unterschieden?« fragte Kreisler.

»Also, daß man jemandem die abgeschnittenen Genitalien in den Mund stopft – das ist eine willkürliche Handlung, die in den Augen eines Sioux keinen Sinn hätte. Man hat den Feind doch schon entmannt – ihm die Genitalien anschließend in den Mund zu stopfen, hätte keinen praktischen Sinn. Aber das wichtigste ist, daß die Opfer alle noch so jung waren. Richtige Kinder.«

»Aber hören Sie«, fiel ich ein. »Indianer haben auch schon Kinder umgebracht, das ist bekannt.«

»Das stimmt«, gab Wissler zu. »Aber sie würden sie nach dem Tod keinesfalls auf rituelle Weise verstümmeln. Jedenfalls kein Sioux, der auf sich hält. Die Verstümmelungen betreffen ausschließlich Feinde, denen man den Weg ins Reich der Geister versperren will oder die sich dort nicht amüsieren sollen. Aber so etwas einem Kind anzutun – nun, das käme eigentlich dem Eingeständnis gleich, daß man sich von diesem Kind bedroht fühlt. Als stünde das Kind auf gleicher Stufe. Es wäre eine feige Handlung, und in bezug auf Feigheit sind die Sioux sehr empfindlich.«

»Gestatten Sie mir eine Frage, Dr. Wissler«, sagte Kreisler, nachdem er seine Notizen kurz überflogen hatte. »Würde das Verhalten, das wir Ihnen beschrieben haben, Ihrer Meinung nach zu jemandem passen, der indianische Verstümmelungen zu Gesicht bekam, von ihrer kulturellen Bedeutung aber keine Ahnung hatte und sie daher als reine Grausamkeit interpretierte? Zu jemandem, der bei seiner Imitation der Indianer von dem Prinzip ausgeht, je grausamer die Verstümmelungen wären, um so indianischer würden sie wirken?«

Wissler dachte kurz nach, dann nickte er und klopfte die Tabakreste aus seiner kalten Pfeife. »Ja. Ja, so würde ich es auch sehen, Dr. Kreisler.«

Und da bekam Laszlo wieder diesen Blick, der sagte: Jetzt nichts wie weg, hinein in eine Droschke und zurück ins Hauptquartier. Gegenüber Wissler, der sich unbedingt noch länger mit ihm unterhalten wollte, schützte er eine dringende Verabredung vor und versprach auch, ihn bald wieder zu besuchen. Dann stürzte er zur Tür und überließ es mir, mich für den plötzlichen Aufbruch zu entschuldigen – den aber Wissler nicht im geringsten übelnahm.

Als ich Kreisler auf der Straße endlich einholte, hatte er bereits eine Droschke angehalten und war auch schon eingestiegen. Wenn ich mich nicht beeilte, würde er mich wohl ohne Gewissensbisse stehenlassen, dachte ich, daher hechtete ich in den Wagen und schloß die halbhohe Tür.

»Broadway 808, Kutscher!« rief Kreisler. Dann fing er an, mit der Faust in der Luft herumzufuchteln. »Sehen Sie, Moore? Sehen Sie's jetzt auch? Er war da draußen, unser Mann, er hat's mit eigenen Augen gesehen! Er bezeichnet dieses Verhalten als schmutzig und abscheulich – ›dreckig wie eine Rothaut‹ –, aber er betrachtet sich selbst als schmutzig. Er kämpft gegen diese Gefühle mit Wut und mit Gewalt – aber wenn er tötet, dann sinkt er noch tiefer, so tief, daß er sich noch mehr verachten muß, bis hinunter auf die tiefste tierische Stufe, die er sich überhaupt vorstellen kann – auf die Stufe eines Indianers, nur ist er seiner Meinung nach noch indianischer als ein Indianer.«

»Dann war er also im Westen«, zog ich den für mich einzig möglichen Schluß.

»Das muß er wohl«, antwortete Laszlo. »Entweder als Kind oder als Soldat – und das können wir hoffentlich mit Hilfe unserer Washingtoner Kontakte herausfinden. John, ich sage Ihnen, in der vergangenen Nacht haben wir vielleicht versagt – aber heute sind wir ihm um eine Spur näher!«

Kapitel
29

Möglicherweise waren wir ihm um eine Spur näher – aber sicher nicht so nahe, wie Laszlo glaubte. Sara und Lucius hatten, wie wir bei unserer Rückkehr ins Hauptquartier erfuhren, im Kriegsministerium trotz Theodores Kontakten nichts herausgebracht. Alle Informationen über Soldaten, die man aufgrund von psychischen Störungen in Anstalten eingeliefert oder entlassen hatte, waren streng vertraulich und durften am Telefon nicht weitergegeben werden. Eine Reise nach Washington schien unvermeidlich; im Moment deuteten alle Anhaltspunkte von New York fort, denn unser Mann war entweder im Wilden Westen aufgewachsen oder hatte in dort stationierten Militäreinheiten gedient. Es mußte sich also jemand von uns gen Westen begeben und herausfinden, ob sich nicht eine Spur aufnehmen ließ.

Den Rest des Vormittags verbrachten wir damit, sowohl den zeitlichen als auch den räumlichen Ausgangspunkt der Spur unseres Mannes auszumachen. Das Ergebnis war, daß wir uns für zwei Anlässe entschieden: Entweder war der Mörder schon als Kind Zeuge des brutalen Vernichtungsfeldzugs gegen die Sioux geworden, der auf die Niederlage und den Tod General Custers bei Little Big Horn im Jahre 1876 folgte, oder aber er hatte selbst als Soldat an der gnadenlosen Niederschlagung der aufständischen Sioux teilgenommen, die in der Schlacht bei Wounded Knee im Jahre 1890 ihren vorläufigen Höhepunkt fand. In jedem Fall lag Kreisler viel daran, sofort einen von uns gen Westen zu schicken, denn, so glaubte er, der Mord an den Zweig-Kindern könne nicht die erste Bluttat unseres Killers gewesen sein. Hatte der Mann aber schon im Westen einen Mord begangen, und zwar entweder vor oder aber während seines Militärdienstes, dann müsse sich darüber etwas herausfinden lassen. Daß der Verbrecher gefunden wurde, war nicht anzunehmen – wahrscheinlich hatte man die Tat marodierenden Indianern in die Schuhe geschoben. Aber es mußten Aufzeichnungen existieren, entweder in Washington oder auf einer Etappe in Richtung Westen. Aber selbst wenn kein früheres Verbrechen stattgefunden hatte, mußten wir in Washington entdeckte Spuren an Ort und Stelle verfolgen können.

Kreisler selbst wollte sich nach Washington begeben; und als ich ihm von den guten Kontakten erzählte, die ich noch immer zu den dortigen Journalisten und Regierungsbeamten, vor allem zu denen des dem Innenministerium angeschlossenen Amts für Indianische Angelegenheiten, unterhielt, forderte er mich sofort auf, ihn zu begleiten. Aber auch Sara und die Isaacsons waren begierig auf eine Reise gen Westen. Andererseits brauchten wir auch in New York einen Koordinator. Nach langen Diskussionen stand fest, daß Sara in New York bleiben sollte, da sie ja immer wieder in der Mulberry Street vorbeischauen mußte. Der Verzicht auf die Reise ins Abenteuer fiel ihr zwar sehr schwer, aber sie sah die Notwendigkeit ein und fügte sich mit erstaunlich wenig Widerspruch in ihr Schicksal.

Als wir Roosevelt telefonisch unsere Pläne mitteilten, erfaßte ihn eine derartige Begeisterung, daß er am liebsten selbst sofort in den Westen aufgebrochen wäre. Es gelang uns jedoch, ihm klarzumachen, daß die Meute von Reportern, die ihm überallhin folgte, unserem Projekt nur schaden würde. Die Aufgabe blieb also den Isaacsons vorbehalten – und Marcus (dessen Augen-Fotografien trotz Monsieur Jules Verne überhaupt nichts gebracht hatten) erlitt einen leichten Schock, als er erfuhr, daß er und sein Bruder zeitig am nächsten Morgen nach Deadwood in South Dakota aufbrechen mußten. Von dort sollten sie in das Pine-Ridge-Sioux-Reservat weiterreisen und dort sämtliche Aufzeichnungen und Dokumente nach ungelösten Verbrechen der letzten zehn bis fünfzehn Jahre durchwühlen, die in irgendeinem Zusammenhang mit verstümmelten Leichen standen. Inzwischen sollte ich über meinen Kontakt im Amt für Indianische Angelegenheiten das gleiche Ziel verfolgen. Kreisler selbst wollte im Kriegsministerium und in St. Elisabeth nach Informationen über Soldaten der Westarmee suchen, die wegen psychischer Labilität entlassen worden waren, und zugleich auch jenem Individuum nachspüren, das der Direktor der Anstalt in seinem Brief an uns erwähnt hatte.

Als wir unsere Pläne soweit ausgearbeitet hatten, war es bereits später Nachmittag, und man merkte uns langsam an, daß wir eine schlaflose Nacht hinter uns hatten. Außerdem mußten wir vor Antritt unserer Reise verschiedene häusliche Angelegenheiten regeln und unsere Sachen packen. Wir begannen also, uns voneinander zu verabschieden, waren aber so erschöpft, daß wir die wahre Bedeutung dieses Augenblicks nicht recht begriffen – ich glaube, den Isaacsons war noch immer nicht so richtig klargeworden, daß sie sich früh am nächsten Morgen in einen Zug setzen würden, der sie quer durch den halben Kontinent führen sollte. Aber auch Kreisler und ich waren nicht viel besser beisammen: Sara verkündete, sie würde uns beide morgen in einer Droschke abholen und zum Bahnhof bringen – offenbar traute sie uns nicht zu, daß wir rechtzeitig aufstehen und den Zug erwischen würden.

Als Kreisler und ich aus der Haustür des Hauptquartiers traten, erschien Stevie, erfrischt und gestärkt durch ein paar Stunden Schlaf. Er erinnerte uns daran, daß Cyrus den ganzen Tag mutterseelenallein im Krankenhaus verbracht habe, deshalb war er mit der Kalesche gekommen und wollte uns zu St. Vincent fahren, damit wir dem verletzten Mitstreiter einen Besuch abstatteten. Das konnten wir nicht gut ablehnen; und da wir mit Schaudern an die Qualität des New Yorker Spitalessens dachten, machten wir einen Abstecher zu Delmonico und nahmen für Cyrus eine wirklich erstklassige Mahlzeit mit.

Cyrus lag dösend im Bett, unter seinen Verbänden kaum erkennbar. Von dem kulinarischen Mitbringsel war er begeistert, beschwerte sich aber darüber, daß die Krankenschwestern sich geweigert hatten, einen Schwarzen zu pflegen. Kreisler gab sogleich einigen Verwaltungsangestellten kräftig Bescheid. Aber abgesehen davon verbrachten wir eine sehr angenehme Stunde in Cyrus' Zimmer, von dessen Fenstern man eine schöne Aussicht auf die Siebente Avenue, den Jackson Square und die untergehende Sonne genoß.

Als wir wieder auf die Zehnte Straße hinaustraten, war es fast dunkel. Ich erklärte Stevie, daß wir ein paar Minuten bei der Kalesche warten würden, damit auch er Cyrus schnell besuchen könne, woraufhin der Junge wie ein Blitz ins Krankenhaus stürzte. Kreisler und ich ließen unsere matten Knochen gerade in die weichen Lederpolster der Kalesche fallen, als ein Ambulanzwagen dahersauste und rumpelnd neben uns zum Stehen kam. Wäre ich weniger erschöpft gewesen, hätte ich den Mann auf dem Kutschbock sofort erkannt; so aber brauchte ich einige Augenblicke länger, dafür machte sich dann aber auch ein um so flaueres Gefühl in meiner Magengegend breit.

»Was zum Teufel...« murmelte ich, als der Mann sich grinsend vor uns aufbaute.

»Connor!« rief Kreisler ungläubig.

Das Haifisch-Grinsen des ehemaligen Detective Sergeant verbreitete sich, und er trat drohend ein paar Schritte auf uns zu. »Sie erkennen mich also noch? Um so besser.« Damit zog er einen Revolver aus seinem schäbigen Jackett. »Steigen Sie in die Ambulanz. Beide.«

»Machen Sie sich nicht lächerlich«, antwortete Laszlo scharf, ohne sich um die Waffe zu kümmern.

Ich versuchte es auf andere Art, denn ich wußte wahrscheinlich besser als Kreisler, wer da dahintersteckte: »Connor, stecken Sie doch den Schießprügel weg, das ist ja verrückt, Sie können doch nicht...«

»Ach ja, verrückt, so, so?« versetzte Connor wütend. »Glaub' ich nicht. Das ist eben mein neuer Job. Meinen alten hab' ich verloren, wie Sie ja vielleicht wissen. Im Moment ist es mein Job, euch beide mitzunehmen – wenn's nach mir ginge, würde ich euch lieber tot im Straßengraben liegen lassen. Also los, los, Bewegung.«

Eigenartig, wie schnell die Angst unsere Erschöpfung vertrieb. Ich spürte plötzlich einen regelrechten Energieschub, der sich auf meine Füße konzentrierte. Aber Flucht kam nicht in Frage – Connor meinte es bitter ernst, wenn er sagte, er würde uns am liebsten erschießen. Also schob ich Kreisler, der sich heftig wehrte, zur hinteren Tür des Ambulanzfahrzeugs. Als wir drinnen saßen, erkannte ich auch den zweiten Mann, der das Vehikel kutschierte; es war einer jener schweren Jungs, die Sara und mich damals in der Wohnung der Santorellis überfallen hatten.

Connor versperrte die Ambulanz von außen, dann stieg er zu seinem Spießgesellen auf den Kutschbock, und wir fuhren mit derselben höllischen Geschwindigkeit los, mit der die Kutsche schon angekommen war. Wohin die Reise ging, konnten wir durch das winzige Fenster an der Hinterseite aber nicht erkennen.

»Sieht mir nach Innenstadt aus«, bemerkte ich, während wir in der finsteren Kabine von einer Seite auf die andere geschleudert wurden.

»Eine *Entführung*??« versetzte Kreisler in jenem unnötig ironischen Ton, den er in Momenten der Gefahr so gern annimmt. »Bringt da jemand seinen verunglückten Sinn für Humor zum Ausdruck?«

»Das ist kein Scherz«, antwortete ich und versuchte, mich an die Türklinke heranzutasten, fand sie aber nicht. »Die meisten Polizisten sind ja ohnehin nur einen Schritt weit vom Verbrecher entfernt. Wie mir scheint, hat Connor diesen Schritt getan.«

Laszlo war belustigt. »Man weiß ja eigentlich nicht, wie man sich in einer solchen Situation richtig verhält. Moore, haben Sie vielleicht irgend etwas zu beichten, was Sie besonders bedrückt? Ich bin natürlich kein Geistlicher, aber...«

»Kreisler, haben Sie nicht gehört, was ich gesagt habe? Dies hier ist kein Scherz!«

Gerade in diesem Augenblick jagten wir um eine Ecke und schlugen beide mit Gepolter gegen die eine Seite des Innenabteils.

»Hmmm«, murmelte Kreisler, rappelte sich hoch und sah nach, ob er noch ganz war. »Ich beginne zu verstehen, was Sie meinen.«

Nach weiteren fünfzehn Minuten fand unsere wilde Fahrt ein Ende. Die Ruhe, die um uns herum nun herrschte, wurde nur durch das Grunzen und Fluchen unseres Kutschers gestört. Endlich öffnete Connor uns die Tür, und wir stolperten heraus auf eine Straße, die ich als Madison Avenue im Bezirk Murray Hill erkannte. An einem Laternenpfahl in der Nähe las ich das Straßenschild »36. Straße«, und vor uns erhob sich ein mächtiges, aber geschmackvolles Gebäude aus braunem Sandstein, das von zwei Säulen links und rechts vom Eingang und großen runden Erkerfenstern geziert wurde.

Kreisler und ich sahen einander an: Dieses Gebäude hier war jedem New Yorker bekannt. »Nein, so etwas«, sagte Kreisler und versuchte vergeblich zu verbergen, daß er beeindruckt war.

Ich dagegen war völlig sprachlos. »Was zum Teufel...« wiederholte ich und senkte meine Stimme dann zu einem Flüstern. »Warum läßt uns...«

»Bewegung«, sagte Connor in harschem Ton und deutete auf die Eingangstür, blieb aber selbst beim Ambulanzwagen stehen.

Kreisler blickte mich fragend an, zuckte die Schultern und schritt die Stufen zum Eingang hinauf. »Ich schlage vor, wir gehen rein, Moore. Das ist kein Mann, der gerne wartet.«

Ein überaus britischer Butler empfing uns in der Madison Avenue Nummer 219. Dieses Haus spiegelte innen wie außen die Eigenschaften des Besitzers wider, die sonst so selten Hand in Hand gehen: Reichtum und Geschmack. Wir traten in die mit Marmor ausgekleidete Halle, von der eine schlichte, aber breite weiße Treppe in die oberen Stockwerke führte. Unser Ziel lag allerdings zu ebener Erde; wir passierten herrliche europäische Gemälde, Skulpturen und Keramiken, alles elegant und einfach zur Schau gestellt, ohne diese protzige Überladenheit, der Familien wie die Vanderbilts in so gräßlicher Weise huldigten – und drangen immer tiefer ins Innere des Hauses vor. Dort öffnete der Butler eine holzgetäfelte Tür zu einem höhlenartigen, nur schwach erhellten Raum. Laszlo und ich traten ein.

Die hohen Wände dieses Raums waren mit beinahe schwarzem Mahagoni aus Santo Domingo getäfelt – es war die legendäre, jedem New Yorker dem Namen nach bekannte

»Schwarze Bibliothek«. Wunderbare Teppiche bedeckten den Boden, auf einer Seite des Raumes war ein großer offener Kamin in die Mauer eingelassen. Hier hingen weitere europäische Gemälde in prachtvollen Goldrahmen, und in hohen Bücherregalen stapelten sich in Leder gebundene Kostbarkeiten, die auf Dutzenden von Reisen über den Atlantik gesammelt worden waren. Einige der bedeutendsten Treffen in der Geschichte New Yorks, ja der Vereinigten Staaten hatten hier in diesem Raum stattgefunden. Was aber gerade wir beide hier verloren hatten, wurde uns klar, als wir die Gesichter erkannten, die unseren Eintritt beobachteten.

Auf einem zweisitzigen kleinen Sofa am Kamin saß Bischof Henry Potter, auf einem dazu passenden Möbelstück an der anderen Flanke des Kamins Erzbischof Michael Corrigan. Hinter jedem stand ein Priester. Potters Mann war groß und dürr und trug Brillengläser, Corrigans Adlatus war klein und rund und hatte weiße Schläfenlocken. Vor dem Kamin stand ein Mann, in dem ich Anthony Comstock erkannte, den berüchtigten Zensor der amerikanischen Postbehörde. Seit zwanzig Jahren verfolgte Comstock auf rechtlich äußerst unsicherer Grundlage alles und jeden, der mit Empfängnisverhütung, Abtreibung, Pornographie in Wort und Bild und sonstigem zu tun hatte, was laut Comstock unter die Definition »obszön« fiel. Comstock hatte ein hartes, gemeines Gesicht, was nicht überraschend war – aber es sah noch recht menschlich aus im Vergleich zu der Visage seines Nachbarn: dies war Ex-Inspektor Byrnes. Unter hohen, buschigen Augenbrauen lauerten durchdringende Augen, aber gleichzeitig verbarg der gewaltige, hängende Schnauzbart seinen Mund, so daß man weder seine Laune noch seine Gedanken an der Mundpartie ablesen konnte. Als wir ein paar Schritte weiter ins Zimmer traten, wandte sich Byrnes uns zu, hob seine Augenbrauen und deutete mit einer Kopfbewegung auf einen mächtigen Schreibtisch aus Nußholz, der in der Mitte des Raumes stand. Meine Augen folgten seiner Aufforderung.

An diesem Schreibtisch saß, in Papieren blätternd und hin und wieder eine Notiz festhaltend, jener Mann, der größere

Macht hatte als je ein Finanzier vor oder nach ihm; ein Mann, dessen ansonsten gutaussehendes Gesicht durch eine von Acne rosacea deformierte Nase entstellt wurde. Man mußte jedoch vorsichtig sein und durfte keinesfalls auf diese Nase starren – gab man der morbiden Faszination dieses Anblicks nach, dann mußte man dafür bezahlen, und der Herr der Nase war bei der Wahl der Währung nicht zimperlich.

»Ah«, sprach Mr. John Pierpont Morgan, blickte von seinen Papieren hoch und erhob sich. »Treten Sie näher, meine Herren, und lassen Sie uns diese Angelegenheit klären.«

TEIL DREI

Wille

»Der Grund und Ursprung aller Realität – ob vom absoluten oder vom praktischen Standpunkt aus betrachtet – ist subjektiv, liegt in unserem Geist. Als bloße logische Denker, bar jeglicher emotionaler Regung, billigen wir beliebigen Dingen Realität zu, ob es sich nun um tatsächliche Phänomene oder um den Gegenstand unserer Vorstellung handelt. Doch als denkende Menschen mit emotionalen Regungen scheinen uns jene Wahrnehmungen, die wir uns aussuchen, denen wir uns WILLENTLICH zuwenden, ein noch viel höheres Maß an Realität zu besitzen.«

WILLIAM JAMES
The Principles of Psychology

»Don Giovanni, ich bin gekommen,
Deine Ladung hab ich vernommen.«

LORENZO DA PONTE (1749–1838)
aus dem Libretto zu Mozarts Don Giovanni
2. Aufzug, 15. Auftritt

KAPITEL
30

Ziemlich unsicher schritt ich auf zwei gegenüber dem Kamin stehende, luxuriös gepolsterte Fauteuils nicht weit von Morgans Schreibtisch zu. Kreisler blieb kerzengerade stehen und ließ sich von dem durchdringenden Blick des Financiers nicht im geringsten einschüchtern. »Bevor ich in Ihrem Hause Platz nehme, Mr. Morgan«, sagte Laszlo, »erlauben Sie mir die Frage, ob es Ihre Gewohnheit ist, Ihre Gäste unter Androhung von Waffengewalt hierher bringen zu lassen?«

Morgans breiter Schädel fuhr herum, stirnrunzelnd blickte er Byrnes an, der aber nur ungerührt die Schultern zuckte und mit seinen grauen Augen zwinkerte, als wollte er sagen: Tja, wenn Sie mit Hunden schlafen, Mr. Morgan ...

Morgan schüttelte langsam und leicht angewidert den Kopf. »Weder meine Gewohnheit noch meine Anweisung, Dr. Kreisler«, antwortete er und deutete auf die Fauteuils. »Ich hoffe, Sie nehmen meine Entschuldigung an. Diese Angelegenheit ruft offenbar in allen, die damit zu tun haben, die stärksten Emotionen wach.«

Kreisler brummte etwas, das nicht so klang, als hätte er sich gänzlich beruhigt, und dann nahmen wir beide Platz. Morgan kehrte ebenfalls zu seinem Sessel zurück, und es folgte eine kurze Vorstellung (nur die Namen der beiden Priester hinter den zweisitzigen Sofas erfuhren wir nie). Auf ein kaum merkliches Nicken von Morgan begab sich darauf Anthony Comstock, eine kleine, nur mäßig eindrucksvolle Gestalt, in die Mitte des Raumes. Comstocks Stimme erwies sich als genauso unangenehm wie sein Gesicht.

»Herr Doktor, Mr. Moore. Ich will ganz offen sein. Wir wissen von Ihren Ermittlungen, und aus einer Vielzahl von Gründen möchten wir, daß Sie sie einstellen. Sollten Sie sich weigern, so gibt es bestimmte Dinge, die Ihnen zur Last gelegt werden können.«

»Inwiefern?« fragte ich – meine spontane Abneigung gegen den Postzensor machte mich kühn. »Dies ist kein Verstoß gegen die Moral, Mr. Comstock.«

»Tätlicher Angriff«, sagte Inspektor Byrnes ruhig und schaute dabei auf die vollen Bücherregale, »gehört vors Strafgericht, Moore. Wir haben da einen Wächter in Sing Sing, dem zwei Vorderzähne fehlen. Ferner wäre da noch Zusammenrottung mit bekannten Gangsterbossen ...«

»Byrnes, ich bitte Sie«, sagte ich rasch. Der Inspektor und ich hatten während meiner Zeit bei der *Times* schon viele Zusammenstöße gehabt, und obwohl er mich sehr nervös machte, wußte ich, wie falsch es wäre, das zu zeigen. »Nicht einmal Sie können eine Droschkenfahrt schon ›Zusammenrottung‹ nennen.«

Byrnes ging auf meinen Einwurf gar nicht ein. »Und schließlich«, fuhr er fort, »Mißbrauch von Personal und Einrichtungen der Polizeibehörde ...«

»Wir führen keine offizielle Ermittlung«, bemerkte Kreisler kühl.

Unter Byrnes' Schnauzbart schien sich ein Lächeln auszubreiten. »Schlau pariert, Doktor. Aber wir wissen alles über Ihr Arrangement mit Commissioner Roosevelt.«

Kreisler zeigte sich nicht im entferntesten erschüttert. »Sie haben Beweise, Inspektor?«

Byrnes holte einen schmalen Band aus einem Regal. »Bald.«

»Aber, aber, meine Herren«, schaltete sich jetzt Erzbischof Corrigan beschwichtigend ein. »Es gibt doch gar keinen Grund, derart aufeinander loszugehen.«

»In der Tat«, ließ sich jetzt Bischof Potter mit nur mäßiger Begeisterung vernehmen. »Ich bin überzeugt, daß wir eine einvernehmliche Lösung erreichen können, sobald wir die unterschiedlichen – nun, Standpunkte verstehen lernen.«

Pierpont Morgan sagte gar nichts.

»Was ich bisher verstehe«, erklärte Kreisler, hauptsächlich an unseren schweigenden Gastgeber gerichtet, »ist, daß man uns mit vorgehaltener Pistole entführt und mit Strafanzeigen bedroht hat, und dies einzig und allein deshalb, weil wir versuchen, einen grauenhaften Mordfall zu lösen, dem die Polizei bisher hilflos gegenübersteht.« Kreisler zog seine Tabatière heraus, entnahm ihr eine Zigarette und fing an, diese laut und zornig gegen seine Armlehne zu klopfen. »Aber vielleicht hat diese Eskapade auch subtilere Elemente, denen gegenüber ich blind bin.«

»Blind sind Sie, Doktor, das ist richtig«, sagte Anthony Comstock mit der Grobheit des Zeloten. »Aber subtil ist an der ganzen Sache nichts. Seit vielen Jahren bemühe ich mich, die Schriften von Männern wie Ihnen zu unterdrücken. Dies wurde allerdings durch eine absurd übertolerante Auslegung des Ersten Amendments unserer Verfassung unmöglich gemacht. Wenn Sie aber nur einen Moment lang glauben, ich würde ruhig dabeistehen und mit ansehen, wie Sie sich nun in Angelegenheiten unserer Gemeinschaft einmischen...«

Über Morgans Gesicht huschte ein Schatten der Verärgerung, und ich konnte sehen, daß auch Bischof Potter ihn bemerkte. Wie ein pflichteifriger Lakai – denn Morgan war einer der wichtigsten Wohltäter der Episkopalkirche – griff jetzt der Bischof ein, um Comstock zurückzupfeifen:

»Mr. Comstock hat die Energie und die Direktheit der Gerechten, Doktor Kreisler. Doch auch ich selbst fürchte, daß Ihre Arbeit viele Bürger unserer Stadt in ihrer geistigen Ruhe stört und unsere gesellschaftlichen Verhältnisse unterminiert. Denn die Heiligkeit und Unantastbarkeit der Familie sowie die Verantwortlichkeit des Einzelnen vor Gott nach den Geboten für sein eigenes Verhalten sind schließlich die moralischen Pfeiler unserer Zivilisation.«

»Ich bedauere es, wenn unsere Mitbürger sich in ihrer Ruhe gestört fühlen«, antwortete Kreisler kurz und zündete sich die Zigarette an. »Aber sieben Kinder, von denen wir wissen, und letztlich vielleicht noch mehr, wurden einfach hingeschlachtet.«

»Das ist doch gewiß eine Sache für die Polizei«, bemerkte Erzbischof Corrigan. »Warum derart zweifelhafte Arbeit wie die Ihre damit vermengen?«

»Weil die Polizei allein nicht weiterkommt«, warf ich ein, bevor Laszlo antworten konnte. Das waren die üblichen kritischen Äußerungen über die Arbeit meines Freundes, aber sie gingen mir inzwischen trotzdem auf die Nerven. »Wir hingegen schon, und zwar mit Hilfe von Dr. Kreislers Ideen.«

Byrnes reagierte darauf mit einem leisen Glucksen, Comstock dagegen lief rot an. »Ich glaube nicht, daß das Ihre wahren Motive sind, Doktor. Ich glaube vielmehr, Sie beabsichtigen, und zwar mit Hilfe von Mr. Paul Kelly und was Sie sonst an atheistischen Sozialisten auftreiben können, Unruhe zu verbreiten, indem Sie die Werte der amerikanischen Familie und Gesellschaft in Mißkredit bringen!«

Falls es nun jemanden überrascht, daß weder Kreisler noch ich angesichts der Behauptungen des grotesken kleinen Mannes in lautes Gelächter ausbrachen, noch aufsprangen, um ihn windelweich zu prügeln, dann muß man daran erinnern, daß Anthony Comstock, so harmlos sein Titel eines »Postzensors« vielleicht auch klingen mochte, eine erhebliche politische und meinungsbildende Macht ausübte. Auf dem Gipfel seiner vierzig Jahre währenden Karriere konnte er sich brüsten, mehr als ein Dutzend Feinde in den Selbstmord getrieben zu haben; und unzählige stürzte er mit seiner perversen Verfolgung in den Ruin. Sowohl Laszlo als auch ich wußten, daß er uns zwar im Moment im Visier hatte, wir aber noch nicht zu seinen schlimmsten Erzfeinden gehörten; falls wir ihn aber jetzt zwangen, sich allzusehr mit uns zu beschäftigen, dann konnte es leicht passieren, daß wir eines Tages ahnungslos zu unserem Arbeitsplatz gingen und dort eine Anzeige wegen Verletzung der öffentlichen Moral auf uns wartete. Aus diesen Gründen erwiderte ich auf diesen Ausbruch hin gar nichts, und Kreisler stieß nur mißmutig einige Rauchwolken aus.

»Und warum«, fragte Laszlo endlich, »sollte ich wohl Unruhe verbreiten wollen, Sir?«

»Aus Eitelkeit, Sir!« schoß Comstock zurück. »Um Ihre gottlosen Theorien zu verbreiten und die Aufmerksamkeit einer ungebildeten, verwirrten Menge zu erregen!«

»Mir will allerdings scheinen«, griff Morgan jetzt entschieden ein, »daß Dr. Kreisler von dieser Menge schon jetzt mehr Aufmerksamkeit erhält, als ihm wahrscheinlich recht ist, Mr. Comstock.« Von den anderen machte keiner den Versuch, diese Behauptung zu unterstützen oder zu bestreiten. Morgan stützte den Kopf auf seine große Hand und sagte zu Laszlo: »Dies sind aber schwere Anklagen, Doktor. Wären sie das nicht, so hätte ich Sie heute auch kaum zu unserer Besprechung holen lassen. Ich darf also annehmen, daß Sie kein Verbündeter von Mr. Kelly sind?«

»Mr. Kelly hat ein paar Ideen, die nicht völlig von der Hand zu weisen sind«, antwortete Kreisler – im klaren Bewußtsein, daß diese Bemerkung die Gruppe um uns noch weiter reizen würde. »Aber er ist im Prinzip ein Verbrecher, und ich habe nichts mit ihm zu schaffen.«

»Es freut mich, das zu hören.« Morgan schien von dieser Antwort wirklich befriedigt. »Und was ist mit diesen anderen Fragen, mit denen über die gesellschaftlichen Gesichtspunkte Ihrer Arbeit? Ich muß gestehen, daß ich über diese Dinge nicht viel weiß. Aber wie Ihnen vielleicht bekannt ist, bin ich Vorsitzender des Pfarrgemeinderates in der St.-Georgs-Kirche am Stuyvesant Park, Ihrem Haus genau gegenüber.« Eine von Morgans kohlrabenschwarzen Augenbrauen ging in die Höhe. »Ich habe Sie dort noch nie unter den Gläubigen gesehen, Doktor.«

»Meine religiösen Überzeugungen sind meine Privatangelegenheit, Mr. Morgan«, erwiderte Laszlo.

»Aber gewiß müssen doch auch Sie zugeben, Dr. Kreisler«, warf Erzbischof Corrigan jetzt vorsichtig ein, »daß die verschiedenen kirchlichen Organisationen unserer Stadt für die Aufrechterhaltung der Ordnung wesentlich sind?«

Bei diesen Worten des Erzbischofs fiel mein Blick auf die beiden Priester, die noch immer reglos wie Statuen hinter ihren jeweiligen Bischöfen standen – und ganz plötzlich dämmerte mir, warum wir in dieser Bibliothek saßen und uns gerade mit dieser Gruppe von Männern unterhielten. Ich sagte jedoch nichts, denn jeder Kommentar von meiner Seite hätte nur weiteren Widerspruch hervorgerufen. Nein, ich lehnte mich einfach zurück und ließ meinen Gedanken freien Lauf; nun, da ich erkannte, daß Laszlo und ich keineswegs so sehr in Gefahr schwebten, wie ich ursprünglich angenommen hatte, fühlte ich mich sehr viel wohler.

»›Ordnung‹«, gab Kreisler Corrigan zur Antwort, »ist ein Wort, das sich vielfältig interpretieren läßt, Herr Erzbischof. Und was Ihre Fragen betrifft, Mr. Morgan – wenn Sie eine Einführung in meine Arbeit wünschen, dann hätte ich sicher eine einfachere Methode vorschlagen können als eine Entführung.«

»Zweifellos«, antwortete Morgan kurz. »Aber da wir nun einmal hier sind, Doktor, werden Sie mich vielleicht einer Antwort würdigen. Diese Männer sind zu mir gekommen und haben um meine Hilfe gebeten, Ihren Ermittlungen ein Ende zu setzen. Bevor ich jedoch eine Entscheidung treffe, möchte ich beide Seiten hören.«

Kreisler seufzte tief auf, fuhr jedoch fort: »Meine Theorie des individuellen psychologischen Kontextes...«

»Purer Determinismus!« erklärte Comstock, der sich nicht länger beherrschen konnte. »Die Vorstellung, das Verhalten eines Menschen würde ausschließlich durch in der Kindheit und Jugend angelegte Muster bestimmt, ist ein Schlag gegen Freiheit und Verantwortung! Jawohl – ich erkläre, daß es gänzlich unamerikanisch ist!«

Auf einen weiteren verärgerten Blick von Morgan legte Bischof Potter beruhigend seine Hand auf Comstocks Arm, worauf der Postzensor in mürrisches Schweigen fiel.

»Ich habe niemals«, fuhr Kreisler, den Blick auf Morgan geheftet, fort, »die Meinung vertreten, daß nicht jeder vor dem Gesetz für seine Handlungen verantwortlich ist, außer im Fall von Geistesgestörten. Und wenn Sie meine Kollegen fragen, Mr. Morgan, dann werden Sie sicher entdecken, daß ich die Definition von Geistesgestörtheit sehr viel enger fasse als die meisten. Und was Mr. Comstock so munter ›Freiheit‹ nennt, so habe ich im politischen oder juristischen Sinn damit keine Probleme. Die psychologische Debatte rund um das Konzept des *freien Willens* allerdings ist eine sehr viel komplexere Frage.«

»Und was ist Ihre Meinung von der Familie als Institution, Doktor?« fragte Morgan fest, aber ohne eine Spur von Kritik. »Ich habe gehört, daß die anwesenden und auch andere angesehene Männer darüber sehr besorgt sind.«

Kreisler zuckte die Schultern und drückte seine Zigarette aus. »Ich habe kaum eine Meinung zur Familie als soziale Institution, Mr. Morgan. Bei meinen Forschungen ging es vielmehr um die Vielzahl von Sünden, die von der Familienstruktur oft verdeckt werden. Ich habe versucht, diese Sünden aufzudecken und ihre Wirkung auf Kinder zu beschreiben. Und dafür werde ich mich nicht entschuldigen.«

»Aber warum gerade Familien in *unserer* Gesellschaft?« jammerte Comstock. »Es gibt doch sicher Gegenden auf der Welt, wo viel schlimmere Verbrechen...«

Morgan erhob sich ganz plötzlich. »Ich danke Ihnen, meine Herren«, sagte er zum Postzensor und den Kirchenmännern mit einer Stimme, die keinen Widerspruch duldete. »Inspektor Byrnes wird Sie hinausbringen.«

Comstock blickte ziemlich verblüfft drein, aber Potter und Corrigan hatten derartige Verabschiedungen offenbar schon erlebt; sie räumten die Bibliothek mit erstaunlicher Geschwindigkeit. Allein mit Morgan fühlte ich mich sehr erleichtert, und Kreisler offenbar auch. Denn auch angesichts der großen und eigentlich ganz unbegreiflichen Macht dieses Mannes (schließlich hatte er erst knapp ein Jahr zuvor ganz allein die Regierung der Vereinigten Staaten vor dem finanziellen Ruin gerettet) lag in seinem Weitblick und seiner offensichtlichen Kultiviertheit doch etwas Tröstliches.

»Mr. Comstock«, sagte Morgan und setzte sich wieder, »ist ein gottesfürchtiger Mann, aber man kann mit ihm nicht reden. Sie dagegen, Doktor ... Ich verstehe zwar nur recht wenig von dem, was Sie mir gesagt haben, habe aber dennoch das Gefühl, daß Sie ein Mann sind, mit dem ich ein Geschäft machen kann.« Er strich seinen Gehrock glatt, tippte sich leicht auf den Schnurrbart und lehnte sich zurück. »Die Stimmung in der Stadt ist sehr gespannt, meine Herren. Wahrscheinlich gespannter, als Sie ahnen.«

Jetzt, so beschloß ich, war der richtige Augenblick, um meine Erleuchtung publik zu machen. »Und deshalb waren die Bischöfe hier«, erklärte ich. »In den Armenvierteln und Ghettos brodelt es. Und sie fürchten um ihr Geld.«

»Ihr Geld?« wiederholte Kreisler verständnislos.

Ich wandte mich an ihn. »Sie versuchen nicht, einen Mörder zu decken. An dem Mörder sind sie gar nicht interessiert.

Was sie beunruhigt, ist die Reaktion der Einwanderer. Corrigan hat Angst, sie könnten vor lauter Empörung auf Kelly und seine sozialistischen Freunde hören – und zwar so, daß sie an den Sonntagen nicht mehr in der Kirche erscheinen und das bißchen Geld, das sie haben, nicht mehr abliefern. Das heißt, der Mann hat Angst, er könnte seine verdammte Kathedrale und all die anderen heiligen Projekte, die er plant, nicht fertigstellen.«

»Und was ist mit Potter?« fragte Kreisler. »Sie haben mir doch selbst gesagt, daß die Episkopalkirche unter den Einwanderern nicht viele Anhänger hat.«

»Das stimmt schon«, antwortete ich lächelnd. »Die haben sie auch nicht. Aber sie haben etwas, was viel mehr Gewinn bringt, und ich bin ein Idiot, daß ich nicht früher daran gedacht habe. Vielleicht möchte Ihnen Mr. Morgan erklären« – ich wandte mich in Richtung des großen Walnuß-Schreibtisches und sah, daß Morgan mich leicht irritiert betrachtete –, »wer der größte Hausherr von ganz New York ist?«

Kreisler hob die Brauen. »Ich verstehe. Die Episkopalkirche.«

»Die Kirche ist in nichts Ungesetzliches verwickelt«, sagte Morgan rasch.

»Nein«, erwiderte ich. »Aber es wäre ihr doch sehr peinlich, wenn die Menschen in den Mietskasernen plötzlich einen Aufstand machen und bessere Wohnungen verlangen würden, oder nicht, Mr. Morgan?« Der Financier wandte das Gesicht ab.

»Aber ich verstehe noch immer nicht ganz«, bemerkte Kreisler kopfschüttelnd. »Wenn Corrigan und Potter die Wirkung dieser Verbrechen so sehr fürchten, warum bekämpfen sie dann ihre Aufklärung?«

»Man hat uns gesagt, daß eine Aufklärung nicht möglich ist«, antwortete Morgan.

»Aber warum sich gegen den *Versuch* wehren?« ließ Kreisler nicht locker.

»Solange der Fall als unlösbar gilt, meine Herren«, sagte eine ruhige Stimme hinter uns, »kann auch niemand dafür beschuldigt werden, daß er ihn nicht löst.«

Es war Byrnes, der zurückgekommen war, ohne daß wir ihn gehört hatten. Der Mann konnte einen nervös machen. »Dem Pöbel«, fuhr er fort, während er sich aus Morgans Kiste auf dem Schreibtisch eine Zigarre holte, »muß man nur begreiflich machen, daß diese Dinge eben vorkommen. Da kann niemand was dafür. Es gibt eben Jungen, die auf die schiefe Bahn geraten. Es gibt eben Jungen, die dabei umkommen. Wer bringt sie um? Und warum? Unmöglich zu sagen. Eine Erklärung ist auch gar nicht notwendig. Man muß die Aufmerksamkeit des Pöbels vielmehr auf die eine grundsätzliche Lektion lenken...« Byrnes zündete sich ein Streichholz an seinem Schuh an und setzte damit die Zigarre in Brand, deren Spitze hoch aufloderte. »Wenn ihr nur alle dem Gesetz gehorcht, dann wird schon sonst nichts Schlimmes passieren.«

»Aber zum Teufel, Byrnes«, sagte ich, »wir *können* es lösen, wenn Sie uns nur in Ruhe arbeiten lassen. Also, gestern abend habe ich doch selbst...«

Kreisler packte mich am Handgelenk, worauf ich sofort den Mund hielt. Byrnes schlenderte langsam auf mich zu, beugte sich über mich und blies mir einen ordentlichen Schwall Zigarrenrauch ins Gesicht. »Gestern abend haben Sie was, Moore?«

In einem solchen Moment konnte man unmöglich vergessen, daß einem hier ein Mann gegenüberstand, der persönlich Dutzende von mutmaßlichen und verurteilten Verbrechern bewußtlos geschlagen hatte. Nichtsdestoweniger ließ ich mich nicht einschüchtern. »Versuchen Sie's nicht auf diese Starke-Mann-Tour mit mir, Byrnes. Sie haben keine Autorität mehr. Sie haben nicht einmal mehr Ihre Gangster, die für Sie die Drecksarbeit erledigen.«

Hinter dem Schnauzbart konnte ich Zähne erahnen. »Soll ich Connor reinrufen, ja?« Ich sagte nichts, und Byrnes gluckste. »Sie hatten schon immer eine große Klappe, Moore. Reporter, na ja. Aber gut, spielen wir nach Ihren Regeln. Sagen Sie Mr. Morgan, wie Sie den Fall lösen wollen. Nach welchen Grundsätzen Sie vorgehen. Erklären Sie sie.«

Ich wandte mich an Morgan. »Ein Mann wie Inspektor

Byrnes kann das natürlich nicht verstehen, und auch für Sie wird's vielleicht schwierig. Nun, wir haben uns für eine Vorgehensweise entschieden, die man als umgekehrte Ermittlungsmethode beschreiben könnte.«

Byrnes prustete los. »Das Pferd beim Schwanz aufzäumen, haha!«

Meinen Fehler erkennend, versuchte ich's anders herum: »Das heißt, wir gehen zum einen von den charakteristischen Details der Verbrechen selbst aus, aber zum anderen auch von der Persönlichkeit der Opfer, und versuchen daraus zu schließen, welche Art von Mensch dahinterstecken *könnte*. Wir stützen uns auf Hinweise, die sonst bedeutungslos scheinen, und knüpfen so das Netz immer enger.«

Ich wußte, daß ich mich auf schwankendem Boden befand, und war froh, als sich jetzt Kreisler einschaltete: »Es gibt Präzedenzfälle, Mr. Morgan. In ähnlicher Weise, allerdings mit weniger entwickelten Methoden versuchte man vor acht Jahren in London, die Ripper-Fälle zu lösen. Und die französische Polizei ist im Moment hinter ihrem eigenen Ripper her – auch sie bedienen sich einer Technik, die der unseren ähnelt.«

»Jack the Ripper«, rief Byrnes, »wurde doch nicht etwa gefaßt, ohne daß ich davon gehört hätte, was, Doktor?«

Kreisler runzelte die Stirn. »Nein.«

»Und die französische Polizei – wie weit ist die mit ihrem Fall gekommen?«

»Nicht weit.«

Morgan erwies uns schließlich doch noch die Ehre, von seinem Buch hochzublicken. »Keine sehr ermutigenden Beispiele, meine Herren.«

Es herrschte einen Augenblick Stille, in der ich das Gefühl hatte, daß es mit unserer Sache nicht zum besten stand. Also wagte ich einen erneuten Vorstoß: »Nichtsdestoweniger ist unbestritten...«

»...bleibt unbestritten«, fiel mir Byrnes ins Wort, trat zu uns beiden, wandte sich aber an Morgan, »daß das nichts als ein Zeitvertreib für Intellektuelle ist, der keinerlei Hoffnung für eine Aufklärung dieses Falles bietet. Diese Leute erreichen damit nichts anderes, als jedem, den sie mit ihrer Ausfragerei belästigen, den Eindruck zu vermitteln, daß eine Lösung möglich ist. Wie ich schon sagte: Das ist nicht nur sinnlos, es ist auch gefährlich. Das einzige, was man den Einwanderern klarmachen muß, ist, daß sie und ihre Kinder den Gesetzen dieser Stadt Folge zu leisten haben. Tun sie's nicht, so kann für das Ergebnis niemand verantwortlich gemacht werden. Vielleicht rutscht ihnen das nicht leicht hinunter. Aber dieser Idiot Strong und sein Cowboy-Polizei-Commissioner sind ja ohnehin nicht mehr lange im Amt. Und dann können wir unsere altbewährten Methoden wieder einsetzen. Und zwar schnell.«

Morgan nickte langsam und ließ seinen Blick von Byrnes zu Kreisler wandern. »Sie haben uns Ihre Ansichten dargelegt, Inspektor. Würden Sie uns jetzt entschuldigen?«

Im Gegensatz zu Comstock und den Kirchenmännern schien Byrnes über Morgans etwas abrupte Entlassung beinah amüsiert: Beim Hinausgehen fing er leise zu pfeifen an. Nachdem sich die vertäfelte Türe hinter ihm geschlossen hatte, erhob sich Morgan und blickte aus dem Fenster. Es schien fast, als wollte er sichergehen, daß Byrnes das Haus auch wirklich verließ.

»Kann ich den Herren etwas zu trinken anbieten?« sagte Morgan schließlich. Nachdem wir beide abgelehnt hatten, nahm sich unser Gastgeber eine Zigarre aus der Kiste auf seinem Schreibtisch, zündete sie an und begann dann langsam auf dem dicken Teppich hin und her zu wandern. »Ich erklärte mich einverstanden, die Delegation, die uns eben verlassen hat, zu empfangen«, erklärte er, »aus Achtung vor Bischof Potter, und weil mir ebenfalls daran liegt, daß die Unruhen in der Stadt ein Ende nehmen.«

»Verzeihen Sie, Mr. Morgan«, warf ich ein, von seinem Ton etwas überrascht. »Aber haben Sie oder einer der anderen Herren, die eben hier waren, diese Dinge mit Bürgermeister Strong überhaupt einmal besprochen?«

»Was Inspektor Byrnes über Oberst Strong sagte, entspricht auch meiner Meinung«, erwiderte Morgan. »Ich habe kein Interesse an Verhandlungen mit einem Mann, dessen

Macht von Wahlen abhängt. Außerdem ist Strong auch geistig nicht in der Lage, mit derartigen Dingen fertigzuwerden.« Morgan nahm seine langsame Wanderung wieder auf, und Kreisler und ich schwiegen. Die Bibliothek füllte sich bereits mit dickem Zigarrenrauch, und als Morgan endlich stehenblieb um weiterzusprechen, konnte ich ihn durch den bräunlichen Dunst hindurch kaum noch erkennen.

»So wie ich es sehe, meine Herren, gibt es nur zwei realistische Wege – Ihren und den von Byrnes vertretenen. Wir müssen für Ordnung sorgen. Ganz besonders jetzt.«

»Warum gerade jetzt?« fragte Kreisler.

»Sie sind darüber wahrscheinlich nicht im Bilde, Doktor«, antwortete Morgan langsam, »aber wir befinden uns an einem Scheideweg der Geschichte, in New York wie im ganzen übrigen Land. Die Stadt verändert sich. Und zwar dramatisch. Ich spreche nicht nur von dem Bevölkerungszuwachs, dem Strom der Einwanderer. Ich spreche von der Stadt selbst. Vor zwanzig Jahren war New York noch vor allem eine Hafenstadt – der Hafen war der Dreh- und Angelpunkt unseres Handels. Heute, da andere Häfen uns diese Position streitig machen, wird der Warenhandel von Manufaktur und Bankwesen verdrängt. Für die Manufakturen braucht man, wie Sie wissen, Arbeitskräfte, und andere, weniger glückliche Nationen der Welt schicken sie uns. Die Gewerkschaftsführer behaupten, die Arbeiter würden bei uns schlecht behandelt. Aber trotzdem kommen sie, denn hier geht es ihnen immer noch wesentlich besser als zu Hause. Aus Ihrem Akzent glaube ich schließen zu dürfen, daß auch Sie ausländischer Herkunft sind, Doktor. Haben Sie viel Zeit in Europa verbracht?«

»Genug«, antwortete Kreisler, »um zu verstehen, worauf Sie hinauswollen.«

»Wir sind nicht verpflichtet, jedem, der zu uns kommt, ein wunderbares Leben zu bieten«, fuhr Morgan fort. »Wir haben die Pflicht, ihnen die Chance zu bieten, dieses Leben zu erreichen, und zwar durch Disziplin und harte Arbeit. Das ist mehr, als ihnen anderswo geboten wird. Und das ist der Grund, warum sie weiter zu uns kommen.«

»Aber sicher«, bemerkte Laszlo, dem man bereits Anzeichen von Ungeduld anmerken konnte.

»Aber auch diese Chance werden wir in Zukunft nicht mehr bieten können, falls die Entwicklung unserer Volkswirtschaft – die sich gegenwärtig in einer tiefen Krise befindet – gehemmt und verzögert wird durch unsinnige Ideen aus den Ghettos des alten Europas.« Morgan legte seine Zigarre auf einem Tablett ab, ging zur Anrichte und schenkte drei Gläser einer Flüssigkeit ein, die sich als ganz exzellenter Whiskey erwies. Ohne Laszlo und mich ein zweites Mal zu fragen, reichte er jedem von uns ein Glas. »Alles, was im Sinne dieser besagten Ideen ausgelegt werden könnte, ist zu unterdrücken und zu verhindern. Das war auch der Grund für die Anwesenheit von Mr. Comstock. Er ist der Auffassung, daß Ihre Ideen, Doktor, in diesem Sinne interpretiert werden könnten. Sollten Sie nun bei Ihrer Ermittlung Erfolg haben, so befürchtet Comstock eine noch größere Verbreitung dieser Ihrer Ideen. Sie sehen also« – Morgan nahm seine Zigarre wieder auf und paffte eine ungeheure Ladung Rauch ins Zimmer – »Sie haben sich eine beachtliche Vielfalt mächtiger Feinde geschaffen.«

Kreisler erhob sich langsam. »Müssen wir auch Sie zu unseren Feinden zählen, Mr. Morgan?«

Die nun folgende Pause schien uns unendlich lang, denn an Morgans Antwort hing unsere Hoffnung auf Erfolg. Sollte er sich auf die Seite von Potter, Corrigan, Comstock und Byrnes schlagen und befinden, unsere Ermittlung stelle für den Status quo dieser Stadt eine nicht zu tolerierende Gefahr dar, dann konnten wir gleich unsere Zelte abbrechen und nach Hause gehen. Morgan konnte in New York jedermann und alles kaufen; die bisherigen Störmanöver waren nichts im Verhältnis zu dem, was wir mit Morgan als Gegner zu erwarten hätten. Gab er dagegen den Reichen und Mächtigen dieser Stadt das Signal, daß er unsere Arbeit wenn schon nicht aktiv fördern, so doch jedenfalls nicht behindern würde, dann durften wir hoffen, in Zukunft im großen und ganzen in Ruhe gelassen zu werden.

Endlich atmete Morgan tief aus. »Das müssen Sie nicht,

Sir«, antwortete er und drückte seine Zigarre aus. »Wie gesagt, ich habe nicht alles verstanden, was Sie beide mir erklärt haben, weder über Psychologie noch über Ihre detektivischen Methoden. Aber ich verlasse mich auf eine gewisse Menschenkenntnis. Und Sie machen mir beide nicht den Eindruck, als ob Sie der Menschheit schaden möchten.« Kreisler und ich nickten beide ruhig, ohne die ungeheure Erleichterung zu verraten, die uns bei Morgans Worten erfaßte. »Sie haben noch immer viele Schwierigkeiten vor sich«, fuhr Morgan fort, jedoch in einem leichteren Ton als bisher. »Die Kirchenmänner, die Sie hier sahen, können, wie ich meine, davon überzeugt werden, sich nicht mehr einzumischen – aber Byrnes bleibt Ihnen sicher auf den Fersen, denn ihm liegt daran, jene Methoden und Organisationsformen, an denen er so viele Jahre gearbeitet hat, zu erhalten oder wieder einzuführen. Und er kann auf Comstock zählen.«

»Wir haben uns bisher gegen sie behauptet«, antwortete Kreisler. »Daher hoffe ich, daß es uns auch weiterhin gelingen wird.«

»Ich kann Ihnen natürlich keine öffentliche Unterstützung geben«, fügte Morgan hinzu, deutete auf die Bibliothekstür und begleitete uns dahin. »Das wäre wirklich allzu – kompliziert.« Das bedeutete nichts anderes, als daß Morgan trotz seiner persönlichen Kultiviertheit und seiner außerordentlichen intellektuellen Fähigkeiten im Grunde seines Herzens auch nur einer jener Wall-Street-Heuchler war, der öffentlich von Gott und der Familie schwärmte, sich aber eine Yacht voll hübscher Mädchen hielt und die Achtung von Männern genoß, die nach den gleichen Regeln lebten. Einiges von dieser Achtung würde er sicherlich verlieren, sollte sich herumsprechen, daß er zu Kreisler hielt. »Da nun aber eine schnelle Lösung dieser Sache im Interesse aller liegt«, fuhr er auf dem Weg zur Haustür fort, »möchte ich Ihnen gern jede Hilfe anbieten, die ...«

»Vielen Dank, aber das ist nicht nötig«, sagte Kreisler. »Es ist sicher besser, wenn keine finanzielle Verbindung zwischen uns nachzuweisen ist, Mr. Morgan. Sie müssen an Ihre Position denken.«

Morgan nahm diese scharfe Ablehnung offensichtlich übel; er murmelte ein rasches »Guten Abend« und schloß die Tür, ohne uns die Hand zu reichen.

»Das war aber doch nicht nötig, oder, Laszlo?« sagte ich, als wir die Treppe hinunterstiegen. »Der Mann wollte doch nur helfen.«

»Seien Sie doch nicht so gutgläubig, Moore«, blaffte Kreisler mich an. »Männer wie er sind immer nur imstande, das zu tun, wovon sie glauben, daß es ihrem eigenen Interesse dient. Morgan setzt also jetzt darauf, daß es wahrscheinlicher ist, daß wir den Mörder finden, als daß Byrnes und Konsorten den Zorn der Einwanderergemeinden beliebig lange unterdrücken können. Und da hat er recht. Ich sage Ihnen, John, es würde sich sogar ein Mißerfolg fast lohnen, nur um die Folgen zu sehen, die für diese Männer daraus entstehen.«

Aber ich war einfach zu erschöpft, um Laszlos Tiraden noch aufzunehmen, und warf einige suchende Blicke über die Madison Avenue. »Wir können beim Waldorf eine Droschke nehmen«, entschied ich, da in der Nähe keine zu sehen war.

Auf unserem Weg den Murray Hill hinunter begegneten wir keiner Menschenseele, und Laszlo hörte schließlich auf, über die Schlechtigkeit und die eigennützigen Motive der Menschen, die wir eben getroffen hatten, zu lamentieren. Je weiter wir gingen, desto müder und stiller wurden wir, bis uns schließlich die ganze Begegnung in der Schwarzen Bibliothek nur mehr wie ein böser Traum erschien.

»Ich glaube nicht, daß ich je so müde war«, gähnte ich, als wir endlich die Vierunddreißigste Straße erreicht hatten. »Wissen Sie, Kreisler, als wir Morgan gegenüberstanden, dachte ich eine Sekunde lang, daß vielleicht er der Mörder sein könnte!«

Laszlo lachte laut auf. »Ja, ich auch! Ein verunstaltetes Gesicht, Moore – und die Nase, diese Nase! Eine mögliche Stelle dieser Verunstaltung, an die wir bisher nie gedacht hatten!«

»Stellen Sie sich vor, er wär's gewesen. Die Lage ist schon so kompliziert genug.« Wir fanden eine Mietdroschke außerhalb des eleganten Waldorf Hotels, dessen Pendant, das

Astoria, gerade im Bau war. »Und es wird sicher noch schlimmer – da hat Morgan sicher recht. Byrnes ist ein Gegner, auf den ich gut und gern verzichten könnte, und Comstock ist wahrscheinlich ohnehin verrückt.«

»Die können drohen, soviel sie wollen«, antwortete Kreisler gelassen, während wir in die Kutsche stiegen. »Wir wissen jetzt, wer sie sind, da kann man sich leichter verteidigen. Außerdem werden sie sich mit ihren Angriffen schwertun. Denn in der nächsten Zeit werden unsere Feinde feststellen müssen, daß wir auf mysteriöse Art« – und Laszlo spreizte die Finger von sich wie ein Zauberer – »*verschwunden* sind.«

Kapitel
31

Pünktlich um neun Uhr dreißig stand Sara am nächsten Morgen vor der Haustür meiner Großmutter, und obwohl ich gute zehn Stunden lang geschlafen hatte, war ich noch immer vollkommen zerschlagen und hatte Schwierigkeiten, mich zurechtzufinden. In der Siebzehnten Straße trafen wir Kreisler bereits in seiner Kalesche sitzend an, mit Stevie oben auf dem Kutschbock. Schnell hob ich meine kleine Reisetasche in seinen Wagen und stieg dann mit Sara zu ihm ein. Im Wegfahren blickte ich am Haus hinauf und sah Mary Palmer auf dem kleinen Balkon vor Kreislers Wohnzimmer stehen. Sie beobachtete uns besorgt, ja ängstlich, und aus der Entfernung kam es mir vor, als liefen ihr Tränen über die Wangen. Mich zu Laszlo wendend, sah ich, daß auch er zu ihr zurückblickte; und als er sich wieder nach vorn drehte, trat ein Lächeln in sein Gesicht. Das schien mir eine, gelinde gesagt, merkwürdige Reaktion auf die Verzweiflung des Mädchens. Ich dachte, Sara hätte vielleicht etwas damit zu tun, doch als ich zu ihr blickte, stellte ich fest, daß sie – offenbar absichtlich – auf die andere Straßenseite und in den Stuyvesant Park starrte. Irritiert durch diese neuerlichen Hinweise auf seltsam undurchsichtige persönliche Beziehungen zwischen meinen Freunden und unfähig, mir im Moment einen Reim darauf zu machen, lehnte ich mich einfach zurück und ließ mir das Gesicht von der kräftigen Frühlingssonne wärmen. Unsere Fahrt zum Grand-Central-Bahnhof war aber leider nicht als Spazierfahrt angelegt. An der Kreuzung Achtzehnte Straße und Irving Place machte Stevie vor einer Taverne halt, und Kreisler packte nicht nur seine eigene Tasche, sondern auch meine, und bat Sara und mich, mit ihm hineinzugehen. Wir gehorchten, ich selbst leise murrend. Kaum hatten wir den düsteren, verrauchten Raum betreten, sah ich auch schon, wie zwei andere Männer und eine Frau, die Gesichter unter Hüten verborgen, in die Kalesche stiegen und mit Stevie davonfuhren. Sobald sie verschwunden waren, stürzte Kreisler wieder auf die Straße, winkte einer Mietdroschke und schubste Sara und mich schnell hinein. Dieses kleine Manöver, erklärte Laszlo auf der Fahrt stadteinwärts, sollte die Spione täuschen, die Inspektor Byrnes sicherlich auf uns angesetzt hatte. Das war sicher eine sehr kluge Maßnahme, aber ich sehnte mich nur um so mehr nach unserem Zug, wo ich, wie ich hoffte, meinen unterbrochenen Schlaf wieder aufnehmen durfte.

Aber noch ein weiteres Rätsel stellte sich zwischen mich und den ersehnten sanften Schlummer. Sara begleitete uns in den Bahnhof hinein und auf den Bahnsteig, wo der Zug nach Washington schon dampfend bereitstand. Kreisler überschüttete sie mit Anweisungen, wie wir in Verbindung bleiben sollten, wie Cyrus nach dem Verlassen des Krankenhauses zu behandeln war und wie sie mit Stevie am besten fertig wurde. Dann ertönte das schrille Pfeifen der Dampflokomotive, und der Schaffner bedeutete uns, daß wir einsteigen sollten. Ich wandte mich taktvoll ab, um nicht Zeuge ihrer wahrscheinlich höchst gefühlvollen Abschiedsszene zu werden, aber Sara und Kreisler schüttelten sich nur kollegial die Hände; dann stieg Laszlo in den Zug. Ich blieb noch einen Moment mit herabhängendem Unterkiefer stehen, was Sara zum Lachen brachte.

»Armer John«, sagte sie und nahm mich in die Arme. »Immer noch nicht auf dem laufenden. Macht nichts – eines schönen Tages wirst auch du es verstehen. Und gräme dich nicht, daß deine Priester-Theorie nicht stimmt. Es wird dir bald etwas anderes einfallen.«

Damit schob sie mich in den Zug, eben als dieser sich keuchend und fauchend in Bewegung setzte.

Kreisler hatte ein Erste-Klasse-Abteil reservieren lassen. Nachdem wir es in Beschlag genommen hatten, streckte ich mich auf meinem Sitz aus, das Gesicht dem kleinen Fenster zugewandt, und beschloß, jegliche Neugier, die ich in bezug auf das Benehmen meiner Freunde hegte, durch Schlaf zu ersticken. Laszlo zog inzwischen Wilkie Collins' *Der Mondstein*, den Lucius Isaacson ihm geborgt hatte, aus der Tasche und begann, in aller Ruhe zu lesen. Leicht gekränkt drehte ich mich um, zog meine Kappe übers Gesicht und fing absichtlich zu schnarchen an, bevor ich überhaupt schlief.

Als ich nach etwa zwei Stunden erwachte, zogen draußen vor dem Fenster die fruchtbaren grünen Wiesen von New Jersey an uns vorbei. Ich räkelte und streckte mich und stellte dabei fest, daß die üble Stimmung vom Morgen endlich verschwunden war: Ich war hungrig, aber sonst durchaus mit dem Leben zufrieden. Auf dem Sitz gegenüber fand sich eine Nachricht von Kreisler, er sei in den Speisewagen gegangen, um einen Tisch fürs Mittagessen zu reservieren. Also machte ich mich zurecht und begab mich ebenfalls dorthin.

Die Reise war die reinste Erholung. Die Felder, Wiesen und Wälder des Nordostens sind nie schöner als Ende Mai und bildeten außerdem die Kulisse für eine der besten Mahlzeiten, die ich je in einem Zug zu mir genommen hatte. Kreisler war noch immer bester Laune und ausnahmsweise einmal bereit, über etwas anderes zu reden als unseren Fall. Wir unterhielten uns über die bevorstehenden Parteitage (die Republikaner wollten ihren im Juni in St. Louis abhalten, die Demokraten im Spätsommer in Chicago) und dann über einen Artikel in der *Times*, der von der Straßenschlacht am Harvard Square als Reaktion auf den Sieg des Baseballteams unserer Alma Mater über Princeton handelte. Beim Dessert wäre Kreisler allerdings fast über einer Meldung erstickt, derzufolge Henry Abbey und Maurice Grau, die Manager der Metropolitan Opera, den Bankrott ihrer Gesellschaft und Schulden in Höhe von 400 000 Dollar erklärt hatten. Gottlob hatte sich eine Gruppe »privater Förderer« gefunden (höchstwahrscheinlich unter der Führung unseres Gastgebers vom Vorabend), die die Oper retten wollte. Erster Schritt dieser Rettungsaktion sollte eine Benefiz-Aufführung von *Don Giovanni* am 24. Juni sein – mit saftigen Eintrittspreisen. Kreisler und ich beschlossen, daß wir uns dies nicht entgehen lassen durften, ganz unabhängig vom Stadium unserer Ermittlungen.

Am späten Nachmittag fuhren wir in den eleganten Washingtoner Union-Bahnhof ein, und bis zum Abendessen hatten wir in zwei gemütlichen Räumen in jenem imposanten viktorianischen Gebäude Ecke Pennsylvania Avenue und Vierzehnte Straße, bekannt unter dem Namen Willard Hotel, Quartier bezogen. Rundherum und von unseren Fenstern im vierten Stock aus gut sichtbar erhoben sich die Gebäude unserer nationalen Regierungsbehörden. In nur wenigen Minuten hätte ich zum Weißen Haus schlendern und Grover Cleveland fragen können, wie das denn so war, sich zweimal im Leben von einer solchen Unterkunft trennen zu müssen. Seit dem gleichzeitigen Ende meiner Karriere als politischer Korrespondent und Verlobter von Julia Pratt hatte ich die Hauptstadt nicht mehr gesehen; und erst jetzt, von meinem Zimmer im Willard aus auf das prachtvolle Panorama von Washington an einem Frühlingsabend blickend, erkannte ich, wie weit ich mich von meinem früheren Leben entfernt hatte. Das war eine melancholische Erkenntnis; um diese Gedanken zu vertreiben, griff ich zum Telefon und rief Hobart Weaver an, den alten Kumpanen manch durchzechter Nacht, der jetzt eine höhere Position im Amt für Indianische Angelegenheiten bekleidete. Ich erwischte ihn noch an seinem Schreibtisch, und wir verabredeten uns für diesen Abend im Speisesaal des Hotels.

Kreisler gesellte sich zu uns. Hobart war ein rundlicher, hohlköpfiger, bebrillter Mensch, der nichts mehr schätzte als ein kostenloses Essen und freie Getränke. Indem ich ihm beides zur Verfügung stellte, sicherte ich mir im Hinblick auf unsere Ziele nicht nur seine Diskretion, sondern sogar sein völliges Desinteresse. Er teilte uns mit, daß das Amt tatsächlich Aufzeichnungen über Morde führte, die entweder sicher oder wahrscheinlich von Indianern begangen worden waren. Wir wären nur an den ungelösten Fällen interessiert, erklärte ich ihm, und zwar im gesamten Grenzgebiet in den letzten fünfzehn Jahren. Die Überprüfung eines derart großen Gebietes würde natürlich sehr viel Aktenarbeit bedeuten, versicherte uns Hobart, und das hätte im geheimen zu geschehen; denn Hobarts Chef, Michael Hoke Smith, der Innenminister, teilte Präsident Clevelands Abneigung gegen Reporter, ganz besonders gegen neugierige Reporter. Aber je mehr Wild und

Wein Hobart in seinen kurzen runden Wanst packte, um so überzeugter war er, daß wir das schon schaffen würden (er hatte aber weiterhin nicht die geringste Ahnung, wofür wir die Informationen brauchten); und um seine Überzeugung noch weiter zu festigen, nahm ich ihn nach dem Essen in eine mir bekannte Bar im Südostteil der Stadt mit, wo das Unterhaltungsprogramm eindeutig dem zuzurechnen war, was man als unkeusch bezeichnen würde.

Am nächsten Morgen frühstückten Kreisler und ich gemeinsam. Wir hofften, daß die Isaacsons es bis Donnerstag abend bis Deadwood, Süddakota, schaffen würden. Sie hatten Anweisung, im Telegraphenamt der Western Union dieser Stadt sofort nach ihrer Ankunft nach Meldungen von uns zu fragen, und Kreisler schickte sofort nach dem Frühstück am Mittwoch früh das erste Telegramm ab. Darin erklärte er den Brüdern, daß – aus verschiedenen Gründen, die er später erklären würde – ein Priester nicht mehr als möglicher Täter in Frage käme. Neue Informationen würden ihnen zugeschickt, sobald wir sie formuliert hätten. Und dann machte sich Laszlo auf den Weg zum St.-Elisabeth-Hospital, während ich gemächlich zum Patentamt spazierte, in dem sich der größte Teil des Personals und der Archive des Innenministeriums befand.

Das gewaltige, im klassischen Stil erbaute Gebäude des Patentamtes war 1867 fertiggestellt worden und besaß eine Anlage, wie sie für die offiziellen Gebäude der Hauptstadt bald allgemein gelten sollte: rechteckig, im Grundriß ringförmig, und innen ebenso monoton wie außen. Die beiden Blocks zwischen der Siebenten und der Neunten Straße wurden von dem Klotz gänzlich ausgefüllt, und es war gar nicht leicht, Hobarts Büro ausfindig zu machen. Aber die gewaltige Ausdehnung erwies sich als Vorteil, denn meine Anwesenheit fiel niemandem auf: Hunderte von Bundesangestellten durchwanderten pausenlos die Hallen und Korridore der vier Gebäudeflügel, und kaum einer wußte, wer der andere war und was er hier zu suchen hatte. Hobart, dem die Aktivitäten der vergangenen Nacht nichts hatten anhaben können, hatte bereits in einem Archivraum im Keller einen kleinen Schreibtisch für mich bereitgestellt und mir auch schon den ersten Berg Aktenordner beschafft, die ich jetzt durchwühlen mußte: bis zum Jahre 1881 zurückreichende Berichte aus verschiedenen Forts an der Grenze, die gewalttätige Zwischenfälle zwischen Siedlern und verschiedenen Sioux-Stämmen zum Inhalt hatten.

In den nächsten beiden Tagen sah ich von Washington außer meiner kleinen Ecke in dem staubigen Archiv nur wenig. Wie üblich bei längeren Perioden fensterloser Forschertätigkeit, verlor ich bald jede Beziehung zur Realität; und die grauenhaften Beschreibungen von Morden, Massakern und Repressalien wurden für mich in einer Weise lebendig, wie das nicht der Fall gewesen wäre, hätte ich sie zum Beispiel in einem der städtischen Parks gelesen. Es war auch ganz unvermeidlich, daß ich mich von Geschichten ablenken ließ, von denen ich genau wußte, daß sie uns nicht weiterbringen würden – Berichte von Mordfällen, die seit langem gelöst waren oder deren charakteristische Züge nichts mit unserem Fall zu tun hatten –, die aber andererseits eine derart morbide Faszination auf mich ausübten, daß ich unbedingt wissen mußte, wie sie denn nun ausgingen. Es gab da furchtbare Berichte über Männer, Frauen, Kinder, die sich aus eigener Kraft ein karges Leben in der Wildnis geschaffen hatten, die dann aber von den eingeborenen Stämmen dieses Landes kaltblütig ermordet wurden. Diese Morde geschahen im allgemeinen als Racheakte für gebrochene Verträge und andere politische Verbrechen, an denen die Siedler gänzlich unschuldig waren. Aber diese Taten, so grauenhaft sie auch waren, schienen doch verständlich angesichts der fortgesetzten Lügen und Verrätereien der weißen Soldaten, der für die Indianer zuständigen Beamten (das Amt für Indianische Angelegenheiten war in einem für seine Korruption berüchtigten Ministerium die korrupteste Abteilung) und der Waffen- und Whiskey-Händler, an denen die Sioux ihre Rache vollstreckten. Bei dieser Lektüre fiel mir wieder ein, mit wieviel Sorge Franz Boas und Clark Wissler unsere Ermittlungen betrachtet hatten: Der durchschnittliche weiße Bürger der Vereinigten Staaten, voller Mißtrauen gegenüber sämtlichen Rothäuten, hatte keine Ahnung von solchen Berichten, wie ich sie hier durchforstete, und daher auch nicht vom wahren Stand der Beziehungen zwischen Weißen und Indianern. Den meisten hätte der geringste Hinweis auf eine Verbindung zwischen dem Verhalten unseres Mörders und irgendeines indianischen Stammes genügt, um alle ihre Vorurteile bestätigt zu finden.

Mittwoch abend, nach dem langen ersten Tag im Keller des Innenministeriums, sichteten Kreisler und ich in seinem Zimmer im Willard die Ausbeute des Tages. Der Direktor von St. Elisabeth war in Wirklichkeit genauso unangenehm wie am Telefon; Kreisler hatte sich an Roosevelt wenden müssen, dem es durch Einschaltung eines hochgestellten Freundes schließlich gelungen war, Kreisler Zutritt zu den Krankenhausarchiven zu verschaffen. Aber damit war fast der ganze Tag vergangen, und so hatte er zwar eine Liste von Namen von Soldaten zusammenstellen können, die in der West-Armee gedient hatten und später wegen unterschiedlicher psychischer Störungen nach St. Elisabeth geschickt worden waren, aber trotzdem war er enttäuscht: Denn der Mann, um den es in dem ersten Brief gegangen war, war offenbar im Osten geboren und aufgewachsen und hatte nie westlich von Chicago gedient.

»Keine Banden von marodierenden Indianern mehr in Chicago, fürchte ich?« fragte ich, während Laszlo auf ein Blatt mit Angaben zu Herkunft und Dienstzeit dieses Mannes starrte.

»Nein«, sagte Kreisler. »Jammerschade. Es gibt sonst so viele Punkte, die den Burschen empfehlen würden.«

»Na, lassen wir ihn lieber«, schlug ich vor. »Wir haben eine Menge anderer Kandidaten. Bisher haben Hobart und ich vier Fälle von Morden mit Verstümmelungen in den Dakotas und in Wyoming herausgepickt – alle zu Zeiten begangen, wo sowohl die Armee als auch Gruppen von Sioux sich in der Nähe aufhielten.«

Kreisler legte – es fiel ihm sichtlich schwer – sein Blatt beiseite und blickte hoch. »Waren davon auch Kinder betroffen?«

»In zwei von den vier Fällen«, antwortete ich. »Im ersten Fall wurden zwei Mädchen mit ihren Eltern getötet, im zweiten starben zwei Waisen, Mädchen und Junge, zusammen mit ihrem Großvater, der auch ihr Vormund war. Das Problem ist, daß in beiden Fällen nur die Erwachsenen Verstümmelungen aufwiesen.«

»Gab es irgendwelche Vermutungen in bezug auf die Täter?«

»Beide Mordfälle wurden als Racheakte durch Kriegsparteien interpretiert. Aber bei dem Fall mit dem Großvater gibt es ein interessantes Detail. Das geschah im Spätherbst '89 bei Fort Keough, damals, als die letzte große Reservation zerschlagen wurde. Es gab da viele unzufriedene Sioux in der Gegend, meistens Anhänger von Sitting Bull und einem anderen Häuptling namens« – ich blätterte schnell mit einem Finger meine Notizen durch – »Red Cloud. Also, jedenfalls fand eine kleine Kavallerieabteilung die ermordete Familie, und ihr Anführer verdächtigte zunächst einmal ein paar von Red Clouds kriegerischen Gefolgsleuten. Aber einer der älteren Soldaten in der Abteilung erwähnte, daß Red Cloud und seine Männer in der letzten Zeit eigentlich keine mörderischen Überfälle durchgeführt hätten, der Großvater aber dafür bekannt war, daß er immer wieder Zusammenstöße mit Beamten für indianische Angelegenheiten und Soldaten von einem anderen Fort gehabt hatte – Fort Robinson, glaube ich. Offenbar hatte der alte Mann einen Kavalleriesergeanten in Fort Robinson beschuldigt, sich an seiner Enkelin sexuell vergangen zu haben. Und es stellte sich heraus, daß die Einheit des Sergeanten zur Tatzeit in der Nähe war.«

Kreisler hatte anfangs nicht richtig zugehört, aber diese letzten Punkte machten ihn hellhörig. »Kennen wir den Namen des Soldaten?«

»Der stand nicht in der Akte. Hobart versucht morgen, ihn im Kriegsministerium ausfindig zu machen.«

»Gut. Vergessen Sie nicht, alle diese Informationen morgen früh den Detective Sergeants zu telegraphieren. Die Details können später folgen.«

Wir gingen dann alle anderen Fälle durch, die mir interessant erschienen waren, legten sie aber alle aus unterschiedlichen Gründen wieder ad acta. Danach vergruben wir uns in die Liste von Namen aus St. Elisabeth und kamen in den nächsten Stunden immerhin so weit, daß wir bis auf wenige Ausnahmen alle aussortieren konnten. Gegen ein Uhr nachts ging ich schließlich auf mein Zimmer und schenkte mir einen ordentlichen Whiskey-Soda ein, den ich aber nicht einmal zur Hälfte leerte, bevor ich, noch voll angekleidet, einschlief.

Donnerstag früh saß ich wieder an meinem Schreibtisch im Innenministerium, tief vergraben in ungelöste Mordgeschichten von der Grenze. Gegen Mittag kehrte Hobart von einem kurzen Abstecher ins Kriegsministerium zurück, wo er etwas herausgefunden hatte, was mich sehr enttäuschte: Der Kavalleriesergeant aus der Geschichte mit dem Großvater war damals schon fünfundvierzig Jahre alt gewesen. Folglich war er 1896 zweiundfünfzig: zu alt, um zu dem Bild zu passen, das wir von unserem Mörder angefertigt hatten. Dennoch wollte ich den Namen und letzten Aufenthaltsort des Mannes festhalten (nach seiner Entlassung aus der Armee hatte er in Cincinnati ein kleines Geschäft eröffnet), nur für den Fall, daß die Altershypothese eines Tages revidiert würde.

»Tut mir leid, daß ich keine besseren Nachrichten bringe«, sagte Hobart. »Hast du Interesse an einem Mittagessen?«

»Und wie«, antwortete ich. »Hol mich in einer Stunde ab, bis dahin habe ich mich bis 1892 vorgearbeitet.«

»Schön.« Er entfernte sich von meinem Schreibtisch und fuhr sich dann hastig in die Jackentasche, als fiele ihm etwas ein. »Ach, John – ich wollte dich etwas fragen. Ihr seid ausschließlich an den Grenzstaaten und -territorien interessiert, ist das richtig?« Mit diesen Worten zog er ein gefaltetes Stück Papier aus dem Jackett.

»Richtig. Warum?«

»Nichts. Nur so eine merkwürdige Geschichte. Ich stieß darauf, nachdem du gestern abend gegangen warst.« Er schob mir das Papier über den Schreibtisch zu. »Aber es paßt nicht – das ist im Staat New York passiert. Koteletts?«

Ich griff nach dem Papier und begann zu lesen. »Was??«

»Zum Mittagessen. Koteletts? Da gibt's ein vorzügliches Restaurant oben am Hügel. Gutes Bier haben sie auch.«

»Wunderbar.«

Hobart eilte fort und hinter einer hübschen jungen Archivarin her, die gerade an meinem Schreibtisch vorbeigekommen war. Vom nahegelegenen Stiegenhaus her hörte ich zuerst die Frau quietschen, dann etwas, das wie eine Ohrfeige klang, und schließlich einen kurzen Schmerzensschrei von Hobart. Mit leisem Lachen über die Hoffnungslosigkeit dieses Burschen lehnte ich mich zurück und begann zu lesen.

Das Papier enthielt einen Bericht über den merkwürdigen Mord an einem Geistlichen namens Victor Dury und seiner Frau, die 1880 in ihrem bescheidenen Heim bei New Paltz im Staate New York tot aufgefunden worden waren. Die Leichen waren, wie es hier hieß, »auf grausam unmenschliche Weise entstellt«. Reverend Dury war früher Missionar in Süddakota gewesen, wo er sich offenbar Feinde unter den indianischen Stämmen gemacht hatte; jedenfalls war die Polizei in New Paltz zu dem Schluß gekommen, die Morde seien als Racheakt verbitterter Indianer aufzufassen, die von ihrem Häuptling zu ebendiesem Zweck gen Osten geschickt worden wären. Diese »detektivische« Glanzleistung gründete sich vor allem auf einen Brief, den die Mörder am Tatort hinterlassen hatten, in dem sie die Morde erklärten und außerdem verkündeten, sie würden den halbwüchsigen Sohn des Ehepaars mitnehmen und ihn als einen der ihren aufziehen und bei sich behalten. Es war eine grimmige Geschichte, die uns sehr gut in den Kram gepaßt hätte, hätte sie sich nur ein bißchen weiter westlich abgespielt. Ich legte das Papier beiseite, griff aber ein paar Minuten später wieder danach und überlegte, ob da nicht vielleicht doch die Spur einer Möglichkeit wäre, daß wir uns bezüglich der geographischen Herkunft unseres Mörders irrten. Schließlich beschloß ich, die Sache mit Kreisler zu besprechen, und steckte das Papier in die Tasche.

Am Nachmittag begegneten mir bloß zwei Fälle, die auch nur im geringsten irgendwelche Anhaltspunkte lieferten.

Beim ersten ging es um eine Gruppe von Kindern mit ihrer Lehrerin, die während der Schulstunden in einem abgelegenen Schulhaus brutal umgebracht wurden; beim zweiten handelte es sich um eine weitere Siedlerfamilie, die nach einer Vertragsverletzung aus Rache ermordet wurde. Im Bewußtsein, daß zwei Fälle ein mageres Ergebnis für einen langen Arbeitstag bildeten, setzte ich meine Hoffnung auf das Willard Hotel und darauf, daß Kreisler am zweiten Tag seiner Ermittlungen mehr Erfolg gehabt hatte. Aber Laszlo hatte auch nur ein paar zusätzliche Namen von Soldaten der West-Armee in den für uns in Frage kommenden fünfzehn Jahren aufgetrieben, die wegen ihres gewalttätigen, psychisch auffälligen Verhaltens nach St. Elisabeth gekommen waren und noch dazu unter irgendeiner Art von Verstümmelung im Gesicht litten. Von diesen wenigen paßte nur ein einziger in die von uns angepeilte Altersgruppe (um die dreißig Jahre). Als wir uns im Speisesaal des Hotels zu Tisch setzten, reichte mir Kreisler die Akte über diesen Mann, und ich schob ihm meinerseits das Dokument mit dem Bericht über die Dury-Morde über den Tisch.

»Geboren und aufgewachsen in Ohio«, war mein erster Kommentar zu Laszlos Entdeckung. »Da hätte er aber nach seiner Entlassung sehr viel Zeit in New York verbringen müssen.«

»Zugegeben«, sagte Kreisler, faltete das Papier auseinander, das ich ihm gegeben hatte, und machte sich halbherzig an seine Krebssuppe. »Das ist tatsächlich das Problem – St. Elisabeth verließ er nämlich erst im Frühjahr 1891.«

»Müßte schnell gelernt haben«, nickte ich. »Aber möglich wär's.«

»Auch die Gesichtsentstellung befriedigt mich nicht – eine lange Narbe quer über die rechte Wange und die Lippen.«

»Was stimmt damit nicht? Klingt doch grausig genug!«

»Aber es deutet auf eine Kriegsverletzung, Moore, und damit wäre eine frühkindliche Störung nicht...«

Plötzlich riß Kreisler die Augen weit auf und legte den Löffel nieder, bis er das Dokument, das ich ihm gegeben hatte, zu Ende gelesen hatte. Dann blickte er langsam zu mir hoch und fragte im Ton unterdrückter Erregung: »Woher haben Sie das?«

»Von Hobart«, antwortete ich und schob die Akte über den Soldaten aus Ohio zur Seite. »Warum?«

Mit fliegenden Händen zog er aus der Innentasche seines Jacketts einige gefaltete Papiere, strich sie auf dem Tisch glatt und schob den ganzen Haufen zu mir herüber. »Fällt Ihnen etwas auf?«

Es dauerte ein oder zwei Sekunden, aber dann fiel der Groschen. Rechts oben auf dem ersten Blatt Papier – einem weiteren Formular aus St. Elisabeth – befand sich eine Spalte mit der Überschrift GEBURTSORT.

In dieser Spalte stand gekritzelt »New Paltz, New York.«

Kapitel
32

»Das ist der Mann, den Sie im ersten Brief erwähnten?« fragte ich. Kreisler nickte aufgeregt. »Ich habe die Akte hier bei mir. Im allgemeinen halte ich nichts von Vorahnungen, aber in diesem Fall konnte ich mich nicht davon freimachen. Es gibt so viel Übereinstimmung in den Details – die ärmliche Kindheit in einer streng religiösen Familie, und nur ein Geschwister, nämlich einen Bruder. Erinnern Sie sich noch an Saras These, er könnte aus einer kleinen Familie stammen, weil seine Mutter keine Kinder haben wollte?«

»Kreisler...« sagte ich mit einem Versuch, ihn zu beruhigen.

»Und dieser aufregende Hinweis auf einen ›Gesichtstick‹, der nicht einmal in seiner Krankengeschichte genau beschrieben wird; hier steht nur ›gelegentlich auftretende, heftige Kontraktionen der Augen- und Gesichtsmuskeln‹. Keine Angaben über den Grund.«

»Kreisler...«

»Und dann ist da der besondere Hinweis auf Sadismus in den Aufzeichnungen des behandelnden Psychiaters, in Verbindung mit dem besonderen Vorfall, der zu seiner Aufnahme führte...«

»Kreisler! Würden Sie bitte kurz aufhören und mich das erst einmal ansehen lassen?«

Er stand plötzlich ganz aufgeregt auf. »Ja – ja, natürlich. Und während Sie sich das ansehen, erkundige ich mich beim Telegraphenamt, ob Nachrichten von den Detective Sergeants angekommen sind.« Das Dokument, das ich ihm gegeben hatte, legte er auf den Tisch. »Moore, ich habe in diesem Fall ein gutes Gefühl!«

Kaum war Kreisler aus dem Speisesaal gehastet, widmete ich mich der Krankengeschichte:

Corporal John Beecham, im Mai 1886 nach St. Elisabeth eingeliefert, gab damals als Geburtsort New Paltz an, jene kleine Stadt westlich des Hudson Rivers, etwa fünfundsechzig Meilen nördlich von New York, die auch Schauplatz der Dury-Morde gewesen war. Geburtsdatum war der 19. November 1865. Die Eltern wurden als »verstorben« angegeben; er hatte nur einen Bruder, der acht Jahre älter war als er selbst.

Dann griff ich wieder nach dem Dokument des Innenministeriums über den Mord an dem Geistlichen und seiner Frau. Dieses Verbrechen war 1880 begangen worden; von den Opfern hieß es, sie hätten einen halbwüchsigen Sohn, der von Indianern entführt worden sei. Ein zweiter, älterer Sohn, Adam Dury, hielt sich zur Zeit der Morde seinen Angaben nach in Newton, Massachusetts, auf.

Ich schnappte mir das nächste Blatt der Krankengeschichte und überflog die Notizen des behandelnden Psychiaters, um herauszufinden, was eigentlich der Anlaß für seine Einweisung gewesen war. Trotz der reichlich unleserlichen Handschrift des Arztes fand ich bald die entsprechende Stelle:

»Patient war bei einer vom Gouverneur von Illinois angeforderten Abteilung zur Niederschlagung der Streiks im Gebiet von Chicago ab 1. Mai (Haymarket-Streiks etc.). Am 5. Mai Einschreiten gegen Streikende in Nord-Chicago, Soldaten erhalten Schießbefehl; Patient wird dabei erwischt, wie er auf Leiche eines Streikenden einsticht. Lieutenant M. ertappt Patient auf frischer Tat; Patient erklärt, M. ›habe etwas gegen ihn‹, etc., er ›beobachte‹ ihn ständig; M. ordnet Entfernung des Patienten aus dem aktiven Dienst an, Regimentsarzt erklärt ihn für dienstuntauglich.«

Dann folgten die Beschreibungen von Sadismus und Verfolgungswahn, die Kreisler bereits erwähnt hatte. Die Akte enthielt außerdem Berichte anderer Psychiater, die ihn während seines viermonatigen Aufenthalts in St. Elisabeth begutachtet hatten; und ich suchte nach weiteren Hinweisen auf seine Eltern. Über seine Mutter fand ich gar nichts, auch über seine Kindheit gab es wenig. Aber einer der letzten Berichte, angefertigt kurz vor seiner Entlassung, enthielt die folgende Passage:

»Patient hat ersucht um Verfügung h.c. (habeas corpus) und bestreitet nachdrücklich falsches oder kriminelles Verhalten; erklärt, die Gesellschaft brauche nicht nur Gesetze, sondern auch Männer, die sie durchsetzen; Vater offenbar gottesfürchtiger Mensch, der viel Wert auf Regeln und Bestrafung bei Verstößen legt. Empfehlung: erhöhte Dosis Chloralhydrat.«

In dem Moment kam Kreisler an den Tisch zurück. Er schüttelte den Kopf. »Nichts. Offenbar hat sich ihre Ankunft verzögert.« Er deutete auf die Papiere in meiner Hand. »Na, Moore, was halten Sie davon?«

»Der Zeitplan paßt«, sagte ich langsam. »Die Orte auch.«

Kreisler schlug die Hände zusammen und setzte sich wieder. »Nie im Traum hätte ich an eine solche Möglichkeit gedacht. Wie denn auch? Von Indianern entführt? Es klingt fast absurd.«

»Das ist es vielleicht«, erwiderte ich. »Ich konnte in den letzten beiden Tagen jedenfalls nicht den Eindruck gewinnen, daß die Indianer viele Jungen gefangennehmen – schon gar nicht, wenn sie bereits sechzehn sind.«

»Sind Sie sicher?«

»Nein, ich nicht – aber Clark Wissler. Ich rufe ihn morgen früh an.«

»Gut«, antwortete Kreisler mit einem Nicken, nahm das Dokument des Innenministeriums an sich und las es noch einmal. »Wir brauchen mehr Details.«

»Ja, daran dachte ich auch. Ich könnte Sara anrufen und sie zu einem Freund von mir bei der *Times* schicken, der sie ins Archiv bringen könnte.«

»Ins Archiv?«

»Wo die alten Jahrgänge gelagert werden. Vielleicht findet sie die entsprechenden Artikel – das stand doch sicher in den New Yorker Zeitungen.«

»Ja, ja – das glaube ich auch.«

»Hobart und ich können inzwischen versuchen herauszufinden, wo sich dieser Lieutenant M. jetzt aufhält und ob er überhaupt noch beim Militär ist. Er könnte uns sicher Genaueres erzählen.«

»Und ich gehe wieder nach St. Elisabeth und frage jeden aus, der persönlich mit Corporal John Beecham zu tun hatte.« Lächelnd hob Kreisler sein Weinglas. »Na dann, Moore – auf die neue Hoffnung!«

Erwartung und Neugier ließen mich in dieser Nacht kaum Schlaf finden; aber der Morgen brachte die erfreuliche Nachricht, daß die Isaacsons endlich in Deadwood angekommen waren. Kreisler telegraphierte ihnen, sie möchten dort warten, bis sie am Nachmittag oder Abend von uns hören würden, und ich ging inzwischen in die Lobby, um ein Gespräch nach New York anzumelden. Es war nicht so einfach, zum Naturhistorischen Museum durchzukommen – und Clark Wissler an die Strippe zu bekommen, erwies sich als eine noch größere Herausforderung; doch als ich ihn endlich am anderen Ende der Leitung hatte, war er nicht nur kooperativ, sondern geradezu enthusiastisch – hauptsächlich wohl deshalb, denke ich, weil die Geschichte im Dokument des Innenministeriums seiner Ansicht nach mit ziemlicher Sicherheit ein Märchen war. Die Vorstellung, ein Indianerhäuptling könnte Mörder bis nach New Paltz schicken und diese ihren Bestimmungsort ohne Zwischenfall erreichen, war hirnrissig genug; aber die Fortsetzung, daß nämlich die Bösewichte nach vollbrachter Tat einen Bekennerbrief hinterlassen, den Sohn der Opfer nicht töten, sondern entführen, und dann noch ganz ungestört und ohne von irgend jemandem bemerkt zu werden wieder in den Westen gelangen sollten – das war einfach absurd. Wissler war überzeugt, daß da irgend jemand den nicht allzu hellen Behörden in New Paltz einen dicken Bären aufgebunden hatte. Ich dankte ihm herzlich für seine Hilfe, verabschiedete mich und rief in unserem New Yorker Hauptquartier am Broadway Nr. 808 an.

Sara klang sehr nervös: In den vergangenen achtundvierzig Stunden hatte sich unser Hauptquartier offenbar einer regen Aufmerksamkeit von seiten verschiedener unappetitlicher Gestalten erfreut. Sara selbst wurde fast ständig beschattet, dessen war sie sicher; und obgleich sie nie unbewaffnet auf die Straße ging, war diese ständige Beschattung doch ziemlich zermürbend. Da sie seit unserer Abreise nicht viel zu tun hatte, konnte sie sich im Geiste um so mehr mit ihren unsichtbaren Verfolgern beschäftigen. Wenn sie bloß etwas zu tun bekam, und sei's nur Stöbern im Archiv der *Times*, war sie schon glücklich, und sie saugte die Details unserer jüngsten Theorie auf wie ein trockener Schwamm. Cyrus war zwar schon aus dem Krankenhaus entlassen, aber noch zu schwach, um das Bett in Kreislers Haus zu verlassen.

»Mach dir um mich keine Sorgen«, redete sie mir ein, aber es klang nicht sehr überzeugend.

»Aber nein«, erwiderte ich. »Unkraut verdirbt nicht. Außerdem bezweifle ich, daß auch nur die Hälfte aller Kriminellen in New York so gut bewaffnet ist wie du – von der Polizei ganz zu schweigen. Aber nimm doch Stevie mit. Er ist bei Meinungsverschiedenheiten unschätzbar.«

»Ich weiß«, sagte Sara mit beruhigendem Lachen. »Er ist mir ohnehin eine große Hilfe – er bringt mich jeden Abend nach Hause. Und wir rauchen miteinander Zigaretten, aber das brauchst du Dr. Kreisler nicht zu sagen.« Ich wunderte mich kurz, warum sie ihn »Dr. Kreisler« nannte – aber im Moment gab es Wichtigeres zu bedenken.

»Sara, ich muß Schluß machen. Ruf an, sobald du etwas herausgefunden hast.«

»In Ordnung. Paßt gut auf euch auf, John.«

Ich ging wieder zu Kreisler.

Der befand sich am Telegraphenschalter und formulierte gerade ein Telegramm an Roosevelt. In recht vagen Sätzen (und ohne eine Unterschrift unter die Botschaft zu setzen) ersuchte Laszlo Theodore, zunächst einmal im Gemeindeamt von New Paltz herauszufinden, ob irgendwann in den letzten zwanzig Jahren eine Familie namens Beecham dort wohnhaft gewesen war; und zweitens von den Behörden in Newton, Massachusetts, herauszubekommen, ob ein gewisser Adam Dury noch immer dort lebte. Die Antworten würden eine gewisse Zeit brauchen, das war uns klar, aber wir hatten außerdem auch noch genug in St. Elisabeth und im Innenministerium zu tun. Also kehrten wir dem Telegraphenschalter den Rücken und traten hinaus in den herrlichen Frühlingsmorgen.

Es gab da einige Punkte, die uns besonderes Kopfzerbrechen bereiteten: Wenn die Geschichte über die indianischen Mörder ein Märchen war – wer hatte sie dann erfunden? Wer hatte diese Morde wirklich begangen? Und was war mit dem jüngeren Dury-Sohn geschehen? Warum stand in der Krankengeschichte so wenig über John Beechams Vorgeschichte, warum wurde seine Mutter nie erwähnt? Und wo befand sich dieser doch offensichtlich gestörte Mann jetzt?

Der Tag brachte keine Antwort auf diese Fragen: Weder das Innen- noch das Kriegsministerium verfügten über weitere Details zu den Dury-Morden oder zu John Beechams Leben bis zu seiner Einlieferung nach St. Elisabeth. Aber auch Kreisler ging's in der Anstalt selbst nicht besser; sobald ein Patient nämlich durch eine Berufung auf *habeas corpus* seine Entlassung erreicht hatte, war die Anstalt weder verpflichtet noch berechtigt, seinen weiteren Spuren zu folgen. Außerdem konnte sich vom nicht-medizinischen Personal niemand an John Beecham erinnern. Er war, abgesehen von seinem Gesichtstick, offenbar ganz unauffällig, was wiederum gut zu unserer Hypothese paßte, daß unser Mörder kein Mann war, der die allgemeine Aufmerksamkeit auf sich zog – ausgenommen, wenn er eines seiner Gewaltverbrechen beging.

Die einzige nützliche Information, die uns an diesem Freitag erreichte, wurde am Abend durch Hobart Weaver ins Willard gebracht. Den Archiven des Kriegsministeriums hatte er entnommen, daß der Lieutenant, der im Jahr 1886 John Beechams Entlassung erwirkt hatte, ein gewisser Frederick Miller war, inzwischen zum Captain befördert und zur Zeit in einer Garnison in Fort Yates, Norddakota, stationiert. Es war uns beiden, Laszlo und mir, vollkommen klar, daß ein Gespräch mit diesem Mann von unschätzbarem Wert sein konnte; aber Yates lag in der entgegengesetzten Richtung von der Pine Ridge Agency, dem ursprünglichen Ziel der Brüder Isaacson. Andererseits war dies unsere bisher aussichtsreichste Spur und schien uns nach reiflichen Überlegungen einen Umweg wert. Also schickten wir um sechs Uhr abends ein Telegramm nach Deadwood und ersuchten die Detective Sergeants, sich unverzüglich nordwärts zu begeben.

Inzwischen erwartete uns bereits eine Nachricht von Roosevelt; in Newton, Massachusetts, gab es tatsächlich einen Mann namens Adam Dury. Von New Paltz hatte Theodore noch keine Antwort, blieb aber dran. Kreisler und ich konnten vorläufig nichts anderes tun als warten und hoffen, daß wir im Laufe des Abends noch von Sara oder Roosevelt hören würden. Wir hinterließen an der Rezeption, daß wir in der Bar zu finden wären, zogen uns daraufhin in diesen dunklen, reich vertäfelten Raum zurück, suchten uns an der langen Messingstange einen relativ ruhigen Platz und bestellten jeder einen Cocktail.

»Während wir warten, Moore«, sagte Kreisler und nippte an seinem Sherry mit Angostura, »könnten Sie mich über die Arbeiterunruhen, die zu John Beechams Einweisung führten, ins Bild setzen. Ich kann mich vage daran erinnern, weiß aber nichts Genaues.«

Ich zuckte die Schultern. »Da gibt's nicht viel zu erzählen. Im Jahre 1886 organisierten die ›Ritter der Arbeit‹ zum 1. Mai in jeder größeren Stadt des Landes einen Streik. In Chicago geriet die Lage ziemlich schnell außer Kontrolle – Streikende gegen Streikbrecher, Polizei gegen Streikende, Streikbrecher gingen auf Polizisten los –, mit einem Wort, ein Durcheinander. Am vierten Tag versammelte sich eine große Menge von Streikenden auf dem Haymarket Square, und ein großes Polizeiaufgebot sollte für Ordnung sorgen. Irgend jemand – keiner wußte, wer – warf eine Bombe in die Gruppe der Polizisten. Vielleicht war es einer der Streikenden, vielleicht ein Anarchist, der auf Chaos setzte, vielleicht aber auch ein Agent der Fabrikbesitzer, der die Streikbewegung in Mißkredit bringen sollte. Jedenfalls lieferte dieser Vorfall dem Gouverneur den Anlaß für die Zuziehung der Miliz und auch einiger Bundestruppen. Am Tag nach dem Bombenwurf hielten die Streikenden eine Versammlung bei einer Mühle in einem der nördlichen Vororte ab. Die Truppen marschierten auf, und ihr Kommandant behauptete später, er habe die Leute aufgefordert, auseinanderzugehen. Die Anführer des Streiks dagegen erklärten, sie hätten einen solchen Befehl nie gehört. Wie es auch immer gewesen sein mag, die Truppen eröffneten jedenfalls das Feuer. Es war eine scheußliche Szene.«

Kreisler nickte und ging die Geschichte offenbar im Kopf noch einmal durch. »Chicago ... die Stadt hat eine ziemlich große Einwanderergemeinde, nicht wahr?«

»Ja. Deutsche, Skandinavier, Polen – was das Herz begehrt.«

»Dann waren natürlich auch unter den Streikenden viele Einwanderer, meinen Sie nicht?«

Abwehrend hob ich meine Hand. »Ich weiß, worauf Sie hinauswollen, Kreisler, aber das hat nicht unbedingt etwas zu bedeuten. Bei jedem einzelnen Streik im ganzen Land waren damals Einwanderer mit von der Partie.«

Kreisler dachte nach. »Ja, ja, schon. Trotzdem...«

In diesem Moment betrat ein Hotelpage in roter Uniform mit Messingknöpfen die Bar und rief meinen Namen aus. Ich sprang auf und eilte zu dem Pagen, der mir mitteilte, ich würde an der Rezeption verlangt. Ich stürzte aus der Bar, Kreisler mir nach. An der Rezeption reichte mir der Portier den Telefonhörer, und sofort drang Saras aufgeregte Stimme an mein Ohr:

»John? Bist du da?«

»Ja, Sara. Schieß los.«

»Setz dich am besten. Wir haben vielleicht eine Spur.«

»Ich will mich nicht setzen. Was ist?«

»Ich habe die Artikel über die Dury-Morde in der *Times* gefunden. Eine Woche lang gab es Aufmacher darüber, dann folgten kürzere Meldungen. Da stand so ziemlich alles, was man über diese Familie wissen möchte.«

»Warte«, sagte ich. »Erzähl's Kreisler, damit er mitschreiben kann.«

Laszlo legte sein kleines Notizbuch auf die Rezeption, was den Angestellten offensichtlich ärgerte, und hielt dann den Hörer ans Ohr. Und das ist die Geschichte, die Sara jetzt zum besten gab und die ich nachher seinen Notizen entnehmen konnte:

Der Vater von Reverend Victor Dury war Hugenotte und hatte zu Anfang des Jahrhunderts Frankreich verlassen, um den religiösen Verfolgungen zu entfliehen (die Hugenotten waren bekanntlich Protestanten, die meisten ihrer Landsleute aber Katholiken). Er ging zuerst in die Schweiz, wo die Familie aber auf keinen grünen Zweig gelangen konnte. Sein ältester Sohn Victor, Geistlicher der Reformierten Kirche, beschloß darauf, sein Glück in Amerika zu versuchen. Dury kam Mitte des Jahrhunderts hier an und schlug sich bis New Paltz durch, einer im achtzehnten Jahrhundert von holländischen Protestanten gegründeten Stadt, in der sich später zahlreiche französische Hugenotten-Familien angesiedelt hatten. Hier gründete Dury eine kleine evangelische Gemeinde, die von den Bürgern der Stadt finanziell unterstützt wurde, und ging schon nach einem Jahr mit Frau und Sohn nach Minnesota, um unter den dort ansässigen Sioux-Stämmen (damals waren die Indianer noch nicht weiter nach Westen in die Dakotas vertrieben worden) den protestantischen Glauben zu verbreiten. Dury erwies sich als kein besonders erfolgreicher Missionar: Er war herrisch und streng, und seine anschaulichen Beschreibungen von Gottes Zorn, der alle Sünder und Ungläubigen ereilen würde, überzeugten die Sioux nicht von den Vorteilen des christlichen Glaubens. Die Gruppe in New Paltz, die seine Mission unterstützte, hatte ihn schon zurückrufen wollen, als der große Sioux-Aufstand von 1862 – einer der blutigsten Zusammenstöße zwischen Indianern und Weißen in der Geschichte überhaupt – ausbrach.

Die Familie Dury entging nur knapp dem schaurigen Schicksal vieler anderer Weißer in Minnesota. Aber die Vorfälle lieferten dem Reverend eine Idee, von der er glaubte, daß sie ihm eine Fortsetzung der finanziellen Hilfe für seine Missionstätigkeit sichern würde. Er beschaffte sich eine Daguerreotypie-Kamera und machte damit Fotografien von massakrierten Weißen; und als er 1864 nach New Paltz zurückkehrte, wurde er berühmt – oder eher berüchtigt – dafür, daß er diese Bilder in großen Versammlungen von führenden Bürgern aus New Paltz zeigte. Es war dies ein verzweifelter Versuch, diese gesetzten, fetten Bürger durch Furcht und Schrecken dazu zu bringen, daß sie mehr Geld ausspuckten, aber der Schuß ging nach hinten los: Die Fotografien der verstümmelten Leichen waren derart grauenerregend und Durys Verhalten während dieser Vorführungen so merkwürdig und aufgeregt, daß man bald am Verstand des Reverend zu zweifeln begann. Er wurde zu einer Art Paria, der keine kirchliche Stellung mehr finden konnte. Letzten Endes blieb ihm nichts anderes übrig, als in einer holländischen Reformierten Kirche die Stelle eines Hausmeisters anzunehmen. Die unerwartete Ankunft eines zweiten Sohnes im Jahre 1865 verschlimmerte ihre finanzielle Lage noch, und die Familie übersiedelte schließlich gezwungenermaßen in eine kleine Hütte außerhalb der Stadt.

Da ihnen Durys Lebensgeschichte und sein auffälliger Charakter bekannt waren und sie eben auch nicht mehr über indianische Sitten und Gebräuche wußten als der Durchschnittsweiße im Osten der Vereinigten Staaten, leuchtete es den Einwohnern von New Paltz vollkommen ein, daß die Morde an dem Ehepaar von verbitterten Indianern begangen sein sollten, die sich Dury während seines Aufenthalts rund zwanzig Jahre zuvor bei den Sioux in Minnesota zu Feinden gemacht hatte. Es gab allerdings hie und da Bemerkungen (alles natürlich anonym) über die gespannte Beziehung zwischen den Durys und ihrem ältesten Sohn, Adam, der schon viele Jahre vor den Morden fortgezogen und Farmer in Massachusetts geworden war. Das Gerücht ging um, Adam sei heimlich zurückgekehrt und habe seinen Eltern den Garaus gemacht – ein vernünftiges Motiv konnte keiner dafür angeben –, aber die Polizei betrachtete das Gerücht eben als solches und scherte sich nicht darum; die Tatsache, daß von Japheth, dem jüngeren Dury-Sohn, tatsächlich keine Spur mehr gefunden wurde, paßte ausgezeichnet zu dem Bild, das sich die Bürger von New Paltz so wie alle anderen weißen Amerikaner von der Grausamkeit der Wilden in den westlichen Territorien machten.

So endete diese Familiengeschichte; Sara hatte ihre Nachforschungen aber weiter ausgedehnt. Sie entsann sich, daß sie in ihrer frühen Jugend ein paar Leute in New Paltz gekannt hatte (obwohl die Stadt, wie sie sagte, »ganz eindeutig auf der falschen Seite des Flusses liegt«), und machte daher dort einige Besuche, nur um zu sehen, ob ihre ehemaligen Bekannten sich vielleicht noch an die Morde erinnern konnten. Die eine Person, die sie tatsächlich zu Hause antraf, erinnerte sich nicht. Aber Sara hatte sich das normale Alltagsleben in New Paltz beschreiben lassen und stieß dabei auf einen hochinteressanten Umstand: New Paltz liegt am Fuße der Shawangunk-Berge, einem Gebirgszug, der für seine hohen, unzugänglichen Felsformationen berühmt ist. Beinahe hatte sie Angst vor der Antwort auf die Frage, die sie als nächste stellte, ob nämlich viele Leute aus der Stadt in ihrer Freizeit gern in diesen Felsen kletterten. O ja, hatte man ihr mitgeteilt, Bergsteigen war hier immer ein populärer Sport – besonders unter jenen Einwohnern, die erst kürzlich aus Europa gekommen waren.

Bei dem letzten Punkt verschlug es Kreisler und mir die Sprache; wir brauchten etwas Zeit, um das alles zu verdauen. Wir erklärten Sara, wir würden sie am späteren Abend noch einmal anrufen, und begaben uns dann zurück in die Hotelbar.

»Na?« sagte Kreisler, während wir eine zweite Runde Cocktails bestellten. »Was sagen Sie dazu?«

Ich holte tief Atem. »Beginnen wir mit den Tatsachen. Der ältere Dury-Sohn war Zeuge grauenhaftester Mordtaten, bevor er überhaupt alt genug war, derartiges zu verstehen.«

»Ja. Und sein Vater war Priester, oder jedenfalls Geistlicher – der religiöse Kalender, Moore. Das Leben der Familie war wahrscheinlich dadurch bestimmt.«

»Der Vater war offenbar ein sehr harter und übrigens auch sehr sonderbarer Mann – wenn auch nach außen hin angesehen, wenigstens am Anfang.«

Kreisler kreiste seine Gedanken mit einem Finger auf der Bar ein. »So ... wir dürfen also ein Muster von familiärer Gewalttätigkeit annehmen, das früh begann und sich über Jahre hinweg nicht änderte. Das weckt ein ständig steigendes Bedürfnis nach Rache.«

»Genau«, sagte ich. »An Motiven fehlt es nicht. Aber Adam ist älter, als wir angenommen hatten.«

Kreisler nickte. »Während Japheth, der jüngere Sohn, genau so alt wäre wie Beecham. Wenn nun er die Morde begangen hätte, den Brief gefälscht, unter einem anderen Namen untergetaucht wäre...«

»Aber nicht er war's, der die Massaker und Verstümmelungen mit angesehen hat«, wandte ich ein. »Er war damals noch gar nicht geboren.«

Kreisler schlug mit der Faust auf die Bar. »Stimmt. Er selbst hatte den Krieg an der Grenze nicht miterlebt.«

Ich ließ mir die Fakten in verschiedenen Kombinationen durch den Kopf gehen und suchte vergeblich nach einer neuen Interpretation. Alles, was mir nach einigen Minuten einfiel, war: »Über die Mutter wissen wir noch immer nichts.«

»Nein.« Kreisler trommelte mit den Knöcheln auf die Bar. »Aber sie waren eine arme Familie, die auf kleinem Raum beisammen lebte. Besonders in Minnesota, nehme ich an, was wahrscheinlich die prägendste Zeit im Leben des älteren Sohnes war.«

»Sicher. Wenn er doch nur jünger wäre...«

Seufzend schüttelte Laszlo den Kopf. »So viele Fragen – und die Antworten sind wahrscheinlich, fürchte ich, nur in Newton, Massachusetts, zu finden.«

»Also – fahren wir hin und finden es heraus?«

»Wer weiß?« Kreisler nippte nervös an seinem Cocktail. »Ich gestehe, ich weiß nicht, was ich tun soll, Moore. Schließlich bin ich kein professioneller Detektiv. Was sollen wir jetzt tun? Hier bleiben und mehr über Beecham herauszufinden versuchen, und gleichzeitig neue Spuren verfolgen, auf die wir vielleicht noch stoßen? Oder nach Newton fahren? Wie erkennt man, wann der Punkt erreicht ist, wo man alle anderen Möglichkeiten links liegen läßt und sich nur mehr auf eine einzige Spur konzentriert?«

Ich dachte einen Moment darüber nach. »Wir *können* es nicht wissen«, beschloß ich dann. »Dafür fehlt uns die Erfahrung. Aber...« Ich stand auf und schritt schnell in Richtung Telegraphenschalter.

»Moore?« rief Kreisler mir nach. »Wo, zum Teufel, wollen Sie hin?«

Ich brauchte nicht länger als fünf Minuten, um die wichtigsten Punkte von Saras Nachforschungen in ein Telegramm zu packen, das ich dann nach Fort Yates in Norddakota schickte. Das Telegramm schloß mit dem Satz: WAS TUN?

Den restlichen Abend verbrachten Kreisler und ich im Speisesaal des Willard und rührten uns nicht vom Fleck, bis das Personal uns in Kenntnis setzte, daß sie jetzt alle nach Hause gingen. Schlaf kam für uns nicht in Frage, daher machten wir einen Spaziergang um das Weiße Haus herum, rauchten, betrachteten die Geschichte der Durys von jedem möglichen Gesichtspunkt, und suchten gleichzeitig nach einem Weg, wie wir Corporal John Beecham mit der ganzen Sache in Verbindung bringen könnten. Die Verfolgung der Dury-Spur würde einige Zeit brauchen, soviel war jetzt schon klar; falls das aber eine falsche Fährte sein sollte, dann würde uns der nächste Mord des Mannes nicht besser gerüstet finden als sein letzter zu Pfingsten. Wir mußten uns jetzt zwischen zwei Möglichkeiten entscheiden, die beide ihre Tücken hatten. Kreisler und ich wanderten ziellos durch das nächtliche Washington und fühlten uns wie gelähmt.

Wir empfanden es daher als das reinste Glück, als uns der Portier bei unserer Rückkehr ins Willard eine Kabelnachricht überreichte. Sie stammte aus Fort Yates und mußte wenige Minuten nach Ankunft der Isaacsons an diesem Ort abgesandt worden sein. Ihr Inhalt war kurz, aber eindeutig: SPUR ÜBERZEUGEND. FOLGEN.

KAPITEL
33

Bei Tagesanbruch saßen wir bereits im Zug nach New York, wo wir im Hauptquartier vorbeischauen wollten, bevor wir weiter nach Newton, Massachusetts, fuhren. Nachdem uns die Brüder Isaacson in unserem Wunsch nach einem Gespräch mit Adam Dury bestätigt hatten, waren wir in Washington zu keinem konstruktiven Tun mehr imstande – nicht einmal zum Schlafen. Die Zugfahrt in Richtung Norden kam dagegen unserem Tatendurst entgegen, und so konnten wir uns wenigstens ein paar Stunden lang ausruhen. Das hoffte ich zumindest, als wir einstiegen; aber ich hatte noch gar nicht lange in unserem verdunkelten Abteil gedöst, als ich durch eine innere Unruhe wieder geweckt wurde. Ich zündete ein Streichholz an, um festzustellen, ob meine Unruhe irgendeine rationale Ursache hätte, und sah Kreisler auf dem Sitz gegenüber aus dem Abteilfenster auf die vorbeieilende schwarze Landschaft starren.

»Laszlo«, sagte ich leise und betrachtete im Licht meines Streichholzes seine weit geöffneten Augen, »was ist los, was ist passiert?« Er rieb sich mit dem Gelenk des linken Zeigefingers am Mund. »Die morbide Phantasie«, sagte er.

Ich zuckte zusammen, als das Streichholz bis zu meinen Fingern heruntergebrannt war, ließ es auf den Boden fallen und murmelte in die plötzliche Finsternis hinein: »Welche Phantasie? Wovon reden Sie?«

»Das habe ich selbst gelesen und weiß, daß es wahr ist«, sagte er, aus dem Brief unseres Mörders zitierend. »Die Sache mit dem Kannibalismus. Als Erklärung dafür haben wir eine morbide, blühende Phantasie angenommen.«

»Und?«

»Die Fotografien, John«, antwortete Laszlo, und obwohl ich sein Gesicht nicht sehen konnte (und auch sonst nichts im ganzen Abteil), hörte ich deutlich die Spannung in seiner

Stimme. »Die Fotografien der ermordeten Siedler. Wir haben bisher immer angenommen, unser Mann müsse zu irgendeinem Zeitpunkt seines Lebens selbst im Westen gewesen sein und nur persönliche Erfahrung könne das Vorbild für seine grauenhaften Taten sein.«

»Wollen Sie damit sagen, daß Victor Durys Fotografien die gleiche Wirkung gehabt haben könnten?«

»Nicht bei jedem. Aber vielleicht bei diesem Mann, angesichts seiner leichten Beeindruckbarkeit als Folge einer von Gewalt und Angst erfüllten Kindheit. Denken Sie an das, was wir über Kannibalismus sagten – das war etwas, das er gelesen oder vielleicht gehört hatte, wahrscheinlich als Kind. Eine schaurige Geschichte, die einen dauerhaften Eindruck auf ihn machte. Würden Fotografien nicht eine noch stärkere Wirkung erzielen, gerade bei einer Person mit einer derart obsessiven, morbiden Vorstellungskraft?«

»Schon möglich. Sie denken an den verschwundenen Bruder?«

»Ja. An Japheth Dury.«

»Aber warum sollte jemand einem Kind solche Bilder zeigen?«

Kreisler antwortete wie geistesabwesend: »… dreckiger als eine dreckige Rothaut …«

»Wie bitte?«

»Ich bin nicht sicher, John. Vielleicht fand er sie zufällig. Vielleicht wurden sie als Disziplinierungsmittel eingesetzt. Vielleicht finden wir die Antwort in Newton.«

Ich dachte ein paar Momente darüber nach, spürte aber dann, wie es meinen Kopf wieder in Richtung Sitz zog. »Nun«, sagte ich schließlich, dem Zug nachgebend, »wenn Sie sich nicht auch ein bißchen ausruhen, dann werden Sie nicht imstande sein, mit irgend jemandem zu reden, weder in Newton noch sonstwo.«

»Ich weiß«, antwortete Kreisler. Dann hörte ich ihn auf seinem Sitz herumrutschen. »Es ist mir nur eingefallen …«

Das nächste, was ich wieder mitbekam, war unsere Ankunft am Grand-Central-Bahnhof, wo wir durch das Schlagen von Abteiltüren und das Donnern von Reisetaschen gegen die Wand unseres Abteils rüde geweckt wurden. Nach unserer unruhigen Nacht recht mitgenommen aussehend, stolperten Kreisler und ich aus dem Zug und quer durch den Bahnhof hinaus in einen bewölkten, trüben Morgen. Da Sara sicher noch nicht in unserem Hauptquartier war, beschlossen wir, in unseren jeweiligen Wohnungen einen kurzen Zwischenstopp einzulegen und uns dann in Nr. 808 zu treffen. Ich bekam am Washington Square noch einmal zwei Stunden Schlaf und ein herrliches Bad und frühstückte dann mit meiner Großmutter. Die innere Ruhe, die ihr die Hinrichtung von Dr. H. H. Holmes in so dankenswerter Weise verschafft hatte, war, wie ich während der Mahlzeit bemerkte, schon wieder etwas verflogen: Nervös durchblätterte sie die hinteren Seiten der *Times* und suchte nach der nächsten tödlichen Bedrohung. Ich erlaubte mir, sie auf ihr unsinniges Verhalten hinzuweisen, worauf sie kurz angebunden zurückgab, sie sei nicht erpicht auf Rat von einem Menschen, der glaube, sich gesellschaftlichen Selbstmord leisten zu können, indem er sich nicht nur in einer, sondern sogar in zwei Städten in aller Öffentlichkeit mit »diesem Dr. Kreisler« sehen lasse.

Harriet packte mir eine frische Reisetasche für die Fahrt nach Newton, und um neun Uhr fuhr ich bereits, vollgepumpt mit Kaffee und erstaunlich frisch und ausgeruht, im Liftkäfig hinauf ins Hauptquartier. Es schien mir jetzt, als wäre ich viel länger fort gewesen als nur vier Tage, und auf das Wiedersehen mit Sara freute ich mich mit unverhohlener Begeisterung. Im sechsten Stock angekommen, fand ich sie ins Gespräch mit Kreisler vertieft, beschloß aber, mich überhaupt nicht mehr darum zu kümmern, was da zwischen ihnen vorging oder nicht, stürzte auf sie zu, nahm sie in die Arme und wirbelte sie in der Luft herum.

»John, du Esel!« sagte sie mit einem Lächeln. »Daß jetzt Frühling ist, beeindruckt *mich* keineswegs – und du weißt doch, was passiert ist, als du letztes Mal zudringlich wurdest!«

»Bitte nicht«, sagte ich und setzte sie schnell wieder ab. »Ein Bad im Fluß reicht fürs ganze Leben. Na, hat Laszlo dich ins Bild gesetzt?«

»Ja«, antwortete Sara, zog ihren Knoten am Hinterkopf fester und blitzte mich aus trotzigen grünen Augen an. »Ihr beiden habt euch ja wieder einmal bestens unterhalten. Wie ich Dr. Kreisler gerade gesagt habe: Wenn ihr glaubt, daß ich noch eine Minute hier hocken bleibe, während ihr euch ins nächste Abenteuer stürzt, dann habt ihr euch getäuscht.«

Das schien mir ein Lichtblick. »Kommst du mit nach Newton?«

»Ich habe gesagt, ich will auch ein Abenteuer«, antwortete sie und schlug mit einem Stück Papier nach meiner Nase. »Und mit euch beiden in einem Zug eingesperrt zu sein, das ist nicht ganz meine Vorstellung von Abenteuer. Nein, Dr. Kreisler sagt, jemand sollte nach New Paltz fahren.«

»Roosevelt rief vor ein paar Minuten an«, sagte Kreisler zu mir. »Der Name Beecham taucht offenbar in verschiedenen Registern dieser Stadt auf.«

»Aha«, sagte ich. »Dann ist Japheth Dury also eher nicht zu John Beecham geworden.«

Kreisler zuckte die Schultern. »Es scheint eine zusätzliche Komplikation zu sein. Allerdings müssen Sie und ich so schnell wie möglich nach Newton. Und da die Detective Sergeants noch nicht zurück sind, bleibt nur Sara. Es ist schließlich vertrautes Gebiet für sie – sie ist doch in dieser Gegend aufgewachsen und weiß sicher auch, wie sie mit den örtlichen Behörden umgehen muß.«

»Aber ganz ohne Zweifel«, sagte ich. »Und wer ist Koordinator im Hauptquartier?«

»Eine maßlos überbewertete Aufgabe«, antwortete Sara. »Das kann Stevie machen, bis Cyrus aus dem Bett ist. Außerdem bin ich doch nur einen Tag fort.«

Ich warf dem Mädchen einen flehenden Blick zu. »Und wieviel ist dir meine Unterstützung bei dieser Sache wert?«

Sara fuhr herum. »John, du bist ein Mistkerl. Dr. Kreisler hat schon zugestimmt.«

»Ich verstehe«, sagte ich. »Nun, da kann man nichts machen. Meine Meinung ist ja offenbar nicht einmal die Luft wert, die zu ihrer Äußerung notwendig ist.«

Und auf diese Weise wurde Stevie Taggert auf unser

Hauptquartier losgelassen, um es nach Zigaretten zu durchwühlen. Ab zwölf Uhr mittag dieses Tages war er hier der Chef – aus seinem Gesichtsausdruck bei unserem Abschied glaubte ich schließen zu dürfen, daß er, falls er nichts Besseres fand, selbst noch die Polsterung der Fauteuils wegrauchen würde. Stevie lauschte aufmerksam Kreislers Anweisungen, wie er uns während unserer Abwesenheit kontaktieren könne, doch als diese Anweisungen in eine Moralpredigt über die üblen Folgen von Nikotinmißbrauch ausarteten, da schien er urplötzlich zu ertauben. Laszlo, Sara und ich hatten kaum den Lift betreten, da hörten wir von oben schon lautes Aufziehen und Schließen von Schubladen und Türen. Kreisler seufzte nur; es war ihm klar, daß wir alle im Moment größere Sorgen hatten – aber ich wußte, wenn dieser Fall einmal vorbei war, dann gab's auf der Siebzehnten Straße wieder viel zu hören über die Vorteile eines lasterlosen Lebens.

Wir hielten kurz am Gramercy Park, damit Sara noch ein paar Sachen packen konnte (für den Fall, daß ihr Besuch in New Paltz länger dauern würde als erwartet), und anschließend übten wir noch einmal das gleiche Versteck- und Verwirrspiel wie vor unserer Abreise nach Washington. Dann zurück zum Grand Central. Sara verließ uns, um eine Fahrkarte für die Hudson-Linie zu kaufen, während Kreisler und ich am Schalter nach New Haven unsere Billetts lösten. Dann folgte der Abschied – zwischen Kreisler und Sara genauso kurz und nichtssagend wie am Montag; und ich dachte schon, ich würde mich in bezug auf diese beiden genauso irren wie bei meiner Priester-Theorie. Unser Zug fuhr pünktlich ab, und bald sausten wir durch die östlichen Gebiete von Westchester County in Richtung Connecticut.

Im Vergleich zu unserer Fahrt nach Washington konnte man sich keinen größeren landschaftlichen Gegensatz vorstellen. Verschwunden die sattgrünen Matten von New Jersey und Maryland: rundherum nichts als die unwirtliche Landschaft von Connecticut und Massachusetts, die langsam auf den Long Island Sound und das Meer dahinter zukroch und einem das harte Leben ins Bewußtsein rief, das aus den Farmern und Kaufleuten von Neu-England so knausrige, streitsüchtige Menschen machte. Und menschliche Beweisstücke für diese These saßen rund um uns herum. Kreisler hatte keine Billetts für die erste Klasse gelöst, ein Fehler, dessen volle Tragweite erst erkennbar wurde, als der Zug die volle Fahrgeschwindigkeit erreichte und unsere Mitreisenden ihre rauhen, näselnden Stimmen hoben, um das Zuggeratter zu übertönen. Stundenlang mußten Kreisler und ich uns laute Unterhaltungen über Fischen, Lokalpolitik und die schreckliche wirtschaftliche Lage der Vereinigten Staaten anhören. Immerhin konnten wir trotz dieses Höllenlärms einen Plan für den Umgang mit Adam Dury ausarbeiten – gesetzt den Fall, daß wir ihn fanden. Am Bay-Back-Bahnhof in Boston stiegen wir aus und gingen auf eine Gruppe von Mietdroschkenkutschern zu. Einer von ihnen, ein großer, hagerer Bursche mit verschlagenen kleinen Augen, kam uns sofort entgegen.

»Newton?« sagte Kreisler zu ihm.

Der Mann legte den Kopf zur Seite und schob den Unterkiefer vor. »Gute zehn Meilen«, sagte er. »Da bin ich nicht vor Mitternacht zurück.«

»Dann nehmen Sie den doppelten Preis«, rief ihm Laszlo nachlässig zu und warf seine Reisetasche auf den Vordersitz des ziemlich klapprigen alten Surrey. Der Kutscher schien zwar enttäuscht, daß man ihn um das Vergnügen des Handelns gebracht hatte, reagierte aber doch höchst eilfertig, sprang auf den Bock und packte seine Peitsche. Ich sprang auch hinauf, und im Abfahren hörten wir die anderen Kutscher darüber brummen und schimpfen, was das wohl für ein Irrer war, der für eine Fahrt nach Newton den doppelten Preis bezahlte. Danach war es eine ganze Weile lang still.

Ein wolkenverhangener Sonnenuntergang, der Regen zu versprechen schien, legte sich über das östliche Massachusetts, während sich die letzten Ausläufer von Boston langsam in monotonem, steinigem Weideland verloren. Newton erreichten wir erst lange nach Einbruch der Dunkelheit, worauf unser Kutscher vorschlug, uns zu einem Gasthaus zu bringen, das, so behauptete er, das beste der ganzen Stadt sei.

Sowohl Kreisler als auch ich wußten, daß das Gasthaus aller Wahrscheinlichkeit nach von einem Mitglied seiner Familie geführt wurde, aber wir waren müde, hungrig und auf Terra incognita, und so blieb uns nichts anderes übrig, als sein Angebot zu akzeptieren. Durch die hübschen Straßen von Newton ratternd, einer Kleinstadt, so pittoresk und langweilig, wie es typisch für Neu-England ist, hatte ich wieder dieses unangenehme, aber schon von meiner Zeit in Harvard her vertraute Gefühl, zwischen engen Gassen und engen Herzen eingesperrt zu sein. Das »beste Gasthaus von ganz Newton« hob die Stimmung mitnichten: Es war, wie erwartet, ein heruntergekommenes Holzhaus, äußerst spärlich möbliert, mit einer wenig abwechslungsreichen Speisekarte, auf der nur Gekochtes zu finden war. Der einzige Lichtblick ergab sich während des Essens, als uns der Wirt (ein Vetter zweiten Grades unseres Kutschers) erklärte, er könne uns sagen, wie man zur Farm von Adam Dury komme; und als er hörte, daß wir auch am nächsten Morgen eine Kutsche brauchen würden, erklärte sich der Mann, der uns hergebracht hatte, bereit, hier die Nacht zu verbringen und uns morgen zu fahren. Nachdem wenigstens das geregelt war, zogen wir uns in unsere niedrigen, finsteren Zimmer und harten, schmalen Betten zurück, um unseren Mägen bei der sicher schwierigen Verdauung von gekochtem Hammel und gekochten Kartoffeln etwas Ruhe zu bieten.

Am Morgen standen wir früh auf und versuchten – leider vergeblich –, dem Frühstück zu entgehen; es gab dicke, zähe Pfannkuchen und Kaffee. Der Himmel hatte sich geklärt, offenbar ohne daß es geregnet hatte, und vor dem Gasthof stand schon der alte Surrey; der Kutscher saß oben auf dem Kutschbock, bereit zur Abfahrt. Wir fuhren in nördliche Richtung und sahen mindestens eine halbe Stunde lang keinerlei Spuren von menschlicher Tätigkeit; dann erblickten wir eine Rinderherde, auf einer holprigen, mit Steinen übersäten Wiese grasend, und dahinter, unter einer Gruppe von Eichen, ein paar kleine Gebäude. Als wir uns diesen Gebäuden näherten – es war ein Farmhaus mit zwei Scheunen –, konnte ich die Gestalt eines Mannes erkennen, der, bis zu den

Knöcheln im Dung stehend, mühsam versuchte, einen alten Klepper zu beschlagen.

Der Mann hatte, wie mir sofort auffiel, schütteres Haar, und seine bloßliegende Kopfhaut glänzte in der Morgensonne.

Kapitel
34

Nach dem heruntergekommenen Zustand von Scheunen, Zäunen und Wagen wie auch der Abwesenheit von Helfern oder gut genährten Tieren zu schließen, war Adam Dury mit seiner kleinen Milchwirtschaft wohl bisher nicht reich geworden. Es gibt kaum Menschen, die die grimmige Realität des Lebens besser kennenlernen als arme Farmer, und die Atmosphäre auf solch einer Farm hat immer etwas Erschütterndes an sich: Die Erregung, die Kreisler und ich darüber empfanden, daß wir diesen Mann endlich gefunden hatten, wurde sofort gedämpft durch Mitgefühl mit seinen Lebensumständen. Wir stiegen aus dem Surrey, sagten dem Kutscher, er möge warten, und näherten uns langsam und vorsichtig.

»Verzeihen Sie – Mr. Dury?« fragte ich, während der Mann immer noch mit dem linken Vorderhuf seines Kleppers rang. Der von Fliegen umschwärmte Braune mit kahlen Stellen im Fell, wo ihm wahrscheinlich das Zuggeschirr auflag, zeigte überhaupt kein Interesse, seinem Herrn bei dessen schwieriger Arbeit irgendwie entgegenzukommen.

»Ja«, knurrte der Mann, ohne uns etwas anderes zuzuwenden als die Hinterseite einer fast schon vollkommenen Glatze.

»Mr. Adam Dury?« bohrte ich weiter, um ihn zum Umdrehen zu bewegen.

»Das müssen Sie doch wissen, wenn Sie meinetwegen gekommen sind«, antwortete Dury und ließ mit einem Grunzen endlich den Pferdehuf fallen. Dann richtete er sich zu seiner vollen Höhe von gut einem Meter neunzig auf und klopfte dem Tier halb zornig, halb zärtlich auf den Hals. »Der bildet sich natürlich ein, daß er noch vor mir ins Gras beißt, also warum soll er mir helfen? Aber wir müssen beide noch ein paar Jahre durchhalten, du alter …« Dury drehte sich endlich um und ließ ein Gesicht sehen, dessen Haut so straff gespannt schien, daß es mehr wie ein fleischfarbener Totenschädel aussah. Den Mund füllten große gelbe Zähne, die mandelförmigen Augen waren von einem stumpfen Blau. Seine Arme wirkten sehr kräftig und muskulös, und die Finger seiner Hand schienen auffallend lang und dick. Er betrachtete uns mit einer schielenden Grimasse, die weder freundlich noch unfreundlich war. »Na? Was kann ich für die Herren tun?«

Ich fing ohne weitere Umschweife mit dem kleinen Täuschungsmanöver an, das wir uns im Zug nach Boston überlegt hatten. »Das ist Dr. Laszlo Kreisler«, sagte ich, »und mein Name ist John Schuyler Moore. Ich bin Reporter bei der *New York Times*.« Ich fischte meine Brieftasche heraus und entnahm ihr schließlich einen entsprechenden Ausweis. »Ich bin eigentlich Polizeireporter und soll für meine Redaktion einige der – also, um es genau zu sagen, einige der berühmtesten ungelösten Mordfälle der letzten Jahrzehnte recherchieren.«

Dury nickte leicht mißtrauisch. »Sie wollen was über meine Eltern hören.«

»So ist es«, antwortete ich. »Sie haben ja sicher auch davon gehört, Mr. Dury, daß inzwischen die New Yorker Polizei selbst Gegenstand von Untersuchungen ist.«

Dury kniff die Augen zusammen. »Dieser Fall ging sie aber nichts an.«

»Das ist richtig. Aber meine Redaktion möchte Aufklärung darüber, warum im ganzen Staat New York so viele spektakuläre Fälle von der Polizei nie aufgeklärt, ja oft nicht einmal richtig untersucht werden. Daher hat man beschlossen, einige dieser Fälle noch einmal aufzurollen, um zu sehen, was in den Jahren seit der eigentlichen Mordtat geschehen ist. Würden Sie die Güte haben, uns die näheren Umstände der Ermordung Ihrer Eltern zu beschreiben?«

Über Durys Gesichtszüge lief etwas wie eine Schmerzenswelle. Als er sich wieder gefangen hatte, war das Mißtrauen aus seiner Stimme verschwunden, abgelöst durch Trauer und Resignation. »Wem soll das jetzt noch nützen? Das ist doch fast fünfzehn Jahre her!«

Ich strahlte nicht nur Mitgefühl aus, sondern auch moralische Entrüstung. »Rechtfertigt das wirklich die Tatsache, daß der Fall nie aufgeklärt wurde, Mr. Dury? Und Sie sind nicht der einzige, bedenken Sie das – auch andere haben erfahren müssen, daß Verbrechen ungelöst und ungesühnt blieben, und auch sie wüßten gern, warum das so ist.«

Dury überlegte noch einen Moment, dann schüttelte er den Kopf. »Das ist Ihre Angelegenheit. Ich will einfach nicht mehr darüber reden.«

Damit entfernte er sich; aber da ich meine Neu-Engländer gut genug kannte, hatte ich mit dieser Reaktion gerechnet. »Es gibt natürlich«, verkündete ich, »ein Honorar.«

Damit hatte ich ihn: Er blieb stehen, drehte sich um und schaute mich scharf an. »Ein Honorar?«

Ich lächelte ihn freundlich an. »Ein Beratungshonorar«, sagte ich. »Keine große Summe natürlich – sagen wir, einhundert Dollar?«

Mir war klar, daß diese Summe für einen Mann in Durys Lage doch einiges bedeutete, daher war ich nicht überrascht, als ich seine Mandelaugen hüpfen sah. »Einhundert Dollar?« wiederholte er ungläubig. »Für *quatschen*?«

»Richtig, Sir«, sagte ich und holte die entsprechenden Scheine aus meiner Brieftasche.

Nach einer weiteren kurzen Bedenkzeit nahm Dury schließlich das Geld. Dann wandte er sich zu seinem Pferd, gab ihm einen Klaps aufs Hinterteil und schickte es grasen. »Wir werden in der Scheune reden«, sagte er. »Ich habe Arbeit, die kann ich nicht einfach stehenlassen, nur wegen ein paar« – mit wenigen weiten, schweren Schritten durchquerte er den Sumpf aus Dung – »Geistergeschichten.«

Kreisler und ich folgten ihm, sehr erleichtert über die Wirkung unseres Schmiergeldes. Aber am Scheunentor fuhr Dury plötzlich wieder mißtrauisch herum.

»Einen Moment noch!« wandte er ein. »Sie sagen, dieser Mann ist ein Doktor? Was hat er hier verloren?«

»Ich arbeite an einer Studie über das Verhalten von Kriminellen, Mr. Dury«, antwortete Kreisler sehr freundlich, »sowie über das Verhalten der Polizei. Mr. Moore hat mich gebeten, ihn als Fachmann bei seinem Artikel zu beraten.«

Dury schluckte es, schien aber von Kreislers Akzent nicht sonderlich angetan. »Sie sind Deutscher«, sagte er, »oder vielleicht Schweizer.«

»Mein Vater war Deutscher«, antwortete Kreisler, »aber ich bin hier aufgewachsen.«

Auch diese Erklärung gefiel Dury offenbar; schweigend schritt er voraus in die Scheune.

Drinnen in diesem nicht sehr stabil wirkenden Schuppen wurde der Mistgestank noch stärker, allerdings gemildert durch den süßen Duft von Heu, das auf dem Dachboden über uns gelagert wurde.

Die nackten Plankenwände waren einmal weiß gestrichen gewesen, aber die Farbe war längst abgeblättert, und darunter wurde das grobe Holz sichtbar. Hinter einer kleinen, schmalen Tür sah man den Hühnerstall, das Glucksen und Gackern seiner Insassen drang zu uns heraus. Pferdegeschirre, Sicheln, Schaufeln, Hacken, Dreschflegel und Eimer hingen an den Wänden, von dem niedrigen Dach oder standen auf dem gestampften Lehmboden. Dury ging direkt auf einen sehr alten Miststreuer zu, dessen Achse auf einem Stoß Steine abgestützt war. Mit einem Hammer gegen das Rad schlagend, befreite Dury die Achse von ihrem Lager, stieß ein Zischen des Abscheus aus und begann, die Achse zu bearbeiten.

»Meinetwegen«, sagte er, einen Eimer mit Schmieröl packend und ohne uns eines Blickes zu würdigen, »stellen Sie schon Ihre Fragen.«

Kreisler nickte mir zu und deutete damit an, daß ich zuerst einmal die Rolle des Interviewers übernehmen sollte. »Wir kennen die Zeitungsartikel, die damals erschienen sind«, sagte ich. »Aber vielleicht könnten Sie uns sagen...«

»Zeitungsartikel, so, so!« knurrte Dury. »Dann haben Sie ja wahrscheinlich auch gelesen, daß die Verrückten sogar mich vorübergehend im Verdacht hatten.«

»Wir haben gelesen, daß es Gerüchte gab«, antwortete ich. »Aber die Polizei erklärte, daß sie das nie...«

»...geglaubt haben? Und warum haben sie dann zwei Mann bis herauf zu uns geschickt, um mich und meine Frau drei Tage lang zu verhören?«

»Sie sind verheiratet, Mr. Dury?« fragte Kreisler ruhig.

Dury warf Laszlo einen finsteren Blick zu. »Ja. Seit neunzehn Jahren – nicht, daß es Sie etwas angehen würde.«

»Kinder?« fragte Kreisler im gleichen behutsamen Ton.

»Nein«, kam die harte Antwort. »Wir – das heißt, meine Frau – ich – nein. Wir haben keine Kinder.«

»Aber«, warf ich ein, »Ihre Frau konnte doch sicher bezeugen, daß Sie hier waren, als das – dieses furchtbare Verbrechen geschah?«

»Davon halten diese Idioten aber nicht viel«, antwortete Dury. »Vor Gericht zählt das Zeugnis der Ehefrau so gut wie gar nichts. Ich mußte einen Nachbarn bitten, einen Mann, der fast zehn Meilen von hier wohnt, zu kommen und zu bezeugen, daß er an eben dem Tag, an dem meine Eltern umgebracht wurden, mit mir zusammen einen Baumstumpf ausgegraben hat.«

»Wissen Sie, warum die Polizei Ihnen nicht glauben wollte?« fragte Kreisler. Dury schmiß seinen Hammer auf den Boden. »Na, das haben Sie doch sicher auch gelesen, Doktor. Es war kein Geheimnis. Ich hatte mich mit meinen Eltern schon jahrelang nicht mehr vertragen.«

»Ja, darüber haben wir etwas gelesen«, sagte ich und bemühte mich, Dury weitere Einzelheiten zu entlocken. »Aber die Polizeiberichte waren sehr verworren, man konnte daraus eigentlich keine Schlüsse ziehen. Was seltsam ist, denn diese Frage war doch für die Ermittlung äußerst wichtig. Vielleicht könnten Sie uns weiterhelfen?«

Dury hob das Rad des Miststreuers auf eine Werkbank und fing wieder an, darauf herumzuhämmern. »Meine Eltern waren sehr harte Menschen, Mr. Moore. Mußten sie wohl auch sein, um in dieses Land hier auszuwandern und das Leben durchzustehen, das sie für sich selbst gewählt hatten. Jetzt kann ich das einsehen, aber solche Erklärungen helfen einem kleinen Jungen nicht, der...« Ich hatte den Eindruck, daß der Mann sich in einem leidenschaftlichen Ausbruch Luft machen wollte, sich aber mit Gewalt beherrschte. »...der nur eiskalte Worte hört. Und einen schweren Lederriemen spürt.«

»Also wurden Sie geschlagen«, sagte ich und dachte an Kreislers und meine ursprünglichen Reaktionen, als wir zum ersten Mal über die Dury-Morde in Washington gelesen hatten.

»Ich rede weniger von mir selbst, Mr. Moore«, gab Dury zur Antwort. »Obwohl Gott weiß, daß weder mein Vater noch meine Mutter jemals mit Strafe knauserten, wenn ich etwas angestellt hatte. Aber das war nicht der Grund für unsere – Entfremdung.« Er warf einen kurzen Blick durch ein kleines, vollkommen verstaubtes Fenster, dann hämmerte er wieder auf sein Rad ein. »Ich hatte einen Bruder. Japheth.«

Kreisler nickte, als ich sagte: »Ja, wir haben über ihn gelesen. Tragisch. Sie haben unser Mitgefühl.«

»Mitgefühl? Mag sein. Aber ich sage Ihnen eins, Mr. Moore – was auch immer die Wilden mit ihm taten, es konnte nicht schlimmer sein als das, was seine eigenen Eltern ihm angetan hatten.«

»Haben sie ihn mißhandelt?«

Dury zuckte die Schultern. »Manche würden es vielleicht nicht so nennen. Aber ich nannte es so und tu's noch immer. Er war ein merkwürdiger Junge, in vielerlei Hinsicht, und die Art und Weise, wie meine Eltern darauf reagierten, wäre einem Außenstehenden vielleicht – natürlich erschienen. Aber das war es nicht. Nein, Sir, da war der Teufel drin, irgendwo ...« Dury schien für einen Moment in Erinnerungen zu versinken, aber dann schüttelte er sie ab. »Tut mir leid. Sie wollten etwas über den Fall wissen.«

Eine halbe Stunde lang stellte ich ihm eine Frage nach der anderen, zum Großteil über Dinge, die wir schon wußten oder die nicht so wichtig waren; um nicht gleich mit der Tür ins Haus zu fallen und bloßzulegen, was uns wirklich interessierte. Dann fragte ich ihn, warum denn eigentlich irgendwelche Indianer seine Eltern hätten töten sollen, und brachte ihn damit dazu, uns ausführlich über das Leben der Familie in Minnesota zu berichten. Von dort war es kein großer Schritt zu Fragen nach ihrem Familienleben im allgemeinen. Während Dury sprach, zog Laszlo heimlich sein Notizbuch hervor und begann, schweigend mitzuschreiben:

Adam Dury kam zwar 1856 in New Paltz zur Welt, aber seine frühesten Erinnerungen stammten aus seinem vierten Lebensjahr, als sich die Familie bereits in Fort Ridgely in Minnesota aufhielt, einem Militärposten innerhalb der Lower Sioux Agency in diesem Staat. Die Durys lebten außerhalb des Forts in einem Blockhaus mit nur einem Zimmer, und auf diese Weise erhielt der kleine Adam schon sehr früh einen genauen Einblick in das Verhältnis seiner Eltern zueinander. Sein Vater war, wie Kreisler und ich bereits wußten, ein streng religiöser Mann, der keinen Versuch machte, für die Handvoll Sioux, die sich aus Neugier seine Predigten anhörten, deren Inhalt irgendwie abzuschwächen oder besonders aufzubereiten. Aber Laszlo und ich waren überrascht zu hören, daß der Reverend Victor Dury trotz seiner strengen Ansichten seinen ältesten Sohn nicht besonders streng oder gar grausam behandelt hatte. Im Gegenteil: Adam sagte, die frühesten Erinnerungen an seinen Vater seien eigentlich glückliche. Der Reverend war zwar nicht zimperlich, wenn es um körperliche Züchtigung ging; aber gewünscht und befohlen wurden solche Strafen meist von Mrs. Dury.

Bei der Erwähnung seiner Mutter schaute Adam Dury noch finsterer drein, und seine Worte kamen zögernder, so als hätte selbst die Erinnerung an sie noch eine dunkle Macht über ihn. Mrs. Dury, kalt und streng, hatte ihrem Sohn in seiner Jugend offenbar nicht viel Trost und Zuflucht geboten; bei seiner Beschreibung dieser Frau mußte ich unwillkürlich an Jesse Pomeroy denken.

»Mir tat es zwar sehr weh, daß sie sich nicht um mich kümmerte«, sagte Dury und versuchte dabei, das inzwischen reparierte Rad wieder an dem Miststreuer zu befestigen, »aber ich glaube, mein Vater litt unter ihrer Kälte noch viel mehr – denn sie war ihm keine Frau. Ja, ja, sie war eine gute Hausfrau und hielt das Haus sauber, trotz unserer geringen Mittel. Aber wenn die ganze Familie in einem Raum lebt, dann bemerkt man, ob man will oder nicht, auch die – intimeren Seiten des elterlichen Zusammenlebens. Oder deren gänzliches Fehlen.«

»Wollen Sie damit sagen, daß Ihre Eltern einander nicht sehr nahe standen?«

»Damit will ich sagen, daß ich nicht weiß, warum sie ihn geheiratet hat«, antwortete Dury unwirsch und ließ Zorn und Trauer an Achse und Rad vor sich aus. »Sie konnte nicht einmal die leiseste Berührung von ihm ertragen, viel weniger seine – seine Versuche, eine Familie zu gründen. Sehen Sie, mein Vater wollte immer Kinder. Er hatte die Vorstellung, oder eher den Traum, daß er seine Söhne und Töchter in die Wildnis senden würde, auf daß sie sein Werk verbreiteten und fortsetzten. Aber meine Mutter ... Jeder Versuch war für sie die reinste Qual. Manchmal ließ sie's über sich ergehen, manchmal – hat sie sich gewehrt. Ich weiß wirklich nicht, warum sie überhaupt geheiratet hat. Nur – wenn er predigte ... Mein Vater war eigentlich auf seine Art ein guter Redner, und meine Mutter versäumte so gut wie nie einen Gottesdienst, den er hielt. Dieser Teil ihres Lebens schien ihr merkwürdigerweise doch irgendwie Freude zu bereiten.«

»Und nach der Rückkehr aus Minnesota?«

Dury schüttelte bitter den Kopf. »Nach der Rückkehr aus Minnesota wurde alles viel, viel schlimmer. Als mein Vater seine Stelle verlor, verlor er damit auch die einzige menschliche Beziehung, die er zu meiner Mutter hatte. In den darauffolgenden Jahren redeten sie kaum jemals miteinander, sie berührten sich auch nie, soviel ich weiß.« Er starrte wieder durch das verschmierte Fenster. »Bis auf einmal ...«

Er schwieg ein paar Sekunden, und um ihn wieder zum Reden zu bringen, murmelte ich: »Japheth?«

Dury nickte und löste sich langsam wieder von seinen bösen Erinnerungen. »Wenn es warm genug war, schlief ich meist im Freien. In der Nähe der Berge – der Shawangunks. Mein Vater hatte noch in der Schweiz von seinem eigenen Vater Bergsteigen gelernt, und die Shawangunks waren ideal, um zu üben, und auch, um es mir beizubringen. Ich konnte es zwar nicht besonders gut, ging aber immer gern mit ihm, denn das waren glückliche Stunden – weg von diesem Haus und von dieser Frau.«

Wären seine Worte Bomben gewesen, so hätten sie Kreisler und mich nicht härter treffen können. Laszlos schwacher linker Arm fuhr hoch, und er packte mich überraschend kraftvoll an der Schulter. Dury bemerkte das alles nicht; er hatte keine Ahnung, welche Wirkung seine Worte auf uns ausübten, und fuhr fort:

»Aber in den kältesten Monaten mußte man drinnen schlafen, wenn man nicht erfrieren wollte. Und ich erinnere mich an eine Februarnacht, als mein Vater ... vielleicht hatte er etwas getrunken, obwohl das sonst nicht seine Art war ... aber nüchtern oder nicht, er fing jedenfalls an, sich gegen das unmenschliche Benehmen meiner Mutter aufzulehnen. Er redete von ihren Pflichten als Ehefrau, den Bedürfnissen eines Gatten, und fing an, nach ihr zu greifen. Meine Mutter schrie natürlich vor Empörung und Protest und warf ihm vor, er benehme sich wie die Wilden in Minnesota. Aber in dieser Nacht ließ sich mein Vater nicht aufhalten – und trotz der Kälte flüchtete ich durch ein Fenster aus dem Haus in eine alte Scheune, die einem Nachbarn gehörte. Aber sogar aus dieser Entfernung konnte ich noch die Schreie und das Schluchzen meiner Mutter hören.« Und wieder schien Dury seine Umgebung ganz vergessen zu haben; mit tonloser Stimme fuhr er fort: »Und ich wäre froh, wenn ich sagen könnte, daß diese Laute mein Mitleid weckten. Das taten sie aber nicht. Ich kann mich sogar genau erinnern, daß ich meinen Vater innerlich anfeuerte ...« Jetzt schien er wieder in die Gegenwart zurückzufinden, hob den Hammer auf und klopfte wieder energisch auf das Rad. »Ich nehme an, ich habe Sie schockiert, meine Herren. Das tut mir jedenfalls leid.«

»Nein, nein«, antwortete ich schnell. »Sie vermitteln uns damit nur ein besseres Verständnis des Hintergrunds, wir verstehen das sehr gut.«

Dury warf Laszlo wieder einen schnellen, skeptischen Blick zu. »Und Sie, Doktor? Verstehen Sie das auch? Sie haben bisher nicht viel gesagt.«

Kreisler blieb unter Durys forschenden Blicken ganz ruhig. Es gab, das wußte ich natürlich, keinerlei Gefahr, daß dieser erdverbundene Mann einen erfahrenen Arzt wie

Kreisler aus der Fassung bringen würde. »Ich war zu beeindruckt, um etwas zu sagen«, bemerkte Laszlo. »Wenn ich das sagen darf, Mr. Dury: Sie können sich sehr gewandt ausdrücken.«

Dury lachte trocken auf. »Für einen Farmer, meinen Sie? Ja, das hab' ich meiner Mutter zu verdanken. Sie zwang uns jeden Tag, stundenlang über unseren Hausaufgaben zu sitzen. Ich konnte lesen und schreiben, bevor ich fünf Jahre alt war.«

Kreisler nickte anerkennend mit dem Kopf. »Sehr lobenswert.«

»Meine Knöchel waren nicht dieser Meinung«, antwortete Dury. »Sie schlug uns immer drauf, mit einem Stock – aber ich schweife schon wieder vom Thema ab. Sie wollten wissen, was aus meinem Bruder wurde.«

»Ja«, sagte ich. »Aber vorher erzählen Sie doch noch, wie er als Kind war. Sie sagen, er war merkwürdig – wieso, auf welche Art?«

»Japheth?« Nachdem Dury das Rad endlich an der Achse des Miststreuers befestigt hatte, packte er jetzt eine lange Stange. »Ja – auf welche Art nicht? Vielleicht konnte man nichts anderes erwarten, von einem Kind, aus Wut geboren, von beiden Elternteilen nicht gewollt. Für meine Mutter war er ein Symbol der Lust meines Vaters, und für meinen Vater – für meinen Vater, der doch so gern mehr Kinder gehabt hätte, war Japheth eine Erinnerung an seine Erniedrigung, an diese eine furchtbare Nacht, als die Begierde ein Tier aus ihm gemacht hatte.« Mit Hilfe der langen Stange holte Dury jetzt die Steine unter der Achse des Miststreuers hervor, worauf die Maschine auf den Lehmboden der Scheune fiel und ein Stück vorwärts rollte. Zufrieden mit seiner Arbeit, nahm Dury eine Schaufel auf, redete dabei aber weiter. »Die Welt ist voller Fallen für einen Jungen, dem sonst keiner hilft. Ich hab' versucht, Japheth zu helfen, wo ich konnte, aber als er alt genug war, damit wir Freunde hätten werden können, wurde ich auf eine Farm in der Nähe in Dienst geschickt und sah ihn so gut wie nie. Ich wußte, daß es ihm in diesem Haus genauso schlecht ging wie mir, ja sogar noch schlechter. Und ich wünschte mir immer, daß ich ihm doch mehr helfen könnte.«

»Hat er Ihnen je erzählt«, fragte ich, »was eigentlich zu Hause los war?«

»Nein. Aber einiges sah ich ja selbst«, sagte Dury, und fing jetzt an, Dung aus dem Stall in den Miststreuer zu schaufeln. »Und an Sonntagen verbrachte ich immer Zeit mit ihm, ich wollte ihm zeigen, daß es auch für ihn schöne Dinge im Leben gab, ganz gleich, wie es zu Hause zuging. Ich brachte ihm Bergsteigen bei, und wir verbrachten ganze Tage und Nächte da oben. Aber letzten Endes ... letzten Endes glaube ich nicht, daß irgend jemand imstande gewesen wäre, gegen den Einfluß meiner Mutter anzukommen.«

»War sie – gewalttätig?«

Dury schüttelte den Kopf und antwortete, wie mir vorkam, abwägend und ehrlich. »Ich glaube nicht, daß Japheth in dieser Hinsicht mehr zu leiden hatte als ich. Gelegentlich ein paar Hiebe mit dem Lederriemen aufs Hinterteil, mehr nicht. Nein, ich war damals der Ansicht, und bin's auch heute noch, daß die Methode meiner Mutter sehr viel – heimtückischer war.« Dury legte die Schaufel weg, setzte sich auf einen der größeren Steine, die den Miststreuer gestützt hatten, und zog Pfeife und Tabaksbeutel heraus. »Man kann vielleicht sagen, daß ich mehr Glück hatte als Japheth, weil meine Mutter für mich keine anderen Gefühle hatte als äußerste Gleichgültigkeit. Aber Japheth – es genügte ihr anscheinend nicht, ihm ihre Liebe zu verweigern. Sie hatte an allem, was er tat, etwas auszusetzen, an jeder Handlung, jeder Bewegung, noch an den allerkleinsten Dingen. Sogar als er noch ein Kleinkind war, ja schon bevor er ein Bewußtsein seiner Selbst oder irgendeine Selbstkontrolle entwickelt hatte – immer hat sie ihn verfolgt und gepiesackt, für alles, was er tat.«

Kreisler beugte sich vor und bot Dury ein Streichholz an, das dieser nur widerwillig anzunehmen schien. »Was meinen Sie mit ›alles‹, Mr. Dury?« fragte er dann.

»Sie sind Arzt, Doktor«, antwortete Dury. »Sie können es vielleicht erraten.« Er rauchte ein paar Sekunden lang, um seine Pfeife warm zu bekommen, dann schüttelte er den Kopf und brummte zornig. »Diese eiskalte Bestie! Harte

Worte, ich weiß, wenn man damit die eigene tote Mutter meint. Aber wenn Sie sie gesehen hätten, meine Herren – immer nur keifen, keifen, keifen, immer, gegen alles, was er tat. Und wenn er sich einmal beschwerte, oder weinte, oder einen Wutanfall bekam, dann sagte sie Dinge, so ungeheuerlich, daß ich sie nicht einmal ihr zugetraut hätte.« Dury stand auf und schaufelte weiter. »Daß er gar nicht ihr Sohn sei. Daß er das Kind von Rothäuten sei – von dreckigen, menschenfresserischen Wilden, die ihn in einem Bündel vor der Tür gelassen hätten. Der arme kleine Bursche glaubte es ihr auch noch.«

Mit jeder Minute fügten sich mehr Teile des Puzzles an ihren richtigen Ort; und damit wurde es für mich immer schwieriger, ein aus der Tiefe aufsteigendes Gefühl von Triumph zu beherrschen. Fast wünschte ich, Dury würde mit seinen Erzählungen aufhören, nur damit ich hinauslaufen und zum Himmel schreien könnte, daß Kreisler und ich unseren Mann fangen würden, und der Teufel solle alle unsere Gegner holen. Aber ich wußte, daß Selbstbeherrschung jetzt noch wichtiger war als je zuvor, und bemühte mich daher, Kreislers Beispiel zu folgen.

»Und was geschah«, fragte Laszlo, »als Ihr Bruder älter wurde? Das heißt, alt genug, um...«

Urplötzlich begann Dury wie rasend zu brüllen und schleuderte seine Schaufel gegen die hintere Wand der Scheune. Aus dem Hühnerstall nebenan wirbelte Gefieder hoch, und als Dury die Hühner aufgeregt gackern hörte, riß er sich die Pfeife aus dem Mund und versuchte, sich wieder in den Griff zu bekommen. Kreisler und ich rührten uns nicht, obwohl ich sicher vor Schreck ganz blaß geworden war.

»Ich schlage vor«, zischte Dury, »daß wir ab jetzt alle ganz ehrlich miteinander reden – *meine Herren*.«

Kreisler sagte gar nichts, und meine Stimme zitterte ein bißchen, als ich fragte: »Ehrlich, Mr. Dury? Aber ich versichere Ihnen...«

»Verdammt!« schrie Dury und stampfte mit einem Fuß auf die Erde. Dann ließ er ein paar Sekunden verstreichen, bis er wieder ruhiger sprechen konnte. »Glauben Sie, man hätte damals nicht auch davon gesprochen? Glauben Sie, nur weil ich ein Farmer bin, bin ich auch ein Idiot? Ich weiß, warum Sie hier sind und was Sie herausfinden wollen!«

Ich wollte gerade weiter protestieren, aber Kreisler berührte mich am Arm. »Mr. Dury war wirklich außerordentlich offen zu uns, Moore. Ich glaube, wir schulden ihm das gleiche.« Dury nickte, und sein Atem ging wieder fast normal, als Kreisler fortfuhr: »Ja, Mr. Dury, unserer Meinung nach ist es äußerst wahrscheinlich, daß Ihr Bruder Ihre Eltern ermordet hat.«

Ein herzzerreißendes Geräusch, halb Aufschrei, halb Schluchzen, entfuhr dem Mann. »Und lebt er noch?« sagte er, ohne die geringste Spur von Zorn in seiner Stimme.

Kreisler nickte langsam, und Dury streckte seine Arme verzweifelt aus. »Aber warum ist das jetzt noch wichtig? Es ist so lange her – das ist doch alles gleichgültig. Wenn mein Bruder noch lebt – mit mir hat er jedenfalls nie Kontakt aufgenommen. Warum ist das denn jetzt noch wichtig?«

»Dann haben Sie es selbst vermutet?« fragte Kreisler und schwächte seine Frage ab, indem er einen Flachmann mit Whiskey herausholte und ihn Dury anbot.

Dury nickte noch einmal und tat einen Zug; seine anfängliche Feindseligkeit gegenüber Laszlo war verflogen. Ich hatte das für eine Folge von Laszlos Akzent gehalten, aber jetzt war klar, daß Dury von unserem Besuch eben genau das befürchtet hatte, was jetzt eingetreten war.

»Ja«, sagte Dury schließlich. »Sie dürfen nicht vergessen, Doktor, daß ich als Kind selbst unter den Sioux lebte. Ich hatte einige Freunde in ihren Dörfern. Und ich war auch Zeuge des Aufstandes von 1862. Mir war klar, daß die Erklärung für den Tod meiner Eltern, mit der sich die Polizei abspeisen ließ, so gut wie sicher eine Lüge war. Und außerdem kannte ich auch – meinen Bruder.«

»Sie wußten, daß er zu solch einer Tat fähig war«, sagte Kreisler leise. Er bewegte sich jetzt wie auf rohen Eiern, so wie damals mit Jesse Pomeroy. Seine Stimme blieb ganz ruhig, aber seine Fragen wurden immer drängender. »Wieso, Mr. Dury? Wieso kamen Sie darauf?«

Mir tat der Mann richtig leid, als ihm jetzt eine Träne über die Wangen lief. »Als Japheth ungefähr neun oder zehn Jahre alt war«, sagte er leise nach einem weiteren Schluck aus dem Flachmann, »verbrachten wir ein paar Tage oben in den Shawangunks. Jagen und Fallenstellen nach Kleintieren – Eichhörnchen, Opossums, Waschbären und ähnliches. Ich hatte ihm das Schießen beigebracht, aber dafür hatte er nicht viel Begabung. Japheth war der geborene Trapper. Er konnte einen ganzen Tag damit verbringen, daß er Nest oder Bau eines Tieres aufstöberte und dann stundenlang wartete, oft allein in der Dunkelheit, bis ihm das Tier in die Falle ging. Es war sein besonderes Talent. Aber eines Tages jagten wir getrennt – ich war hinter einem Rotfuchs her –, und als ich zum Camp zurückkam, hörte ich einen merkwürdigen, grauenhaften Schrei, der mir bis ins Mark ging. Es war ein Schmerzensschrei. Ganz hoch und schwach, aber furchtbar. Als ich ins Camp trat, sah ich Japheth. Er hatte ein Opossum gefangen und zerschnitt das Tier in Stücke – aber bei lebendigem Leib. Ich rannte hin und gab dem armen Vieh eine Kugel ins Gehirn, und dann knöpfte ich mir meinen Bruder vor. In seinen Augen schimmerte ein irgendwie bösartiges Licht – aber nachdem ich ihn eine Weile lang angebrüllt hatte, fing er zu weinen an und schien wirklich reumütig. Ich dachte zuerst, das wäre ein Ausrutscher gewesen – etwas, das ein Junge, der's nicht besser weiß, eben einmal tut, aber dann nicht mehr, wenn man's ihm erklärt hat.« Dury stocherte in seiner Pfeife, die inzwischen ausgegangen war.

Kreisler bot ihm ein weiteres Streichholz an. »Aber das war nicht so«, sagte er.

»Nein«, antwortete Dury. »Das gleiche passierte in den nächsten Jahren noch ein paar Mal – soweit ich eben davon weiß. Die großen Tiere ließ er in Ruhe, die Rinder und die Pferde auf den Farmen rund herum. Es waren immer – immer die Kleinen, die das in ihm weckten. Ich versuchte immer, ihn davon abzuhalten. Aber dann ...«

Seine Stimme schien ihm zu versagen; er saß da, starrte zu Boden und hatte offenbar Schwierigkeiten, weiterzureden.

Aber Kreisler drängte ihn ganz sanft und vorsichtig: »Aber dann geschah etwas noch Schlimmeres?«

Dury rauchte und nickte. »Aber das legte ich ihm nicht zur Last, Doktor. Und ich glaube, Sie werden da auch meiner Meinung sein.« Er ballte eine Hand zur Faust und hieb sich damit auf den Schenkel. »Aber meine Mutter, Gott verdamme sie, hielt das für ein weiteres Beispiel von Japheths teuflischem Charakter. Behauptete, er hätte es sich selber zuzuschreiben – als ob das irgendein Junge wirklich täte!«

»Ich würde Sie bitten, uns das näher zu erklären«, sagte ich.

Er nickte rasch und nahm noch einen letzten Schluck Whiskey, bevor er Kreisler den Flachmann zurückgab. »Ja, ja. Entschuldigen Sie. Warten Sie – das muß im Sommer – ja, das war, kurz bevor ich wegging, also im Sommer 1875 muß es gewesen sein. Japheth war elf. Auf der Farm, wo ich arbeitete, hatten sie einen neuen Mann eingestellt, der war nur ein paar Jahre älter als ich. Ein sehr netter Mensch, wie's aussah. Mit Kindern konnte er besonders gut umgehen. Wir freundeten uns an, und schließlich nahm ich ihn einmal auf die Jagd mit. Er interessierte sich sehr für Japheth, und Japheth war ganz begeistert von ihm – also nahm ich den Burschen auf ein paar weitere Ausflüge mit. Japheth und er gingen dann miteinander Fallenstellen, während ich größeres Wild jagte. Ich hatte diesem – diesem *Ungeheuer*, das ich anfangs für einen guten Menschen hielt, erklärt, daß er es nicht zulassen sollte, wenn Japheth eines der kleinen Tiere, das sie fingen, quälte. Der Bursche schien die Situation vollkommen zu verstehen. Sehen Sie, ich hatte Vertrauen zu ihm, deshalb vertraute ich ihm auch meinen Bruder an.« Von der anderen Seite der Scheunenwand kam ein dumpfes Pochen. »Und er mißbrauchte dieses Vertrauen«, sagte Dury und stand auf. »Auf die furchtbarste Weise, die's überhaupt gibt.« Er öffnete das schmierige Fenster, steckte den Kopf hinaus und rief: »He, du! Geh weg da, das hab' ich dir schon tausendmal gesagt – weg, weg!« Dann wandte er sich wieder uns zu und kratzte sich die paar Haare, die er noch auf dem Kopf hatte.

»Dummes Pferd. Stürzt sich in die Kletten, nur um das bißchen Klee zu erwischen, das hinter der Scheune wächst, und ich bin anscheinend nicht imstande ... Entschuldigen Sie. Also jedenfalls fand ich Japheth eines Abends in unserem Camp – halbnackt, heulend und blutend aus dem – also, blutend. Der Teufel, der das getan hat, war verschwunden. Wir sahen ihn nie wieder.«

Von außen hörte man wieder das gleiche dumpfe Rütteln, worauf Dury eine lange, dünne Gerte nahm und zum Tor lief. »Bin gleich wieder zurück, entschuldigen Sie.«

»Mr. Dury?« rief Kreisler ihm nach. Dieser blieb im Eingang stehen und drehte sich um. »Dieser Kerl, der Knecht – erinnern Sie sich an seinen Namen?«

»Klar, Doktor«, antwortete Dury. »Der hat sich in mein Gedächtnis eingebrannt. Beecham hieß er – George Beecham.« Damit rannte er hinaus.

Der Name schockierte mich mehr als alles bisher Gehörte, verwandelte aber meine triumphierende Freude wieder in Verwirrung. »*George* Beecham?« flüsterte ich. »Aber Kreisler, wenn Japheth Dury in Wirklichkeit...«

Kreisler bedeutete mir mit erhobenem Zeigefinger, den Mund zu halten. »Sparen Sie sich Ihre Fragen, Moore, und vergessen Sie eines nicht – wenn es nicht unbedingt sein muß, dann wollen wir dem Mann unsere wahre Absicht nicht sagen. Wir haben jetzt fast alles erfahren, was wir wissen wollten. Und jetzt – finden Sie eine Ausrede, und dann verabschieden wir uns.«

»Alles, was wir wissen wollten – ja, Sie vielleicht, aber ich habe noch tausend Fragen! Und warum sollen wir's ihm nicht sagen, er hat doch ein Recht auf...«

»Was hätte er davon?« flüsterte Kreisler vorwurfsvoll. »Der Mann leidet und quält sich seit Jahren mit dieser Sache. Es nützt weder ihm noch uns, wenn wir ihm jetzt eröffnen, daß sein Bruder unserer Meinung nach nicht nur am Tod seiner Eltern, sondern auch am Tod von einem halben Dutzend Kinder schuldig ist!«

Das gab mir zu denken; denn wenn Japheth Dury tatsächlich noch am Leben war und nie auch nur versucht hatte, mit seinem Bruder Adam in Kontakt zu treten, dann konnte uns dieser arme, gequälte Farmer bei unseren Ermittlungen nicht weiter helfen. Und ihm von unserem Verdacht zu erzählen, bevor wir noch mehr Beweise dafür hatten, schien wirklich der Gipfel seelischer Grausamkeit. Als Dury jetzt von der Auseinandersetzung mit seinem Pferd zurückkehrte, folgte ich daher Kreislers Wunsch, erfand eine Geschichte von einem Zug nach New York, den wir unbedingt erwischen müßten, von Terminen und ähnlichem; Ausreden, wie ich sie in meiner journalistischen Karriere in ähnlichen Situationen schon tausende Male gebraucht hatte.

»Aber bevor Sie gehen, sagen Sie mir noch ganz offen und ehrlich«, bat uns Dury, während er uns zum Surrey begleitete. »Diese Sache mit dem Artikel über ungelöste Fälle – ist da etwas Wahres dran? Oder geht es Ihnen nur um unseren Fall, wollen Sie nur den wieder aufrollen und dabei mittels der Information, die ich Ihnen gegeben habe, über die Rolle meines Bruders spekulieren?«

»Ich kann Ihnen versichern, Mr. Dury«, erklärte ich, und der Umstand, daß ich die Wahrheit sprach, verlieh mir ungeahnte Überzeugungskraft, »es wird keinen Zeitungsartikel über Ihren Bruder geben. Was Sie uns gesagt haben, zeigt uns nur, wo die Polizei damals in die Irre ging – sonst nichts. Ihre Informationen werden so behandelt, wie wir's Ihnen versprochen haben – streng vertraulich.«

Das trug mir einen festen Händedruck ein. »Ich danke Ihnen, Sir.«

»Ihr Bruder hat viel gelitten«, sagte Kreisler und schüttelte Dury ebenfalls die Hand. »Und ich vermute, daß sein Leiden noch weitergegangen ist in den Jahren seit dem Mord an Ihren Eltern – falls er noch am Leben ist. Es steht uns nicht zu, ihn zu verurteilen oder von seinem Elend zu profitieren.« Durys straffe Gesichtshaut schien sich noch mehr zu spannen, während er sich bemühte, seiner heftigen Gefühle Herr zu werden. »Ich habe nur noch eine Frage«, fuhr Laszlo fort, »wenn es Ihnen nichts ausmacht.«

»Wenn ich die Antwort weiß, will ich sie Ihnen sagen, Doktor«, antwortete Dury.

Kreisler neigte dankend den Kopf. »Ihr Vater. Viele Geistliche der reformierten Kirchen legen keinen besonderen Wert auf Feiertage – war das bei ihm vielleicht anders?«

»In der Tat«, sagte Dury zustimmend. »Feiertage waren eigentlich die einzigen schönen Tage in unserem Haus. Meine Mutter war natürlich dagegen. Sie holte ihre Bibel hervor und erklärte, warum das Feiern von Festtagen eigentlich schon Papisterei war und welche Strafen derer harrten, die so was taten. Aber mein Vater ließ sich's nicht ausreden – an Feiertagen hielt er oft seine schönsten Predigten. Aber ich verstehe nicht, was...«

Kreislers schwarze Augen glühten fast, als er jetzt abwehrend seine Hand hob. »Es ist ein unwichtiger Punkt, ich weiß, aber es interessierte mich einfach.« Als wir schon in der Kutsche saßen, schien Laszlo noch etwas einzufallen. »Ach, da hätte ich noch eine Frage.« Erwartungsvoll blickte Dury hoch, während ich neben Laszlo Platz nahm. »Wann trat eigentlich diese – diese Sache mit seinem Gesicht zum ersten Mal auf?«

»Seine Zuckungen?« fragte Dury, wieder ziemlich verblüfft über die Frage. »Wenn ich mich recht erinnere, hatte er sie schon immer. Vielleicht nicht als Kleinkind, aber bald darauf, und dann für den Rest seines – also jedenfalls solange ich ihn kannte.«

»Und die hatte er immer?«

»Ja«, antwortete Dury, in seiner Erinnerung wühlend. »Nur natürlich nicht oben in den Bergen. Wenn er Fallenstellen ging. Dann waren seine Augen so ruhig und still wie ein Teich.«

Ich war nicht sicher, wie viele derartige Enthüllungen ich noch ertragen konnte, ohne zu platzen, aber Kreisler schien das alles kaum zu berühren. »Ein bemitleidenswerter, aber in vielerlei Hinsicht bemerkenswerter Junge«, erklärte er. »Sie haben nicht zufällig eine Fotografie von ihm?«

»Er weigerte sich immer, sich fotografieren zu lassen – was man verstehen kann.«

»Ja, sicher. Also dann, auf Wiedersehen, Mr. Dury.«

Endlich fuhren wir ab. Ich drehte mich um und beobachtete Adam Dury, wie er mit schweren Schritten in die Scheune zurücktrottete, und seine langen, mächtigen Beine und großen Füße in ihren plumpen Stiefeln sanken tief in den sumpfigen Schlamm rund um den Schuppen ein. Aber bevor er die Scheune betrat, blieb er jäh stehen und wandte sich in Richtung Straße.

»Kreisler«, sagte ich, »hat Sara eigentlich erwähnt, ob in den Artikeln über den Mord und die Familie etwas über Japheths Gesichtstick stand?«

»Nicht daß ich wüßte«, antwortete Kreisler, ohne sich umzudrehen. »Warum?«

»Danach zu urteilen, wie es Adam Dury eben plötzlich herumriß, würde ich sagen, daß das nie in der Zeitung stand – und daß ihm das jetzt gerade zu Bewußtsein kam. Er wird sich den Kopf darüber zerbrechen, woher wir das wissen konnten.« Mein Enthusiasmus stieg noch immer, aber ich bemühte mich um Selbstbeherrschung, drehte mich zu Kreisler und rief: »Großer Gott! Kreisler – sagen Sie selbst, wir haben ihn! Eine Menge von dem, was uns der Mann erzählt hat, paßt mir zwar überhaupt nicht ins Konzept – aber bitte, *bitte*, sagen Sie mir, daß wir die Lösung haben!«

Kreisler gestattete sich ein Lächeln und streckte leidenschaftlich seine rechte Faust aus. »Wir haben zumindest Teile der Lösung, John – da bin ich mir ganz sicher. Vielleicht noch nicht alle Teile, vielleicht nicht in der richtigen Reihenfolge – aber es stimmt, ja, wir haben das meiste! Kutscher! Bringen Sie uns direkt zum Back-Bay-Bahnhof! Soviel ich weiß, fährt um achtzehn Uhr fünf ein Zug nach New York, den müssen wir erreichen!«

Einige Meilen lang brachten wir nichts heraus als kaum zusammenhängende Ausrufe von Erleichterung und Triumph; und wenn ich gewußt hätte, wie kurz dieses Gefühl anhalten würde, dann hätte ich mich bemüht, es noch mehr auszukosten. Aber nach einer guten Stunde Fahrt hörten wir in einiger Entfernung ein kurzes, scharfes Krachen, wie vom Brechen eines dürren Astes, unmittelbar gefolgt von einem kurzen, zischenden Geräusch; dann schlug etwas in das Pferd, das unseren Surrey zog, so daß eine Blutfontäne aus seinem Hals schoß, und das arme Tier tot zu Boden fiel. Bevor der Kutscher, Kreisler oder ich noch irgendwie reagieren konnten, folgte ein zweiter peitschender Knall, und dann wurde aus Kreislers rechtem Oberarm etwa ein Zoll Fleisch herausgerissen.

Kapitel
35

Mit einem kurzen Aufschrei und einem langen Fluch warf sich Kreisler auf den Boden des Surreys. Wir boten noch immer ein hervorragendes Ziel, daher nötigte ich ihn, aus der Kutsche zu springen und darunter zu kriechen, wo wir uns beide flach auf den Boden drückten. Unser Kutscher dagegen trat hinaus ins Freie, um sein totes Pferd zu betrachten. Ich rief dem Mann zu, sich zu ducken – aber der Verlust seiner Einkommensquelle machte ihn blind für die gegenwärtige Gefahr, daher bot er mit seiner Person weiterhin das beste Ziel. Allerdings nur so lange, bis eine weitere Kugel zu seinen Füßen einschlug. Dann blickte er auf, begriff plötzlich die Gefahr, in der er schwebte, und machte sich blitzartig aus dem Staub; bald war er in einem Dickicht in etwa fünfzig Metern Entfernung verschwunden. Kreisler schimpfte und fluchte noch immer, dabei gelang es ihm dennoch, aus seinem Jackett herauszuschlüpfen und mir zu erklären, wie ich seine Wunde verbinden sollte. Diese schien nicht so ernst zu sein, aber dafür ziemlich blutig – die Kugel hatte genau seinen Oberarmmuskel erwischt –, das wichtigste war also, die Blutung zum Stillstand zu bringen. Ich schnallte meinen Gürtel ab und funktionierte ihn zu einer Aderpresse um, die ich knapp oberhalb des blutenden Einschlags anbrachte und fest anzog. Dann zerriß ich Laszlos Hemdärmel und machte daraus einen Verband, und bald war die rote Flut versiegt. Als aber die nächste Kugel ins Rad des Surrey krachte und eine der dicken Speichen zerschlug, fürchtete ich, daß wir möglicherweise bald noch ganz andere Wunden zu versorgen hätten.

»Wo ist er?« fragte Kreisler und suchte die Bäume vor uns ab.

»Ich glaube, ich habe knapp links von dieser weißen Birke Pulverrauch gesehen«, sagte ich und deutete dorthin. »Ich möchte vor allem wissen, *wer* das ist.«

»Ich fürchte, da gibt es jede Menge Möglichkeiten«, erwiderte Kreisler, zog seinen Verband etwas fester und stöhnte dabei laut auf. »Unsere New Yorker Feinde kommen natürlich als erste in Frage. Comstocks Autorität und Einfluß erstrecken sich ja über das gesamte Land.«

»Scharfschützen aus der Entfernung sind aber nicht ganz sein Stil. Byrnes' Stil übrigens auch nicht. Was ist mit Dury?«

»Dury?«

»Vielleicht hat ja die Sache mit dem Gesichtstick seine Einstellung geändert – vielleicht glaubt er jetzt, wir hätten ihn reingelegt.«

»Aber für einen Mörder würde ich ihn nicht halten«, sagte Kreisler, drückte den Arm an sich und strich darüber, »trotz seiner impulsiven Art. Außerdem vermittelte er mir den Eindruck, ein guter Schütze zu sein – im Gegensatz zu diesem Burschen hier.«

Das brachte mich auf eine Idee. »Was ist mit ... *ihm*? Unserem Mörder? Er könnte uns von New York gefolgt sein. Und wenn es wirklich Japheth ist – erinnern Sie sich, daß Adam sagte, er hätte nie wirklich gut schießen gelernt?«

Kreisler ließ sich die Idee durch den Kopf gehen, während er weiter den Wald absuchte, schüttelte dann aber den Kopf. »Moore, Sie haben zuviel Phantasie. Warum sollte er uns folgen?«

»Weil er unser Ziel kannte. Er weiß, wo sein Bruder lebt, und er weiß auch, daß ein Gespräch mit Adam uns auf seine Fährte bringen könnte.«

Ein weiterer Schuß peitschte durch die Luft, und diesmal riß die Kugel große Holzstücke aus der Seitenwand des Surrey.

»Bitte, ich lasse mich überzeugen«, sagte ich als Antwort auf die Kugel. »Darüber können wir uns später aussprechen.« Ich drehte mich wieder um und betrachtete den Wald hinter uns. »Sieht aus, als hätte sich der Kutscher dort in Sicherheit gebracht. Glauben Sie, Sie können mit diesem Arm laufen?«

Kreisler stöhnte einmal laut auf. »Genauso gut wie hier liegen, verdammt!«

Ich packte Laszlos Jackett. »Sobald wir ins Freie kommen«, sagte ich, »laufen Sie bloß nicht in einer geraden Linie.« Wir krochen beide auf die andere Seite der Kutsche. »Bewegen Sie sich im Zickzack. Los, Sie zuerst, ich hinter Ihnen, für den Fall, daß es Probleme gibt.«

»Ich habe das ziemlich beunruhigende Gefühl«, sagte Kreisler und betrachtete die fünfzig Meter offenen, ungedeckten Raums, die vor ihm lagen, »daß Probleme in diesem Fall wahrscheinlich einen gewissen Ewigkeitswert hätten.« Der Gedanke schien Laszlo hart zu treffen. Als er eben loslaufen wollte, hielt er inne, zupfte an seiner silbernen Uhr und hielt sie mir mit den Worten hin: »Hören Sie, John – falls mir etwas – also, würden Sie das bitte an...«

Grinsend reichte ich ihm die Uhr wieder zurück. »Ein echter Sentimentalist, genau wie ich immer dachte. Nein, nein, die geben Sie ihr lieber selber – los jetzt!«

Wenn's um Leben und Tod geht, sind fünfzig Meter über offene Wiese viel weiter, als man jemals glauben würde. Jeder kleine Maulwurfshügel, jede Grube, Wurzel, jeder Stein zwischen der Kutsche und dem Wald wurde zu einem fast unbezwinglichen Hindernis. Kreisler und ich brauchten, schätze ich, für diese Entfernung etwas unter einer Minute. Und obwohl wir offenbar nur von einem einzigen Schützen bedroht wurden, der noch dazu kein sehr ruhiges Ziel hatte, war es ein Gefühl, als stünden wir inmitten einer ausgewachsenen Schlacht. Wir kamen uns vor wie in einem Kugelhagel, aber in Wirklichkeit wurden, glaube ich, nur drei oder vier Schüsse auf uns abgegeben; und als wir endlich in Sicherheit waren und mir auf meinem Weg tiefer hinein in die Dunkelheit des Waldes Zweige ins Gesicht schlugen, da war ich der Inkontinenz so nahe, wie ich's nie für möglich gehalten hatte.

Ich fand Kreisler gegen einen mächtigen Baum gelehnt. Verband und Aderpresse hatten sich gelockert, so daß ihm das Blut wieder den Arm herunterlief. Ich zog beides wieder fester und legte ihm dann die Jacke um die Schultern, denn mir schien es, als habe er Temperatur und Farbe verloren.

»Wir halten uns parallel zur Straße«, sagte ich leise, »bis wir irgendein Fahrzeug sehen. Wir sind nicht mehr weit von

Brookline, und von dort nimmt uns sicher jemand bis zum Bahnhof mit.«

Ich half Laszlo auf, dann machten wir uns auf den Weg durch den dichten Wald, achteten aber darauf, daß wir die Straße nicht aus dem Auge verloren. Als die ersten Häuser von Brookline in Sicht kamen, fand ich, wir könnten uns jetzt aus dem Wald herauswagen und dadurch etwas schneller vorankommen. Kurz darauf überholte uns ein Eiswagen, blieb stehen, der Kutscher sprang vom Bock und fragte uns, was denn los sei. Ich erfand schnell eine Geschichte von einem Unfall, so daß der Mann nicht umhin konnte, uns bis zum Bahnhof Back Bay mitzunehmen. Das stellte sich als besonderer Glücksfall heraus, denn ein paar große Eisstücke aus der Fracht des Kutschers linderten den Schmerz in Laszlos Arm.

Es war schon fast halb sechs, als der Bahnhof auftauchte. Die Nachmittagssonne legte einen bernsteinfarbenen Schleier über die Landschaft. Ich ersuchte den Kutscher, uns etwa zweihundert Meter vor dem Bahnhof bei einer Gruppe von kümmerlichen Föhren aussteigen zu lassen. Nachdem wir ausgestiegen waren, dankte ich dem Mann für seine Hilfe und das Eis, das die Blutung von Kreislers Arm fast völlig zum Stillstand gebracht hatte, und zog Laszlo schnell in den Schatten der dichten grünen Äste.

»Auch ich bin ein großer Naturliebhaber«, sagte Kreisler kopfschüttelnd. »Aber dies scheint mir nicht der geeignete Zeitpunkt. Warum sind wir nicht bis zum Bahnhof gefahren?«

»Wenn das tatsächlich einer von Comstocks oder Byrnes' Abgesandten war«, sagte ich und spähte durch eine Lücke im Geäst in Richtung Bahnhof, »dann wird er sich wahrscheinlich ausrechnen, was unser nächstes Ziel ist. Und dort wartet er auf uns.«

»Aha«, nickte Laszlo, »ich verstehe.« Er hockte sich auf den Nadelboden und zupfte an seinem Verband herum. »Wir warten also hier und schleichen uns dann unbemerkt in den Zug.«

»Erraten«, brummte ich.

Kreisler zog seine silberne Uhr heraus. »Beinahe noch eine halbe Stunde.«

Ich blickte bedeutungsvoll zu ihm hinunter und grinste. »Das reicht gerade, damit Sie mir Ihre Schuljungen-Geste mit der Uhr von vorhin erklären können.«

Kreisler schaute schnell weg, und ich war überrascht, daß meine dumme Bemerkung ihn so verlegen machte. Dann antwortete er und mußte dabei wider Willen lächeln: »Es gibt keine Hoffnung, daß Sie den Zwischenfall vergessen?«

»Nicht die geringste.«

Er nickte. »Das dachte ich mir.«

Ich setzte mich neben ihn. »Nun?« sagte ich. »Werden Sie das Mädchen heiraten oder nicht?«

Laszlo zuckte die Schultern. »Ich – bin am Überlegen.«

Mit einem leisen Lachen senkte ich meinen Kopf. »Mein Gott ... eine Heirat. Haben Sie – ich meine, wissen Sie – also, haben Sie sie gefragt?« Laszlo schüttelte den Kopf. »Dann warten Sie am besten, bis wir den Fall abgeschlossen haben«, sagte ich. »Dann willigt sie vielleicht eher ein.«

Kreisler blickte mich verständnislos an. »Wieso?«

»Na«, antwortete ich einfach, »weil sie dann gezeigt hat, was sie kann, wenn Sie wissen, was ich meine. Und vielleicht eher geneigt ist, sich zu binden.«

»Was sie kann?« fragte Kreisler. »Inwiefern?«

»Laszlo«, antwortete ich etwas gönnerhaft, »falls Sie das noch nicht bemerkt haben sollten: Für Sara bedeutet unser Fall sehr viel.«

»*Sara*?« wiederholte er noch verständnisloser – und an der Art, wie er das sagte, erkannte ich schlagartig, auf welchem Holzweg ich mich von Anfang an befunden hatte.

»Gütiger Himmel«, seufzte ich, »es ist gar nicht Sara ...«

Kreisler starrte mich noch ein paar Sekunden verblüfft an, dann lehnte er sich zurück, öffnete den Mund und fing zu lachen an, so herzlich, wie ich ihn noch nie zuvor lachen gehört hatte.

»Kreisler«, sagte ich nach einer vollen Minute reuig. »Bitte, ich hoffe, Sie ...« Er hörte aber noch immer nicht auf zu lachen, was mich nun langsam ärgerte. »Kreisler, Kreisler!

Gut, ich gebe zu, ich habe mich unsterblich blamiert. Hätten Sie jetzt die Güte und würden Ihren Mund wieder zumachen?«

Aber nein, er tat's nicht. Nach einer weiteren halben Minute hörte er langsam auf, aber nur deshalb, weil ihm die Erschütterungen des Zwerchfells in seinem rechten Arm Schmerz verursachten. Sich den verwundeten Arm haltend, gluckste Laszlo noch immer leise weiter, bis ihm sogar Tränen in den Augen standen. »Moore, es tut mir leid«, brachte er endlich hervor. »Aber was müssen Sie denn gedacht haben...«, und wieder erschütterte ihn ein Lachanfall.

»Ja aber, verdammt noch mal, was konnte ich denn denken!« erwiderte ich erbost. »Sie verbrachten doch genug Zeit mit ihr allein. Und Sie haben selbst gesagt...«

»Aber Sara hat doch kein Interesse an einer Ehe«, antwortete Kreisler, der endlich seine Beherrschung wiedergefunden hatte. »Sie hat auch wenig Interesse an Männern im allgemeinen – sie hat ihr ganzes Leben rund um die Vorstellung aufgebaut, daß auch eine Frau allein ein unabhängiges, erfülltes Dasein führen kann. Das müßten Sie doch wissen.«

»Tja, das dachte ich eigentlich auch«, log ich, um mir ein Restchen Ansehen zu erhalten. »Aber wie Sie sich benommen haben, das kam mir vor wie – also ehrlich gesagt, weiß ich nicht mehr wie!«

»Darum ging's in einem meiner ersten Gespräche mit Sara«, redete Kreisler weiter. »Sie wollte keinesfalls irgendwelche Gefühlsverwicklungen, sagte sie – alles streng professionell.« Ich schmollte noch immer, und Laszlo betrachtete mich nachdenklich. »Das muß sehr zermürbend für Sie gewesen sein«, sagte er dann und gluckste wieder.

»Jawohl, das war's auch«, sagte ich, immer noch gekränkt.

»Warum haben Sie denn nicht einfach gefragt?«

»Sara war nicht die einzige, die professionell sein wollte!« sagte ich empört und stampfte mit dem Fuß auf. »Aber ich verstehe schon, daß ich mir überhaupt den...« Plötzlich hielt ich inne. »Warten Sie mal. Moment mal. Wenn nicht Sara, dann wer, zum Teufel...« Ich sah Laszlo an, und der senkte langsam seinen Blick zu Boden: Die Erklärung stand deutlich in seinem Gesicht geschrieben. »O mein Gott«, stieß ich aus. »Es ist Mary, nicht?«

Kreisler blickte zum Bahnhof, dann in die Ferne in jene Richtung, aus der der Zug kommen sollte, als erwarte er von irgendwoher eine Rettung vor diesem Verhör. Aber es war keine in Sicht. »Es ist eine komplizierte Situation, John«, sagte er schließlich. »Ich muß Sie bitten, das zu verstehen und zu respektieren.«

Zu erschüttert für irgendeinen Kommentar, hörte ich mir die nun folgende Erklärung dieser »komplizierten Situation« an. Die Sache hatte verschiedene Aspekte, die Laszlo zutiefst verstörten: Mary war schließlich zunächst einmal seine Patientin gewesen, und da bestand immer die Gefahr, daß das, was sie für Liebe hielt, in Wirklichkeit nichts als Dankbarkeit und – schlimmer noch – Achtung war. Aus diesem Grund, erklärte mir Laszlo geduldig, hatte er sich anfangs – das heißt schon vor fast einem Jahr, als ihm ihre Gefühle klargeworden waren – sehr bemüht, sie nicht zu ermutigen und auch sich selbst keine entsprechende Reaktion zu gestatten. Andererseits lag Laszlo offensichtlich aber auch daran, daß ich verstand, wie natürlich es eigentlich war, daß er und Mary einander so nahegekommen waren.

Als Kreisler mit seiner Therapie der analphabetischen, scheinbar völlig stumpfen Mary begann, erkannte er sehr bald, daß eine wesentliche Voraussetzung für einen Heilerfolg darin lag, ihr rückhaltloses Vertrauen zu gewinnen. Das erreichte er dadurch, daß er ihr das enthüllte, was er jetzt etwas doppelsinnig seine »persönliche Geschichte« nannte. Da er keine Ahnung hatte, daß ich darüber mehr wußte, als er mir je gesagt hatte, konnte er auch gar nicht wissen, wie gut ich ihn verstand. Wahrscheinlich war Mary der erste Mensch, der je von Laszlos schwierigem, gewalttätigen Verhältnis zu seinem Vater erfuhr, und ein solches Geständnis mußte natürlich Vertrauen wecken, ja noch mehr: Während Laszlo nur versuchte, sie durch die Offenlegung seiner eigenen Kindheitsgeschichte zur Erzählung ihrer eigenen zu bewegen, hatte er in Wirklichkeit damit den Grundstein für eine Intimität ganz besonderer Art gelegt. Dieses nahe Verhältnis blieb auch bestehen, als Mary in seinen Haushalt kam, und machte das Leben in der Siebzehnten Straße viel interessanter, aber auch verwirrender als je zuvor. Als Kreisler schließlich nicht mehr leugnen konnte, daß Marys Gefühl für ihn über Dankbarkeit weit hinausging und daß auch er selbst ähnlich für sie empfand, da unterzog er sich einer langen Selbstprüfung und -erforschung, um sich darüber klarzuwerden, ob es nicht vielleicht doch Mitleid war, was er für das unglückliche, einsame Geschöpf empfand, das er in seinem Hause aufgenommen hatte. Daß dem nicht so war, wurde ihm erst wenige Tage, bevor unser Fall in sein Leben eindrang, klar. Der Fall zwang ihn, einen Entschluß über sein Privatleben zu vertagen; half ihm aber auch bei der Überlegung, welche Form dieser Entschluß annehmen könnte. Denn als sich herausstellte, daß nicht nur die Mitglieder unseres Teams in ständiger Gefahr schwebten, sondern auch sein eigenes Hauspersonal, da empfand Kreisler gegenüber Mary einen Wunsch, sie zu beschützen, der weit über die normalen Aufgaben eines Wohltäters hinausging. An diesem Punkt beschloß er auch, daß sie so wenig wie möglich von dem Fall wissen und damit zu tun haben sollte: Er wußte, daß seine Feinde ihn vielleicht in den Menschen treffen wollten, die ihm nahestanden, und hoffte, Mary dadurch in Sicherheit zu bringen, daß sie über den Fall nichts aussagen konnte, auch wenn man versuchen sollte, sie dazu zu zwingen. Erst am Morgen unserer Abreise nach Washington hatte Kreisler beschlossen, daß es für seine Beziehung zu Mary jetzt an der Zeit sei, sich, wie er es etwas linkisch formulierte, »zu entwickeln«. Diesen Entschluß teilte er ihr auch sofort mit; und sie sah ihm mit Tränen in den Augen nach, voll Angst, es könne ihm unterwegs etwas zustoßen und damit verhindern, daß sie je anders zueinander stünden denn als Herr und Dienerin.

Als Kreisler fertig war, hörte ich aus der Ferne den ersten Pfiff unseres herannahenden Zuges. Noch immer verblüfft, ging ich im Geist die Ereignisse der letzten Wochen durch, um herauszufinden, an welchem Punkt ich mit meiner Deutung der Dinge derart in die Irre gelaufen war.

»Sara ist schuld«, sagte ich schließlich. »Sie hat sich von Anfang an benommen wie – also, ich kann eigentlich gar nicht sagen, wie, aber jedenfalls sehr, sehr sonderbar. Weiß sie es?«

»Da bin ich ganz sicher«, antwortete Kreisler, »obgleich ich es ihr nie gesagt habe. Sara betrachtet doch alles, was rundherum passiert, als eine Art Testfall für ihre detektivischen Fähigkeiten. Ich glaube, dieses kleine Puzzle hat sie sehr unterhalten.«

»Unterhalten«, grunzte ich. »Und ich hielt es für Liebe. Ich wette, sie wußte, wie sehr ich mich vergaloppiert hatte. Das würde ihr wirklich ähnlich sehen, daß sie mich im Glauben läßt – na warte, bis wir zurück sind. Ich werde ihr zeigen, was passiert, wenn man mit John Schuyler solche Spielchen treibt...«

Ich hielt inne, als ich jetzt links von uns in etwa einer Meile Entfernung den Zug sah, der mit noch immer ziemlich hoher Geschwindigkeit in den Bahnhof einfuhr.

»Darüber können wir im Zug weiter reden«, sagte ich und half Kreisler beim Aufstehen. »Und weiter reden werden wir, darauf können Sie Gift nehmen.«

Nachdem der Zug endlich unter lautem Quietschen zum Stillstand gekommen war, rannten Kreisler und ich über ein Feld voller Mulden und großer Steine zum letzten Waggon. Wir kletterten auf die Plattform des Aussichtswagens und schlichen uns dann ins Wageninnere, wo ich Laszlo bequem auf einem hinteren Sitz verstaute. Vom Schaffner war bis jetzt keine Spur. Wir nutzten die wenigen Minuten bis zur Abfahrt, um nicht nur Kreislers Verband, sondern auch unser Aussehen im allgemeinen etwas aufzufrischen. Alle paar Sekunden warf ich einen Blick hinaus auf den Bahnsteig, um mich zu vergewissern, ob da nicht jemand einstieg, der wie ein verhinderter Mörder aussah, aber außer uns stieg nur noch eine ältere, offensichtlich wohlhabende Dame mit einem Spazierstock in Begleitung einer großen, ziemlich verzagt aussehenden Schwester in den Zug.

»Sieht aus, als wären wir noch einmal davongekommen«, sagte ich, im Mittelgang stehend. »Ich werfe nur noch einen Blick nach vorn und...«

Dabei blickte ich zufällig zur hintersten Waggontür, und das Wort blieb mir im Halse stecken. Auf der Plattform standen jetzt, offenbar aus dem Nichts aufgetaucht, zwei massige Gestalten; und obwohl sie ihre Aufmerksamkeit in die andere Richtung lenkten – sie stritten gerade mit dem Bahnhofsvorstand –, sah ich genug, um in ihnen die beiden Schlägertypen zu erkennen, die Sara und mich aus der Wohnung der Santorellis vertrieben hatten.

»Was ist, Moore?« fragte Kreisler. »Was ist geschehen?«

In seinem gegenwärtigen Zustand konnte mir Laszlo bei einer etwaigen Rauferei nichts nützen, daher schüttelte ich den Kopf und versuchte zu lächeln. »Nichts«, sagte ich schnell. »Überhaupt nichts. Seien Sie doch nicht so nervös, Kreisler.«

Wir wandten uns beide um, als jetzt die alte Dame mit ihrer Begleiterin durch die vordere Waggontür eintrat. Obwohl sich mein Magen vor Angst zusammenkrampfte, funktionierte mein Gehirn normal: »Bin gleich wieder da«, sagte ich zu Laszlo, und näherte mich dann den Neuankömmlingen.

»Gestatten Sie«, sagte ich, lächelte, und ließ meinen Charme spielen. »Kann ich Ihnen irgendwie behilflich sein, Madam?«

»Sie können«, antwortete die alte Dame, und das in einem Ton, der keinen Zweifel daran ließ, daß sie es gewöhnt war, hinten und vorne bedient zu werden. »Diese unselige Schwester weiß ja überhaupt nicht, was sie tut!«

»Aber ich bitte Sie«, antwortete ich und faßte dabei den Spazierstock ins Auge, auf den sie sich stützte: Er hatte einen schönen Knauf aus schwerem Silber, der einen Schwan darstellte. Ich nahm die Dame am Arm und führte sie zu einem Sitz. »Aber es gibt Grenzen«, sagte ich, überrascht von dem Gewicht der alten Dame, »für die Möglichkeiten selbst der allerbesten Schwester.« Die Schwester lächelte mich dankbar an, und ich ergriff die Gelegenheit, mich des Spazierstocks zu bemächtigen. »Wenn Sie mir erlauben, das für Sie zu halten, Madam, dann, glaube ich, können wir – so ist's gut!« Mit lautem Krachen nahm der Sitz die gewichtige Passagierin auf, die schwer die Luft ausstieß.

»Oh!« rief sie. »O ja, das ist besser. Ich danke Ihnen, Sir. Sie sind ein wahrer Gentleman.«

Ich lächelte wieder charmant. »War mir ein Vergnügen«, sagte ich und entfernte mich.

Im Vorbeigehen warf mir Kreisler einen vollkommen verblüfften Blick zu. »Moore, was zum Teufel...«

Ich bedeutete ihm zu schweigen und näherte mich der hinteren Waggontür, wandte mein Gesicht aber ab, so daß es von draußen nicht zu erkennen war. Die beiden Männer stritten noch immer mit dem Bahnhofsvorstand auf dem Bahnsteig herum, ich konnte jedoch nicht hören, worum es ging; aber ein Blick nach unten zeigte mir, daß einer der beiden einen Gewehrkasten in der Hand hielt. »Der muß als erster weg«, murmelte ich leise, wartete aber mit meinem Angriff, bis der Zug aus dem Bahnhof rollte.

Als es endlich so weit war, hörte ich, wie die beiden dem Bahnhofsvorstand noch einige abschließende und recht vulgäre Beschimpfungen zuriefen – wenige Sekunden später würden sie sich umdrehen und in den Waggon treten. Ich holte tief Luft, dann öffnete ich rasch und leise die Tür.

Nicht umsonst hatte ich viele Spielzeiten lang Aufstieg und Niedergang der New Yorker Baseballmannschaft, der Giants, verfolgt. An den Nachmittagen im Central Park hatte ich selbst einen recht ordentlichen Schlag entwickelt, dessen ich mich auch jetzt bediente, und zwar mit dem Spazierstock der alten Dame in Richtung Nacken und Schädel des Gangsters mit dem Gewehrkasten. Der Mann schrie auf, aber bevor er überhaupt die Hände heben konnte, packte ich ihn zwischen den Schulterblättern und stieß ihn über das Geländer der Aussichtsplattform. Der Zug fuhr zwar noch recht langsam, aber noch einmal an Bord zu kommen, war nicht möglich – mir blieb jetzt noch der zweite Gauner, der sich mit einem gebrüllten »Was zum Teufel?« auf mich stürzte.

Da ich damit rechnete, daß er mich zuerst an der Gurgel packen würde, beugte ich mich tief hinunter und verpaßte ihm den Silberschwan in den Schritt. Der Mann krümmte sich zwar zusammen, fuhr aber gleich wieder hoch, durch den Schmerz nicht etwa außer Gefecht gesetzt, sondern nur noch wütender. Sein Faustschlag traf mich nur im Vorbeisausen am Kopf, da ich mich über das Geländer beugte, um ihm auszuweichen. Der Zug, so viel konnte ich bei einem kurzen schwindelnden Blick nach unten erkennen, fuhr jetzt schon ziemlich schnell. Der Gangster, tolpatschig selbst für einen Mann von seiner Größe, war ins Stolpern geraten, als er mich mit seinem Schlag verfehlt hatte, und während er noch um sein Gleichgewicht rang, schlug ich ihm den Schwan ins Gesicht, hatte aber nicht genug Schwung und hinderte ihn daher nicht daran, wieder auf mich loszugehen. Ich hielt den Stock mit beiden Händen hoch, aber mein Gegner, mit einem zweiten Schlag rechnend, hob seine fleischigen Arme und schützte damit seinen Kopf von links und rechts. Dann kam er mit einem bösartigen Grinsen auf mich zu.

»Na, du Stück Scheiße«, grunzte er und stürzte sich auf mich. Ich hatte keine andere Wahl: Ich zielte mit dem Stock auf seine Gurgel und stieß ihm das Ende scharf in den Adamsapfel; er stieß einen erstickten Schrei aus und war für den Moment außer Gefecht gesetzt. Darauf ließ ich den Stock schnell fallen, hielt mich mit beiden Händen am Dach der Plattform fest, zog mich hoch und verpaßte dem Schlagetot mit beiden Füßen einen gewaltigen Tritt. Der Stoß beförderte ihn über das Geländer auf den steinigen Abhang des Bahndamms. Dort blieb er liegen, die Hand noch immer an die Gurgel gepreßt.

Ich ließ mich wieder hinunter, holte ein paarmal tief Atem, blickte hoch und sah Kreisler durch die Tür treten.

»Moore!« rief er aus und beugte sich über mich. »Sind Sie in Ordnung?« Ich nickte, noch immer keuchend, während Laszlo hinter uns in die Ferne blickte. »Jedenfalls sind Sie in einem besseren Zustand als diese beiden. Aber wenn Sie noch gehen können, dann kommen Sie doch besser herein – dieses Weib hat einen hysterischen Anfall. Sie glaubt, Sie haben ihren Spazierstock gestohlen, und droht, bei der nächsten Haltestelle die Polizei zu rufen.«

Als mein Puls wieder normal schlug, richtete ich meine Kleidung, hob den Spazierstock auf und betrat den Waggon. Mit leichtem Hinken näherte ich mich der Alten.

»Bitte sehr, Madam«, sagte ich charmant, wenn auch noch etwas ramponiert. Sie wich ängstlich vor mir zurück. »Ich wollte ihn nur im Sonnenlicht bewundern.«

Die Alte nahm den Stock wortlos an sich; aber als ich zu meinem Sitz zurückging, hörte ich sie laut schreien: »Neiiin – nehmen Sie ihn weg! Da ist ja Bluuuut dran!«

Mit einem Stöhnen auf den Sitz sinkend, sah ich plötzlich Kreisler vor mir stehen, der mir seinen Flachmann hinhielt. »Ich nehme an, das waren nicht die Männer, denen Sie Ihre Spielschulden nicht bezahlt haben!«

Ich schüttelte den Kopf und tat einen tiefen Zug. »Nein«, keuchte ich. »Connors Knaben. Mehr kann ich dazu nicht sagen.«

»Und die wollten uns wirklich umbringen, glauben Sie?« überlegte Laszlo. »Oder uns nur schrecken?«

Ich zuckte die Schultern. »Das werden wir wahrscheinlich nie erfahren. Offen gestanden, will ich im Moment auch nicht darüber reden. Wir waren übrigens mitten in einem sehr interessanten Gespräch, bevor die beiden sich einmischten ...«

Jetzt erschien der Schaffner, und nachdem wir zwei Fahrkarten nach New York gelöst hatten, fragte ich Laszlo weiter nach der ganzen Mary-Palmer-Geschichte aus, nicht etwa, weil's mir schwerfiel, das zu glauben – niemandem, der das Mädchen kannte, wäre das schwergefallen –, sondern weil es zum einen beruhigend auf meine Nerven wirkte und es zum andern Kreisler in einem so neuen und erfrischenden Licht zeigte. Alle Gefahren des heutigen Tages, ja das ganze Grauen unserer Ermittlung überhaupt verlor irgendwie an Bedeutung, während Laszlo so zart und schüchtern seine Zukunftshoffnungen offenbarte. Es war für ihn eine ganz ungewöhnliche und auch schwierige Unterhaltung; aber noch nie zuvor hatte ich den Mann so glücklich und so durch und durch menschlich erlebt wie auf dieser Zugfahrt.

Und nie mehr sollte ich ihn so erleben.

Kapitel
36

Unser Zug, ein wahrer Bummelzug, fuhr im Schneckentempo, so daß im Osten schon der Morgen dämmerte, als wir endlich aus dem Grand Central taumelten. Nachdem wir uns geeinigt hatten, daß die langwierige Arbeit der Interpretation von Adam Durys Aussage bis zum Nachmittag warten konnte, stiegen wir jeder in eine Mietdroschke und fuhren nach Hause, um uns auszuschlafen. Im Haus meiner Großmutter schien alles ruhig, und ich hoffte, unbemerkt ins Bett zu gelangen, bevor die morgendlichen Aktivitäten ihren Lauf nahmen. Fast wär's mir auch gelungen; aber nachdem ich glücklich über die Treppe geschlüpft war und mich eben ausziehen wollte, klopfte es leise an meine Schlafzimmertür. Bevor ich antworten konnte, steckte Harriet den Kopf ins Zimmer.

»Oh, Mr. John, Sir«, sagte sie, sichtlich aufgeregt. »Gott sei Dank.« Sie trat ganz in mein Zimmer ein und zog ihren Schlafrock enger um sich. »Es ist wegen Miss Howard, Sir – sie rief gestern den ganzen Abend immer wieder an, und die ganze Nacht auch noch.«

»Sara?« fragte ich, beunruhigt durch den Ausdruck von Harriets sonst so fröhlichem Gesicht. »Wo ist sie?«

»Bei Dr. Kreisler. Sie sagte, Sie würden sie dort antreffen. Es ist etwas passiert, eine Art von – also ich weiß nicht genau, Sir, sie hat eigentlich gar nichts richtig erklärt, aber es ist etwas Furchtbares passiert, das konnte ich ihrer Stimme anhören.«

Ich fuhr wie der Blitz wieder in meine Schuhe. »Bei Dr. Kreisler?« sagte ich, und mein Herz fing zu rasen an. »Was um alles in der Welt hat sie dort verloren?«

Harriet rang die Hände. »Wie ich schon sagte, Sir, sie hat nichts gesagt, aber bitte beeilen Sie sich, sie hat über ein Dutzend Mal angerufen!«

Wie ein Pfeil war ich wieder draußen auf der Straße. Vor der Sixth Avenue würde ich um diese Zeit wohl keine Droschke finden, daher rannte ich, so schnell ich konnte, in Richtung Westen und hielt nicht eher an, als bis ich in einen Hansom sprang, der am Straßenrand stand. Ich nannte dem Kutscher Kreislers Adresse und sagte ihm, es sei eilig, woraufer die Peitsche packte und sie auch einsetzte, so daß wir überraschend schnell am Stuyvesant Square ankamen. Ich gab dem Cabbie einen ordentlichen Batzen Geld, ohne mir herausgeben zu lassen, woraufhin er seine Absicht verkündete, auf mich zu warten, denn einen so freigebigen Herren träfe man nicht oft zu so früher Stunde. Ich eilte die Stufen hinauf zur Eingangstür, die in diesem Moment von Sara geöffnet wurde.

Sie schien unverletzt, wofür ich so dankbar war, daß ich sie gleich in die Arme nahm. »Gott sei Dank«, sagte ich. »Nach dem, was Harriet sagte, fürchtete ich schon, daß...« Ich hielt inne, als ich hinter Sara einen Mann stehen sah: weißhaarig, ehrwürdig, in Gehrock, mit Arzttasche. Ich blickte Sara fragend an und sah, daß ihr Gesicht erschöpft und verzweifelt wirkte.

»John, das ist Dr. Osborne«, sagte Sara leise. »Ein Freund von Dr. Kreisler. Er wohnt in der Nähe.«

»Sehr angenehm«, bemerkte Dr. Osborne in meine Richtung, ohne auf eine Antwort zu warten. »Also, Miss Howard, ich hoffe, Sie wissen, was zu tun ist – der Junge darf nicht bewegt noch in irgendeiner Form gestört werden. Die nächsten vierundzwanzig Stunden sind entscheidend.«

Sara nickte müde. »Ja, Doktor. Und danke für Ihre Mühe. Wenn Sie nicht gekommen wären...«

»Ich wünschte, ich hätte mehr tun können«, antwortete Osborne ebenfalls leise. Dann setzte er seinen Hut auf, nickte mir zu und ging. Sara zog mich hinein.

»Was, um Himmels willen, ist denn geschehen?« fragte ich, hinter ihr die Stufen hinaufeilend. »Wo ist Kreisler? Und was ist das für eine Geschichte mit einem Jungen? Ist Stevie verletzt?«

»Schsch, John«, sagte Sara leise beschwörend. »Wir müssen jetzt alle sehr leise sein.« Sie stieg weiter hinauf in Richtung Salon. »Dr. Kreisler ist – weg.«

»Weg?« rief ich. »Weg wohin?«

Wir traten in den dunklen Salon, und Sara streckte schon die Hand nach einer Lampe aus, beschloß aber dann mit einer abwinkenden Geste, auf Licht zu verzichten. Dann sank sie auf ein Sofa und nahm aus einer Zigarettendose auf einem kleinen Tischchen eine Zigarette.

»John, setz dich«, sagte sie; und in ihrem Ton lag etwas – Resignation, Trauer, Zorn –, das mich sofort gehorchen ließ. Ich gab ihr Feuer und wartete, daß sie weiterredete. »Dr. Kreisler ist im Leichenschauhaus«, sagte sie endlich.

»Was? Im Leichenschauhaus? Ja, aber – wieso? Was ist los? Ist Stevie okay?«

Sie nickte. »Er wird wieder gesund werden. Er ist oben, zusammen mit Cyrus. Jetzt müssen wir uns um zwei eingeschlagene Schädel kümmern.«

»Eingeschlagene Schädel?« Ich war heute der reinste Papagei. »Wie in...« Plötzlich traf es mich wie ein Schlag in den Magen, als ich durch den Salon und den anschließenden Gang blickte. »Warte mal. Warum bist du hier? Und warum läßt du die Leute herein und hinaus? Wo ist Mary?«

Sara antwortete zuerst nicht, sondern rieb sich nur langsam die Augen und atmete tief ein. Als sie wieder den Mund aufmachte, klang ihre Stimme merkwürdig schwach. »Connor war hier. Samstag nacht, mit zweien seiner Gangster.« Der Krampf in meinem Magen wurde noch ärger. »Sie hatten dich und Dr. Kreisler anscheinend aus den Augen verloren – und dafür ließen ihre Chefs sie büßen, jedenfalls danach zu urteilen, wie sie sich hier aufführten.« Sara stand langsam auf, trat zu den Jalousien und öffnete sie einen Spalt. »Sie brachen hier ins Haus ein und sperrten Mary in die Küche. Cyrus lag im Bett, es war also nur Stevie da. Sie fragten ihn, wo ihr beide wärt, aber – du kennst ja Stevie. Er sagte nicht, was sie hören wollten.«

Ich nickte nur wortlos.

»Also«, fuhr Sara fort, »also stürzten sie sich auf ihn. Außer dem Schädel haben sie ihm auch noch ein paar Rippen gebrochen, und sein Gesicht sieht auch nicht gut aus. Aber es ist vor allem der Kopf – er wird überleben, aber wie und in welcher Verfassung, das kann man noch nicht sagen. Morgen wird man klarer sehen. Cyrus versuchte aufzustehen und ihm zu helfen, aber er brach oben am Gang zusammen und schlug sich den Kopf noch einmal auf.«

Ich fürchtete mich vor der unumgänglichen Frage: »Und Mary?«

Sara warf resignierend die Arme hoch. »Sie hat wohl Stevie schreien gehört. Ich kann mir nicht vorstellen, warum sie sich sonst so – unklug verhalten hätte. Sie packte ein Messer, und irgendwie gelang es ihr, aus der Küche auszubrechen. Ich weiß nicht, was sie vorhatte, aber ... ihr Messer blieb jedenfalls in Connors Seite stecken. Und Mary blieb unten am Ende der Treppe liegen. Ihr Genick war ...«

Sara versagte die Stimme.

»Gebrochen«, flüsterte ich entsetzt. »Sie war tot?«

Sara nickte und räusperte sich dann, um wieder sprechen zu können. »Stevie schleppte sich zum Telefon und rief Dr. Osborne an. Ich schaute hier vorbei, als ich gestern abend aus New Paltz zurückkam, und da war schon alles – also, jedenfalls unter Kontrolle. Stevie erklärte, daß es ein Unfall war. Daß Connor das nicht wollte. Aber als Mary ihn mit dem Messer verletzte, da fuhr er herum und ...«

Ein paar Sekunden lang konnte ich nichts sehen, alles rund um mich herum wurde trüb; dann hörte ich ein Geräusch, das ich zum letzten Mal auf dem Anker der Williamsburg-Brücke vernommen hatte, in der Nacht nach dem Mord an Giorgio Santorelli – das mächtige Dröhnen meines eigenen Blutes. Mein Kopf begann zu zittern, und als ich die Hände hob, um ihn festzuhalten, da bemerkte ich, daß meine Wangen feucht waren. Die Art von Erinnerungen, die die Nachricht von derartigen Tragödien meist begleiten – kurz, unzusammenhängend, oft richtiggehend einfältig –, schossen mir durch den Kopf, und als ich meine eigene Stimme wieder hörte, wußte ich zuerst nicht, woher sie plötzlich kam.

»Das ist nicht möglich«, sagte ich. »Das gibt es nicht. Dieser Zufall, das ist doch nicht – Sara, Laszlo hatte mir gerade gesagt...«

»Ja«, sagte Sara. »Mir auch.«

Ich stand auf, ging schwankend zum Fenster und stellte mich neben Sara. Die dunklen Wolken am Morgenhimmel verhinderten, daß über der Stadt der Tag anbrach. »Diese – diese Schweinehunde«, flüsterte ich. »Die elenden, verdammten... haben sie Connor geschnappt?«

Sara warf den Zigarettenstummel aus dem Fenster und schüttelte den Kopf. »Theodore ist unterwegs, zusammen mit ein paar Polizisten. Sie durchsuchen die Krankenhäuser sowie alle bekannten Schlupfwinkel Connors. Ich glaube aber nicht, daß sie ihn finden. Wie sie herausfanden, daß ihr in Boston wart, ist mir immer noch ein Rätsel – wahrscheinlich von dem Fahrkartenverkäufer.« Sara berührte mich an der Schulter, blickte aber weiter starr aus dem Fenster. »Weißt du«, murmelte sie, »vom ersten Augenblick an, da ich dieses Haus betrat, hatte Mary Angst, es würde irgend etwas geschehen, das ihn ihr wegnehmen könnte. Ich versuchte, ihr klarzumachen, daß dieses Etwas jedenfalls sicherlich nicht ich sein würde. Aber sie wurde ihre Angst nie los.« Sara drehte sich um und durchquerte den Raum, um sich wieder zu setzen. »Vielleicht hatte sie mehr Gespür als wir alle.«

Ich fuhr mir mit der Hand über die Stirn. »Es *kann* nicht sein«, flüsterte ich wieder; aber tiefer in meinem Inneren wußte ich genau, daß es eben doch sein konnte, wenn man bedachte, mit wem wir es zu tun hatten, und daß ich mich an die Realität dieses Alptraums gewöhnen mußte. »Kreisler«, sagte ich, »Kreisler ist im Leichenschauhaus?«

»Ja«, antwortete Sara und nahm sich eine weitere Zigarette. »Ich konnte ihm nicht sagen, was geschehen war – Dr. Osborne hat's getan.«

Ich ballte meine Faust noch fester zusammen und ging zur Treppe. »Ich muß auch hin.«

Sara packte mich am Arm. »John – sei vorsichtig.«

Ich nickte schnell. »Sicher.«

»Nein, ich meine, wirklich vorsichtig. Mit ihm. Wenn ich mich nicht irre, dann wird es eine sehr viel schlimmere Wirkung auf ihn haben, als wir uns überhaupt vorstellen können. Laß ihn in Ruhe, komm ihm nicht zu nahe.«

Ich versuchte zu lächeln und legte meine Hand auf die ihre; dann rannte ich die Treppe hinunter und hinaus auf die Straße.

Mein Cabbie wartete noch immer am Randstein, und als ich erschien, sprang er flink zurück auf den Kutschbock. Ich erklärte ihm, wir müßten so schnell wie möglich nach Bellevue, und wir fuhren in größter Eile los. Es hatte zu regnen begonnen, von Westen wehte ein starker, warmer Wind, und als wir durch die First Avenue ratterten, nahm ich meine Mütze ab und versuchte damit mein Gesicht gegen das vom Dach der Kutsche prasselnde Wasser zu schützen. Ich weiß nicht mehr, ob ich während dieser Fahrt an irgend etwas gedacht habe; nur weitere Bilder von Mary Palmer, dem stillen, schönen Mädchen mit den auffallenden blauen Augen, das sich innerhalb weniger Stunden vom Hausmädchen zur späteren Ehefrau eines teuren Freundes – und jetzt zu einer Toten gewandelt hatte. Das alles hatte keinen Sinn, gar keinen Sinn – und noch weniger Sinn hatte es, einen Sinn darin zu suchen; ich saß einfach nur da und ließ die Bilder durch meinen Kopf ziehen.

Beim Leichenschauhaus fand ich Laszlo vor dem großen eisernen Tor an der Rückseite, durch das wir das Gebäude betreten hatten, als wir die Leiche von Ernst Lohmann untersuchten. Er lehnte an der Mauer, die Augen weit, leer und schwarz wie dunkle Höhlen. Von einer Dachtraufe über ihm sprudelte das Regenwasser direkt auf ihn und durchweichte ihn; ich versuchte, ihn von dort wegzuziehen, aber sein Körper war wie erstarrt und ließ sich nicht bewegen.

»Laszlo«, sagte ich ruhig. »Kommen Sie. Kommen Sie mit mir in die Kutsche.« Ich zupfte noch ein paar Mal an ihm, aber ohne Erfolg, und als er endlich sprach, war seine Stimme heiser und tonlos: »Ich verlasse sie nicht.«

Ich nickte. »Gut. Aber dann stellen wir uns doch in den Eingang, Sie sind ja schon ganz durchweicht.«

Nur seine Augen bewegten sich, als er auf seine Kleider blickte; dann nickte er einmal und stolperte mit mir zu dem nur geringen Schutz bietenden Eingang. Dort blieben wir eine Weile stehen, bis er endlich in demselben leblosen Ton sagte:

»Haben Sie... meinen... Vater...«

Ich sah ihn an, und fast brach mir das eigene Herz bei dem Schmerz, den ich in seinem Gesicht las. Dann nickte ich. »Ja, ich kannte ihn, Laszlo.«

Kreisler schüttelte den Kopf. »Nein, ich meine, wissen Sie, was mein... Vater immer... zu mir gesagt hat, als ich – als ich klein war?«

»Nein. Was?«

»Daß...« Seine Stimme klang immer noch furchtbar heiser, als würde ihm jedes Wort Mühe bereiten, aber er redete jetzt doch schon etwas flüssiger: »Daß ich nicht so viel wußte, wie ich selbst zu wissen glaubte. Daß ich mir einbildete zu wissen, wie Menschen reagierten, daß ich mich für einen besseren Menschen hielt, als er einer war. Aber eines Tages – eines Tages, sagte er, würde ich erkennen, daß ich nicht besser sei. Bis dahin, sagte er, wäre ich nichts anderes als – als ein Hochstapler...«

Und wieder wußte ich nicht, wie ich Laszlo zeigen sollte, daß ich ihn besser verstand, als er ahnte. Also legte ich ihm nur eine Hand auf die verletzte Schulter. »Ich habe – Vereinbarungen getroffen. Der Leichenbestatter wird bald hier sein. Aber dann muß ich nach Hause. Stevie und Cyrus...«

»Sara kümmert sich um sie.«

Seine Stimme klang viel stärker, fast brutal: »Ich muß mich um sie kümmern, John!« Er schüttelte eine geballte Faust. »Ich selbst. Ich habe diese Menschen in mein Haus genommen. Ich war verantwortlich für ihre Sicherheit. Und sehen Sie sie jetzt an! Zwei halb tot, und eine – eine ...« Er schluchzte auf und starrte auf die Eisentür, als könnte er durch das verrostete Metall hindurch auf jenen Tisch blicken, auf dem das Mädchen lag, das seine Hoffnung auf ein neues Leben verkörpert hatte.

Ich verstärkte den Druck auf seine Schulter und sagte: »Theodore ist unterwegs, um...«

»Die Tätigkeiten des Commissioners interessieren mich

nicht mehr«, antwortete Kreisler schnell und scharf. »Auch nicht die aller anderen, die mit der Polizei zu tun haben.« Er stockte, stöhnte auf, als er den rechten Arm bewegte, nahm meine Hand von seiner Schulter und blickte von mir fort. »Es ist vorbei, John. Diese unselige, blutige Angelegenheit, diese – *Ermittlung*. Aus, vorbei.«

Ich wußte nicht, was ich sagen sollte. Er schien es völlig ernst zu meinen. »Kreisler«, sagte ich schließlich, »ruhen Sie sich ein paar Tage aus, bevor Sie...«

»Bevor ich was?« fuhr er auf. »Bevor noch einer von euch umgebracht wird?«

»Sie sind doch nicht verantwortlich für...«

»Wer sonst, wenn nicht ich?« antwortete er wie rasend. »Es war nur meine Eitelkeit, wie Comstock so richtig gesagt hat. Ich war wie blind, wollte nur meine eigenen Theorien beweisen, ohne an die Gefahren zu denken. Und was wollten sie alle? Comstock? Connor? Byrnes, diese Männer im Zug? Sie wollten mich stoppen. Aber *ich* dachte, meine Aufgabe wäre zu bedeutend, um mich aufhalten zu lassen – ich wußte es wieder einmal besser! Wir haben einen Mörder gejagt, John, aber die wahre Gefahr ist nicht der Mörder – die wahre Gefahr bin *ich*!« Er zischte plötzlich auf und preßte die Zähne zusammen. »Gut, jetzt weiß ich genug. Wenn ich selbst die größte Gefahr bin, dann ziehe ich mich zurück. Soll der Mann weiter morden. Wenn es das ist, was sie wollen. Er ist Teil ihrer Ordnung, ihrer kostbaren Gesellschaftsordnung – ohne solche Kreaturen haben sie keine Sündenböcke für ihre eigene verdammte Brutalität! Wer bin ich schon, daß ich mich da einmische?«

»Kreisler«, warf ich ein, ziemlich verstört, denn inzwischen konnte kein Zweifel mehr daran bestehen, daß er es ernst meinte. »Hören Sie sich doch selbst zu, Sie wenden sich gegen alles...«

»Nein!« rief er. »Ich spiele mit! Ich gehe zurück in mein Institut und mein leeres, totes Haus und *vergesse* diesen Fall. Und ich sorge dafür, daß Stevie und Cyrus gesund werden und nie wieder durch meine ehrgeizigen Pläne in Gefahr geraten. Und diese verdammte Gesellschaft, die sie für sich aufgebaut haben, die soll den Weg gehen, den sie dafür geplant haben, und *verfaulen*!«

Ich trat zwei Schritte von ihm zurück. Es war mir ganz klar, daß man mit ihm in diesem Zustand nicht debattieren konnte, aber trotzdem reizte mich seine Einstellung. »Schön, in Ordnung. Wenn Sie sich wirklich auf Ihr Selbstmitleid zurückziehen wollen...«

Er holte mit der Linken zu einem Schlag aus, traf aber weit daneben. »Gehen Sie zum Teufel, Moore!« stieß er hervor. »Alle, Sie und die ganze Brut!« Er packte die Eisentür und riß sie auf, blieb aber noch stehen, um wieder zu Atem zu kommen. Mit vor Entsetzen geweiteten Augen starrte er in den schäbigen, finsteren Gang. »Und ich auch«, fügte er rasch hinzu. Sein Atem ging jetzt etwas flacher. »Ich warte drinnen. Bitte gehen Sie. Ich werde dafür sorgen, daß meine Sachen aus Nr. 808 abgeholt werden. Ich – tut mir leid, John.« Er trat ins Leichenschauhaus, und hinter ihm fiel die Eisentür mit lautem Krachen ins Schloß.

Ich blieb noch einen Moment stehen. Meine durchweichten Kleider hingen klatschnaß an mir herunter. Ich blickte auf das rechteckige, gefühllose Ziegelgebäude vor mir und dann zum Himmel empor. Der Westwind war noch stärker geworden und trieb graue Wolkenfetzen vor sich her. Mit einer plötzlichen Bewegung bückte ich mich nieder, riß ein Büschel Gras samt Erde aus dem Boden unter meinen Füßen und schleuderte es gegen die schwarze Tür.

»Hol euch der Teufel, *alle*!« brüllte ich und ballte eine lehmverschmierte Faust; aber der Schrei brachte keine Erleichterung. Langsam ließ ich die Hand sinken, wischte mir das Regenwasser aus dem Gesicht und stolperte zurück zu meiner Droschke.

Kapitel
37

Ich wollte weder einen Menschen sehen noch sprechen, nachdem ich das Leichenschauhaus verlassen hatte, und fuhr daher direkt zu unserem Hauptquartier. Im Gebäude war sonst kein Mensch, und als ich in die Wohnung stolperte, war nichts zu hören als das Prasseln des Regens gegen die Fenster. Ich sank auf den Diwan, starrte auf die große vollgekritzelte Tafel und wurde immer mutloser. Aber schließlich erwies sich meine Erschöpfung als stärker als der Schmerz und die Verzweiflung; ich schlief ein und verschlief fast den ganzen düsteren Tag. Gegen fünf erwachte ich, weil jemand laut an die Eingangstür klopfte. Ich öffnete und sah vor mir einen regentriefenden Boten der Western Union mit einem tropfnassen Briefumschlag in der Hand. Ich nahm den Umschlag entgegen, riß ihn auf und las:

CAPTAIN MILLER, FORT YATES, BESTÄTIGT CPL. JOHN BEECHAM GESICHTSTICK. BESASS ÄHNLICHES MESSER. IN FREIZEIT BERGSTEIGEN. WAS TUN?

Nachdem ich das Telegramm zum dritten Mal durchgelesen hatte, drang erst die Stimme des Botenjungen an mein Ohr, und ich starrte ihn verständnislos an. »Wie bitte?«

»Antwort, Sir«, sagte der Junge ungeduldig. »Möchten Sie eine Antwort aufgeben?«

Ich überlegte einen Moment und versuchte zu entscheiden, was angesichts der Entwicklungen dieses Morgens wohl die beste Lösung wäre. »Ja, ja – doch, ja.«

»Das müssen Sie aber auf etwas Trockenes schreiben«, antwortete der Junge. »Meine Formulare sind alle patschnaß.«

Ich ging zu meinem Schreibtisch, griff nach einem Blatt Papier und kritzelte darauf eine kurze Nachricht: RÜCKKEHR SOFORT PER SCHNELLZUG. Der Junge las es durch und sagte mir, was es kosten würde, worauf ich Geld aus meiner Tasche zog und es ihm überreichte, ohne nachzuzählen. Der Junge wurde daraufhin schlagartig sehr viel freundlicher, woraus ich schloß, daß ein ordentliches Trinkgeld für ihn herausgesprungen war. Dann bestieg er den Lift und war verschwunden.

Ich konnte im weiteren Aufenthalt der Isaacsons in Norddakota nicht viel Sinn erkennen, wenn unsere Ermittlung ohnehin zu einem jähen Ende kam. Wenn Kreisler wirklich allen Ernstes das Schiff verlassen wollte, dann blieb uns anderen ja auch nichts weiter übrig, als wieder in unsere gewöhnlichen Berufe zurückzukehren.

Alles, was Sara, die Isaacsons und ich über die Psychologie unseres Mörders wußten, hatten wir Laszlo zu verdanken; ich konnte mir einfach nicht vorstellen, was wir ohne seine Führung erreichen könnten.

Ich hatte mich gerade mit der Vorstellung vom Ende der Ermittlungen angefreundet, als ich hörte, wie die Eingangstür aufgesperrt wurde, und schon kam Sara herein, Schirm und Einkaufstaschen in der Hand und in ihren Bewegungen und ihrem Aussehen ganz anders als heute morgen. Sie bewegte sich schnell, fast munter, als wäre gar nichts geschehen.

»Das ist eine Sintflut, John!« verkündete sie, schüttelte ihren Schirm aus und stellte ihn in den Keramikständer. Dann nahm sie ihr Cape ab und trug die Einkäufe in die kleine Küche. »Man kommt zu Fuß kaum über die Vierzehnte Straße, und eine Droschke finden zu wollen, das ist ein Unternehmen für Lebensmüde!«

Ich blickte wieder durchs Fenster. »Werden wenigstens die Straßen sauber«, sagte ich.

»Möchtest du etwas essen?« rief Sara. »Ich mache einen Kaffee, und Essen hab' ich auch gebracht – aber nur Zutaten für Sandwiches.«

»Sandwiches?« fragte ich mit gedämpfter Begeisterung. »Könnten wir nicht irgendwohin essen gehen?«

»Ausgehen?« fragte Sara, tauchte aus der Küche auf und kam zu mir. »Wir können nicht ausgehen, wir müssen...« Sie hielt inne, als sie das Telegramm der Isaacsons erblickte, hob es auf und las es.»Was ist das?«

»Von Marcus und Lucius«, antwortete ich. »Bestätigung über John Beecham.«

»Aber das ist ja wunderbar, John!« rief sie. »Dann können wir...«

»Ich hab' schon die Antwort abgeschickt«, erklärte ich. »Anweisung, daß sie sofort zurückkommen sollen.«

»Noch besser«, sagte Sara. »Ich glaube nicht, daß sie dort noch viel herausfinden können, und hier brauchen wir sie dringend.«

»Brauchen?«

»Wir haben eine Menge Arbeit vor uns«, antwortete Sara.

»Aber Sara, Kreisler sagte mir heute morgen, daß er...«

»Ich weiß«, antwortete sie. »Mir auch. Na und?«

»Na und, fragst du? Aus und vorbei, was unsere Arbeit betrifft. Wie sollen wir denn ohne ihn weitermachen?«

Sie hob die Schultern. »So wie wir mit ihm weitergemacht hätten. Hör zu, John.« Sara packte mich an den Schultern, führte mich zu meinem Schreibtisch und drückte mich dort auf den Stuhl. »Ich weiß, was du denkst – aber du irrst dich. Wir können jetzt ohne ihn weitermachen – wir können es allein zu Ende führen.«

Mein Kopf begann wie von selbst von links nach rechts zu pendeln, bevor sie noch fertiggeredet hatte. »Sara, mach keine Witze – wir haben nicht die entsprechende Ausbildung, nicht das Wissen...«

»Wir brauchen nicht mehr, als wir haben, John«, antwortete sie entschieden. »Vergiß nicht, was Kreisler selbst uns gelehrt hat – Kontext, Zusammenhang! Wir müssen nicht unbedingt alles über Psychologie, Psychiatrie oder sämtliche ähnlichen Fallgeschichten wissen, um diese Arbeit zu Ende zu führen. Alles, was wir kennen und wissen müssen, ist dieser Mann, dieser besondere Fall – und das tun wir. Wenn wir alles zusammennehmen, was wir in der letzten Woche erfahren haben, dann kennen wir ihn wahrscheinlich besser als er sich selbst. Dr. Kreisler war dabei sehr wichtig, aber jetzt ist er nicht mehr da, und wir brauchen ihn auch nicht mehr. Du kannst nicht gehen. Dich brauchen wir.«

Was sie sagte, hatte einiges für sich; ich brauchte eine

Minute, um alles zu verdauen; aber dann fing mein Kopf wieder zu pendeln an. »Schau, ich weiß, was diese Sache für dich bedeutet. Ich weiß, wie sehr es dir in deiner Abteilung hätte helfen können...«

Aber ich hielt sofort den Mund, als mich ein gut geführter Schlag ihrer Rechten an der Schulter traf. »Verdammt, John, beleidige mich nicht! Glaubst du allen Ernstes, ich mache das nur aus Ehrgeiz? Ich tu's, weil ich irgendwann einmal wieder ruhig schlafen möchte!« Sie stürzte zu Marcus' Schreibtisch und holte ein paar Fotografien. »Erinnerst du dich noch an diese Bilder, John?« Ich warf nur einen kurzen Blick darauf, denn ich wußte, was es war: Fotografien der verschiedenen Tatorte. »Glaubst du wirklich, daß *du* ruhig leben kannst, wenn du jetzt aufhörst? Und was geschieht, wenn der nächste Junge ermordet wird? Was wirst du dann fühlen?«

»Sara«, antwortete ich jetzt ebenso laut wie sie, »ich rede nicht davon, was ich *lieber* täte! Ich rede davon, was *praktisch möglich* ist.«

»Wie praktisch ist es, jetzt zu kneifen?« schrie sie zurück. »Kreisler tut es nur, weil er nicht anders kann – er ist im Innersten verletzt worden, und kann sich anders nicht mehr helfen. Aber das gilt für *ihn*, John. Wir können weitermachen. Wir müssen weitermachen!«

Sara ließ erschöpft die Arme herunterhängen, holte ein paarmal tief Atem, strich sich das Kleid glatt, schritt quer durch den Raum und deutete auf die Tafel. »Wie ich es sehe«, sagte sie ganz ruhig, »haben wir drei Wochen Zeit. Wir dürfen keine Minute verlieren.«

»Wieso drei Wochen?« fragte ich.

Sie trat an Kreislers Schreibtisch und hob den kleinen Band mit dem Kreuz auf dem Umschlag in die Höhe. »Der christliche Kalender«, sagte sie. »Ihr habt doch herausgefunden, warum er ihm folgt.«

Ich zuckte die Schultern. »Kann sein. Victor Dury war Geistlicher. Der... der...« ich suchte nach einem passenden Ausdruck und fand schließlich einen, der sehr nach Kreisler klang: »Der Rhythmus des Hauses Dury, der Zyklus des Familienlebens richtete sich höchstwahrscheinlich danach.«

Saras Mundwinkel kräuselten sich. »Siehst du, John? Du hattest doch nicht ganz unrecht mit deiner Theorie, daß ein Priester in den Fall verwickelt ist!«

»Und da war noch etwas«, sagte ich und dachte wieder an die Fragen, die Kreisler Adam Dury beim Abschied gestellt hatte. »Der Reverend liebte die Feiertage – da hielt er angeblich seine besten Predigten. Aber seine Frau...« Ich trommelte mit dem Finger auf meinen Schreibtisch, während ich mir die Idee durch den Kopf gehen ließ; dann erkannte ich ihre Wichtigkeit und blickte zu Sara auf: »Die Frau war ja eigentlich Japheths Folterknecht, wenn man dem Bruder glauben kann – sie war's, die den beiden Jungen gerade an Feiertagen das Leben zur Hölle machte.«

Sara sah zufrieden drein. »Und weißt du noch, was wir über Unaufrichtigkeit und Heuchelei in bezug auf den Mörder gesagt haben? Also, wenn sein Vater in seinen Predigten das eine gesagt hat, dagegen zu Hause aber...«

»Ja, ja«, murmelte ich, »ich verstehe, was du meinst.«

Sara ging langsam zur Tafel und tat dann etwas, was mir einen Stich versetzte: Sie nahm ein Stück Kreide und hielt ohne zu zögern die eben erhaltene Information auf der linken Tafelseite fest. Ihre Handschrift sah nicht ganz so klar und geübt aus wie die Kreislers, wirkte aber trotzdem, als würde sie dort hingehören. »Er reagiert auf einen emotionalen Krisenzyklus, der ihn sein ganzes Leben lang beherrscht hat«, sagte Sara selbstsicher und legte die Kreide wieder hin. »Manchmal ist die Krise so schwer, daß er mordet – und die Krise in drei Wochen ist vielleicht die schlimmste von allen.«

»Ja, das hast du schon gesagt«, antwortete ich. »Aber ich erinnere mich an keinen wichtigen Feiertag gegen Ende Juni.«

»Er ist nicht für jeden wichtig«, sagte Sara und öffnete den Kalender. »Aber für ihn...«

Sie hielt mir den Kalender entgegen und deutete auf ein bestimmtes Datum. Es war Sonntag, der 24. Juni – das Fest Johannes des Täufers. Ich riß die Augen auf.

»Die meisten Kirchen feiern den Tag heutzutage nicht mehr besonders«, sagte Sara ruhig. »Aber...«

»Johannes der Täufer«, sagte ich schnell. »Wasser!«
Sara nickte. »Wasser.«

»Beecham«, flüsterte ich, im Geist eine Verbindung herstellend, die vielleicht nicht auf der Hand lag, aber doch sehr einleuchtend schien: »*John Beecham* ...«

»Wieso John?« fragte Sara. »Der einzige Beecham, den ich in New Paltz fand, hieß mit Vornamen George.«

Jetzt war ich an der Reihe, zur Tafel zu gehen und nach der Kreide zu greifen. Ich deutete auf die Überschrift PRÄGENDE GEWALT UND/ODER MISSBRAUCH und erklärte: »Japheth Dury wurde mit elf von einem Bekannten seines Bruders angegriffen – vergewaltigt. Von einem Mann, mit dem er befreundet war, dem er vertraute. Der Name dieses Mannes war George Beecham.« Sara stieß einen kurzen Laut der Überraschung aus und schlug sich mit einer Hand gegen den Mund. »Wenn nun Japheth Dury tatsächlich nach den ersten Morden den Namen Beecham annahm, um ein neues Leben zu beginnen ...«

»Genau«, stimmte Sara zu. »Dann wurde er selbst zum Folterer.«

Ich nickte eifrig. »Und warum *John*?«

»Johannes der Täufer«, antwortete Sara. »Der Reiniger.«

Ich lachte einmal kurz auf und hielt dann diese Überlegungen in der entsprechenden Spalte der Tafel fest. »Es ist nur eine Spekulation, aber ...«

»John«, sagte Sara mit gutmütigem Vorwurf in der Stimme. »Die gesamte Tafel ist nur Spekulation. Aber es *funktioniert*.« Ich legte die Kreide wieder hin, drehte mich um und stellte überrascht fest, daß Sara geradezu strahlte. »Jetzt siehst du es selbst, nicht?« sagte sie. »Wir machen weiter, John – wir müssen weitermachen!«

Und das taten wir denn auch.

So begannen die zwanzig unglaublichsten und schwierigsten Tage meines Lebens. Da die Isaacsons unmöglich vor Mittwoch abend in New York sein konnten, gingen Sara und ich daran, sämtliche in der letzten Woche gesammelten Informationen zu vergleichen, zu interpretieren und festzuhalten, um die Detective Sergeants nach ihrer Rückkehr schnell ins

Bild setzen zu können. Wir verbrachten die meiste Zeit im Hauptquartier, gingen die Fakten durch und bemühten uns im übrigen, unser Hauptquartier so umzugestalten, daß Kreislers Abwesenheit nicht allzu schmerzlich deutlich wurde. Wir schoben seinen Schreibtisch in eine Ecke, damit die verbliebenen vier einen kleineren (oder wie ich lieber sagte, einen engeren) Kreis bilden konnten. Weder Sara noch ich waren dabei besonders glücklich, aber wir versuchten, uns nicht allzusehr darüber zu grämen. Der Schlüssel dazu war, wie immer, die richtige Einstellung: Solange wir uns auf die beiden Ziele konzentrierten, die darin bestanden, einen weiteren Mord zu verhindern und unseren Mörder zu fangen, solange meisterten wir auch die schmerzlichsten und verwirrendsten Momente dieses Übergangs.

Wir schlugen uns Kreisler nicht etwa aus dem Kopf – im Gegenteil, Sara und ich erwähnten ihn immer wieder und versuchten zu verstehen, was nach Marys Tod in seinem Geist nun eigentlich vorging. Diese Überlegungen brachten uns natürlich immer wieder auch auf Laszlos Vergangenheit; und der Gedanke an seine unglückliche Kindheit vertrieb auch den letzten Ärger, den ich über Laszlos Aussteigen empfand – so daß ich schließlich, ohne Sara ein Wort davon zu sagen, Dienstag früh zu ihm nach Hause ging.

Einerseits wollte ich wissen, wie es Stevie und Cyrus ging, vor allem aber die Verstimmung ausbügeln, die von unserem letzten Treffen in Bellevue vielleicht zurückgeblieben war. Gottlob war auch mein alter Freund zur Versöhnung bereit – aber immer noch fest entschlossen, nicht zu unserer Ermittlungstätigkeit zurückzukehren. Er sprach mit ruhiger Stimme über Marys Tod, aber dennoch so, daß man nicht übersehen konnte, wie tief getroffen er war. Ich glaube, es war vor allem die Zerstörung seines Selbstvertrauens, die seine Rückkehr verhinderte. Denn meines Wissens war es erst das zweite Mal (das erste Mal hatte in der Woche vor unserem Besuch bei Jesse Pomeroy stattgefunden), daß Laszlo sich in seinem eigenen Urteil erschüttert fühlte. Ich konnte seiner Selbstanklage zwar nicht zustimmen, konnte sie ihm aber auch nicht übelnehmen. Jeder muß seinen eigenen Weg finden, um mit einem derart schweren Verlust fertig zu werden, und ein wirklich guter Freund kann dabei nichts anderes tun, als einen auf dem einmal gewählten Weg zu unterstützen. Und so schüttelte ich Laszlo die Hand und akzeptierte seine Entscheidung, obwohl sie mich schmerzte. Wir verabschiedeten uns, und wieder einmal fragte ich mich, wie wir denn ohne ihn weitermachen konnten; doch schon in seinem Vorgarten war ich wieder mit all meinen Gedanken bei der Sache.

Saras Reise nach New Paltz hatte, wie ich in den drei Tagen bis zur Rückkehr der Isaacsons erfuhr, viele unserer Hypothesen bezüglich der Kindheit unseres Mörders bestätigt. Sara hatte tatsächlich ein paar Altersgenossen auftreiben können, und diese hatten zugegeben – und zwar ziemlich reumütig –, den Jungen wegen seines Gesichtsticks oft verhöhnt zu haben. Während seiner ganzen Schulzeit (und in der Schule von New Paltz wurde damals wirklich, wie Marcus angenommen hatte, das Palmersche System der Handschrift unterrichtet) und auch immer, wenn er mit seinen Eltern in die Stadt kam, wurde Japheth von Kinderhorden verfolgt, die einander darin zu übertrumpfen suchten, wer seinen Tick am besten nachmachen konnte. Es war kein gewöhnlicher Tick, wie die heute erwachsenen Bürger der Stadt sich erinnerten: Es war eine so arge Kontraktion, daß Japheths Mund und Augen fast auf eine Gesichtshälfte gezogen wurden, so als hätte er heftigste Schmerzen und würde im nächsten Moment in Tränen ausbrechen. Offenbar – und merkwürdigerweise – schlug er nie zurück, wenn ihn die Kinder von New Paltz derart verfolgten; er wehrte sich nie, wenn er verhöhnt wurde, sondern tat, als hätte er nichts bemerkt, so daß die anderen Kinder nach ein paar Jahren die Lust daran verloren, ihn zu quälen. Diese paar Jahre hatten aber anscheinend gereicht, um seinen Geist zu vergiften, vor allem als Dreingabe zum Zusammensein mit einem Menschen, der keine Sekunde lang aufhörte, ihn zu verfolgen: seiner eigenen Mutter.

Sara bildete sich offenbar nicht allzuviel darauf ein, daß sie den Charakter dieser Mutter so treffend vorausgesagt hatte – aber sie hätte bei Gott jedes Recht dazu gehabt. Aus ihren Befragungen in New Paltz hatte sie zwar nur ein ganz allgemeines Bild von Mrs. Dury gewonnen, aber zwischen den Zeilen ließ sich einiges herauslesen. Man erinnerte sich in der Stadt noch gut an Japheths Mutte einerseits wegen ihres heftigen Eintretens für die mission he Tätigkeit ihres Mannes, aber noch mehr wegen ihre ten, kalten Art. Die Hausfrauen und Mütter von New Paltz waren übrigens der Meinung, daß Japheths Gesichtstick davon rührte, daß seine Mutter ununterbrochen etwas an ihm auszusetzen hatte (und zeigten damit, daß Volksweisheit manchmal den Rang psychologischer Erkenntnisse erreicht). Das war zwar sehr ermutigend, bot aber nur einen Bruchteil jener Befriedigung, die Sara durch Adam Durys Bericht zustand. Fast jede einzelne von Saras Hypothesen – daß die Mutter wahrscheinlich ungern geheiratet hatte, keine Kinder bekommen wollte, ihren Sohn schon beim Trockenwerden verfolgt und gequält hatte – war durch das, was Laszlo und ich in Durys Scheune gehört hatten, bestätigt worden; Adam hatte uns sogar gesagt, seine Mutter habe Japheth oft eine »dreckige Rothaut« genannt. Im Leben unseres Mörders hatte tatsächlich eine Frau die »unheimliche Rolle« gespielt; und wenn es auch die Hand des Reverends war, die im Haushalt der Durys die Prügel austeilte, so bedeutete das Verhalten von Mrs. Dury ihren beiden Söhnen gegenüber die mit Sicherheit härtere Bestrafung. Sara und ich waren beide der einhelligen Meinung, daß Japheth, falls er mit seinen Morden einen seiner Elternteile treffen wollte, als »primäres« oder »beabsichtigtes« Opfer seiner mörderischen Rage sicher seine Mutter ansah.

Wir waren nunmehr zu der Überzeugung gelangt, daß wir es mit einem Mann zu tun hatten, dessen unvorstellbare Verbitterung gegenüber der einflußreichsten Frau in seinem Leben dazu geführt hatte, daß er allen anderen Frauen auswich. Das löste aber nicht die Frage, warum er dann ausgerechnet Jungen umbrachte, die sich wie Frauen kleideten und verhielten, und nicht richtige Frauen. Beim Versuch, diese Frage zu beantworten, stießen Sara und ich auf eine unserer früheren Theorien, daß nämlich alle Opfer bestimmte Züge hatten, die sie mit ihrem Mörder verbanden. Die haßerfüllte Beziehung zwischen Mrs. Dury und ihrem Sohne mußte, so überlegten wir, sich in Selbsthaß verwandelt haben – denn wie sollte ein Junge, der von seiner Mutter verachtet wurde, nicht an seinem eigenen Wert zweifeln? Und so hatte Japheths Zorn die sexuellen Grenzen überschritten – und Erleichterung nur in der Ermordung von Jungen gefunden, die in ihrem Verhalten eine ähnliche Zweideutigkeit zeigten.

Nun stellte sich Sara und mir noch die Aufgabe, die Verwandlung von Japheth Dury in John Beecham nachzuzeichnen. Über George Beecham hatte Sara in New Paltz nicht viel erfahren – er hatte bloß ungefähr ein Jahr dort gelebt und erschien überhaupt nur deshalb in den örtlichen Verzeichnissen, weil er 1874 bei den Wahlen zum Kongreß seine Stimme abgegeben hatte –, aber wir waren der Meinung, Japheths Namensänderung trotzdem zu verstehen. Seit Beginn unserer Ermittlungen war uns allen klar, daß wir es mit einer sadistischen Persönlichkeit zu tun hatten, mit jemandem, der in jeder seiner Handlungen zum Ausdruck brachte, daß er nicht mehr selber Opfer, sondern vielmehr Täter und Folterer sein wollte. Es lag eine perverse Logik darin, daß er zu Beginn seiner Laufbahn als Kindsmörder gerade den Namen jenes Mannes annehmen sollte, dem er als Kind ebenso vertraut hatte, wie die Kinder jetzt ihm vertrauten. Man hatte das deutliche Gefühl, daß der Mörder dieses Vertrauen zwar sorgfältig förderte, gleichzeitig aber jeden verachtete, der so dumm war, ihm zu vertrauen. Auch hier versuchte er offenbar, ein ihm unerträgliches Element seiner eigenen Persönlichkeit zu kompensieren, indem er Spiegelbilder jenes Kindes ausmerzte, das er selbst einmal gewesen war.

Und so wurde aus Japheth Dury John Beecham – ein Mann, der laut der Beurteilung seiner Ärzte in St. Elisabeth sehr empfindlich auf Beobachtungen jeder Art reagierte und starke Anzeichen (wenn nicht geradezu Wahnvorstellungen) von Verfolgung zeigte. Sicher hatten sich diese Persönlichkeitszüge auch nach seiner Entlassung im Spätsommer 1886 nicht gebessert, um so weniger, als diese Entlassung nur aufgrund eines juristischen Schlupflochs möglich war und gegen die Empfehlung der Ärzte geschah; und wenn John Beecham wirklich unser Mörder war, dann waren sein Mißtrauen, seine Feindseligkeit und Gewalttätigkeit im Laufe der Jahre sicherlich nur noch schlimmer geworden. Sara und ich waren der Ansicht, daß er, um New York so gut zu kennen, wie dies offensichtlich der Fall war, sehr bald nach seiner Entlassung aus St. Elisabeth hierher gekommen und von da an hier geblieben sein mußte. Darin lag für uns eine gewisse Hoffnung, denn im Lauf von zehn Jahren mußte er doch mit einer Menge Leute Kontakt gehabt und in einer bestimmten Gegend und Lebenssphäre ein bekannter Charakter geworden sein. Wir wußten natürlich nicht genau, wie er aussah; hofften aber doch, ihn mit Hilfe unserer theoretischen Annahmen und ihrer Korrektur durch Adam Dury, in Verbindung mit dem Namen John Beecham, relativ leicht ausfindig machen zu können. Es gab natürlich keine Garantie, daß er sich immer noch John Beecham nannte; aber wir glaubten beide, daß er diesen Namen, der für ihn eine besondere Bedeutung hatte, so lange beibehalten würde, bis er gezwungen war, ihn abzulegen.

Mehr Hypothesen konnten wir bis zur Rückkehr der Isaacsons nicht mehr aufstellen. Doch der Mittwoch abend kam, ohne daß wir von den Detective Sergeants hörten, und so beschlossen Sara und ich, uns einer unangenehmen Aufgabe zu stellen, und zwar der, Theodore davon zu überzeugen, daß er uns trotz Kreislers Rückzug mit unserer Arbeit weitermachen ließ. Wir rechneten beide damit, daß das nicht leicht sein würde. Aber da es unvermeidlich war, beschlossen wir, den Stier bei den Hörnern zu packen und uns in die Höhle des Löwen zu begeben.

Um aber nur ja kein Gerücht im Polizeihauptquartier aufkommen zu lassen, besuchten wir Theodore zu Hause. Er und Edith, seine Frau, hatten erst vor kurzem ein Stadthaus in der Madison Avenue bezogen, das Theodores Schwester Bamie gehörte – ein gemütliches, sehr gut ausgestattetes Heim, das allerdings den Kapriolen der fünf Roosevelt-Kinder nicht gewachsen war (ebensowenig wie übrigens einige

Zeit später das Weiße Haus). Da wir wußten, daß Theodore viel Wert darauf legte, das Abendessen im Kreise seiner Familie zu Hause einzunehmen, fuhren Sara und ich gegen sechs Uhr mit einer Droschke in die Madison Avenue.

Noch bevor ich an die Tür klopfte, war der Lärm jugendlichen Herumtollens zu hören. Die Haustür wurde nach einer Weile von Kermit geöffnet, Theodores zweitältestem Sohn, der damals sechs Jahre alt war. Er sah so aus wie damals alle Jungen seines Alters: weißes Hemd, kurze Hosen, langes Haar; aber in der rechten Faust hielt er drohend etwas, das ich für das Horn eines afrikanischen Rhinozerosses hielt, befestigt auf einem wuchtigen Ständer.

»Hallo, Kermit«, sagte ich grinsend. »Ist dein Vater zu Hause?«

»*Hier kommt keiner durch!*« rief der Junge grimmig und starrte mir fest in die Augen.

Mir verging das Grinsen. »Wie bitte?«

»Hier kommt keiner durch!« wiederholte er. »Ich, Horatio, bewache diese Brücke.«

Sara lachte kurz auf, und ich nickte verständnisvoll. »Ach ja. Ja, Horatio auf der Brücke. Na schön, Horatio, wenn's dir nichts ausmacht ...«

Ich trat einen oder zwei Schritte ins Haus hinein, worauf Kermit das Horn hob und es mir mit erstaunlicher Kraft auf die Zehen meines rechten Fußes rammte. Ich stieß einen gellenden Schmerzensschrei aus, worauf Sara noch lauter lachte und Kermit noch einmal erklärte: »*Hier kommt keiner durch!*«

Da drang Edith Roosevelts angenehme, aber feste Stimme aus dem hinteren Teil des Hauses: »Kermit! Was ist da los?«

Kermits Augen weiteten sich plötzlich vor Schreck, dann wirbelte er herum, wandte sich in Richtung Treppe und trompetete dabei: »Rückzug! Rückzug!« Während der Schmerz in meinen Zehen langsam nachließ, sah ich jetzt ein sehr ernst wirkendes Mädchen von etwa vier Jahren auf uns zukommen: Das war Ethel, Theodores jüngste Tochter. Sie trug ein großes Bilderbuch mit bunten zoologischen Illustrationen und schritt damit sehr bedeutungsvoll dahin; doch als sie erst Sara und dann mich erblickte und im selben Augenblick Kermit die Treppe hinaufsausen sah, zeigte sie mit dem Daumen hinter ihrem Bruder her.

»Horatio an der Brücke«, erklärte sie, rollte die Augen und schüttelte den Kopf. Dann steckte sie ihre Nase wieder in das Buch und entfernte sich durch die Halle.

Plötzlich wurde links von uns eine Tür aufgerissen, und heraus stürzte ein rundliches, aufgeregtes Dienstmädchen in Hauskleid und Schürze. (Im Haushalt der Roosevelts gab es nur wenig Bedienstete: Theodores Vater, ein weithin bekannter Philanthrop, hatte den größten Teil des Familienvermögens verschenkt, und Theodore erhielt seine Familie von seinem bescheidenen Einkommen und dem, was er mit seinen Schriften verdiente.) Das Mädchen schien Saras und meine Anwesenheit gar nicht zu bemerken, sondern suchte schnell hinter der offenen Eingangstüre Zuflucht.

»Nein!« schrie es – wir wußten nicht, zu wem. »Nein, Master Ted, das tu ich nicht!«

Die Tür, durch die zuerst das Mädchen gestürzt war, spie jetzt einen etwa achtjährigen Jungen in grauem Anzug aus, der eine Brille trug, die der Theodores sehr ähnlich war. Es war Ted, der älteste Sohn, dessen Status als Stammhalter der Familie nicht nur durch sein Aussehen unterstrichen wurde, sondern auch durch eine riesengroße junge Eule, die auf seiner Schulter hockte, sowie eine tote Ratte, die er in seiner behandschuhten Hand am Schwanz hielt.

»Patsy, du benimmst dich wirklich lächerlich«, bemerkte Ted zu dem Dienstmädchen. »Wenn wir ihm nicht beibringen, was seine natürliche Beute ist, dann werde ich ihn nie zurück in die Wildnis entlassen können. Halte die Ratte über seinem Schnabel...« Ted verstummte, als er uns beide am Eingang stehen sah. »Oh«, sagte er, und seine Augen leuchteten hinter den Brillengläsern auf. »Guten Abend, Mr. Moore.«

»Abend, Ted«, antwortete ich und rückte etwas von der Eule weg.

Der Junge wandte sich Sara zu. »Und Sie sind sicherlich Miss Howard? Wir haben uns einmal im Büro meines Vaters gesehen.«

»Bravo, Master Roosevelt«, sagte Sara. »Sie haben ein gutes Gedächtnis für Details – Wissenschaftler brauchen das.«

Ted lächelte etwas verlegen, erinnerte sich dann aber plötzlich an die Ratte in seiner Hand. »Mr. Moore«, sagte er schnell mit neu aufflammender Begeisterung. »Meinen Sie, Sie könnten diese Ratte hier – ja, so am Schwanz nehmen – und etwa einen Zoll über Pompejus' Schnabel halten? Er ist den Anblick von Beutetieren nicht gewöhnt, manchmal hat er sogar Angst davor – bis jetzt hat er sich von rohem Beefsteak ernährt. Ich muß meine Hände frei haben, um aufzupassen, daß er nicht davonfliegt.«

Ein Neuling im Rooseveltschen Haushalt wäre vor dieser Aufgabe vielleicht zurückgescheut; aber ich, der ich bereits viele derartige Szenen über mich hatte ergehen lassen, seufzte nur, packte die Ratte am Schwanz und hielt sie so, wie Ted es verlangt hatte. Die Eule drehte ihren Kopf ein paar Mal auf recht merkwürdige Weise hin und her, hob dann ihre großen Flügel und flatterte verwirrt auf und ab. Aber Ted, mit den behandschuhten Händen ihre Krallen festhaltend, ließ jetzt leises Quieken und Eulenschreie hören, was den Vogel offensichtlich beruhigte. Schließlich drehte Pompejus seinen erstaunlich beweglichen Hals so weit herum, daß der Schnabel direkt zur Decke zeigte, packte die Ratte am Kopf und verschluckte das Tier mit Haut und Haar und Schwanz.

Ted grinste erfreut. »Brav, Pompejus, sehr brav! Das ist besser als ein langweiliges altes Steak, nicht? Jetzt mußt du nur noch lernen, so etwas selbst zu fangen, dann können wir dich wieder zu deinen Freunden schicken!« Ted wandte sich an mich. »Wir haben ihn in einem hohlen Baum im Central Park gefunden – seine Mutter war erschossen, und die anderen Küken waren schon tot. Aber er hat sich fein herausgemausert, nicht?«

»*Aufpassen da unten!*« ertönte jetzt ein Schrei vom Treppenabsatz, worauf Ted plötzlich ein sehr ernstes Gesicht machte und mit seiner Eule aus der Halle verschwand. Das Mädchen versuchte, ihm zu folgen, erstarrte jedoch beim Anblick des weißen Blitzes, der vom ersten Stock über das Treppengeländer heruntersauste. Unfähig zu entscheiden, in welche Richtung sie laufen sollte, sank das Mädchen schließlich mit einem Schrei zu Boden, barg den Kopf in den Armen und entging nur um Haaresbreite einem möglicherweise folgenschweren Zusammenstoß mit der zwölfjährigen Miss Alice Roosevelt. Unter wildem Gelächter flink vom Geländer auf den Teppich gleitend, erhob sich Alice graziös, strich ihr etwas aufgeplustertes weißes Kleid glatt und hob einen warnenden Zeigefinger gegen das Mädchen.

»Patsy, du große dumme Gans!« lachte sie. »Ich hab' dir doch gesagt, du darfst nie stehenbleiben, du *mußt* dich für eine Richtung entscheiden und dann weglaufen!« Alice wandte Sara und mir ihr zartes, hübsches Gesicht zu, das wenige Jahre später Washingtons begehrtesten Junggesellen den Schlaf rauben würde. Sie lächelte und deutete ganz leicht einen Knicks an. »Hallo, Mr. Moore«, sagte sie mit dem Selbstbewußtsein eines Mädchens, das sich schon mit zwölf Jahren seines Charmes bewußt ist. »Und Sie sind *wirklich* Miss Howard?« rief sie ganz aufgeregt und offensichtlich interessiert. »Eine von den Frauen, die in der Polizeizentrale arbeiten?«

»Ja, das ist sie«, erwiderte ich. »Sara, das ist Alice Lee Roosevelt.«

»Freut mich, Alice!« sagte Sara und streckte ihr die Hand entgegen.

Alice, ganz die erwachsene Dame, ergriff Saras Hand und erwiderte: »Ich weiß, viele Leute finden es skandalös, daß Frauen in der Polizeizentrale arbeiten, aber ich finde es *prima*, Miss Howard!« Sie hielt einen kleinen Beutel hoch, dessen Schnur um ihr Handgelenk gewickelt war. »Möchten Sie meine Schlange sehen?« fragte sie, und bevor die leicht verdatterte Sara antworten konnte, holte Alice aus dem Beutel eine sich krümmende und windende, etwa zwei Fuß lange Viper hervor.

»Alice!« war nun noch einmal Ediths Stimme zu hören, und diesmal kam sie selbst, schlank und geschmeidig durch die Halle auf uns zu. »Alice«, wiederholte sie zärtlich und fest, wie sie immer mit diesem einzigen Kind der Familie umging, das nicht ihr eigenes war. »Meine Liebe, ich finde wirklich, daß wir unseren Gästen gestatten sollten, abzulegen und Platz zu nehmen, bevor wir ihnen die Reptilien vorstellen. Miss Howard, John, ich begrüße Sie.« Edith strich Alice liebevoll über die Stirn. »Du bist doch die einzige, auf die ich mich verlassen kann, wenn's um zivilisiertes Benehmen geht.«

Alice lächelte zu Edith empor, steckte ihre Schlange zurück in den Beutel und wandte sich dann wieder an Sara. »Verzeihen Sie, Miss Howard. Möchten Sie nicht in den Salon kommen und sich setzen? Es gibt so vieles, was ich Sie fragen möchte.«

»Und ich will dir gern alle Fragen beantworten«, sagte Sara freundlich. »Aber zuerst müssen wir mit deinem Vater sprechen...«

»Ich kann mir nicht vorstellen, weshalb«, dröhnte Theodore, der jetzt, aus seinem Arbeitszimmer tretend, in der Halle erschien. »Sie werden feststellen, daß die wahre Autorität in diesem Hause in der Hand der Kinder liegt. Sprechen Sie doch lieber gleich mit ihnen.«

Beim Klang der Stimme ihres Vaters tauchten alle Rooseveltschen Kinder, die wir bisher kennengelernt hatten, wieder auf, drängten sich um ihn, und jedes wollte ihm zuerst erzählen, was es den ganzen Tag gemacht hatte, um Lob und Rat von ihm zu hören. Sara und ich beobachteten zusammen mit Edith diese Szene, und Edith schüttelte den Kopf und wunderte sich (so wie jeder, der mit der Familie bekannt war), wie ihr Mann es schaffte, von seinen Kindern so geliebt zu werden.

»Wissen Sie«, sagte Edith nach einer Weile ruhig, noch immer ihre Familie beobachtend, »Sie müssen wirklich etwas sehr Dringendes auf dem Herzen haben, um mit *dieser* Konkurrenz fertigzuwerden.« Dann wandte sie sich uns zu, und in ihren leuchtenden, exotischen Augen lag Verständnis. »Aber soviel ich weiß, ist ja alles, was Sie jetzt tun, sehr dringend.« Ich nickte kurz, worauf Edith laut in die Hände klatschte. »Hört her, meine Lieblinge! Jetzt habt ihr Archie ohnehin schon aufgeweckt, dann könnt ihr euch auch gleich die Hände fürs Abendessen waschen!« (Der zweijährige Archie war zu dieser Zeit das Nesthäkchen der Familie; Quentin, dessen Tod im Jahr 1918 eine derart katastrophale Wirkung auf die physische und psychische Verfassung Theodores haben sollte, war 1896 noch nicht geboren.) »Und heute abend keine Gäste, die nicht menschlich sind. Und das meine ich ernst«, fuhr Edith fort. »Ted, Pompejus ist in der Küche bestens aufgehoben.«

Ted grinste. »Und was wird Patsy dazu sagen?«

Die Kinder zerstreuten sich ungern, aber ohne lautes Protestgeschrei, während Sara und ich Theodore in sein Arbeitszimmer folgten. Wissenschaftliche Arbeiten in verschiedenen Stadien der Vollendung waren überall ausgebreitet, daneben lagen aufgeblätterte Nachschlagewerke und viele Karten. Theodore machte zwei Stühle vor seinem großen, über und über mit Papieren bedeckten Schreibtisch frei, und dann setzten wir uns alle. Nachdem die Kinder verschwunden waren, nahm Theodores Gesicht einen ganz anderen, niedergeschlagenen Ausdruck an, was mich überraschte, denn in der Zentrale hatte sich in den letzten Tagen viel zu seinen Gunsten getan: Bürgermeister Strong hatte Theodores größten Feind im Aufsichtsrat entlassen; dieser leistete zwar noch Gegenwehr, aber es herrschte die allgemeine Meinung, daß Theodore in der Auseinandersetzung die Oberhand gewann. Ich gratulierte ihm dazu, aber er wischte das mit einer flüchtigen Handbewegung fort.

»Ich bin mir wirklich nicht mehr sicher, wieviel das letzten Endes bedeutet, John«, sagte er niedergeschlagen. »Manchmal habe ich das Gefühl, daß diese Dinge auf dem städtischen Niveau allein nicht gelöst werden können. Die Korruption in dieser Stadt ist wie das mythologische Ungeheuer, nur wachsen für jeden abgeschlagenen nicht sieben, sondern tausend neue Köpfe nach. Ich bin nicht sicher, ob diese Regierung überhaupt die Kraft zu einer wirklich durchgreifenden Erneuerung hat.« Das war aber keine Stimmung, die Roosevelt lange durchhalten konnte. Er griff nach einem Buch, knallte es auf den Schreibtisch und betrachtete uns dann freundlich durch seinen Kneifer. »Aber das ist nicht eure Sache. Sagt mir – was gibt' s?«

Es fiel uns gar nicht so leicht, mit unseren Neuigkeiten herauszurücken; als Sara und ich es endlich geschafft hatten, lehnte Theodore sich langsam in seinen Stuhl zurück, als hätte er seine trübe Stimmung aufs neue bestätigt gefunden.

»Ja, Kreislers Reaktion auf dieses Verbrechen machte mir Sorgen«, sagte er leise. »Aber ich gestehe, ich hatte nicht damit gerechnet, daß er sich von den Ermittlungen zurückziehen würde.«

An diesem Punkt hielt ich es für richtig, Theodore die ganze Wahrheit über die Beziehung zwischen Kreisler und Mary Palmer zu erzählen, damit er besser verstehen konnte, wie sehr Laszlo durch Marys Tod getroffen war. Theodore hatte ja selbst einen ihm sehr nahestehenden Menschen – seine erste Frau – auf tragische Weise und viel zu früh verloren –, ich rechnete daher mit seinem Mitgefühl, und das zu Recht, wie sich erwies; dennoch runzelte er zweifelnd die Stirn.

»Und jetzt wollt ihr ohne ihn weitermachen?« fragte er. »Ihr glaubt, ihr seid dazu imstande?«

»Wir wissen genug«, antwortete Sara schnell. »Das heißt, wir werden genug wissen, bis der Mörder wieder zuschlägt.«

Theodore blickte überrascht hoch. »Und wann wird das sein?«

»In achtzehn Tagen«, erwiderte Sara. »Am 24. Juni.«

Die Hände hinter dem Kopf faltend, wippte Roosevelt langsam vor und zurück und betrachtete Sara nachdenklich. Dann wandte er sich an mich. »Er zieht sich aber doch nicht nur wegen seines Schmerzes zurück, oder?«

Ich schüttelte den Kopf. »Nein. Sein Vertrauen in sein Urteilsvermögen und seine Fähigkeiten ist erschüttert. Mir war bisher nicht klar, wie sehr er unter diesen – Selbstzweifeln leidet. Das tritt die meiste Zeit gar nicht zutage, aber es geht wohl zurück auf...«

»Ich weiß«, unterbrach mich Roosevelt. »Auf seinen Vater.« Sara und ich blickten einander schnell an und schüttelten gleichzeitig den Kopf, um anzudeuten, daß wir beide nichts verraten hatten. Theodore lächelte leise. »Du erinnerst dich doch an meinen Boxkampf mit Kreisler im Hemenway-

College, nicht, Moore? Und an die lange nächtliche Unterhaltung? An einem bestimmten Punkt kamen Kreisler und ich wieder auf die Frage des freien Willens – übrigens ganz freundschaftlich –, und Kreisler wollte wissen, wo ich boxen gelernt hatte. Ich erzählte ihm, daß mein lieber Vater mir, als ich klein war, eine Kraftkammer gebaut und mir erklärt hatte, meine einzige Chance, mit dem Asthma fertigzuwerden, bestünde in ständigem, intensivem körperlichen Training. Kreisler fragte, ob ich mich nicht, zumindest als Experiment, zu einem ruhigen Leben zwingen könne – worauf ich erklärte, daß alles, was ich je gelernt und als richtig erkannt hätte, mich dazu zwang, als ein Mann der Tat zu leben. Es wurde mir damals nicht sofort klar, aber damit hatte ich ihm natürlich unbewußt recht gegeben. Dann fragte ich ihn einfach aus Neugier nach seinem eigenen Vater, von dem ich in New York oft gehört hatte. Da veränderte sich sein Gesichtsausdruck, und zwar auffällig. Er blickte weg, konnte mir zum ersten Mal nicht in die Augen schauen – und dann griff er nach seinem kranken Arm. In dieser Geste lag etwas so Instinktives, daß ich die Wahrheit zu vermuten begann. Ich war natürlich entsetzt über die Vorstellung, was er für ein Leben haben mußte. Und ich habe mich seither oft gefragt, wie wohl ein junger Mann auf die Welt zugeht, dessen Vater sein Feind ist?«

Weder Sara noch ich konnten darauf etwas antworten. Ein paar Minuten saßen wir drei schweigend da; dann hörten wir von draußen Alice empört rufen:

»Es ist mir egal, ob er eine *Strix varia varia* ist oder nicht, Theodore Roosevelt junior! Meine Schlange bekommt er nicht!«

Das entlockte uns dreien ein befreiendes Gelächter, und wir kehrten wieder zu dem zurück, was uns jetzt beschäftigte.

»So«, sagte Theodore und knallte ein anderes Buch auf seinen Schreibtisch. »Diese Ermittlung. Sagt mir – jetzt, da wir einen Namen und eine ungefähre Beschreibung haben, könnten wir die Sache doch in eine offizielle polizeiliche Großfahndung nach diesem Mann umwandeln und meine Männer die Stadt vom Keller bis zum Dachboden durchsuchen lassen?«

»Und was tun, wenn wir ihn finden?« erwiderte Sara. »Ihn verhaften? Mit welchen Beweisen?«

»Dafür ist er viel zu gerissen«, stimmte ich zu. »Wir haben keine Zeugen und auch keine Beweise, die vor Gericht standhalten würden. Hypothesen, Fingerabdrücke, ein Brief ohne Unterschrift...«

»...der außerdem teilweise mit verstellter Schrift geschrieben ist«, warf Sara ein.

»Und Gott allein weiß, wie er reagiert, wenn er verhaftet und dann wieder auf freien Fuß gesetzt wird«, fuhr ich fort. »Nein, die Isaacsons haben von Anfang an gesagt, daß wir ihn auf frischer Tat erwischen müssen – und damit haben sie sicher recht.«

Theodore akzeptierte das alles mit mehrmaligem langsamem Nicken. »Schön«, sagte er dann, »aber ich fürchte, das stellt uns vor eine Reihe neuer Hindernisse. Es dürfte euch vielleicht überraschen, aber wenn Kreisler nicht mehr mitmacht, wird die Sache dadurch für mich nicht leichter. Bürgermeister Strong hat erfahren, wie energisch wir hinter Connor her sind, und er weiß auch, warum. Er sieht in dieser Suche nur eine weitere Verbindung zwischen Kreisler und der Polizei und hat mich davor gewarnt, meine eigene Stellung dadurch zu gefährden, daß ich mich wegen meiner persönlichen Beziehung zu dem Doktor übernehme. Es ist ihm auch zu Ohren gekommen, daß die Isaacsons in die Jagd nach dem Knabenmörder verwickelt sind, und er hat angeordnet, die beiden müßten sofort damit aufhören, und ich sollte in diesem Fall überhaupt mit größter Vorsicht vorgehen. Ihr habt von den Unruhen von gestern abend wahrscheinlich noch nicht gehört.«

»Gestern abend?« fragte ich überrascht.

Roosevelt nickte. »Es gab da im Elften Bezirk eine Art Versammlung, vorgeblich als Protest gegen das Vorgehen der Behörden in diesen Mordfällen. Die Kundgebung wurde von einer Gruppe von Deutschen organisiert, und sie behaupteten, es sei eine politische Demonstration – aber der Whiskey floß in Strömen, was nicht unbedingt zu dieser Art von Protest paßt.«

»Kelly?« fragte Sara.

»Vielleicht«, antwortete Roosevelt. »Sicher ist, daß sie ziemlich außer Rand und Band gerieten, bevor die Versammlung schließlich aufgelöst wurde. Die politischen Gefahren dieses Falles werden mit jedem Tag größer – und Bürgermeister Strong hat bedauerlicherweise jenen Zustand erreicht, wo er vor lauter Angst handlungsunfähig ist. Deshalb möchte er, daß am besten gar nichts geschieht.« Theodore machte eine Pause und sah Sara stirnrunzelnd an. »Er hat auch Gerüchte gehört, Sara, wonach Sie mit den Isaacsons zusammenarbeiten sollen – und wie Sie wissen, wird die Hölle los sein, falls bekannt wird, daß eine Frau aktiv an der Suche nach dem Mörder beteiligt ist.«

»Ich werde meine Anstrengungen verdoppeln«, antwortete Sara mit einem spröden Lächeln, »damit mir niemand auf die Schliche kommt.«

»Hmm, gut, gut«, brummte Theodore zweifelnd und betrachtete uns noch ein paar Sekunden nachdenklich, dann nickte er. »Ich mache euch folgendes Angebot: Die nächsten achtzehn Tage gehören euch. Findet heraus, was ihr könnt. Aber vor dem 24. sagt mir alles, was ihr wißt, so daß ich an jedem möglichen Tatort und an jedem möglichen Fluchtweg meine Männer postieren kann.« Roosevelt hieb sich mit seiner fleischigen Faust in die Handfläche. »Es darf zu keiner weiteren derartigen Schlächterei kommen.«

Ich blickte Sara an, die den Vorschlag kurz überdachte und dann nickte.

»Können wir unsere Detective Sergeants behalten?« fragte ich.

»Ja«, antwortete Roosevelt.

»Einverstanden.« Ich streckte Theodore meine Hand entgegen, der sie ergriff und schüttelte.

»Ich kann nur hoffen, daß ihr wirklich genug herausbekommt«, sagte Roosevelt, als er nun auch Sara die Hand schüttelte. »Die Vorstellung, hier abzutreten, ohne diesen Fall gelöst zu haben, gefällt mir gar nicht.«

»Wieso abtreten, Roosevelt?« fragte ich. »Hat Platt das New Yorker Pflaster endgültig zu heiß für dich gemacht?«

»Aber gar nicht«, erwiderte er leicht verärgert. Dann lächelte er etwas verlegen und entblößte dazu sein unglaublich gesundes Gebiß. »Aber es ist nicht mehr lange hin bis zu den Parteitagen, und dann kommen die Wahlen. McKinley wird unser Kandidat, wenn ich mich nicht sehr irre, und bei den Demokraten sieht es so aus, als wären sie tatsächlich dumm genug, um Bryan zu nominieren – dann ist uns im Herbst der Sieg sicher.«

Ich nickte. »Und du stürzt dich in den Wahlkampf, ja?«

Theodore zuckte bescheiden die Schultern. »Die Partei meint, daß ich nützlich sein könnte – sowohl in New York als auch in den westlichen Bundesstaaten.«

»Und falls McKinley sich dann für deine Hilfe dankbar erweisen möchte ...«

»Na, na, John«, sagte Sara sarkastisch. »Du weißt, was der Commissioner von derartigen Spekulationen hält.«

Roosevelt riß die Augen auf. »Sie, meine liebe junge Dame, sind schon viel zu lange von der Zentrale weg – Sie werden immer frecher!« Dann lachte er und brachte uns zur Tür. »Und jetzt hinaus mit euch. Ich muß heute noch eine Menge offizieller Papiere durcharbeiten – irgend jemand hat mir ja meine Sekretärin entführt.«

Es war schon fast acht Uhr, als Sara und ich wieder draußen auf der Madison Avenue standen; die Freude über die Erlaubnis, mit den Ermittlungen fortfahren zu dürfen, und die Wärme des wunderbaren Frühlingsabends nahmen uns beiden jede Lust auf eine Rückkehr ins Hauptquartier. Aber andererseits wollten wir doch schnellstens mit den Isaacsons reden. Schließlich kam uns ein akzeptabler Kompromiß in den Sinn: Wir würden an einem der Tische, die vor dem Hotel St. Denis genau gegenüber unserem Hauptquartier im Freien standen, essen. Von dort aus konnten wir die Ankunft der beiden Detective Sergeants beobachten. Diese Idee gefiel auch Sara sehr, deren Stimmung sich auf unserem Weg dahin überhaupt in einer Weise besserte, wie ich es nicht für möglich gehalten hätte.

Während des Dinners wurde mir auch der Grund klar: Sara war, zumindest für die nächste Zeit, tatsächlich eine professionelle Kriminalbeamtin – wenn schon nicht dem Namen nach, so doch praktisch gesehen. Sie war ihr eigener Chef. In den vielen schwierigen Situationen der kommenden Tage war Saras Energie von unschätzbarem Wert – denn sie war, mehr als jeder andere, die treibende Kraft hinter der Fortsetzung unserer Arbeit.

Mein Weinkonsum an diesem Abend war ein derartiger, daß nach dem Essen die vielen schönen Frauen auf dem Gehsteig jenseits der Hecke vor meinen Aufmerksamkeiten nicht mehr sicher waren. Sara war mein Benehmen äußerst peinlich, und sie war schon drauf und dran, mich meinem Schicksal zu überlassen, als ihr auf der anderen Straßenseite etwas auffiel. Ihrem Blick folgend, sah ich eine Kutsche vor Nr. 808 halten und dann Marcus und Lucius Isaacson aussteigen. Vielleicht waren es der Wein oder auch die Vorfälle der letzten Tage, vielleicht sogar das sommerliche Wetter; jedenfalls freute ich mich bei ihrem Anblick wie ein Schneekönig, sprang über die Hecken und überquerte im Laufschritt den Broadway, um sie begeistert zu begrüßen. Sara folgte in gemäßigterem Tempo. Sowohl Lucius als auch Marcus waren wohl viel in der Sonne gewesen, denn sie waren gebräunt und sahen viel besser und gesünder aus als je zuvor. Auch sie schienen froh, wieder zu Hause zu sein, aber ich war nicht sicher, wie lange ihre Freude anhalten würde.

»Das ist eine unglaubliche Landschaft dort draußen«, sagte Marcus und zog das Gepäck aus der Kutsche. »Das rückt das Leben hier in der Stadt gleich in ein ganz anderes Licht, das könnt ihr mir glauben.« Er reckte die Nase hoch und schnüffelte. »Riecht auch ganz anders.«

»Auf uns wurde während der Zugfahrt geschossen«, fügte Lucius hinzu. »Eine Kugel ging genau durch meinen Hut!« Er zeigte uns das Loch, indem er einen Finger durchsteckte. »Marcus sagt, das waren keine Indianer…«

»Es waren auch keine Indianer«, fiel ihm Marcus ins Wort.

»Er sagt, das waren keine Indianer, aber ich bin nicht so sicher, und Captain Miller in Fort Yates meinte…«

»Captain Miller wollte nur höflich sein«, unterbrach ihn Marcus.

»Kann schon sein«, antwortete Lucius, »aber er hat gesagt...«

»Was hat er über Beecham gesagt?« fragte Sara.

»... er hat gesagt, daß zwar die meisten größeren Indianerbanden inzwischen vertrieben sind...«

Sara packte ihn am Rockaufschlag. »Lucius. Was hat er über Beecham gesagt?«

»Über Beecham?« wiederholte Lucius. »Oh. Eigentlich ziemlich viel.«

»Ziemlich viel, was alles auf eines hinausläuft«, sagte Marcus und sah Sara an. Dann fuhr er fort, und in seinen braunen Augen lagen Ernst und Entschlossenheit: »Er ist unser Mann – er muß es sein.«

Kapitel
38

Ich war zwar ziemlich beschwipst, aber was uns die Isaacsons während ihres Abendessens im St. Denis zu erzählen hatten, machte mich schnell wieder nüchtern:

Captain Frederick Miller, jetzt Anfang Vierzig, wurde gegen Ende der siebziger Jahre als vielversprechender junger Lieutenant dem Hauptquartier der West-Armee in Chicago zugeteilt. Dort wurde es ihm bald zu langweilig, deshalb ersuchte er um Versetzung weiter nach Westen, wo er hoffte, an Kämpfen teilnehmen zu können. Dem Ersuchen wurde stattgegeben, Miller in die Dakotas gesandt, dort zweimal verwundet, beim zweiten Mal verlor er einen Arm. Er kehrte nach Chicago zurück, wollte aber nicht wieder beim Stab arbeiten, sondern bewarb sich um eine Stelle in der Reserve, die für den Einsatz bei zivilen Unruhen vorgesehen war. In dieser Stellung begegnete er 1881 einem jungen Kavalleristen namens John Beecham.

Beecham hatte gegenüber dem Rekrutierungsbeamten in New York sein Alter mit achtzehn angegeben, Miller glaubte das aber nicht ganz – denn selbst als der noch ganz grüne Soldat sechs Monate später in Chicago auftauchte, schien er ihm immer noch jünger. Es kam allerdings oft vor, daß Jungen ihr Alter falsch angaben, um zum Militär zu kommen, und Miller machte sich darüber keine Gedanken, denn Beecham erwies sich als tüchtiger Soldat – diszipliniert, aufmerksam und so tüchtig, daß er schon nach zwei Jahren zum Corporal befördert wurde. Beechams ständiges Drängen, in den Westen geschickt zu werden, um dort gegen die Indianer zu kämpfen, irritierte zwar seine Vorgesetzten, die keinen besonderen Wert darauf legten, fähige Unteroffiziere an den Grenzen zu verheizen. Aber bis 1885 hatte Lieutenant Miller keinen Grund, mit dem jungen Corporal unzufrieden zu sein.

In diesem Jahr allerdings kam es in den ärmeren Wohngegenden von Chicago zu verschiedenen Zwischenfällen, die gewisse beunruhigende Züge in Beechams Charakter ans Licht brachten. Beecham, ein Mann, der unter seinen Kameraden kaum Freunde hatte, verbrachte jetzt seine Freizeit oft in den Einwanderergemeinden und bot dort verschiedenen karitativen Organisationen, vor allem solchen, die sich um Waisenkinder kümmerten, seine Hilfe an. Zunächst schien das für einen Soldaten eine sehr lobenswerte Art, seine freie Zeit zu nutzen – besser jedenfalls als das übliche Saufen und die Schlägereien mit den Einheimischen –, und Lieutenant Miller kümmerte sich nicht weiter darum. Nach einigen Monaten fiel Miller allerdings auf, daß Beecham immer mürrischer wurde. Als Miller den Corporal daraufhin einmal ansprach, erhielt er keine zufriedenstellende Auskunft. Aber bald darauf kam einer der Leiter einer karitativen Organisation in die Kaserne und verlangte einen Offizier zu sprechen. Als Miller ihn daraufhin zu sich bitten ließ, ersuchte der Mann, man möge Corporal Beecham verbieten, je wieder in die Nähe seines Waisenhauses zu kommen; gefragt, aus welchem Grund er diese Bitte vortrüge, wollte er nichts weiter sagen, als daß Beecham einige Kinder »belästigt« hätte. Miller stellte Beecham sofort zur Rede, der schnell zornig und böse wurde und behauptete, der Mann aus dem Waisenhaus sei nur eifersüchtig, weil die Kinder ihn, Beecham, lieber mochten und ihm mehr vertrauten als ihrem Heimleiter. Lieutenant Miller erkannte aber bald, daß mehr hinter der Sache stecken mußte, und drang noch weiter in Beecham; der Corporal wurde schließlich sehr aufgeregt und erklärte, Miller selbst und alle seine Vorgesetzten seien an den Vorfällen schuld (um welche Vorfälle es sich handelte, fand Miller nie heraus).

Das hätte sich alles vermeiden lassen, behauptete Beecham, wenn die Offiziere nur seinem Wunsch nachgegeben und ihn in den Westen geschickt hätten. Miller fand jedoch Beechams Verhalten bei diesen Gesprächen so merkwürdig, daß er ihn in einen langen Urlaub schickte. Beecham verbrachte diesen Urlaub mit Bergsteigen in Tennessee, Kentucky und West-Virginia.

Als Beecham Anfang 1886 wieder zu seiner Einheit zurückkehrte, schien er wieder ganz der Alte. Er war allem Anschein nach wieder der gehorsame, tüchtige Soldat, als den Miller ihn kannte. Das erwies sich jedoch bald als Illusion, die im Lauf der Gewalttätigkeiten nach den Haymarket-Streiks im Gebiet von Chicago während der ersten Maiwoche vollkommen zerstört wurde. Sara und ich wußten ja schon, daß Beecham nach St. Elisabeth geschickt wurde, nachdem Miller ihn dabei ertappt hatte, wie er am 5. Mai während eines Zusammenstoßes in den nördlichen Vororten auf die Leiche eines toten Streikenden »mit dem Messer einstach« (wie die Ärzte es formulierten). Jetzt erfuhren wir aber, daß dieses »Einstechen« eine haarsträubende Ähnlichkeit sowohl mit dem Verstümmeln von Japheth Durys Eltern wie auch mit dem der toten Kinder von New York aufwies. Miller hatte den blutgetränkten Beecham dabei erwischt, wie er mit seinem riesigen Messer über der verstümmelten Leiche stand und ihr die Augen herausschnitt, worauf er, zutiefst erschüttert und entsetzt, den Corporal sofort vom Dienst suspendierte. Zwar hatte der Lieutenant im Westen schon manchmal miterlebt, daß Männer zu Akten reiner Mordlust und Blutgier fähig waren, doch immer nur nach jahrelangen schrecklichen Kämpfen und Zusammenstößen mit den indianischen Stämmen. Beecham dagegen hatte nichts Derartiges erlebt und keine solche Entschuldigung für seine Handlungsweise. Als der Regimentsarzt ihn nach diesem Vorfall untersuchte, erklärte er ihn sofort für dienstunfähig; und Miller fügte dem Bericht seine dringende Empfehlung hinzu, man möge Beecham umgehend nach Washington schicken.

Hier endete die Geschichte, die die Isaacsons aus den Dakotas mitbrachten. Sie hatten sie ohne Pause erzählt, waren daher auch nicht zum Essen gekommen und wandten sich nun diesem zu, während Sara und ich ihnen alles berichteten, was sich während ihrer Abwesenheit bei uns ereignet hatte. Dann war es Zeit für die erschütternden Neuigkeiten in bezug auf Kreisler und Mary Palmer. Glücklicherweise hatten Marcus und Lucius mittlerweile ihr Abendessen zum größten Teil verzehrt, denn die Geschichte verdarb, was von ihrem Appetit noch übrig war. Beide Männer waren offensichtlich von dem Gedanken, die Ermittlungen ohne Kreisler fortzuführen, alles andere als begeistert; aber Sara bearbeitete sie mit noch viel überzeugenderen Argumenten, als sie auf mich verwendet hatte, und es dauerte keine zwanzig Minuten, da hatte sie die beiden so weit, daß auch sie der Meinung waren, wir müßten weitermachen. Die Geschichte der Isaacsons hatte ihr nur noch mehr Munition geliefert – denn jetzt konnte es kaum mehr einen Zweifel geben, daß wir Identität und Vorgeschichte unseres Mörders kannten. Die Frage war nur: Wie sollten wir ihn finden?

Als wir gegen vier Uhr früh das kleine Restaurant endlich verließen, waren wir von unserem Erfolg zwar überzeugt, doch die Aufgabe war noch immer eine gewaltige, und wir konnten erst darangehen, wenn wir alle ausgeschlafen waren. Also suchte jeder von uns seine Wohnung auf, und wir freuten uns alle auf eine reichliche Portion Schlaf. Am Donnerstag vormittag um zehn saßen wir jedoch schon wieder alle in unserem Hauptquartier und gingen an die Ausarbeitung einer Strategie. Marcus und Lucius waren zunächst etwas verstört darüber, daß unser Kreis von fünf auf vier Schreibtische geschrumpft war, und ebenso irritierte sie die neue Handschrift auf der großen Tafel; aber sie waren schließlich erfahrene Kriminalisten, und sobald sie sich auf den Fall konzentrierten, verloren die äußeren Umstände schnell an Bedeutung.

»Wenn niemand sonst einen bestimmten Ausgangspunkt im Auge hat«, sagte Lucius, »dann würde ich gern etwas vorschlagen.« Wir anderen murmelten unsere Zustimmung, und Lucius deutete auf die rechte Seite der Tafel, und zwar auf das Wort DÄCHER. »Erinnern Sie sich, John, was Sie über den Mörder sagten, als Sie mit Marcus zum ersten Mal das Golden Rule aufsuchten?«

Ich wühlte in meinem Gedächtnis. »Kontrolle«, sagte ich dann, das Wort wiederholend, das sich mir damals auf dem Dach über Scotch Anns elendem Loch so deutlich aufgedrängt hatte.

»Richtig«, warf Marcus ein. »Auf den Dächern fühlt er sich ganz eindeutig zu Hause.«

»Ja«, sagte Lucius, stand auf und ging zur Tafel. »Ja, also meine Idee ist folgende: Wir haben viel Zeit darauf verwendet, den Charakter der Alpträume dieses Mannes zu ergründen – der echten Alpträume seiner Kindheit und der geistigen Alpträume, die ihn jetzt quälen. Aber wenn er diese Morde plant und ausführt, dann verhält er sich nicht wie ein gequälter, leidender Mensch. Er handelt aggressiv und nach Plan. Es ist so, daß er dann tatsächlich handelt und nicht nur reagiert – und wie wir aus dem Brief wissen, ist er vom Glauben an seine eigene Klugheit ziemlich durchdrungen. Woher hat er das?«

»Woher hat er was?« fragte ich leicht verwirrt.

»Dieses Selbstvertrauen«, antwortete Lucius. »Die Klugheit können wir schon erklären – haben wir auch bereits.«

»Das ist eine Art der Verschlagenheit«, sagte Sara, »wie gequälte Kinder sie oft entwickeln müssen.«

»Genau«, sagte Lucius und nickte heftig mit seinem von schütterem Haar bedeckten Haupt. Dann holte er ein Taschentuch heraus, um seine feuchte Stirn abzuwischen – ich freute mich richtig, diese nervöse kleine Geste wiederzusehen. »Aber was ist mit dem Selbstvertrauen? Wodurch bezieht das ein Junge mit seiner Vergangenheit?«

»Vielleicht durch die Armee«, meinte Marcus.

»Kann sein«, sagte Lucius, der in seine Rolle als Vortragender immer mehr hineinwuchs. »Aber ich würde meinen, daß wir weiter in der Vergangenheit suchen müssen. John, hat Ihnen Adam Dury denn nicht gesagt, daß der Gesichtstick seines Bruders nur dann zu Ruhe kam, wenn sie oben in den Bergen jagten?« Das konnte ich bestätigen. »Jagen und Bergsteigen«, fuhr Lucius fort. »Nur durch diese Aktivitäten konnte er offenbar seine Leiden und Qualen ausgleichen. Und jetzt tut er's oben auf den Dächern.«

Marcus starrte seinen Bruder kopfschüttelnd an. »Wirst du uns bitte sagen, wovon du eigentlich sprichst? Katz und Maus spielen mit Dr. Kreisler war eine Sache, aber...«

»Wenn du mir noch eine Minute zuhören würdest, danke!« sagte Lucius, einen Finger erhebend. »Was ich sagen möchte, ist, daß wir, um die Art und Weise seiner Beschäftigung herauszufinden, uns an das halten müssen, was ihn sicher macht und ihm Selbstvertrauen gibt. Da oben auf den Dächern jagt und tötet er, und seine Opfer sind Kinder – woraus hervorgeht, daß für ihn das wichtigste im Leben die Kontrolle über eine Situation ist. Wir wissen, woher seine Besessenheit für Kinder stammt. Aber die Dächer? Bis 1886 hatte er kaum in einer Stadt gelebt – aber jetzt ist er hier zu Hause, so sehr, daß er sogar uns hereingelegt hat. Um diese Art von Vertrautheit zu entwickeln, braucht man Zeit.«

»Warten Sie«, nickte Sara langsam. »Ich glaube, ich weiß, worauf Sie hinauswollen, Lucius. Er verläßt St. Elisabeth und möchte an einen Ort, wo er anonym bleiben kann – da liegt New York nahe. Aber als er hierherkommt, muß er erkennen, daß das Leben unten auf den Straßen wie im Dschungel ist – Menschenmassen, Lärm, Unruhe. Alles ist fremd, vielleicht sogar furchterregend. Aber dann entdeckt er, daß es allerhand Berufe gibt, denen man oben auf den Dächern nachgehen kann – wo man überhaupt kaum jemals hinunter auf die Straßen muß.«

»Außer nachts«, warf Lucius rasch ein und erhob wieder den Zeigefinger, »wenn weniger Menschen unterwegs sind und er sich in seinem eigenen Tempo damit vertraut machen kann. Denken Sie daran – tagsüber hat er noch nie gemordet. Den nächtlichen Lebensrhythmus kennt er durch und durch, aber tagsüber – tagsüber, darauf möchte ich wetten, verbringt er fast die ganze Zeit oben auf den Dächern.« Mit noch immer schweißbedeckter Stirn eilte Lucius an seinen Schreibtisch zurück und griff nach ein paar Blättern. »Wir haben nach dem Mord an Ali ibn-Ghazi darüber gesprochen, daß ihn sein Tagesberuf oben auf den Dächern festhält, sind der Idee jedoch nicht weiter nachgegangen. Aber ich habe mir alles wieder durch den Kopf gehen lassen und bin überzeugt, daß wir ihn hier am ehesten fassen können.«

Ich stöhnte laut auf. »O Gott, Lucius – ist Ihnen klar, was Sie da vorschlagen? Wir müssen alle karitativen Organisationen, alle Missionen abklappern, jede Firma, die mit Vertretern arbeitet, jede Zeitung, jeden Gesundheitsdienst. Es muß eine Möglichkeit geben, das einzuschränken.«

»Gibt es«, erwiderte Marcus in einem Ton, der doch um einiges begeisterter klang als meiner. »Aber einige Laufereien können wir uns trotzdem nicht ersparen.« Er stand auf, trat vor die große Karte von Manhattan und deutete auf die Stecknadeln, die die Orte der Verbrechen und Entführungen bezeichneten. »Nichts davon hat oberhalb der Vierzehnten Straße stattgefunden. Daraus kann man schließen, daß er sich in der Lower East Side und in Greenwich Village am besten auskennt. Wahrscheinlich lebt und arbeitet er an einem der beiden Orte – unsere Annahme, daß er nicht viel Geld hat, paßt auch ganz gut in dieses Bild. Wir können unsere Suche also auf Leute beschränken, die in diesen Gegenden ihrer Arbeit nachgehen.«

»Richtig«, sagte Lucius und deutete wieder auf die Tafel. »Und vergessen wir nicht das, was wir schon wissen. Wenn wir recht haben, wenn der Killer sein Leben wirklich als Japheth Dury begann und später zu John Beecham wurde, dann würde er nicht irgendeine Arbeit übernehmen. Ausgehend von Herkunft und Charakter können wir sagen, daß einige Arbeiten seinem Wesen eher entsprechen als andere. Zum Beispiel haben Sie, John, von Firmen gesprochen, die Vertreter beschäftigen – aber glauben Sie wirklich, daß dieser Mann ein guter Vertreter wäre oder einen solchen Job überhaupt bekommen würde?«

Ich wollte gerade behaupten, daß schließlich alles möglich sei, aber dann sagte mir eine innere Stimme, daß Lucius sicher recht hatte. Wir hatten jetzt Monate damit verbracht, ein ungefähres Charakterbild unseres Mörders zu entwickeln, und man konnte sagen, daß sicher nicht *alles* möglich war. Ich hatte ein merkwürdiges Gefühl bei der Einsicht, daß ich diesen Mann jetzt gut genug kannte, um sagen zu können, daß er sicher keinen Job annehmen würde, bei dem er den Einwanderern in den Mietskasernen schmeicheln oder die schäbigen Waren von Manufakturen und Kaufhäusern anpreisen müßte, deren Manager ihm sicher sehr viel dümmer vorkamen als er selbst.

»Ja, gut«, sagte ich, »aber da bleibt immer noch eine große Zahl von Möglichkeiten übrig – Kirchen, karitative Organisationen, Einwanderungsbehörden, Reporter, Gesundheitsdienste...«

»Auch das kann man noch einschränken, John«, behauptete Lucius, »wenn wir nur weiter überlegen. Nehmen wir die Reporter, die über diese Viertel berichten – die meisten kennen Sie doch selbst. Glauben Sie wirklich, Beecham könnte dazugehören? Und die Gesundheitsdienste – mit Beechams Schulbildung? Wann und wo hätte er sich das nötige Wissen aneignen sollen?«

Ich ließ mir das alles durch den Kopf gehen und zuckte dann die Schultern. »Gut, einverstanden. Also bleiben Missionen oder irgendwelche karitativen Organisationen.«

»Das wäre nicht schwierig für ihn«, sagte Sara. »Die entsprechende Ausdrucksweise und eine religiöse Grundausbildung hat er von seinen Eltern – sein Vater war schließlich ein guter Prediger.«

»Schön«, sagte ich. »Aber trotz unserer vielen Einschränkungen können wir das, was jetzt noch bleibt, unmöglich bis zum 24. Juni überprüfen – Marcus und ich bräuchten eine Woche, um mit einem Bruchteil dessen fertig zu werden. Das ist doch vollkommen undurchführbar!«

Undurchführbar oder nicht, es mußte getan werden. Den Rest des Tages verbrachten wir mit dem Aufstellen einer Liste aller karitativen und religiösen Organisationen im Village; anschließend teilten wir sie in vier regionale Gruppen. Jeder von uns übernahm eine der Untergruppen und machte sich am nächsten Morgen ans Werk; wenn wir je mit unserer Arbeit fertig werden wollten, dann konnten wir nicht mehr paarweise arbeiten. Bei den ersten Organisationen, die ich an diesem Freitag morgen aufsuchte, wurde ich nicht gerade mit offenen Armen empfangen; und obwohl ich nichts anderes erwartet hatte, erfüllten mich diese Erlebnisse mit einem unangenehmen Vorgefühl für die nächsten Tage, ja Wochen. Es nützte nicht viel, daß ich mir immer wieder vorsagte, daß die Arbeit des Kriminalisten eben zum größten Teil aus derart langweiliger, langwieriger Recherche bestand, denn wenn ich daran dachte, wie schnell der 24. Juni näherrückte, wurde mir angst und bange.

Ein Aspekt meiner Sucharbeit schien mir ermutigend: Ich hatte nicht das Gefühl, daß mir jemand folgte. Und als wir am selben Abend im Hauptquartier unsere Erfahrungen austauschten, stellte sich heraus, daß das auch für die anderen galt. Wir wußten natürlich nicht genau, warum das so war, aber als logische Erklärung kam in Frage, daß unsere Feinde einfach nicht glaubten, wir könnten ohne Kreisler unser Ziel erreichen. Auch das ganze Wochenende sahen wir keine Spur von Connor und seinen Komplizen, und auch nicht von anderen Typen, die so aussahen, als könnten sie für Byrnes oder Comstock arbeiten. Wenn man schon eine derart ermüdende, deprimierende Arbeit verrichten mußte, dann war es besser, wenn man nicht dauernd ängstlich und suchend über die Schulter schauen mußte, obwohl ich nicht glaube, daß einer von uns je ganz darauf verzichtete.

Wir konnten uns zwar vorstellen, daß John Beecham in den letzten zehn Jahren bei einer karitativen Organisation gearbeitet hatte, nahmen aber nicht an, daß er eine der Lasterhöhlen, in denen er als Mörder aufgetreten war, in dieser offiziellen Eigenschaft besucht hatte. Unserer Meinung nach war es viel wahrscheinlicher, daß er diese Häuser nur als Kunde betreten hatte. Obwohl es zu meiner Aufgabe gehörte, alle Organisationen an der West Side aufzusuchen, die sich zwischen Houston und der Vierzehnten Straße um die Armen und Gestrandeten kümmerten, ließ ich die Knaben-Bordelle in dieser Gegend links liegen. Nur im Golden Rule schaute ich kurz vorbei, um meinem jungen Freund Joseph alles zu berichten, was wir inzwischen an Neuem über den Mörder erfahren hatten. Unser Zusammentreffen war im ersten Moment für uns beide etwas peinlich, denn bisher hatte ich den Jungen nie in Ausübung seines Berufes gesehen. Als Joseph mich erblickte, verschwand er sofort in einem leeren Zimmer, und zuerst dachte ich, er würde gar nicht mehr zurückkommen; aber schließlich tauchte er doch wieder auf – er hatte sich nur schnell die Bemalung vom Gesicht gewaschen. Er lächelte und winkte und hörte dann sehr aufmerksam zu, als ich ihm alles erzählte, was ich wußte; schließlich bat ich ihn, diese Informationen auch an seine Freunde weiterzugeben. Als ich ging, fragte mich Joseph, ob wir nicht wieder einmal Billard spielen könnten, was ich sehr gern versprach. Dann verschwand er wieder im Golden Rule, und ich fühlte mich bei meiner Arbeit noch weniger wohl als sonst, setzte mich aber nichtsdestoweniger schnell in Bewegung, denn mir war klar, daß ich viel zu tun und überhaupt keine Zeit für nutzlose Träumereien hatte.

Für jedes vorstellbare oder unvorstellbare menschliche Laster gab es in New York eine Gesellschaft zu dessen Verhütung. Manche dieser Organisationen hielten ihre Ziele eher allgemein, wie etwa die Gesellschaft zur Verhütung von Verbrechen oder die verschiedenen Missionen der Katholiken, Presbyterianer, Wiedertäufer und viele andere mehr. Andere, wie zum Beispiel die Tag-und-Nacht-Mission, unterstrichen durch ihre Vertreter, die in den Ghettos die Reden hielten und Handzettel verteilten, die Tatsache, daß sie immer für alle erreichbar waren; andere, wie etwa die Bowery-Mission, waren für ein bestimmtes Gebiet zuständig. Wieder andere Gruppen, wie die Pferde-Gesellschaft oder die Gesellschaft zur Verhütung von Grausamkeit gegen Tiere, befaßten sich überhaupt nicht mit Menschen. Und schließlich war da die anscheinend unendliche Zahl und Vielfalt von Waisenhäusern, deren Vertreter überall nach verlassenen Kindern fahndeten. Angesichts des Interesses, das John Beecham in Chicago für diese Institutionen gezeigt hatte, mußten wir uns hier natürlich jede einzelne vorknöpfen.

Bei dieser Arbeit vergingen die Stunden und Tage rasend schnell, ohne daß man das Gefühl hatte, sein Bestes zu tun, um einen weiteren Mord zu verhindern. Wie viele salbungsvolle Kirchenmänner und -frauen, von ihren zivilen Kollegen gar nicht zu reden, mußten Sara, die Isaacsons und ich uns anhören, und wie viele zähe Stunden lang! Und dabei erfuhren wir nichts, wirklich gar nichts! Die ganze folgende Woche hindurch zwangen wir uns alle wieder und wieder zur gleichen unergiebigen Prozedur: Wir suchten die Büros oder Hauptquartiere der karitativen Organisationen auf, wo die einfache Frage, ob ein gewisser John Beecham, oder jemand, der ihm in Art und Auftreten ähnlich war, je dort gearbeitet hatte, durch lange, fromme Reden über die selbstlosen Ziele und aufopfernden Mitarbeiter dieses Vereins beantwortet wurde. Erst dann sah man in den Ordnern nach und raffte sich zu einer negativen Antwort auf, und erst dann konnte der jeweilige unglückliche Befrager die Flucht antreten.

Wenn ich bei der Erinnerung an diese Phase unserer Suche besonders gereizt oder zynisch klinge, dann vielleicht deshalb, weil mich gegen Ende der zweiten Juniwoche die folgende Einsicht traf: Die einzige Gruppe von Unglücklichen, die in dieser Stadt keine Lobby hatte, sich nicht auf mehrere privat finanzierte Gruppen mit schönen Namen für ihre Fürsorge und Errettung stützen konnte, war eben jene, die im Moment in der größten Gefahr schwebte – die der sich prostituierenden Knaben. Als mir dieser Mangel immer deutlicher auffiel, mußte ich unwillkürlich an Jake Riis denken – einen Mann, der in New Yorks philanthropischen Kreisen sehr begehrt war – und an seine blinde Weigerung, über die Umstände von Giorgio Santorellis Tod zu berichten, noch sie überhaupt zur Kenntnis zu nehmen. Riis' absichtliche Blindheit wurde von jedem offiziell damit Befaßten, mit dem ich darüber sprach, geteilt, was mich, je öfter mir diese Einstellung begegnete, mehr und mehr empörte. Als ich am Montag abend wieder in unserem Hauptquartier eintrudelte, hatte ich von sämtlichen salbungsvollen Heuchlern der New Yorker Wohltätigkeitsgesellschaften derart die Nase voll, daß ich mir in einem recht ergiebigen Schwall von Flüchen ordentlich Luft machte. Da ich beim Betreten der Wohnung gedacht hatte, es wäre sonst niemand da, war ich richtig schockiert, als ich Saras Stimme hörte:

»John, reiß dich zusammen! Aber ich muß gestehen, daß deine Worte auch meine Stimmung gut beschreiben.« Sie zog an ihrer Zigarette und blickte zwischen der Karte von Manhattan und unserer Tafel hin und her. »Wir sind auf der falschen Fährte«, bemerkte sie schließlich ärgerlich und warf den Zigarettenstummel durch das offene Fenster.

Laut stöhnend sank ich auf den Diwan. »*Du* bist es, die Detektiv sein will«, sagte ich. »*Du* solltest wissen, daß wir auf diese Weise monatelang weitermachen könnten, ohne etwas zu finden.«

»Wir haben keine Monate zur Verfügung«, antwortete Sara, »wir haben nur bis *Sonntag* Zeit.« Sie blickte noch immer kopfschüttelnd zwischen Karte und Tafel hin und her. »Und was mich aufregt, ist nicht nur die Monotonie dieser Arbeit.« Sie legte den Kopf zur Seite, um so vielleicht die Gedanken, die ihr durch den Kopf jagten, besser fassen zu können. »Findest du nicht auch, John, daß keine dieser Organisationen von den Menschen, für die sie doch angeblich da sind, etwas weiß?«

Ich stützte mich auf einen Ellbogen. »Was willst du damit sagen?«

»Weiß ich selbst nicht«, antwortete Sara. »Sie haben nur einfach – wenig Ahnung. Das paßt irgendwie nicht.«

»Paßt nicht wozu?«

»Zu John Beecham. Sieh dir doch an, was er tut. Er schleicht sich in das Leben dieser Kinder ein, bringt sie dazu, ihm zu vertrauen – und das sind doch schließlich ziemlich mißtrauische Kinder.«

Joseph fiel mir ein. »Äußerlich vielleicht. Aber innerlich sehnen sie sich alle nach einem richtigen Freund.«

»Meinetwegen«, sagte Sara. »Und Beecham bietet sich als richtiger Freund an. Als einer, der weiß, was diese Jungen brauchen. Aber die Leute von den Wohltätigkeitsgesellschaften tun gerade das überhaupt nicht. Ich sage dir, wir sind auf der falschen Spur.«

»Sara, bleib auf dem Boden«, sagte ich und trat zu ihr. »Was gibt's denn schon für eine Organisation, die ihre Vertreter von Tür zu Tür schickt, sich mit Tausenden von Menschen abgibt, und dann noch diese ausführlichen persönlichen Informationen sam…«

Und dann erstarrte ich. Urplötzlich wurde mir klar, daß es tatsächlich eine Organisation gab, die genau jene Art von persönlichen Informationen sammelte, wie Sara sie beschrieb. Eine Organisation, an deren Hauptquartier ich letzte

Woche tagtäglich vorbeigekommen war, ohne mir etwas dabei zu denken – eine Organisation, deren zahllose Angestellten dafür bekannt waren, daß sie sich auf den Dächern fortbewegten.

»Himmel, Hölle und Zwirn«, murmelte ich.

»Bitte?« fragte Sara drängend. »John, was hast du?«

Meine Blicke schossen zur rechten Seite der Tafel, und dort auf die Namen BENJAMIN UND SOFIA ZWEIG. »Aber natürlich...«, flüsterte ich. »1892 ist vielleicht etwas spät – aber er hat sie vielleicht schon 1890 kennengelernt. Oder ist während der Revisionen wieder hingegangen, das Ganze war ja solch ein Durcheinander...«

»John, verdammt, wovon redest du?«

Ich packte Sara an der Hand. »Wie spät ist es?«

»Gleich sechs. Warum?«

»Dann ist noch jemand dort – komm!«

Ohne weitere Erklärungen zog ich Sara zur Tür hinaus. Sie äußerte weiterhin lebhafte Fragen und Proteste, aber ich ging nicht darauf ein, während wir im Lift hinunterfuhren und dann über den Broadway bis zur Achten Straße rannten. Scharf nach links biegend, zog ich Sara bis zu Nummer 135. Mit großer Erleichterung stellte ich fest, daß die Tür zum zweiten und dritten Stockwerk des Gebäudes noch offen war. Dann wandte ich mich nach Sara um, die mit einem leisen Lächeln auf die kleine Messingplakette starrte, die sich neben dem Eingang an der Mauer befand:

VEREINIGTE STAATEN VON AMERIKA
AMT FÜR VOLKSZÄHLUNG
AMTSDIREKTOR: CHARLES H. MURRAY

Kapitel
39

Wir betraten eine Welt der Akten. Beide Etagen, in denen das Zensusamt residierte, waren angefüllt mit Aktenschränken, die bis ganz hinauf zur Decke reichten und sogar die Fenster verstellten. Bewegliche Leitern auf Schienen verliefen in jedem der vier Räume eines jeden Stockwerks entlang der Wände, und in der Mitte jeder Amtsstube stand ein Schreibtisch. Von der Decke hing eine grelle elektrische Birne mit Metallblenden, die ihr hartes Licht auf den nackten Holzboden warf. Es war ein Ort ohne Atmosphäre, ohne jegliche Individualität – eine würdige Heimstatt für die nackte, unmenschliche Statistik.

Der erste besetzte Schreibtisch, den Sara und ich fanden, stand im zweiten Stock. Dahinter saß ein noch jüngerer Mann in einem billigen, aber außerordentlich gut gebügelten Anzug, dessen Jacke über der Lehne des einfachen Stuhls hing. Über der Stirn trug der Mann einen grünen Augenschirm; Ärmelschoner schützten den unteren Teil seiner weißen gestärkten Hemdärmel, aus denen längliche, gelbliche Hände herausragten, die gerade einen Aktenordner attackierten.

»Verzeihung?« sagte ich, während ich mich langsam dem Schreibtisch näherte.

Der Mann blickte verkniffen hoch. »Die offiziellen Amtsstunden sind schon vorüber.«

»Selbstverständlich«, antwortete ich beflissen, das Wiehern des Amtsschimmels als solches erkennend. »Ich wäre ja auch früher gekommen, würde es sich um eine offizielle Angelegenheit handeln.«

Der Mann musterte zuerst mich, dann Sara von Kopf bis Fuß. »Bitte?«

»Wir sind von der Presse«, sagte ich. »Und zwar von der *Times*. Mein Name ist Moore, und das ist Miss Howard. Dürfte ich fragen, ob Mr. Murray noch da ist?«

»Mr. Murray verläßt das Amt nie vor sechs Uhr dreißig.«
»Aha – dann ist er ja noch da.«

»Möchte Sie aber vielleicht nicht sehen«, fügte der junge Mann an. »Die Herren von der Presse waren bei der letzten Volkszählung nicht gerade hilfreich.«

Ich fragte mich, was er meinte, und sagte dann laut: »Sie meinen im Jahr 1890?«

»Natürlich«, antwortete der Mann, so als würde jede Organisation dieser Welt nach einem Zehn-Jahres-Plan arbeiten. »Sogar in der Times waren unhaltbare Anschuldigungen zu lesen. Aber wir sind doch schließlich nicht verantwortlich für jede Bestechung und jeden gefälschten Bericht, oder?«

»Selbstverständlich nicht«, sagte ich. »Mr. Murray ist wahrscheinlich...«

»Amtsdirektor Porter, der Bundesvorstand unserer Behörde, mußte tatsächlich zurücktreten«, fuhr der Mann fort und musterte mich noch immer mit einem gekränkten, vorwurfsvollen Blick. »Wußten Sie das?«

»Ich selbst bin Polizeireporter«, bemerkte ich.

Der Mann legte jetzt seine Ärmelschoner ab. »Ich erwähne es nur«, sagte er, und inmitten des Schattens, den der grüne Augenschirm über sein Gesicht warf, brannten zelotische Augen, »um Ihnen zu zeigen, daß die ärgsten Probleme in Washington lagen, nicht hier. In unserem Amt mußte niemand zurücktreten, Mr. Moore.«

»Verzeihen Sie bitte«, sagte ich mit dem letzten Rest von Selbstbeherrschung, »aber wir sind ziemlich in Eile, wenn Sie mir den Weg zu Mr. Murray zeigen könnten ...«

»Ich bin Charles Murray«, antwortete der Mann.

Sara und ich blickten einander rasch an, und dann, als mir aufging, mit welch einem eingefleischten Bürokraten wir es hier zu tun hatten, stieß ich einen vielleicht nicht sehr diplomatischen Seufzer aus. »Ich verstehe. Also, Mr. Murray, wenn Sie vielleicht die Güte hätten, die Liste Ihrer Angestellten nach dem Namen eines Mannes zu durchsuchen, den wir gern finden möchten.« Mr. Murray betrachtete mich unter seinem Augenschirm hervor. »Ausweis?« Ich reichte ihm das gewünschte Dokument, das er ganz nahe zu den Augen führte, als wollte er eine Banknote auf Echtheit prüfen. »Hmmm«, sagte er dann, »ich nehme an, das ist in Ordnung. Man kann nicht vorsichtig genug sein. Da könnte ja jeder kommen und sich für einen Reporter ausgeben.« Er gab mir meinen Ausweis zurück und wandte sich dann an Sara. »Miss Howard?«

Sara suchte krampfhaft nach einer Ausrede. »Es tut mir leid, Mr. Murray, aber ich habe leider keinen Ausweis. Ich begleite Mr. Moore als seine Sekretärin.«

Murray sah nicht überzeugt drein, nickte aber schließlich und wandte sich wieder an mich. »Bitte?«

»Der Mann, den wir suchen, heißt John Beecham.« Der Name rief in Murrays unbewegtem Gesicht keine Veränderung hervor. »Er ist etwa ein Meter neunzig groß, hat schütteres Haar und einen kleinen Gesichtstick.«

»Einen kleinen?« fragte Murray unbewegt. »Wenn Sie das einen ›kleinen‹ nennen, dann möchte ich jemand sehen, der einen großen hat.«

Mich erfaßte das gleiche Gefühl wie damals in Adam Durys Schuppen: die Aufregung, ja fast Erschütterung angesichts der Erkenntnis, daß wir auf der richtigen Fährte waren, und diese Fährte war noch warm. Wieder warf ich Sara einen raschen Blick zu und bemerkte, daß sie ebenso um Beherrschung zu kämpfen hatte wie ich beim ersten Mal.

»Sie kennen also Beecham?« fragte ich mit leicht zitternder Stimme.

Murray nickte. »Sagen wir, ich kannte ihn.«

Kalte Enttäuschung löschte sofort das Feuer meines Triumphgefühls. »Arbeitet er nicht für Sie?«

»Das hat er«, antwortete Murray. »Ich entließ ihn. Im letzten Dezember.«

Hoffnung regte sich wieder. »Aha. Und wie lange hat er für Sie gearbeitet?«

»Hat er irgendwelche Probleme?« fragte Murray.

»Nein, nein«, antwortete ich schnell und bemerkte mit Schrecken, daß ich mir in meiner anfänglichen Begeisterung keine Ausrede zurechtgelegt hatte. »Ich – das heißt, es geht um seinen Bruder. Er ist möglicherweise in einen Bodenspekulationsskandal verwickelt. Wir nahmen an, Mr. Beecham könnte uns vielleicht helfen, ihn zu finden, oder wäre vielleicht bereit, eine Aussage zu machen.«

»Bruder?« fragte Murray. »Hat er nie erwähnt.« Ich wollte darauf gerade mit einer weiteren Erfindung reagieren, aber Murray fuhr fort: »Aber das bedeutet natürlich gar nichts. Nicht gerade redselig, dieser John Beecham. Ich wußte eigentlich gar nichts über ihn – am wenigsten über sein Privatleben. Hatte immer ein ordentliches, anständiges Auftreten. Deshalb war ich ja auch so überrascht ...« Murray vollendete den Satz nicht, trommelte dafür mit seinem langen, knochigen Finger ein paar Sekunden gegen seinen Stuhl und musterte erst mich, dann Sara noch einmal von oben bis unten. Endlich stand er auf, ging zu einer der Rolleitern und schickte sie mit einer eckigen Bewegung ans andere Ende des Raums. »Er wurde im Frühling 1890 eingestellt«, rief Murray uns zu, während er erst der Leiter folgte und dann hinaufstieg. Fast schon oben an der Decke, zog er eine hölzerne Lade heraus und entnahm ihr einen Aktenordner. »Beecham bewarb sich um eine Anstellung als Zähler.«

»Wie bitte?«

»Als Zähler«, wiederholte er und kletterte mit einem großen Umschlag in der Hand die Leiter herunter. »Das sind jene Männer, denen die eigentliche Zählung und Befragung der Bevölkerung obliegt. In den Monaten Juni und Juli des Jahres 1890 stellte ich neunhundert Zähler ein. Zwei Wochen Arbeit, die Woche zu fünfundzwanzig Dollar. Jeder Bewerber mußte ein Formular ausfüllen.« Murray öffnete den Umschlag, zog ein gefaltetes Blatt Papier heraus und überreichte es mir.

Ich bemühte mich, meine Erregung zu verbergen, als ich das Dokument überflog, während Murray seinen Inhalt zusammenfaßte: »Er war gut qualifiziert – eigentlich genau der Typ, den wir suchten. Universitätsabschluß, unverheiratet, gute Referenzen – wirklich gute Empfehlungen.«

Tatsächlich, das wären sie gewesen, dachte ich, hätten sie auch nur im entferntesten der Wahrheit entsprochen. Die Papiere vor meinen Augen boten eine lange Lügenlitanei und eine Reihe von eindrucksvollen Fälschungen – immer vorausgesetzt, daß nicht zwei John Beechams mit chronischen Gesichtsticks die Vereinigten Staaten unsicher machten. Sara schaute über meine Schulter auf die Bewerbung.

»Seine Adresse können Sie ganz oben auf dem Formular lesen«, fuhr Murray fort. »Zur Zeit seiner Entlassung wohnte er noch immer dort.«

Dort stand, in der gleichen Schrift wie der Brief, den wir vor ein paar Wochen so ausführlich studiert hatten, »23 Bank Street« – nicht weit vom Zentrum von Greenwich Village entfernt. »Ja«, sagte ich langsam. »Ja, sehr schön, ich sehe es. Ich danke Ihnen.«

Murray nahm mir die Bewerbung aus der Hand und steckte sie zurück in den Umschlag. »Noch etwas?« fragte er.

»Noch etwas?« antwortete ich. »Nein, danke, ich glaube nicht. Sie haben uns sehr geholfen, Mr. Murray.«

»Dann guten Abend«, sagte er, setzte sich wieder und zupfte an seinen Ärmelschonern.

Sara und ich bewegten uns in Richtung Tür. »Oh«, sagte ich und bemühte mich sehr um den Eindruck, als wäre es mir erst jetzt eingefallen. »Sie sagten, Sie hätten Beecham entlassen, Mr. Murray. Dürfte ich den Grund erfahren, wenn er doch so qualifiziert war?«

»Auf Tratschereien lasse ich mich nicht ein, Mr. Moore«, antwortete Murray kühl. »Im übrigen geht es Ihnen doch um seinen Bruder, nicht?«

Ich versuchte eine andere Taktik. »Er ließ sich doch während seiner Arbeit im Dreizehnten Bezirk nichts zuschulden kommen?«

Murray stieß eine Art Grunzen aus. »In diesem Fall hätte ich ihn doch kaum vom Zähler zum Amtsgehilfen befördert und ihn fünf weitere Jahre behalten...« Murray brach ab und fuhr mit dem Kopf hoch. »Moment mal. Woher wußten Sie, daß er dem Dreizehnten Bezirk zugeteilt war?«

Ich lächelte. »Das hat weiter keine Bedeutung. Ich danke Ihnen, Mr. Murray, und guten Abend.«

Ich packte Sara am Handgelenk und eilte zum Treppenhaus. Dabei hörte ich noch, wie Murrays Stuhl zurückgeschoben wurde, und dann erschien er auch schon in der Tür über der Treppe.

»Mr. Moore!« rief er zornig. »Stop, Sir! Erklären Sie mir augenblicklich, woher Sie diese Information haben! Mr. Moore, hören Sie ...«

Doch wir hatten das Gebäude bereits verlassen. Ich hielt auf unserem Weg in westlicher Richtung Saras Handgelenk weiter fest, aber ich hätte sie gar nicht ziehen müssen, denn sie rannte von selbst ganz atemlos neben mir her.

Als wir an der Fifth Avenue darauf warteten, daß uns eine kleine Lücke im abendlichen Verkehrsstrom die Überquerung der Straße gestattete, da warf sie mir plötzlich die Arme um den Hals.

»John, John!« rief sie enthusiastisch. »Er ist echt, er ist *hier* – mein Gott, wir wissen, wo er *wohnt*!«

Ich erwiderte ihre Umarmung, mußte mit meiner Antwort ihre Begeisterung aber etwas dämpfen: »Wir wissen, wo er wohnte. Jetzt haben wir Juni – entlassen wurde er im Dezember. In sechs Monaten ohne Arbeit kann einiges passieren – vielleicht konnte er sich die Miete in einer ordentlichen Wohngegend nicht mehr leisten.«

»Möglicherweise hat er eine neue Anstellung gefunden«, sagte Sara leicht entmutigt.

»Hoffen wir's«, antwortete ich und erspähte vor uns eine Lücke. »Komm.«

»Aber wie kamst du überhaupt darauf?« rief Sara, als wir die Fifth Avenue betraten. »Und was war das mit dem Dreizehnten Bezirk?«

Unterwegs in Richtung Bank Street erklärte ich die Abfolge meiner Überlegungen. Die Volkszählung des Jahres 1890, im Sommer und Herbst jenes Jahres durchgeführt, hatte, so viel wußte ich noch von Freunden, die in der Zeitung darüber berichtet hatten, in New York (wie überhaupt im ganzen Land) tatsächlich einen Skandal hervorgerufen. Hauptursachen dieses Skandals waren die Machenschaften der politischen Bosse der Stadt, deren Macht durch die Ergebnisse des Zensus hätte beeinflußt werden können, und die daher in jedem Stadium ihre Hand im Spiele hatten. Von den neunhundert Personen, die sich im Juli 1890 in Charles Murrays Amt in der Achten Straße um eine Anstellung als Zähler beworben hatten, waren viele von Tammany Hall oder Boss Platt dahin geschickt worden, und zwar mit dem Auftrag, die Ergebnisse ihrer Zählungen derart zu frisieren, daß bestimmte Bezirke, die ihren jeweiligen Kongreß-Parteien treu ergeben waren, nicht etwa in einer Weise neu gegliedert würden, daß diese Bosse dadurch an Macht und Einfluß verlieren würden. In manchen Fällen bedeutete das, daß die Zahlen aufgeplustert werden mußten, wozu aber auch das Erfinden von Profilen nicht existenter Bürger notwendig war. Die Arbeit der Zähler war nämlich keineswegs eine Idiotenarbeit: Sie hatten mit einem repräsentativen Querschnitt durch die Bevölkerung ausführliche Interviews zu führen, denn festgestellt werden sollte ja nicht nur, wie viele Einwohner die Stadt oder der Staat besaßen, sondern auch, welche Art von Leben diese führten. Zu diesen Interviews gehörten auch Fragen, die, wie es einer meiner Kollegen in einem Artikel in der *Times* formuliert hatte, »unter anderen Umständen als impertinent gegolten hätten«. Die Flut an falschen Informationen, die von den Vertretern der Demokraten und der Republikaner in die Dienststube von Amtsdirektor Murray geliefert wurden, zeugte von höchstem Einfallsreichtum und war oft nicht von echten Informationen zu unterscheiden. Derartige Machenschaften waren nicht auf New York beschränkt geblieben, aber New York hatte, wie üblich, absurde Höhepunkte gesetzt. Infolgedessen war die endgültige Erstellung des Berichts in Washington nur mit einer großen Verzögerung möglich. Der Vorstand des gesamten Projekts (eben jener Amtsdirektor Porter, den Murray erwähnt hatte) nahm 1893 seinen Hut, und der Zensus wurde erst von D. C. Wright, seinem Nachfolger, abgeschlossen – aber wie verläßlich dieses Endprodukt wirklich war, konnte niemand mit letzter Sicherheit sagen.

Die Zähler waren in bestimmte Bezirke geschickt worden. Meine Frage an Murray über Beecham und den Dreizehnten Bezirk war ein reiner Glückstreffer: Ich wußte, daß Benjamin und Sofia Zweig in diesem Bezirk gelebt hatten, und ging einfach davon aus, daß Beecham sie bei seiner Arbeit kennengelernt hatte, möglicherweise während er die Familie für den Zensus interviewte. Meine Vermutung erwies sich als richtig – nur wußten wir leider nicht, warum Murray unseren Mann entlassen hatte.

»Daß Beecham falsche Angaben gemacht haben soll, kommt mir als Grund für seine Entlassung nicht sehr wahrscheinlich vor«, bemerkte Sara, während wir die Greenwich Avenue entlang in Richtung Bank Street hasteten. »Er ist nicht der Typ, der sich mit Politik befaßt – und außerdem war der Zensus zu diesem Zeitpunkt schon fertig. Aber was war sonst der Grund?«

»Wir könnten die Isaacsons morgen hinschicken, um das herauszufinden«, schlug ich vor. »Murray ist der Mann, der sich von einer Polizeimarke beeindrucken läßt. Wenn du meine Meinung hören willst: Ich wette zwölf zu eins, daß es etwas mit Kindern zu tun hat. Vielleicht hat sich jemand über ihn beschwert – das muß ja gar nichts Gewalttätiges gewesen sein, sondern nur irgend etwas Lichtscheues, Schmieriges.«

»Ja, das klingt überzeugend«, sagte Sara. »Du erinnerst dich doch an Murrays Bemerkung, daß Beecham immer so ordentlich und anständig wirkte? Und wie ihn das – was immer es auch war – deshalb so überraschte.«

»Richtig«, sagte ich. »Es muß eine ekelhafte kleine Geschichte gewesen sein.«

In der Bank Street angekommen, wandten wir uns nach links. Eine typische Reihe von Greenwich-Village-Straßenzügen öffneten sich vor uns: gemütliche Wohnhäuser und Alleen bis hinunter zum Hudson, wo die Lagerhäuser und Verladerampen anfingen. Die Freitreppen hinauf zu den Hauseingängen und die Mauerbrüstungen waren von einer heimeligen Monotonie, und bei jedem Haus, an dem wir vorbeikamen, konnten wir direkt in die gemütlichen Salons der hier wohnenden Familien der Mittelklasse hineinsehen. Die Nummer 23 war nur anderthalb Häuserblocks von der Greenwich Avenue entfernt, und je näher wir kamen, um so höher stieg unsere Hoffnung – doch als wir vor dem Haus standen, fiel sie jäh in sich zusammen.

In einer Ecke des Salonfensters war eine kleine, aber geschmackvolle Tafel mit folgender Aufschrift zu sehen: ZIMMER ZU VERMIETEN. Sara und ich wechselten enttäuschte Blicke und gingen die Treppe hinauf zur Eingangstür. Rechts neben dem Türstock befand sich ein Glockenzug aus Messing, den ich auch sofort betätigte. Schweigend warteten wir einige Zeit, bis wir endlich schlurfende Schritte und die Stimme einer alten Frau hörten:

»Nein, nein, nein. Geh weg – geh schon, geh weg.«

Schwer zu sagen, ob diese Aufforderung an uns gerichtet war; doch als hinter der Tür geräuschvoll mehrere Riegel zurückgeschoben wurden, hoffte ich, daß das nicht der Fall wäre. Endlich ging die Tür auf, und vor uns stand ein weißhaariges altes Weiblein in einem verschossenen blauen Kleid im Stil der siebziger Jahre. Sie lächelte uns mit vielen Zahnlücken entgegen, und aus ihrem Kinn ragten an mehreren Stellen weiße drahtige Haare. Ihre Augen waren munter, verrieten aber keinen besonders klaren Kopf. Eben wollte sie das Wort an uns richten, als zu ihren Füßen eine kleine orangefarbene Katze erschien; vorsichtig schubste sie das Tier mit den Füßen zurück ins Haus.

»Nein hab' ich gesagt!« sagte die Alte vorwurfsvoll. »Diese Herrschaften sind nicht euretwegen hier – das gilt für euch alle!« Jetzt hörte ich von drinnen lautes Miauen – meiner Schätzung nach ein Orchester von wenigstens einem halben Dutzend Katzen. Freundlich blickte die Alte zu uns auf: »Ja? Kommen Sie wegen des Zimmers?«

Die Frage traf mich unerwartet; glücklicherweise hatte Sara soviel Geistesgegenwart, zuerst sich und dann mich vorzustellen. »Das Zimmer, Ma'am?« redete Sara dann weiter. »Nein, eigentlich nicht. Wir möchten uns nur nach dem früheren Mieter erkundigen. Mr. Beecham ist doch ausgezogen?«

»O ja«, antwortete das Weiblein. Inzwischen war eine andere Katze in der Tür erschienen, eine grau gestreifte, der es aber gelang, bis hinaus auf die Freitreppe zu entwischen. »Hierher!« rief die Alte. »Peter! Oh, bitte, würden Sie ihn für mich einfangen, Mr. Moore?« Ich beugte mich hinunter, fing die Katze und kraulte sie ein bißchen unterm Kinn, bevor ich sie der alten Dame zurückgab. »Katzen!« sagte sie. »Würden Sie es glauben, daß sie immer einfach verschwinden?«

Sara räusperte sich. »Ja, sicher, Mrs. ...?«

»Piedmont«, antwortete die Frau. »Und nur diese acht dürfen ins Haus – die anderen fünfzehn müssen draußen im Hof bleiben, sonst werde ich wirklich böse auf sie.«

»Sie haben ganz recht, Mrs. Piedmont«, sagte Sara. »Nur diese acht – eine vernünftige Anzahl.« Mrs. Piedmont nickte eifrig, und Sara fragte: »Und Mr. Beecham ...?«

»Mr. Beecham?« wiederholte die Alte. »Ja. Sehr manierlich. Immer pünktlich. Nie betrunken. Kein Freund von Katzen, natürlich – aus Tieren machte er sich wohl nicht viel, aber...«

»Er hat nicht vielleicht zufällig eine Adresse hinterlassen?« fiel ihr Sara ins Wort.

»Konnte er doch nicht«, antwortete Mrs. Piedmont. »Er hatte doch noch keine Ahnung, was sein Ziel sein würde. Mexiko vielleicht, oder Südamerika, meinte er. Er sagte, für Männer mit Unternehmungsgeist gäbe es dort viele Möglichkeiten.« Sie hielt inne und öffnete die Tür einen Spalt breiter. »Entschuldigen Sie«, sagte sie, »es tut mir wirklich leid. Bitte kommen Sie doch herein.«

Mit leichtem Augenrollen folgte ich Sara durch die Tür; es war klar, daß jedes Körnchen handfester Information, das wir aus der reizenden Mrs. Piedmont herausbekommen konnten, höchstwahrscheinlich in fünf oder zehn Minuten sinnlosen Gebrabbels verschüttet sein würde. Meine Begeisterung erhielt einen weiteren Dämpfer, als sie uns in einen zwar schön möblierten, aber uralten, verstaubten Salon führte. Alles in diesem Raum, von den Sesseln und kleinen Sofas bis hin zu der großen Sammlung von viktorianischem Nippes, schien lautlos zu Staub zu zerfallen. Und über allem schwebte der unverkennbare Duft der Exkremente ihrer kleinen Freunde.

»Katzen!« sagte Mrs. Piedmont fröhlich und ließ sich in einen Lehnsessel sinken. »Wunderbare Gefährten – aber sie laufen immer wieder davon. Verschwinden einfach, ohne ein Wort zu sagen!«

»Mrs. Piedmont«, sagte Sara geduldig, »es liegt uns wirklich viel daran, Mr. Beecham zu finden. Wir sind – alte Freunde, wissen Sie...«

»Nein, nein, das ist nicht möglich«, antwortete Mrs. Piedmont mit leichtem Stirnrunzeln. »Mr. Beecham hatte keine Freunde. Das hat er gesagt. Das hat er immer gesagt. ›Wer allein reist, reist am schnellsten, Mrs. Piedmont‹, sagte er gern am Morgen zu mir, und dann ging er in sein Schiffahrtskontor.«

»Schiffahrtskontor?« sagte ich. »Aber er...«

Sara bedeutete mir, still zu sein, und lächelte höflich, als ein paar Katzen aus dem Flur in den Salon hereinspazierten. »Ja ja«, bemerkte sie, »das Schiffahrtskontor. Ein unternehmungslustiger Mann.«

»Ja, das ist er«, antwortete Mrs. Piedmont. »Oh, und da ist Lysander«, sagte sie und deutete auf eine der Katzen, die gerade eine Arie von sich gab. »Seit Samstag hab' ich ihn nicht gesehen. Katzen! Verschwinden einfach...«

»Mrs. Piedmont«, sagte Sara mit bemerkenswerter Geduld, »wie lange hat Mr. Beecham bei Ihnen gewohnt?«

»Wie lange?« Das alte Mädchen dachte angestrengt nach und kaute dabei an einem Finger. »Ja, also, alles in allem doch an die drei Jahre. Und nie eine Beschwerde, und immer pünktlich mit der Miete.« Sie zog die Stirn in Falten. »Aber ein ziemlich düsterer Mensch. Und nie hat er gegessen! Jedenfalls habe ich ihn nie essen sehen. Immer arbeiten, Tag und Nacht – aber irgendwann *muß* er doch gegessen haben, nicht?«

Sara lächelte weiter und nickte. »Wissen Sie eigentlich, warum er fortging?«

»Aber sicher«, sagte Mrs. Piedmont. »Wegen des Bankrotts!«

»Bankrott?« fragte ich in der Hoffnung auf Aufklärung.

»Seine Schiffahrtslinie«, kam die Antwort. »Der Orkan vor der chinesischen Küste. Ach, diese armen Matrosen. Mr. Beecham gab alles Geld, das er noch hatte, den Hinterbliebenen, wissen Sie.« Sie hob vertrauensvoll ihre knochige Hand. »Wenn Sie eine kleine dreifarbige Dame vorbeikommen sehen, Miss Howard, bitte sagen Sie's mir. Sie war nicht beim Frühstück, und Katzen ver...«

So scheußlich das vielleicht auch klingt, so war ich doch schon fast drauf und dran, Mrs. Piedmont und ihren verdammten Katzen die Hälse umzudrehen; aber Sara fragte mit unerschütterlicher Geduld immer weiter: »Haben Sie Mr. Beecham denn gekündigt?«

»Aber ich doch nicht«, antwortete Mrs. Piedmont. »Er ging ganz von selbst. Er sagte, er habe nicht mehr genug Geld für die Miete und wolle nicht wohnen bleiben, wo er nicht dafür bezahlen könne. Ich bot ihm an, ihm ein paar Wochen die Miete zu stunden, aber das wollte er nicht. Ich erinnere mich noch ganz genau an den Tag – es war eine Woche vor Weihnachten. Ungefähr zu dieser Zeit ist auch der kleine Jib verschwunden.«

Ich stöhnte innerlich auf, als Sara fragte: »Jib? Eine Ihrer Katzen?«

»Ja«, antwortete Mrs. Piedmont abwesend. »Einfach – verschwunden. Ohne ein Wort. Sie müssen sich eben um ihre eigenen Angelegenheiten kümmern, die lieben Katzen.«

Meine Blicke wanderten über den Fußboden, und dabei entdeckte ich, daß inzwischen noch ein paar weitere von Mrs. Piedmonts Lieblingen lautlos den Raum betreten hatten und daß einer von ihnen in einem finsteren Winkel sein Geschäft verrichtete. Ich gab Sara einen leichten Stoß und deutete ungeduldig nach oben.

»Dürften wir uns vielleicht kurz das Zimmer ansehen?« fragte sie.

Lächelnd tauchte Mrs. Piedmont aus ihrem Tagtraum auf und sah uns an, als wären wir eben erst hereingekommen. »Dann interessieren Sie sich doch für das Zimmer?«

»Vielleicht.«

Unter neuerlichem Gebrabbel begaben wir uns aus dem Salon und hinaus ins Treppenhaus, das uns mit einer uralten grünen, stellenweise abgelösten, stellenweise zerrissenen Tapete empfing. Beechams Zimmer lag im zweiten Stock, den wir mit Mrs. Piedmonts Tempo erst nach einer halben Ewigkeit erreichten. Bis wir oben waren, hatten sich auch bereits alle Katzen vor der Tür versammelt und gaben uns ein Ständchen. Mrs. Piedmont sperrte die Tür auf, und wir gingen hinein.

Das erste, was mir auffiel, war, daß die Katzen uns nicht folgten. Kaum war die Tür geöffnet, hörten sie mit ihrem Miauen auf, saßen einen Moment betreten an der Schwelle und schossen dann die Treppe hinunter. Als sie verschwunden waren, wendete ich mich dem Zimmer zu, und meine Nase fing sofort einen ganz bestimmten Geruch ein: den Geruch von Fäulnis. Das war kein Gestank von Katzenexkrementen, das unterschied sich auch von dem Geruch nach alten Menschen und alten Möbeln im Salon. Dieser Geruch hier war schärfer. Eine tote Maus oder etwas ähnliches, entschied ich schließlich, und als ich Sara die Nase rümpfen sah, wußte ich, daß sie es auch gerochen hatte. Im Moment kümmerte ich mich aber nicht weiter darum, sondern widmete meine ganze Aufmerksamkeit diesem Zimmer.

Das hätte ich mir sparen können. Es war ein bescheidener Raum mit einem Fenster hinaus auf die Bank Street. Möbliert war das Zimmer mit einem alten Bett mit vier Pfosten, mit einem ebenso alten Schrank und einer einfachen Kommode. Auf der Kommode stand ein großes Lavoir, daneben ein dazu passender Waschkrug; davon abgesehen war das Zimmer vollkommen leer.

»Er hat das Zimmer genau so verlassen, wie er es bezogen hat«, sagte Mrs. Piedmont. »So war er eben, dieser Mr. Beecham.«

Unter der Vorspiegelung, entscheiden zu wollen, ob wir das Zimmer nun mieteten oder nicht, öffneten Sara und ich den Schrank und die Kommode, ohne aber die geringste Spur menschlicher Benutzung zu finden. Das einzige, was an diesem Zimmer auffiel, war der ziemlich starke Fäulnisgeruch. Schließlich erklärten wir der alten Dame, daß das Zimmer zwar wunderhübsch, aber für unsere Zwecke doch zu klein sei. Dann machten wir uns auf den Weg nach unten.

Sara und die Alte, die schon wieder über ihre Katzen brabbelte, waren bereits auf der Treppe, als mir gleich neben der Tür in Beechams Zimmer noch etwas auffiel: einige kleine dunkle Flecken auf der ausgebleichten gestreiften Tapete. Sie waren bräunlich und so angeordnet, daß die Substanz, was immer es auch war – von der Farbe her konnte es auch Blut sein –, gegen die Wand gespritzt sein mußte. Den Flecken folgend, erreichte ich das Bett, und da Mrs. Piedmont nicht mehr in Sichtweite war, hob ich die Matratze hoch, um nachzusehen.

In diesem Augenblick stieg mir ein scharfer Gestank in die Nase. Es war der gleiche wie beim Betreten des Raumes, nur so stark, daß ich sofort die Augen schloß, mir Nase und Mund zuhielt und gegen einen Brechreiz ankämpfte. Eben wollte ich die hochgehobene Matratze wieder fallen lassen, als ich meine Augen noch einmal lange genug öffnete, um etwas zu erblicken: ein kleines Skelett. Eine pelzige Haut spannte sich über die Knochen, war aber an ein paar Stellen aufgerissen und gab den Blick auf vertrocknete Organe frei. An den vier Beinen des Skeletts waren alte, halb zerfallene Schnüre befestigt, und neben den Hinterbeinen lagen einzelne Knochenstücke, die aussahen wie kleine Wirbel – es war der Schwanz, zerschnitten in kleine Stücke. Der Schädel der armen Kreatur, nur mehr von wenigen Stücken Haut und Fell bedeckt, lag etwa acht Zoll vom übrigen Skelett entfernt. Sowohl die Matratze als auch die Federn darunter wiesen braune Flecken von der gleichen Farbe auf wie die Flecken an der Wand.

Ich ließ die Matratze endgültig fallen, verließ eilig das Zimmer, holte ein Taschentuch heraus und wischte mir damit das Gesicht ab. Den heftigen Brechreiz mit Erfolg unterdrückend, holte ich auf dem Treppenabsatz ein paarmal tief Luft und überlegte, ob ich mir die Treppen wohl schon zutrauen konnte.

»John?« hörte ich Sara von unten rufen. »Kommst du?«

Auf der ersten Treppe fühlte ich mich noch ziemlich unsicher, aber bei der nächsten ging's schon besser; und als ich die Eingangstür erreichte, wo Mrs. Piedmont, umgeben von ihren miauenden Katzen, Saras Hand hielt, da brachte ich sogar ein Lächeln zuwege. Ich dankte Mrs. Piedmont und trat dann hinaus in die wolkenlose Nacht, und eine Luft, die mir nach dem, was ich drinnen eingeatmet hatte, jetzt wunderbar rein erschien, wehte mir um die Nase.

Sara folgte mir, noch immer mit Mrs. Piedmont plaudernd, und dann sprang die gleiche grau gestreifte Katze wieder heraus auf die Treppe. »Peter!« rief Mrs. Piedmont. »Miss Howard, würden Sie …?« Aber Sara hatte das Tier schon im Arm und reichte es lächelnd Mrs. Piedmont. »Katzen!« sagte Mrs. Piedmont noch einmal, dann rief sie uns noch weitere Abschiedsworte nach und schloß die Tür.

Sara kam die Stufen herunter, blickte mir ins Gesicht und hörte auf zu lächeln. »John!« sagte sie besorgt. »Du bist ganz blaß, was ist denn los?« Sie blieb stehen und packte mich am Arm. »Du hast dort oben etwas gefunden – was ist es?«

»Jib«, antwortete ich, und wischte mir das Gesicht noch einmal mit dem Taschentuch ab.

Sara verzog das Gesicht. »Jib? Die *Katze?* Wovon, um alles in der Welt, redest du?«

»Also, ich will es einmal so sagen«, antwortete ich, hakte mich bei ihr unter und setzten uns in Richtung Broadway in Bewegung. »Ungeachtet dessen, was Mrs. Piedmont sagt, ist es eben nicht so, daß Katzen einfach so verschwinden.«

KAPITEL
40

Sara und ich trafen nur wenige Minuten vor den beiden Isaacsons wieder in unserem Hauptquartier ein. Die beiden waren keineswegs in besserer Laune als wir einige Stunden zuvor. Aufgeregt berichteten wir den Detective Sergeants unsere Abenteuer, und Sara notierte gleichzeitig das Wichtigste davon auf der Tafel. Lucius und Marcus empfanden es als sehr ermutigend, daß wir doch imstande gewesen waren, Beechams Bewegungen zum Teil nachzuzeichnen; meiner Auffassung nach waren wir jedoch nach den Besuchen im Volkszählungsamt und bei Mrs. Piedmont in der gleichen Lage wie am Morgen: ohne die geringste Ahnung, wo Beecham jetzt lebte oder wie seine Beschäftigung aussah.

»Zugegeben, John«, sagte Lucius, »aber wir wissen doch jetzt zumindest, was er *nicht* tut. So war zum Beispiel unser Gedanke, er könnte das Wissen, das er von seinem Vater, dem Reverend, empfangen hatte, irgendwie ausnützen, eindeutig falsch – und das hat sicher einen guten Grund.«

»Vielleicht ist er einfach zu verbittert«, bemerkte Marcus nachdenklich. »Vielleicht kann er nicht so tun, als würde er zu dem Glauben seines Vaters stehen – selbst wenn's um eine Anstellung ginge.«

»Wegen der Heuchelei in der Familie?« fragte Sara, die noch immer an der Tafel schrieb und wischte.

»Ja, genau«, antwortete Marcus. »Die Vorstellung von Kirche und Missionsarbeit treibt ihn vielleicht sofort auf die Palme – darauf kann er sich nicht einlassen, denn er weiß genau, er könnte nicht dafür garantieren, daß er die Kontrolle über sich behält.«

»Gut«, sagte Lucius zustimmend. »Also bewirbt er sich beim Zensusamt, denn dort sieht er diesbezüglich keine Gefahr für sich. Und um eine Stelle als Zähler haben sich viele mit gefälschten Referenzen beworben, ohne daß das irgend jemand herausgefunden hätte.«

»Diese Arbeit verschaffte ihm außerdem eine große Befriedigung«, fügte ich hinzu. »Auf diese Weise kam er nämlich in die Häuser und Wohnungen und lernte Kinder kennen, und zwar ohne daß er sein Interesse publik machen mußte – woraus dann schließlich doch wieder ein Problem für ihn entstand.«

Marcus setzte fort: »Denn nach einer Weile steigen in ihm Wünsche und Bedürfnisse hoch, die er nicht mehr kontrollieren kann. Aber was ist mit den Jungen? Die hat er doch nicht in den Wohnungen ihrer Eltern kennengelernt – die lebten ja nicht bei ihren Familien, und außerdem war er zu dem Zeitpunkt schon gefeuert.«

»Das stimmt«, sagte ich. »Das ist eine offene Frage. Aber egal, womit er sich nach seinem Rausschmiß beschäftigte, er wollte jedenfalls weiter Zugang zu Menschen und ihrem Privatleben, am besten mit häuslicher Besuchsmöglichkeit, um Informationen über seine Opfer zu sammeln. Auf diese Art konnte er sich bei diesen Jungen, auch wenn sie in übel beleumundeten Häusern lebten, einschmeicheln und ihnen sein Mitgefühl zeigen, um ihr Vertrauen zu erschleichen.«

»Und das war eben jenes Element, das uns bei sämtlichen karitativen Organisationen so gefehlt hat«, sagte Sara und trat von der Tafel zurück.

»Sehr richtig«, erklärte ich und öffnete ein Fenster, um etwas Luft in unser stickiges Hauptquartier zu lassen.

»Ich bin aber nicht sicher«, sagte Marcus, »inwiefern uns das hilft, seinen gegenwärtigen Aufenthaltsort ausfindig zu machen. Ich möchte nicht nervös klingen, Freunde, aber uns trennen nur noch sechs Tage vom nächsten Termin.«

Das brachte uns ein paar Minuten lang zum Schweigen, während unsere Blicke zu dem Stapel von Fotografien auf Marcus' Schreibtisch wanderten. Dieser Stapel würde höher werden, das wußten wir, wenn wir versagten. Schließlich bemerkte Lucius in grimmigem Ton:

»Wir müssen uns an das halten, was uns überhaupt hierher gebracht hat – seine selbstbewußte, aggressive Seite. Im

Umgang mit dem Zensusamt oder mit Mrs. Piedmont zeigte er weder Angst noch Panik, er schuf vielmehr kunstvolle Lügengebäude und blieb lange Zeit dabei, ohne sich zu widersprechen oder zu verheddern. Ob er die ganze Zeit hindurch gemordet hat, oder ob erst die Entlassung eine neue Welle der Gewalt in ihm auslöste, das wissen wir nicht. Aber ich wette, er hat noch immer genug Selbstvertrauen, selbst wenn ein Teil von ihm gern erwischt werden möchte. Setzen wir das jedenfalls einmal voraus. Setzen wir einmal voraus, daß er wieder einen Job gefunden hat, der ihm verschafft, was er braucht – ein Leben auf den Dächern und die Möglichkeit, sich unter der Bevölkerung der Mietskasernen aufzuhalten, ohne ihnen helfen oder etwas verkaufen zu müssen. Hat jemand eine Idee?«

Es ist traurig, wenn man einen Strom kreativen Denkens plötzlich versiegen sieht. Genau das geschah jetzt mit uns. Vielleicht brauchten wir alle einige Stunden Abstand, vielleicht hatte uns die Erinnerung, daß wir nur mehr eine Woche Zeit hatten, auch allzu sehr schockiert; was auch immer der Grund war, unsere Hirne und unsere Münder kamen knirschend zu einem kollektiven Stillstand. Zwar konnten wir beim Zensusamt noch eine Karte ausspielen: Marcus und Lucius würden am nächsten Morgen Charles Murray ihre Aufwartung machen und den Grund für Beechams Entlassung im Dezember herauszufinden versuchen. Aber abgesehen davon hatten wir keine klare Vorstellung von unseren nächsten Schritten; und so erklärten wir ratlos und erschöpft um zehn Uhr abends einen langen Tag für beendet.

Bei dem Gespräch, das die Isaacsons am folgenden Tag mit Murray führten, fanden sie heraus, daß Beecham deshalb gefeuert wurde, weil er einem Kind übertriebene, unerwünschte Aufmerksamkeit widmete: einem jungen Mädchen namens Ellie Leshka, die in einer Mietskaserne in der Orchard Street oberhalb der Canal Street wohnte. Die Adresse befand sich im Dreizehnten Bezirk, nicht weit von der Wohnung der Zweig-Kinder; erstaunlich daran war, daß er sich hier für ein Kind interessierte, das mit Prostitution nichts zu tun hatte – was, soviel wir wußten, seit Sofia Zweig nicht mehr geschehen war. Marcus und Lucius hatten natürlich gehofft, durch einen Besuch bei der jungen Ellie und ihren Eltern mehr zu erfahren, aber zu unserem Pech stellte sich heraus, daß die Familie erst vor kurzem von New York fortgezogen war – und zwar ausgerechnet nach Chicago.

Murray zufolge hatten die Leshkas bei ihrer Beschwerde nichts von Gewalttätigkeit erwähnt. Er hatte Ellie offenbar nie bedroht, sondern war vielmehr nett zu ihr gewesen. Das Mädchen war gerade zwölf geworden, und ihre Eltern fingen verständlicherweise an, sich Sorgen darüber zu machen, daß ihre Tochter viel Zeit mit einem unbekannten, allein lebenden Mann fortgeschrittenen Alters verbrachte. Charles Murray sagte, er hätte Beecham allein aus diesem Grunde nicht entlassen, aber es stellte sich heraus, daß er sich bei den Leshkas unter der Vorspiegelung Zutritt verschafft hatte, er müsse sie für den Zensus interviewen, während die Familie in Wirklichkeit gar nicht dafür vorgesehen war. Und Murray wollte auf jeden Fall alles vermeiden, was nach einem Skandal aussehen konnte.

Sara fiel auf, daß Ellie Leshka nicht nur ein anständiges Mädchen war, sondern daß dieser Fall noch einen zweiten ungewöhnlichen Aspekt aufwies: Sie hatte ihre Verbindung mit Beecham überlebt. Sara nahm daher an, daß er gar nicht vorgehabt hatte, sie zu töten. Vielleicht war das wirklich ein Versuch Beechams, eine echte Beziehung zu einem anderen Menschen aufzubauen; allerdings der erste in seinem Erwachsenenleben, von dem wir gehört hatten – abgesehen von seinem undurchsichtigen Benehmen in den Waisenhäusern von Chicago. Vielleicht hatte das abweisende Verhalten der Leshkas in Verbindung mit ihrer Abreise aus der Stadt Beechams Wut gesteigert; schließlich hatten die Morde erst nach den Vorfällen vom Dezember stattgefunden.

Mehr konnten die Isaacsons auf dem Zensusamt nicht erfahren. Inzwischen hatten Sara und ich eine Liste jener Arbeitsmöglichkeiten zusammengestellt, die wir für Beecham nach seiner Entlassung ins Auge faßten. Wenn wir alle bereits bekannten Faktoren in Betracht zogen – Beechams Abneigung gegen Einwanderer, seine Unfähigkeit, zu anderen Menschen (wenigstens zu Erwachsenen) ein vertrautes Verhältnis zu entwickeln, sein Faible für Dächer und sein Haß auf religiöse Organisationen jeglicher Art –, dann, so fanden Sara und ich, blieben eigentlich nur mehr zwei Möglichkeiten: das Eintreiben von Schulden und das Zustellen gerichtlicher Ladungen. Beides waren Beschäftigungen, die Beecham nicht nur auf den Dächern ausüben konnte (diesen unerwünschten Besuchern blieben die Eingangstüren ja oft verschlossen), sondern die ihm auch ein gewisses Gefühl von Macht und Kontrolle gaben. Außerdem vermittelte ihm eine solche Arbeit nicht nur Informationen über eine große Anzahl von Menschen, sondern zugleich auch einen guten Grund, sie in ihrem Heim aufzusuchen. Und schließlich erinnerte sich Sara an ein Detail aus den Berichten von St. Elisabeth: Als Beecham dort aufgenommen wurde, hatte er sich offenbar recht leidenschaftlich darüber geäußert, daß jede Gesellschaft nicht nur Gesetze brauche, sondern auch Männer, die sie durchsetzen. Schuldner und Menschen, die irgendwie, und sei's auch nur am Rande, in ungesetzliches Tun verwickelt waren, würden sicher seine Verachtung wecken, und die Aussicht, solche Menschen zu verfolgen und zu belästigen, wäre ihm sicherlich verlockend erschienen.

Marcus und Lucius hielten unsere Überlegungen für überzeugend, obgleich sie – ebenso wie Sara und ich – genau wußten, daß damit eine neue Runde mühsamer Fleißarbeit auf uns zukam. Eine kleine Hoffnung hatten wir allerdings: Die Liste von Regierungsbehörden und Inkassobüros, die Mitarbeiter dieses Typs beschäftigten, war bei weitem nicht so lang wie jene der karitativen Organisationen, die wir bereits abgehakt hatten. Der Sturm auf die Gerichtsbehörden war eindeutig Sache der Isaacsons. Sara und ich wollten uns inzwischen jene privaten Inkassobüros vorknöpfen, die ihren Sitz in der Lower East Side und in Greenwich Village, und im besonderen im Dreizehnten Bezirk hatten. Mittwoch früh gingen wir alle los.

Wenn das Abklappern der karitativen Organisationen unsere moralische Empörung geweckt hatte, so war die Befragung der verschiedenen Inhaber oder Leiter von Inkassobüros körperlich beängstigend. Die meisten hatten ihren Sitz in kleinen, schmutzigen Büros in den obersten Stockwerken der jeweiligen Gebäude und wurden von Männern geleitet, die auf vage verwandten Gebieten unangenehme Erfahrungen gemacht hatten – bei der Polizei oder der Justiz, im Erpressungsgeschäft und in einem Fall sogar in der Kopfgeldjagd. Dieser Menschenschlag trennte sich im allgemeinen nicht leicht von Informationen, und erst wenn eine Belohnung in Aussicht gestellt wurde, setzten sich ihre Stimmbänder in Bewegung. Allzu oft wurden diese »Belohnungen« im voraus verlangt und durch Informationen abgegolten, die entweder ganz klar erfunden oder von einer Nützlichkeit für unsere Arbeit war, die nur dem Autor selbst einleuchtete.

Das zähe Herumlaufen fraß wieder Stunden um Stunden (Donnerstag früh hatten wir den Eindruck, es würde sich um Tage handeln), ohne daß wir Resultate vorweisen konnten. Die Stadt führte zwar penibel Aufzeichnungen über jene Bediensteten, die gerichtliche Ladungen zustellten, aber in den Akten, die die Isaacsons in den ersten vierundzwanzig Stunden untersuchten, fand sich kein John Beecham. Saras erster Tag bei den Inkassobüros führte ebenfalls zu nichts außer zu einigen unsittlichen Anträgen; und ich selbst kehrte Donnerstag nachmittag zurück ins Hauptquartier, hatte die Büros meiner Liste ergebnislos abgeklappert und wußte nicht, was ich nun tun sollte. Ganz allein aus dem Fenster auf den Hudson starrend, überfiel mich wieder die alte Angst, wir könnten nicht gewappnet sein. Sonntagnacht würde kommen, und Beecham, der ja jetzt wußte, daß wir alle Lasterhöhlen beobachteten, würde sich sein Opfer auf der Straße suchen, es an einen unbekannten Ort verschleppen und dort sein scheußliches Ritual an ihm vollziehen. Was wir brauchten, war eine Adresse, eine Anstellung, irgend etwas, was uns ihm gegenüber einen Vorteil verschaffte, so daß wir im entscheidenden Moment einschreiten und nicht nur der Schlächterei, sondern auch seinem Elend, der inneren Qual, die ihn antrieb, ein Ende machen konnten. Es war eigenartig, daß ich nach allem, was ich gesehen und durchgemacht hatte, auch an seine Qual denken konnte; noch eigenartiger erschien mir, daß ich eine Art von Mitgefühl für ihn in mir entdeckte. Dieses Gefühl war wirklich vorhanden, und es war das Verständnis für den Kontext seines Lebens, das es hervorgerufen hatte: Von den vielen Zielen, die Kreisler am Anfang unserer Ermittlung aufgezeigt hatte, war zumindest dieses eine erreicht.

Das Läuten des Telefons holte mich in die Wirklichkeit zurück. Ich hob den Hörer ab und vernahm Saras Stimme.

»John? Was machst du gerade?«

»Nichts. Ich habe meine Liste durch, ohne Ergebnis.«

»Dann komm schnell her. Broadway 967, erster Stock.«

»Neun – sechs – sieben – das ist über der Zwanzigsten Straße.«

»Richtig. Zwischen der Zweiundzwanzigsten und der Dreiundzwanzigsten, um genau zu sein.«

»Aber das ist doch nicht mehr in deinem Gebiet.«

»Ja. Und mein Nachtgebet sag' ich manchmal auch nicht.« Sie seufzte kurz auf. »Wir waren wirklich wie vernagelt – dabei lag es doch auf der Hand. Und jetzt – los, Bewegung!«

Bevor ich antworten konnte, hatte sie schon aufgelegt. Ich warf mir schnell meine Jacke über die Schultern und schrieb dann eine kurze Nachricht für die Isaacsons, falls sie vor uns zurückkämen. Eben wollte ich die Tür hinter mir schließen, als das Telefon noch einmal läutete. Ich hob ab und hörte Josephs Stimme:

»Mr. Moore? Sind Sie es?«

»Joseph?« sagte ich. »Was ist los?«

»Oh, eigentlich nichts, nur...« Er klang leicht verwirrt. »Sind Sie sicher über das, was Sie mir gesagt haben? Über den Mann, den Sie suchen, meine ich.«

»So sicher, wie man in dieser Sache eben sein kann. Warum?«

»Na ja, es ist nur, gestern abend hab' ich einen Freund von mir getroffen – einen Jungen, der auf der Straße arbeitet –, und der hat mir etwas erzählt, das mich an das erinnert hat, was Sie mir sagten.«

So eilig ich es auch hatte, nahm ich mir doch die Zeit, mich hinzusetzen und nach Papier und Bleistift zu greifen. »Weiter, Joseph.«

»Also, er sagte, dieser Mann hat ihm versprochen – na, das, was Sie gesagt haben, daß er ihn holt und mit sich fortnimmt, und alles. Und er soll dann in einem großen – ich weiß auch nicht – Schloß oder so ähnlich leben, von wo er die ganze Stadt sehen und über alle lachen kann, die ihm je etwas angetan haben. Na, und da fiel mir ein, was Sie gesagt haben, und ich wollte wissen, ob der Mann irgendwas Merkwürdiges im Gesicht hatte. Aber er sagte, nein. Sind Sie sicher über die Sache mit dem Gesicht?«

»Ja«, antwortete ich. »Im Moment bin ich...«

»O je«, unterbrach mich Joseph. »Scotch Ann schreit, sieht aus, als hätte ich einen Kunden. Muß gehen.«

»Warte, Joseph. Sag mir nur...«

»Tut mir leid – ich kann nicht reden. Können wir uns treffen? Vielleicht noch heute abend?«

Ich wollte natürlich noch mehr über den Jungen wissen, aber da ich seine Situation kannte, wollte ich nicht in ihn dringen. »In Ordnung. Gleicher Ort wie letztes Mal. Zehn Uhr?«

»Okay.« Er klang ganz glücklich. »Bis dann.«

Ich legte den Hörer wieder auf und schoß aus der Wohnung.

Es gelang mir, auf die hintere Plattform einer Straßenbahn aufzuspringen, und so dauerte die Fahrt bis zur Zweiundzwanzigsten Straße nur ein paar Minuten. Nachdem ich wieder abgesprungen war, fiel mein Blick auf eine Häusergruppe, bedeckt mit riesigen Reklamezeichen, die alles anpriesen: von schmerzloser Zahnbehandlung über Augengläser bis hin zu Dampfschiffsfahrkarten.

Direkt darunter, auf die Fenster des ersten Stocks von Nummer 967 gemalt, war eine geschmackvolle und daher an diesem Ort sehr auffallende goldene Aufschrift zu sehen: MITCHELL HARPER, INKASSO. Ich wartete auf eine Lücke im Verkehr und betrat dann hastig das Haus.

Ich fand Sara im Gespräch mit Mr. Harper in dessen kleinem Kontor. Weder der Mann noch der Raum paßten zu den goldenen Lettern auf dem Fenster. Falls Mr. Harper eine Putzfrau beschäftigte, so hätte man das jedenfalls nach dem

Schmutzfilm auf den wenigen Möbelstücken in seinem Büro nicht vermutet; immerhin paßten seine abgetragenen Kleider und die große Zigarre sehr gut zu seinem unrasierten Gesicht und dem ausgefransten Haarschnitt. Sara stellte uns einander vor, aber Harper reichte mir nicht seine Hand.

»Ich bin in medizinischer Literatur sehr bewandert, Mr. Moore«, erklärte er krächzend und steckte seinen Daumen in die Tasche der fleckigen Weste. »Mikroben, Sir! Mikroben sind verantwortlich für alle Krankheiten, und sie werden durch Berührung übertragen!« Einen Moment war ich versucht, dem Mann zu sagen, daß ein Bad diese Mikroben wirklich das Fürchten lehren könnte; aber dann nickte ich nur und wendete mich Sara mit der deutlichen Frage im Gesicht zu, warum sie mich ausgerechnet hierher gelockt hatte.

»Wir hätten sofort darauf kommen sollen«, flüsterte sie, und dann laut: »Mr. Harper wurde von einem Mr. Lanford Stern aus der Washington Street im Februar damit beauftragt, einige ausstehende Schulden einzutreiben.« Sie erkannte aber, daß mich das um kein Jota weiterbrachte, und fügte daher leise hinzu: »Mr. Stern ist Besitzer verschiedener Mietshäuser in der Gegend um den Washington Market. Einer seiner Mieter ist ein gewisser Mr. Ghazi.«

Ghazi, dachte ich, also Ali ibn-Ghazis Vater. »Aha«, sagte ich. »Ja, natürlich. Warum hast du nicht einfach gesagt, daß...«

Sara trat mich leicht vors Schienbein, offenbar sollte Harper nichts von unseren eigentlichen Absichten erfahren. »Ich war heute morgen bei Mr. Stern«, sagte sie mit besonderer Betonung, und endlich begriff ich, warum wir von Anfang an zu Mr. Stern hätten gehen sollen: Beim Tod seines Sohnes war der Vater mehrere Monate mit der Miete im Rückstand gewesen. »Ich erzählte ihm«, fuhr Sara fort, »von dem Mann, den wir finden möchten – der Mann, der wahrscheinlich als Eintreiber gearbeitet hat und dessen Bruder ihm nach seinem Tod eine beachtliche Summe hinterließ.«

Ich nickte und lächelte und stellte befriedigt fest, daß Sara inzwischen ein großartiges Talent für improvisierte Lügengeschichten entwickelt hatte. »Ja ja, sicher«, sagte ich schnell.

»Mr. Stern erklärte mir, daß er seine Mietausstände von Mr. Harper eintreiben läßt«, sagte Sara weiter. »Und...«

»Und wie ich der Miss erklärte«, fiel ihr Harper ins Wort, »wenn Geld dabei herausspringt, dann möchte ich vorher wissen, mit wieviel ich beteiligt bin, bevor ich etwas sage.«

Ich nickte und sah dem Mann geradewegs ins Gesicht – das hier war ein Kinderspiel. »Mr. Harper«, verkündete ich schwungvoll, »ich glaube, sagen zu dürfen, daß Sie, wenn Sie uns Mr. Beechams gegenwärtigen Aufenthaltsort finden helfen, mit einer großzügigen Belohnung rechnen können. Sozusagen mit einem Finderlohn. Sagen wir, fünf Prozent?«

Harper wäre beinahe seine speichelgetränkte Zigarre aus dem Mund gefallen. »Fünf Prozent – nein – also, das ist großzügig, Sir! Wirklich großzügig! Fünf Prozent!«

»Fünf Prozent von allem, was die Erbschaft umfaßt«, wiederholte ich. »Sie haben mein Wort. Aber sagen Sie mir – wissen Sie denn wirklich, wo Mr. Beecham sich aufhält?«

Einen Moment sah der Mann unsicher drein. »Nun – das heißt, ich weiß es ungefähr, Mr. Moore. Ich weiß, wo man ihn wahrscheinlich finden kann, zumindest wenn er durstig ist.«

Ich starrte den Mann verständnislos an. »Ich kann Sie selbst hinbringen, ich schwör's! Eine kleine Bierschenke am Mulberry Bend, dort hab' ich ihn kennengelernt. Sie könnten natürlich auch hier auf ihn warten, aber – offen gestanden, vor zwei Wochen mußte ich ihn entlassen!«

»Entlassen?« wiederholte ich. »Warum?«

»Ich bin ein anständiger Mann«, antwortete Harper, »und wir sind ein anständiges Kontor. Aber, wissen Sie, Sir, manchmal muß man eben doch etwas energisch auftreten. Überzeugungsarbeit leisten. Wer zahlt denn schon seine Rechnungen ohne ein bißchen Überzeugungsarbeit? Beecham habe ich überhaupt nur eingestellt, weil er groß ist, groß und stark. Er hat gesagt, er wird mit jedem Gegner fertig. Und was tut er? Er plaudert mit ihnen. Bei Gott, er unterhält sich. Scheiße noch mal, Sir – oh! Entschuldigen Sie, Miss. Aber wie wollen Sie Geld aus jemandem rausholen, wenn Sie mit ihm plaudern? Besonders nicht bei Einwanderern. Zum Teufel, wenn Sie ihnen die Chance geben, dann plaudern sie

Sie ins Grab! Dieser Ghazi war ein gutes Beispiel! Dreimal hab' ich Beecham dorthin geschickt, und er kriegte keinen Nickel aus dem Mann heraus.«

Harper wollte uns noch viel mehr erzählen, aber wir wollten nichts mehr hören. Nachdem er uns die Adresse des erwähnten Bierkellers aufgeschrieben hatte, erklärten Sara und ich, daß wir seinen Hinweis heute noch prüfen wollten, und wenn er stimmte, könne er bald mit dem Geld rechnen. Ironischerweise lieferte uns dieser geldgierige kleine Mann nicht nur die erste Gratis-Information seit zwei Tagen, es war zudem auch die einzige, die uns letzten Endes weiterbrachte.

Kapitel
41

Als wir aus Harpers Haus traten, stießen wir direkt mit den Isaacsons zusammen, die meine Nachricht gefunden hatten. Gemeinsam begaben wir uns zu Brübachers Weingarten und besprachen dort, was wir von dem Inkassomann erfahren hatten. Dann entwickelten wir einen Plan für den Abend. Unsere Optionen waren klar: Sollten wir Beecham tatsächlich antreffen, würden wir ihn nicht selbst stellen, sondern Theodore telefonisch um Unterstützung bitten – um Polizisten, deren Gesichter Beecham nicht kannte und die ihn dann Tag und Nacht beschatten würden. Sollten wir Beechams Adresse herausfinden, ihn aber nicht zu Hause antreffen, dann würden wir seine Behausung schnell nach Beweismaterial durchsuchen, das eine sofortige Verhaftung rechtfertigen würde. Sobald das geklärt war, leerten wir unsere Gläser, bestiegen dann gegen halb neun eine Straßenbahn und begaben uns auf unsere Expedition nach Five Points.

Die Wirkung dieses traditionsreichen Bezirks auf den Uneingeweihten war immer schon schwer zu beschreiben. Selbst an einem milden Frühlingsabend spürte man die tödliche Gefahr drohen; aber diese äußerte sich nicht auf laute, aggressive Weise wie in anderen verrufenen Vierteln der Stadt. Im Tenderloin zum Beispiel herrschte eine Atmosphäre herausfordernder Nachtschwärmerei, die Zusammenstöße mit Betrunkenen, die zeigen wollten, daß mit ihnen nicht zu spaßen war, zur Regel machte. Aber bellende Hunde beißen nicht, und ein Mord hatte im Tenderloin immer noch Seltenheitswert. In Five Points war das alles völlig anders. Man konnte auch hier zuweilen Brüllen und Schreie hören, aber das drang meistens aus den Häusern heraus und wurde schnell erstickt. Ich glaube, was einen in der Gegend rund um den Mulberry Bend (die paar Häuserblocks des Bend selbst wurden damals gerade dank Jake Riis' unermüdlichen Einsatzes abgerissen) so besonders nervös machte, war die unheimliche Ruhe, die dort herrschte. Die Bewohner des Viertels verbrachten die meiste Zeit still in ihren elenden Hütten und Mietskasernen oder noch öfter in den Kaschemmen, die hier überall in Kellern und Erdgeschossen untergebracht waren. Tod und Verzweiflung verrichteten hier im Bend ihr Werk ohne Fanfaren, aber dafür um so gründlicher; und eine Wanderung durch diese verlassenen, verkommenen Straßen reichte aus, um dem sonnigsten Gemüt Zweifel am Wert des menschlichen Lebens aufzudrängen.

Ich sah genau, daß es Lucius nicht anders ging, als wir schließlich die von Harper angegebene Adresse erreichten, nämlich Baxter Street Nummer 119. Eine von Dreck, Kot und Urin verschmutzte Treppe führte neben dem Hauseingang in einen Keller, der, nach dem herausdringenden Grölen und Ächzen zu schließen, wohl der Eingang zu der von Beecham frequentierten Kaschemme sein mußte. Als ich mich nach Lucius umwandte, sah ich ihn ängstlich die finsteren Straßen rundum mustern.

»Lucius – Sie und Sara bleiben hier«, sagte ich. »Sie müssen Wache schieben.«

»Sehr schön«, sagte Lucius, nickte und wischte sich mit seinem Taschentuch die Stirn. »Ich meine, ja, in Ordnung.«

»Und wenn es brenzlig wird, dann zeigen Sie bitte *nicht* Ihr Dienstabzeichen«, fügte ich hinzu. »Das bedeutet hier nichts anderes als eine Aufforderung zum Mord.« Bevor Marcus und ich die Treppe hinunterstiegen, warf ich noch einen Blick auf Lucius und murmelte dann in Saras Ohr: »Paß bitte gut auf ihn auf, ja?« Sie lächelte kurz, und obwohl ich spürte, daß auch sie sich gar nicht wohl in ihrer Haut fühlte, wußte ich, daß ihre Entschlossenheit durch nichts zu erschüttern war. Marcus und ich gingen hinein.

Ich kann nicht genau sagen, wie die Höhlen aussahen, in denen angeblich die prähistorische Menschheit hauste, aber die durchschnittliche Five-Points-Höhle stellte sicher keinen großen Fortschritt dar, und diese hier war in jeder Hinsicht vollkommen durchschnittlich. Die Decke war keine zweieinhalb Meter vom verdreckten Boden entfernt, denn ursprünglich war das Gelaß ja als Keller und Lagerraum für das darüberliegende Geschäft gedacht. Fenster gab es keine; das bißchen Licht kam von den Kerosinlampen über den langen, niedrigen Tischen, die in zwei Reihen das Lokal durchzogen. An diesen Tischen saßen und schliefen die Kunden, deren Unterschied in Alter, Geschlecht und Kleidung durch die Gemeinsamkeit ihres versoffenen Schwachsinns mehr als aufgewogen wurde. An diesem Abend befanden sich etwa zwanzig Menschen in dem Keller, von denen aber nur drei – zwei Männer und eine Frau, die man über die unverständlichen Bemerkungen ihrer Genossen laut kreischen und ordinär lachen hörte – Anzeichen von Leben zeigten. Als wir eintraten, musterten sie uns mit haßerfüllten, glasigen Blicken, und Marcus neigte seinen Kopf zu mir.

»Ich nehme an«, flüsterte er, »daß man sich hier drinnen vor allem langsam bewegen muß.«

Ich nickte, und darauf wanderten wir an die »Bar« – ein Brett über zwei Aschenfässern am anderen Ende des Raumes. Sofort wurden uns zwei Gläser voll mit jener Substanz hingeschoben, die in derartigen Etablissements ausgeschenkt wurde. Tippelbier war eine kohlensäurelose, ekelerregende Mischung aus dem Bodensatz zahlloser Bierfässer, den man in Häusern von etwas gehobenerem Standard zusammengeschüttet hatte – ich zahlte dafür, rührte mein Glas aber nicht an, und Marcus schob seines weit von sich weg.

Der Barmann vor uns war mittelgroß, hatte lohfarbenes Haar, einen ebensolchen Schnurrbart und den typischen Ausdruck eines leicht beleidigten Irreseins.

»Ihr pfeift aufs Bier?« fragte er.

Ich schüttelte den Kopf. »Wir wollen nur ein paar Informationen. Über einen Kunden.«

»Scheiße«, fauchte der Mann. »Raus.«

Ich zückte meine Börse. »Nur ein oder zwei Fragen.«

Der Mann blickte sich ängstlich um, sah, daß das noch relativ helle Trio uns nicht beobachtete, und ließ den Zaster in die Tasche gleiten. »Was is?«

Ich warf ihm den Namen Beecham hin, aber er zeigte keine Reaktion; als ich jedoch einen großen, bulligen Mann mit einem Gesichtstick beschrieb, erkannte ich an einem kurzen Aufleuchten in den trüben Augen des Burschen, daß Freund Harper uns nicht betrogen hatte.

»Ein Block weiter«, murmelte der Barmann. »Nummer 155. Letzter Stock, ganz hinten.«

Marcus blickte mich zweifelnd an, was der Barmann bemerkte. »Hab' ich selbst gesehen!« sagte er. »Seid ihr von der Familie des Mädchens?«

»Welches Mädchens?« fragte ich.

»Hat ein Mädchen mit raufgeschleppt. Mutter glaubte, er wollte ihr was antun. Hat er aber nicht – aber einen Typen hier, der darüber redete, den hätte er fast umgelegt.«

Ich überlegte. »Trinkt er?«

»Früher nicht. Hab' zuerst gar nicht verstanden, was er hier eigentlich wollte. In letzter Zeit aber schon.«

Ich sah Marcus an, der mir schnell zunickte. Wir blätterten noch ein paar Scheine auf die Bar und wandten uns zum Gehen, aber der Barmann packte mich am Handgelenk. »Sie ham nichts von mir gehört«, sagte er drängend. »Mit dem will ich mich nicht anlegen.« Er entblößte mehrere graugelbe Zähne. »Hat einen ordentlichen Pickel bei sich.«

Marcus und ich machten uns auf die Socken und überließen dem Barmann unsere vollen Gläser, die dieser auf einen Zug leerte. Auch beim Hinausgehen manövrierten wir uns nur mit äußerster Vorsicht an den halbtoten Gestalten an den Tischen vorbei. An der Tür drehte sich ein Mann um und begann, unbewußt auf den Boden zu urinieren, aber es sah nicht aus, als meinte er es persönlich.

Marcus stieg über die Urinpfütze hinweg und murmelte: »Aha, Beecham trinkt also.«

»Ja«, antwortete ich und öffnete die Eingangstür. »Ich erinnere mich, daß Kreisler einmal sagte, unser Mann nähere sich möglicherweise einer letzten selbstzerstörerischen Phase. Jeder, der in einem Loch wie diesem zu trinken anfängt, hat sich dafür eindeutig qualifiziert.«

Sara und Lucius standen draußen und sahen noch immer genauso nervös drein wie zuvor.

Baxter Street Nummer 155 erwies sich als ganz normale

New Yorker Mietskaserne, wenn auch in anderen Vierteln die Frauen und Kinder, die an einem so milden Abend in den Fenstern lagen, sicher gelacht und gesungen oder sich wenigstens miteinander unterhalten hätten. Hier saßen sie nur, die Köpfe in die Hände gestützt, der Jüngste sah ebenso müde und verschlagen drein wie der Älteste, und niemand nahm von den Vorgängen auf der Straße auch nur die geringste Notiz. Ein Mann, den ich für etwa dreißig hielt, saß oben auf der Vortreppe und schwang einen Knüppel, der nach regulärer Polizeiausrüstung aussah. Nach einem Blick auf die brutalen, zu einem anmaßenden Grinsen verzogenen Gesichtszüge des Mannes war's nicht schwer, sich auszumalen, wie er sich die Trophäe geangelt hatte. Ich stieg die Treppe hoch, aber dann hinderte mich der hart auf meine Brust gesetzte Knüppel am Weitergehen.

»Geschäft?« fragte die Visage und blies mir eine mit Kampfer durchsetzte Alkoholfahne ins Gesicht.

»Wir wollen einen sehen, der hier wohnt«, antwortete ich.

Der Mann wieherte. »Schnösel, werd' nicht frech mit mir. Geschäft?«

Ich ließ eine kurze Pause eintreten. »Und mit wem hab' ich die Ehre?«

Das Wiehern erstarb. »Ich soll auf dieses Haus da aufpassen – für'n Hausherrn. Also, Bursche, werd' nicht frech mit mir, sonst beißt dich die Lakritzestange.« Er redete in jenem Bowery-Slang, den die New Yorker Unterwelt längst unsterblich gemacht hat, eine Sprache, die man nie so recht ernst nehmen konnte; trotzdem gefiel mir der Knüppel nicht, ich griff also wieder einmal in meine Brieftasche.

»Letzter Stock«, sagte ich, während ich ihm ein paar Scheine vor die Nase hielt. »Ganz hinten. Ist er da?«

Das Grinsen kehrte zurück. »Oho!« sagte er und legte den Knüppel beiseite. »Sie meinen den alten...« Er begann plötzlich zu blinzeln und verzog dann auf komische Art die ganze rechte Gesichtshälfte. Offenbar unzufrieden mit dem Ergebnis, versuchte er die Wirkung zu verstärken, indem er auch noch mit den Händen an seinem Kopf zog. Dann lachte er laut. »Nee, is' nich da«, sagte er schließlich. »In der Nacht sowieso nie. Tagsüber manchmal, aber in der Nacht nie. Schauen Sie aufs Dach rauf, kann sein, er is dort. Ja, ja, dort droben, das gefällt ihm.«

»Und was ist mit der Wohnung?« sagte ich. »Können wir vielleicht dort auf ihn warten?«

»Kann sein, die is' zugesperrt«, sagte der Typ, immer noch grinsend. Ich hielt ihm einen weiteren Schein hin. »Kann sein, aber auch nicht.« Der Mann stand auf und ging ins Haus hinein. »Ihr seid von der Polente, was?«

»Ich habe Sie nicht bezahlt, damit Sie Fragen stellen«, antwortete ich.

Der Mann schien über meine Antwort kurz nachzudenken, dann nickte er. »Okay. Kommt mit – aber leise, klar?«

Wir nickten und folgten ihm zu viert hinein ins Haus. Das lange, finstere Treppenhaus wies die übliche Duftmischung nach verfaultem Abfall und menschlichen Exkrementen auf. Am Fuß der Treppe wartete ich und ließ Sara vorbei.

»Zwischen hier und Mrs. Piedmont liegen Welten«, flüsterte sie mir im Vorbeigehen zu.

Wir erklommen die sechs Stockwerke ohne Zwischenfall, und dann klopfte unser Führer an eine von vier Türen auf einem schmalen Treppenabsatz. Als keine Antwort kam, erhob er einen Finger. »Wartet eine Minute hier«, sagte er und sprang schnell die letzte Treppe zum Dach hinauf. Sekunden später war er zurück und wirkte viel entspannter. »Luft is' rein«, verkündete er, nahm einen großen Schlüsselbund aus einer Hüfttasche und sperrte die Tür auf. »Wollte nur sichergehn, daß er nich da is'. Der ist leicht angerührt, der alte...« Statt seinen Namen zu sagen, fing er an, sein Gesicht zu verziehen, was ihn wieder ungemein erheiterte. Schließlich traten wir in die Wohnung.

Auf einer Stellage neben der Tür stand eine Kerosinlampe, die ich anzündete. Der Raum, der sich darauf aus der Dunkelheit schälte, war nichts anderes als ein schmaler Gang, etwa zehn Meter lang, in der Mitte abgeteilt durch eine kleine Trennwand und eine Tür mit einem Querbalken darüber. Zwei erst kürzlich in die Seitenwand geschlagene Löcher waren die einzige Verbindung der Wohnung mit der

Außenwelt, aber auch diese »Fenster« boten nur eine beschränkte, deprimierende Aussicht über einen schmalen Lichtschacht in ähnliche Löcher in den Wänden mehrerer Nachbarwohnungen. An der Trennwand stand ein kleiner Ofen. Außer einem rostigen Eimer waren keine sanitären Einrichtungen zu sehen. Vom Eingang aus waren nur wenige Möbelstücke erkennbar: ein einfacher alter Schreibtisch mit Stuhl an dieser Seite der Trennwand, dahinter der Fuß eines Bettes. Billige Wandfarbe blätterte in dicken Schichten ab.

An diesem Ort lebte also der Mensch, der einmal Japheth Dury gewesen war und sich in den Mörder John Beecham verwandelt hatte; und in diesem elenden kleinen Loch mußte es irgendwelche Beweise dafür geben, so schwierig sie auch zu finden sein mochten. Wortlos sah ich die Isaacsons an und deutete auf das andere Ende des Raums; sie nickten beide und begaben sich an der Trennwand vorbei dorthin. Sara und ich gingen zu dem alten Schreibtisch, während unser Führer draußen Wache hielt.

Die Wohnung war so klein und so spärlich möbliert, daß wir mit unserer Suche schon nach fünf Minuten fertig waren. Der alte Schreibtisch hatte drei Schubladen, die Sara jetzt in der Dunkelheit aufzog und mit den Händen abtastete, damit ihr nur ja nichts entging. An der abbröckelnden Wand über dem Schreibtisch hing etwas, das wie eine Karte aussah. Ich näherte mich und erkannte eine Karte von Manhattan, aber darüber waren Linien gezogen, die ich nicht durchschaute: eine Reihe von geraden, einander überschneidenden Linien mit mysteriösen Ziffern und Symbolen. Ich steckte den Kopf eben noch näher hin, als Sara sagte:

»Hier, John.«

Ich schaute zu ihr hinüber und sah, wie sie der untersten Schublade eine kleine hölzerne Schachtel entnahm. Sie stellte sie, offenbar ziemlich verschreckt, auf den Schreibtisch und trat dann zurück.

Am Deckel festgemacht, befand sich eine alte Daguerreotypie, in Stil und Aufbau jenen sehr ähnlich, die der berühmte Fotograf Matthew Brady im Bürgerkrieg angefertigt hatte. Nach dem allgemeinen Zustand des Bildes zu urteilen, konnte es leicht aus derselben Zeit stammen. Das Foto zeigte einen toten Weißen: skalpiert, ausgeweidet, kastriert. Aus Armen und Beinen standen Pfeile hervor, die Augen fehlten. Das Bild war nicht beschriftet, stammte aber ohne jeden Zweifel aus der Sammlung des Reverend Victor Dury.

Die Schachtel mit der Daguerreotypie darauf war fest verschlossen, aber eine Aromawelle drang daraus. Es war der gleiche Geruch wie in Beechams Zimmer bei Mrs. Piedmont: der Gestank nach verwesendem Fleisch. Mein Herz tat einen Sprung, als ich das Ding in die Hand nahm, doch bevor ich es öffnen konnte, hörte ich Marcus rufen:

»O nein. Gott, *wie* ...«

Dann folgte das Geräusch stolpernder Schritte, und Marcus stürzte zu Sara und mir. Selbst im matten Schein der Lampe konnte ich sehen, wie blaß er war – überraschend angesichts des Umstands, daß der Mann vor meinen Augen ganz kühl Szenen fotografiert hatte, die den meisten Menschen den Magen hochgetrieben hätten. Ein paar Sekunden später kam Lucius ihm nach; er trug irgend etwas in seinen Armen.

»John!« rief Lucius leise, aber drängend. »John, das ist – das ist Beweismaterial! Herr im Himmel, ich glaube, jetzt können wir Mordanklage erheben!«

»Scheiße noch mal«, sagte unser Mann an der Tür. »Also doch Polente?«

Ohne zu antworten, riß ich ein Streichholz an und hielt es hoch. Als das Licht auf das Objekt in Lucius' Armen fiel, stieß Sara einen kurzen Schrei aus, schlug sich eine Hand vor den Mund und wandte sich rasch ab.

Lucius trug ein großes Einsiedeglas. Darinnen befanden sich, eingelegt in einer Flüssigkeit, die wohl nur Formaldehyd sein konnte, menschliche Augen. An einigen hingen noch die Sehnerven, andere waren rund und sauber; manche schienen frisch, andere milchig trüb und offensichtlich älter; einige waren blau, einige braun, andere schwarz, grau, grün. Aber es war nicht nur die Entdeckung oder der Zustand der Augen, was Marcus in diese Aufregung versetzt hatte – es war ihre Zahl. Denn das waren nicht nur die zehn Augen unserer fünf ermordeten Kinder, auch nicht nur vierzehn, wenn man die beiden Zweig-Kinder dazurechnete; das waren wenigstens zwei Dutzend von mehr als einem Dutzend Opfern! Und alle starrten sie durch das Glas wie in schweigender Anschuldigung, in anklagender Frage, wo wir denn so lange geblieben waren...

Meine Augen wanderten wieder zu der kleinen Schachtel zurück, die Sara entdeckt hatte; ich öffnete sie langsam. Der Fäulnisgestank, der uns daraufhin entgegenwehte, war nicht so stark wie erwartet, so daß ich den Inhalt ohne Schwierigkeiten studieren konnte. Aber klug wurde ich daraus nicht: Es war ein kleines, schwarz-rotes Stück, das aussah wie getrockneter Gummi.

»Lucius?« fragte ich leise und hielt es ihm hin.

Lucius stellte das Glas auf die Tischplatte, trug die Schachtel zur Tür und hielt sie unter die Kerosinlampe. Unser Führer blickte über die Schulter zu uns herüber.

»Scheiße?« fragte der Mann mit dem Knüppel. »Riecht jedenfalls so!«

»Nein«, antwortete Lucius ruhig und hob die Augen. »Meiner Meinung nach handelt es sich hier um ein gut erhaltenes menschliches Herz.«

Das verschlug selbst dem Five-Points-Kerl die Rede; er wandte sich ab und blickte ziemlich verdattert wieder in den Gang hinaus. »Wer seid ihr Burschen denn wirklich?« fragte er kopfschüttelnd.

Ich fixierte Lucius. »Ein Herz? Das Herz des kleinen Lohmann?«

Er schüttelte den Kopf. »Das hier ist schon viel älter. Sieht aus, als wäre es sogar mit irgendeiner Substanz überzogen, vielleicht mit Lack.«

Ich wandte mich Sara zu, die tief atmend dastand und sich den Magen hielt. Ich berührte sie an der Schulter und fragte: »Alles in Ordnung?«

»Ja, ja«, sagte sie schnell und nickte.

Mein Blick fiel auf Marcus. »Bei Ihnen auch?«

»Glaub' schon.«

»Lucius...« Ich winkte den kleineren Isaacson zu mir. »Irgend jemand muß den Ofen durchsuchen. Wären Sie dazu imstande?«

Lucius nickte eifrig: Draußen auf der Straße fühlte er sich nicht so wohl, aber hier drinnen war er ganz der Experte. »Geben Sie mir ein Streichholz.« Ich reichte ihm meine kleine Schachtel.

Wir drei hörten zu, während er mit der Hand den schmierigen schwarzen Eisenofen abtastete. In einem Korb daneben lagen ein paar Holzscheite, und oben drauf stand eine fettige Bratpfanne. Da hatte offenbar jemand gekocht. Lucius entzündete ein Streichholz, holte hörbar Atem und riß die Ofentür auf. Ich schloß die Augen; aber nach etwa fünfzehn Sekunden hörte ich, wie das Ding wieder zufiel.

»Nichts«, verkündete Lucius. »Ruß, eine verkohlte Kartoffel – sonst nichts.«

Ich atmete erleichtert aus und klopfte dann Marcus auf die Schulter. »Und was sagen Sie dazu?« fragte ich und deutete auf die Karte von Manhattan.

Marcus sah sie sich genau an. Nach ein paar Sekunden bemerkte er: »Sieht aus wie eine Vermessungskarte.« Er tupfte auf die Stellen, wo die Karte an der Wand befestigt war, und zog dann die Reißnägel heraus. »Wandfarbe darunter unverändert. Wurde offenbar erst vor kurzem aufgehängt.«

Lucius trat zu uns, wir bildeten jetzt alle einen engen Kreis um die Karte an der Wand.

»Sonst haben Sie hinten nichts gefunden?« fragte ich die Isaacsons.

»Nein, nichts«, antwortete Marcus. »Keine Kleider, nichts. Wenn ihr meine Meinung hören wollt: Der ist fort.«

»Fort?« echote Sara.

Marcus nickte. »Vielleicht hat er gespürt, daß wir ihm jetzt auf die Pelle rücken. Aber es sieht nicht so aus, als würde er zurückkommen.«

»Aber warum«, fragte Sara, »nahm er dann dieses – Beweismaterial nicht mit?«

Marcus schüttelte den Kopf. »Vielleicht hält er's nicht dafür. Oder er hatte es furchtbar eilig. Oder vielleicht ...«

»Oder vielleicht«, äußerte ich jetzt laut, was wir alle dachten, »vielleicht wollte er, daß wir's finden.«

Während wir schweigend dastanden und uns diese Idee durch den Kopf gehen ließen, bemerkte ich, daß unser Führer sich den Hals nach dem Einsiedeglas verrenkte, und stellte mich so, daß ich es mit meinem Körper verdeckte. Dann sagte Lucius: »Das kann schon stimmen, aber wir sollten diesen Ort trotzdem unter Beobachtung stellen, falls er doch noch zurückkommt. Wir sollten den Commissioner bitten, einige Männer hierher zu schicken, denn – ja, wie gesagt, weil wir ihn jetzt direkt unter Mordanklage stellen können.«

»Glauben Sie, wir haben dafür wirklich hieb- und stichfeste Beweise?« fragte Sara leise. »Ich weiß, das klingt gräßlich – aber wer sagt denn, daß das die Augen der Opfer sind?«

»Nein, das können wir nicht beweisen«, sagte Lucius. »Aber in jedem Fall müssen ihm schon ein paar ganz hervorragende Erklärungen einfallen, wenn er die Geschworenen in dieser Stadt von seiner Unschuld überzeugen möchte – besonders wenn wir alles aufzählen, was wir sonst noch über ihn wissen.«

»Na gut«, sagte ich. »Dann fahren Sara und ich jetzt gleich in die Mulberry Street und bitten Roosevelt, dieses Haus Tag und Nacht bewachen zu lassen. Lucius, Sie und Marcus müssen hierbleiben, bis die Ablösung da ist. Haben Sie Waffen?« Marcus schüttelte nur den Kopf, aber Lucius wies denselben Polizeirevolver vor, mit dem ich ihn nach dem Mord an ibn-Ghazi in Castle Garden gesehen hatte. »Schön«, sagte ich. »Ihr beide könnt euch die Wartezeit ja mit dem Studium der Karte vertreiben. Und vergeßt nicht...« Ich senkte meine Stimme zu einem Flüstern. »Keine Dienstabzeichen. Erst wenn Verstärkung kommt. Noch vor kurzem haben sich Polizisten überhaupt nicht in dieses Viertel gewagt, weil ihre Chancen, es lebend zu verlassen, äußerst gering waren.«

Beide Isaacsons nickten, und dann schlüpften Sara und ich auf den Gang hinaus, blieben aber stehen, als der Mann uns wieder seinen Knüppel vor die Brust hielt. »Na, wie wär's, wenn ihr mir jetzt reinen Wein einschenkt? Ihr seid von der Polente, oder nicht?«

»Das ist eine – private Angelegenheit«, gab ich zur Antwort. »Meine Freunde bleiben hier, um auf den Bewohner zu warten.« Fast schon automatisch zückte ich meine Brieftasche und entnahm ihr einen Zehn-Dollar-Schein. »Sie tun am besten so, als hätten Sie sie nie gesehen.«

»Für zehn Mäuse?« sagte der Mann mit einem Nicken. »Für zehn Mäuse vergeß ich die Visage meiner eigenen Mutter.« Er gluckste einmal kurz. »Nicht daß ich mich an sie erinnern könnte!«

Sara und ich gelangten unbehelligt auf die Straße und wandten uns zuerst in nördlicher, dann in westlicher Richtung. Jetzt kam der unangenehmste Teil unseres Unternehmens, nur wollte ich es ihr erst gar nicht sagen: Jetzt waren wir nur mehr zu zweit, und einer davon eine Frau. In den Sechzigern und Siebzigern hätte jede Five-Points-Gang, die ihr Geld wert war, zuerst mich umgelegt und sich dann an Sara vergangen, bevor wir noch einen Block von der Baxter Street entfernt waren. Doch in den letzten Jahren hatte sich die Gewalttätigkeit früherer Zeiten in Ausschweifung und Laster verwandelt, und ich betete innerlich, daß wir daraus Nutzen ziehen mochten.

Und das taten wir – erstaunlicherweise. Um neun Uhr fünfundvierzig waren wir schon auf dem Broadway, und nur ein paar Minuten später überquerte unsere Straßenbahn die Houston Street, wo wir ausstiegen. Jetzt war es uns völlig gleichgültig, ob wir in der Polizeizentrale gesehen wurden oder nicht; wir stürzten in das Gebäude und hinauf zu Theodores Büro, das wir aber leer vorfanden. Ein Polizist gab uns die Auskunft, der Commissioner sei zum Abendessen nach Hause gegangen, werde aber bald wieder zurückerwartet. Als Theodore wenig später auftauchte, schien er über unsere Anwesenheit zunächst beunruhigt, doch als er die ganze Geschichte hörte, kam Leben in ihn, und er bellte Befehle durch das ganze Stockwerk. Dabei fiel mir plötzlich etwas ein.

»Der Brief«, erklärte ich Sara auf dem Weg nach unten, »der Brief an Mrs. Santorelli – wenn wir Beecham damit konfrontieren können, bricht er vielleicht eher zusammen.«

Sara gefiel die Idee. Wir nahmen schnell eine Droschke und fuhren zum Broadway 808. Ich möchte nicht sagen, daß wir uns auf dieser Fahrt in Hochstimmung befanden, aber wir waren uns der Möglichkeiten des Augenblicks wenigstens so weit bewußt, daß uns die Droschkenfahrt eine Ewigkeit zu dauern schien.

Wir betraten das Vestibül mit so viel Schwung, daß ich fast über einen großen Jutesack gestolpert wäre. Ich ging in die Hocke und sah, daß oben am zugebundenen Ende des Sacks eine Karte mit der Aufschrift befestigt war: Broadway Nr. 808 – 6. Stock. Sara stand hinter mir und betrachtete ebenso Sack und Karte.

»Du hast doch keine Lebensmittel bestellt, oder, John?« erkundigte sie sich etwas spöttisch.

»Red keinen Unfug«, antwortete ich. »Das muß für Marcus und Lucius sein.«

Ich blickte noch einmal auf den Sack, dann zuckte ich die Schultern und bückte mich, um die Schnur, mit der er verschlossen war, aufzumachen. Die Kordel war jedoch zu einem komplizierten Knoten gebunden, daher holte ich mein Taschenmesser heraus und schlitzte den Sack von oben bis unten auf.

Auf den Boden zu meinen Füßen rollte Joseph heraus. Es waren keine Verletzungen zu sehen, aber seine Blässe machte uns sofort deutlich, daß er tot war.

Kapitel
42

Der Coroner in Bellevue brauchte geschlagene sechs Stunden, bis ihm endlich klar war, daß Josephs Leben dadurch ein Ende gesetzt worden war, daß ihm jemand ein dünnes Messer, so etwas wie ein Stilett oder eine große Nadel, durch die Schädelbasis ins Hirn gerammt hatte. Nachdem ich die Nacht eine Zigarette nach der anderen rauchend und in den Korridoren des Leichenschauhauses auf und ab gehend verbracht hatte, war ich außerstande, diese Nachricht wirklich zu begreifen: Ich dachte kurz an Biff Ellison und die leise, professionelle Art, auf die er Rechnungen mit einer ähnlichen Waffe zu begleichen pflegte; doch selbst in meiner schmerzlichen Erstarrung konnte ich Ellison nicht für den Schuldigen halten. Joseph gehörte nicht in sein Revier, und selbst wenn Biff aus irgendeinem Grund plötzlich heftigen Anstoß an unserer Ermittlung genommen hätte, so wäre einem derartigen Mordanschlag ganz sicher eine nachdrückliche Warnung vorausgegangen. Wenn also nicht etwa Byrnes und Connor Ellison auf ihre Seite gezogen hatten (was ich mir überhaupt nicht vorstellen konnte), dann fiel mir keine andere Erklärung und kein anderer möglicher Täter als Beecham ein. Irgendwie hatte er einen Weg zu dem Jungen gefunden, trotz meiner Warnungen.

Meine Warnungen. Als Josephs schmächtiger Körper aus einem der Autopsie-Räume geschoben wurde, ging mir zum tausendsten Mal durch den Kopf, daß der Junge nur durch die Bekanntschaft mit mir ein so schreckliches Ende gefunden hatte. Ich hatte mich bemüht, ihn vor jeder erdenklichen Gefahr zu warnen – aber wie hätte ich ahnen sollen, daß die größte Gefahr für ihn darin bestand, mich zu kennen? Und jetzt stand ich hier im Leichenschauhaus und erklärte dem Coroner, ich würde mich um das Begräbnis kümmern – als ob es von irgendeiner Bedeutung war, ob seine Leiche an einem geschmackvollen Ort in Brooklyn begraben oder von den Strömungen im East River hinaus ins Meer gespült würde. Eitelkeit, Arroganz, Verantwortungslosigkeit – die ganze Nacht hatte ich immer wieder daran denken müssen, was Kreisler in der Nacht nach Mary Palmers Tod zu mir gesagt hatte: daß wir durch unseren Kampf für das Gute dem Bösen nur ein um so größeres Betätigungsfeld sicherten. In Gedanken an Kreisler versunken, wanderte ich aus dem Leichenschauhaus hinaus in die Morgendämmerung und war daher gar nicht überrascht, als ich meinen alten Freund in einer offenen Kalesche sitzend auf mich warten sah. Cyrus Montrose schenkte mir vom Kutschbock aus ein mitfühlendes Nicken. Laszlo stieg mit einem Lächeln aus dem Fahrzeug.

»Joseph ...«, sagte ich mit einer Stimme, die nach der durchwachten Nacht und den vielen Zigaretten heiser war.

»Ich weiß«, erwiderte Laszlo. »Sara hat angerufen. Ich dachte, Sie könnten ein Frühstück gebrauchen.«

Ich nickte schwach und stieg zu ihm in die Kalesche. Mit leisem Zungenschnalzen trieb Cyrus das Pferd Frederick an, und bald fuhren wir über die Sechsundzwanzigste Straße in Richtung Westen, langsam, obwohl es um diese Tageszeit noch kaum Verkehr gab.

Ich lehnte mich zurück, ließ den Kopf gegen das gefaltete Kaleschendach sinken, seufzte schwer auf und starrte in den dämmerigen, mit Schleierwolken überzogenen Himmel. »Es muß Beecham gewesen sein«, murmelte ich.

»Ja«, sagte Kreisler leise.

Ich drehte ihm das Gesicht zu. »Aber da waren keine Verstümmelungen. Man konnte nicht einmal sehen, wie er getötet wurde, es gab fast kein Blut. Nur ein winziges Loch an der Schädelbasis.«

Laszlos Augen wurden schmal. »Schnell und sauber«, sagte er. »Das war keines seiner Rituale. Das war einfach praktisch. Er tötete den Jungen, um sich selbst zu schützen – und um eine Nachricht zu senden.«

»An mich?«

Kreisler nickte. »So verzweifelt er auch ist – er wird sich nicht leicht fassen lassen.«

Ich schüttelte langsam den Kopf. »Aber wie – wie konnte das passieren? Ich warnte Joseph doch, ich sagte ihm alles, was wir wußten. Er konnte Beecham doch identifizieren. Teufel, er rief mich am Nachmittag noch an, um sich zu vergewissern.«

Kreislers Augenbrauen hoben sich interessiert. »Wirklich? Warum?«

»Weiß ich nicht«, sagte ich bedrückt und zog eine weitere Zigarette heraus. »Ein Freund von ihm hatte einen Mann kennengelernt, der ihn mitnehmen wollte. In ein Schloß über der Stadt, sagte er, oder so ähnlich. Es klang, als könnte es Beecham sein, aber der Mann hatte keinen Gesichtstick.«

Laszlo wandte sich ab und sagte leise: »Ja, aber – hatten Sie das denn vergessen?«

»Was vergessen?«

»Was Adam Dury sagte. Er sagte doch, wenn Japheth jagen ging, dann hörte der Gesichtstick auf. Ich nehme an, wenn er diese Knaben beschleicht...« Als er bemerkte, welche Wirkung diese Worte auf mich hatten, hielt er inne. »John, es tut mir wirklich sehr leid.«

Ich schleuderte die Zigarette auf die Straße und packte meinen Kopf mit beiden Händen. Natürlich hatte er recht. Jagen, Anschleichen, Fallenstellen, Töten – das beruhigte Beecham, und diese Ruhe spiegelte sich dann in seinem Gesicht wider. Wer dieser Knabe, dieser Straßenjunge auch war, von dem Joseph geredet hatte, er war aller Wahrscheinlichkeit nach von unserem Mann angesprochen worden; Joseph natürlich ohnehin. Und alles nur, weil ich ein Detail vergessen hatte ...

Kreisler legte mir beruhigend eine Hand auf die Schulter, und als ich wieder hochblickte, hielten wir vor Delmonico's. Das Restaurant würde zwar erst in ein oder zwei Stunden aufmachen, aber wenn irgendein Mensch hier auch außerhalb der Geschäftszeiten bedient wurde, dann Kreisler.

Cyrus stieg vom Kutschbock, half mir aus der Kalesche und sagte leise: »Kommen Sie, Mr. Moore – Sie brauchen etwas Warmes in den Magen.« Ziemlich unsicher auf den Beinen, folgte ich Kreisler zur Eingangstür, die soeben von

Charlie Delmonico geöffnet wurde. Der Ausdruck seiner riesengroßen Augen verriet mir, daß er im Bilde war.

»Guten Morgen, Doktor«, sagte Charlie in dem einzigen Tonfall, den ich in diesem Moment vertragen konnte. »Guten Morgen, Mr. Moore«, sagte er dann und führte uns hinein. »Ich bitte die Herren, es sich bequem zu machen. Wenn es irgend etwas gibt, das ich für Sie tun kann ...«

»Ich danke Ihnen, Charles«, antwortete Kreisler.

Ich berührte Charlie leicht am Ellbogen und brachte auch ein »Danke, Charlie« heraus, bevor wir in den Speisesaal gingen.

Mit unfehlbarem psychologischem Instinkt hatte Kreisler den einzigen Ort in ganz New York gewählt, wo ich an diesem Morgen zu mir kommen und auch nur einen Bissen hinunterbringen konnte. Und noch wichtiger war, daß ich auch meine Sprache wiederfand.

»Wissen Sie«, murmelte ich, kaum daß wir uns gesetzt hatten, »daß ich dachte – war es erst gestern? –, daß ich eine Art von Mitgefühl für den Mann empfand, trotz seiner Verbrechen. Wegen des Kontexts seines Lebens. Ich hatte das Gefühl, ihn jetzt endlich zu kennen.«

Kreisler schüttelte den Kopf. »Das werden Sie nie, John. Sie können ihm vielleicht nahe kommen, vielleicht so nahe, daß Sie seine Handlungen vorausberechnen können, aber letzten Endes können weder Sie noch ich, noch sonst irgend jemand wissen, was er sieht, wenn er diese Kinder vor sich hat, noch aus welchem Trieb heraus er zum Messer greift. Der einzige Weg, das zu erfahren, wäre ...« Kreisler blickte mit einem abwesenden Blick durchs Fenster, »... ihn zu fragen.«

Ich nickte matt. »Wir haben seine Wohnung gefunden.«

»Sara hat's mir gesagt«, versetzte Kreisler. »Ihr wart wirklich großartig, John. Ihr alle.«

Ich schnaubte höhnisch. »Großartig ... Marcus glaubt nicht, daß Beecham noch einmal dorthin zurückkommt. Der blutrünstige Schweinehund war uns die ganze Zeit immer einen Schritt voraus.«

Kreisler zuckte die Schultern. »Schon möglich.«

»Hat Sara Ihnen auch von der Karte erzählt?«

»Hat sie«, antwortete Kreisler, während ein Kellner uns frischen Tomatensaft servierte. »Und Marcus hat das Ding auch identifiziert – es ist eine Darstellung des städtischen Wasserversorgungsnetzes. In den letzten zehn Jahren ist anscheinend das ganze Netz überholt worden. Beecham klaute die Karte wahrscheinlich aus dem Stadtbauamt.«

Ich nippte an meinem Tomatensaft. »Das Wassernetz? Was, zum Teufel, soll das bedeuten?«

»Sara und Marcus haben eine bestimmte Idee«, antwortete Kreisler. »Die werden Sie sicher bald hören.«

Ich schaute ihm tief in die kohlrabenschwarzen Augen. »Und Sie kommen nicht zu uns zurück?«

Kreisler blickte weg. »Es geht nicht, John. Noch nicht. Sie haben Pläne für Sonntag, nicht? Für das Fest Johannes des Täufers.«

»Stimmt.«

»Das ist eine wichtige Nacht für ihn.«

»Das denke ich auch.«

»Der Umstand, daß er seine – Trophäen zurückgelassen hat, deutet auf das Herannahen einer Krise. Das Herz in der Schachtel ist übrigens das seiner Mutter, nehme ich an.« Ich zuckte nur die Schultern. »Sie haben doch nicht vergessen«, fuhr Laszlo fort, »daß Sonntag abend die Benefizvorstellung für Abbey und Grau in der Metropolitan Opera stattfindet?«

Der Unterkiefer fiel mir hinunter, die Augen quollen mir in ungläubigem Staunen fast aus dem Kopf. »Wie bitte???«

»Die Benefizvorstellung«, sagte Kreisler, es klang beinahe munter. »Der Bankrott hat Abbey auch gesundheitlich ruiniert. Der Arme. Schon deshalb müssen wir hingehen, wenn schon aus keinem anderen Grund.«

»*Wir?*« quäkte ich. »Kreisler, in Teufels Namen, wir müssen einen Mörder zur Strecke bringen!«

»Ja, ja«, antwortete Kreisler, »aber später. Vor Mitternacht hat Beecham noch nie zugeschlagen. Das wird er auch am Sonntag nicht tun. Also warum nicht die Wartezeit möglichst angenehm verbringen, und Abbey und Grau dabei noch helfen?«

Mir fiel die Gabel aus der Hand. »Ich weiß – ich werde langsam wahnsinnig. Natürlich haben Sie das in Wirklichkeit nicht gesagt, können Sie doch nicht gesagt haben ...«

»Maurel singt Giovanni«, sagte Kreisler lockend, »Edouard de Reszke ist Leporello, und kaum wage ich zu sagen, wer die Zerlina singt ...«

Ich schnaubte zwar noch einmal standhaft, fragte aber dann doch: »Frances Saville?«

»Ja, die Dame mit den Beinen«, nickte Kreisler. »Anton Seidl dirigiert. Oh, und Nordica singt Donna Anna.«

Es gab keinen Zweifel – diese Besetzung versprach einen denkwürdigen Opernabend, und ich fühlte mich von dieser Aussicht durchaus angelockt. Aber dann erschien Josephs Bild vor meinem inneren Auge, so daß es mir einen Stich in die Eingeweide versetzte und ich mir alle Vorstellungen von einem vergnügten Abend aus dem Kopf schlug. »Kreisler«, sagte ich kühl, »ich weiß nicht, was mit Ihnen los ist, daß Sie hier sitzen und so ungerührt über die Oper sprechen, während Menschen, die uns beiden nahestanden ...«

»Was ich sage, Moore, hat mit Ungerührtheit gar nichts zu tun.« Die schwarzen Augen verdüsterten sich, aus seiner Stimme sprach kühle und trotzdem leidenschaftliche Entschlossenheit: »Ich schlage Ihnen einen Handel vor – Sie kommen mit mir in Don Giovanni, und ich beteilige mich wieder an der Ermittlung. Und wir beenden das Morden.«

»Sie machen wieder mit«, sagte ich überrascht. »Und wann?«

»Nicht vor der Vorstellung«, antwortete Laszlo. Ich wollte eben protestieren, aber Laszlo erhob eine Hand. »Genaueres kann ich im Moment nicht sagen, Moore, also fragen Sie mich bitte nicht. Nun – akzeptieren Sie?«

Natürlich akzeptierte ich – was blieb mir auch anderes übrig? Trotz allem, was die Isaacsons, Sara und ich in den letzten Wochen geleistet hatten, war mir durch Josephs Ermordung unsere Ohnmacht schmerzhaft vor Augen geführt worden. Wenn Kreisler wieder zu uns stieß, dann war das ein ungeheurer Quell für neue Hoffnung, so groß, daß ich sogar meinen Appetit wiederfand und noch etwas essen konnte, bevor wir Delmonico verließen und in Richtung Stadt fuhren. Zugegeben, Laszlo benahm sich irgendwie geheimnisvoll – aber das war sonst nicht seine Art, also gab es wohl einen guten Grund dafür. Ich versprach, daß ich meine Opernkleidung reinigen lassen würde, und gab ihm die Hand darauf; doch als ich erklärte, wie sehr ich mich darauf freute, den anderen von unserem Abkommen zu berichten, da verlangte Kreisler von mir, ich sollte nichts davon erwähnen. Vor allem nicht gegenüber Roosevelt.

»Ich sage das nicht aus Verbitterung«, erklärte Kreisler, als ich am Nordende des Union Square aus der Kalesche stieg. »Theodore war gütig und anständig zu mir und hat sich bei der Suche nach Connor wirklich eingesetzt.«

»Leider gibt's noch immer keine Spur von ihm«, bemerkte ich, denn das hatte ich von Roosevelt gehört.

Laszlo blickte in die Ferne, als wäre ihm das ganz gleichgültig. »Der wird schon noch auftauchen. Und bis dahin« – damit schloß er die Kaleschentür – »muß man sich um andere Dinge kümmern. Fahr los, Cyrus!«

Das Fahrzeug rollte fort, und ich ging zu Fuß in die Stadt.

Im Hauptquartier erwartete mich eine Mitteilung von Sara und den Isaacsons, die besagte, daß sie sich alle ein paar Stunden zu Hause ausschlafen und anschließend zu den Polizisten stoßen wollten, die Theodore zur Bewachung von Beechams Wohnung abgestellt hatte. Ich machte mir ihre Abwesenheit zunutze und streckte mich auf dem Diwan aus, um mich ebenfalls etwas zu erholen. Gegen Mittag fühlte ich mich wieder so weit hergestellt, daß ich mich zum Washington Square begeben konnte, um dort zu baden und mich umzuziehen. Dann rief ich Sara an. Sie teilte mir mit, daß das Rendezvous in der Baxter Street Nummer 155 für Sonnenuntergang festgesetzt sei und auch Roosevelt selbst ein paar Stunden Wache schieben wollte. Sie wollte mich in einer Mietdroschke abholen, und bis dahin gönnten wir beide uns noch ein paar Stunden Schlaf.

Wie sich herausstellte, hatte Marcus mit seiner Vermutung vollkommen recht: Am Samstag morgen um drei Uhr gab es noch immer kein Lebenszeichen von unserem Mann, so daß wir alle zu der Einsicht kamen, Beecham würde sicher nicht mehr in seine Wohnung zurückkehren. Ich erzählte den anderen, was Kreisler in bezug auf seine »Trophäen« vermutet hatte, und das bestärkte uns noch in der Entschlossenheit, für Sonntag nacht einen wirklich hieb- und stichfesten Plan auszuarbeiten. An dieser für Samstag nachmittag angesetzten Beratung sollte auch Roosevelt teilnehmen.

Roosevelt war nie zuvor in unserem Hauptquartier gewesen. Es wirkte auf ihn zunächst offenbar nicht anders als damals auf mich, als ich hier aufwachte, nachdem Biff Ellison mich mit Rauschgift vollgepumpt hatte. Bald gewann bei Theodore, wie von ihm nicht anders zu erwarten, die Neugier Oberhand, und er stellte uns derart detaillierte Fragen, daß wir erst etwa eine Stunde nach seiner Ankunft an die Arbeit gehen konnten. Die Besprechung lief so ab wie die vielen Dutzend Besprechungen, die ihr vorausgegangen waren: Jeder brachte Ideen vor, die von allen Seiten betrachtet und dann (meistens) verworfen wurden, während wir versuchten, aus luftigen Spekulationen solide Hypothesen zu erstellen. Aber diesmal beobachtete ich den Prozeß mit Roosevelts Augen und damit aus einer ganz neuen Perspektive. Und als er anfing, mit den Fäusten einen der Fauteuils zu bearbeiten, und jedes Mal, wenn wir uns über die Stichhaltigkeit irgendeines Gedankengangs geeinigt hatten, begeisterte Ausrufe von sich gab, da war auch ich zum ersten Mal beeindruckt von der Arbeit, die unser Team geleistet hatte und noch immer leistete.

In einem wesentlichen Punkt waren wir alle einer Meinung: Beechams Karte des Wassernetzes von New York City bezog sich nicht auf vergangene Morde, sondern auf zukünftige. Während die Isaacsons am Abend unserer Entdeckung von Beechams Wohnung auf Theodores Männer gewartet hatten, hatte Marcus seine ursprüngliche Theorie über die Karte durch vergleichende Maueranalysen bestätigt: Ausgehend von Faktoren wie Hitze, Feuchtigkeit und Ruß, konnte die Karte auch in der Nacht des Mordes an Ernst Lohmann noch nicht an der Wand gehangen haben.

»Phantastisch!« rief Theodore und salutierte vor Marcus. »Genau deshalb habe ich euch Burschen zur Polizei geholt – moderne Methoden!«

Marcus' Schlußfolgerung wurde noch durch einige andere Faktoren gestützt. Zuerst einmal war kein Zusammenhang zwischen Bedloe's Island, Bartholdis Freiheitsstatue oder irgendeinem der anderen Tatorte der bisherigen Morde und dem städtischen Wasserversorgungsnetz zu erkennen. Außerdem hatte der wichtigste Zweck dieses Netzes, das ja vor allem der Reinigung und dem Abtransport von Dreck und Schmutz diente, eine eindeutige metaphorische Verbindung zu Johannes dem Täufer. Und dann erblickten wir in dem Umstand, daß Beecham die Karte in seiner Wohnung zurückgelassen hatte, eine an uns gerichtete Herausforderung, aber zugleich auch ein Flehen. Jedenfalls waren wir alle sicher, daß wir einen Hinweis auf den nächsten Mord darin zu sehen hatten. Daher hielt Lucius jetzt die entsprechenden Gedanken auf der Tafel fest.

»Prima«, sagte Theodore, während Lucius kritzelte. »Prima! Das gefällt mir – ihr macht das richtig wissenschaftlich!«

Keiner von uns hatte das Herz, dem Mann zu sagen, daß das alles gar nicht so wissenschaftlich war, wie es vielleicht aussah; statt dessen griffen wir zu den Büchern und Nachschlagewerken über die öffentlichen Anlagen und Gebäude von Manhattan und begaben uns im Geist auf einen Rundgang durchs städtische Wassersystem.

Beechams Morde des Jahres 1896 hatten alle am Ufer eines Flusses stattgefunden, woraus wir schlossen, daß der Blick auf eine große Wasserfläche wesentlicher emotionaler Bestandteil seiner mörderischen Rituale war. Wir mußten daher vor allem jene Elemente des Wassersystems ins Auge fassen, die am Wasser lagen. Das ließ uns keine große Auswahl – das heißt, unserer Meinung nach blieb nur mehr ein Ort übrig: Aquädukt und Turm der High Bridge, deren drei Meter dicke Röhren seit etwa 1840 klares Quellwasser vom Land über den East River nach Manhattan brachten. Zugegeben, wenn Beecham wirklich an der High Bridge zuschlug, dann war das sein erster Mord nördlich der Houston Street; aber daß er bisher seine Schlächtereien auf Lower Manhattan beschränkt hatte, mußte ja nicht bedeuten, daß er das Nordende der Insel nicht kannte. Natürlich gab es auch die Möglichkeit, daß Beecham einen weniger auffallenden Ort auswählen würde und nur hoffte, wir würden auf die näherliegende, dramatischere High Bridge hereinfallen.

»Aber was ist mit der Geschichte dieses Jungen?« fragte Theodore; er schien bedrückt, weil er an unseren spekulativen Überlegungen nicht so teilnehmen konnte, wie er gerne wollte. »Das ›Schloß hoch über der Stadt‹, und so weiter; bestätigt das nicht eure Hypothese?«

Sara wies darauf hin, daß dies die Hypothese zwar vielleicht bestätigte (denn der High Bridge Tower, errichtet zum Zweck des Druckausgleichs zwischen den verschiedenen Wasserbehältern auf Manhattan, ähnelte tatsächlich einem Schloßturm), was aber nicht bedeuten mußte, daß Beecham sein Opfer wirklich dorthin bringen würde. Wir hätten es mit einem äußerst perversen, verschlagenen Charakter zu tun, erklärte Sara Theodore, der über unsere Aktivität genau im Bilde war und sich diebisch freuen würde, uns auf eine falsche Fährte zu locken. Allerdings war zweifelhaft, ob Beecham wußte, daß wir die Anziehung, die Wasser auf ihn ausübte, durchschaut hatten – ja ob er sich selbst dessen überhaupt bewußt war; und deshalb war der High Bridge Tower vielleicht doch der wahrscheinlichste Ort.

Roosevelt lauschte mit größtem Interesse, nickte, rieb sich das Kinn und klatschte schließlich begeistert und sehr geräuschvoll in die Hände. »Gut gemacht, Sara!« rief er. »Ich weiß zwar nicht, was Ihre Familie sagen würde, wenn sie Sie hören könnte, aber zum Donnerwetter, ich bin stolz auf Sie!« Theodores Worte waren so voll Bewunderung und echtem Gefühl, daß ihm Sara offenbar den leicht gönnerhaften Ton verzieh und sich mit einem geschmeichelten Lächeln abwandte.

Als wir auf Verteilung und Einsatz der Polizei zu sprechen kamen, spielte Roosevelt naturgemäß eine größere Rolle in unserer Diskussion. Die Bewachung des High Bridge Tower mußte sorgfältig ausgewählt werden, sagte er, denn diese Arbeit verlangte sehr viel Fingerspitzengefühl – Beecham würde beim geringsten Zeichen polizeilicher Maßnahmen sicher sofort das Weite suchen. Abgesehen von der Bewachung der High Bridge wollte Roosevelt auch alle anderen Brücken und Fährschiffstationen observieren lassen, und zusätzliche Streifen sollten in regelmäßigen Abständen entlang des westlichen und östlichen Ufers patrouillieren. Auch die verschiedenen Lasterhöhlen sollten im Auge behalten werden, obgleich wir ziemlich sicher waren, daß sich Beecham sein Opfer diesmal von der Straße holen würde.

Jetzt mußte nur noch entschieden werden, welche Rolle Sara, die Isaacsons und ich dabei spielen sollten. Das naheliegendste war, die Bewachung des High Bridge Tower zu verstärken; doch jetzt mußte ich meinen Plan bekanntgeben, an diesem Abend mit Kreisler die Oper zu besuchen. Ungläubiges Staunen bei meinen Mitstreitern – aber da ich Laszlo versprochen hatte, die Details unseres Abkommens nicht zu verraten, konnte ich auch keine plausible Erklärung für mein Verhalten geben. Bevor aber Sara und die Isaacsons sich in Rage reden konnten, erhielt ich unerwartete Schützenhilfe: und zwar von Theodore, der ebenfalls dabeisein wollte. Roosevelt erklärte, es sei ziemlich unwahrscheinlich, daß Bürgermeister Strong einem derart gewaltigen Polizeiaufgebot nur wegen des Knabenmörders zustimmen würde. Wurde aber Roosevelt bei einem solchen gesellschaftlichen Ereignis gesehen, dem natürlich auch der Bürgermeister und ein oder zwei weitere Vorstandsmitglieder beiwohnten, dann fiel diese nächtliche Aktivität vielleicht gar nicht so auf. Theodore war also sehr für diesen Opernbesuch; ebenso wie Kreisler wies auch er darauf hin, daß der Mörder bisher nie vor Mitternacht zugeschlagen hatte und man daher auch diesmal nicht damit rechnen mußte. Roosevelt und ich konnten ja nach der Vorstellung dazustoßen.

Angesichts dieser Worte aus dem Mund ihres obersten Chefs blieb den Isaacsons nichts anderes übrig, als zu schweigen. Sara betrachtete mich mißtrauisch und zog mich beiseite, als die anderen anfingen, weitere Details des Polizeieinsatzes zu besprechen.

»Hat er irgend etwas vor, John?« fragte sie in einem Ton, als würde sie sich kein X für ein U vormachen lassen.

»Wer – Kreisler?« fragte ich unschuldig. »Nein, glaube ich nicht. Den Opernbesuch haben wir schon vor längerer Zeit geplant.« Und dann eine List: »Aber wenn du es für eine schlechte Idee hältst, Sara, dann kann ich natürlich...«

»Nein«, antwortete sie schnell, ohne aber sehr überzeugt zu wirken. »Was Theodore da sagt, das hat schon Sinn. Und da wir ohnehin alle beim Turm sind, brauchen wir nicht auch noch dich.«

Das kränkte mich zwar, aber die Diskretion verlangte, daß ich es nicht zeigte. »Nur«, fuhr Sara fort, »nach drei Wochen ohne ein Lebenszeichen finde ich es merkwürdig, daß er ausgerechnet morgen abend wieder auftaucht.« Ihre Blicke wanderten durchs ganze Zimmer, während ihr verschiedene Erklärungsmöglichkeiten durch den Kopf gingen. »Laß es uns aber bitte wissen, wenn er irgend etwas aushecket.«

»Aber klar.« Sie betrachtete mich noch einmal skeptisch, worauf ich große Unschuldsaugen machte: »Aber Sara, warum sollte ich's dir denn nicht sagen?«

Darauf wußte sie keine Antwort; ich wußte die Antwort auch nicht. Nur ein Mensch kannte die wahren Gründe für meine Geheimnistuerei – und der war nicht bereit, sie zu enthüllen.

So wichtig es war, daß wir für Sonntag nacht gut ausgeruht waren, so hatten wir doch alle das sichere Gefühl, alles tun zu müssen, was in unserer Macht stand, um den Knaben, von dem Joseph gesprochen hatte, vielleicht doch noch zu finden. Also machten wir uns auf die Suche, brachen sie aber schließlich gegen Mitternacht ergebnislos ab. Wenn wir den Jungen finden würden, dann bei Beecham – und hoffentlich noch lebendig.

Uns war inzwischen klargeworden, daß die bevorstehende Begegnung mit unserem Mörder ganz neue Elemente in sich barg: Nicht nur, daß wir jetzt seinen Namen und einen großen Teil seiner Lebensgeschichte kannten; es war auch das unabweisbare Gefühl, daß die kommende Konfrontation – die ja zum größten Teil, wenn auch vielleicht unbewußt, von Beecham selbst herbeigerufen war – wahrscheinlich für uns selbst sehr viel gefährlicher werden konnte, als wir das je erwartet hatten. Zwar hatten wir von Anfang an aus Beechams Verhalten den starken Wunsch herausgelesen, jemand möge ihn aufhalten; aber erst jetzt begriffen wir, daß dieser Wunsch eine kataklystische, ja apokalyptische Seite haben konnte, und daß dieses »Aufhalten« vielleicht schwere Gewalttätigkeiten gegenüber jenen mit sich brachte, die ihm diesen Dienst erwiesen. Sicher, wir waren bewaffnet und ihm zusammen mit unseren offiziellen Hilfstruppen zahlenmäßig zehn-, ja hundertfach überlegen; aber im Lauf seines alptraumhaften Lebens hatte dieser Mensch in noch schwierigeren Situationen gesiegt – einfach, indem er überlebte. Die Bedrohung, die von einem Menschen oder einer Gruppe ausgeht, beruht schließlich nicht allein auf statistischen Zahlen; dazu gehören auch weniger greifbare Faktoren wie Training und Ausbildung. Berücksichtigte man bei unserem Unternehmen auch diese Punkte, dann änderten sich die Aussichten dramatisch – dann war ich mir eigentlich gar nicht mehr so sicher, ob trotz unserer gewaltigen Übermacht an Menschen und Waffen Beecham nicht die bei weitem besseren Chancen hatte.

KAPITEL
43

An keinem anderen Ort kann man den bombenwerfenden Anarchisten besser verstehen als inmitten einer Menge von Damen und Herren, die das Geld und die Dreistigkeit besitzen, sich selbst als »*die* New Yorker Gesellschaft« zu bezeichnen. In Abendanzug und festlicher Toilette, mit Schmuck behangen, mit Parfüm überschüttet, stoßen, drängen, verleumden und fressen die berühmten Vierhundert Familien samt ihren diversen Verwandten und speichelleckenden Bekannten mit einer Hemmungslosigkeit, die den freiwilligen Beobachter vielleicht amüsiert, aber dem, der unfreiwillig damit zu tun bekommt, den Magen umdreht. Am Abend des 24. Juni bekam ich unfreiwillig damit zu tun. Kreisler hatte mich gebeten, ihn nicht in der Siebzehnten Straße abzuholen, sondern vor dem Beginn der Benefizvorstellung gleich zu ihm in seine Loge in der Metropolitan Opera zu kommen. Also mußte ich mir eine Mietdroschke bis zur Gelben Brauerei nehmen und mich dann allein durch die engen Treppenhäuser hinaufdrängen. Nichts fördert den Killerinstinkt der New Yorker Oberschicht so zutage wie eine karitative Veranstaltung. Ich schob, stieß und drängte mich durch das Vestibül und versuchte immer wieder, die Damen der feinen Gesellschaft, deren Toiletten und physische Ausmaße sie eher für ruhende Funktionen bestimmten, in Bewegung zu bringen, damit sie mich durchließen; dabei stieß ich gelegentlich auf Leute, die ich noch aus meiner Kindheit kannte, Freunde meiner Eltern, die schnell wegblickten, wenn sie mich sahen, oder sich so knapp verbeugten, daß sie damit unmißverständlich zum Ausdruck brachten: »Bitte, ersparen Sie mir die Verlegenheit, Sie kennen zu müssen.« Damit war ich auch vollkommen einverstanden, solange sie nur ein bißchen zur Seite traten, um mich durchzulassen. Als ich mich zum zweiten Rang durchgeboxt hatte, hatten nicht nur meine Nerven, sondern auch meine Kleidung ziemlich gelitten, und mir klangen die Ohren von den zahllosen idiotischen Konversationsfetzen, die ich gezwungenermaßen aufschnappte. Doch da stach mir schon die Rettung ins Auge: Ich schlängelte mich bis zu einer kleinen Bar unter einer Treppe durch, schüttete schnell ein Glas Champagner hinunter, griff nach zwei weiteren und begab mich damit direkt in Kreislers Loge.

Laszlo war bereits da, saß auf einem der hinteren Sitze und studierte das Programm des Abends. »Mein Gott!« stöhnte ich und ließ mich in einen der Stühle neben ihm fallen, ohne einen Tropfen Champagner zu verschütten. »Seit dem Tod von Ward McAllister hab' ich so etwas nicht gesehen! Der wird doch nicht etwa auferstanden sein, oder?« (Meine jüngeren Leser wissen vielleicht nicht mehr, daß Ward McAllister, Mrs. Vanderbilts gesellschaftliche Graue Eminenz, jener Mann war, der das System der Vierhundert Familien ins Leben rief, und zwar ausgehend von jener Anzahl Menschen, die man bequem im Ballsaal dieser großen Dame unterbringen konnte.)

»Hoffentlich nicht«, antwortete Laszlo, sich mit einem Willkommenslächeln zu mir wendend. »Aber bei Kreaturen wie McAllister kann man natürlich nie ganz sicher sein. Nun also, Moore!« Er legte das Programm beiseite, rieb sich die Hände und sah dabei viel gesünder und glücklicher aus als die letzten Male, da wir uns gesehen hatten. Er warf einen Blick auf den Champagner. »Sie scheinen auf einen Abend unter Wölfen ja sehr gut vorbereitet!«

»Ja, die sind heute wahrhaftig alle los!« sagte ich und schaute hinab in die Menge. Dann wollte ich auf einem der vorderen Sitze Platz nehmen, aber Kreisler hielt mich zurück.

»Wenn es Ihnen nichts ausmacht, Moore, würde ich heute abend lieber hinten sitzen bleiben.« Auf meinen fragenden Blick sagte er: »Ich möchte mich ausnahmsweise mal nicht anglotzen lassen.«

Ich zuckte die Schultern und setzte mich neben ihn, ließ meine Blicke über das Publikum schweifen und landete bald bei Loge 35. »Aha, ich sehe, Morgan hat heute ausnahmsweise seine Frau mit. Na, da wird irgendeine arme Schauspielerin um ein Brillantenarmband kommen.« Ich blickte auf das Meer der wogenden Köpfe unter uns. »Wo, zum Teufel, sollen alle die Leute hin, die noch draußen herumstehen – Parkett und Parterre sind doch schon gestopft voll.«

»Es wäre ein Wunder, wenn wir überhaupt etwas von der Musik hörten«, sagte Kreisler mit einem Lachen, das mich überraschte – normalerweise fand er so etwas nämlich gar nicht lustig.

»Die Astor-Loge ist so voll, daß sie herunterzubrechen droht, und die Rutherford-Jungen waren schon um halb acht so betrunken, daß sie nicht mehr stehen konnten.«

Ich nahm mein Opernglas heraus und studierte die andere Seite des Zuschauerraums. »Der reinste Gänsestall in der Loge der Clews«, bemerkte ich. »Sie sehen nicht unbedingt so aus, als wären sie nur Maurels wegen gekommen. Männerjagd auf höherem Niveau, nehme ich an.«

»Die Hüter der gesellschaftlichen Ordnung«, sagte Kreisler und zeigte mit einem Seufzer auf das volle Haus. »Ein schöner Anblick ist das nicht!«

Ich warf Kreisler einen verwirrten Blick zu und sagte: »Sie sind heute aber in merkwürdiger Stimmung – doch nicht betrunken, oder?«

»Nüchtern wie ein Richter«, antwortete Laszlo. »Nicht, daß hier die Richter nüchtern wären. Aber lassen Sie mich als Antwort auf Ihren deutlich besorgten Gesichtsausdruck hinzufügen, Moore, daß ich auch durchaus bei Verstand bin. Ah, da ist Roosevelt.« Kreisler hielt den Arm hoch, um zu winken, schnitt dann aber eine Grimasse.

»Immer noch Schmerzen?« fragte ich.

»Nur manchmal«, antwortete er. »Die Kugel hat wirklich nicht gut getroffen. Dem Mann bin ich noch eine Antwort schuldig...« Kreisler sah mich an und setzte dann ein heiteres Gesicht auf. »Irgendwann einmal. Und jetzt sagen Sie mir, John – wo sind unsere Mitstreiter in diesem Augenblick?«

»An der High Bridge, zusammen mit den Polizisten«, sagte ich. »Damit sie rechtzeitig an Ort und Stelle sind.«

»High Bridge?« wiederholte Kreisler interessiert. »Dort erwarten sie also Beecham?«

Ich nickte. »Ja, das nehmen wir an.«

Kreislers schwarze Augen fingen vor Erregung beinahe zu leuchten an. »Ja«, murmelte er, »ja, natürlich. Das wäre die zweite einigermaßen logische Möglichkeit.«

»Die zweite?« fragte ich.

Er schüttelte den Kopf und sagte schnell: »Ist nicht wichtig. Und Sie haben nichts von unserem Abkommen verraten?«

»Nur, daß ich in die Oper gehe«, sagte ich leicht gereizt. »Aber nicht, warum.«

»Wunderbar«, sagte Kreisler, lehnte sich zurück und sah sehr zufrieden drein. »Dann kann Roosevelt also wirklich nicht wissen ...«

»Was kann er nicht wissen?« fragte ich und fühlte in mir wieder das vertraute Gefühl aufsteigen, als hätte ich mich mitten in der Vorstellung ins falsche Stück verirrt.

»Hmm?« machte Kreisler, als hätte er meine Anwesenheit vergessen. »Oh. Das erkläre ich Ihnen später.« Er deutete auf den Orchestergraben.

»Ahh – da ist Seidl.«

Am Dirigentenpult erschien jetzt, mit dem markanten Profil und den langen Haaren, Anton Seidl, ehemals Richard Wagners Privatsekretär und anschließend der beste Dirigent, den New York seinerzeit hatte. Auf seiner Römernase saß ein Kneifer, der ihm erstaunlicherweise trotz seines temperamentvollen Dirigierstils nie herunterfiel. Das Orchester hatte er vollkommen in der Hand; und als er seinen strengen Blick dem Publikum zuwandte, da hielten sogar die schnatternden Gesellschaftsnudeln ein paar Minuten lang den Schnabel. Doch dann gingen die Lichter aus, die dramatische Ouvertüre begann, und das Geschnatter in den Logen erreichte bald einen höheren Pegel als zuvor; aber Kreisler saß mit seinem heiteren Gesichtsausdruck da und tat, als wäre nichts. Ich dagegen hatte vom Benehmen dieser Menschen bald derart genug, daß ich mich fragte, was ich hier überhaupt verloren hatte. Doch als Vittorio Arimondi, der Commendatore, an Don Giovannis Tür klopfte, zeigten sich die schattenhaften Umrisse einer Antwort. Laszlo erhob sich leise, holte einmal tief und wie erlöst Atem und berührte mich an der Schulter. »Kommen Sie, Moore«, flüsterte er. »Wir gehen jetzt.«

»Gehen?« sagte ich, stand auf und trat mit ihm in den dunklen Logenvorraum. »Wohin? Ich bin doch nach der Vorstellung mit Roosevelt verabredet.«

Kreisler antwortete nicht, sondern öffnete nur leise die Tür zum Salon, wo Cyrus Montrose und Stevie Taggert uns entgegenkamen, in Abendkleidung, die der unsrigen sehr ähnlich sah. Ich war überrascht und freute mich sehr, die beiden zu sehen, ganz besonders Stevie. Der Junge sah aus, als hätte er sich gut erholt – aber es war klar ersichtlich, daß er sich in diesem Aufzug nicht wohl fühlte und sich überhaupt Lustigeres vorstellen konnte als solch eine Opernaufführung.

»Keine Angst, Stevie«, sagte ich und knuffte ihn aufmunternd. »Es ist noch niemand dabei gestorben.«

Stevie steckte einen Finger in den Kragen und versuchte, das Ding mit ein paar heftigen Rucken zu lockern. »Wenn ich nur wenigstens eine Zigarette hätte«, flüsterte er. »Sie haben auch keine, was, Mr. Moore?«

»Stevie, bitte...« sagte Kreisler streng und warf seinen Umhang um. »Das haben wir doch bereits besprochen.« Er wandte sich an Cyrus. »Du weißt, was zu tun ist?«

»Ja, Sir«, antwortete Cyrus. »Am Ende der Vorstellung wird Mr. Roosevelt nach Ihnen fragen. Ich sage ihm, ich weiß es nicht. Dann bringen wir die Kutsche an den vereinbarten Ort.«

»Und zwar?« prüfte Kreisler weiter.

»Und zwar über einen Umweg, falls uns jemand folgen sollte.«

Laszlo nickte. »Gut. Also los, Moore.«

Während wir aus dem Salon schlüpften, setzten sich Cyrus und Stevie lautlos auf unsere Plätze. Es sollte also so aussehen, als wären Kreisler und ich noch dort – und deshalb hatte er wohl auch auf den hinteren Plätzen sitzen wollen. Aber wozu das alles? Wohin mußte Kreisler jetzt so eilig? Die Fragen surrten in meinem Schädel, aber der Mann mit den

Antworten war schon auf dem Weg nach draußen; und während Don Giovanni mit einem Schreckensschrei in die Hölle fuhr, folgte ich Kreisler durch die Pforten der Metropolitan hinaus auf den Broadway.

Als ich ihn endlich einholte, wunderte ich mich wieder über seine glänzende Stimmung. »Wir gehen zu Fuß«, erklärte er einem Türsteher, der daraufhin eine Gruppe von beflissenen Kutschern verscheuchte.

»Verdammt, Kreisler«, rief ich, atemlos hinter ihm herhechelnd, »Sie könnten mir doch wenigstens sagen, wohin wir gehen!«

»Ich hätte gedacht, das wüßten Sie«, antwortete er und winkte mich weiter. »Wir treffen Beecham.«

Das verschlug mir derart den Atem, daß Laszlo mich am Rockaufschlag packen und buchstäblich weiterziehen mußte. »Keine Angst, John«, sagte Laszlo mit kurzem Auflachen, »es sind nur ein paar Häuserblocks, aber das gibt uns genug Zeit für alle Ihre Fragen.«

»Ein paar Häuserblocks?« sagte ich, während wir uns durch Pferdeäpfel und rollende Kaleschen die Überquerung des Broadway erkämpften. »Zum High Bridge Tower? Das sind doch aber ein paar Meilen!«

»Ich fürchte, Beecham wird heute abend nicht zum High Bridge Tower kommen, Moore«, erwiderte Kreisler. »Unseren Freunden steht dort eine ziemlich enttäuschende Nachtwache bevor.«

»Und wo wird er sonst sein?«

»Das können Sie sich selbst zusammenreimen«, antwortete Kreisler und ging immer schneller. »Denken Sie an das, was er in seiner Wohnung zurückließ!«

»Laszlo«, sagte ich zornig und packte ihn am Arm, »mir hängen Ihre Ratespielchen zum Hals heraus! Sie haben mich dazu gebracht, Menschen, mit denen ich monatelang zusammengearbeitet habe, einfach sitzenzulassen, von Roosevelt gar nicht zu reden – also bleiben Sie jetzt stehen und erklären Sie mir, was zum Teufel hier eigentlich vorgeht!«

Einen kurzen Moment lang gelang es ihm, seinen Enthusiasmus durch einen Anflug von Mitgefühl zu dämpfen. »Es tut mir leid wegen der anderen, John – wirklich. Wenn ich nur eine andere Möglichkeit gesehen hätte ... aber es gibt keine. Bitte begreifen Sie doch, wenn die Polizei auch nur das geringste damit zu tun hat, dann wird das zu Beechams Tod führen – da bin ich vollkommen sicher. Roosevelt selbst steht natürlich zu seinem Wort, aber auf dem Weg ins Gefängnis oder in seiner Zelle wird es eben zu einem bedauerlichen Zwischenfall kommen. Ein Polizist, ein Wärter oder ein Mitgefangener wird – vielleicht in Selbstverteidigung, so wird man es hinstellen – der ziemlich großen Anhäufung von Problemen, die Sie und ich unter dem Namen John Beecham kennen, ein Ende machen.«

»Aber Sara«, protestierte ich, »und die Isaacsons! Die verdienen es doch sicher, daß...«

»Ich konnte dieses Risiko nicht eingehen!« erklärte Kreisler, ohne sein Tempo zu verlangsamen. »Sie arbeiten für Roosevelt, sie alle haben ihm ihre Stellungen zu verdanken. Ich konnte einfach das Risiko, daß sie ihn über meinen Plan informieren würden, nicht eingehen. Auch Ihnen konnte ich nicht alles sagen, Moore, denn ich wußte ja, daß auch Sie Theodore versprochen haben, ihm alles zu sagen – und Sie sind nicht der Mann, der sein Wort bricht.«

Das besänftigte mich zwar ein wenig, das gebe ich zu, doch während ich weiter neben Laszlo herhetzte, ließ ich mit meinen Detailfragen nicht locker. »Aber was planen Sie denn tatsächlich? Und seit wann haben Sie das schon geplant?«

»Seit dem Morgen nach Marys Tod«, antwortete er mit einer Spur von Bitterkeit. An der Ecke zur Sixth Avenue blieben wir stehen, und Kreisler wandte sich mir mit noch immer leuchtenden schwarzen Augen zu. »Mein Rückzug von den Ermittlungen war zunächst eine rein emotionelle Reaktion, die ich wahrscheinlich bald wieder revidiert hätte. Aber an diesem Morgen erkannte ich etwas anderes – da unsere Feinde sich auf mich konzentrierten, würde mein Rückzug euch allen freie Hand geben.«

Ich überlegte, was er da gesagt hatte. »Ja, das stimmt auch«, sagte ich dann. »Wir haben danach nie wieder auch nur einen einzigen von Byrnes Männern gesehen.«

»Ich schon«, antwortete Kreisler. »Und ich werde noch immer beschattet. Ich hab' sie immer wieder durch die ganze Stadt geführt und mich dabei sogar gut unterhalten. Inzwischen hatte auch ich errechnet, daß der 24. Juni das nächste Datum sein würde – aber die Bestimmung von Ort und Opfer überließ ich euch. Ich setzte große Hoffnungen auf Ihren jungen Freund Joseph, der zumindest bei der ersten dieser Fragen würde helfen können ...«

»Das hat er ja auch getan«, sagte ich und spürte wieder diesen Stich von Schuld und Schmerz. »Zumindest erfuhren wir durch ihn, woher das *Opfer* nicht kommen würde – nämlich nicht aus einem der Knabenbordelle, sondern direkt von der Straße.«

»Ja«, sagte Laszlo – wir hatten jetzt die Ostseite der Avenue erreicht. »Der Junge hat uns sehr geholfen, und sein Tod war eine Tragödie.« Er stieß zischend den Atem aus und schüttelte den Kopf. »Jedenfalls war das, was Joseph von dem ›Schloß‹ berichtet hat, von wo aus der Junge einen Blick über die ganze Stadt hätte, eine wirklich große Hilfe – vor allem in Verbindung mit dem, was Sie in Beechams Wohnung fanden. Das war wirklich hervorragende kriminalistische Arbeit – das Aufspüren der Wohnung, meine ich.«

Ich nickte nur und lächelte – inzwischen hatte ich mich damit abgefunden, daß ich nichts mehr gegen den von Kreisler geplanten Verlauf des Abends machen konnte.

Mir war klar, daß Laszlo unseren Mitstreitern jetzt in die Quere kam; und es war auch nicht zu übersehen, daß sein Enthusiasmus ein unberechenbares, vielleicht unkontrollierbares Element enthielt; aber auch mir kamen derartige Überlegungen inzwischen kleinlich vor. Wir waren auf der richtigen Spur, davon war ich überzeugt, und in der Erregung schob ich die Stimme der Vernunft beiseite, die mich irgendwo in meinem Hinterkopf darauf hinwies, daß wir nur zwei waren, und so stürzten wir uns jetzt in eine Aufgabe, die ursprünglich für mehrere Dutzend geplant war.

Ich warf Kreisler einen verschwörerischen Blick zu. »Wenn Roosevelt entdeckt, daß wir die Oper vor ihm verlassen haben«, sagte ich, »dann läßt er jeden Winkel der Stadt nach uns absuchen.«

Laszlo zuckte die Schultern. »Er sollte besser seinen Verstand benutzen. Auch er ist im Besitz aller Hinweise, um herauszufinden, wo wir sind.«

»Hinweise? Sie meinen die Dinge in Beechams Wohnung?« Ich kannte mich schon wieder nicht aus. »Aber das, was wir dort fanden, brachte uns doch überhaupt erst auf den High Bridge Tower – das und die Geschichte mit dem Schloß.«

»Nein, John«, antwortete Kreisler und gestikulierte wild. »Sie haben Ihre Schlüsse nur nach einem *Teil* dessen gezogen, was Sie dort gefunden haben. Überlegen Sie noch einmal. Was ließ er zurück?«

Ich ging die Dinge im Geist noch einmal durch. »Die Augensammlung ... die Karte ... und die Schachtel mit der Daguerreotypie darauf.«

»Richtig. Und jetzt überlegen Sie, welche bewußten oder unbewußten Überlegungen ihn dazu gebracht haben könnten, nur diese Dinge zurückzulassen. Die Augen bestätigen uns, daß wir den richtigen Mann haben. Die Karte gibt einen Hinweis darauf, wo er als nächstes zuschlagen will. Und die Schachtel ...«

»Die Schachtel sagt uns das gleiche«, warf ich schnell ein. »Die Daguerreotypie bestätigt uns, daß es sich um Japheth Dury handelt.«

»Richtig«, sagte Kreisler mit Nachdruck, »aber was ist mit dem Inhalt dieser Schachtel?«

Ich konnte ihm nicht folgen. »Das Herz?« murmelte ich verwirrt. »Es war ein altes, vertrocknetes Herz – Sie halten es ja für das Herz seiner Mutter.«

»Ja. Jetzt verbinden Sie einmal die Karte mit dem Inhalt der Schachtel.«

»Das städtische Wassernetz – und das Herz ...«

»Und jetzt fügen Sie hinzu, was Joseph uns sagte.«

»Ein Schloß oder ein Fort«, sagte ich, noch immer ganz konfus. »Ein Ort, von dem aus man die ganze Stadt sehen kann.«

»*Und* ...?« fragte Kreisler drängend.

Als wir jetzt um die Ecke bogen und die Fifth Avenue hinaufeilten, traf mich die Antwort wie eine Wagenladung Ziegel. Denn vor uns erstreckte sich, zwei Häuserblocks weit nach Norden und einen nach Westen, mit Mauern so hoch wie die der umgebenden Gebäude, und so eindrucksvoll wie jenes des sagenumwobenen Troja, das Croton Reservoir. Erbaut im Stil eines ägyptischen Mausoleums, war dieses Reservoir in der Tat eine schloßartige Festung, auf deren Wällen die New Yorker gern spazieren gingen und die wunderbare Aussicht über die Stadt genossen (wie auch über den künstlichen See innerhalb der Mauern). Außerdem war das Croton der Hauptverteiler aller Wasserreservoirs von ganz New York; es war also das Herz des städtischen Wasserversorgungssystems, der Mittelpunkt, den alle Aquädukte speisten und von dem alle Haupt- und Nebenleitungen abzweigten. Sprachlos drehte ich mich zu Kreisler.

»Ja, John«, sagte er und lächelte, als wir uns dem Ding immer weiter näherten. »*Hier*.« Dann zog er mich eng an die Mauern des Reservoirs, die zu dieser Stunde natürlich verlassen vor uns lagen, senkte seine Stimme, blickte empor und zeigte zum ersten Mal an diesem Abend eine Spur von Nervosität. »Wenn ich mich nicht irre, ist er bereits oben.«

»So früh?« fragte ich. »Aber Sie sagten doch...«

»Heute nacht ist alles anders«, antwortete Kreisler schnell. »Heute deckt er seine Tafel früher, um für seine Gäste bereit zu sein.« Kreisler griff in seinen Umhang und zog eine Pistole hervor. »Nehmen Sie das, ja, Moore? Aber benutzen Sie sie nicht, wenn es nicht unbedingt nötig ist. Es gibt so viel, was ich diesen Mann fragen möchte.«

Kreisler schritt auf das riesige Haupttor und Treppenhaus des Reservoirs zu, das eine starke Ähnlichkeit mit dem Eingang zu einem ägyptischen Totentempel hatte. Das paßte so gut zu dem, was wir heute nacht hier vorhatten, daß mir ein kalter Schauer über den Rücken lief. Vor dem Portal zupfte ich Laszlo am Ärmel.

»Noch etwas«, flüsterte ich. »Sie sagen, Byrnes' Männer sind Ihnen gefolgt – woher wissen Sie, daß sie das nicht auch jetzt tun?«

In dem abwesenden Blick, den er jetzt auf mich richtete, lag etwas zutiefst Beunruhigendes: Er schien mir wie ein Mann, der sein Schicksal kennt und nicht vorhat, ihm zu entgehen.

»Vielleicht tun sie's ja«, antwortete er leise und gleichgültig. »Ich rechne damit, daß sie in der Nähe sind.«

Mit diesen Worten trat Laszlo durch das Tor und in das breite, finstere Treppenhaus, das hinter den massiven Mauern hinauf auf die Promenade führte. Ich zuckte nach seinen kryptischen Worten hilflos die Schultern und wollte ihm eben folgen, als mir plötzlich ein schwacher Messingschimmer von der anderen Seite der Fifth Avenue her ins Auge fiel. Ich blieb stehen und versuchte herauszufinden, woher der Schein kam.

Auf der Einundvierzigsten Straße, unter einem großen Baum, dessen ausladende Äste einen guten Schutz gegen das grelle Licht der Bogenlampen boten, stand ein eleganter schwarzer Brougham, dessen Laternen schwach glommen. Sowohl Pferd wie Kutscher schienen zu schlafen. Einen Moment überwältigte mich fast die Angst vor dem kommenden Aufstieg zu dem Reservoir; aber dann schüttelte ich sie ab, eilte schnell Kreisler nach, und sagte mir, daß es in New York außer Paul Kelly sicher noch viele andere Menschen mit einem eleganten schwarzen Brougham gab.

Kapitel
44

Oben angekommen, erkannte ich, daß es ein möglicherweise selbstmörderischer Fehler gewesen war, Kreisler an einen solchen Ort zu begleiten. Die nicht ganz drei Meter breite Promenade oben auf den Wällen, zu beiden Seiten von etwa anderthalb Meter hohen Eisenzäunen begrenzt, lag sechs Stockwerke über dem Erdboden, und wenn ich von hier hinunter auf die Straße blickte, dann mußte ich sofort an unsere Pirschgänge auf den Dächern denken. Hier oben waren wir umgeben von einer vielfältigen Kaminlandschaft und glitzernden Teerflächen. Wir befanden uns zwar nicht direkt auf einem Dach, aber dennoch wieder in jenem hohen, luftigen Bereich, in dem John Beecham unbestrittener Herrscher war. Wir waren jetzt wieder in *seiner* Welt, nur dieses Mal aufgrund einer perversen Einladung; und als wir jetzt wortlos auf die der Vierzigsten Straße zugewandte Seite der Mauern zugingen – der künstliche See des Reservoirs zu unserer Rechten spiegelte den Schein des an einem klaren Nachthimmel aufsteigenden Mondes –, da wurde uns klar, daß unser Status als Jäger ernsthaft in Gefahr war: Wir waren vielmehr drauf und dran, zur Beute zu werden.

Altbekannte, aber dennoch verstörende Bilder liefen vor meinem inneren Auge ab wie die bewegten Bilder, die ich im Theater von Koster und Bial zusammen mit Mary Palmer gesehen hatte: die toten Jungen, gefesselt und verstümmelt; das lange, furchtbare Messer; die Reste der zerstückelten Katze bei Mrs. Piedmont; Beechams trostlose Behausung in Five Points; der Herd, auf dem er behauptete, den »zarten Hintern« von Giorgio Santorelli gebraten zu haben; Josephs lebloser Körper; und schließlich das Bild des Mörders selbst, so wie es aus allen Informationen und Theorien entstanden war, aber trotz unserer hingebungsvollen Arbeit nicht mehr als eine vage Silhouette bleiben konnte. Der unendliche schwarze Himmel und die unzähligen Sterne über dem Reservoir boten weder Zuflucht noch Trost angesichts dieser furchtbaren Vision, und nach einem weiteren Blick hinunter in die Straßen der Stadt schien mir die Zivilisation in unendlicher Ferne. Jeder unserer vorsichtigen Schritte hämmerte uns die Botschaft ein, daß wir an einen gesetzlosen Ort des Todes gekommen waren, an einen Ort, wo die Antworten auf noch größere Mysterien als die, die wir uns in den letzten Wochen aufzulösen bemüht hatten, mit brutaler Endgültigkeit auf uns warteten. Doch trotz dieser ängstlichen Gedanken erwog ich keine Sekunde lang die Umkehr. Vielleicht war Laszlos enthusiastische Überzeugung ansteckend; jedenfalls wich ich nicht von seiner Seite, obwohl mir völlig klar war, daß wir möglicherweise nie wieder in die Straßen unter uns zurückkehren würden.

Das Schluchzen hörten wir schon, bevor wir den Jungen sahen. Auf der Promenade gab es keine Beleuchtung, nur der Mond schien auf uns herab, und als wir auf die der Vierzigsten Straße zugewandte Seite einbogen, sahen wir einen einstöckigen Bau, der hier oben auf den Wällen der Unterbringung des Kontrollmechanismus diente, wie eine Fata Morgana in der Ferne aufsteigen. Das Schluchzen – hoch, verzweifelt, aber trotzdem gedämpft – schien aus der Nähe des Gebäudes zu kommen. Als wir nur mehr etwa fünfzehn Meter von dem Haus entfernt waren, erblickte ich etwas, das wie das Aufblinken von nackter Haut im Mondlicht aussah. Wir traten noch ein paar Schritte näher, und dann erkannte ich deutlich die Gestalt eines auf den Knien liegenden Jungen. Seine Hände waren auf dem Rücken gefesselt, und zwar so, daß sein Kopf auf dem Steinboden der Promenade auflag, und die Füße auf ähnliche Weise gebunden. Ein Knebel war ihm um den Kopf gebunden, so daß der geschminkte Mund dabei in einem unnatürlichen Winkel aufgespreizt war. Sein Gesicht schimmerte voller Tränen; aber er lebte, und er war überraschenderweise allein.

Ganz unwillkürlich machte ich einen raschen Schritt vorwärts, um dem armen Jungen zu helfen, aber Kreisler packte mich am Arm, hielt mich zurück und flüsterte mir beschwörend ins Ohr: »Nein, John! Genau das will er doch!«

»Was?« flüsterte ich zurück. »Aber woher wissen Sie, daß er...«

Kreisler nickte und deutete mit den Augen auf das Dach des Kontrollhauses.

Knapp über dem Dach, das weiche Mondlicht spiegelnd, sah ich denselben schon fast kahlen Schädel wie damals über dem Black und Tan in jener Nacht, als Cyrus überfallen wurde. Ich spürte, wie mein Herz aussetzte, holte aber rasch Luft und versuchte, ruhig zu bleiben.

»Sieht er uns?« flüsterte ich Kreisler zu.

Laszlos Augen waren ganz schmal geworden, aber sonst zeigte er keine Reaktion. »Ganz sicher. Die Frage ist nur, ob er weiß, daß auch wir ihn gesehen haben.«

Die Antwort kam sofort: Der Kopf verschwand wie der eines wilden Tieres – lautlos, blitzartig und spurlos. Inzwischen hatte der Junge uns gesehen, und sein ersticktes Schluchzen war drängender und lauter geworden; man konnte zwar keine Worte verstehen, aber es war eindeutig ein Hilferuf. Josephs Bild stieg in mir auf und trieb mich noch stärker als zuvor, dieses nächste Opfer zu retten. Aber Kreisler hielt mich eisern fest.

»Warten Sie, John«, flüsterte er. »Warten Sie!« Er deutete auf eine kleine Tür, die von der Promenade ins Kontrollhaus führte. »Ich war heute morgen hier. Dieses Haus hat nur zwei Ausgänge – zurück auf die Promenade, oder durch ein Treppenhaus hinunter auf die Straße. Wenn er nicht auftaucht...«

Eine weitere Minute verging ohne Lebenszeichen auf dem Dach oder in der Tür des Kontrollhauses. Kreisler blickte verwirrt drein. »Ist es möglich, daß er verschwindet?«

»Vielleicht hat er doch zu viel Angst, gefaßt zu werden«, antwortete ich.

Kreisler überlegte, dann betrachtete er den wimmernden Jungen. »Gut«, sagte er dann. »Wir gehen zu ihm, aber sehr langsam. Und halten Sie den Revolver bereit.«

Unsere ersten Schritte waren steif und ungelenk, als wüßten unsere Glieder um die Gefahr und leisteten Widerstand gegen den Beschluß des Bewußtseins. Aber nachdem wir etwa drei Meter zurückgelegt hatten, ohne eine Spur von unserem Mörder zu sehen, bewegten wir uns freier, und ich war jetzt ziemlich überzeugt, daß Beecham die Gefangennahme mehr fürchtete, als er selbst erwartet hatte, und daher hinunter auf die Straße geflohen war. Eine ungeheure Freude stieg in mir auf, daß wir endlich imstande waren, einen Mord zu verhindern, und ich erlaubte mir ein kleines Lächeln.

Hybris, wie die alten Griechen sagten. Gerade als ich vor lauter Selbstsicherheit den Griff am Revolver etwas lockerte, sprang eine dunkle Gestalt über den Eisenzaun und über die äußere (der Straße zugewandte) Seite der Promenade und landete mit ungeheurer Wucht einen Schlag gegen mein Kinn. Ich hörte ein Krachen – heute glaube ich, daß das die Knochen in meinem Genick waren, als mein Kopf mit Gewalt zur Seite gedreht wurde –, und dann war alles dunkel.

Ich konnte nicht lange bewußtlos gewesen sein, denn die vom Mond geworfenen Schatten hatten sich nicht sehr verändert, als ich wieder zu mir kam; aber mein Kopf fühlte sich an, als hätte ich tagelang geschlafen. Als ich langsam wieder klar sehen konnte, drangen verschiedene Schmerzen in mein Bewußtsein, einige waren scharf, andere dumpf, aber alle akut. Da war natürlich mein Kinn, und mein Genick. Die Handgelenke brannten, die Schultern taten furchtbar weh; aber der größte Schmerz kam von unter meiner Zunge. Ich stöhnte auf, als ich versuchte, etwas aus dieser Gegend zu entfernen: Der Fremdkörper erwies sich als ausgeschlagener Eckzahn, den ich ausspuckte, zusammen mit gut einem halben Liter Blut und Speichel. Mein Kopf fühlte sich wie ein solider Stahlblock an, ich konnte ihn auch nur ein paar Zoll heben. Schließlich erkannte ich, daß daran nicht nur der Kinnhaken schuld war: Meine Hände waren hinter meinem Rücken an den die Promenade begrenzenden Eisenzaun gefesselt, meine Fußgelenke an einer unteren Querstange, so daß ich mit Kopf und Oberkörper in schmerzhafter Weise über dem Weg hing. Direkt unter meinem Gesicht lag der Revolver, den ich in der Hand gehalten hatte.

Ich stöhnte noch einmal auf und versuchte, den Kopf zu

heben, was mir schließlich so weit gelang, daß ich ihn etwas drehen und Kreisler sehen konnte. Er war in ähnlicher Weise gefesselt, schien aber bei vollem Bewußtsein und unverletzt.

»Sind Sie wieder bei sich, John?« fragte er.

»Autsch«, war alles, was ich herausbrachte. »Wo'sss ...«

Mühevoll deutete Kreisler mit dem Kopf auf das Kontrollhaus.

Der Junge lag noch immer so da, wie wir ihn zuerst gesehen hatten, nur hatten sich seine Hilferufe jetzt in wimmernde Todesangst verwandelt. Vor ihm stand mit dem Rücken zu uns eine riesige Gestalt in unauffälliger schwarzer Kleidung. Der Mann zog sich gerade langsam aus und legte die Kleidungsstücke, sauber zusammengefaltet, neben sich auf die Promenade. In wenigen Sekunden war er splitternackt, ein Meter neunzig mächtiger Muskulatur. Er trat auf den Jungen zu – nach den bereits leicht erwachsenen Zügen in Gesicht und Körper zu schließen, war dieser ungefähr zwölf – und zog das geschminkte Gesicht an den Haaren hoch.

»Du weinst?« sagte der Mann leise und ungerührt. »Ein Junge wie du soll auch weinen ...«

Der Mann ließ den Kopf des Jungen wieder fallen und wandte sich uns zu. Die Muskulatur seiner Vorderseite war ebenso voll entwickelt wie die der Hinterseite – von den Schultern abwärts bot er einen wirklich eindrucksvollen Anblick. Mit äußerster Anstrengung hob ich den Kopf, um auch sein Gesicht zu sehen – ich weiß nicht genau, was ich erwartet hatte, aber jedenfalls nicht das: nicht die ungeheure Banalität dieser Züge. Es lag eine gewisse Ähnlichkeit mit Adam Dury in der Art, wie sich die Haut ganz straff über die Schädelknochen spannte; das Haar war ebenso schütter und die Augen zu klein für den großen knochigen Kopf, in dem sie saßen. Die rechte Gesichtshälfte hing etwas tiefer, zuckte im Moment aber nicht, und das große Kinn war energisch vorgeschoben; aber alles in allem war es ein unglaublich gewöhnliches Gesicht, eines, das nichts verriet von der furchtbaren inneren Anspannung, die wir in ihm vermuteten. Er wirkte eher so, als wäre diese Szene kaum anders als das Zählen von Köpfen für den Zensus.

Ich erkannte, daß dies überhaupt das Schrecklichste war, was ich bisher über John Beecham erfahren hatte. Mit einer gänzlich undramatischen Bewegung beugte er sich nieder, holte sein ungeheures Messer aus dem Kleiderberg hervor und kam dann auf uns beide zu. Breitbeinig blieb er vor uns stehen und blickte zuerst Kreisler, dann mir ins Gesicht.

»Nur zwei«, sagte er und schüttelte den Kopf. »Das war dumm – wirklich dumm.« Er hob das Messer, das jenem, das Lucius uns damals bei Delmonico's gezeigt hatte, wirklich sehr ähnlich war, drückte die Schneide gegen Laszlos Wange und ließ sie verspielt über das Gesicht meines Freundes gleiten.

Laszlo beobachtete Beechams Handbewegungen und sagte dann vorsichtig: »Japheth...«

Beecham knurrte wie ein wildes Tier, dann schlug er Laszlo mit dem Handrücken seiner linken Hand kräftig auf den Kopf. »Sag diesen Namen nicht!« Er schien rasend vor Zorn. Das Messer wanderte unter ein Auge, und Beecham drückte so fest darauf, daß ein Blutstropfen aus Laszlos Wange trat. »Sag diesen Namen nicht noch einmal ...« Aber dann richtete Beecham sich auf und atmete tief durch, als hätte er das Gefühl, ein solcher Ausbruch sei seiner unwürdig.

»Ihr seid mir nachgeschlichen«, sagte er – und dann lächelte er zum ersten Mal, wobei er riesige gelbe Zähne entblößte. »Ihr wolltet mich beobachten, aber ich habe euch beobachtet.« Das Lächeln verschwand so schnell, wie es gekommen war. »Wollt ihr zuschauen?« Er deutete mit dem Messer auf den Jungen. »Schaut nur zu. Er stirbt zuerst. Sauber. Aber ihr nicht. Ihr seid dumm und wertlos – ihr konntet mich nicht einmal aufhalten. Dumme, wertlose Bestien – euch dressiere ich lebendig.«

Während er auf den Jungen zuschritt, flüsterte ich Kreisler zu: »Was hat er vor?«

Laszlo zitterte noch immer von dem Schlag, den er erhalten hatte. »Ich glaube«, antwortete er, »daß er den Jungen jetzt umbringen will. Und wir, nehme ich an, sollen ihm dabei zusehen. Nachher ...«

Jetzt bemerkte ich, daß ein dünnes Rinnsal Blut über Kreislers Wange und Kinn lief. »Sind Sie in Ordnung?« fragte ich.

»Ach«, antwortete Kreisler, der sich über unser bevorstehendes Schicksal überhaupt nicht aufzuregen schien, »meine Dummheit ärgert mich am allermeisten. Wir jagen einen Mann, der ein geübter Bergsteiger ist, und dann wundern wir uns, daß er über eine gewöhnliche Mauer klettert und uns von hinten überfällt ...«

Beecham hockte jetzt über dem gefesselten Jungen. »Warum hat er sich ausgezogen?« fragte ich.

Laszlo studierte ihn eine Weile. »Das Blut«, sagte er dann. »Er möchte nicht, daß seine Kleidung blutig wird.«

Beecham hatte das Messer beiseite gelegt und fing jetzt an, den jungen, sich krümmenden Körper vor sich zu streicheln.

»Aber ist das denn der einzige Grund?« fuhr Kreisler fort, Verwunderung in der Stimme.

Beechams Gesicht verriet keine Spur von Wut oder Lust oder irgendeinem anderen Gefühl. Er strich mit den Händen über Rumpf und Glieder des Jungen, wie ein Anatomielehrer das vielleicht getan hätte, und hielt nur inne, als er zu den Genitalien kam. Nachdem er sie ein paar Minuten lang gestreichelt hatte, richtete er sich auf, trat hinter den Jungen, streichelte das nach oben gerichtete Hinterteil mit der einen und sein eigenes Glied mit der anderen Hand.

Mir wurde übel bei der Vorstellung, was jetzt kommen mußte, und ich wandte mich ab. »Aber ich dachte ...« Mein leises Murmeln war fast ein Protest. »Ich dachte, er würde sie nicht vergewaltigen.«

Laszlo beobachtete weiter. »Das bedeutet vielleicht nicht, daß er's nicht versucht hat«, bemerkte er dann. »Das ist ein komplexer Moment, John. Er behauptete doch in seinem Brief, er würde die Jungen nicht ›besudeln‹. Aber vielleicht hat er es versucht.«

Ich hob wieder den Kopf und sah, wie Beecham noch immer den Jungen und sich selbst streichelte, dabei aber keine Erektion zustande brachte. »Na«, sagte ich voll Abscheu, »wenn er es schon tun will, warum ...«

»Weil er es in Wahrheit *nicht* tun will«, erwiderte Kreisler. »Ein unwiderstehlicher Zwang treibt ihn dazu, wie auch zum Töten – aber Lust ist es nicht. Und so kann er sich zwar zum Töten zwingen, aber nicht zu einer Vergewaltigung.«

Wie als Antwort auf Kreislers Analyse dieser Szene stieß Beecham jetzt einen gequälten Schrei aus, hob die mächtigen Arme zum Himmel, und ein Zittern lief durch seinen ganzen Körper. Dann senkte er die Augen, trat vor den Jungen hin und schloß seine langfingrigen Hände um seinen Hals.

»Nein!« rief Kreisler plötzlich. »Nein, Japheth, um Himmels willen, das ist es nicht, was du willst...«

»*Sag diesen Namen nicht!*« schrie Beecham, während der Junge kreischte und in seinem Griff wie rasend hin und her schlug. »Ich bring' dich um, du dreckiger...«

Plötzlich ertönte links von mir aus der Finsternis eine bekannte Stimme: »Du bringst niemanden mehr um, du ekelhafter Schweinehund.«

Mühevoll drehte ich meinen Hals und erblickte Connor, der mit einer ansehnlichen Webley die Promenade entlangschritt; und hinter ihm zwei Gestalten, die mittlerweile bereits den Status von alten Bekannten hatten: die beiden Totschläger, die Sara und mich aus der Wohnung der Santorellis verjagt und Laszlo und mich nach unserem Besuch bei Adam Dury verfolgt hatten – und die ich etwas unzeremoniös aus dem Zug von Boston nach New York entfernt hatte.

Connors verschlagene Schweinsäuglein wurden noch schmaler, als er zu Beecham trat. »Hörst du mich? Weg von dem Jungen, aber schnell.«

Langsam, sehr langsam nahm Beecham seine Hand vom Hals des Jungen. Sein Gesicht verlor zunächst jeglichen Ausdruck, und dann veränderte es sich blitzartig: In den aufgerissenen Augen erschien zum ersten Mal überhaupt ein Ausdruck – nämlich Angst, furchtbare Angst. Und als es schien, als könnten die Augen beim besten Willen nicht noch größer werden, da fingen sie zu blinzeln an, rasend schnell und unkontrolliert.

»Connor!« sagte ich, meine Verblüffung endlich meisternd. Dann wandte ich mich zu Laszlo und wollte ihn um eine Erklärung bitten, sah aber, wie er unsere scheinbaren Retter mit einem Ausdruck von Haß und Befriedigung betrachtete.

»Ja«, sagte Kreisler ganz ruhig, »Connor ...«

»Holt die beiden runter«, sagte Connor zu einem seiner Männer, beugte sich dabei nieder und hob Kreislers Revolver auf. Die Webley hielt er auf Beecham gerichtet, während der Mann, der rechts von ihm stand, mit nur mäßiger Begeisterung zuerst Laszlo und dann mich befreite. »Und du«, sagte Connor zu dem zitternden Mörder. »Zieh dir was an, du ekelhafter Sodomit.«

Aber Beecham tat nichts dergleichen. Er wirkte immer verängstigter, drückte sich immer enger an die Wand – und plötzlich fing der Gesichtstick an. Am Anfang war es noch langsam, bestand nur aus dem Blinzeln eines Auges und einem Zucken des Mundwinkels; aber bald zog sich die ganze rechte Gesichtshälfte heftigst zusammen und rief dadurch eine Wirkung hervor, die unter anderen Umständen sicher aufs grausamste lächerlich gewirkt hätte.

Auch Connor beobachtete diese Verwandlung und wandte sein bärtiges Gesicht angewidert ab. »Mein Gott«, sagte er, »du kranker, elender Bastard ...«, und wandte sich an den Mann an seiner linken Seite. »Mike – halt ihn in Schach, verdammt noch mal.« Der Mann ging zu Beecham, nahm seine Kleider auf und warf sie ihm hin. Beecham griff nach den Kleidern und drückte sie an sich, machte aber keinen Versuch, sie anzuziehen.

Laszlo und ich standen jetzt auf der Promenade und verbrachten einige Zeit damit, unsere schmerzhaft verkrampften Arme und Schultern auszuschütteln, während Connors schwere Burschen jetzt wieder hinter ihrem Chef Aufstellung bezogen.

»Wollen Sie den Jungen nicht losbinden?« fragte Laszlo.

Connor schüttelte den Kopf. »Wir wollen zunächst einmal eines klarstellen, Doktor«, sagte er, als hätte er seiner Webley zum Trotz immer noch Angst davor, was Kreisler vielleicht tun könnte. »Wir kümmern uns um ihn hier« – und er deutete auf Beecham – »und um sonst niemanden. Sie gehen heim, und das wär's dann. Die ganze Angelegenheit ist damit beendet.«

»Das ist zwar richtig«, sagte Laszlo, »aber nicht so, wie Sie glauben.«

»Soll heißen?« fragte Connor.

»Soll heißen«, antwortete Laszlo, »daß unser ›Heimgehen‹ nicht in Frage kommt. Das haben Sie sich selbst zuzuschreiben, nachdem Sie mein Heim mit Ihrer mörderischen Gegenwart zerstört haben.«

Connor schüttelte schnell den Kopf. »Nein, also hören Sie mal, Doktor – das wollte ich wirklich nicht! Ich hab' einfach meinen Job getan, meine Befehle ausgeführt, und diese kleine Bestie...« Die Rage, die jetzt in Kreislers Gesicht sichtbar wurde, veranlaßte Connor, einen Schritt zurückzutreten und die Webley fester zu packen. »Halten Sie sich zurück, Doktor – geben Sie mir keinen Grund. Wie ich sage, wir sind nur seinetwegen hier, aber Sie wissen ganz genau, daß es mir nichts ausmacht, wenn drei daraus werden. Vielleicht gefällt das meinen Chefs nicht – aber wenn Sie mir einen Grund geben, bei Gott, ich schieße Sie nieder.«

Zum ersten Mal schien Beecham jetzt überhaupt zu bemerken, was rund um ihn herum passierte. Mit seinem noch immer heftig zuckenden Gesicht blickte er zu Connor und seinen Gangstern; dann rettete er sich fast wie ein aufgescheuchtes Huhn zu Laszlos Beinen.

»Die... die da...« stammelte er. »Die... die... wollen mich töten.«

Connor lachte kurz auf. »Ja, du wirst nicht mehr sehr lebendig sein, wenn sie dich hier von der Wand kratzen, du ekelhafter, scheußlicher Schlächter. Soviel Aufregung deinetwegen, und was bist du schon? Eine jämmerliche Karikatur von einem Menschen, mit deinem Kriechen und Winseln.«

Connor spielte sich jetzt vor seinen Mannen auf. »Schwer zu glauben, was, Burschen? Dieses – dieses *Ding* da – darüber hat man sich aufgeregt. Nur weil seine Vorstellung von Vergnügen ist, kleine Jungen zu ficken und sie dann zu zerschnipseln.«

»*Lügner!*« brüllte Beecham plötzlich, ballte die Fäuste, blieb aber in der Hocke.

Daraufhin fingen Connor und seine Männer fürchterlich zu lachen an und verstärkten damit Beechams emotionale Qual. Als die Verhöhnungen nicht aufhörten, ging ich hin und stellte mich neben Beecham, ohne zu wissen warum, und blickte die drei röhrenden Idioten vor mir finster an, was natürlich ohne Wirkung blieb. Als ich mich hilfesuchend an Laszlo wandte, sah ich, daß er an Connor und seinen Männern vorbei die Promenade hinunter starrte, sein Gesicht ein Bild der gespannten Erwartung. Sein Unterkiefer fiel herunter, und plötzlich schrie er – wie mir schien, völlig grundlos:

»*Jetzt!*«

Und dann war plötzlich die Hölle los. Mit der Schnelligkeit und Präzision jahrelangen Trainings sprang plötzlich ein affenartiger Mensch über den inneren Zaun und schlug Connor mit einem Rohrstück die Kanone aus der Hand. Bevor die beiden anderen reagieren konnten, waren sie bereits durch mehrere blitzschnelle Kombinationen zweier riesiger Fäuste unschädlich gemacht. Es war wie ein Seminar in Gewalt, eindrucksvoll für den Zuschauer – aber meine Freude über diesen Angriff sank in sich zusammen, als der Held schließlich allein dastand und sich zu erkennen gab.

Es war Jack McManus, ehemaliger Preisboxer und nun Rausschmeißer in Paul Kellys New Brighton Dance Hall. McManus steckte zuerst das Bleirohr wieder in den Gürtel, bückte sich, hob sowohl die Webley wie auch Laszlos Revolver auf und trat dann zu mir. Ich machte mich darauf gefaßt, daß Laszlo und ich seine nächsten Opfer sein würden; statt dessen strich sich McManus über sein schäbiges Jackett, spuckte energisch ins Wasser des Reservoirs und hielt mir die beiden Kanonen hin. Ich richtete den Revolver auf Beecham, während Jack langsam auf Kreisler zuschritt, eine Hand hob und respektvoll an seinen Mützenrand tippte.

»Gut gemacht, Jack«, sagte Laszlo, woraufhin ich beinahe ohnmächtig auf die Promenade gesunken wäre. »Würden Sie sie bitte fesseln und die beiden größeren auch noch knebeln. Mit dem in der Mitte möchte ich gern noch sprechen, wenn er wieder zu sich kommt.« Laszlo studierte den bewußtlosen Connor, von McManus' handwerklichen Leistungen offenbar beeindruckt. »Oder vielleicht sollte ich sagen, *falls* er wieder zu sich kommt ...«

McManus tippte sich noch einmal an die Mütze, holte dann ein Seil und ein Taschentuch heraus und führte Laszlos Anweisungen aus wie ein braver, geduldiger Ochse. Kreisler ging währenddessen schnell zu dem gefesselten Jungen und fing an, ihm den Knebel abzunehmen und seine Fesseln zu lösen.

»Ist schon gut«, sagte Laszlo tröstend, als der Junge noch immer unbeherrscht schluchzte und wimmerte. »Ist schon gut, jetzt bist du in Sicherheit.«

Der Junge blickte mit vor Schrecken geweiteten Augen zu Laszlo auf. »Er wollte ...«

»Was er wollte, ist nicht mehr wichtig«, antwortete Laszlo mit einem Lächeln und wischte die Stirn des Jungen mit einem Taschentuch trocken. »Wichtig ist, daß jetzt alles vorbei ist. Hier...« Laszlo holte seinen etwas mitgenommenen Opernumhang von der Promenade und wickelte den zitternden Jungen darin ein.

Da jetzt alles – zumindest für den Moment – unter Kontrolle schien, trat ich an den Eisenzaun an der Straßenseite und warf einen schnellen Blick hinunter. Und richtig, ein paar Fuß weiter unten, befestigt an Kletterhaken von der Art, wie Marcus sie in Castle Garden gefunden hatte, hing ein dickes Seil. Wie Kreisler vermutet hatte, war es für einen erfahrenen Bergsteiger wie Beecham wirklich nicht schwierig gewesen, hinter unserem Rücken an uns vorbeizugelangen. Ich drehte mich um, betrachtete den geschlagenen Feind und schüttelte meinen Kopf über die so unerwartete, plötzliche Art, wie das Blatt sich gewendet hatte.

Jack McManus war jetzt mit Connor und seinen Männern fertig und sah Kreisler erwartungsvoll an. »Na, Jack«, sagte Laszlo, »sind alle unschädlich gemacht? Gut, wir brauchen Sie nicht mehr. Aber noch einmal – meinen verbindlichsten Dank.«

McManus tippte ein letztes Mal an die Mütze, wandte sich um und entfernte sich wortlos über die dunkle Promenade.

Kreisler wandte sich wieder an den Jungen. »Gehen wir hinein, ja? Moore, ich bringe nur unseren jungen Freund hier ins Kontrollhaus.«

Ich nickte und hielt den Colt auf Beechams Kopf gerichtet, während Laszlo und der Junge drinnen verschwanden. Beecham hockte am Boden, das Gesicht von heftigen Krämpfen verzerrt, und hatte jetzt selbst auf eine kehlige Art zu wimmern begonnen. Es sah nicht so aus, als würde er Schwierigkeiten machen, aber ich wollte kein Risiko eingehen. Mit einem raschen Blick auf unsere Umgebung sah ich das Messer auf dem Weg liegen, ging hin, hob es auf und steckte es in meinen eigenen Gürtel. Ein Blick auf den bewußtlosen Connor zeigte mir, daß an seinem Gürtel ein Paar Handschellen baumelte, das ich mir jetzt holte und Beecham zuschob.

»Hier«, sagte ich, »legen Sie die an.«

Langsam und geistesabwesend legte sich Beecham die Handschellen um die Gelenke und schloß unter Schwierigkeiten erst die eine und dann die andere. Dann durchsuchte ich Connors Taschen und fand die Schlüssel dazu; dabei fiel mir ein Blutfleck auf Connors Hemd auf. Ich knöpfte das verschmutzte Kleidungsstück auf, schob es zur Seite und sah, daß Connor eine lange, erst halb verheilte Wunde an der Seite trug, die Jack McManus anscheinend wieder aufgerissen hatte. Das mußte die Wunde sein, die Mary Palmer ihm zugefügt hatte, bevor er sie in Kreislers Haus die Treppe hinunterstieß.

»Gut gemacht, Mary«, sagte ich leise und trat zurück.

Kreisler kam aus dem Kontrollhaus zurück, fuhr sich mit der Hand durchs Haar und betrachtete die Szene mit deutlicher, wenn auch kopfschüttelnder Befriedigung. Dann sah er mich etwas verlegen an, als wüßte er, was jetzt kommen mußte.

»Sie«, sagte ich ruhig, aber fest, »werden mir jetzt erklären, was zum Teufel hier eigentlich los war.«

KAPITEL
45

Laszlo hatte eben den Mund zu einer Antwort geöffnet, als unten von der Vierzigsten Straße ein scharfer Pfiff heraufdrang. Kreisler rannte zum Zaun, ich schnell zu ihm; unten standen Cyrus und Stevie mit der Kalesche.

»Ich fürchte, die Erklärungen werden warten müssen«, sagte Kreisler und wandte sich wieder Beecham zu. »Daß Cyrus und Stevie schon hier sind, bedeutet, daß die Opernvorstellung vor mindestens einer dreiviertel Stunde zu Ende ging. Mittlerweile hat Roosevelt natürlich Verdacht geschöpft. Er wird bei den anderen am High Bridge Tower gewesen sein, und wenn sie dort unser Verschwinden bemerken ...«

»Aber was haben Sie vor?« fragte ich.

Kreisler kratzte sich den Kopf und lächelte. »Ich weiß es nicht. So weit habe ich nicht vorausgeplant – ich war nicht völlig sicher, ob ich da noch leben würde, selbst mit Hilfe unseres Freundes McManus.«

Das verletzte mich, und es machte mir nichts aus, es auch zu zeigen: »Aha – ich nehme an, ich könnte mir dann auch schon die Kartoffeln von unten betrachten, wie?«

»Bitte, Moore«, sagte Kreisler, ungeduldig abwinkend. »Dafür haben wir jetzt einfach keine Zeit!«

»Und was ist mit Connor?« fragte ich und deutete auf den bewußtlos daliegenden ehemaligen Polizisten.

»Connor heben wir für Roosevelt auf«, antwortete Kreisler scharf und ging zu Beecham. »Obwohl er Schlimmeres verdient hätte!«

Kreisler hockte sich hin, um Beecham ins Gesicht zu sehen, holte tief Atem, um sich zu beruhigen, und bewegte dann eine Hand vor Beechams Augen hin und her. Dieser schien das überhaupt nicht wahrzunehmen.

»Der Junge ist vom Gebirge heruntergekommen«, sagte Kreisler schließlich nachdenklich. »So scheint es wenigstens.« Ich verstand, was er meinte: Wenn der Mann, den wir zu Beginn des heutigen Abendprogramms als kühlen, sadistischen jungen Trapper erlebt hatten, die Shawangunks durchstreifte, dann war die verschreckte Kreatur, die jetzt vor uns auf dem Boden hockte, der Erbe von allem Schrecken und Selbsthaß, den Japheth Dury in jedem Moment seines Lebens empfunden hatte. Laszlo war offenbar der Meinung, daß von dem Mann in diesem Zustand nichts zu befürchten war, nahm seine Jacke und legte sie ihm um die bulligen nackten Schultern. »Hör mir zu, Japheth Dury«, sagte Kreisler jetzt in einem entschiedenen Ton, der bewirkte, daß Beecham endlich mit seinem Wiegen und Wimmern aufhörte. »An deinen Händen klebt viel Blut. Nicht zuletzt das deiner Eltern. Wenn deine Verbrechen bekannt werden, dann wird dein Bruder Adam – der noch immer versucht, ein ehrliches, anständiges Leben zu führen – ganz sicher öffentlich gejagt und privat zerstört werden. Aus diesem Grund, wenn schon aus keinem anderen, sollte der Teil, der an dir noch menschlich ist, mir jetzt genau zuhören.«

Beecham nickte langsam mit glasigen Augen. »Gut«, fuhr Laszlo fort. »Die Polizei wird bald hier sein. Ob sie dich dann hier finden oder nicht, hängt davon ab, wie ehrlich du zu mir bist. Ich stelle dir jetzt ein paar Fragen, um zu sehen, ob du zur Zusammenarbeit fähig und bereit bist. Wenn du meine Fragen wahrheitsgemäß beantwortest, dann ist dein Schicksal vielleicht nicht ganz so schlimm, wie es die Bürger dieser Stadt sicher verlangen. Verstehst du?« Beecham nickte noch einmal, worauf Kreisler Schreibfeder und sein allgegenwärtiges kleines Notizbuch zückte.

Laszlo faßte jetzt in knappen, aber dennoch erschöpfenden Worten Beechams Lebenslauf zusammen, beginnend mit seiner Kindheit als Japheth Dury, und ging dann bei der Ermordung seiner Eltern mehr ins Detail. Beecham beantwortete seine Fragen, bestätigte immer mehr Hypothesen, die wir im Laufe unserer Ermittlung aufgestellt hatten, und dabei wurde seine Stimme immer schwächer und hilfloser, so als sähe er diesem Mann gegenüber, der ihn so gut und vielleicht noch besser kannte als er sich selbst, keine andere Möglichkeit als die der vollkommenen Unterwerfung. Kreisler schien immer zufriedener mit Beechams offener, ehrlicher Mitarbeit bei diesem Verhör und erblickte darin einen Beweis für dessen verborgenen, aber heftigen Wunsch nach diesem erlösenden Augenblick.

Wahrscheinlich hätte auch ich tiefe Befriedigung über die Ergebnisse dieser Befragung empfinden sollen. Aber während ich Beechams Antworten auf Laszlos Fragen folgte – seine Stimme wurde immer folgsamer, ja fast kindlich, ohne jede Spur des drohenden, arroganten Tons, mit dem er uns behandelt hatte, als wir noch seine Gefangenen waren –, da begann sich etwas in mir zu regen, mich im tiefsten Inneren zu reizen und zu verbittern. Diese Verbitterung wurde bald zu Wut, als hätte dieser Mann angesichts dessen, was er getan hatte, überhaupt kein Recht darauf, sich hier als mitleidheischender Mensch aufzuführen. Wer war dieses groteske Monster, dachte ich, daß es hier saß und sein Herz ausschüttete und rotzte und flennte wie eines der ermordeten Kinder? Schließlich konnte ich meine Rage einfach nicht mehr beherrschen; ich richtete mich auf und brüllte:

»Maul halten! Halt's Maul, du elender Feigling!«

Sowohl Beecham wie auch Laszlo verschlug es die Sprache, schockiert blickten sie zu mir auf. Beechams Gesichtstick verstärkte sich dramatisch, während Laszlos Ausdruck schnell von Verblüffung zu ärgerlichem Begreifen wechselte.

»Schon gut, Moore«, sagte er, ohne eine Erklärung zu verlangen. »Gehen Sie und warten Sie drinnen mit dem Jungen, bitte.«

»Und lasse Sie mit ihm allein?« sagte ich mit vor Wut und Empörung zitternder Stimme. »Sind Sie noch bei Sinnen? Sehen Sie ihn doch an, Kreisler – das ist er, das ist der Mann, der alle Schlächtereien, die wir gesehen haben, auf dem Gewissen hat! Und Sie sitzen da und lassen sich einreden, er wäre eine Art ...«

»John!« fuhr Kreisler hoch. »*Bitte!* Gehen Sie und warten Sie drinnen.«

Ich blickte an Kreisler vorbei zu Beecham. »Na? Was wollen Sie ihm denn vormachen?« Ich beugte mich nieder, den

Colt auf Beechams Kopf gerichtet. »Sie glauben, Sie können sich da rausreden, was?«

»Moore, zum Teufel!« rief Kreisler und packte mich am Handgelenk, konnte mir aber den Colt nicht entwinden. »Hören Sie auf!«

Ich beugte mich noch näher zu Beechams zuckendem Gesicht. »Mein Freund glaubt, wenn Sie keine Angst vorm Sterben haben, dann heißt das, Sie sind verrückt«, zischte ich. Laszlo versuchte noch immer, mir die Waffe wegzunehmen, aber ich drückte sie fest gegen Beechams Kehle. »Na, was ist – haben Sie Angst? Angst davor, zu sterben, wie die Jungen, die Sie...«

»Moore!« schrie Kreisler noch einmal.

Aber ich hörte nichts mehr. Ich versuchte krampfhaft, mit dem Finger an den Abzug des Colts heranzukommen, zog ihn schließlich ruckartig, worauf Beecham einen kleinen Schrei ausstieß und vor mir zurückprallte wie ein Tier in der Falle. »Ahh!« brüllte ich ihn an. »Nein, Sie sind nicht übergeschnappt – Sie haben Angst zu sterben!«

Mit erschütternder Plötzlichkeit peitschte ein Schuß durch die Luft. Von irgendwoher knallte es, Beecham schnellte ruckartig nach hinten, aus einem rot-schwarzen Loch in seiner linken Brust zischte es, als würde Luft entweichen. Beecham heftete einen jammervollen Blick aus seinen kleinen Augen auf mich, ließ die Hände in den Handschellen sinken und fiel vornüber, wobei ihm die Jacke von den Schultern glitt.

Ich habe ihn getötet, dachte ich. Ich empfand weder Freude noch Schuld darüber, es war nur eine Feststellung – aber nachdem Beecham zusammengesunken war, fiel mein Blick auf den Hahn meines Revolvers. Der war noch gespannt. Bevor ich dies in meiner Verwirrung begriffen hatte, war Laszlo bereits zu Beecham gesprungen und hatte die Schußwunde oberflächlich untersucht. Er schüttelte den Kopf, ballte die Hand zur Faust und blickte wütend auf – aber nicht auf mich, sondern auf etwas hinter mir. Seinem Blick folgend, drehte ich mich um.

Irgendwie war es Connor gelungen, seine Fesseln abzustreifen, und jetzt stand er mitten auf der Promenade, den

Rücken gebeugt vor Benommenheit und Schmerzen, mit der linken Hand hielt er sich die blutende Seite, mit der rechten eine kleine doppelläufige Pistole. Ein schiefes Lächeln lag auf seinen blutenden Lippen, als er jetzt noch ein paar Schritte vorwärts taumelte.

»Die Sache ist erledigt«, sagte er, hielt die Pistole etwas höher und richtete sie auf uns. »Fallen lassen, Moore.«

Ich gehorchte, langsam und vorsichtig; doch als der Colt den Boden berührte, peitschte wieder ein Schuß durch die Luft – diesmal von weiter weg, und dann stürzte Connor vornüber, als hätte er einen starken Schlag auf den Rücken erhalten. Mit einem Grunzen fiel er aufs Gesicht, und aus einem Loch in seiner Jacke schoß ein scharfer Blutstrahl. Noch hatte sich der Pulverrauch von Connors Schuß auf Beecham nicht verzogen, als jetzt eine weitere Gestalt auf der dunklen Promenade ins Mondlicht trat. Es war Sara, in der Hand ihren Revolver mit dem perlmuttbesetzten Griff. Wortlos blickte sie auf Connor hinunter, dann auf Kreisler und mich.

»Kaum hatten wir am High Bridge Tower Aufstellung bezogen, fiel mir dieses Reservoir hier ein«, sagte sie knapp, während hinter ihr jetzt auch die Isaacsons erschienen. »Als Theodore dann sagte, ihr hättet die Oper schon früher verlassen, da war ich sicher ...«

Ich stieß einen ungeheuren Seufzer der Erleichterung aus. »Und Gott sei gedankt dafür«, sagte ich, wischte mir die Stirn und hob meinen Colt auf.

Laszlo, noch immer neben Beecham hockend, fragte Sara: »Und wo ist der Commissioner?«

»Auf Mörderjagd«, sagte sie. »Wir haben es ihm nicht gesagt.«

Laszlo nickte. »Ich danke Ihnen, Sara. So viel Rücksicht hab' ich nicht verdient.«

Saras Gesicht blieb ausdruckslos. »Da haben Sie recht.«

Beecham stieß plötzlich einen blutigen, erstickten Husten aus. Kreisler legte einen Arm unter seinen Nacken und stützte damit den massigen Schädel. »Detective Sergeant?« sagte er dann zu Lucius, der ihm zu Hilfe geeilt war.

Lucius warf einen schnellen Blick auf Beechams Brust und schüttelte den Kopf. »Hat keinen Sinn, Doktor.«

»Das weiß ich«, schnappte Kreisler. »Ich brauche nur – reiben Sie seine Hände, ja? Moore, nehmen Sie ihm doch die verdammten Handschellen ab. Ich brauche nur ein paar Minuten.« Während ich die Hände des Sterbenden befreite, holte Laszlo eine kleine Phiole mit Ammoniaksalz aus der Tasche und schwenkte sie unter Beechams Nase. Lucius klatschte und rieb Beechams Handflächen, Laszlo sah immer besorgter drein, seine Gesten wurden immer fahriger, bis sie fast verzweifelt wirkten. »Japheth«, murmelte er dann, leise, fast flehend. »Japheth Dury, kannst du mich hören?«

Beechams Lider flatterten ein paar Mal und öffneten sich dann, aber die sich rasch eintrübenden Augäpfel darunter rollten unkontrolliert in alle Richtungen.

Endlich gelang es ihm, sie auf das Gesicht zu heften, das dem seinen jetzt ganz nah war. Er zuckte jetzt nicht mehr – sein Ausdruck war der eines verschreckten Kindes, das bei einem Fremden Hilfe sucht und dennoch weiß, daß keine Hilfe möglich ist.

»Ich...« keuchte er und spuckte noch mehr Blut aus. »Ich – ich sterbe...«

»Hör mir zu, Japheth«, sagte Laszlo und wischte ihm das Blut von Mund und Stirn. »Du mußt mir zuhören – was hast du gesehen, Japheth? Was hast du gesehen, wenn du den Kindern ins Gesicht sahst? Was hat dich gezwungen, sie zu töten?«

Beechams Kopf rollte jetzt schnell von einer Seite auf die andere, und dann lief ein Schauer durch seinen Körper. Er richtete einen tödlich entsetzten Blick zum Himmel, öffnete die Kinnlade weit und entblößte seine großen, jetzt von Blut verschmierten Zähne.

»Japheth!« wiederholte Laszlo, und spürte, daß der Mann ihm entglitt. »*Was hast du gesehen?*«

Der Kopf schlug noch immer von Seite zu Seite, aber Beecham konnte noch einmal seine Augen auf Laszlos beschwörendes Gesicht richten. »Ich... hab's nie gewußt...«, keuchte er, es klang entschuldigend und flehend zugleich. »Ich... hab's nie gewußt! Ich... konnte nicht... sie...«

Das Schütteln erfaßte jetzt den ganzen Körper, und plötzlich verkrallten sich seine Hände in Laszlos Hemd. Sein von Todesangst gezeichnetes Gesicht zuckte ein letztes Mal, aus dem Mundwinkel rann Blut, vermischt mit Erbrochenem, und dann war John Beecham still. Sein Kopf rollte von Kreisler weg, die Augen verloren ihren entsetzten Ausdruck.

»Japheth!« rief Kreisler noch einmal – aber er wußte, es war zu spät. Lucius schloß Beecham die Lider, worauf Kreisler den Kopf des Toten endlich auf den kalten Stein legte.

Eine oder zwei Minuten lang sagte niemand ein Wort, und dann hörten wir etwas: Von unten kam wieder ein Pfiff. Ich stand auf, trat an den äußeren Zaun und blickte hinunter zu Cyrus und Stevie, die mit heftigen Bewegungen in Richtung West Side deuteten. Ich winkte ihnen, daß ich verstanden hätte, und trat zu Kreisler.

»Laszlo«, sagte ich gedämpft, »ich schätze, Roosevelt ist auf dem Weg hierher. Sie legen sich jetzt am besten eine Erklärung zurecht...«

»Nein. Ich werde nicht hier sein«, erklärte Kreisler entschieden. Als er endlich aufstand und sich umblickte, konnte ich sehen, daß seine Augen rot und feucht waren. Er blickte von mir zu Sara, dann auf Marcus, schließlich auf Lucius, und nickte jedes Mal. »Ihr habt mir eure ganze Hilfe und Freundschaft gegeben – vielleicht mehr, als ich verdiente. Aber ich muß euch noch um ein kleines bißchen Geduld bitten.« Und an Marcus und Lucius gewendet: »Detective Sergeants? Ich brauche Ihre Hilfe, um Beechams Leiche zu entfernen. John, Sie sagen, Roosevelt kommt die Vierzigste Straße herauf?«

»So sieht's aus«, antwortete ich, »nach dem, wie sich die beiden da unten benehmen.«

»Gut«, fuhr Kreisler fort. »Sobald er ankommt, wird Cyrus ihn heraufschicken. Die Detective Sergeants und ich werden die Leiche durch das Tor an der Fifth Avenue tragen« – Laszlo trat an den äußeren Zaun und winkte ein Kommando hinunter – »wo Stevie uns erwartet.« Dann trat er zu Sara und nahm sie an beiden Schultern. »Ich würde es Ihnen nicht übelnehmen, Sara, wenn Sie mit der Sache nichts zu tun haben wollen.«

Einen Augenblick sah sie so drein, als würde sie ihm jetzt ordentlich ihre Meinung sagen – aber dann zuckte sie nur die Schultern und steckte ihre Pistole weg. »Sie waren am Ende nicht ehrlich zu uns, Doktor«, sagte sie. Aber dann wurde ihr Ausdruck weicher. »Aber ohne Sie hätten wir das ganze überhaupt nicht hingekriegt. Von mir aus sind wir quitt.«

Laszlo zog sie an sich und umarmte sie. »Ich danke Ihnen«, murmelte er und trat zurück. »Nun – drinnen im Kontrollhaus werdet ihr einen ziemlich verstörten Jungen finden, eingewickelt in meinen guten Opernumhang. Geht zu ihm, bitte, und seht zu, daß Roosevelt ihn so lange nicht mit Fragen traktiert, bis wir in Sicherheit sind.«

»In Sicherheit – was soll das heißen?« fragte ich, während Sara bereits zum Kontrollhaus ging. »Kreisler, warten Sie einen Moment...«

»John, wir haben keine Zeit!«, sagte Laszlo und trat auf Marcus und Lucius zu. »Meine Herren, der Commissioner ist Ihr Vorgesetzter, ich verstehe vollkommen, wenn Sie...«

»Sie brauchen nicht zu fragen, Doktor«, antwortete Lucius, bevor Laszlo aussprechen konnte. »Ich glaube, ich weiß, was Sie vorhaben. Ich bin selbst neugierig, was dabei herauskommt.«

»Das werden Sie selbst sehen«, antwortete Kreisler, »denn ich möchte, daß Sie mir assistieren.« Er wendete sich an den größeren Isaacson. »Marcus? Wenn Sie nicht mitmachen wollen, verstehe ich das natürlich vollkommen.«

Marcus dachte ein paar Sekunden über Kreislers Worte nach. »Das ist wirklich das einzige noch ungelöste Rätsel, nicht?« fragte er.

Kreisler nickte. »Und vielleicht das wichtigste.«

Marcus überlegte noch eine Weile, dann nickte auch er. »Einverstanden. Was ist schon ein bißchen Insubordination gegen die Interessen der Wissenschaft?«

Laszlo verpaßte ihm einen leichten Schlag auf die Schulter. »Guter Mann.« Dann beugte er sich über Beecham, packte einen seiner Arme und sagte: »Also, dann los – wir müssen uns beeilen.«

Marcus packte Beecham an den Füßen, Lucius legte die Kleidung des Toten auf ihn, dann nahm er den zweiten Arm. Zu dritt hoben sie den Leichnam hoch und entfernten sich auf der Promenade in Richtung Fifth Avenue.

Die Aussicht, ganz allein mit Connors Leiche und den beiden noch immer bewußtlosen Gangstern zurückzubleiben, brachte Bewegung in mich. »Wartet!« rief ich und rannte den anderen nach. »So wartet noch eine gottverdammte Minute! Kreisler! Ich weiß, was Sie vorhaben! Aber Sie können mich doch nicht allein hier lassen und verlangen, daß ich...«

»Keine Zeit, John!« antwortete Kreisler. »Ich brauche ungefähr sechs Stunden – dann wird alles klar!«

»Aber ich...«

»Sie sind ein wahrhaft treuer Freund, Moore!« rief Kreisler zurück.

Da blieb ich stehen, sah sie in die tiefblaue Dämmerung der Promenade eintauchen und dann in der schwarzen Mündung der Treppe zur Fifth Avenue verschwinden. »Treuer Freund«, murmelte ich, den Blick auf den Boden gerichtet. »*Treue Freunde* läßt man nicht zurück, damit sie sich aus einer solchen Situation herausreden...«

Ich brach meinen kleinen Monolog ab, als ich drinnen im Kontrollhaus einen Auflauf bemerkte: Zuerst Saras Stimme, dann Theodores. Sie wechselten einige scharfe Worte, dann stürzte Roosevelt auf die Promenade, hinter ihm Sara und ein paar Männer in Uniform.

»So!« dröhnte Theodore, als er mich erblickte, und näherte sich mit einem anklagend erhobenen Zeigefinger. »Das ist der Dank, daß ich eine Vereinbarung mit Männern traf, die ich irrtümlicherweise für Gentlemen hielt! Zum Donnerwetter, ich sollte...«

Doch da fiel sein Blick auf die beiden gefesselten Kerle und die Leiche. Verwirrt den Blick vom Boden wieder zu mir hebend, deutete Theodore mit dem Finger nach unten. »Ist das *Connor?*«

Ich nickte und ging zu ihm hin, verdrängte meinen Ärger

über Kreisler und täuschte große Besorgtheit vor. »Ja, und Sie kommen gerade rechtzeitig, Roosevelt. Wir wollten hier auf Beecham warten...«

Gerechte Empörung trat in Theodores Gesicht. »Ja, weiß ich«, brüllte er, »und wenn nicht zwei meiner besten Männer Kreislers Diener gefolgt wären...«

»Aber Beecham kam nicht«, fuhr ich fort. »Das ganze war eine Falle, von Connor eingefädelt, weil er nämlich – Stevie töten wollte.«

»Stevie?« wiederholte Roosevelt ungläubig. »Kreislers Jungen?«

Ich schenkte ihm meinen treuesten, ehrlichsten Hundeblick. »Roosevelt – Stevie war der einzige Augenzeuge bei Connors Mord an Mary Palmer.«

Verständnis zeigte sich auf Theodores Gesicht, seine Augen weiteten sich hinter den Brillengläsern. »Ah!« sagte er, und jetzt zeigte der Finger nach oben. »Natürlich!« Seine Stirn kräuselte sich wieder. »Und was geschah?«

»Zum Glück«, mischte sich jetzt Sara ein, die ganz richtig ahnte, daß meine Erfindungsgabe langsam versiegte, »kamen die Detective Sergeants und ich gerade noch zurecht, Commissioner.« Sie zeigte auf die Leiche und legte mehr Sicherheit und Selbstvertrauen an den Tag, als sie tatsächlich verspürte. »Es ist meine Kugel, die Sie da in seinem Rücken finden werden.«

»Ihre, Sara?« sagte Theodore restlos verwirrt. »Aber ich verstehe nicht...«

»Das haben wir zuerst auch nicht«, sagte Sara, »bis wir von Ihnen hörten, was John und der Doktor da im Schilde führten. Bis uns allerdings dämmerte, wo sie sein könnten, hatten Sie den High Bridge Tower bereits verlassen. Ich an Ihrer Stelle würde aber wieder dorthin zurückgehen, Commissioner – Ihre übrigen Polizisten sind ja noch auf dem Posten, und der Mörder hat noch nicht zugeschlagen.«

»Ja«, bemerkte Theodore nachdenklich, »kann sein, daß Sie recht haben mit...« Plötzlich richtete er sich auf – er roch den Braten. »Einen Moment. Wenn das alles stimmt, dann sagt mir doch freundlicherweise, wer der Junge da drinnen ist?« Und er zeigte mit dem Finger auf das Kontrollhaus.

»Also ehrlich, Roosevelt«, sagte ich, »Sie sollten wirklich...«

»Und wo sind die anderen – Kreisler und die Isaacsons?«

»Commissioner«, warf Sara ein, »ich kann Ihnen versichern...«

»O ja«, antwortete Roosevelt abwinkend. »Ich verstehe, was hier gespielt wird! Eine Verschwörung, was? Na wunderbar! Ich lasse mich ja so gern an der Nase herumführen! Sergeant!« Einer der Uniformierten näherte sich beflissen. »Einer Ihrer Männer soll sich um den Jungen kümmern – und dann verhaften Sie die beiden hier! Und bringen Sie sie sofort in die Mulberry Street!« Bevor Sara und ich noch irgend etwas sagen konnten, stand Theodore vor uns und drohte uns mit der Faust. »Euch beiden werde ich ganz unmißverständlich klarmachen, wer in dieser Stadt der Polizeichef ist!«

Kapitel
46

Das war natürlich alles nur heiße Luft. Ja, Roosevelt schleppte uns tatsächlich in die Mulberry Street, sperrte uns für ein paar Stunden in sein Büro und hielt uns eine Gardinenpredigt über Ehre und Vertrauen und darüber, daß man sein gegebenes Wort immer halten muß; aber schließlich schenkte ich ihm über die Vorfälle dieser Nacht reinen Wein ein, allerdings erst, als ich ganz sicher war, daß Kreisler und die Isaacsons am Ziel waren. Ich versicherte Theodore, ich hätte ihn gar nicht angelogen, da ich ja selbst im vorhinein von nichts eine Ahnung hatte; für viele Dinge wüßte ich selbst noch keine Antwort – würde mir aber schon eine zu verschaffen wissen. Und sobald ich mehr wüßte, würde ich sofort in die Mulberry Street kommen und mein Wissen weitergeben. Roosevelt hatte sich inzwischen sichtlich beruhigt; und als Sara noch erklärte, das wichtigste sei schließlich, daß Beecham tot war, da besserte sich Roosevelts Stimmung zusehends. Wie er uns schon vor einigen Wochen gesagt hatte, bedeutete ihm der erfolgreiche Abschluß dieses Falles auch persönlich sehr viel (obwohl er angesichts der Komplexität der ganzen Geschichte seinen Erfolg in beruflicher Hinsicht kaum ausnützen konnte); und als Sara und ich gegen vier Uhr früh aufstanden und gehen wollten, da hatte Theodore seine Vorwürfe vollkommen vergessen und überschlug sich schier in Lob und Preis für unsere Arbeit.

»Unkonventionell, das natürlich«, schnalzte er und legte uns beiden eine Hand auf die Schulter, während er uns zur Tür brachte, »aber alles in allem eine phantastische Leistung. Phantastisch. Man stelle sich das vor: Ein Mann ohne jede Verbindung zu seinen Opfern – jeder in dieser Stadt hätte es sein können –, und den habt ihr gefunden und ihm das Handwerk gelegt!« Er schüttelte in ungläubiger Bewunderung den Kopf. »Keiner hätte das für möglich gehalten! Und Connor als

Dreingabe!« Ich sah, wie Sara ganz leicht zuckte; aber sie bemühte sich sehr, keine Reaktion zu zeigen. »Ja, ich freue mich darauf, zu erfahren, wie unser Freund Kreisler das letzte Nacht ausgebrütet hat.« Theodore rieb sich das Kinn, starrte ein paar Sekunden auf den Boden und betrachtete uns dann wieder. »Na – und was werdet ihr jetzt alle anfangen?«

Das war eine einfache Frage, deren Tragweite aber, wie ich jetzt erkannte, unangenehm, ja schmerzlich war. »Was werden wir...?« echote ich. »Nun, wir – das heißt – ich weiß es eigentlich nicht. Wir müssen uns noch um ein paar Details kümmern.«

»Klar«, antwortete Roosevelt. »Aber – ich meine – ich will sagen: Der Fall ist abgeschlossen – ihr habt gesiegt!« Er wandte sich an Sara, wie um sich das von ihr bestätigen zu lassen.

Sie nickte langsam und sah so verwirrt und unbehaglich drein, wie ich mich fühlte.

»Ja«, brachte sie endlich heraus. Es folgte eine lange, merkwürdige Pause. Um unsere Verstimmung zu zerstreuen, wechselte Theodore das Thema.

»Auf jeden Fall«, sagte er und schlug sich mit der Hand auf die Brust, »ein erfreuliches und gelungenes Ende. Und zur rechten Zeit. Morgen fahre ich nach St. Louis.«

»Ach ja, der Parteitag«, sagte ich. »McKinley wird es, nicht?«

»Im ersten Wahlgang«, erwiderte Theodore mit steigender Begeisterung. »Die Wahl ist eine reine Formsache.«

Ich lächelte ihn herausfordernd an. »Hast du dir schon ein Haus in Washington gesucht?«

Theodore wollte schon aufbrausen; aber dann erinnerte er sich, daß ich ein alter Freund war, der seine aufrichtigen Motive nie in Zweifel gezogen hatte, und beruhigte sich. »Noch nicht. Aber zum Donnerwetter, was für Möglichkeiten! Vielleicht das Marineministerium...«

Sara lachte laut heraus, hielt sich dann aber schnell eine Hand vor den Mund. »Oh«, sagte sie, »Entschuldigung, Commissioner. Es ist nur – also, als Marineexperte kann ich mir Sie ganz und gar nicht vorstellen.«

»Ja, Roosevelt«, fiel ich ein, »wenn man es ganz genau betrachtet – hast du denn auch nur die leiseste Ahnung von der Marine?«

»Na wißt ihr«, antwortete er indigniert, »ich habe über die Seeschlachten des Jahres 1812 ein Buch geschrieben – das im übrigen sehr gut aufgenommen wurde!«

»Ach so, ach so«, antwortete ich und nickte. »Na dann ist ja alles in Ordnung.«

Theodore blickte schon wieder lächelnd in die Zukunft. »Jawohl, das Marineministerium wäre der richtige Platz. Dann können wir anfangen, den verflixten Spaniern unsere Rechnung zu präsentieren! Die haben doch ...«

»Bitte!« sagte ich und erhob abwehrend die Hand. »Ich will es gar nicht wissen.«

Sara und ich gingen zur Treppe, Theodore blieb, die Hände in die Hüften gestemmt, im Eingang zu seinem Zimmer stehen. Die durchwachte Nacht schien seine Energie nicht im mindesten zu beeinträchtigen.

»Er will es gar nicht wissen!« rief Theodore uns die Treppe herunter nach. »Aber ihr könntet doch mitkommen! Bei der Arbeit, die ihr geleistet habt, macht euch das Spanische Reich doch keine Schwierigkeiten! Nein wirklich, das ist eine glänzende Idee – die Psychologie des Königs von Spanien! Kommt, bringt eure Tafel mit nach Washington, und dann überlegen wir, wie wir ihn kriegen!«

Erst ganz unten war dann seine Stimme nicht mehr zu hören.

Sara und ich gingen zu Fuß zum Lafayette Place. Saras Blicke wanderten von einem dunklen Gebäude zum anderen, schließlich blieben sie auf mir haften – und dann legte sie mit einer schnellen Bewegung, die mich völlig unvorbereitet traf, ihre Arme um mich und ihren Kopf an meine Brust. »Es ist wirklich alles vorüber und vorbei, John?«

»Du klingst, als würdest du's bedauern«, sagte ich und strich ihr übers Haar.

»Ein bißchen schon«, antwortete Sara. »Ich bedaure nichts, was geschehen ist – aber es war meine erste derartige Erfahrung. Und ich frage mich, wie oft man mir so etwas noch erlauben wird.«

Ich hob ihr Kinn und blickte ihr tief in die grünen Augen. »Also irgendwie hab' ich das Gefühl, daß du dir nicht mehr sehr viel *erlauben lassen* wirst. Das war ja ohnehin nie deine Sache.«

Sie lächelte zu mir empor, dann löste sie sich und trat an den Rand des Gehsteigs. »Vielleicht hast du recht.« Sie drehte den Kopf nach dem fernen Geräusch von Pferdegetrappel. »Ah, so ein Glück – eine Droschke.«

Und nun führte Sara die rechte Hand ans Gesicht, streckte Daumen und Zeigefinger aus und steckte sie in den Mund. Dann holte sie tief Atem, blies fest und erzeugte damit einen Pfiff, der mir fast das Trommelfell zerriß. Schnell hielt ich mir die Ohren mit den Händen zu und starrte sie schockiert an, was sie mit einem breiten Grinsen beantwortete.

»Ich habe das geübt«, erklärte sie, während die Droschke herangeratterte und jetzt neben ihr hielt. »Stevie hat's mir beigebracht. Ganz gut, nicht?« Noch immer lächelnd, stieg sie in die Droschke. »Gute Nacht, John. Ich danke dir.« Dann klopfte sie ans Dach der Droschke, rief: »Kutscher! Gramercy Park!« und war verschwunden.

Zum ersten Mal in dieser Nacht allein, brauchte ich eine Weile, um zu entscheiden, wohin ich eigentlich wollte. Natürlich war ich zu Tode erschöpft, aber Schlaf kam nicht in Frage. Ein Spaziergang durch die nächtlich ruhigen Straßen war sicher jetzt das beste; nicht dazu, um allem, was geschehen war, einen Sinn zu geben, sondern um mich überhaupt an die Tatsache zu gewöhnen, daß wir fertig waren, daß wir es geschafft hatten. John Beecham war tot: Der – zugegeben schreckliche – Mittelpunkt meines Lebens der letzten Monate war fort; und voll unangenehmen Vorgefühls wurde mir klar, daß ich Montag morgen entscheiden mußte, ob ich mich bei der *Times* zum Dienst zurückmelden wollte oder nicht. Die Vorstellung schien mir im Moment schlicht und einfach scheußlich – Tage und Nächte vor der Polizeizentrale herumlungern, immer darauf lauernd, daß sich irgendwo eine Story abzeichnete, und dann davonhasten, um die pikanten Details eines häuslichen Zwistes oder eines Einbruchs auf der Fifth Avenue zu erschnüffeln ...

Ganz unbeabsichtigt stand ich plötzlich an der Ecke zur Great Jones Street. Einen Häuserblock weiter konnte man die Lichter der New Brighton Dance Hall noch immer brennen sehen. Vielleicht waren hier ein paar Erklärungen zu holen; bevor ich mich bewußt entschlossen hatte, trugen mich meine Füße schon in diese Richtung. Schon einige Haustüren vorher hörte ich laute Musik (Paul Kelly beschäftigte eine viel größere und professionellere Kapelle als die übliche dreiköpfige Krachmachertruppe in anderen Concert Halls). Bald gesellten sich heiseres Gelächter, ein paar betrunkene Schreie und schließlich das Klirren von Gläsern und Flaschen zu dem nächtlichen Klangbild hinzu. Nichts zog mich hinein, deshalb war ich sehr froh, als ich Kelly auftauchen sah. Mit ihm erschien ein – uniformierter – Polizeisergeant, der laut lachend ein Bündel Geldscheine zählte. Kelly blickte herüber, sah mich, stieß den Bullen mit den Ellbogen an und bedeutete ihm mit einer Kopfbewegung zu verschwinden. Der Sergeant verkrümelte sich gehorsam in Richtung Mulberry Street.

»Moore, na so was!« sagte Kelly, zog eine kleine Schnupftabakdose aus seiner Seidenweste und grinste charmant wie immer. »Sie dürfen vergessen, was Sie da gesehen haben«, sagte er und deutete mit dem Kopf auf den enteilenden Gesetzeshüter.

»Machen Sie sich keine Sorgen, Kelly«, antwortete ich. »Ich habe das Gefühl, ich schulde Ihnen etwas.«

»*Mir?*« Kelly gluckste. »Ziemlich unwahrscheinlich, Paparazzo. Wie ich sehe, sind Sie noch heil. Nach dem, was man hier so geredet hat, hatten Sie verdammtes Glück.«

»Kommen Sie, Kelly«, sagte ich, »ich hab' doch Ihren Wagen gesehen – und Jack hat uns das Leben gerettet.«

»Jack?« Kelly öffnete die Dose, in der sich ein Häufchen feinstes Kokain befand. »Hat er mir gar nicht gesagt. Klingt nicht nach Jack, offen gestanden, daß er herumgeht und gute Taten tut.« Kelly plazierte eine kleine Menge Kokain auf seinem Handrücken und schniefte es auf, dann hielt er mir die Dose hin. »Möchten Sie? Ich würde es ja auch nicht tun, aber immer diese langen Nächte...«

»Nein«, sagte ich, »danke. Also hören Sie, ich kann mir höchstens vorstellen, daß Sie eine Art Handel mit Kreisler geschlossen haben.«

»Handel?« echote Kelly wieder – seine gespielte Ahnungslosigkeit ging mir langsam auf die Nerven. »Warum um alles in der Welt sollte ich mit dem guten Doktor einen Handel schließen?«

»Das weiß ich ja eben nicht!« rief ich gereizt. »Die einzige Erklärung, die mir einfällt, wäre die, daß Sie Respekt vor ihm haben. Das haben Sie uns selbst einmal gesagt, damals in der Kutsche – daß Sie sogar einen Artikel von ihm gelesen hätten.«

Kelly gluckste noch einmal. »Aber deshalb würde ich nie etwas gegen meine eigenen Interessen tun, Moore. Ich bin ein praktischer Mann – genau wie Ihr Freund Mr. Morgan.« Ich blickte ihn verständnislos an, worauf sich sein Grinsen verbreitete. »Na sicher. Ich weiß alles über Ihr Treffen mit der Nase.«

Ich wollte ihn schon fragen, woher er das wußte, aber es hatte ja doch keinen Sinn – er war nicht in mitteilsamer Stimmung. »Schön«, sagte ich und trat ein paar Schritte zurück. »Ich hab' heute eine zu anstrengende Nacht hinter mir, um mit Ihnen hier Rätselraten zu spielen, Kelly. Sagen Sie Jack, er hat noch etwas gut bei mir.«

Damit eilte ich davon – oder wollte es jedenfalls; aber auf halbem Weg zur nächsten Ecke rief mir Kelly nach:

»Sagen Sie, Moore...« Ich wandte mich um und sah, daß er noch immer grinste. »Hört sich an, als hättet ihr eine aufregende Nacht verbracht.« Er steckte die Dose in die Weste zurück und legte den Kopf feixend zur Seite. »Damit will ich natürlich nicht sagen, daß ich etwas darüber weiß. Aber fragen Sie sich in einer ruhigen Minute doch einmal selbst: Wer ist, von allen Menschen, die heute nacht da oben waren, Ihrer Meinung nach für die Burschen oben in der City der gefährlichste?«

Wie ein Ochse stand ich da, starrte zu Boden, dann auf Kelly, und versuchte, die Bedeutung seiner Frage zu verstehen. Nach etwa einer halben Minute hatte sich in meinem überstrapazierten Hirn eine Antwort gebildet, und ich wollte sie eben laut zum besten geben – aber Kelly war nirgends mehr zu sehen. Erst wollte ich ihm folgen, erkannte aber bald, daß das sinnlos war. Ich wußte, was er meinte, und verstand, was er getan hatte. Paul Kelly, Gangsterboß, Spieler, Amateurphilosoph und Gesellschaftskritiker, verließ sich auf seine Nase; und obwohl keiner von uns lange genug leben würde, um den endgültigen Ausgang des Spiels zu erleben, vermutete ich, daß er eine gute Nase hatte.

Auf seltsame Art ermutigt und gestärkt, sprang ich in eine der wartenden Mietdroschken und brüllte den Fahrer an, mich so schnell wie möglich zum East Broadway zu bringen. Unterwegs lachte ich laut und fing sogar zu summen an. »Das letzte Rätsel«, sang ich, wiederholend, was Marcus ein paar Stunden zuvor gesagt hatte: Ich wollte dabei sein, wenn sie es lösten.

Kurz nach vier Uhr dreißig fuhr meine Droschke vor Kreislers Institut vor und hielt hinter Laszlos Kalesche. Nichts war auf der Straße zu hören außer Babygeschrei aus einer der Mietskasernen gegenüber. Ich bezahlte meinen Cabbie und trat auf die Straße, und da sah ich auch schon Marcus, der auf den Eisenstufen des Instituts saß, eine Zigarette rauchte und mit einer Hand sein Haar durchwühlte. Er begrüßte mich mit einer nervösen Handbewegung. Dann spähte ich in die Kalesche: Auf dem Sitz lag Stevie und rauchte, und als er mich sah, salutierte er mit der Zigarette.

»Hallo, Mr. Moore«, sagte er. »Nicht schlecht, was der Detective Sergeant da raucht. Sollten Sie auch probieren.«

»Danke«, sagte ich und drehte mich um. »Gern. Wo ist Cyrus?«

»Drinnen«, sagte der Junge und ließ sich wieder auf den Sitz sinken. »Braut ihnen Kaffee. Die schnippeln schon seit Stunden.« Er tat einen tiefen Zug und deutete dann mit der Zigarette zum Himmel. »Wissen Sie, Mr. Moore, man würde gar nicht glauben, daß ein Stinkloch wie diese Stadt so viele Sterne hat. Daß nicht der Gestank allein sie schon vertreibt ...«

Ich lächelte und trat von der Kalesche zurück. »Schon richtig, Stevie«, sagte ich und blickte an Marcus vorbei auf die Fenster im Erdgeschoß des Instituts, die hell erleuchtet waren.

Ich setzte mich neben den größeren der beiden Isaacsons. »Sie sind nicht drinnen?«

Er schüttelte energisch den Kopf und stieß Rauch aus seiner langen schmalen Nase. »Ich war drinnen. Ich dachte, ich könnte es aushalten, aber ...«

»Sie brauchen mir nichts zu erzählen«, sagte ich und nahm eine angebotene Zigarette. »Ich geh' sicher nicht hinein.«

Die Haustür des Instituts öffnete sich einen Spalt, und Cyrus steckte den Kopf heraus. »Mr. Moore, Sir?« sagte er. »Möchten Sie auch eine Tasse Kaffee?«

»Wenn Sie ihn gemacht haben, Cyrus«, antwortete ich, »dann auf jeden Fall.«

Er legte den Kopf auf die Seite und zuckte leicht die Schultern. »Ich garantiere für nichts«, sagte er. »Seit dem Schlag auf den Kopf habe ich überhaupt noch nichts gekocht.«

»Ich riskiere es«, antwortete ich. »Wie geht's drinnen weiter?«

»Dauert nicht mehr lange, glaube ich«, sagte Cyrus. »Sie sind bald am Ende ...«

Aber es dauerte noch eine weitere dreiviertel Stunde, bis endlich, kurz vor fünf Uhr dreißig, die Tür im Erdgeschoß aufging und Lucius erschien. Er trug eine Lederschürze, die von Körper- und anderen Flüssigkeiten bespritzt war, und sah vollkommen erschöpft aus. »Tja«, sagte er und wischte sich die Hände an einem blutbefleckten Handtuch ab, »das wär's also, nehme ich an.« Er sank neben uns auf eine Stufe, zog ein Taschentuch heraus und wischte sich damit die Stirn.

»Das wär's?« fragte Marcus leicht gereizt. »Was soll das heißen, das wär's? Was wär' was – was habt ihr gefunden?«

»Nichts«, sagte Lucius, schüttelte den Kopf und schloß die Augen. »So wie's aussieht, war alles vollkommen normal. Dr. Kreisler prüft noch ein paar Details, aber ...«

Ich stand auf und warf meinen Zigarettenstummel auf die Straße. »Dann hat er recht gehabt«, sagte ich leise, und dabei lief es mir kalt den Rücken herunter.

Lucius zog die Schultern hoch. »Er hat so weit recht, als die Medizin überhaupt sagen kann, daß er recht hat.«

Marcus starrte noch immer seinen Bruder an. »Willst du das unbedingt ruinieren?« fragte er. »Wenn er recht hat, hat er recht, laß die Medizin aus dem Spiel!«

Lucius wollte erklären, was er damit gemeint hatte, beschränkte sich aber dann auf einen Seufzer und ein Nicken. »Ja«, flüsterte er, »er hat recht.« Dann stand er auf, nahm die Schürze ab und reichte sie Cyrus. »Und ich«, fuhr er fort, »gehe jetzt nach Hause. Er möchte uns heute abend bei Delmonico sehen. Um elf Uhr dreißig. Vielleicht kann ich dann schon etwas essen.« Und damit ging er.

»He, warte doch«, rief Marcus seinem davonschreitenden Bruder nach. »Laß mich doch nicht allein gehen – vergiß nicht, du hast die Kanone. Wiedersehen, John. Bis heute abend.«

»Tschüs«, sagte ich und nickte. »Gute Arbeit, Lucius.«

Der kleinere Isaacson drehte sich um und winkte kurz. »Oh – ja, danke John. Sie auch. Und Sara – und – also, bis heute abend.«

Gemeinsam entfernten sie sich, laut redend und gestikulierend, bis wir sie nicht mehr sahen.

Jetzt kam auch Kreisler aus dem Institut. Er hängte sich eine Jacke um und sah noch schlimmer aus als Lucius: Das Gesicht war käsebleich, unter den Augen hatte er breite schwarze Ringe. Es dauerte einen Moment, bis er mich erkannte.

»Ah, Moore«, sagte er schließlich. »Mit Ihnen hab' ich nicht gerechnet. Freue mich aber natürlich.« Und dann zu Cyrus: »Wir sind fertig. Du weißt, was zu tun ist?«

»Ja, Sir. Der Kutscher mit dem Frachtwagen wird in ein paar Minuten hier sein.«

»Und er wird darauf achten, nicht gesehen zu werden?«

»Er ist sehr verläßlich, Doktor«, erwiderte Cyrus.

»Gut. Dann kannst du bis zur Siebzehnten Straße mit ihm fahren. Ich nehme Moore zum Washington Square mit.«

Kreisler und ich stiegen in sein Gefährt und weckten Stevie, der das Pferd Frederick wendete und dann in leichten

Trab setzte. Ich drang nicht in Laszlo, denn ich wußte, daß er schon von selbst zu sprechen anfangen würde, sobald er sich erholt hatte.

»Hat Lucius Ihnen gesagt, daß wir nichts gefunden haben?« fragte er schließlich, als wir im leichten Trab über den Broadway fuhren.

»Hat er«, antwortete ich.

»Kein Hinweis auf angeborene Abnormität oder physisches Trauma«, fuhr Laszlo leise fort. »Überhaupt keinerlei physische Veränderungen, die auf Geisteskrankheit schließen ließen. Es war ein in jeder Hinsicht normales, gesundes Gehirn.« Kreisler lehnte sich zurück und stützte den Kopf auf das zurückgefaltete Kaleschendach.

»Sind Sie denn jetzt enttäuscht, oder was?« fragte ich, von seinem Ton überrascht. »Das beweist doch, daß Sie recht hatten – er war also nicht verrückt.«

»Ja, alles deutet darauf hin«, antwortete Kreisler tonlos. »Aber wir wissen so wenig über das Gehirn, Moore ...« Er seufzte. »Immerhin, beim gegenwärtigen Stand unseres psychologischen und medizinischen Wissens können wir sagen, daß John Beecham nicht geisteskrank war.«

»Immerhin«, sagte ich und sah ein – wenn auch ungern –, daß es Kreisler im Moment schwerfiel, aus diesem Umstand Genugtuung oder Befriedigung zu ziehen. »Normal oder nicht, er ist keine Gefahr mehr. Und das ist wichtiger als alles andere.«

Laszlo wandte sich zu mir. »Am Ende fühlten Sie dann doch nicht mehr viel Mitleid mit ihm, was, Moore?«

»Ach«, sagte ich verlegen. »Offen gestanden immer noch mehr, als mir selbst angenehm war. Aber Sie schienen von seinem Tod ja ganz erschüttert.«

»Nicht so sehr von seinem Tod«, antwortete Kreisler und zog seine silberne Tabatiere heraus. »Sondern von seinem Leben. Von der bösartigen Dummheit, die ihn geschaffen hat. Von dem Umstand, daß er starb, bevor ich wirklich mit ihm sprechen konnte. Das alles kam mir so gräßlich sinnlos vor ...«

»Wenn Sie ihn unbedingt lebend wollten«, sagte ich, während Laszlo sich eine Zigarette anzündete, »warum sagten Sie dann, Sie hofften, daß Connor uns gefolgt war? Sie mußten doch wissen, daß er Beecham umbringen wollte.«

»Connor«, sagte Laszlo und hustete. »Ich muß gestehen, daß dies etwas ist, was mir am heutigen Abend gar nicht leid tut.«

»Nun« – ich versuchte, gerecht zu sein – »ich meine, er ist schließlich tot. Und hat uns das Leben gerettet.«

»Aber keineswegs«, erwiderte Kreisler. »McManus wäre schon dazwischengetreten, bevor Beecham uns wirklich etwas getan hätte – er beobachtete uns ja die ganze Zeit.«

»Was? Warum hat er dann so lange gewartet? Das hat mich einen Zahn gekostet, verdammt noch mal!«

»Ja«, sagte Kreisler leicht irritiert und betastete den kleinen Schnitt im Gesicht, »er hat sich sehr lange Zeit gelassen. Aber es war vereinbart, daß er erst in tödlicher Gefahr eingreifen sollte, denn ich wollte Beechams Verhalten ja so lange und so nahe als möglich studieren. Aber wegen Connor – da habe ich eigentlich nur erwartet, daß wir ihn bei seinem Auftauchen gefangennehmen. Das, oder ...«

Aus seiner Stimme klang eine so schreckliche Einsamkeit und Verlassenheit, daß ich wußte, es wäre jetzt besser, das Thema zu wechseln:

»Ich habe vorhin Kelly gesehen. Ich nehme an, Sie wandten sich an ihn, weil Sie keinen anderen Ausweg wußten.« Kreisler nickte, aber in seinen schwarzen Augen stand immer noch Bitterkeit. »Er erklärte mir, warum er bereit war, Ihnen zu helfen – oder deutete es zumindest an. Er meint, Sie sind eine große Gefahr für den *Status quo* dieser Gesellschaft.«

Laszlo brummte. »Vielleicht sollten er und Mr. Comstock sich zusammentun. Wenn ich eine Gefahr für die Gesellschaft bin, dann sind solche Männer ihr Tod. Besonders Comstock.«

Bei der MacDougal Street bogen wir rechts ein und schlängelten uns an kleinen finsteren Restaurants und italienischen Cafés vorbei zum Washington Square. »Laszlo«, sagte ich, da er wieder verstummt war, »was meinten Sie, als Sie gestern abend zu Beecham sagten, Sie würden dafür sorgen, daß ihm nichts allzu Schlimmes passiert? Hätten Sie denn behauptet, daß er doch verrückt ist, nur um ihn für Ihre Studien am Leben zu halten?«

»Nein«, antwortete Kreisler. »Aber ich hätte versucht, anstatt des Galgens oder elektrischen Stuhls ein lebenslänglich für ihn herauszuholen. Mir fiel eigentlich schon seit längerem auf, daß seine Beobachtung von allem, was wir taten, sein Brief, sogar die Ermordung des jungen Joseph, auf seinen Wunsch hindeuteten, mit uns in Verbindung zu treten. Und als er heute abend meine Frage beantwortete, da wußte ich, ich hatte etwas gefunden, was mir noch nie zuvor begegnet war – einen Mörder, der bereit war, über seine Verbrechen zu sprechen.« Kreisler seufzte und hob erschöpft seine Hände. »Wir haben eine ungeheure Möglichkeit verloren. Solche Männer sind selten dazu bereit, wissen Sie, über ihr Verhalten zu sprechen. Im besten Fall gestehen sie nach der Gefangennahme ihre Verbrechen, aber über Details, noch dazu über intime Details, sagen sie nichts. Es scheint, als könnten sie es gar nicht. Denken Sie an Beechams letzte Worte – er konnte einfach nicht sagen, was es war, das ihn zum Töten trieb. Aber ich glaube, ich hätte ihm mit der Zeit helfen können, die richtigen Worte zu finden.«

Ich betrachtete meinen Freund. »Sie wissen doch, daß man Ihnen das nicht erlaubt hätte.« Kreisler zuckte starrsinnig die Schultern – er wollte diesen Punkt nicht wahrhaben. »Bei der politischen Tragweite dieser ganzen Angelegenheit«, fuhr ich fort, »wäre es zu einem der schnellsten Prozesse der jüngeren Geschichte gekommen, und in wenigen Wochen hätte man ihn aufgeknüpft.«

»Vielleicht«, gab Kreisler zu. »Wir werden es nie erfahren. Ach, Moore – es gibt so vieles, was wir jetzt nie mehr erfahren werden ...«

»Sind Sie wenigstens stolz darauf, den Mann gefunden zu haben? Das war doch wirklich eine ungeheure Leistung, verdammt noch mal.«

Wieder zuckte Laszlo die Schultern. »Wirklich? Ich bin nicht so sicher. Wir lange hätte er sich denn noch vor uns versteckt, John?«

»Wie lange? Na ja – lange, nehme ich an – Teufel, er war doch schon seit Jahren an der Arbeit!«

»Das stimmt«, sagte Kreisler, »aber wieviel länger noch? Die Krise war unvermeidlich – er konnte nicht ewig so weitermachen, ohne daß die Gesellschaft ihn bemerkt hätte. Und das wollte er, das brauchte er. Wenn ein durchschnittlicher Mensch John Beecham aufgrund seiner Morde beschreiben möchte, dann würde er wahrscheinlich behaupten, Beecham sei ein Ausgestoßener, ein Außenseiter gewesen – aber nichts könnte oberflächlicher, falscher sein. Beecham hätte nie ohne menschliche Gesellschaft leben können, noch die Gesellschaft ohne ihn, und warum? Weil er – auf perverse Weise vielleicht, aber wie mit eisernen Klammern – in dieser Gesellschaft verwurzelt war. Er war ihr Produkt, ihr schlechtes Gewissen – eine lebende Erinnerung an alle heimlichen Verbrechen, die wir begehen, wenn wir zueinander drängen. Er sehnte sich verzweifelt nach Gemeinschaft, sehnte sich danach, den Menschen zu zeigen, was diese ›Gesellschaft‹ ihm angetan hatte. Und das Merkwürdige ist, daß auch die Gesellschaft selbst sich nach ihm sehnte.«

»Sich nach ihm sehnte?« fragte ich, schon am Rand des nächtlich stillen Washington Square Park. »Wie meinen Sie das? Die hätten ihn bei lebendigem Leib geviertelt, sobald sie die Gelegenheit dazu gehabt hätten.«

»Ja, aber nicht, ohne ihn vorher der ganzen Welt vorzuführen«, antwortete Kreisler. »Wir erbauen uns an Männern wie Beecham, Moore – in ihnen können wir alles versenken, was es in unserer so ungemein sozialen Welt an Dunklem, Verbrecherischem gibt. Aber die Dinge, die Beecham zu dem gemacht haben, was er war? Diese Dinge tolerieren wir, ja lieben sie ...«

Kreisler blickte in die Ferne, und die Kalesche kam vor dem Haus meiner Großmutter zum Stehen.

»Was hielt denn Ihre Großmutter von Ihrer Verwicklung in eine Mordsache, Moore?« fragte Kreisler.

»Ich hab's ihr nie gesagt«, antwortete ich. »Sie glaubt einfach, daß meine Spielleidenschaft noch schlimmer geworden ist. Und wenn ich's mir genau überlege, dann lasse ich sie in diesem Glauben.« Etwas steif sprang ich auf den Gehsteig. »So – wir treffen uns heute abend bei Del, soviel ich weiß?«

Kreisler nickte kurz. »Das scheint angezeigt, nicht?«

»Absolut«, sagte ich. »Ich werde Charlie anrufen – er soll Ranhofer warnen, daß wir wirklich etwas ganz Besonderes brauchen. Das haben wir uns verdient.«

Kreisler lächelte noch einmal. »Wenn Sie meinen...«, sagte er, schloß die Kaleschentüre und reichte mir die Hand. Ich schüttelte sie, dann drehte sich Laszlo mit einem leichten Stöhnen nach vorne. »Los, Stevie!«

Kapitel
47

Fast vierundzwanzig Stunden später, nach einem ebenso ausgiebigen wie vorzüglichen Mahl bei Delmonico auf dem Nachhauseweg befindlich, trat ich ins Fifth Avenue Hotel, um eine Frühausgabe der *Times* zu erwerben. Auf meinem weiteren Weg die Zeitung durchblätternd, fand ich mich wieder einmal unter den auf Ordnung und Sauberkeit achtenden Augen der behelmten Jünger von Colonel Waring, die nur darauf lauerten, daß ich ein Fetzchen Zeitungspapier fallen lassen würde. Ohne sie zu beachten, setzte ich meine Suche fort, und stieß schließlich in der rechten unteren Ecke der ersten Seite auf die gesuchte Nachricht.

An diesem Morgen hatte der Nachtwächter von Bellevue einen grausigen Fund gemacht. Am hinteren Eingang des Gebäudes lag, eingewickelt in eine Plane, die Leiche eines auffallend muskulösen, ein Meter neunzig großen, erwachsenen Mannes. Die Leiche war unbekleidet, daher fanden sich auch keine Identifikationsdokumente. Ein einzelnes Einschußloch in der Brust schien die eigentliche Todesursache, aber die Leiche wies noch weitere Beschädigungen auf. Insbesondere war die Schädeldecke entfernt und das Gehirn in einer Weise seziert worden, die auf die Hand eines Experten deutete. Auf die Plane geheftet fand sich eine kurze Notiz, der zu entnehmen war, daß dieser Mann für die Knaben-Morde verantwortlich gewesen sei – oder, wie die *Times* sich ausdrückte, »am Tod einiger verlorener junger Geschöpfe, die in Häusern arbeiteten, deren Erwähnung auf diesen Seiten wir unseren Lesern nicht zumuten können«. Erkundigungen bei Commissioner Roosevelt (den ich am Nachmittag telefonisch vorbereitet hatte) bestätigten, daß der Mörder in der Tat beim Versuch der Fortsetzung seines schrecklichen Werkes getötet worden war. Aus verschiedenen wichtigen, aber ungeklärten Gründen war es dem Commissioner nicht möglich, den Namen des Mörders oder die Einzelheiten seines Todes bekanntzugeben; die Allgemeinheit sollte jedoch wissen, daß seine Kriminalbeamten daran beteiligt und der Fall nun ein für allemal abgeschlossen war.

Als ich den Artikel zu Ende gelesen hatte, blickte ich mich zuerst auf der Avenue um und stieß dann einen langen befriedigten und befreienden Schrei aus.

Auch heute, nach dreiundzwanzig Jahren, spüre ich noch immer dieses Gefühl der ungeheuren Erleichterung. Die Stadt New York ist – wie Kreisler und ich, die wir beide alte Männer sind – nicht wiederzuerkennen. Die Prophezeiungen, die J. P. Morgan uns an dem Abend, als wir ihn in seiner Schwarzen Bibliothek besuchten, gemacht hatte, trafen ein: 1896 stand die Stadt, stand das ganze Land am Rande einer gewaltigen Veränderung. Dank Theodore und seinen politischen Mitstreitern haben wir uns seither zu einer Weltmacht entwickelt, und New York ist mehr denn je zuvor das Zentrum der Welt. Verbrechen und Korruption, noch immer die soliden Fundamente des städtischen Lebens, kommen heute viel respektabler daher – Paul Kelly zum Beispiel hat sich zu einem bedeutenden Gewerkschaftsführer gemausert. Zugegeben, noch immer sterben Kinder als Opfer im Geschäft mit Menschenfleisch, und unbekannte Leichen werden manchmal an seltsamen Orten gefunden, aber soviel ich weiß, hat in dieser Stadt kein zweiter Verbrecher von der Gefährlichkeit eines John Beecham mehr sein Unwesen getrieben. Ich hege die unerschütterliche Hoffnung, daß derartige Kreaturen nicht sehr oft auftreten; Kreisler dagegen hält eine solche Hoffnung für die reinste Selbsttäuschung.

Lucius und Marcus Isaacson habe ich in diesen dreiundzwanzig Jahren häufig gesehen, Sara noch öfter; alle drei haben als brillante Kriminalisten Karriere gemacht. Bei einigen Anlässen haben wir sogar wieder zusammengearbeitet, aber unsere Jagd auf John Beecham blieb unerreicht. Und jetzt, nach Roosevelts Tod, soll die Öffentlichkeit davon erfahren – wenn auch vielleicht zu keinem anderen Zweck als dem, sich ins Gedächtnis zu rufen, daß Theodore hinter seinem gelegentlich theatralischen Auftreten ein Herz und einen Verstand besaß, die groß genug waren, um solch einzigartige Ermittlungen überhaupt zu ermöglichen.

Ach, und eine Ergänzung für jene, die sich vielleicht für das Schicksal von Cyrus Montrose und Stevie Taggert interessieren: Cyrus heiratete schließlich, und auch seine Frau arbeitete in Kreislers Haushalt. Das Ehepaar hat mehrere Kinder, eines davon studiert gegenwärtig in Harvard Medizin. Der junge Stevie vollzog seinen Eintritt ins Erwachsenenleben dadurch, daß er sich von Kreisler Geld lieh und gegenüber dem Fifth Avenue Hotel, im neuen Flatiron Building, einen Tabakwarenladen aufmachte. Das Geschäft geht glänzend, und ich kann mich nicht erinnern, ihn in den letzten fünfzehn Jahren je ohne Zigarette zwischen den Lippen gesehen zu haben.

Drei Jahre nach dem Fall Beecham wurde das Croton Reservoir, das nicht mehr in Boss Platts Plan eines »Greater New York« paßte, abgerissen – und an seiner Stelle sollte das Herzstück des bislang größten und glänzendsten philanthropischen Unternehmens entstehen: die New Yorker Stadtbibliothek. Da ich in der *Times* von dem bevorstehenden Abriß gelesen hatte, begab ich mich eines Tages während meiner Mittagspause dorthin, um mir die Sache anzusehen. Man hatte mit dem Zerstörungswerk an jener Südseite begonnen, auf deren Mauerkrone wir den letzten Kampf in unserer Ermittlung siegreich ausgefochten hatten. Nach dem Niederriß dieser Südwand bot sich ein freier Blick auf einen riesigen, von Menschenhand geschaffenen Krater, einen Häuserblock breit und zwei Blocks lang. Derart offengelegt, wirkte der Bau eigentlich nicht besonders beeindruckend; es war schwer zu glauben, daß er jemals stark genug gewesen war, um dem unvorstellbaren Druck von Millionen Gallonen Wasser standzuhalten.

DANKSAGUNGEN

Schon zu Beginn meiner Recherche zu diesem Buch wurde mir bewußt, daß das Phänomen, das wir heute als »Serienmord« bezeichnen, so alt ist wie die Menschheit selbst. Diese anfängliche Vermutung wurde im Verlauf meiner Arbeit von Dr. David Abrahamsen, einem der namhaftesten amerikanischen Experten auf dem Gebiet der Erforschung von Gewalt im allgemeinen und Serienmord im speziellen, bestätigt. Ich möchte ihm danken, daß er sich die Zeit genommen hat, mit mir zu diskutieren.

Den Mitarbeitern der Harvard Archives, der New York Public Library, der New York Historical Society, des American Museum of Natural History und der New York Society Library gebührt Dank für ihre Hilfe.

John Coston bin ich dankbar für seine Hinweise, Vorschläge und Denkanstöße.

Viele Autoren haben durch ihre wissenschaftlichen Veröffentlichungen über Serienmorde und -mörder unbewußt zu der Entstehung dieses Buches beigetragen. Besonders danken möchte ich den folgenden: Colin Wilson, Janet Colaizzi, Harold Schlechter, Joel Norris, Robert K. Ressler und nochmals Dr. Abrahamsen.

Tim Haldeman ließ sein geschultes Auge über das Manuskript wandern; seine treffenden Kommentare und kritischen Anmerkungen schätze ich fast ebenso wie seine Freundschaft.

Wie immer haben mich Suzanne Gluck und Ann Godoff kompetent und liebevoll begleitet; ich wünsche allen Autoren solche Agenten und Lektoren. Susan Jensen hat mich mit ihrer Kompetenz, Zuversicht und immer guter Laune unterstützt, und dafür danke ich ihr.

Irene Webb begleitete die Entstehung dieses Buches mit ihrem Charme und Fachwissen – danke.

Scott Rudin möchte ich für seinen frühen und eindrucksvollen Vertrauensbeweis danken.

Tom Pivinski half mir, die Alpträume in Worte zu fassen. Er war ein Fels in der Brandung.

James Chace, David Fromkin und Rob Cowley danke ich für die Unterstützung, die Hilfe und den moralischen Beistand, ohne den ein solches Buch nicht entstehen kann. Ich bin stolz, mich zu ihren Freunden zählen zu dürfen.

Besonderer Dank gebührt außerdem meinen Kameraden von Core Four in La Tourette: Martin Signore, Debbie Deuble und Yong Yoon.

Und schließlich möchte ich meiner Familie danken, besonders Maria und William von Hartz.

Haffmans Kriminalromane im Heyne-Taschenbuch

Gisbert Haefs

Baltasar Matzbach, die eß- und trinkfeste Hauptfigur in Haefs' Romanen, ist der wohl originellste Privatdetektiv deutscher Abstammung.

Das Doppelgrab in der Provence
05/25

Mörder & Marder
05/45

Und oben sitzt ein Rabe
05/51

Wilhelm Heyne Verlag
München

Robert Harris

Hitler hat den Krieg gewonnen - Nazi-Deutschland beherrscht ganz Europa. Das ist das Horrorszenario in Robert Harris' Polit-Thriller.

»Harris versteht, gut und spannend zu schreiben. Es kommt alles vor: Verbrechen, Verschwörungen, Vertuschung, Irreführung, Gewalt und Liebe.« Die Zeit

»Ein großartiger Thriller, packend wie John le Carré. Exzellent geschrieben.« The Times

01/8902

Wilhelm Heyne Verlag
München

»Die intelligente Maschine und ihre noch intelligentere Überlistung – ein Thriller der Extraklasse!«

Titel, Thesen, Temperamente

»ENIGMA ist nicht nur ein gelungener Kriegsroman aus ziviler Perspektive, nicht nur Agenten- und Liebesgeschichte, sondern auch ein atmosphärisch dichtes Buch, das bei wiederholter Lektüre nichts an Faszinationskraft einbüßt.«
RHEINISCHER MERKUR

»Einer der aufregendsten Romane dieses Herbstes.«
BRIGITTE

»Eine perfekte Symbiose aus Historie und Fiktion.«
DIE WELT

Robert Harris
ENIGMA
Roman
Heyne

444 Seiten
Hardcover

John T. Lescroart

*Der Senkrechtstarter
aus den USA!
Furiose,
actiongeladene
Gerichtsthriller!*

Der Deal
01/9538

Die Rache
01/9682

im Hardcover:

Das Indiz
43/21

Die Fraben der Gerechtigkeit
43/41

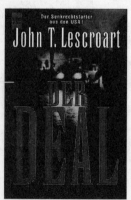

01/9538

01/9682

Heyne-Taschenbücher